JN409838

범우비평판 한국문학 48-❶

노자영 편

사랑의 불꽃 · 반항(외)

책임편집 권보드래

국립중앙도서관 출판시도서목록(CIP)

사랑의 불꽃, 반항(외). 노자영 편 / 노자영 [지음] ; 권보드래 책임편집 · 해설.
– 파주 : 범우, 2009 p. ; cm. – (범우비평판한국문학 ; 48)

ISBN 978-89-91167-38-4 04810 : ₩15000
ISBN 978-89-954861-0-8(세트)

한국 현대 문학[韓國現代文學]

810.81-KDC4
895.708-DDC21 CIP2009001785

발간사

한민족 정신사의 복원
―범우비평판 한국문학을 펴내며

한국 근현대 문학은 100여 년에 걸쳐 시간의 지층을 두껍게 쌓아왔다. 이 퇴적층은 '역사'라는 이름으로 과거화되면서도, '현재'라는 이름으로 끊임없이 재해석되고 있다. 세기가 바뀌면서 우리는 이제 과거에 대한 성찰을 통해 현재를 보다 냉철하게 평가하며 미래의 전망을 수립해야 될 전환기를 맞고 있다. 20세기 한국 근현대 문학을 총체적으로 정리하는 작업은 바로 21세기의 문학적 진로 모색을 위한 텃밭 고르기일 뿐 결코 과거로의 문학적 회귀를 위함은 아니다.

20세기 한국 근현대 문학은 '근대성의 충격'에 대응했던 '민족정신의 힘'을 증언하고 있다. 한민족 반만년의 역사에서 20세기는 광학적인 속도감으로 전통사회가 해체되었던 시기였다. 이러한 문화적 격변과 전통적 가치체계의 변동양상을 20세기 한국 근현대 문학은 고스란히 증언하고 있다.

'범우비평판 한국문학'은 '민족 정신사의 복원'이라는 측면에서 망각된 것들을 애써 소환하는 힘겨운 작업을 자청하면서 출발했다. 따라서 '범우비평판 한국문학'은 그간 서구적 가치의 잣대로 외면당한 채 매몰된 문인들과 작품들을 광범위하게 다시 복원시켰다. 이를 통해 언어 예술로서 문학이 민족 정신의 응결체이며, '정신의 위기'로 일컬어지는 민족사의 왜곡상을 성찰할 수 있는 전망대임을 확인하고자 한다.

'범우비평판 한국문학'은 이러한 취지를 잘 살릴 수 있도록 다음과 같은 편집 방향으로 기획되었다.

첫째, 문학의 개념을 민족 정신사의 총체적 반영으로 확대하였다. 지난 1세기 동안 한국 근현대 문학은 서구 기교주의와 출판상업주의의 영향으로 그 개념이 점점 왜소화되어 왔다. '범우비평판 한국문학'은 기존의 협의의 문학 개념에 따른 접근법을 과감히 탈피하여 정치 · 경제 · 사상까지 포괄함으로써 '20세기 문학 · 사상선집'의 형태로 기획되었다. 이를 위해 시 · 소설 · 희곡 · 평론뿐만 아니라, 수필 · 사상 · 기행문 · 실록 수기, 역사 · 담론 · 정치평론 · 아동문학 · 시나리오 · 가요 · 유행가까지 포함시켰다.

둘째, 소설 · 시 등 특정 장르 중심으로 편찬해 왔던 기존의 '문학전집' 편찬 관성을 과감히 탈피하여 작가 중심의 편집형태를 취했다. 작가별 고유 번호를 부여하여 해당 작가가 쓴 모든 장르의 글을 게재하며, 한 권 분량의 출판에 그치는 것이 아니라 작가별 시리즈 출판이 가능케 하였다. 특히 자료적 가치를 살려 그간 문학사에서 누락된 작품 및 최신 발굴작 등을 대폭 포함시킬 수 있도록 고려했다. 기획 과정에서 그간 한번도 다뤄지지 않은 문인들을 다수 포함시켰으며, 지금까지 배제되어 왔던 문인들에 대해서는 전집발간을 계속 추진할 것이다. 이를 통해 20세기 모든 문학을 포괄하는 총 자료집이 될 수 있도록 기획했다.

셋째, 학계의 대표적인 문학 연구자들을 책임 편집자로 위촉하여 이들 책임편집자가 작가 · 작품론을 집필함으로써 비평판 문학선집의 신뢰성을 확보했다. 전문 문학연구자의 작가 · 작품론에는 개별 작가의 정신세계를 보다 구체적으로 살펴볼 수 있는 한국 문학연구의 성과가 집약돼 있다. 세심하게 집필된 비평문은 작가의 생애 · 작품세계 · 문학사적 의의를 포함하고 있으며, 부록으로 검증된 작가연보 · 작품연구 · 기존 연구 목록까지 포함하고 있다.

넷째, 한국 문학연구에 혼선을 초래했던 판본 미확정 문제를 해결하기 위해 최선의 노력을 기울였다. 특히 일제 강점기 작품의 경우 현대어로 출판되는 과정에서 작품의 원형이 훼손된 경우가 너무나 많았다. 이번 기획은 작품의 원본에 입각한 판본 확정에 특별한 노력을 기울여 근현대 문학 정본으로서의 역할을 다했다.

신뢰성 있는 선집 출간을 위해 작품 선정 및 판본 확정은 해당 작가에 대한 연구 실적이 풍부한 권위있는 책임편집자가 맡고, 원본 입력 및 교열은 박사 과정급 이상의 전문연구자가 맡아 전문성과 책임성을 강화하였다. 또한 원문의 맛을 최대한 살리기 위해 엄밀한 대조 교열작업에서 맞춤법 이외에는 고치지 않는 것을 원칙으로 했다. 이번 한국문학 출판으로 일반 독자들과 연구자들은 정확한 판본에 입각한 텍스트를 읽을 수 있게 되리라고 확신한다.

'범우비평판 한국문학'은 근대 개화기부터 현대까지 전체를 망라하는 명실상부한 한국의 대표문학 전집 출간을 목표로 한다. 따라서 권수의 제한 없이 장기적이면서도 지속적으로 출간될 것이며, 이러한 출판 취지에 걸맞는 문인들이 새롭게 발굴되면 계속적으로 출판에 반영할 것이다.작고 문인들의 유족과 문학 연구자들의 도움과 제보가 지속되기를 희망한다.

2004년 4월

범우비평판 한국문학 편집위원회 임헌영 · 오창은

일러두기

1. 자료편은 원문을 토대로 입력했으나, 단어 및 표기법은 현대어를 기준으로 바꾸었다. 한자어 또한 의미에 문제가 없는 경우 한글로 바꾸어 입력했다.

2. 각 자료를 토대로 한 원문은 단행본에 최초 수록된 것을 택했다. 〈문예에서 무엇을 구하는가〉와 〈인생특급〉 및 초기 시 몇 편의 경우 단행본이 없어 신문 연재본을 저본으로 했다.

3. 명백히 오식이나 탈자라고 생각되는 부분은 임의로 수정하되 각주를 달았다. 의미가 불확실할 때도 일단 추정되는 현대어로 바꾸되 각주를 달아 표시했다. 특별히 자주 등장하는 사례로서 아래 단어들은 함의가 다소 달라진다는 위험이 있으나, 그럼에도 불구하고 앞을 뒤처럼 각각 바꾸어 통일했다.
다못→ 다만
무삼→ 무슨
아해兒孩→ 아이
자미滋味→ 재미
작난作亂→ 장난
재조才操→ 재주

4. 쉼표는 임의로 빼거나 수정했다. 원문에서 쉼표가 문체상 기교로 사용되기보다 띄어쓰기 대용代用 등 다양한 목적으로 쓰였으므로, 본래 표기를 존중할 경우 오히려 혼란이 생길 수 있다고 판단했기 때문이다.

5. 각주 일련번호는 각 부部별로 달았다.

노자영 편 | 차례

제 1 부 소설 — 11

제 2 부 서간문 — 255

제3부 시 — 333

초기 시

처녀의 화환

내 혼이 불탈 때

백공작

제1부 소설

반항

머리에 씀(서문)

청춘은 눈물이 많고 피가 많다. 나도 그 중의 한 사람이다. 그리하여 나는 많이 울고 많이 서러워하였다. 그와 동시에, 나는 시커먼 '생生'의 줄을 지나, 참되고 아름다운, 어떤 미지의 나라를 찾아보려고 많이 발버둥치고 많이 헤매었다. 이에 나는, 그같이 발버둥치고 헤매인 청춘의 피와 눈물을 쏟고, 그 위에 다시 번민과 오뇌懊惱를 뿌려, 이 적은 작품을 썼다. 이 작품은, 예술이라는 것보다도, 청춘의 핏덩어리요 눈물방울이다. 이로써 나는 나의 청춘의 한 시절을 종이 위에 옮겨, 나와 같이 울고 서러워하는 여러 젊은 사람들에게 이 글을 보낸다.

1923. 3. 29 한양에서

1

밤 여덟 시다.

푸른 물결같이 서늘하고 푸근푸근한 밤빛이 경성京城 전시全市를 품어 녹일 듯이 좔좔 쏟아져 내린다. 나무 사이로 지나가는 바람 소리가 어린 아가씨의 비단 치맛자락같이 사르르 하고 부드러운 소리를 낸다.

"안녕히 주무세요! 내일 갈게요!"

하고, 혜자惠子는, 금실을 빼는 듯한 연軟하고도 어여쁜 목소리로, 뒤에 떨어져서 황금정黃金町행 전차를 기다리는 경순慶淳에게 인사를 하고, 자기는 먼저 종로행 전차를 탄 후, 계동桂洞으로 향하였다.

경순은 동대문 정류장에 멀거니 서서 달아나는 전차를 바라보았다. 더욱이, 운전대에 서서 자기를 바라보며 해쓱 웃는 혜자의 얼굴을 유심히 바라보았다. 그러나 전차는 빠르다. 눈 깜박할 동안에 전차는 벌써 십여 간間을 달아났다. 그리하여 혜자의 얼굴은 벌써 보이지 아니하고, 다만 검은 몸을 흔들며 서울을 저주하는 듯이 웅! 하고 달아나는 전차의 모양만이 보인다. 경순은 어쩐 일인지 섭섭한 생각을 금하지 못하였다. 마치 무슨 귀여운 보물을 손에 쥐었다가 그만 땅에 떨어지는 듯한 생각으로 느끼었다.

경순은 자기의 눈이 닿는 곳까지 전차의 가는 곳을 바라보리라 하였다. 전차는 한 정류장을 지나고, 두 정류장을 지나고, 세 정류장을 지나, 종로로 별불[1] 같이 달아난다. 전차가 달아나는 종로통은 무한히 길고 길어, 하늘 끝까지, 그리고 땅 끝까지 닿은 듯하였다. 그리하고 거리 좌우에는 꽃송이 같은 전등이 죽 나란히 달려, 마치 붉은 진주를 한 개 두 개, 순서 있게 수만 개 한데 꿰어 놓은 듯하였다.

경순은 이같이 정신없이 종로통을 바라보다가, 황금정행 전차가 오매, 그 전차를 잡아타고 여관으로 돌아왔다.

경순은 방 안에 자리를 펴고 평안히 누웠다. 그리하고, 오늘밤은 좀 잠을 잘 자보리라 하였다. 그러나 잠을 도시 잘 수가 없었다. 불덩어리가 되었던 몸은 아직도 식지 아니하였다. 그리하고 그의 온몸에는, 어느 곳을 물론하고, 혜자가 숨어 있지 않은 곳이 없는 듯하였다. 그의 귀에는 혜자의 음성이 가득 차있는 듯하였고, 그의 눈에는 혜자의 얼굴이 뭉치여 있는 듯하였으며, 그의 살(膚)에는, 혜자의 살이 가득 섞이어 있는 듯하였다. 그는 자기가 혜자인 듯도 하였고, 혜자가 자기인 듯도 하였다. 경순은, 벽에 붙인 '시인의 무덤'이라는 그림을 무심히 바라보며, 자기도 알지 못하는 웃음을 빙그레 웃었다.

그러나, 그 웃음을 해부해 보면, 그것은 기쁨의 웃음이었다. 가슴에 가득 찬 기쁨의 행복이 넘치고 흘러 은연중에 떠오르는, 기쁨의 물결이었다.

경순은 참말 기뻤다. 세상에 자기처럼 행복스러운 사람은 없다고 생각되었다. 세상의 모든 것은 다 자기를 위하여 있는 듯하였고, 그리하고, 모두 자기를 위하여 축복을 하여주는 듯하였다. 그리하고, 산이나 뜰이나 시내나 그 무엇을 물론하고, 그 위에는 기쁨과 즐거움의 향기가 떠오르는 듯하였으며, 그 떠오르는 향기는, 모두 자기를 품어줄 듯이 생각되었다. 그

---

1) 별똥별이라는 뜻인 듯. 작가 노자영이 애용하는 단어.

리하여, 이 고요한 밤까지, 또는 이 잠잠한 방안까지, 모두 즐거움으로 되었고, 또 자기에게 경의를 표하기 위하여, 고개를 숙이고, 말없이 눈을 감고 있는 듯하였다.

"참말 기쁘다. 인생은 축복이다. 더욱이 청춘은, 즐거움의 꽃이다. 마음껏 즐기자. 힘껏 기뻐하자!"

경순은 알지 못하게 이러한 말을 하였다. 그리하고 이 말을 여러 번 외웠다.

남산을 넘어 푸른 솔가지를 지나 사르르 하고 지나는 바람 소리가 매우 서늘하게 들린다. 맞은편 방에서, 부채질을 하며 "에! 더웁다." 하는 소리가 들린다. 광희문으로 가는 전차 소리가, 서러워서 우는 듯이 웅 하고, 부드러운 공기를 뒤흔들어 놓는다.

경순은 눈을 반쯤 스르르 감고 가만히 누웠다. 처음은 아무 것도 생각이 나지 아니하였다. 그저 무한히 넓은 벌판에서 네 발을 뻗치고 평안히 쉬는 듯하였다. 그리하고, 눈 같은 모래가 깔리고 은사銀絲같은 물이 흔들리는 맑은 시내에서, 온몸을 적시고 즐거이 누워 있는 듯하였다. 그러나, 얼마 아니하여 생각의 줄은 차츰차츰 일어나기 시작하였다. 그 줄은, 하나둘 실마리 같이 풀리기 시작한다. 그리하여 그 줄은 풀리고 풀리어, 필경은 얼마 전 혜자와 함께 놀던 동대문 밖 우선각遇仙閣을 찾아간다. 그 다음에는, 열흘 전 일, 한 달 전 일, 일 년 전 일까지 찾아가서, 그 모든 일을 한데 얽어매고 만다.

아, 즐거운 일이다. 아, 기쁜 일이다. 청춘으로서야 받을 수 있는 축복의 선물이다.

2

오늘 오후 세 시 경이었다. 김경순金慶淳은 박혜자朴惠子와 함께 동대문

밖 우선각으로 산보를 갔었다. 경순은, 자기의 심히 그리워하고 심히 사랑하는 혜자와 함께 산보를 가는 것이 무한히 기뻤다. 그의 온몸에는 짜릿짜릿한 불길이 흐르는 듯하였고, 가슴에 붉은 꽃송이가 활활 피어오르는 듯하였다.

경순은 동대문 안에서 혜자가 오기를 기다려, 인력거를 타고 둘이서 앞서거니 뒷서거니 하여 우선각을 찾아갔다. 원래 우선각은 절집(寺家) 비슷한 집으로, 탑골 승방을 가는 중로中路에 있는데, 경치는 그리 볼 만한 것이 없으나, 고요하고 담아淡雅한 것으로는 누구에게든지 지지 아니할 만한 자랑을 가지고 있었다. 그리하고, 여름이 되면 절밥까지 지어 팔므로, 여름 더위를 잊기 위하여 조용히 소풍 겸 산보를 다니는 사람에게는, 더할 수 없는 안락장安樂場이었다.

경순도 오늘 아침 혜자를 찾아 갔다가, 오후에 산보 나가자는 혜자의 제의에 의하여, 필경은 그 산보 장소를 우선각으로 정하고 그와 같이 산보를 간 것이다.

경순은 우선각 문 앞에 이르러 인력거를 들여보내고, 주인을 불러 저녁밥을 시킨 후에 혜자와 함께 우선각 뒤에 있는 적은 샘터(泉)을 찾아갔다. '보이'가 가져온 돗자리를 샘터 곁에 펴고 둘이서 고요히 앉았다.

전후 좌우에는 대략 한 자씩이나 되는 푸른 풀이 우거져 있는데, 그 풀 위에는 젊고도 힘 있는 생명의 빛이 자유로이 뛰고 있으며, 사면으로는 구수하고 부드러운 풀냄새가 풀풀 날아온다. 그리하고 풀 사이에는 우뚝우뚝 늙은 소나무가 섞여 있는데, 그 소나무는 가지가지 푸르러 땅 위에 서늘한 그늘을 비치었으며, 바람이 울 적마다 우수수 하고 샘물이 흐르는 듯한 맑은 '멜로디'를 내고 있다. 그리하고, 샘물(泉)에서 물씬물씬 떠오르는 서늘한 기운은, 샘터를 둘러싼 '밀리외'[2]로 하여금 청량의 세례를 받게 하

2) 원문은 '밀류'. 주변·환경이라는 뜻의 프랑스어 'milieu'.

는 듯하였다. 이리하여, 사람의 온몸을 찌는 듯한 더운 여름이라도, 이곳만은, 사람의 몸을 시원케 해 주고 서늘케 해 주는, 첫가을의 시절이 나온 듯하였다.

경순은 작은 새같이 무사기無邪氣하게, 또는 쾌활하게 웃으며

"우리 먼저 샘물에서, 손과 얼굴을 씻은 후에, 이야기나 하여요!"

하고, 물밑으로 뛰어갔다. 그리하고, 구슬 같은 물을 손에 떴다 놓았다 하면서

"아, 참 물이 맑고 시원하외다."

하고, 먼저 물을 한껏 찬미하였다.

혜자는 어린애같이 어리광을 부리면서,

"여보! 우리 함께 손을 씻어요! 경순씨께서 먼저 손을 씻으면, 나는 울 테여요!"

하고 혜자도 물밑으로 따라온다.

"여보! 울지는 마세요! 함께 손을 씻으오리다."

"그러면, 함께 손을 씻고, 함께 꼭 나와야 해요!"

혜자는 대리석으로 깎은 듯한 하얀 팔을 척척 걷고, 구슬 같은 물을 한 움큼 쥐어 두 손을 탐스러이 씻더니,

"여보, 용서하세요! 나는 발까지 씻을 테여요! 흉보지 마세요!"

하고, 조금 부끄러워하면서도 오히려 애교가 죽죽 흐르는 정다운 말을 하며, 다시 자리 편 곳으로 가서, 구두를 벗고 양말을 벗고 겉치마를 벗은 후에 도로 물밑으로 뛰어 온다. 그리하고 물가에 철벙철벙 들어서면서,

"에그! 시원해! 에그! 시원해!"

하며, 오리같이 뛰논다. 경순은,

"아, 참, 잘 노십니다그려."

하고, 경자의 발과 또는 그의 종아리를 가만히 바라보았다. 발은 흰 두부모 같이 도톰하고 얌전하며, 종아리는 옥기둥 같이 통통하고 어여뻤다. 경

순은

"아, 참 혈색 고운 여자로다."

하고 그의 발과 종아리를 바라보는 순간에 그만 그의 육체미에 취해 버렸다. 그리하고 저러한 여성에게 영원히 사랑을 받는다면, 그는 세상에서 더할 수 없는 만족이라 하였다. 두 사람은 얼굴과 손과 발을 씻은 후에 자리 편 곳으로 다시 왔다. 서늘한 바람이 지나간다. 해는 차차 서편 하늘에 기울어지려 한다.

경순과 혜자는, 거리에서 사 가지고 온 '바나나'와 '복숭아'와 과자를 먹으면서, 서로 재미있는 이야기를 시작하였다. 사상에 대한 이야기. 예술에 대한 이야기. 인생에 대한 이야기. 여러 가지 이야기에, 꽃이 피고 꿀이 흘렀다. 그 중에는, 이러한 이야기도 있었다.

"우리 사회에는 무엇보다도 정적情的 혁명이 있어야 하겠어요! 너무도 정적 생활을 무시해요! 너무도 사람의 감정을 죽이라고 해요!"

하고 경순이 흥분된 태도로 말을 할 때에

"참말이지요! 감정생활을 떠난 곳에는 참사람으로의 빛과 향기가 없어요. 다만 있는 것은, 뼈만 남고 해골만 남은 시커먼 내음새가 있을 뿐이여요!"

하고 혜자도 역시 그의 말에 찬성을 하였다.

"옳소이다. 우리 사회는 정적 생활을 죽이라고 합니다. 따라서 우리 사회는, 해골만 대글대글하는[3] 유령의 사회이지요! 그리하고 풀 한 대, 꽃 한 포기 없는, 사막의 사회이지요! 그리하여, 우리 사회는, 쓸쓸하외다. 차외다. 깔깔하외다."

하고 경순은 일층 기운 있게 주먹을 쥐고 말을 하였다. 혜자도 '마지메—'[4]

---

3) '데굴데굴하는'의 뜻으로 보이기도 하나, '가득찬' 정도 의미로 작가가 애용하는 단어이기에 그대로 둔다.

4) 마지메: まじめ(眞面目)한. 진지한. 진심 어린.

한 얼굴을 가지며

"그러면, 첫째 우리 사회에서, 그 감정생활을 죽이는 것이 무엇일까요."

"썩어진 도덕이지요! 옛날 몇몇 사람이 자기 마음대로, 또는 자기 이로울 대로, 이럭저럭 꾸며낸 도덕이지요! 그러나 이 도덕은 무한한 세력을 가졌습니다. 오늘날까지 수억만 사람을 지배하여 왔지요! 그러나, 그 도덕이라는 것은 나의 동의를 얻지 아니한 도덕이요, 또는 귀족적, 사기적, 행매적行賣的의 도덕이외다. 이러한 썩어진 도덕은 우리의 정적情的 생활을 죽이라고 합니다. 우리는 이 도덕을 깨쳐야 하겠습니다. 그리하고, 정적 혁명을 일으켜야 하겠습니다."

하고 경순은, 연설하듯이 말끝마다 힘을 주어 말을 하였다.

"썩어진 도덕을 깨치면, 새로운 도덕을 세워야 하겠지요!"

혜자는, 매우 흥미를 가지고 말을 하였다.

"물론이지요! 새로운 도덕을 세워야 하겠지요! 그 도덕은 우리의 마음대로, 우리의 뜻대로, 정적 생활 위에, 합리한 법칙 위에, 각각 자아의 도덕을 세워야 할 것이외다."

"그러면 쓸쓸한 우리 사회가, 꽃이 피고 풀이 돋는 즐거운 사회가 될까요?"

"아무렴, 되고말고요! '나'라는 개성 위에 나의 세계를 세우고 나의 마음대로 사는 것이, 즐겁지 않겠어요? 꽃이 피겠지요! 향기가 돌겠지요!"

두 사람은, 이러한 말을 한참 동안이나 계속하였다. 그 다음에는, 다시 '청춘과 연애' 문제를 꺼내어

"피 많고[5] 눈물 많은 청춘이 아깝습니다."

"청춘이 가기 전에, 잘 살아야 하겠어요!"

"무엇이니 무엇이니 하여도, 청춘이 지나가면 그만이어요!"

---

5) 원문에는 '피만'으로 돼 있음.

"청춘은 인생의 꽃이외다. 우리는 청춘이지요! 그러면 힘껏 곱게 피어야 해요! 힘껏 웃어 보아야 해요!"
하고 청춘을 찬미하는 말도 하였으며
"사랑을 모르는 사람은, 돌멩이 사람이외다."
"사랑이 없는 곳에는, 참사람으로의 빛이 없어요!"
"결혼은 사랑으로야만, 성립할 수가 있지요!"
"연애로 되지 않은 결혼은, 강간의 결혼이요 매음의 결혼이외다."
하고, 연애를 긍정하는 이야기도 하였다. 이리하여, 두 사람의 사상은 한데 합하고 한데 화하였다. 마치 산소, 수소가 합하여 물이 되는 셈으로, 두 사람의 사상은 한데 엉키여, 무슨 알지 못할 큰 '세계'를 이루는 듯하였다.

이리하는 동안에 해는 차차 서편 하늘에 기울어졌다. 무르익은 앵두 같은 석양빛은 나무 사이로 흘러내려, 분홍 실발 같이 샘터 위에 흐르고 있다. 저편 나뭇가지 위에서 작은 새들이 '째―째' 하고 지저귄다. 경순과 혜자는 한참 동안이나 아무 말이 없었다. 두 사람 사이에는 '열정'의 장막이 내리누르는 거북하고도 달콤한 침묵이 흐름을 깨달았다. 그러나 그 사이에는, 벌거벗은 두 사람의 영靈이 서로 가슴을 부여안고 얼마나 웃고 울고 하였는지 알지 못한다.

혜자는 가만히 고개를 숙이고, 손으로 하얀 돌멩이를 주워, 아무 말 없이 '공기'[6]를 희롱하고 있었다. 그러나 그의 얼굴 위에는 타는 듯한 홍조가, 마치 석양 하늘 위의 구름과 같이 떠돌고 있었으며, 또는 말할 수 없는 정염의 줄이 이리저리 흔들리고 있었다.

얼마 후에 혜자는 침묵을 깨치며
"우리 노래나 하나 해봐요!"
하고, '마스네트'[7]가 지은 〈봄뜰〉이라는 노래를 부른다.

---

6) 원문은 '공게'. 문맥상 '공기놀이를 하고 있었다'로 생각됨.
7) 19세기말에서 20세기초 인기를 끌었던 프랑스 작곡가 쥘 마스네Jules Massenet(1842~1912).

봄날의 푸른 벌판에는
종달새가 노래합니다.
그리고 앙떼는 춤을 추어요!

청춘의 붉은 벌판에는
사랑의 새가 노래하지요!
그리고 환락歡樂은 춤을 춥니다.

그는 원래 성악가이라, 세련된 그의 맑은 조자調子는 물 흐르듯이, 그리하고 비단을 째는 듯이, 부드럽고도 어여뻤다. 그리하고 그 노래는, 붉은 석양이 비친 나무 사이를 지나 자홍색 구름이 뭉게뭉게 떠도는 서편 하늘로 날아가는 듯하였다. 석양빛에 웃음을 띠고 혜자를 바라보는 나뭇잎들은, 기뻐 견딜 수 없다는 듯이 바람에 고개를 흔들며, 사르르 하고 웃음을 토한다. 고요하던 주위는 기쁜 음향으로 채워지는 듯하였다. 그리고 '자연'과 사람과 악수한 '오페라'가 열린 듯하였다. 경순은 그 노래에 그만 취해 버렸다. 온 몸은, 뼈 하나 살 한 점 없이, 그 아름답고 따끈따끈한 '멜로디' 속에 녹아버렸다. 그는 혜자의 얼굴만 바라보며, 그 곡조가 높아지고 엷어지며 굵어지고 가늘어질 때마다, 그 조자調子를 좇아, 자기의 몸도 높아지고 엷어지며 굵어지고 가늘어지는 듯하였다.

"여보세요. 흉만 보지 마시고, 저 '만돌린'이나, 좀 맞춰 뜯어주시구려!"
하고, 혜자는 방긋이 웃으며, 마치 가는 명주 줄이 사람의 몸을 찰찰 감아 돌아가듯이, 다정하고도 착착 붙는 목소리로, 경순에게 '만돌린'을 좀 쳐주기를 청하였다.

"그러면 조금 쳐 볼까요!"
하고 경순은 아까 가지고 온 '만돌린'을 꺼내어, 줄을 골랐다.

봄이여, 청춘의 별이여[8] 힘껏 춤추자, 노래하자!
꽃 피는 이때가 가기 전에

비단 같이 연하고 눈송이 같이 흰 혜자의 가슴에서 우러나오는 목소리. 스러지는 듯 이어지는 듯, 가늘고도 애달픈, 가는 쇠줄에서 우러나는 '만돌린' 소리. 두 소리는 한데 엉키고 한데 합하여, 바람을 좇아 멀리 해 지는 서편 하늘까지, 다시 별빛 춤추는 하늘 위에까지, 끝없이 끝없이 훨훨 날아가는 듯하였다. 그리고 두 사람은, 이 '멜로디'의 줄을 타고, 세상의 모든 복잡과 번민을 떠나, 그 소리가 가는 곳까지, 자홍색 서편 하늘에도, 은빛 별나라에도, 끝없이 끝없이 찾아가는 듯하였다. 경순과 혜자는 한참 동안이나 법열에 떠, 열정에 떠, 시간 가는 줄을 알지 못하고 노래를 불렀다. 그러자 경순은 자기가 하는 일을 자기도 알지 못하게, 노래를 탁 끊고 혜자의 손을 꽉 잡았다. 그의 손은 떨렸다. 그러나 혜자는 손을 뿌리치려고도 아니하고, 붙잡힌 것이 다행하다는 듯이 가만히 있었다. 혜자의 손은 불이 당긴 듯이 따끈따끈하였다. 그리고 연든 감 같이 말랑말랑하고 부드러웠다. 두 사람은 아무 말 없이 손을 서로 붙잡고 고개를 숙이고 있었다. 그러나, 두 사람의 얼굴에는 부끄러움에서 터져 나오는 불길이 후끈후끈하였다. 두 사람의 가슴은 붉은 피로 채워져 버렸다. 아, 뜨거운 '에너지'가 두 사람 사이에 얼마나 왔다갔다 하였을까?

십 분! 십오 분! 이십 분!

두 사람은 서로 손을 잡은 대로, 이십 분 동안이나 아무 말 없이 고개를 숙이고 있었다. 마치 '애愛의 신神'에게 세례를 받느라고 고개를 숙이고 있는 것 같았다.

"진지 잡수세요!"

---

8) 원문은 '벌이여'.

'보이'의 부르는 목소리에 두 사람은 처음으로 정신을 차렸다. 경순은 시계를 보며

"벌써 다섯 시 십 분이구려!"

하고, 혜자와 함께 샘터를 떠나 방으로 내려왔다. 방은 심히 고요한 곳이다. 중문에서 좌편으로 돌고 다시 우편으로 꼬부라져, 그 집 뒤뜰에 있는 별당이었다. 두 사람은 가져 온 저녁상을 앞에 놓고, 서로 부채질을 해가며 먹기를 시작하였다. 두 사람 사이에는 꽃을 피우고 꿀을 담은 재미있는 정화情話가 오고가고 하였다.

"많이 잡수세요!" 이것은 경순의 말.

"우리 누가 많이 먹나, 내기해 봐요!" 이것은 혜자의 말이었다.

"그러면, 지는 사람은 절을 하기로 합시다."

"에그! 내가 지면 어찌해요!"

"그래야, 내가 혜자씨에게 절을 받지요!"

두 사람은 웃고 떠들면서 밥을 먹었다. 어쩐지 밥이 매우 맛있었다. 밥상을 치운 후에 혜자는 뒷문을 열고, 문 밑에 앉아 바깥을 바라보며, '셰익스피어'가 지은 〈여름밤의 꿈〉이라는 극에서 취한 몇 마디 노래를, 극히 가늘고 작은 목소리로 부른다.

고개 숙인 밤이 옵니다.
즐거운 꿈도 옵니다.
아, 여름밤, 창 밖 뜰 위에는
'반디벌레'가 불을 켭니다.

경순은, 그 노래를 고요히 듣고 있다가

"그 노래는 더욱 재미가 있습니다. 그리고 그 곡조는 퍽 여성적이고 '델리키트' 한데요!"

하며, 혜자의 옆으로 가서 혜자의 손을 쥐고 그와 '나란히' 하여 앉아, 함께 노래를 불렀다.

땅 위에 흐르는 석양빛은 그만 차차 스러지고, 지금은 나무 끝 위에만 황감黃柑빛 바알간 노을이 담뿍[9] 걸리어, 나무 끝은 마치 불이 붙어 오르는 것 같았다. 나뭇가지와 나뭇가지가 서로 마주치는 소리가 솨솨! 하고 들린다.

경순과 혜자는, 부르는 노래를, 자기들도 알지 못하게 그만 탁 멎어 버렸다. 그리고 서로 얼굴을 한 번 바라본 후에, 자기들도 알지 못하는 웃음을 빙그레 웃었다. 경순은, 붙잡은 혜자의 손을 한 번 힘 있게 쥐었다. 두 사람의 몸에는 전기가 통하는 듯이, 짜릿짜릿하고 벌벌 떨리는 '쇼크'를 깨달았다. 내리누르는 듯한 침묵이 방 안을 봉쇄하였다. 다만 두 사람의 숨소리가 방 안의 공기를 흔들었을 뿐이다. 두 사람의 가슴에는 빙산이라도 녹일 만한 열정이 미친 듯이 뛰고 있었다.

혜자는 한참 동안이나 고개를 숙이고 한 손으로 치맛자락만 만지고 있더니, 방금 불길이 떨어지는 듯한 얼굴로 경순을 한 번 바라보고는, 애원하듯이 떨리는 목소리로

"경순씨……."

하고 말을 마치지 못하고, 그만 경순의 품에 쓰러졌다. 경순은, 비단솜같이 부드러운 혜자의 몸을, 두 손을 힘껏 껴안으며

"혜자씨……."

하고 불렀다. 그러나 혜자는 말이 없었다. 경순도 말이 없었다. 다만 두 사람의 몸에서 쏟아져 나오는 정열의 불길이, 두 사람의 몸을 떨리게 하고, 두 사람의 호흡을 급하게 하였을 뿐이다. 그리하고, 두 사람의 육체를 한데 녹여내고, 두 사람의 영을 한데 엉키게 하였을 뿐이다. 입술과 입술은

---

9) 원분은 '잠북'.

서로 마주치고, 가슴과 가슴은 한데 합하게 되었다.

* * *

두 사람은 고요한 방안에 풍만한 육肉의 향기와 따스한 정情의 여훈餘薰을 무한히 끼치고, 대략 두 시간이 지난 후에, 고요히 흐르는 초저녁 밤빛을 온몸에 물들이면서, 다시 온 인력거를 타고 동대문까지 왔다. 이리하여 혜자는 계동으로 가고 경순은 황금정으로 간 것이다.

경순은 자리에 누워 이 일을 여러 번 생각하였다. 생각할 때마다, 자기의 몸 위에는 세상의 그 누구를 물론하고 도저히 맛볼 수 없는 축복의 꽃이 피어오르는 듯하였으며, 자기의 발 앞에는 진주의 이슬이 내리고 황금의 꽃이 피는 행복의 벌판이 열린 듯하였다. 그리하고 일 년 전부터 혜자를 생각하여 불붙는 상사相思의 아픔과 애끊는 고독의 눈물을 쌓다가, 이제 그의 사랑을 받게 된 것을 생각하매, 한껏 기쁘기도 하고 한껏 시원하기도 하였다. 눈물은 웃음이 되고, 아픔은 즐거움이 되었다 하였다.

"아, 기쁘다……."

하고 경순은 어린애같이 소리를 쳤다. 그리하고, 자기의 팔을 유심히 바라보고 자기의 뺨을 두 손으로 어루만져 보았다. 아, 이 팔에는, 혜자의 몸이 달라붙던 팔이요, 이 뺨에는, 혜자의 뺨이 스치는 뺨이로구나 하였다. 그리하여 그는 오히려 자기의 팔 위에 아직도 혜자의 살냄새가 남아있는 듯하였고, 자기의 뺨 위에 아직도 혜자가 주던 '키-스'의 향기가 떠도는 듯하였다. 그는 자기의 팔 위에 남은 혜자의 살냄새와, 자기의 뺨 위에 떠도는 혜자가 준 '키-스'의 향기가 아까운 듯하여, 자기의 팔에 입을 맞추고 자기의 팔에 뺨을 부비기도 하였다.

밤은 차차 깊어간다. 서늘한 밤이었다. 열어 놓은 창문으로는 기름같이 부드럽고 솜뎅이 같이 푸근푸근한, 밤하늘의 빛이 보인다. 그리하고, 소녀의 눈동자 같은 별들이 보인다. 경순은 즐거운 꿈을 자기의 마음대로 실컷 그리다가 그만 잠이 들었다.

3

눈 오고 찬바람 부는 작년 십일월이었다. 경성에 있는 예술가로 조직된 문인회가 '파밀 호텔'에서 열리었을 때, 경순은 처음으로 혜자와 인사를 하였다. 경순은 소설을 쓰고 혜자는 시와 음악을 하는 사람이라, 두 사람이 모두 문인회에 참석을 하였음이다. 그리하여 두 사람은 처음으로 인사를 하였으나, 어쩐 일인지 두 사람 사이에는 서로 잡아끄는 '촴'[10]이 있음을 느꼈으며, 그리하고 어쩐 일인지, 다정하고도 반가움을 깨달았다. 이리하여 두 사람은, 전부터 당신의 시를 보고 많이 경모敬慕하였다거니, 또는 당신의 소설을 보고 많이 숭배하였다거니 하며, 재미있는 이야기를 하였다.

세월은 흐른다. 달은 떴다 이울었다 여러 번 하였으며, 쌓였던 눈은 스러져 꽃이 피고, 그 꽃이 다시 떨어져 녹음이 돋았다. 이 동안에 두 사람은 여러 번 상종하였으며, 또는 편지도 많이 하고, 작품의 교환 비평도 많이 하였으며, 그리하고 둘이서 산보도 여러 번 하였다. 이리하는 동안에, 두 사람은 알지 못하게 서로 친하게 되었고, 서로 존경하게 되었고, 서로 사랑하게 되었다. 그러나 두 사람 사이에는 많은 번민과, 많은 고독이 있었다. 그것은 두 사람을 둘러싼 환경과 사정이 두 사람의 마음을 알아주지 못하며, 따라서, 두 사람의 마음을 무참히 짓밟는 까닭이었다. 그와 동시에, 혜자는 남편이 있는 여자이었고, 경순은 재산이 없는 사람이라, 두 사람은 각기 자기의 약점을 생각하고, 피차 의심하기를 마지아니한 까닭이었다. 그러나, 무르익은 과실은 떨어질 때가 있고, 고조된 물결은 뛸 때

---

10) 촴 : charm. 매력.

가 있으며, 긴장된 화산은 폭발할 때가 있는 법이라. 두 사람 사이에 고조되고 긴장되고 무르익은 사랑은, 필경 두 사람 사이에 있는 의심의 장막을 헤치고, 또는 환경과 모든 사정事情의 줄을 끊어 버렸다. 이리하여 두 사람은 벌거벗은 참된 영을 가지고, 두 손으로 정열의 피를 뿌리며, 영원한 사랑의 나라를 세우게 되었다.

아, 두 예술가의 사랑! 그들 사이에는, 참사람의 생명이 뛰고, 진선미의 빛이 유로流露하리라. 그리하여, 꽃이 피리라. 향기가 돌리라.

* * *

경순은 평양 강계江界 사람으로, 어머니도 없고 아버지도 없으며, 따라서 친척도 없는, 심히 고독한 사람이었다. 작년 봄에 동경 조대早大[11] 문과를 중도에 퇴학하고 서울에 돌아와, 지금은 H학교 역사 교사와, 《신인》이라는 잡지에 문예부장으로 있으며, 사람의 참된 뜻을 찾고 사람의 참된 '미'를 발견하려는 사람이었다. 그리하여, 세상의 모든 더러운 명예나 이욕을 던져 버리고, 범속의 줄을 넘어, 그 무슨 아름다운 세계를 찾으려는 사람이었다. 그리하고 재래의 모든 도덕이나 모든 윤리나 기타 모든 제도를, 근본적으로 부인하고, 자기의 마음대로, 자기의 뜻대로, 아무 누구의 제재도 받지 아니하고, 가장 자유로이 가장 힘 있게 살아가려는 사람이었다. 다시 말하면, 그는 강렬한 '자아' 위에, 자아의 독특한 적은 왕국을 세우고, 그 왕국에서 뛰고 춤추려는 사람이었다.

이리하는 동안에 그는 혜자를 보았다. 혜자는 자기와 함께 그 왕국을 세울 만한 사람이라 하였다. 그리하고, 세상에서 다시 볼 수 없는 인격의 완성자요, 그와 동시에, 자기와 호흡이 맞는 값있는 여성이라 하였다.

---

11) 조대早大: 조도전早稻田 대학, 즉 와세다 대학.

혜자는 평양 사람이었다. 그는 매우 재주가 있고, 얼굴이 어여쁜 여자였다. 그러나, 그도 역시 부모도 없고 친척도 없는 외로운 사람이었다. 어려서는 어떤 목사의 집에서 양육을 받았고, 그 후에는, 'MK'라는 서양 부인의 도움을 받아, 평양서 숭의여학교를 마치고, 다시 동경으로 건너가 동경음악학교 성악과에 입학하여, 사 년의 긴 세월을[12] 하루 같이, 열성과 근면을 다하여 공부했다.

그리하여, 재작년 봄에 그 학교를 마치고 서울에 돌아와, ○○ 여자 고등보통학교에서 음악을 가르치게 되었다. 그러나 그는 비록 음악학교를 졸업하였을지라도, 머리는 심히 단순하였다. 아직 세상의 경험이 풍부치 못한 처녀로, 문학서 류類나 사상서 류類를 별로 보지 못하고, 다만 성악에 대한 원리와 음향학과 발성학과 기타 음악에 대한 기초 상식을 기계적으로 배웠을 뿐이므로, 그 머리가 매우 단조함도 그리 괴이한 일이 아니었다.

이리하여, 그 해 봄에 피었던 꽃이 스러지고, 그 꽃 위에 녹음이 무르익고, 다시 그 녹음이 변하여 단풍이 피려고 할 때에, 혜자는 괴질보다도 더 무서운, 그 누구의 소개로, 경성은행의 전무로 있는 한영준韓榮俊이라는 사람과 잠깐 만나보고, 별로 생각한 일도 없이 그만 일생을 같이 하자는 약혼을 하였다. 그러나 결혼식을 한 후에 두 사람의 사이는 그리 좋지 못했다. 이층 양옥에 '피아노'를 놓고 매우 호화로운 생활을 하였으나, 혜자는 눈물 나는 고통을 금치 못했다. 과연 그러할 일이다. 사람은 물질만으로는 만족할 수 없는 동물이다. 물질 이외에 다시 위대한 정신의 세계가 있다. 이 위대한 정신의 세계를 무시하고, 어느 누구의 소개로, 그이와 결혼을 한다면 일생이 평안하겠다거니, 또는 그이는 얌전하다니 하는, 간단한 말 한 마디[13]를 듣고, 잠깐 그이와 얼굴을 대하여 본 후 일생을 결정하는,

12) 원문은 '세월은'.

13) 원문은 '말한데'.

그처럼 어리석은 자에게 어찌 참 행복이 있으랴! 어찌 참 생이 있으랴! 그네들의 결혼은 사랑으로의 결혼이 아니었다. 이해 있는 정신의 결혼이 아니었다. 다만 물질로의 결혼이요, 맹목으로의 결혼이었다. 따라서 그네들의 결혼은 강간의 결혼이요 매음의 결혼이었다. 별로 사랑이 없는 남자에게, 또는 한번 보지도 못한 남자에게, 물질을 위하여, 또는 부모의 명령이나 사회의 윤리도덕을 위하여 자기의 귀한 정조를 파는, 매음의 결혼이 아니고 무엇이냐? 처녀의 귀한 육체를 유린시키고 그 육체를 파는 것은, 강간이니 매음이니 하여, 가장 서리가 푸르게 제재制裁하고, 십 년이나 또는 영원히 그 정조를 유린시키고 그 육체를 파는 것은, 강간이 아니요 매음이 아니라고, 그만 묵인하는 법률도 심히 우습거니와, 자기의 정조를 유린시키고 자기의 육체를 팔면서도, 그것이 강간이요 매음인 것을 알지 못하는 그네들도 심히 불쌍하다. 이리하여, 매음으로 강간으로, 헌신짝과 같이, 부부라는 짝을 지어가지고 일생을 같이 하는 결혼이 조선에도 하루에 몇십 개씩이나 되는가? 이처럼 결혼을 해가지고, 다행히 부부 사이에 뜻이 맞고 사랑이 생기면 감사한 일이거니와, 그렇지 아니하여, 서로 뜻이 맞지 아니하고 서로 마음이 버성기게 되어, 싸움과 충돌이 일어나고, 따라서 부부 사이가 원수 사이같이 되게 되면, 다만 그네들은, "불행하다", "팔자가 사납다" 하고 그만 모든 것을 운명에 맡기고 만다. 생각하면 우습기도 하거니와, 사람이 이처럼 썩어지고 타락하여 아무 비판과 아무 생각이 없으면, 그는 짐승에 지날 것이 조금도 없을 것이다.

혜자도 그 사람들 중의 하나였다. 자기는 비록 음악학교를 졸업하여 고등 상식을 가진 사람처럼 생각하였으나, 그의 상식은 다만 기계적, 또는 모형적에 지나지 못할 뿐이요, 생각이라고는 조금도 발달되지 못하였다. 세상만사는 모두 자기가 처리하여야 하고, 또는, '자아'를 떠난 곳에는 우주도 사회도 부모도 존재하지 아니하는 줄을 알지 못하였으며, 그리하고, 수억만 사람이 다 좋다 하고, 또는 부모까지 좋다 할지라도, '나'에게는 틀리는 것이 있으며, 그와 동시에, 수억만 사람이 다 비난을 하고 또는 부모까지 비난을 할지라도, 나에게는 긍정할 것이 있는 줄을 알지 못하였다. 이리하여 그는 그 누구가 한영준은 훌륭한 사람이라고 소개하고, 또는 친구들까지라도 좋겠다고 찬성하는 말을 듣고, 아무 비판과 생각이 없이, 보통 사람이 하는 그 모양 그대로, 엄벙덤벙 한영준과 결혼을 하였다.

그러나, 두 사람의 사이가 어찌 원만하랴! 결혼한 후 얼마 아니하여 두 사람 사이에는 싸움이 일어나고 충돌이 일어나고, 따라서 혜자에게는, 눈물이 오고 한숨이 오게 되었다. 그때마다 혜자는,

"아, 슬프다. 독신 생활을 하였다면……."

"결혼이라는 것은, 여자의 감옥이다……."

이처럼 자기의 운명을 저주하였으며, 또 영준은

"요 사이 공부한 계집애들은 건방져서 못 쓰겠어……."

"여자가 무슨 잔소리를 해……."

하고, 썩어진 재래 관습에서 나오는, 여자를 모욕하는 말을 함부로 하였다. 이리하여 두 사람 사이에는, 서로 등지고 서로 미워하는 시커먼 장막이 가로막히게 되었다. 한영준은 원래 부잣집 자식으로, 일본에 가서 조도전 대학을 다니다가 중도에 서울로 돌아와, 갖은 방탕과 부랑을 다 피운 사람이다. 세상에 어려운 것을 알지 못하고, 또는 아직 세상에 철이 나지 아니한 자이다. 다행히 부자라는 이름 아래 은행의 전무라는 '가다가끼'[14]를 가지고 있으나, 밤낮 주사청루酒肆青樓에 정신없이 돌아다니며 세상을 꿈같이 지내는 자이며, 그와 동시에, 여자란 남자의 육욕을 채우는 한 도구로밖에 생각하지 아니하는 자이다. 이러한 자와 혜자 사이에 뜻이 맞지 아니하고 생각이 합하지 아니할 것은, 정한 일이다. 이리하여 혜자는 처음으로 '사랑'이라는 것은 세상에 무엇보다도 귀한 것을 깨달았으며, 더욱이

---

14) 가다가끼: かたかき. 직함, 지위.

'브라우닝'이 말한 "러브, 이즈, 베스트"(Love is Best)라는 구절이 무엇보다도 진실인 것을 깨달았다. 이리하여 그는 자기의 신세를 생각하고, 달 밝은 밤에 외로이 앉아 흑흑 느껴 운 때가 한두 번이 아니었으며, 또는 슬픈 비가 소소히 내리는 뜰 앞을 바라보며 슬픈 침묵에 잠긴 때도, 참말 몇십 번이나 되는지 알지 못한다.

그러나 세월은 간다. 가는 줄도 모르게 자꾸 간다. 혜자의 결혼하는 단풍 시절도 어느 틈에 지나갔는지, 눈이 내리고, 다시 꽃이 피고, 녹음이 돋고, 두 번째 단풍이 피게 되고, 또다시 눈이 오게 되었다. 그 사이 혜자의 생애는 눈물과 저주의 '페이지'였다. 아픔과 반항의 결정結晶이었다. 그러나 그는 그 동안에, 많은 문학서류類와, 사상서류類를 보았다. '루-소'의 참회록과 '톨스토이'의 참회록도 보았으며, '입센'의 '인형의 가家'도 보았고, '다눈치오'의 '사死의 승리'도 보았으며, '알치바셰프'[15]의 '최후의 일선'도 보았고, 기타 러시아 작가나 불란서 작가나 독일 작가들의 명작은 거의 다 보았으며, 그리하고, '크로포트킨'이나, '맑스'의 유물론이나 '러셀'의 학설이나 '레-닌'의 학설도 보았다. 그리하고, '휘트먼'의 시와 '베를렌느'의 시를 애독하였다. 그와 동시에 시를 많이 지었으며, 따라서 그 시 속에 자기의 모든 아픔과 서러움을 표현하여 보려고 하였다. 이리하여 그는 음악과 시 속에 자기의 아픈 인생을 미화시키고 애화愛化시키려고 하였다. 그러나 그는 자기 남편을 대할 때마다 그 예기預期한 생각은 모두 무너져 버리고, 다시 충돌과 아픔의 막을 열지 아니하면 안 되게 되었다. 그리하여 영준은 혜자를 점점 압박하였으며, 따라서 모든 것을 간섭코자 하였다. 책을 보면 여자가 책만 보면 무엇을 하느냐 하고 책망까지 하였으며, 또는 시를 지으면, 그러한 장난은 그만두라고 '노-트'까지 잡아 치운 일이 있었으며, 그리하고, 음악회나 연설회를 갔다 오면, 여자가 그러한 곳에 너무 출입을 하

---

15) 알치바셰프: 원문대로는 '알틔바세프'. 러시아 작가 미하일 페트로비치 아르치바셰프(1878~1927). 《사닌》《노동자 세료프》 등의 작품으로 유명하다.

면 난봉이 난다고 야단한 일이 한두 번이 아니었다. 그러나 혜자는 그 동안에 전과는 별다른 사람이 되었다. 새로운 사상을 가진 사람이 되었으며, 자아에 눈뜬 사람이 되었으며, 반항의 기를 든 사람이 되었다.

"여자도 사람이어요!"

"나도 당신과 꼭 같은 사람이외다. 당신은 나를 지배할 권리가 없습니다. 다만 서로 사랑할 의무밖에 없지요!"

하고, 남편에게 막 들이세우고[16] 힘 있게 반항하였다. 그리하여 그들 두 부부 사이에는 싸움이 떠날 날이 없었고, 따라서 즐겁고 평안한 날이 하루도 없었다. 이리하는 동안에 혜자는 자기의 생활이 허위의 생활인 것을 알았고, 또는 사랑이 없는 생활은 속히 깨쳐야 할 것을 각오하였다. 그리하고, 영준은 참 의미로의 남편이 아니요, 자기가 아무 지각이 없을 때, 그저 매음으로 된 남편이라고 생각하였다. 그리하여 혜자는, 그 매음의 생활을 속히 깨치고 그 매음의 남편을 속히 버리는 것이 자기의 양심을 더럽히지 않는 진정한 생활이요, 따라서 사람으로의 당연히 할 일이라고 생각했다. 이리하는 동안에 혜자는 경순을 보았다. 경순은 그에게 둘 없는 참사람이었다. 자기의 생명과 전적 존재를 바칠 만한 참사람이었다. 영과 영이 합하고, 마음과 마음이 합하고, 정신과 정신이 합하는, 이상의 애인이었다. 이에 두 사람은 붉은 사랑의 줄을 잡고 검은 허위의 땅을 벗어날 날이 오게 되었다.

4

경순은 아침 아홉 시에야 잠이 깨었다. 벌써 창에는 처녀의 입술 같은 발간 해가 고요히 비치었다. 뜰 앞 나뭇가지에서는, 참새들이 지저귀는 소

16) 원문은 '드려세우고'.

리가 이따금 들린다. 경순은

"아, 벌써 아홉 시로구나. 혜자 씨께서 열한 시에 온다고 하였지……."
하고 자리에서 부스스 일어나, '이불'을 개어 치우고 분주히 거울을 향하여 앉았다.

그리하고, 면도를 꺼내어 얼굴의 털을 깎기 시작했다. 귀 밑으로부터 뺨, 입술로부터 아래턱, 그리하고 뒷머리 아래까지, 모두 솜털 한 개 없이, 깨끗이 깎았다. 그 다음에는, 비누와 수건과 치분齒粉을 가지고 뜰로 내려가, '대야'에 물을 떠다가 한바탕 얼굴을 곱게 씻었다. 다시 그 다음에는 방으로 들어와, 거울에 얼굴을 비춰가지고 '크림'[17]도 바르고 향수도 뿌렸다. 그 후에는 한참 동안이나 거울을 들여다보며 자기의 얼굴을 비판하여 보았다.

남자로 이만한 얼굴을 가졌으면, 그리 밉다고는 아니할까? 더욱이 여자에게 배척이나 당하지 아니할까? 물론 여자에게 사랑을 받는 것은, 얼굴만이 아니지만, 그래도 얼굴이 너무 미워서는 아니 되어…… 하고, 여러 가지로 생각을 하였다.

얼굴빛이 조금 검푸르고, 눈은 파랗고, 뺨은 통통하고, 이마는 갸쭘하고, 코는 조금 펑펑하고, 윗입술은 조금 짧고, 목은 쭉 패이고, 그리하고 얼굴 전체로의 인상은 조화롭고, 또는 여성적이고…….

경순은 이처럼 자기의 얼굴을 비평하여 보았다. 눈이나 목이나 이마는 그리 부족한 점이 없다 하였다. 도리어 미적이요 쾌적快的이라 하였다. 그러나 코가 조금 펑펑하고 얼굴빛이 조금 검은 것은, 아무리 하여도 불만을 느끼지 아니할 수가 없었다. 코를 조금 날카롭게 하고 얼굴빛을 조금 희게 할 수가 없을까 하였다. 코만 조금 날카롭고 얼굴빛만 조금 희면, 자기는 미남자가 되리라 하였다. 그리하여 자기의 애인인 혜자에게 더욱 사랑을

17) 원문은 '구리무'.

받으리라 하였다.

"그러나, 혜자는 나를 사랑한다. 전적으로 나를 사랑한다. 영원히 나를 사랑할 것이다."

경순은 이렇게 생각한즉, 자기 얼굴에 대한 불만은 그만 사라지고 말았다. 얼굴이 밉든지 곱든지, 혜자만 나를 사랑하여 주면 그만이다. 그리하고 수억만 사람이 나를 미워하고 나를 배척할지라도, 혜자만 나를 영원히 사랑하면, 나는 만족이다. 나는 행복이다 하였다.

"아! 혜자가 나를 사랑한다."

경순은 한번 소리를 질렀다. 그 소리는 분명히, 하나님께서 '요단' 강에서 '예수'에게 축복하는 그 소리와 같이, 힘이 있고 향기가 있는 듯했다. 그는 은연중 자기 가슴에 떠오르는 기쁨을 이기지 못하여 혼자 웃음을 빙그레 웃으며, 어제 저녁 혜자와 지내던 일을 생각하고, 자기의 팔을 또 한 번 다시 바라보며, 이 팔에는, 혜자가 자기의 전적 존재를 다 바치고 애원하듯이 달려매었던 팔이로구나 하였다. 그리고 본즉 그 팔은 무한히 귀해 보이고 무한히 아름다워 보였다. 그리하고, 그 팔은 자기 팔만이 아니요 또는 자기 마음대로만 할 수 있는 팔이 아니라, 혜자의 팔인 동시에 혜자의 동의를 얻지 아니하면 어찌할 수 없는 팔이라 하였다. 그리하여, 자기는 혜자의 물건이요 혜자는 자기의 물건이라 하였다.

그러나 혜자는 남편이 있는 여자이다. 이러한 생각을 다시 하였다. 그리고 본즉, 지금껏 생각하던 것은 모두 꿈인 듯하였다. 봄바람에 스러질 눈인 듯하였다. 그때마다 쏙쏙 쏘는 가슴의 아픔은 전신을 소금으로 절여내는 듯하였다. 과연 혜자가 본남편을 저버리고 나를 전적으로 사랑하여 줄까 하였다. 곧 남편의 집을 떠나, 또는 사회의 비평을 떠나, 나의 품으로 달아올 수가 있을까 하였다. 경순은 여러 가지로 생각을 한다. 혜자는 시대에 눈을 뜬 여자이다. 썩어진 도덕에서 반기를 든 여자이다. 굼벵이 생활에서 벗어나려는 여자이다. 자아를 위하여 살려는 참생명을 가진 여자이다. 그리하고, 자아를 위하여서는, 어떠한 강적과라도 싸우려는 여자이다. 옳다. 혜자는 힘 있는 여자이다. 피를 가지고 눈물을 가진 생명 있는 여자이다. 그러면, 애인의 품에 안기기 위하여, 세상의 모든 비평과 고난을 이기고, 넉넉히 달아올 수 있는 여자이다 하였다. 경순은 이렇게 생각한 즉 마음이 시원하였다. 그리하고 어제 저녁에, 혜자가 자기의 품에 쓰러지며

"나를 사랑하여 주세요!"

하던 것을 생각한즉, 하늘로 뛰어 올라가고 싶도록 기뻤다. 그리하고, 거리로 뛰어나가, 혜자는 나를 사랑합니다 하고 기운차게 소리를 지르며, 여러 사람들에게 광고하고 싶도록 즐거웠다. 그러나 생각은 다시 변한다. 경순은 괴로운 듯이 얼굴을 한 번 찡그리며

"나를 사랑하여 주세요!"

이 말이 참말일까 하였다. 가슴에서 쏟아져 나오는, 눈물 섞이고 피 섞인 참말일까 하였다. 전 인격에서 우러나오고, 전 정신에서 우러나오는, 정화되고 순화된 참말일까 하였다. 그리하고, 쇠와 같이 굳건하고 실발(絲) 같이 면면綿綿한, 영원성을 가진 참말일까 하였다.

아, 세상에, 여자에게서 참말을 들어본 사람이 몇 사람이 되느냐. 사랑에 실패하고, 즐거운 청춘을 썩여버리는 사람이 얼마나 많으냐 하였다.

경순은 한숨을 후! 하고 쉬며, 이따 혜자가 오면 단단히 물어보리라 하였다. 그리하고 자기의 마음[18]을 모두 호소하리라 하였다.

경순은 이러한 생각을 하며 조반을 먹고, 다시 방안을 정결히 정리하여 놓았다. 책상 위에 화분도 벌여 놓고, 또는 벽에 태서泰西 명화도 걸어 놓았으며, 그리하고 '오르간'과 '만돌린'도 잘 정리하여 놓았다.

열한 시가 지났다. 그러나 혜자는 오지 아니한다. 오 분! 십 분! 경순은

18) 원문에는 '마'. 한 자 탈락된 오류인 듯.

시계를 보며, 혜자가 오기를 기다렸다.

열어 놓은 창으로부터는, 샘줄기 같은 서늘한 바람이 솔솔 기어 들어온다. 그리하고 남산 너머로 남옥색 하늘에는, 솜덩이 같은 구름이 둥실둥실 떠돌고 있다. 거리에서 떠들고 야단하는 소리가 멀리 들린다. '생'을 위하여, 싸우고 저주하고 아우성치는, 서울의 낮이 또 온 것이다.

경순의 마음은, 가는 생각의 줄을 타고 계동에 있는 혜자의 집을, 여러 번 찾아갔다. 거리에서 혜자를 만나기도 하였고, 그의 집 웃방에서 그를 만나기도 하였다. 또는 그를 만나지 못하여, 헛걸음 치고 도로 돌아오기도 하였다. 경순은 안타까운 듯이 머리를 긁으며

"왜 아니 오나!"

하고, 방안에 일어서서 왔다 갔다 하며, 무슨 소리가 바삭만 하여도 귀를 기울이고, 그 소리가 혜자의 발자국 소리나 아닌가 하였다. 이리하는 동안에 시계는 벌써 열한 시 삼십 분이 되었다. 그러자 혜자는 왔다. 혜자는 뜰 앞에 들어서며

"안녕히 주무셨어요!"

하고, 아침 해에 장미가 웃는 듯한 빛나고도 붉은 얼굴에 '짜르르' 흐르는 웃음을 띠우고, 어린애가 부모에게 매달리는 듯한 다정한 말씨로 인사를 한다. 경순은 취한 듯이 뜰로 뛰어 나가며, 매우 가라앉지 않은 들뜬 말씨로

"어서 들어오세요! 퍽 기다렸습니다."

하고 혜자를 맞아들였다.

혜자는 얼굴에 매우 단장을 하였다. 곱게 바른 분이 구름같이 피고, 맵시 있게 빗은 머리가 이마에 두세 오리 흩어졌다. 더욱이 날씬한 코와[19], 폭신한 뺨과, 길쭉한 이마와, 봉싯한 입술과, 그 위에 떠도는 유화柔和롭고도

19) 원문은 '날신코'.

적연寂然한 표정과, 다시 그의 얼굴 전체로 보아, 미묘한 윤곽의 선 위에 부끄럽고도 기쁜 듯한 빛을 띤 그 '스타일'은, 심히 아름다웠다. 그리하고 후리후리한 키에, '숙고사' 저고리를 입고 연옥색 모시 치마를 입은 후, 손목에는 십팔금 손시계를 걸고, 다시 한 손에는 비단 '숄'을 들고, 한 손에는 '하우푸트만'의 '크로켈'(沈鍾)[20]을 쥔 후 방안으로 사뿐사뿐 들어오는 그의 모양은, 참말 보기 드문 미인이었다. 더욱이 경순에게 대하여는 이 세상에 다시없는 미인이었다. 천사였다.

두 사람은 방안에 고요히 앉았다. 처음에는 무슨 말을 하여야 좋을는지 그 말끝을 찾지 못하였다. 마음에는 하고 싶은 말이 산같이 쌓여 있지마는, 두 사람은 그 말을 끌어낼 도화선을 발견하지 못하였다. 그러자 경순은 말문을 열었다.

"어제 저녁에 매우 곤困하였지요!"

"별로 곤하지는 않았어요! 그러나 밤에, 잠은 한잠도 자지 못하였어요!" 하고, 혜자는 매우 침착하고도 무거운 말씨로 대답을 한다. 경순은 조금 놀라는 듯한 음성으로

"밤에 잠을 주무시지 못하였으면 대단 곤하시겠습니다. 그런데, 왜 잠은 주무시지 못하였어요! 몸이 편찮았었나요!"

"아니오. 몸이 편찮은 것은 아니어요! 공연히 이런 생각, 저런 생각, 여러 가지 생각을 하다가, 그만 잠을 이루지 못하였어요!"

경순은 혜자의 속을 모두 알아챈 듯이

"그러시겠지요! 그러나 잠은 잘 주무셔야지요."

하고 책장을 열고, 이미 사다 두었던 포도와 '바나나'를 꺼내어 놓으며

"맛없는 것이지만, 잡수세요."

---

20) 독일 극작가요 소설가인 하우프트만G.Hauptmann의 희곡 Die versunkene Glocke. 1896년 작. 종 만드는 장인인 청년 하인리히가 세속의 처와 새로 사랑하게 된 요정 사이에서 갈등하다 결국 죽음에까지 이른다는 내용으로서, 낭만주의적 정서로 유명했던 당시의 인기작.

하고 다시 말을 계속한다.

"저도 지난밤에 잠이 잘 오지 아니하여, 퍽 애를 썼어요! 그러다가, 새로 두 시에야 겨우 잠이 들었어요!"

"그렇습니까? 저는 반생 중에 지난 밤 같은 밤을 처음으로 지내보았어요! 왜 그런지, 달고도 서러운 생각이 나서, 그만 울고 싶도록 되었어요! 그 위에 달은 밝지요! 밤은 고요하지요! 어찌 마음이 처량한지 몰랐어요!"

하고 혜자는, 어젯밤 지내던 감상적 기분이 오히려 얼굴에 남은 듯이, 달고도 서러운 듯한 표정을 지어가며, 말끝마다 애조를 부어 말을 하였다. 그러나 경순은 그 말에 무엇이라고 대답을 하여야 좋을는지 알지 못하였다. 그리하여

"그렇습니까……"

하고 간단한 대답을 한 후에는 그만 말을 끊었다. 잠깐 두 사람 사이에는 침묵이 계속되었다.

과연 혜자는 어젯밤에 잠을 자지 못하였다. 경순과 동대문에서 서로 떠나 집에 돌아온 후에는, 모든 것이 뒤숭숭하고 귀찮은 것뿐이었다. 이층 양옥도 있기가 싫었고, 맛있는 음식도 먹기가 싫었으며, 정원에 핀 꽃들도 보기가 싫었다. 더욱이 영준의 얼굴을 볼 때에는 한시라도 그곳에 있고 싶지 않았다. 혜자는 이층 동호실東號室에서 문을 안으로 잠그고, 창백한 달 그림자가 방안으로 새어드는 것을 벗으로 하여, 여러 가지 생각으로 머리를 괴롭게 하였다.

이곳은 도수장屠獸場이다. 사형장이다. 동물원이다. 나의 인격을 죽이는 도수장이다. 나의 순실純實한 감정을 죽이는 사형장이다. 나의 본연성을 가두어 두는 동물원이다. 나는 먹기를 위하여, 이곳에서, 나의 인격을 죽여 버렸다. 나는 허위의 도덕과 윤리를 위하여, 이곳에서, 나의 참 감정을 죽여버렸다. 나는 사회라는, 껍데기만 남고 해골만 남은, 도깨비 같은 자들의 제재를 무서워하여, 이곳에서 나의 본성을 구금하여 두었다. 아, 나

는 살아야 하겠다. 나는 사람이 되어야 하겠다. 나의 죽인 인격을 살려야 하겠고, 나의 죽인 감정을 부활케 하여야 하겠으며, 나의 구금당한 본성을 풀어놓아야 하겠다. 내 손으로 먹고, 내 감정으로 살고, 내 마음대로 살아야 하겠다. 이러니저러니 하여도, 나는 오늘날까지 완전한 사람이 아니었다. 기생충이고 노리개이고 완롱물玩弄物이었다 하였다. 혜자는 이러한 생각을 한즉, 마음이 괴롭기도 하고 또는 시원하기도 하였다. 혜자는 얼굴을 찡그리며

나는 오늘부터, 생의 세례를 받는다. 부활하는 사람이 된다. 조그마한 껍데기 속에서 나와, 훤한 자유의 세계를 보는 사람이 된다 하였다. 그리하고 이 도수장과, 사형장과, 동물원을 벗어나는 사람이 된다 하였다. 혜자는 한참 이러한 생각을 하다가

옳다. 내일 아침부터는 이 집을 떠나야 하겠다. 사랑 없는 남편을 떠나야 하겠다. 매음의 생활을 떠나야 하겠다. 그리하고 애인의 품으로 가야 하겠다 하고, 주먹을 쥐고, 방안에서 왔다 갔다 하며 중얼거렸다. 혜자는 방안에서 한참 동안이나 왔다 갔다 하다가, 다시 자리에 앉아 생각을 계속하였다.

세상의 제일 귀한 것은 무엇이냐? 그것은 사랑이다. 세상에 제일 위대한 자는 누구이냐? 그이는 '나'이다. 옳다. 나는 나를 위하여 또는 사랑을 위하여, 살아야 하겠다. 나를 떠나서는, 세상에 아무것도 존재하지 아니한다. 내가 제일 위대하다. 그러면, 나를 죽이고 나를 굽히고 나를 멸시하여, 사랑 없는 남자에게, 이해 없는 남자에게, 나의 귀한 정조를 바치고 나의 정淨한 인격을 드리고 나의 전 존재를 바친다면, 이것은 자아 모욕이 아니냐? 이것은 자아 모독이 아니냐? 이것은 매음이 아니냐? 이것은 노예가 아니냐? 여자도 사람이다. 여자도 위대한 사람이다. 누구에게도 지지 않는 훌륭한 개성을 가진 사람이다. 아, 여자들은, 반기를 들어야 하겠다. 나는 그 선구자가 되어야 하겠다. 혜자는 이러한 생각을 하였다.

그러나, 아직 조선 여자들은 꿈을 꾼다 하였다. 상당한 공부를 하고 상당한 수양을 가진 여자들도, 부모의 명령을 위하여, 가라는 대로, 물건 팔려가듯이 시집을 가고, 또는 사랑이나 아무 인격의 이해가 없는 남자라도, 그이가 부자요 또는 명예가 조금 있는 이면 덮어놓고 결혼을 한다 하였다. 그리하여 '피아노'나 치고 자동차나 탈 생각밖에 아니 한다 하였다. 아, 이것은 자기 인격을 죽이는 것이 아니냐? 자아를 자기가 모욕하는 것이 아니냐? 남녀는, 먼저 사랑으로 합하고 인격으로 합하여야 한다 하였다. 그리하고, 여자들도 사람이 되기 위하여는 먼저 정신없는 꿈을 깨치고, 주먹을 쥐고 일어서서, 자기의 먹고 입을 것을 자기의 손으로 하여야 한다 하였다. 혜자는 이러한 생각으로 밤을 새웠다. 그리하여, 한잠도 자지 못하고 방안에서 왔다 갔다 하면서, 달고도 서러운 생각을 많이 한 것이다.

잠깐 동안 말이 없던 두 사람 사이에는 다시 말이 열렸다. 혜자는 조금 떨리는 듯하고도 오히려 힘 있는 목소리로

"경순씨……"

하였다.

경순은, 그 힘 있고 떨리는 목소리에, 그만 어떤 아지 못할 '쇼크'를 받아

"네!"

하고, 그도 역시 떨리는 듯한 목소리로 대답을 하였다.

"경순씨! 나는 오늘부터 사람의 생활을 시작하여야 하겠어요!"

경순은 한 번 혜자의 얼굴을 바라보며, 이상한 표정을 띠면서

"언제는, 사람의 생활이 아니었습니까?"

하였다.

혜자는, 얼굴에 뛰는 듯한 혈조血潮가 돌며

"네! 아니었지요! 오늘까지 나의 생활은, 기생충의 생활이었습니다. 나의 인격을 죽여 버린 시체의 생활이었습니다. 나는 오늘부터 살아야 하겠어요! 그리고, 사람이 되어야 하겠어요!"

하였다. 경순은 놀라는 듯이

"그렇습니까? 감사합니다. 그처럼 인생에 대한 철저미徹底味와 진실성을 가지셨으니……."

"아니오. 나는 오늘까지 허위의 세계에서 매음의 생활을 하였어요. 아무 사랑과 아무 이해가 없는 남자에게 나의 정조를 팔고 나의 인격을 팔았어요! 생각하면 원통해요. 눈물이 나요!"

경순은 무슨 말을 하여야 좋을는지, 알지 못했다. 그저 머뭇머뭇하며, 그도 역시 흥분된 태도로 혜자의 붉어진 얼굴을 바라보았다. 혜자는 다시,

"경순씨……."

하고 애원하듯이 불렀다. 경순은 온몸에 전기가 통하는 듯한 감동을 받으며

"네!"

하였다. 혜자는

"나는 사람이 되기 위하여 당신의 품으로 왔어요! 나를 영원히 사랑해주세요!"

하고, 두 눈에서 눈물이 갑자기 콱 떨어지며, 경순의 품에 그만 쓰러진다. 경순은 혜자의 가늣하고도 포근포근한 몸을 부여안으며

"혜자씨! 울지 마세요! 사랑하오리다. 영원히 사랑하오리다. 나의 생명이 있기까지 영원히 사랑하오리다."

하고, 떨리고 피가 뛰는 더운 말로 대답을 하였다. 혜자는 눈물 섞인 말로

"감사합니다. 경순씨는 나의 생명이어요! 나의 온몸이어요! 나는 경순씨를 떠나서는 한시라도 살지 못할 사람이어요!"

"네! 알겠습니다. 우리 두 사람은 한 사람이 되사이다. 그리하여 영원히 '사랑의 나라'를 세우사이다."

두 사람은 아무 말이 없었다. 서로 부여안은 채로 달콤한 침묵을 그리고 있었다. 두 사람의 정신은 한데 합하고 두 사람의 인격은 한데 엉키어, 어

떤 미지의 세계를 이루고 있었다. 다만 두 사람 사이에는, 영육靈肉의 불꽃이 한껏 타올라, 그 주위를 모두 태워버렸을 뿐이다.

얼마 후, 경순은 부여안은 혜자의 몸을 놓고 매우 엄정한 태도로

"혜자씨! 그러면 남편은 어찌하실 테여요."

"이혼하지요!"

"세상이 비평하면 어찌하구요."

"세상이 비평하거나 말거나, 나는 나를 위하여 살아야 하겠어요!"

경순은 놀랐다. 혜자의 사상이 그처럼 진보한 줄을 알지 못하였다.

"그러십니까? 감사합니다. 그러나 남편이 이혼을 아니해 주면 어찌할 테여요!"

"싸우지요! 이혼을 하기까지 싸우지요! 나를 위하여는, 어떠한 간난艱難이라도 참고 싸워야 하겠지요!"

"그러면 승리가 올까요!"

"오겠지요! 나의 대적을 파破하기까지 싸우면, 승리가 오겠지요!"

"아, 장하십니다. 힘껏 싸우세요! 대적對敵의 머리를 부수고 최후의 월계관을 쓰기까지 싸우세요! 저는 원조자가 되오리다. 저는 후원자가 되오리다."

"그러면, 저는 더욱 용맹 있게 싸우겠어요. 위대한 '나'를 찾기 위하여, '나'의 왕국을 빼앗기지 않기 위하여……."

두 사람의 이야기는, 그만 멎어 버렸다. 두 사람 얼굴에는 기운찬 빛이 돌았다. 서로 얼굴을 한 번 쳐다보고는 기쁜 듯이 빙그레 웃었다. 그러자 혜자는

"'오르간'이나 좀 쳐 볼까요!"

하고, 일어서서 '오르간' 대를 향하여 앉는다. 그리하고 '오르간' 위에 펴놓아둔 '세레나데'를 치기 시작한다. 경순도 '만돌린' 줄을 골랐다. 두 사람은 병주幷奏를 시작하였다.

아침 날 광채 나는 구름결 같은
그대의 웃던 얼굴 생각해 보면
언젠지 근심은 사라져 버린다.
아, 웃으라 또 한 번 웃으라!
아, 그리운 그대여, 웃으라! 웃으라!
영원히 영원히…… .

두 사람은 이리하여, 그 날을 꿈같이 지냈다. 노래도 부르고, 이야기도 하고, 책도 보고, 화투도 하면서, 하루의 '타임'을 극히 아름답고 즐겁게 이용하였다. 그리하고 밤 열 시경에는 둘이서 한강으로 산보를 갔다.

이날은 바로 음력 십팔 일이라. 밤 열 시경에는 옥분玉盆같은 흰 달이 동산에 뚜렷이 솟아, 한강 일대는, 꿈과 같이 부드럽고 처녀의 살 같이 정결한 창백한 월색으로 채워져 버렸다. 두 사람은 인도교에서 '보트'를 타고, '어기야, 둥실' 노를 저어 철교 아래로 향하였다. 그리하여 두 사람은, 강가에 배를 매고 하얀 모래 위에 두 다리를 뻗은 후, 고요히 앉아 용용溶溶히 흐르는 물결을 바라보았다. 물결 방울방울마다 달빛을 받아, 그 물결은 마치 무수한 금가루가 이리 뛰고 저리 뛰는 듯하였다. 그리하고 그 위에는, 뵈는 듯도 하고 마는 듯도 한, 하얗고도 푸른 연기가 아른아른 엉키어, 마치 그곳에는 '영원의 미'가 춤추고 뛰노는 듯하였다. 그와 동시에 살랑살랑 흐르는 그 물결 소리는, 고요한 밤의 미와 융합하여, 영원으로부터 영원에, 무한으로부터 무한에, 유구한, 우주의 생명을 말하고 있는 듯하였다. 그리하고 몇천 년, 몇백 년 전 사람들의 웃고 울고 하던, 애닯은 그때 '로만스'를 오히려 오늘날까지 전하고 있는 듯하였다. 혜자는 경순의 곁으로, 바싹 다가앉고 그의 어깨에 매달리면서

"아! 저 강은 무한히 아름다워?! 그리고 퍽 위대해요!"
하고 자기의 진정을 다하여 그 강물을 한껏 찬미하였다. 경순은

“그렇습니까? 그 강은 아름답지요. 위대하지요! 그리하여 영원히 흐릅니다. 영원히 푸릅니다. 사람은 죽고 국가는 망하고 세계는 변하되, 오직 저 강 하나만은, 예나, 오늘이나 조금도 변치 않고 영원히 흐릅니다.”
하였다.
“참말 그렇습니다. 그런데 저 강은 언제부터 흐를까요! 아마 영원부터 흐르겠지요! 그러면 그 사이에 저 강을 보고 죽은 사람이, 얼마나 많을까요!”
“퍽 많겠지요! 아마 몇억만 사람 되겠지요!! 그들은 모두 죽었습니다. 그러나 저 강은 여전히 흐릅니다. 그러면 저 강은 그들의 ‘생’을 말하는 역사일 것이외다. 자전字典일 것이외다.”
“그럴까요! 그들의 얼굴을 모두 구경한 저 강은 퍽 위대한 듯합니다. 그러나, 그때 그들의 얼굴을 비쳤던 그 물결은 모두 흘러내려 갔겠지요!”
하였다.
경순의 혜자의 ‘그 얼굴을 비쳤던 그 물결은, 모두 흘러내려 갔겠지요!’ 하는 이 말이, 퍽 재미가 있었다. 그리하여, 혜자의 얼굴을 한 번 쳐다보고 빙긋이 웃으며
“퍽 재미있는 말이올시다.”
하고 그의 손을 꼭 쥐면서, 다시 말을 계속하여
“그러면 그 물결은 모두 다 어디로 내려갔을까요!”
하였다.
“아마도 갈 데로 갔겠지요. 태평양으로도 가고 인도양으로도 가고…….”
혜자도 매우 만족한 듯이 시원시원한 말로 대답을 하였다. 각기 애인의 말에는 꽃이 피고 샘물이 흐르는 듯하였다. 경순은
“그러면, 그때 흐르던 그 물결을 다만 한 줌이라도 얻어 보았으면 좋겠어요!”
하였다.
“아이고, 너무도 ‘로맨틱’하게 말씀합니다 그려! 그러면 태평양을 가서,

조금 찾아보시구려!"
하고 이번에는 농담 비슷이, 말끝마다 웃음을 주어 말을 하였다. 경순도 웃으면서

"그러면 갑갑하게 나 혼자 태평양을 가요!"

"아이고, 나와 함께 둘이 가지요!"

"정말이요!"

"나 언제 거짓말합디까?"

"그러면 언제 갈까요?"

"내일이라도 가지요……."

두 사람은 말을 마치고 깔깔 웃었다. 혜자는 너무도 우스워 못견디겠다는 듯이, 경순의 몸에 쓰러지며, 경순의 손을 꼬집으면서, 한참 웃었다.

밤은 깊어간다. 달은 점점 밝아간다. 고요한 우주의 침묵이 온 세상으로 하여금 거룩한 기도실에 나아가 무릎을 꿇게 하는 듯 하였다. 다만 시원한 가는 바람이 살랑살랑하며, 영원한 생명의 속삭임같이 물결 위로 가만히 지나간다. 그리하고 마포 아래 양화진 근처에는, 실발 같은 하얀 안개가 수만 겹 싸이고 그 위에는 달빛이 흘러, 마치 그곳에는, '하나님'이 계신 구름 속같이 보였다. 그리하고, 구舊 용산 근처에는 이곳저곳에 발간 전등이 꽃송이같이 달려, 검은 하늘을 묘하게 단장하였으며, 더욱이 강가에 있는 전등은, 물속에 가로 비치어, 마치 그 물결 속에는 발간 진주가 솟아오르는 듯하였다.

두 사람은 다시 이야기를 계속한다.

"이러한 곳에서 이러한 '씬'을 보면, 자연히 마음은 알지 못하게 맑아지고, 따라서 온몸은 예술의 나라로 옮기어지는 듯해요!"
하고 혜자는 매우 거룩한 말씨로 이야기를 꺼냈다.

"옳소이다. 자연을 보고 느끼는 그 아름다운 마음. 성화聖化되고 정화되는 그 순실한 감정. 그것이 예술이지요! 그것이 시이지요!"

하고 경순은 대답하였다.

"나는 언제든지 그러한 감정을 가지고 영원히 살고 싶어요! 그러나 이 썩어진 사회에서 살려니까? 어떤 때는, 그 아름다운 감정을 흙칠하고 먹칠하게 될 때가 많아요!"

"옳소이다. 사람이 살려면 예술이 있어야 하겠지요. 빵이 있고 사랑이 있는 동시에, 예술이 있어야 하겠지요! 그러나 우리 사회는 빵밖에 모르는 사회외다. 그 빵도 없어서 죽어가는 사회외다. 그 까닭에, 예술이나 사랑은 찾아볼 수도 없게 되었지요!"

"참말 그래요! 사람의 생활 중에 빵과 사랑과 예술이 없으면, 그 생활은 완전한 생활이 아니겠지요!"

"물론이외다. '빵'이 없으면 육체가 죽겠지요. 그리고 사랑이 없으면 정신이 죽겠지요! 또 그리고, 예술이 없으면, 육체가 살고 정신이 살아서도, 꽃 피지 못하고 향기 나지 못하는 사람이 되겠지요!"

"재미있는 말씀이외다. 그러나 우리 사회는 사랑을 죽이는 사회여요! 그리고 예술을 무시하는 사회여요! 따라서 우리 사회는, 사람의 정신을 죽이고, 사람의 꽃 피고 향기 나는 본능을 무시하는 사회여요!"

"그러기에 우리 사회가 쓸쓸하다고 한답니다. 꽃 한 포기 없는 사막의 사회요, 또는 시체만 대글거리는 죽음의 사회라고 한답니다."

두 사람은 이와 같이 받고 주고 하며 재미있는 이야기를 많이 하였다. 그 다음에는 노래도 하였고, 또는 모래 사장으로 둘이서 달음질도 하였다. 그리하여, 그곳에서 마음껏 즐기고 힘껏 놀다가, 열두 시경에 다시 '보트'를 타고, 두 사람이

어기어차 배를 저어
달그림자 둘렀으며
은하명월銀河明月 일엽편주一葉片舟

둥실 떠나간다.

하며, '따윰' 노래를 부르면서, 인도교까지 와서 배를 주인에게 맡기고 전차를 탄 후, 경순의 집으로 돌아왔다. 그리하여 경순과 혜자는 그날 밤을 둘이서 함께 지내고, 다시 그 다음날에도 꿀이 흐르고 꽃이 피는 즐거운 꿈속에서 지내다가, 그날 오후 다섯 시경에야 혜자는 비로소 계동 집으로 가게 되었다.

5

혜자는 계동 집을 찾아가며 여러 가지 생각을 하였다. 오늘 밤에는 영준과 최후의 담판을 한다. 그리고. 큰 싸움을 일으키는 날이다. 나에게 승리가 오고, 나에게 패배가[21] 오는 날이다. 나는 자아에 힘 있는 용사가 되어야 하겠다. 나는 '자아'의 월계관을 쓰는 사람이 되어야 하겠다 하였다. 혜자는 이러한 생각을 가지고 집에 이르렀다. 어멈이 나오며

"어디를 가셨다가 왜 오늘이야 오세요!"

하며, 매우 불안한 빛으로 그를 맞아준다. 그러나 혜자는

"조금 볼일이 있어서……. "

하고 들은 체 만 체 대답하고, 자기 방으로 들어갔다. 그러나 어멈의 말과 그의 불안한 빛이, 오늘밤의 활극을 미리 말하고 있는 듯하였다. 그리하고, 영준이 얼마나 자기를 저주하고 욕하고 비난할 것을 알려주는 듯하였다. 그러나 혜자는 마음을 단단히 작정하였다. 자기의 일생을 위하여, 또는 사람이 되기 위하여, 이러한 고난은 미리 각오한 바였다. 또는 마땅히 받을 바이라 하였다. 그리하여 혜자는 조금도 얼굴에 불안한 빛을 띠지 아

21) 원문은 '敗北이'. 당시 '敗北'는 '패북'으로 발음했다.

니하고, 방안에 잠깐 앉았다가, 영준의 방을 찾아갔다. 그러나, 영준은 어디 외출을 하였는지 마침 방에 있지 아니하였다. 혜자는 다시 자기 방에 돌아와, 고개를 숙이고 여러 가지로 생각을 한다.

서산에 잠기는 저녁 해가, 창에 고요히 비춰, 방안에는 마치 분홍 안개가 떠오르는 듯하였다. 그리하고, 창 너머로 넓은 시가에는, 몽몽한 저녁 연기와 자색紫色 황혼이 섞이어, 어떤 알지 못할 꿈 세계를 이루어 놓은 듯하였다.

혜자는 괴로운 듯이 한 팔로 얼굴을 짚고 이마를 찡그리며, 이따 영준이 돌아오면, 먼저 무슨 말을 할까 하였다. 인사를 먼저 하고, 그리고 그이가 성을 내면, 나는 침중沈重한 태도로 두 사람의 불행한 결혼생활을 말하고, 그 다음에는, 단연히 이혼을 청구하고……. 그래도 듣지 아니하면, 나는 당신 집을 떠날 터이니, 마음대로 하라고…… 그렇다. 그리하여야 한다. 나는 힘 있게 싸워야 한다. 오늘밤에, 나는 기어이 죽은 '나'를 살려야 한다. 그리하고, 위대한 사람의 세계를 찾아야 한다 하였다. 혜자는 주먹을 쥐고 방바닥을 두어 번 두드리며

세계에 무엇무엇 하여도, '자아'가 제일 귀하고 제일 중하지 아니하냐? '자아'를 희생하고는, 황금도 명예도, 사회도 도덕도, 그 무엇도 존재하지 아니한다. 그리하고 부모도 세계도 존재하지 아니한다. '자아'가 있은 후에야, 세계도 있고 도덕도 있고 부모도 있는 것이 아니냐! 사회를 위하여, 도덕을 위하여, 부모를 위하여, 자아를 희생한다는 것은 얼마나 어리석은 일이냐? 얼마나 정신 빠진 일이냐! 나는 영원의 나의 나이다. 남의 나가 아니다. 나의 뜻대로, 나의 생각대로, 잘 살고, 재미있게 살고, 가치 있게 사는 것은, 영원한 진리이다. 나는 이 진리대로 살아야 하겠다. 그러면, 사랑 없는 남편과 눈물을 짜며 괴롭게 살 필요가 무엇이냐! 그리하고, 나의 정조까지 유린시킬 필요가 어디 있느냐? 나도 사람, 나도 위대한 사람. 잘 살고 재미있게 살 권리를 가진 사람이다. 정신없는 사회가 욕을 하거나 비

평을 하거나, 그것은 조금도 생각할 것 없이, 사랑 없는 남편과 이혼을 하는 것은 진리가 아니냐? 나의 자유가 아니냐? 사람으로의 할 일이 아니냐 하였다. 혜자는 이러한 생각을 한즉, 자기는 퍽 위대한 용사인 듯이 생각되었다. 그리하고, 광명한 길을 향하여 나가는 전사인 듯이 생각되었다. 혜자는 다시 주먹을 쥐고 머리를 흔들며

오! 나는 단연히 오늘밤에 이 집을 떠난다. 그리하고, 나의 사랑하는 경순씨를 찾아간다.

그리하여, 일생을 꽃같이 아름답게 지내고 즐겁게 지낸다. "아, 스위트 하트"!, "아, 스위트 하트". 나는 그의 품에서 영원히 영원히 즐거운 꿈을 꾼다 하였다. 혜자는 이러한 생각을 한즉, 하늘로 뛰어올라나 갈 듯이 기쁘고 즐거웠다.

그러자, 문소리가 덜컹! 하고, 벼락이 떨어지는 것처럼 요란하게 난다. 그리하고, 성난 목소리로

"어멈! 아씨 아직도 아니 왔나!"

하고 부르는 소리가 난다. 혜자는 방안에서 벌떡 일어서며, 영준이 오누나 하였다. 그리하고 싸움이 장차 일어나누나 하였다. 혜자는 문을 열고, 위층으로 올라오는 영준의 얼굴을 바라보면서, 매우 다정한 듯이

"어디 갔다 이제야 오세요!"

하였다. 그러나 영준은 대답이 없었다. 그의 길고 투실투실한 검은 얼굴에는 살기가 등등하였다. 그리하고, 푸르락 붉으락한 더운 기운이 뛰놀고 있었다. 혜자는 속으로

"야! 큰 변이 나누나!"

하였다. 그러나 혜자는 조금도 약하지 아니하였다. 점점 마음을 굳게 먹고 정신을 차렸다.

"싸우자! 맹렬히 싸우자!"

하였다. 혜자는 이러한 생각을 가지고 영준과 함께 방으로 들어갔다. 영준

은 저편 의자에 털썩 앉으면서, 방안에서 머뭇머뭇 하는 혜자를 향하여, 칼날같이 날카롭고 우레같이 무거운 소리로

"그 의자 위에 좀 앉으시오!"

하고 호령하듯이 말을 한다. 혜자는 영준을 향하여 의자를 놓고 앉았다. 그러나 몸은 조금 떨리는 듯하였다. 영준은 번개가 번쩍하는 위엄 있는 눈으로 혜자를 한 번 바라보며,

"여보! 혜자!"

하였다. 혜자는 가늘고도 힘 있는 목소리로

"네!……. "

하였다. 영준은 혜자를 잡아먹을 듯이 노려보며

"지난밤에, 어디를 가서 잤어요."

"네! 어디 좀 갔댔어요!"

"어디가 어디란 말이요!"

"저—황금정이요!"

"황금정 어디요!"

혜자는 조금 날카로운 목소리로, 고개를 들고 피가 뛰는 듯한 눈으로 영준을 바라보며,

"어디든지 나 가고 싶어서 갔는데, 왜 그리 말이 많습니까?"

"말이 많아! 말이 많아! 혜자가 그렇게 자유가 있어요!"

영준의 목소리는 더욱 강하였다.

"자유가 있지요!"

"무슨 자유요!"

"내 마음대로 하는 자유지요!"

"그렇게 마음대로 할 수가 있어요! 간음도 하고 화간和姦도 하고……."

영준은 소리를 벼락같이 지르며 발로 방바닥을 구른다. 방안의 공기는 갑자기 흔들린다.

"네! 이제 말하지요! 나는 사랑하는 사람이 있어요! 사랑하는 사람에게 정조를 바치는 것은, 간음도 아니고 화간도 아니어요! 그리고 그것은 자유여요!"

혜자의 목소리는, 떨리고 긴장하였다.

"사랑하는 사람. 남편 있는 계집으로 사랑하는 남자가 있다. 어-이 더러운 계집아……."

영준은 벌떡 의자에서 일어서서, 두 손을 벌벌 떨며, 입을 다물고 혜자에게로 벼락같이 달려든다. 혜자는 죽은 듯이 고개를 숙이고 있었다.

"이년아! 죽일 년아!"

영준의 목소리는 표범의 소리같이 사납고 무서웠다. 어느덧, 그의 쇳덩이같은 주먹은, 혜자의 뺨을 부수기[22] 시작하였다. 한 번 두 번, 십여 번을 부수고는 다시 허리와 가슴을 삼가지 아니하고 마구 난타하였다.

"아이고, 나를 죽여요, 때려죽여요!"

혜자의 목소리는 마디마다 날카롭고도 눈물이 있었다.

"이 죽일 년아!"

"죽여요. 그러나, 죽여도, 당신과는 살 수가 없어요!"

"살 수가 없다!"

"사랑 없는 당신과는 살 수가 없어요!"

"네가 내 주먹을 몰랐구나……. "

"당신의 주먹이 무섭든, 어쨌든, 나는 주먹에는 굴하지 않는 사람이어요. 몸이 부스러질지라도, 사람이 되기 위하여, 진리를 찾기 위하여 힘 있게 살려는 사람이어요!"

"사람이 되기 위하여, 진리를 찾기 위하여가 무엇이냐? 이 더러운 년아!"

"사랑 없는 남자에게, 먹기를 위하여, 도덕을 위하여, 자기 인격을 팔고

---

22) 원문은 '부시기'.

정조를 파는 것은 사람이 아니어요. 진리가 아니어요! 나는 오늘부터 사람이 되어야 하겠어요. 그리고 진리를 찾아야 하겠어요!"

"……."

"오늘부터, 당신과는 영원한 이별이외다!"

"아, 이년이, 아직도 매가 적은가 보구나……."

영준은 미친 듯이 죽어라 하고 혜자를 난타하였다. 혜자의 백설 같은 뺨은 통통 부어 피가 나올 듯이 되었고, 그의 허리는 이리 맞고 저리 맞아 갈비뼈가 부스러질 듯이 되었다. 혜자는 방바닥에 엎드러져, 입으로 피 섞인 거품을 뱉으며

"때려 죽여요!"

하고, 두 눈에서는 눈물이 비 오듯 하며, 설움의 몸부림을 하였다. 머리는 천 갈래 만 갈래로 산산이 얼크러지고, 치마는 이리 찢어지고 저리 찢어졌다. 영준은 마음껏 혜자를 때렸다. 그러나 한참 때리고 보니 기운이 없는지

"이년! 네가 죽기 전에는, 나를 버리지 못할걸……."

하고 하늘이 내려앉는 듯한 위협을 하고는, 그만 혜자의 방을 떠나 자기 방으로 휘끈 나아간다.

영준이 나간 후에 혜자는 방바닥에 마음대로 쓰러졌다. 그리하고 목을 놓고 울었다. 그러나 그를 위로하는 이는 한 사람도 없었다. 공교히 어멈한 사람도, 어디를 가고 없었음이다. 서산에 비꼈던 해는 그만 자취 없이 사라지고, 온 우주에는 검푸른 야색夜色이, 어디서 오는지도 모르게 차츰 차츰 깊어온다. 방안에는 전기등이 콱 켜지며, 무거운 오뇌懊惱의 빛이 가득 찬다.

혜자는 방바닥에 쓰러져서, 한참 동안이나 흑흑 느껴 울었다. 매에 상한 온몸은 소금에 절여지는 듯이 쑥쑥 쏘고, 얼굴은 불을 붙여대는 듯이, 확확 달았다.

혜자는 한숨을 후 하고 쉬고는, 간신히 방안에 일어나 앉으며, 나는 무슨 죄로 매를 맞았나 하였다. 그리하고, 왜 죽일 년이니 더러운 년이니 하는, 모욕을 당하였나 하였다. 이것이 우리 사회와 도덕이 만들어 놓은 그물이구나 하였다. 그리고 본즉 너무도 원통하고 너무도 서러워서 참말 견딜 수가 없었다.

혜자는 여러 가지로 생각을 한다. 아, 나는 죄가 없는 사람이다. 그리고, 더러운 사람이 아니다. 참 감정으로 살고, 사랑으로 살고, 양심으로 살려는 사람이다. 그와 동시에, 정조를 팔고 인격을 팔고 양심을 파는, 그 더러운 땅을 떠나려는 사람이다. 그런데 사회는, 나를 더러운 사람이라 한다. 도덕은 나를 부정한 여자라 한다. 그리하여, 이 사회를 찬미하고 이 도덕을 손에 쥔 영준은, 나를 때리고 나를 모욕하였다. 아, 이 모순의 사회야! 아, 이 썩어진 도덕아! 너는 얼마나 참사람을 죽이며, 너는 얼마나 많은 생명 있는 사람을 영장[23]하려느냐? 죄있는 사람은 죄가 없다 하고, 더러운 사람은 참되다 하고! 아, 너의 망할 날이 언제나 오려느냐? 너의 자취가 언제나 이 땅에서 떠나려느냐!

아! 신이여, 새로운 도덕을 줍시사! 그리하여 많은 생명을 살리고 많은 청춘을 축복하소서.

혜자는, 이를 갈고 주먹을 쥐고 머리를 흔들며, 이렇게 중얼거렸다. 그리고 본즉, 이 사회는 하루 속히 개조하여야 하고, 이 도덕은 한시바삐 깨쳐버려야 한다 하였다.

혜자는 소리를 친다. 조선 여자야, 네가 만약 사람이냐? 네가 만약 인격을 가진 자냐? 그러면, 이 사회를 하루 속히 개조하고, 이 도덕을 한시바삐 깨쳐버리자! 이 사회는 우리 여자를 짐승으로 대접한다. 우리 여자를 한 물건으로 생각한다. 그리하고, 이 도덕은, 우리 여자의 인격을 죽여버

23) 永葬? 의미가 분명치 않다.

린다. 우리 여자의 개성을 깨쳐버린다. 매음을 하고 강간을 하라고 강제한다. 그리하고, 우리가 조금이라도 이에 반항하면, 도리어 우리를 죄인이라 한다. 부정한 여자라 한다. 이러한 횡포横暴한 말이 어디 있으며, 이러한 모순당착의 말이 어디 있느냐! 조선 여자야, 네가 만약 사람이냐? 그러면 주먹을 쥐고 일어서라! 나는 그 선구자가 되려 한다. 나대로 살고, 내 생각대로 사는, 완전한 자아가 되어보자! 그리하여, 이에 반대하는 것은, 그 무엇을 물론하고, 모두 부숴 버리자! 모두 깨쳐 버리자! 우리의 주먹이 있기까지, 우리의 생명이 있기까지, 우리의 피가 있기까지, 힘써 싸우자, 힘써 일하자! 그리하여, 우리도 남자와 꼭 같은, 완전한 사람이 되어보자!

혜자는 주먹을 쥐고 방바닥을 한참 두드리다가, 다시 주먹을 펴고 한숨을 쉬며,

"아이고, 허리야. 이놈이 나를 죽도록 때렸구나!"

하고 중얼거렸다. 그리고 본즉 눈물은 다시 나오며, 설움의 기운이 그의 온몸을 뒤싸가지고, 이리 차고 저리 차는 듯하였다. 혜자는, 몸을 부르르 떨며, 옳다. 나는 오늘밤부터 싸운다. 이제부터 반항한다. 지금부터 실행한다. 나의 대적을 부수자! 나의 개성을 깨치는 그를 부수자 하였다.

혜자의 얼굴에는 붉은 피가 미친 듯이 뛰고 있었다. 그의 눈은 칼날같이 날카롭고, 그의 입은 쇠열[24]같이 새파래졌다. 그는 흥분이 되었다. 그는 상기가 되었다. 혜자는 두 손으로 가슴을 부여안고, 두 눈으로 방바닥을 뚫어질 듯이 바라보며

"영준! 영준!"

하였다.

영준은 구도덕을 대표한 사람이요, 또는 여성을 모욕하는 사람이라 하였다. 그리하고, 돈이나 세력을 등에 지고 나(혜자)를 영원히 짐승으로 대

24) 원문그대로. 의미가 분명치 않다.

접하려는 사람이다 하였다. 혜자는 한 손으로 가슴을 치며, 옳다. 나는 무엇보다도 나를 위하여 살아야 하겠다. 모든 것을 희생하고라도 나 하나만은 살려야 하겠다 하였다. 혜자는 다시 소리를 치며,

"나를 살리자!"

하였다.

그 소리는, 고요한 방안을 윙 하고 울리며, 나중은 창 사이를 지나고 문틈을 지나, 컴컴한 바깥 하늘로 사라지고 만다. 혜자는 고개를 숙이고 무엇을 한참 생각하다가, 단연히 그 방안을 떠났다.

혜자는 기구실器具室에 가서 '피스톨'을 꺼내어, 손에 쥐었다. 그의 온몸에는 빨개진 핏덩이가 홍수같이 흐르고 있었다. 그는 극도로 흥분되었다. 손을 부르르 떨며, 아래층 동쪽에 있는 영준의 방을 찾아갔다.

방문을 덜컥 열었다. 영준은 의자에 앉아 무엇을 생각하다가 벼락같이 혜자를 바라본다. 혜자를 바라보는 순간에, 모든 것은 번개같이 요해了解가 되었다. 그의 얼굴에는, 시커멓고도 붉은 노기가 화산물같이 뛰고 있었다.

"아, 여성의 대적아!"

혜자의 목소리는, 피가 쏟아지는 듯이 강하고 맹렬하였다.

"탕! 탕!……"

하는 두 발의 총소리는, 방 안을 무너뜨리는 듯이 요란하였다. 영준은 악! 하고, 눈을 부릅뜨며 뛰어 일어나려다가, 그만 방바닥에 쓰러진다. 갑자기 피냄새가 방안에 후끈 떠오른다.

밤은 차차 깊어간다. 취운정翠雲亭 솔밭에서 지저귀는 까치 소리가 깍깍 하고 들린다. 검은 하늘에서 파릇파릇 반짝이는 별들의 소리가 흘러내려오는 듯하다.

* * *

혜자는 정신없이 방바닥에 엎드러졌다가, 다시 정신을 차린 후 그 방을 떠나, 즉시 자기 방으로 왔다. 그리하여, 고개를 숙이고 무엇을 한참 생각하다가, 곧 행구行具를 정리하여 가지고, 또는 자기가 모아두었던 현금 일만 육천 원을 품에 넣은 후, 즉시 황금정에 있는 경순의 집을 찾아갔다. 그리하여 두 사람은 놀란 눈으로 무엇을 한참 이야기하다가, 그만 누구에게도 간다 온다는 말이 없이, 그날 밤 열한 시 십 분에 경성역을 떠나는 봉천奉天 열차를 탔다. 그리하여 압록강을 지나고 심양성瀋陽城을 지나 북으로 급행하였다.

혜자와 경순 두 사람은, 다행히 경찰의 손에도 잡히지 아니하고, 무사히 '시베리아'를 지나고 '모스크바'를 넘어 불란서로 가게 되었다. 그리하여 남편南便 불란서의 하나인 '니-스'라는 도시에 조그마한 이층집을 짓고, 파란 지중해의 물결과 어여쁜 감람나무 그늘을 벗으로 하여, 두 애인 사이에는 재미있는 생활이 시작되었다.

무한애無限愛의 금상金像

1

윤태순尹泰淳은 오늘도 병상에 누워 어지러운 생각을 하게 되었다. 이층 들창을 스치고 떨어지는 장마 물소리가 우수수하고 구슬프게 들린다. 태순은 모든 것을 생각하지 않으리라 하였다. 입을 다물고 '생각하지 말자, 생각하지 말자!'하고 자기를 향하여 맹세까지 하여 보았다. 그리고 지나간 추억이 가슴에 떠오를 때마다 머리를 흔들며 '아니다, 아니다'하고 그 생각을 잊어버리고자 하였다.

그러나 도시 잊을 수가 없었다. 그 모든 생각은 가슴 이 모퉁이에서 저 모퉁이에서 소리를 치며 기어 나오게 되었다. 그리하여서는 그의 온 정신을 못살게 흔들고 그의 온 육체를 아프게 짓밟게 되었다. 그때마다 태순은 한숨을 쉬며,

"할 수 없다. 죽어야 한다"

하고 모든 것을 단념코자 하였다. 그러나 죽는다는 것도 그리 쉬운 일은 아니었다. 이십여 일을 두고 그 아픈 생각을 계속하며 죽어야 한다고 서글픈[25)]

25) 본문은 '설거푼'.

눈물을 가슴에 담았건만 오늘날까지 죽지를 못하였다.

이제를 당하여 태순에게는 두 가지 문제밖에 없었다. 그 아프고 저린 추억을 잊어버리든지, 그렇지 못하면 곧 죽어버리든지, 그 두 가지 문제밖에 없었다.

죽어야 한다. 그렇지 않으면 잊어버려야 한다. 이 두 가지 사이에 방황하는 태순은 그 해결을 얻고자 밤낮으로 생각하였다. 잊어버린다는 것보다도 죽어야 한다는 것이 가장 쉬울 듯하였다. 죽음으로써 해결하자! 이 생각은 차차 시간이 갈수록 더욱더욱 그 도수度數가 강하여 감을 느꼈다. 태순이 세상에 살아있는 동안에는 그 아픈 추억을 도시 잊을 수가 없을 듯하였다. 그리고 본즉 죽는 것이 제일 좋은 방법이라는 것이었다.

그러나 태순은 그 어디서인지 '생生'의 애착을 느꼈다. 죽는다고 하면서도 죽기가 무서웠다. 곧 살고 싶었다. 그리하여 그 추억을 가지고는 살 수가 없을까? 또는 그 추억을 머리에서 빼낼 수는 없을까? 그리하여 자기는 그 모든 것을 잊어버리고 새로이 거듭나는 사람이 되지 못할까 하였다. 그러나 그 추억을 잊을 수도 없고 또는 그 추억을 가지고 살 수도 없다 하였다. 그러면 어찌할까? 어느 길로 나가야 할까 하였다. 결국은 죽는다. 죽음으로써 그 모든 것을 잊어버린다. 그 외에는 다른 방법이 없다 하였다.

태순은 이러한 생각을 가지고 오늘도 눈을 떴다 감았다 하며 정신없이 천정天井만 바라보고 있다. 언제든지 늘 한 모양으로 지나간 옛날의 페이지 중에서 가장 즐겁던 추억과 가장 아픈 추억이 번갈아 눈앞에 둥실둥실 떠오른다.

* * *

푸른 달빛이 하얀 모래 위에 떨어져, 모래 위에는 은빛 웃음이 대글거리고 그 옆에는 동해의 푸른 바다가 소리쳐 흐르고 있었다. 그때 윤태순은

달빛이 흔들리는 대양大洋 일대一帶를 바라보다가 고개를 돌리며

"여보세요! 얼마나 좋아요?"

하고 혜정惠貞의 허리를 두 손으로 껴안았다. 혜정은 놀라지도 아니하고 빙긋이 웃으며,

"참 좋아요. 죽고 싶어요!"

하고 고개를 돌려 태순의 가슴에 머리를 파묻었다. 태순은 한 손으로 혜정의 머리털을 슬슬 어루만지며 역시 무량無量의 환희에 넘쳐흐르는 대양의 달빛을 바라보고 있었다.

얼마 후에 태순은 혜정의 허리를 가만히 놓으며

"저 달은 우리를 위하여 영원히 지지를 아니하였으면……."

"옳소이다. 저 달은 지지를 말고 우리는 늙지를 말고요!"

"그리하여 우리는 영원히 영원히 이곳을 떠나지 말고……."

"그렇지요!! 우리는 길이길이 젊은 이 몸으로 저 달을 보며 이곳에서 살았으면 말이지요!"

"아 그러면, 얼마나 좋을까요! 저와 혜정씨 두 사람이 마음껏 사랑하며 고운 달 속에 길이 산다면……."

태순은 다시 혜정의 손을 잡았다. 혜정은 다시 태순의 품에 몸을 기대면서 농담[26] 비슷이

"사람이 늙지 않을 수는 없을까요?"

하며 아양을 치기 시작한다. 태순도 웃으며

"늙지 않을 수가 있지요."

하였다.

"어떻게요?"

"사랑하는 사람은……."

---

26) 본문에는 '용담'.

"거짓말! 진시황도 늙었는데……."

"그 이는 늙었지만 사랑하는 사람은 늙지를 않는다고요……."

"또 웅변雄辯, 그만두셔요!"

"웅변이 아니라 사실이지요!"

"그러면 그 이유를 말하여야지요!"

"물론 말하지요."

"그럼, 무어여요!"

"사랑하는 사람은 마음이 평안하니까?"

"또……."

"사랑하는 사람은 언제든지 어린애 같으니까?"

"또……."

"사랑하는 사람은 '에덴'에 사니까요?"

"또요……."

"사랑하는 사람은 정열에 사니까?……."

"또……"

"여보! 그렇게 자꾸 물어서야 어디 견디겠소?"

"그럼 그것밖에 모르세요?"

"알기야 많이 알지만!"

"그럼! 말씀하세요?"

"귀한 말을 그저 자꾸 하면 값이 없는데요!"

"아이고 밑천이 떨어진 모양이구려!"

"천만에……."

혜정은 태순의 얼굴을 쳐다보며 한 손으로 가만히 태순의 허리를 꼬집었다.

"아이고 요거 무어야! 모기가 무나?"

태순이도 저편 바다를 바라보며 모르는 척하면서 혜정의 다리를 꼬집었다.

"아이고! 요건 벼룩인가……."

두 사람은 다시 얼굴을 쳐다보면서 깔깔 웃었다. 허리가 끊어질 듯이 웃었다. 공연히 말할 수 없는 기쁜 물결이 그들의 가슴에서 소용돌이를 치고 있었다. 두 사람은 웃기를 그치고 한참 묵묵히 바다를 바라보다가,

"아! 죽었으면……."

"나는 태순씨 품에서 죽고 싶어요!"

"저 역시……."

"이날 밤이 새지를 말면……."

"우리 두 사람은 하늘이 꺼지고 땅이 무너질 때까지 함께 살아요! 그리고 함께 죽어요!"

"물론이지요! 언제든지 그 어느 때든지 두 사람은 눈물을 같이 하고 웃음을 같이 하고. 그리하여 끝없는 사랑 속에 살도록이요?"

"아 울고 싶어요!"

"고운 오늘밤이 끝없이 아까와요!"

"참말! 이 밤이 속히 가면 어찌해요?"

"이렇게도 고운 달밤을……."

두 사람은 서로 몸을 껴안았다. 죽어라 하고 몸을 부여안았다.

바다 위에는 금가루 같은 물결이 뛰는 듯이 흔들리고 멀리, 저편 해수욕장 옆으로는 검푸른 연산連山의 그림자가 어리어리 빗겨 있다. 끝없이 고운 바다의 밤이었다. 저편 서양 사람의 집에서는 고운 바이올린의 리듬 소리가, 가만가만히 흩어져 나온다. 태순과 혜정의 두 사람은 아침 다섯 시 경에야 그 모래밭을 떠났다.

이것은 그가 작년 여름에 혜정과 함께 원산 명사십리에 가서 그 어느 날 밤에 모래 위에 앉아서 장난치며 지내던 일이었다.

태순은 이것을 생각하는 것이었다. 그리고 자기 반생중半生中에 한번 세

워본 황금탑이라는 것이었다. 이것이 태순에게 대하여는 다시없는, 가장 아름다운 추억이었다. 그의 반생 중에는 이보다 즐겁고 아름다운 때가 다시없었다. 그리하여 그는 어쨌든지 이것을 생각하고 기뻐하기를 마지않았다. 그러나 이제를 당하여는 그러한 추억도 소용이 없었다. 혜정이가 한번 자살한 후에는 그 모든 것은 모두 태순에게 아픔을 주는 것뿐이었다. 곧 가슴에, 눈물과 설움을 주사注射하는 시뻘건 독약이었다. 그때는 즐거웠으나 그때 그이는 어디로 갔는가 하면 그만 하늘이 꺼지는 듯하였다.

태순은 다시 그러한 생각을 하지 말자! 아, 그만 잊어버리자 하고 입을 다물고 살을 꼬집었다. 그러나 그 생각을 아니할 수가 없었다.

그의 맘은 어느덧 지나간 옛날! 그의 애인이 안고 있던 명사십리를 찾아가서는 자못 꿈이라도 생각이라도 그때 즐거움을 찾고자 하였다. 그러나 그 생각은—그가 찾고자 하는 아름다운 추억은 잠깐 눈앞에 나타날 뿐이었다. 혜정이는…… 하고 생각하면 어느덧 그의 가지고 있는 무서운 추억이, 다시 구름같이 몰려와서 그 아름다운 추억을 모두 산산히 깨치고 만다. 그리하여 그의 몸에는 시커먼 설움과 애타는 불길만이 꼬리를 치고 있을 뿐이었다. 그때마다 태순은 그 무서운 추억을 헤치지 못하여 "아! 죽어야 한다."하고 소리를 치는 것이었다.

* * *

지금으로부터 스무날 전이었다. 태순은, 점심을 먹은 후 몸이 고단하여 낮잠을 자고 있었다. 얼마쯤 단잠을 자다가 잠결에 듣노라니까 그의 옆에서 타팅[27]을 뜨고 있는 줄 알았던 혜정이가 흑흑! 손으로 바닥을 잡아 뜯으며 고민하는 소리가 들린다.

---

27) 타팅: tatting. 일종의 레이스 뜨개질.

"이거! 웬일인가?"
하고 태순은 눈을 번쩍 뜨며 자리에서 일어났다. 그리고 번개같이 혜정을 바라보았다. 어쩐 일인지, 혜정은 자리에 꿇어 엎드려 두 손으로 가슴을 쥐어뜯으며 입으로 주먹같은 피를 토하고 있다. 방 안에는 핏덩어리가 흐늘흐늘 흩어져 있다. 태순은 갑자기 하늘이 무너지는 듯한 놀라움을 가슴에 받으며,
"이거! 웬일이요?"
하고 혜정에게로 달려들었다. 그리고 엎드린 혜정을 일으켜 안았다. 혜정은 핏빛이 된 눈을 들어 태순을 바라보며 극히 날카로워진 목소리로
"태순씨! 용서하세요."
하고 태순의 허리를 부러질 듯이 껴안는다. 태순은 숨 급한 목소리로 부들부들 떨면서
"여보! 웬일이요? 말 좀 해요!"
하고 혜정의 얼굴을 들여다본다. 혜정은 겨우 입을 열어
"말이 무슨 말이어요? 그저……."
말을 마치지 못하고 흑! 하며 입으로 피를 토한다. 주먹 같은 핏덩어리가 태순의 가슴에 떨어지며 거품을 날린다. 태순은 핏덩어리를, 씻으려고도 아니하고 다만 죽을 듯이 머리를 이리저리 흔들며,
"이 일을 어찌하나! 여보 말 좀 하세요?"
하고 미친 듯이 혜정의 손을 잡아 흔든다. 혜정은 여전히 흑흑! 고민하는 소리를 높이며, 이따금 주먹으로 가슴을 두드리면서
"별 말씀 없어요! 그저 뜻같이 되지 않는 세상을 저버리려 함이지요! 부디 용서하세요?"
하고 서러운 듯이 몸을 부르르 떨며, 태순을 바라본다. 그의 눈에는 눈물이 주르르 하고 힘없이 떨어진다.
"죽긴 왜 죽어요? 좀더 기다리지를 못하고……. 글쎄! 이게 웬일이요?"

태순의 말소리도 어느덧, 울음소리로 변하며 그의 눈에서도 눈물이 방울방울 떨어진다.

"기다리면 무얼 해요? 언제 낙樂이 있겠다고. 그저 죽어야 할 팔자로서……."

"글쎄! 죽긴 왜 죽는단 말이요? 조금만 더 참으면, 그래 시원한 세계가 있지 않겠소!"

"언제 시원한 세계가 온단 말씀이어요? 그저 죽어야 시원하지요!"

혜정은 태순의 오른 팔을 당기어 자기 가슴에 대이며 흑흑 느껴 운다. 그리고 여전히 시뻘건 피를 후후! 배앝는다. 태순은 어찌할 줄을 모르고, 혜정의 토하는 피를 수건으로 받아 방바닥에 던진다. 그리고 혜정의 얼굴을 뚫어질 듯이 바라본다. 혜정은 주먹으로 가슴을 치며,

"아이고! 가슴이야!……"

하고 또 입으로 피를 토한다. 태순은 미친 듯이 몸을 떨며,

"아이고! 이 일을 어쩌나!……"

그 피를 수건으로 받아 방바닥에 놓고 자리에서, 일어서려 한다. 혜정은 태순의 손을 붙잡고 힘껏 늘어지며,

"왜 일어서요?"

하고 애타는 눈으로 태순을 바라본다. 태순은 황급한 태도로 머뭇머뭇하다가

"의사를 불러야지요!"

하고 겨우 말을 하였다. 혜정은 바싹 태순에게 매달리며 그의 손을 죽을 듯이 잡아당기면서,

"아니요! 의사를 부르면 무엇해요? 그만두세요?"

하고 애원하듯이 태순을 바라본다. 태순은 그만 자리에 주저앉으면서

"아니요! 의사가 와야지요! 그리하여 응급치료를 해야지요!"

이때 혜정은 눈에서 눈물이 또 주르르 떨어지며,

"응급치료요. 죽으려는 사람에게 응급치료가 무엇이어요?"

"어쨌든 의사가 와야지요! 그리고 혜정씨는 살아야지요!"

"죽어야 할 사람이 살면, 어찌합니까?"

"죽긴 왜 죽어야 한단 말이오?"

"그러면 아니 죽고 어찌해요?"

"혜정씨가 죽으면 저도 죽어요?"

이때 태순은 고개가 힘없이 숙어지며 눈에서 눈물이 방울방울 흐른다.

"태순씨야, 왜 죽어요? 양반의 영양令孃? 조금도 부족함이 없는 여자와 결혼하여, 마음껏 살으셔야지요?"

"여보세요? 그런 야속한 말씀을, 다시 하시렵니까?"

이때 혜정은 입으로 다시 피를 토하며 고개를 태순의 가슴에 파묻는다. 그리고 흑흑 느끼며 넌더리[28]를 친다. 태순은 그만 정신이 모두 빠지는 듯 하였다. 그리고 어찌 할 줄을 알지 못하고 얼굴을 혜정의 얼굴에 부비며 같이 넌더리를 치기 시작하였다.

두 사람은 한참 울었다. 혜정의 토하는 피는 여기저기 되는 대로 태순의 의복에 흩어져 버렸다. 얼마 후에 혜정은

"아이고 가슴이야!……"

소리가 이상하게 변하여 가며

"태순씨!……"

하고 불렀다. 태순은 정신없이

"네……."

하고 대답하였다.

"이젠 죽어요. 그만이어요."

"혜정씨가 죽으면 저는 어찌하란 말이요?"

---

28) 원문에는 '넉더리'. 역시 '넌더리'라고 입력한 같은 문단의 단어는 '넉드리'이다. '넋두리'일 가능성도 있어 보인다.

태순은 발광發狂을 하며 머리를 흔든다.

"태순씨는 잘 살으셔야지요. 제가 죽는 것도, 태순씨가 잘 살기를 위하여 죽는 것이어요!"

"그런 야속한 말씀 다시 마세요? 혜정씨가 죽는데 내가 어찌 잘 산단 말이어요?"

"아니요. 아니요. 그래선 안 돼요? 그러신다면, 저는 죽어도 눈을 감을 수가 없어요?"

"아이고 속상합니다. 저도 죽어요?"

"아, 태순씨! 태순씨!"

혜정은 더 말을 하지 못하고 그만 말을 그친다. 그리고 부르르 떨리는 손으로 태순의 목을 껴안는다. 그리고 피를 뱉으며 흑흑 소리를 친다. 태순은 정신이 반半나마 빠졌다. 그리고 혼이 거의 나갔다.

"혜정씨!……"

하고, 그의 이름을 정신없이 부른다.

"아, 태순씨! 그만이어요! 저는 죽어요? 아 태순씨. 태순씨!……"

혜정은 힘을 다하여 태순의 이름을 자꾸 부른다. 그리고 힘없이 늘어진다. 팔과 다리를 푸르르 떤다. 얼굴이 차차 시퍼래간다. 입으로 검푸른 거품이 흘러나오기 시작한다.

의사가 와서, 응급치료를 하고 갔다. 주인집 사람이 모여들고 동리 사람들이 모여들었다. 한참 동안 떠들었다. 그러나 혜정은 그만 죽었다. 입으로 검푸른 거품을 주르르 흘리며 두 손으로 태순의 목을 부여안고 그만 죽었다. 태순도 그만 죽은 사람같이 되었다. 그의 얼굴은 새까매지고 그의 입술은 자주 경련을 치고 있었다.

의사의 말을 들으면 혜정은 네꼬이라즈(쥐 잡는 약)[29] 다섯 그램을 온수에

---

29) 네꼬이라즈: 猫要らず. '고양이가 필요 없다'라는 뜻의 쥐약 상표.

타먹고 세 시간 안에 그만 죽었다 한다. 그리고 그의 품에는 간단한 유서 한 장이 있었다.

어머니! 어머니!

불초의 자식은 그만 가나이다. 뜻과 같지 않은 세상을 마음껏 저주하고 그만 가나이다.

아 어머니!

용서하셔요? 박명한 자식을 과히 책망치 마셔요. 그리고 남은 일생을 평안히 지내셔요?

그러면 어머니! 저는 가나이다. 영원히 가나이다. 안녕히 계셔요!

태순은 이 유서를 꺼내어 자기 포켓에 넣고 검은 시체 앞에서 울고만 있었다. 검푸른 바람이 방 안으로 스르르 지나갈 때에 그의 온 정신은 그만 무섬과 설움에 붙잡혀 어디로 몰려가는 듯하였다.

* * *

이것이 태순의 가지고 있는 가장 무서운 추억이었다. 지금으로부터 20일 전에 혜정과 함께 온양 온천에 가서 휴양을 하다가 돌연히 일어난 일이었었다. 이 무서운 추억은 그의 가슴에서 한 시 한 분이라도 떠나지 아니하고 그의 살을 말리고 그의 피를 졸이고 있었다. 명사십리明沙十里의 아름다운 추억이 일어나자마자 어느덧, 이 무서운 추억이 구름같이 몰려와서 그의 온 몸을 뒤덮고 말았다. 태순은 이십여 일을 두고 고민하였다. 하룻밤도 평안히 자지 못하였다. 밥도 먹지 못하고 자지도 못하게 되매 자연히 태순에게는 병마病魔가 침노하게 되었다. 곧 그의 눈앞에는 죽음의 그림자가 얼씬얼씬 휘돌게 되었다.

2

윤태순은 서울 가회동에 사는 윤남자의 아들이었다. 윤남작이라면 조선의 첫째로 가는 부호이여 또는 일한합병日韓合併에 공로자인 것도 누구나 모를 사람이 없을 것이다. 그러나 태순은 자기 부친과는 전혀 딴판이었다. 생각도 그러하고 사상도 그러하고 무엇이든지 그의 아버지와는 전혀 딴사람이었다. 그의 아버지가 귀족주의자임에 반하여 그는 평민주의자였다. 그의 아버지가 자본주의자임에 반하여 그는 노동주의자였다. 그리하여 그와 그의 아버지 사이에는 사상의 충돌이 적지 않았다. 태순이 열두 살 먹었을 때부터 그 충돌은 시작되었다.

그가 열두 살 먹었을 때에 그는 어떤 걸인을 보고 돈 십 원을 준 일이 있었다. 이것을 본 윤남작尹男爵은 우레같이 호령하였다. 돈이 아까운 줄을 모르고 함부로 준다고. 그때 태순은 아버지의 걱정을 듣고 울면서 우리 집에는 돈이 많은데 의식衣食이 없는 그 불쌍한 사람에게 돈을 조금 주는 것이 좋은 일이 아니냐고, 대답하였다. 그러나, 이 소리를 들은 윤남작은 더욱 소리를 높이며 돼지 같은 것들에게 돈을 주면 무엇하느냐? 그런 것들은, 죽어도 좋지 않으냐 하며 무섭게 책망하였다. 그때 태순은 그만 다시 말을 못하고 아버지 맘이 자기 맘 같지 않은 것을 서러워하면서 안방으로 뛰어들어간 일이 있었다.

그 다음 한 번은 그가 이웃에 있는 어떤 애와 함께 놀며, 장난을 치다가 또 아버지에게 책망을 당하였다. 그때 윤남작은 얼굴이 시뻘개서 노기를 품고 상놈의 자식과 함께 놀면 같이 상놈이 된다고 하며 갑자기 상놈 물이 드는 듯이 그의 잔등을 두드려 집으로 끌어 들였다. 그때 태순은, 집으로 끌려가며 사람은 일반이지 양반과 상놈이 무엇이냐고 반항하였다. 그러니까 그의 아버지는 벼락같이 성을 내며 이 자식이 정신이 있느냐 하며 따귀를 번쩍 하고 두세 번을 부수었다. 태순은 너무도 억울하고 너무도 아쉽다고 생각하고 집안으로 끌려들어간 일이 있다. 이것이 그와 윤남작 사이에 처음으로 일어난 사상의 충돌이었다.

그로부터 그와 윤남작 사이에는 충돌이 끊이지를 않았다. 그가 스물네 살 나는 오늘날까지 모든 것에 대하여 그는 그의 아버지와 전혀 등을 지게 되었다. 더욱이 금년 봄에 그가 일본으로부터 돌아온 후에는, 말할 수 없는 맹렬한 충돌이 하루도, 끊이지 않고 계속하게 되었다.

태순은 조도전早稻田 대학 정치경제과를 마치고 금년 봄에 집에 돌아왔다. 집에 돌아오자 그는 이전부터 계획하던 자기 이상대로 빈민원貧民院과 음악학교를 세우고자 하였다. 빈민원이라는 것은 몇백 만 원의 자본금을 적립하여 가지고 여러 빈민들에게 생활의 안정을 주고 또는 지식을 주고자 하는 것이었다. 그리하여 그 빈민원에는 학교도 두고 공장도 두려는 것이었다. 그리고 음악학교라는 것은 그가 음악을 심甚히 좋아할 뿐만 아니라 그의 애인 혜정이가 조선 일一의 음악가이기 때문에 그로 하여금 그 음악학교를 맡아 가지고 여러 천재의 남녀를 양성코자 함이었다.

태순은 모든 계획을 세웠다. 그리고 총독부와도, 원만한 교섭을 하였다. 그리하여 총독부에서도 일 년에 몇 만 원씩, 보조하여 주기로 하였다. 그러나 그의 부친은 그의 계획을 듣자마자 아무 이유 없이 맹렬한 반대를 시작하였다. 소용없는 사업을 그만두라고 벼락같이 책망하였다. 아무 이해와 생각이 없는 그의 부친에게는 오백만 원의 돈을 가지고 빈민원과 음악학교를 세우겠다는 태순의 말이 미친놈의 말과 같이 들렸음이라. 윤남작은 그런 미친 수작은 다시 말고 중추원中樞院에 나가서 놀고 있으라고 나중에는 훈계까지 하였다.

태순은 이 말을 들을 때에 하늘이 무너지는 듯이 기가 막혔다. 태순은 눈물을 흘리며 여러 가지 이유를 들어 자기의 이상을 말하고 또는 현대에 있어서는 그러한 사업을 하는 것이 자기 집안을 위하여서도 행복스러운 일이라고 간절히 말하였다. 그러나 그러한 말을 몇 만 번 한들 알아들을

리는 만무하였다. 그야말로 쇠귀에 경이었다. 윤남작에게는 그의 모든 말이 미친놈의 말같이 들리는 외에는 아무 이유가 없었다. 나중에 윤남작은 우레같이 성을 내며 "이 자식이 미쳤느냐?"하고 소리를 지르고 바깥으로 나가버렸다.

태순은 목을 놓고 울었다. 처음으로 그는 자기가 종로 거리에 다니는 거지(걸인乞人)과 같이 아무 소유가 없는 것을 깨달았다. 일천만 원이라는 막대한 돈은 그것이 모두 자기 아버지 돈이요, 한 푼도 자기 돈이 아닌 것을 깨달았다. 곧 그는 처음으로 자기가 주먹만 가지고 있는 무산자인 것을 깨달았다.

그 후에도 태순은 몇 번이나 윤남작에게 자기의 포부를 말하였다. 그리고 눈물을 흘리며 간구하였다. 그러나 그의 아버지는 손을 흔들며 그런 말은 다시 말라고 거절하였다. 나중에는 방바닥을 두드리며 미친놈이라고 소리까지 질렀다.

태순은 모든 것이 허사임을 깨달았다. 자기 아버지가 자기의 포부를 위하여 돈을 주기는 하늘의 별이 떨어지기를 기다리는 셈이라고 생각하였다. 전후 이십여 번이나 거절을 당한 태순은 최후의 결심을 하였다. 곧 그의 운명을 결정코자 최후의 각오를 하였다.

어느 날 태순은 조용히 자기 아버지를 찾아 갔다. 단정히 무릎을 꿇고 애원하는 빛으로.

"그래 아버지! 나의 말을 안 들어 주시렵니까?"

하였다. 그의 아버지는 한 손으로 검은 수염을 급한 듯이[30] 만지며,

"또 그 말을 꺼내느냐? 아이고! 이제는 듣기도 싫다."

하고 머리를 흔들었다. 벌써 그의 얼굴에는 노기가 떠오르기 시작하였다. 태순은 머리를 숙이고 한참 앉았다가 다시 고개를 들고 눈물이 엉긴 아픈

---

30) 급한 듯이: 원문은 '급한듯이'.

목소리로

"아버지가, 영원히 제 말을 들어주지 않으면 저는 그만 죽을 테여요!"

하였다. 윤남작은 성을 버럭 내며,

"이 자식아! 죽기는 왜 죽는단 말이야. 그래 여지껏 공부하여 가지고 자기 아비 앞에서 죽는다는 말밖에 더 나오지 않더냐?"

하고 태순을 미운 듯이 노려본다. 태순은 고개를 숙이고,

"자기의 이상을 실현하지 못하면 살아도, 그는 죽은 사람과 마찬가지니까요. 아버지 앞에 황송한 말이나 아버지께서, 제 말을 종시 들어주지 아니하면, 저는 살지 않을 테여요!"

태순의 말은 뼈를 쑤시는 듯이 간곡하고도 애처로웠다. 그러나 윤남작은

"죽을 테야! 이 정신 없는 자식아! 무엇이 부족해서 죽는단 말이냐? 그리고, 이상이라는 것은 무엇 하는 물건이냐? 밥 먹고 옷 입고 행세行世하고 살았으면 그만이지……. 매일 이상 이상하고!……"

"아버지는 모르는 말씀이외다. 사람이 사는 것은 밥이나 옷이나 그것보다도 자기의 이상을 실현하여 그곳에서 새로운 자아를 찾고자, 사는 것입니다. 만약 그렇지 않으면 그 사람의 삶이라는 것은 값없는 송장의 생활과 마찬가지지요!"

"이 자식아! 듣기 싫다. 무슨 소린지……. 그래 매일 그 말밖에 할 말이 없더냐? 에! 기가 막혀서……."

윤남작은 담뱃대로 타구를 서너 번 깨어져라 하고 두드리고 자리에서 일어서려 한다. 이때 태순은 서러운 듯이 윤남작을 바라보며 힘 있게

"아버지!……"

하고 불렀다.

"무슨 말이냐?……"

윤남작은 성이 나서 핏결이 뛰는 눈으로 태순을 바라보며 다시 자리에 앉는다.

"그래 정말! 제 말을 아니 들어주시겠습니까?"

"이 자식아! 또 그 소리야!"

"그러면 저는 죽겠어요."

"죽어! 너 같은 자식은 죽어도 좋다……."

"아버지! 그러면 그만이외다."

태순은 갑자기 자리에 쓰러지며 흑흑 느끼어 울기를 시작했다. 윤남작은 담뱃대로 방바닥을 두어 번 두드리고,

"에! 자식 하나 있는 것이……. 죽어라 죽어. 이 자식! 얼른 죽어……."

소리를 지르며 바깥으로 나가버렸다.

윤남작이 나간 후에 태순은 목을 놓고 울었다. 세상이 무정하다고 원망까지 하였다. 그리고 이제는 죽는다 하고 넋두리까지 하였다.

태순은 한참 울고 나니 가슴이 아팠다.

"아이고 가슴이야!……."

태순은 한 손으로 가슴을 어루만지면서 자리에서 일어났다. 그리고 구슬구슬 얼크러진 머리를 한 손으로 쓰다듬고 멍하니 저녁 빛이 어린 창문을 바라보다가,

"아 그만이다. 나의 이상은 깨졌다."

태순은 주먹으로 책상을 두드렸다. 곧 당장에 죽고 싶었다.

죽는다. 죽어야 한다. 아니 죽을 수는 없는 일이다. 태순은 혼잣말을 지껄이면서, 방 안에 일어서서 안타까운 듯이, 왔다 갔다 한다. 그리고 들창 밑에 기대어 서서 한 손으로 창살을 두드리며 혼자 연설을 시작하였다.

사람은 왜 사느냐? 이상을 위하여 산다. 그 이상을 현실 위에 창조하기 위하여 산다. 풀은 꽃을 피우고 나무는 열매를 위하여. 그렇다. 사람은 꼭 이상의 꽃을 피우고 이상의 열매를 따기 위하여 산다. 그리하여 완전한 자아를 찾기 위하여 산다. 옳다. 이것이 진리다. 그러나 나는 이상의 파괴를 당하였다. 나의 혼을 담았던 아름다운 세계가 무너졌다. 나의 생명을 매었

던 향기로운 줄이 끊어졌다. 아, 죽는다. 아니 죽을 수 없다. 아, 무정하구나. 이렇게 야속할 줄이야…….

오! 죽어야 한다. 곧 죽으리라…….

태순은 두드리는 주먹을 맥 없이 펴고 쓰러지는 저녁 햇발을 무심히 바라보다가 무슨 결심이나 한 듯이 자기 방으로 뛰어 들어갔다.

벼락같이 의복을 바꾸어 입고 혜정에게서 받은 기념 메달을 가슴에 찬 후 익선동益善洞으로 별불[31] 같이 달려갔다. 태순의 맘에는 오늘밤 죽기 전에 혜정의 얼굴을 한 번 더 보고자 하였음이라.

태순은 어린애같이 울면서 혜정에게 전후 사실을 다 말하였다. 그리고 자기가 죽은 후에도 잘 살기를 바란다고까지 하였다. 혜정은 눈에 눈물이 엉키어,

"태순씨가 죽으면 저도 죽어요."

하고 달려들었다. 그러나 태순은 당장에 죽지 않으면 안 될 책임이나 가진 듯이 혜정의 두 손을 뿌리치고 그 집을 떠났다. 혜정의 어머니도 눈이 둥그레져서 달려 나오게 되었다. 태순은 흥분될 대로 흥분되었음이라.

태순은 그 집을 떠나 한강으로 달려갔었다. 그리고 죽을 듯이 이곳저곳으로 돌아다녔다. 그러나 혜정이 그의 뒤를 따라다님에는 어찌 할 수가 없었다. 혜정이 태순의 허리를 꼭 껴안고 풀밭에 쓰러지며,

"정말 그러실 테여요! 그러면 제가 먼저 죽을 터이니 구경을 좀 하시렵니까?"

하고 비단같이 부드러운 말소리가 그의 곱다란 입에서 흘러나올 때에는, 태순도 어찌 할 수가 없었다. 그만 혜정의 가슴에 쓰러지면서

"아이고 모르겠소!"

하고 한숨을 쉬었다. 따스하고 부드러운 혜정의 가슴에서 물씬물씬 떠오

---

31) 별불: 각주1 참조.

르는 육肉의 향기! 더욱이 달콤하고 간지러운 여자의 분홍빛 냄새! 이러한 육의 기운은 태순의 흥분된 머리를 씻어 주기에 매우 힘이 있었다. 태순은 가만히 머리를 들어 하늘의 별들을 바라보고 다시 달빛에 묻힌 혜정의 얼굴을 바라보았다. 시원스럽고 새하얀 얼굴의 표정! 푸른 눈과 날씬한 코! 불그레한 복사꽃이 웃음이 아물아물 떠오르는 그의 두 뺨! 옥같이 고운 이마의 넓은 빛! 방긋이 벌어진 봉우리 꽃 같은 예쁜 입술! 그리고 검은 머리털. 쪽 패인 목의 모양! 혜정의 얼굴은 무한無限의 미를 가지고, 태순의 눈 위에 나타났다. 태순은 아지 못하게 '생生'의 애착을 느끼며 죽기가 싫다 하였다. 태순은 빙긋이 웃음을 웃고 다시 고개를 혜정의 무릎에 파묻었다. 그러나 혜정은 벌써 그 눈치를 보았다. 혜정은 아양을 부리며

"그래도 죽으실 터이어요! 내가 죽는다고 해도, 죽으실 테여요! 어쩌면 그리 무정한 말씀을 하십니까?"

"허허……."

태순은, 그만 허허 웃고 말았다.

"말씀을 하세요. 내 다짐을 받을 테야! 죽으실 테요? 안 죽으실 테요?"

"그래 혜정씨 맘에는 어째야 좋겠소?"

"살으셔야지요!"

"정말이요."

"그럼! 정말이지요."

"어디 그럼! 살아봅시다."

두 사람은 웃었다. 한참 웃었다. 자리를 떠나 한강 일대를 뒤돌았다. 한강에는 월색月色이 무르익어 바람이 불 적마다 금룡金龍 은룡銀龍이 꼬리를 치는 듯하였다. 철교에는 사람의 그림자가 가득하였다. 배까지 타는 사람이 있었다.

죽는다고 하던 태순은 달구경만 잘 하고 돌아오게 되었다. 두 사람은 그날 밤에 조선 호텔로 가서 재미있는 꿈을 꾸었다.

태순은 살았다. 혜정의 사랑 속에서 다시 부활하였다. 그리고 깨진 그의 이상도 다시 세우려고 그 재료를 모으게 되었다. 곧 그의 이상은 새로운 모양을 가지고 그의 눈에 나타나기 시작하였다. 다시 말하면 그는 빈민원을 못 세울지언정 빈민들을 위하여 그들과 함께 수고受苦한다고 노동야학을 세우고 매일 밤 열심히 교수敎授하게 되었다. 그리하여 그의 혼은 다시 머무를 세계를 찾고 그의 생명은 살기를 위하여 '생'의 줄을 강하게 잡게 되었다. 태순은 그럭저럭 즐거운 날을 보내게 되었다. 그러나 태순에게는 두 번째의 무서운 막幕이, 열리게 되었다. 곧 혜정과의 애愛를 깨뜨리려는 검은 쇠뭉치가 닥쳐오게 되었다.

3

박혜정朴惠貞은 금년 스물두 살 된 어여쁜 처녀였다. 그의 집은 익선동에 있고 집안에는 어머니 한 분밖에 계시지 않았다. 재산은 넉넉하고 또는 모든 것이 유족裕足하였다. 혜정은 작년 봄에 일본 음악학교를 졸업하였다. 피아노를 잘 하고 성악을 잘 하는 것이 그의 장기였다. 피아노와 성악에는 조선에 일류였다. 일본에 있을 때에도 동경 악단에서 몇째 안가는 피아니스트였다. 그리고 보컬 솔로(독창)는 일본에서도 첫째라고 떠든 일이 있었다.

얼굴도 고우려니와 음악까지 잘 하니 그는 그야말로 범이 날개를 가진 셈이었다.

재작년이었다. 동경조선인 기독청년회관 주최로 청년회관에서, 음악회를 열었을 때에, 그는 피아노를 치고 독창을 하였다. 후리후리한 키에 하얀 저고리와 검은 치마를 입고 어여쁜 얼굴에 백분白粉, 크림, 레트[32] 등 화

32) 레트: 입술연지? 의미가 명확치 않다.

장을 본때 있게 하고 출연하였을 때에, 모든 남자들은 넋을 잃고 말았다. 피아노를 칠 때에는 그의 흐르는 듯한 날씬한 허리와 옥같이 뛰는 손가락에 눈이 황홀하였으며 독창을 할 때에는 월계화 같은 그의 얼굴에 흐르는 애교와 금실 같이 빠져나오는 그의 목소리에 가슴을 녹이고 말았다.

음악회가 끝난 뒤에도 정신없는 남자들은 회장會場에서 나가지 않고 멀거니 혜정을 바라보고 있었다. 혜정이 회장을 떠나 자기 숙소로 돌아올 때에는 그의 뒤를 살금살금 따라오는 남자가 네 명이나 있었다.

혜정에게는 이전부터 알지 못하는 남자에게서 편지가 많이 왔었다. 그러나 음악회가 있은 후로부터는 더욱이 매일 편지가 두세 장은 끊이지를 않았다. 그 중에는 태순의 편지도 있게 되었다.

동경 있는 수많은 유학생들은 혜정을 보고 죽을 듯이 야단을 하였다. 곧 격렬한 사랑의 경쟁을 하였다. 별의별 우스운, 희극이 많이 있었다. 그러나 아름다운 최후의 승리는 태순에게로 돌아갔다.

어느 날 혜정에게는 편지 석 장이 왔었다. 그 중의 하나는 태순의 편지였다. 용서하세요! 몇 번이나 몇 번이나 주저하다가 이 붓을 들었습니다—이것이 그 편지의, 첫 허두였다. 혜정은 그 첫머리를 한 번 슬쩍 읽어보고 나중 끝을 보았다.

그러면 반가운 소식이 오기를 기다리겠나이다. 나의 생각하는 젊은 천사여—하고 그 다음에는 '윤태순'이라고 이름을 썼다.

혜정은, 윤태순!하고 속으로 불렀다. 한 번 들은 이름 같았다. 어쩐 일인지 그 이름이 다정스러워 보였다.

혜정은 처음부터 그 편지를 읽기 시작하였다. 다른 남자의 편지들은 첫머리를 한 번 보고 나중 이름을 또 한 번 본 후에는 그만 불에 던져 버렸으나 이번에는 어쩐 일인지 자기도 알지 못하게 그 편지를 읽고 싶었음이라. 혜정은 그 편지를 처음부터 끝까지 모두 보았다. 역시 다른 남자들의 편지와 마찬가지로 청년회관 음악회 때에 처음으로 뵈었단 말과 그 후부터는 아지 못하게 그저 사모하게 되었단 말과 사랑하여 주기를 바란다는 말과 자기는 조도전대 정경과政經科에 다닌다는 말 등이 쓰여 있었다.

보기를 다한 혜정은 윤태순! 하고 다시 한 번 불렀다. 아무리 하여도 그 이름은 듣던 이름이라고 생각하였다. 태순! 태순! 하고 혜정은 그가 누구인 것을 찾아내고자 하였다. 얼마 후에 혜정은 무릎을 치며,

"옳지! 그이로구나!"

하고 빙긋이 웃었다. 혜정에게는 그 어느 날 신전구神田區 준하대駿河臺에 있는 친구 영애永愛의 집에 가서 장난을 치고 노래를 부르며 재미있게 놀다가 어떤 후리후리하고 다정하게 생긴 복스러운 남자가 그 집 앞으로 지나갈 때에, 저이가 서울에 있는 윤남작의 아들 태순이란다 하고 영애가 칭찬 비슷이 말하던 것이, 그의 가슴에 떠올랐음이라. 그리고 영애가 그의 아버지는 귀족주의자요 보기 드문 완고이나, 그이는 어디까지든지 평민주의자요 또는 불쌍한 사람을 극히 동정하는 사람이란다. 그이가 자기 아버지에게서 매월 일백 이십 원씩 학비를 타가지고는 자기는 고생을 하여 가며 육십 원만 쓰고 육십 원은 고학생 두 사람에게 나누어 주어 공부를 시킨단다. 그리고 자기 어머니에게서 용돈으로 쓰라고 매월 삼십 원씩 오는 돈도 우리 친구 정희라는 이에게 주어 역시 공부를 시킨단다. 어쩌면 사람이 그렇게도 훌륭한지. 그 이는 공부도 잘하고 또 바이올린까지 명수名手지……. 그래서 유학생 간에는 칭찬이 자자하단다 하고 극력 칭찬하던 것이 모두 생각났음이라.

"오! 그이겠다……."

하고 혜정은 기쁜 듯이 웃었다. 다른 남자의 편지를 받을 때에는 공연히 성이 나서 모두 그 편지를 박박 찢어 버렸으나, 이번 태순의 편지를 받고는 자기도 모르는 기쁜 마음이 가슴 어느 구석에서 뭉쳐 나옴을 깨달았다.

혜정은 그 자리에서 그 편지를 십여 번이나 읽었다. 그리고 그 편지만은 고이고이 비단 수건에 싸서 책상 속에 집어넣었다. 그리고 그 자리에서 회

서회書까지 쓰고 싶었다. 그러나 순결한 처녀의 몸이라. 어쩐 일인지 회답을 하기에는 너무도 용기가 없었다.

닷새 후에 다시 태순에게서 편지가 왔다. 어리석게, 편지가 오기를 기다렸단 말과 아무 회답이 없음은, 너무도 무정하단 말과 혜정씨를 잊어버리고자 하되 잊어버릴 수가 없다는 말과 요사이는 너무도 갑갑하다는 말과 혜정씨의 사랑을 받으면 오늘 죽어도 남은 한이 없겠다는 말이 쓰여 있었다. 혜정은 반가이 그 편지를 받았다. 단번에 스무 번이나 읽었다. 그리고 그 자리에서 회답까지 썼다. 그러나 그 편지를 포스트에 갔다 넣을 용기가 없었다. 부칠까 말까 부칠까 말까 하다가 그만 그 편지를 찢어 버리고 말았다.

그 다음, 닷새 만에 또 태순에게서 편지가 왔다. 너무도 야속하지 않으냐 하는 말과 또 외롭다는 말과 세상이 귀찮다는 말 등, 세상을 비관하는 말이 많이 있었다.

혜정은 역시 십여 번이나 읽었다. 그리고 이번에는 회답을 써서 부치게 되었다. 그동안 회서를 올리지 못한 것은 심히 미안하였다는 말과 윤 선생님의 말은 많이 들었단 말과 친절히 가르쳐 달라는 말 등 간단한 몇 마디 말을 써서 우편통에 넣었다.

그 후에는 두 사람 사이에 편지가 오고 가고 하게 되었다. 사랑이니 죽음이니 낙원이니 하고 모든 말을 할 대로 하게 되었다. 그리고 한번 상야上野 공원에서 만나기까지 약속하였다.

구름같이 피어오르는 사쿠라꽃이 붉은 전등에 가로비치어 땅 위에는 터질 듯한 꽃의 향기가 어리어리 흔들리고 있을 때! 혜정은 어떤 사쿠라 나무 아래에서 태순을 만났다.

"안녕하세요!"

하고 두 사람은 서로 인사를 하고는 그만 고개를 숙이고 말았다. 말문이 갑자기 막혔는지 두 사람은 한참 동안이나, 아무 말이 없었다. 그들의 얼굴에는 까닭 모르는 화끈화끈한 기운이 타는 듯이 휘돌고 있었다.

얼마 후에 혜정은

"이리 오세요!"

하는 태순의 목소리에 아무 정신없이 그이의 옆으로 가까이 갔다. 그리고 꽃그늘 아래 몸을 파묻고 나란히 하여 앉았었다. 그리고 태순의 하는 대로 그의 바른 손을 태순의 손에 쥐였다. 아찔아찔한 따가운 기운이 그의 손에서 퍼져 나옴을 깨달았다. 얼마 있다가 혜정은,

"아이그! 부끄러워요!"

하고 고개를 태순의 가슴에 파묻었다. 힘 있고 따뜻한 듯한 태순의 두 팔이 자기 잔등 위에, 걸쳐 넘어가는 것을 깨달았다. 그리고 자기의 뭉클뭉클한 젖(乳)가슴이 태순의 가슴에 부딪침을 깨달았다. 두 사람은 키스까지 하였다. 한참 후에 두 사람은, 그 곳을 떠났다. 후꾸로 정町에 있는 어떤 서양 요릿집으로 갔다. 몇 가지 양식과 포도주를 두어 잔씩 먹은 후에 다시 만나기를 약속하고 서로 떠났었다.

이리하여 혜정은 태순과 사랑하게 되었다. 꿀 같은 사랑이 두 남녀의 가슴을 채우고 말았다. 달이 밝으면 달이 밝다고 만나고 비가 오면 갑갑하다고 만나고 꽃이 피면 꽃을 본다고 만나고 녹음이 돋으면 녹음을 본다고 서로 만났었다. 두 사람은 하루도 만나지 않은 날이 없었다. 두 사람은 얼마나 사랑의 기쁨을 느꼈던지 언제 한 번은 혜정이 태순의 무릎에 누워 어린애같이 태순의 뺨을 손으로 만지다가,

"이렇게도 기쁜 것을. 왜 하루라도 속히 만나지 못하였을까……."

하고 오히려 두 사람이 더디게 만난 것을 원망까지 하였다. 그때 태순은 빙그레 웃으며

"글쎄 말이지요."

하고 그의 잔등을 한 손으로 어루만지고 있었다. 혜정은 다시 말을 이어,

"이래서 청춘은 좋다고 하였겠지요……."

"암! 그렇지요!"
"그러나 이러한 낙을 보지 못하는 사람들은 어떠할까요?"
"물론 갑갑하겠지요. 그리고 쓰고 맵겠지요!"
"정말……."
"그럼 정말이지요!"
"그러면 얼마나 쓰고 매울까? 아세요?"
"퍽 쓰고 맵겠지요. 소태(木名) 같이 쓰고 고추같이 맵겠지요!"
"착실히 맵고 쓴 모양이구려!"
"암! 착실하지요!"
이때 혜정은 웃으면서,
"어떻게 그렇게 잘 아세요?"
"내가 지내보았으니까?"
"그러나 우리 여자들은 그렇지 않던데!"
"거짓말. 여자들은, 더 그렇지……."
혜정은 그만 깔깔 웃고 말았다. 태순도 웃고 말았다. 두 사람은 한바탕 웃었다. 웃기를 마치고 혜정은 다시 말을 꺼내어,
"이렇게 재미있게 지내다가, 한 사람이 먼저 죽으면 어찌할까요?"
태순은 혜정의 가슴을 한 손으로 만지면서
"한 사람이 죽으면 같이 죽어야지요."
"정말!"
"물론이지요!"
"그러나 선생님이 죽으면 나는 죽어도 내가 죽으면 선생님은 죽지 못할 걸……."
"원! 천만에……."
"그럼! 그렇지 않아요?"
"그런 말이 어디 있어요? 혜정씨가 죽어 보세요! 내가 안 죽나!"

“한번 죽어 볼까 보다…….”

“나도 따라 죽지…….”

두 사람은 그만 웃고 말았다. 공연히 가슴을 녹이는 듯한 즐거운 물결이 그들의 온몸을 흔들고 있었다. 그리고 끝없이 아름다운 행복의 감정이 가슴에 넘쳐 뛰게 되었다.

이리하여 두 사람의 사랑은 날이 가고 달이 갈수록 점점 그 도수가 높아가고 그 넓이가 깊어가게 되었다. 곧 두 사람은 사람이 살만한 낙을 맛보게 되었고, 따라서 힘껏 살고 싶은 ‘생’의 애착을 느끼게 되었다.

첫사랑! 더욱이 끝없는 열정에 사는 그들은 그 해 여름에 방학을 하자, 일본서 수양을 한다는 이름 아래 집에 돌아가지도 않고 손에 손을 잡고 가마구라(鎌倉) 방주房州 아다미(熱海) 등지로 다니며 놀고 싶은 대로 놀고 뛰고 싶은 대로 뛰었다. 그리고 그 해 겨울 방학에는 북해도北海島의 눈을 구경한다고 두 사람이 청삼靑森을 지나 북해도에 갔다가, 적지 아니한 고생까지 하였다.

두 사람이 북해도에 갔을 때에 태순은 감기에 걸려 닷새 동안이나 꼼짝을 못하였다. 하늘을 울리는 바람 소리가 거친 뜰 위에 소리쳐 울고 주먹 같은 눈송이가 창문을 두드릴 때 태순은 어떤 일본 여관에서 밤에 잠도 자지 못하고 매우 신음하였다. 그때 혜정은 그도 닷새 동안이나 자지 아니하고 전혀 뜬 눈으로 지성껏 태순을 간호하였다. 그때 태순은 눈물을 흘리며

“혜정씨 사랑에는 아니 울 수가 업소이다.”

하고 그의 참되고 열렬한 사랑에 그만 울고 말았다. 곧 그들은 서로 생명을 바치고 힘껏 사랑하게 되었다.

그러나 두 사람은 사랑으로써 공부에 방해를 받은 일은 조금도 없었다. 도리어 그들은 사랑으로써 공부를 더욱 잘하게 되었다.

“저는 혜정씨를 위하여 열심히 공부하겠어요! 그리고 좋은 사람이 되어 보겠어요.”

"나는 태순씨의 행복을 위하여 또는 태순씨에게 기쁨을 주기 위하여 힘써 공부하리다. 그리고 장래에 훌륭한 사람이 되어 보리다."

"우리들은 열심히 공부합시다……."

이처럼 두 사람은 언제든지 서로 마음을 격동激動시켰다. 그리고 서로 권면하기를 마지아니하였다. 그때마다 그들은, 새로운 용기를 가지고 학과에 열심하였다. 서로 애인의 말에는 무엇보다도 뜨거운 열熱[33]이 있었음이라. 그리고 두 사람은 하루만 만나지 못하면 죽을 듯이 야단을 하면서도 학기 시험 같은 때에는, 서로 약속을 하고 십여 일 동안이나 만나지 않은 일까지 있었다. 이처럼 두 사람이 생명과 몸을 가지고 참으로 사랑하게 되었을 때에 동경 유학생 간에는 소문이 낭자하였다. 그 중에는 질투와 시기를 가지고 두 사람의 사랑을 무너뜨리려는 우스운[34]자들이 많이 있었다. 어떤 남자들은 혜정에게 태순은 매국노의 자식이니 무엇이니 하며 상종하지 말라고 별별 우스운 편지까지 한 자가 있었다. 그리고 태순에게는 혜정이 백정의 딸이니 품행이 나쁘니 하고, 욕설까지 적어 보낸 자가 있었다. 그러나 두 사람은 그것으로써, 조금도 동動할 리는 만무하였다. 정신없는 애들의 얄미운 잠꼬대라고 그만 한 귀로 듣고 한 귀로 흘리고 말았다.

그러나 태순은 그때에야 처음으로 혜정이 백정의 딸인 것을 알았다. 처음에는 조금 섭섭한 마음도 없지 않았으나 백정의 딸이면 어떠냐? 백정이라도 사람이면 그만이다. 더욱이 계급사상을 미워하는 나로서……. 그렇다. 옛날부터 수많은 허수아비들은 백정이니 양반이니 무엇이니 하고 기막히는 계급을 만들어 놓았다. 더욱이 신이나 피물皮物을 연마하는 존숭하여야 할 공예인에 대하여. 나는 이 모든 것을 깨쳐야 한다. 나의 최애最愛하는 그이가 백정의 딸인 것은 더욱이 나의 이상을 실현함에 가장 재미 있는 일이다. 무서운 계급사상! 이 사상을 깨쳐야 한다 하고 태순은 주먹을

---

33) 원문에는 '熟'으로 되어 있으나 '熱'의 오식으로 판단된다.

34) 원문은 '아수운'. 일단 '우스운'으로 해석해 두었다.

불끈 쥐고 방 안에서 왔다 갔다 하였다.

태순은 혜정이 백정의 딸인 것을 안 후에는 더욱 사랑하였다. 그리고 그러한 여자를 사랑하는 것이 자기의 큰 영광같이 생각하였다.

두 사람의 사랑은 달을 따라 해를 따라 더욱 향기를 내고 빛을 내게 되었다. 그 해에 스러지는 눈을 타고 다시 한 해를 넘어 꽃 피는 봄을 맞게 되었다. 봄이 오자 혜정은 음악학교를 졸업하고 집으로 돌아오지 않으면 안 되게 되었다. 그러나 태순은 한 해를 더 묵지 않으면 학교를 졸업할 수 없는 처지였다. 그래서 맘과 생각으로는 혜정을 따라 둘이서 손에 손을 잡고 동경을 떠나고 싶었지마는 사실이 그것을 허락지 아니하였다.

태순은 횡빈橫濱까지 좇아나오며 무엇이 그리 서러웠던지 수건으로 눈물을 씻어가며 이별을 하게 되었다. 그리고 혜정도 그가 가진 손수건이 모두 눈물에 젖고 말았다.

두 사람이 떠난 후에는 하루도 끊이지 않고 편지를 하였다. 더욱 혜정이 동경을 떠나 경성까지 오는 동안에 편지를 여섯 장이나 하였다. 그리고 두 사람은 그 날 그 날의 일기까지 써서 서로 보내고 받고 하였다.

꽃이 떨어지고 녹음이 바람에 날릴 때에 태순은 여름방학을 하자마자 벼락 같이 집으로 돌아왔다. 부모가 보고 싶어서 그리 속히 온 것이 아니라 혜정이 보고 싶어서 그같이 속히 온 것이었다.

태순은 조선 땅을 밟자마자 부산에서 혜정의 손을 잡게 되었다. 그것은 태순의 전보를 보고 혜정이 부산까지 마중을 나갔음이라. 두 사람은 부산서 손목을 잡고 죽을 듯이 야단을 하였다. 곧 두어 달 동안 보지 못한 것이 한 십 년이나 된 것 같았음이다.

태순이 집에 돌아온 후에 두 사람은 하루도 빼지 않고 한강으로 청량리로 다리도 아픈 줄을 모르고 돌아다닐 대로 돌아다녔다. 그리고 닷새를 서울서 지내고 원산 명사십리로 해수욕을 가게 되었다.

두 사람은 명사십리에 있는 어떤 서양 사람의 집을 한 채 얻어가지고 여름 동안을 그 곳에서 지냈다. 해수욕을 하고 테니스를 하고 노래를 부르며 꿈같이 그날 그날을 보냈다. 그리고 아침과 저녁으로는 잔물결이 스쳐오는 바닷가에 앉아서 태순은 그의 익숙한 바이올린을 켰고 혜정은 그 유장한 목소리를 바이올린에 맞춰 동경서 배운 세계 명곡들을 하나도 빼지 않고 몇 백 번씩이나 되풀이하였다. 그리고 언제 한 번은 금물결같이 펴져 나가는 대양大洋의 달그림자를 바라보며 은가루 같은 모래밭에서 하룻밤을 새운 때가 있었다. 그리하여 그날 밤으로 하여금 태순에게 뺄래야 뺄 수 없고 태울래야 태울 수 없는 깊은 인상을 주게 되었다.

두 사람은 여름 동안을 명사십리에서 지내고 가을이 되자 서울로 돌아가게 되었다. 그리하여 태순은 역시 동경으로 가고 혜정은 서울에 머물게 되었다. 그러나 두 사람 사이에는 하루도 편지가 끊이지 아니하였다. 그리고 겨울 방학에는 혜정이 태순을 찾아가서 갑부온천甲府温泉에서 짧은 겨울의 휴가를 꿀같이 지냈다.

휴가가 끝난 후에 두 사람은 서로 나뉘었다. 나뉜 동안에 두 사람은 죽고 싶도록 보고 싶었다. 그리고 언제든지 사막에 굳은 듯한 외로움을 느꼈다. 그러나 그 가운데 꽃피는 오아시스는 오직 오고 가고 하는 편지와 일기였었다.

다시 석 달이 지났다. 우이동牛耳洞에 사쿠라가 피기 시작할 때에 태순은 졸업을 마치고 서울로 돌아왔다. 두 사람 사이에는 다시 꽃으로 꾸미고 비단으로 수놓은 향기로운 사랑의 막이 열리었다. 그러나 그 사랑의 막은 그리 길지를 못하였다. 어느덧 그 막은 스러지고 영원히 개지 않는 검은 장막이 두 사람의 혼을 삼켜버리고 말았다. 이것이 무정한 조선 사회의, 그 무엇이었다.

4

태순이 졸업을 하고 경성에 돌아와 혜정과 꿀 같은 사랑을 나누는 동안에 어느덧 태순의 아버지는 이것을 알았다. 양반과 완고밖에 남지 못한 윤남작으로서는 자기 아들이 백정의 딸과 죽을동 살동 한다는 말을 들었을 때에 그가 벼락같이 노하였음은 그리 무리한 일이 아니었다.

태순이 일본에 있을 때에 실천實踐 고등여학교에 다니는 어떤 여학생 한 명은 그야말로 태순에게 짝사랑을 두고 못살게 쫓아다니며 야단을 하였다. 매일 편지를 하고 물건을 사보내고 또는 태순의 가는 곳마다 쫓아다니고, 그리고 태순의 여관에 와서 울기까지 하고, 참말로 태순에게는 견딜 수 없는 성가신 일이었다. 그러나 태순은 어쩐 일인지 그 여자가 싫었다. 얼굴도 괜찮고 공부도 잘 하고 또 평양 어떤 부잣집 딸이라는 말까지 들었으나 태순은 그 여자가 싫을 뿐만 아니라 나중에는 밉기까지 하였다. 그리하여 일언 하에 그 여자의 구하는 사랑을 거절하였다. 그러나 그 여자는 종내 마음을 변치 못하고 울며불며 태순을 쫓아다니다가 필경은 서울까지 쫓아왔었다. 그러나 태순이 가장 사랑하는 여자가 있음을 알았을 때에, 그 여자는 이가 갈리는 질투를 맘에 품고 그만 한강에 빠져 죽었다. 그러나 그 여자는 한강에 투신하기 전날 윤남작에게 투서 한 장을 보냈다. 태순이 백정의 딸에게 홀려 지금 죽을 듯 살 듯 한다고, 그리고 동경서도 갖은 창피를 모두 당하고 겨우 졸업을 하자 그만 쫓겨왔다고, 그리고 태순에게는—나는 죽어요. 그러나 야속한 당신이야 내가 죽는단들 눈 하나인들 깜짝하겠소. 아 무정도 하구려. 모든 것을 생각지 않겠나이다. 그만 가나이다—이러한 유서를 보냈다. 이 유서를 받은 태순은 불쌍하다, 안되었다 하고 생각하였다. 그러나 사랑은 동정이 아니요 자선이 아니니까? 어찌할 수 없는 일이다. 나의 인격과 존재를 그렇듯 값싸게 팔 수는 없으니까 불쌍한들, 어찌하랴 하였다. 이것도 과도기에 있는 조선 사회가 지어준 한

가지 현상이다 하고 생각하였다.

그러나 태순은 그 여자가 불쌍하다고 생각하는 동안에 그에게는 한 가지 벼락이 떨어졌다. 그의 아버지가 안방에서 부른다는 하인의 말을 듣고 안방으로 들어가니까? 어쩐 일인지 그의 아버지는 또 수염을 자꾸 만지고 있었다. 태순은 큰 일이 나누나 생각하였다. 그의 아버지가 성이 나면 언제든지 손으로 수염을 자꾸 어루만지고 있었음이라. 태순은 방에 들어가 고개를 숙이고 잡아 잡수시오 하고 앉아 있었다. 얼마 후에 윤남작은 머리를 들어 태순을 죽일 듯이 바라보며

"이 자식아!……"

하고 단번에 추상같은 호령이 떨어졌다. 태순은 가는 목소리로

"왜 그러세요!"

하고 울듯이 대답하였다.

"왜 그러다니……. 이 자식아 글쎄 정신이 나갔느냐?……"

"황송하오나 말씀을 하세요."

태순은 반쯤 울음 섞인 말소리로 대답하였다. 그의 어머니는 옆에 앉아서 아들과 영감의 얼굴만 치어다보고 있었다.

"말씀을 하라구……. 이 자식아! 그래, 너는 네 애비도 모르고 신분도 모르느냐?……"

"……."

"네가 네 애비의 얼굴에 똥칠을 하고야 그만 두려느냐? 어디 여자가 없어서 하필 백정의 딸과 야단을 한단 말이냐?"

"……."

태순은 그저 고개만 숙이고 있었다. 윤남작은 더욱 소리를 높이며 담뱃대로 방바닥을 치면서,

"이 미친 자식아! 한동안은 이상理想!! 이상 하더니 이제는 백정의 딸과 야단이야! 그래 너는 가문을 망치고, 네 아비를 죽이고야 말려느냐……."

이때 태순은 겨우 고개를 들며

"용서하세요. 그러나 백정은 사람이 아닙니까? 지금은 그런 것을 구별할 때가 아니어요!"

"구별할 때가 아니라 언젠 백정이 백정이요 양반이 양반이 아니란 말이냐?"

조금만 더 하면 윤남작은 손에 든 대통으로 태순의 머리를 부술 듯하였다. 그러나 태순은 이미 말을 낸 김이라 한 마디 더하였다.

"백정이나 양반이니 모두 사람이지요. 그리고 처음에 하느님이 그렇게 구별해 낸 것이 아니어요. 그처럼 구별한 것은 사람이지요. 그것을 구별한 사람은 매우 난폭하지요."

"난폭하다. 이 자식아 아무래도 사람의 오장육부를 가지지 않은 모양이야. 그렇지 않으면 미쳤든지……. 이 자식아! 썩 나가거라! 우리 집에서는 너 같은 자식을 다시 들이지 않겠다."

"아버지 글쎄 말씀을 좀 자세히 들으세요?"

어느덧 태순의 눈에서는 눈물이 떨어지기 시작하였다.

"싫다 싫어……. 미친 자식의 수작을 들으면 무엇하니! 이 자식아. 어서 나가……."

"나가기는 그리 급하지 않습니다……."

"또 수작을 하고……."

윤남작은 대통을 들고 태순에게로 달려들었다. 그러나 그의 어머니가 그것을 간신히 말렸다.

"영감도 너무하십니다."

"너무라니……."

"자식을 보고 나가라니 그런 말씀을 어떻게 해요!"

그의 어머니 눈에서는 눈물이 주루룩 떨어진다.

"그러면 백정의 자식을 나가라고 하지……."

"왜 백정의 자식이란 말이오!"

"백정의 무리에 몰려다니는 자식이 백정의 자식이 아니고 무엇이란 말인가?……"

이 때 그의 어머니는 태순을 바라보며,

"너도 좀 주의를 해라……."

"어머니, 주의라니요. 글쎄 백정은 사람이 아닙니까?"

"이 자식이 아직도 안 나가고……."

어느덧 윤남작은 대통으로 태순의 머리를 뚝딱 하고 강하게 부수었다. 태순은 한 손으로 머리를 부여잡고 방안을 떠났다. 그의 머리에서는 주먹 같은 피가 흘러내리게 되었다.

태순은 병원으로 가서 머리를 싸매고 분한 김에 혜정의 집으로 가고자 하였다. 그러나 어쩐 일인지 그 집을 찾아가기가 너무도 부끄러웠다. 그래서 그 길로 명월관으로 가서 먹지 못하는 술을 종일토록 먹었다. 그리고 정신없이 취하여 그 자리에서 한잠을 자고 저녁 아홉시 경에야 인력거를 타고 집으로 돌아왔다. 그러나 그의 아버지는 문간에서 기다리고 있다가 태순의 말소리를 듣고는

"이 자식아! 썩 나가거라! 무슨 염치로 이 집엘 들어와! 백정의 자식이……."

하고 우레같이 호령하였다. 인력거꾼은 어찌할 줄을 모르고 문 앞에서 머뭇머뭇하고 있었다. 윤남작의 호령은 또다시 흘러나오게 되었다.

"이 자식아! 썩 나가……. 그리고 인력거꾼! 어서 저리로……."

윤남작의 호령은 너무도 급하였다. 윤남작은 자기 집에 무슨 귀신이나 달려드는 듯이 벼락같이 쫓아냈다.

태순은 그만 인력거를 돌렸다. 정처 없이 종로 거리로 향하였다. 그리고 인력거 안에서 울었다. 자기 아버지가 그처럼 야속할 줄은 몰랐다. 아침에는 흥분이 되어서 그리하였으나 저녁에까지 그처럼 할 줄은 몰랐다. 이젠

아버지와 영원히 떠나버리는가 하고 생각한즉 목을 놓고 울고 싶었다. 그러나 크게 울 수는 없었다.

태순은 다시 혜정의 집을 생각하였으나 부끄러운 일이라 하여 그만 조선 호텔로 가서 하룻밤을 지냈다.

그 다음 날 아침이었다. 태순은 혜정의 집을 찾아갔다. 혜정의 집을 찾아가며 태순은 모든 것을 가리우고자 하였다. 그러나 그의 퉁퉁 부은 눈과 또 반창고를 붙인 머리가 그에게 일어난 사건을 자연히 말하고 있었다.

태순이 혜정의 집 앞에 이르자 혜정은 피아노를 치다가 문밖으로 뛰어나오며

"왜 어제는 오시지 않으셨어요!"

하고 그의 손목을 탁 붙잡는다. 태순이 어제 하루 오지 아니한 동안에 혜정은 이제나 올까 다음에나 올까 하고 날이 지도록 기다렸음이라.

"조금 일이 있었어요!"

하고 태순은 혜정의 손을 잡고 방안으로 들어갔다. 태순이 자리에 앉자마자 혜정은 이상한 듯이 태순의 눈과 머리를 바라보며,

"왜 눈은 부으시고 머리는 상하셨소? 어디 넘어지셨습니까?"

하고 다정히 웃는다. 태순은

"공연히요!"

하고 그만 대답해버렸다. 그러나 혜정은

"공연이라니요?"

하고 한 걸음 가까이 앉으며 바싹 재우쳐[35] 묻는다. 태순은 고개를 숙였다가,

"그런 게 아니라……."

하고 말을 꺼냈다. 사랑하는 혜정에게 자초지종을 말하는 것이 옳은 일이

35) 원문에는 '채처'.

라 생각하였음이라. 태순은 조금 슬픈 듯한 얼굴빛을 가지고 사실의 경과를 모두 말하였다.

듣기를 다한 혜정은,

"아 그러면 어찌하나요?"

하고 눈에서 눈물이 푹 쏟아진다. 태순도 눈에 눈물이 돌며

"어쩌긴 무얼 어째요! 아버지를 떠나도 살아야지요."

"그러나 아버지를 떠나서 어찌 살아요?"

"별 수가 있습니까? 그래도 살아야지요!……"

"저 까닭에 아버지를 떠나시고……."

"혜정씨를 위하여 아버지까지 버린다면[36] 내가 혜정씨에게 모든 것을 다 하는 것이니까……."

"그 맘만은 감사하나 저는 차마 그 사랑을 받기가 어려워요?"

"어렵다니요? 마땅히 그리하여야 할 것이지요!"

"그래도 저는……."

두 사람의 이야기는 그만 끊어지고 말았다. 두 사람은 슬픈 듯이 고개를 숙이고 아무 말이 없었다.

그 후 태순은 혜정의 집에서 닷새를 묵었다. 그러나 태순은

"어디 이번에야……."

하고 그 후에 자기 집을 찾아갔다. 자기 방에 들어가 옷을 갈아입다가 그만 또 벼락같이 쫓겨나왔다. 그 후 또 혜정의 집에서 한 주일을 지내다가 자기 집을 찾아갔다. 그때는 다행히 윤남작이 어디 출타하고 집에 없었다. 이틀 동안을 맘 놓고 집에 있느라니까? 윤남작은 어디 출타하였다가 그만 돌아왔다. 윤남작은 집에 들어오는 길로 태순을 보자마자

"이 자식이 왜 내 집에……. 백정의 자식이……."

---

36) 원문에는 '버리신다면'이라고 돼 있으나 맥락상 수정했다.

하고 대통으로 머리를 치며 또 벼락같이 쫓아냈다. 그리고 태순을 집에 부쳤다고 그의 어머니까지 두드리며,

"내! 뭬라고 말했기 그 자식을 집에 부쳐서……."

하고 야단을 하였다. 이것을 본 태순은 방바닥에 쓰러져서 한참 목을 놓고 울었다.

"아버지! 그만이외다. 내—다시 이 집에 아니 오리다……."

"어머니! 안녕히 계세요. 저는 영원히 이 집을 떠납니다."

하고 그 집을 떠났다. 스물네 해 동안이나 유留하던 그 집을, 영원히 떠난다 하였다.

태순은 그 길로 혜정의 집을 찾아갔다. 혜정의 무릎에 쓰러져서 사실의 전후를 모두 말하고 한참을 울었다. 혜정도,

"그러면 어찌해요?"

하며 흑흑 느껴 울었다. 그러나 얼마 후에 태순은 머리를 들고,

"이젠 모든 것을 생각지 맙시다."

하고 우는 혜정을 잡아 일으켰다. 혜정도 눈물을 그치고,

"세상에 완고한 부모도……."

"모두 내 운명이지요……."

"아니오. 모두 저 때문이지요. 저를 그만 희생하세요!"

혜정의 눈에서 또 눈물이 떨어진다.

"그게 무슨 말이어요? 내가 이러한 것도 모두 혜정씨를 위함인데……."

"글쎄 그래서 말씀이지요!"

"그러면 희생하다니 어떻게 하란 말씀입니까?"

"저 하나를 버리시란 말씀이지요."

"그러면 혜정씨는 좋으시겠소?"

"물론 저야 좋을 리가 있습니까? 곧 태순씨를 떠나면 떠나는 그 날로 죽겠지요. 그러나 사랑하는 태순씨에게 그 고생을 시키는 것이 차마 볼 수가

없어서…….”

"그런 말이 어디 있습니까? 죽어도 같이 죽어야지요?"

"그러면 저는 너무도 감사해요?"

"감사하다니요?"

"그럼! 그렇지 않고…….”

"여보 그만 둡시다. 피아노나 칩시다."

하고 태순은 피아노를 향하여 앉았다. 태순도 피아노 명수는 못될지언정 그리 못 치지는 않았음이라. 태순은 "그대여! 모르느냐? 남편南便 나라를" 하는 노트[37]를 꺼내어 치기 시작하였다. 혜정은 한 손으로 태순의 어깨를 짚고 노래를 불렀다. 두 사람은 그들의 서글픈 감정을 모두 그 노래에 호소하였다. 두 사람은 처량한 듯이 한참 불렀다. 그 다음에는 아이다의 비곡悲曲, 멜본의 '어려운 때!' 등 여러 가지 비곡을 한바탕 불렀다. 노래를 부르고 피아노를 치매 그들은 가슴이 시원해지는 듯하였다. 곧 연하고 맑은 피아노 소리와 혜정의 구슬 같은 고운 소리는 한 뭉치가 되어 그들의 설움을 모두 묶어가지고 하늘 저 끝으로 사라지는 듯하였다. 그 후에도 두 사람은, 슬플 때마다 노래를 부르고 피아노를 쳤었다.

그 후부터 태순은 혜정의 집에 유留하게 되었다. 그들은 모든 것을 단념하고 꽃을 찾고 달을 찾고 피아노를 치고 바이올린을 뜯으며 그날그날을 보냈다. 그러나 두 사람 사이에는 다시 풍파가 일어났다. 그것은 태순이 혜정의 집에 유하는 것을 알고 태순의 어머니가 그 집에 몇 번이나 내왕하며 음식과 과실도 갖다 주고 또는 용돈도 갖다 주었을 때에 윤남작은 어느덧 이것을 알고 야단을 부렸음이라.

윤남작은 어느 날 인력거를 타고 혜정의 집을 찾아가게 되었다. 그의 생각에는 태순을 서울 바닥에서까지 쫓아내고 싶었음이라. 그리고 혜정의

---

37) 원문에는 '놋'. 'note', 악보라는 뜻으로 생각된다.

집에 유한다는 것이 더욱 맘에 상했음이라.

윤남작은 혜정의 집에 이르러 태순을 뜰 앞으로 불러냈다. 그리고 두말 없이

"이 자식이 아직도……."

하고 추상같은 호령을 하자마자 손에 집었던 지팡이로 죽어라고 태순을 여기저기 난타하였다. 그리고 혜정의 어머니가

"용서하세요! 대감님……."

하고 울며불며, 말릴 때에,

"이! 더러운 년들아, 왜 남의 자식을 망치느냐?"

하고 지팡이로 땅을 열 번이나 두드리며 야단을 하였다. 그리고 태순을 종로까지 끌고 가며,

"이 자식아! 서울 바닥에서 멀리 가거라! 내 눈에 뵈지도 말고 내 귀에 소문도 들리지 말아라. 집을 망치는 이 백정의 자식아!……"

하고 야단을 하였다. 그 후에도 태순이 혜정의 집에 유하는 것을 알고, 그 집에 두 번이나 찾아와서 야단을 하였다. 그리하여 혜정의 집에는 때아닌 벼락이 세 번이나 일어났다. 그때마다 혜정의 어머니는

"아이고 귀찮아……."

하고 이맛살을 찌푸렸다. 그때마다

"어머니! 그러지 마세요."

하고 혜정은 눈물을 흘리며 간청하였다.

그 후부터 혜정은 매일 치던 피아노도 어쩐 일인지 잘 치지 않았다. 그리고 어떤 때는 정신없이 고개를 숙이고, 천장을 쳐다보고 있었다. 그리고 태순을 보고는,

"내가 죽든지 그렇지 않으면 저를 버리시든지……."

하고 때때로 울었다. 그때마다 태순은

"참으셔요? 그래 시원한 때가 오겠지요."

하고 위로하기를 마지아니하였다. 그러나 혜정은 울기를 멎지 않았다.

이전 같으면 상해나 향항香港 등지로 어머니를 데리고 두 사람이 훽 달아났으면 그만이려니와 설상가상으로 금년 봄에 혜정의 삼촌이 이전부터 관리하고 있던 전답 삼천 두락斗落을 몰래 팔아가지고 상해로 달아났으므로 자연히 금전이 옹색하게 되어 그도 어찌할 수가 없고 또는 태순도 자기 손으로는 일 분分의 금전도 휘수揮收할 수가 없는 처지이라. 그래서 두 사람의 고통은 더욱 심하게 되었다.

이리하는 동안에 그 어느 날 혜정은

"여보 태순씨! 우리 속상하니 온양 온천에 나가서 며칠 동안 놀고 옵시다……."

하고 태순에게 온천에 가기를 권하였다. 혜정이 이미 죽기를 결심하고 네꼬이라즈까지 준비한 것을 모르는 태순은 일언하一言下에

"그럽시다. 나도 속상하니……."

하고 그 말에 즉시 찬성했다. 그리하여 부랴부랴 서울을 떠나게 되었다. 그러나 혜정이 자기 집을 떠나며 어머니를 보고

"어머니! 다녀오겠습니다……."

하고 그 말을 마치자 눈물을 주루룩 흘릴 때에 태순은 다만 요새 혜정의 마음이 대단히 감상적으로 변하였구나 하고 생각하였을 뿐이다. 그리고 혜정이 자기 집 앞을 떠나며 몇 번이나 몇 번이나 자기 집을 돌아볼 때에 태순은 다만

"여보 속히 다녀올 텐데 그렇게 집이 못 잊혀지오? 꼭 어린애 같구려."

하고 말하였을 뿐이다. 그리고 기차 안에서도 혜정이 화색을 하지 않고 또는 온천에 가서도 밥을 잘 먹지 아니하며 그리고 밤에 잠도 잘 자지 않고 한숨만 후! 후! 쉴 때에 태순은

"여보! 왜 그러세요! 맘을 유쾌히 가지지 못하고……."

하고 이상히 생각하였을 뿐이다.

그러나 온양 온천에 간 지 사흘 만에 혜정이 네꼬이라즈를 먹고 무참히 죽었을 때에 태순은 그 모든 것을 비로소 알았다.

혜정이 죽은 후에 태순은 혜정의 집으로 전보를 쳐서 그의 어머니를 오게 하였다. 그리고 눈물과 설움으로 혜정의 시체를 호송護送하여 가지고 서울로 돌아왔다. 그리하여 역시 많은 사람의 혼이 누워 있는 이태원 공동묘지에 한 무덤을 보탰다.

그러나 혜정이 죽은 설운 로맨스는 각 신문에 굉장히 보도되었다. 그리고 신문마다 윤남작의 완고하다는 와루구찌[38]가 씌워 있었다. 윤남작도 무슨 생각을 하였던지 한문으로 쓴 제문과 함께 화환 한 개를 혜정의 영전에 바치었었다. 그리고 태순의 어머니를 시켜서 태순을 자기 집으로 불러들였다. 그러나 그 후부터 태순은 병상에 누워 신음하게 되었다.

5

태순이 병상에 누운 지 스무 사흘째 되는 날이었다.

오늘도 태순은 병상에 누웠다. 여러 가지 생각이 그의 가슴 위에 나타났다 스러졌다 한다.

죽어야 한다—. 태순은 천장에 붙은 두 마리 파리를 바라보고 있다. 그의 앞에는 검은 구름이 뭉게뭉게 몇천 겹 둘러싸이는 듯하였다. 태순은 주먹을 쥐며

"혜정씨!……"

하고 불렀다. 그러나 빈 방에 윙하는 에코[39] 뿐이요, 그 외에는 아무 대답이 없었다. 마침 간호하던 그의 어머니까지 어디 외출하고 없었음이라. 태순은 다시

38) わろくち. 험구라는 뜻.
39) 원문은 '에고'. 메아리.

"아 혜정씨!……"

하고 그만 맥없이 늘어진다. 오랫동안 흐르지 않던 눈물이 주르르 하고 그의 옷깃에 떨어진다. 태순은 한 손으로 눈물을 북북 씻으며 그만 눈을 스르르 감는다.

명사십리에서 보던 그 고운 얼굴이 또 나타난다. 두 뺨에 붉은 웃음이 넘쳐흐르며 "요건! 모긴가?" 하던 혜정의 얼굴이 나타난다. 그러자 혜정은 두 손에 꽃을 가득히 쥐고 태순의 앞으로 달려온다. 태순은 얼굴이 화끈화끈해지며

"아 혜정씨!……"

하고 그 이름을 부른다. 그 이름은 눈물을 휘뿌리는 듯이 태순의 가슴을 스치고 지나간다. 그리고,

"죽어도 함께 죽어요."

"나는 당신을 위해 죽어도 당신은 나를 위해 죽지 못할 걸……."

"이러다가 한 사람이 먼저 죽으면 어찌해요?"

하던 혜정의 말소리가 태순의 가슴에서 소리치며 다시 살아 올라온다.

"아 혜정씨! 이리로 오세요!"

태순은 미친 듯이 두 팔을 벌리며 껴안으려 한다. 그러나 그의 가슴에 안기는 것은 다만 형용도 없는 공간뿐이었다. 허전하게 그의 팔을 스치는 것은 차디찬 침묵뿐이었다.

"아 혜정씨는 죽었다……."

태순은 눈을 번쩍 뜨며 자리에서 일어난다. 그리고 몸을 푸르르 떨며

"혜정씨! 혜정씨!"

하고 혜정의 이름을 연방 부른다. 그리고 방안으로 왔다 갔다 하며 한 손으로 가슴을 부여잡는다. 그의 입술에는 푸르르 떨리는 검은 기운이 휘돌고 있다. 그리고 그의 얼굴에는 스러지는 꽃잎 같은 힘없는 빛이 스르르 떠오른다.

"혜정씨는 왜 죽었나?"
하고 태순은 또다시 그 이름을 부른다. 그의 눈에는 저주의 빛이 우물우물 넘쳐흐른다.

"옳다. 무정한 우리 사회가……."

태순의 입에서는 터지는 듯한 한숨이 새어 나온다. 태순은 다시 고개를 숙이고 병상에 앉으며,

"사랑하는 혜정씨! 저도 죽어요!……"
하고 힘껏 부른다. 그 소리는 저녁 날 동구 밖을 지나며 부르는 상두꾼의 소리같이 심히 처량하였다. 태순은 자리에 누우며

"혜정씨를 죽인 우리 사회야!"
하고 입을 푸르르 떨며 미친 듯이 소리를 친다. 그러나 그는 다시 손을 내어 저으며,

"우리 혜정씨는 어디를 가서……."
하고 두 손으로 눈을 덮는다. 어느덧 푹푹 쏟아지는 눈물방울이 그의 손 사이로 흘러나온다. 그의 흑흑 느끼는 소리는 창 외外에 흩어지는 낙수落水 소리와 함께, 애거픈[40] 멜로디를 울리고 있었다. 태순은 한참 울다가 두 손으로 베드를 힘 있게 두드리며,

"내 애인을 죽인 무정한 사회야……."
하고 그만 눈을 감는다.

"태순씨! 태순씨! 그만이어요. 이젠 그만이어요.!"
하고 입으로 피를 토하며 시퍼런 눈을 떴다 감았다 하던 혜정의 얼굴이 그의 눈앞에 나타난다. 그리고 나중에 입으로 검푸른 거품을 부그그 흘리며 고개를 흐덕흐덕 채다가,

"태순씨!……"

---

40) 원문은 '애겹은'. '서글픈' 정도의 뜻으로 보이는데, '애哀거픈'이라는 말로 대체해 보았다.

하고 그만 그의 품에 힘없이 쓰러지던 모양이 다시 가슴 앞에 아름아름 떠오른다. 그리고 얼마 있다가 학! 학! 하고 담을 두어 번 올리더니 시퍼런 눈을 치거부치고[41] 두 팔을 내저으며 그만 최후의 목숨을 넘기던 광경이 다시금 눈앞에 솟아나온다.

"아 혜정씨는 죽었다……."

태순은 다시 소리를 친다. 주먹으로 자기 가슴을 두드린다. 안타까운 듯이 머리를 절레절레 흔든다. 그리고 또다시 소리를 친다.

혜정은 죽었다. 무정한 우리 사회가 그를 죽였다. 어찌 그뿐이랴! 나도 죽인다. 아니 나만이 아니라. 우리 사회가 많은 남녀를 죽일 것이다. 아 너무도 무정하구나!

우리 사회의 부모들은 왜 자식을 자기 물건같이 생각하더냐? 그리고 자식의 말이라면 그저 내려 누를 줄밖에. 그리하여 자식의 말을 들어줄 생각이 없었더냐? 자녀의 이상이나 자녀의 개성을 존중히 생각할 그 같은 아름다운 머리를 가졌다면 얼마나 세상에 천재가 많이 나고 얼마나 세상에 행복이 넘쳐흐르랴!

그러나 모든 것이 꿈이었다. 세상은 모두 '우리'였다. 그리고 영원한 감옥이었다. 모든 것을 생각지 말자. 사람의 참다운 본성은 죽었다. 사람의 아름다운 그 혼은 그만 죽었다.

구원久遠에서 구원에—. 그 동안에 사람은 어느덧 사람의 참다운 본연과 아름다운 혼을 가두는— 곧, 꽃 피고 생기나는 사람의 피를 말리우는 영원의 감옥을 만들었다. 무엇이니 무엇이니 하고, 양반이다. 상놈이다. 어른이다. 아이다 하며, 빈자貧者이다. 부자이다. 선이다. 악이다 하고, 또는 이것이다. 저것이다 하는 우리를 만들었다. 곧 감옥을 만들었다.

아 얼마나 기막히는 일이냐? 그리고 얼마나 막대한 손실이냐? 많은 사

---

41) '치뜨고' 정도의 뜻인 듯.

람은, 오랫동안 이 감옥 속에서 살았다. 그리하여 그 참다운 본연성을 모두 잃어버렸다. 죽이고 빼앗고 속이고 누르고 하는, 모든 좋지 못한 재주를 배웠다. 곧 참 사람의 혼을 모두 잃어버린 일종의 허수아비가 되고 말았다.

산에서 뛰고 닫는 사자를 보자! 천 리를 하루에 가고 하루에 오지 않더냐? 그리고 한 번 발을 들고 바위를 뜯으며 소리를 치면 산곡山谷이 울고 수림樹林이 놀라지 않더냐? 그 소리에는 생기가 있고, 힘이 있고 참이 있고, 사자로의 용맹이 있는 위대한 소리가 아니더냐? 그러나 그 같은 사자도 한 번 쇠우리 속에 들어가, 몇십 년 몇백 년을 묵게 되면 우리 속에서 출생한 사자들은 사자는 역시 사자로되 자유로이 산을 넘고 뜰을 지나 맘껏 뛰고 달리는 생기 있는 참다운 사자는 아니었다. 사자 비슷한 허수아비의 사자가 아니더냐! 그의 울음 속에는 이전 산곡山谷을 울리고 송림을 놀래던 생기 있고 힘 있는 위대한 소리를 찾을 수가 없지 않더냐?

그렇다. 과연 그렇다. 사람도 이와 마찬가지다. 자유로 뛰고 달리고 그리고 노래하고 웃고 하던 사람의 본연성은 몇천 년 내려오는 동안에 그 무서운 구원久遠의 감옥 속에서 그만, 그 참다운 것을 모두 잃어버리고 말았다. 이제는 사람 비슷한 사람이 되고 말았다. 그러나 어찌 이젠들 참다운 옛날의 사람을 생각하고 그윽한 달밤에 서글피[42] 부르짖는 이가 없다고 하랴!

백정이나 양반이나 이러한 우스운 것도, 모두 그 구원의 감옥에서 생겨난 하나의 장난이었다. 그러나 이제를 당하여 그 우스운 장난은 나의 애인을 죽여 버렸다. 그리고 나까지 죽이려고 한다. 그리고 우리 아버지 같은 완고한 사람을 만들어 놓았다.

"아 이 모순의 세상아……."

---

42) 원문은 '설겁히'.

태순은 주먹을 들고 다시 베드를 두드린다. 그의 얼굴에는 힘 있는 빛이 이글이글 타오른다.

"아, 이 무정한 세상을, 이 모순의 세상을……."

태순은 다시 주먹을 쥐고 기운 있게 내어 흔든다. 그리고 방안에 일어서서, 왔다 갔다 한다. 그러나 태순은 다시 자리에 앉으며

"아, 죽어야 한다……."

하고 그만 힘없이 부른다. 그리고

"아, 죽어야 한다. 혜정씨를 따라가자!"

하고 혼잣말을 지껄인다.

"그이가 없는데 어찌 살고자……."

태순은 한숨을 방안이 꺼질 듯이 한 번 후! 쉬며, 자리에 늘어진다. 그리고,

"아, 죽어야 한다. 아이고 혜정씨!……"

하고 부르고 그만 눈을 스르르 감는다. 감은 눈에서 방울방울 눈물이 또 떨어진다.

그 다음날 새벽이었다. 태순은 며칠 전에 사다 두었던 네꼬이라즈를 먹고, 그만 죽었다. 마지막 눈을 떴다 감았다 하며 안타까운 듯이 손을 내어 저으며,

"아 혜정씨!……"

하고 죽었다. 그 옆에 앉은 그의 어머니는

"그렇게 못 잊는 그 여자를……."

하며 어느덧 싸늘해져버린 태순의 시체를 부여안고 넋두리를 하며, 울었다.

그리고 윤남작은,

"아 세상에 기막히는 일도……."

하고 어이가 없는 듯이 수염을 쓰다듬으며 그만 문밖으로 나가버렸다. 집안사람이 모여 들고 친구들이 모여들고 윤남작의 집은 그만 울음소리로 채우고 말았다. 그 중에는 혜정의 어머니도 있었다. 혜정의 어머니는 자기 딸을 생각하고 남보다 더 많이 울었다.

이틀 후에 태순의 시체도 이태원 공동묘지로 메어 갔다. 여러 사람의 발의로 태순의 시체는 혜정의 무덤 옆에 바로 묻었다. 눈물과 설움을 가슴에 가득히 품고 그만 젊은 생명을 자기 손으로 끊은, 두 사람의 혼은 그 무덤 속에서 쉬고 있었다. 그리고 하늘의 별과 땅의 이슬이 그들의 무덤을 지키고 있었다.

6

태순이 죽은 후에 사회의 여론은 대단하였다. 그리고 각 신문에서는 사회 현상으로 본, 중대 문제라고 사설까지 게재하였다. 곧 두 사람의 죽음은 사회심社會心에 큰 돌멩이를 던지는 쇼크(충동衝動)를 주었다. 그리고 몇몇 단체에서는 과도기에 있는 조선 사회에서 무참히 희생된 혼을 위로한다고 추도회까지 열었다. 그 중에 음악가로 조직된 '서울 악우회樂友會'에서 개최한 추도회에서는

전략前略—뮤즈의 무마撫摩 아래 황량한 조선의 땅을 부드럽게 하고자 어여쁘게 피려던 두 천재의 혼은, 그만 죽었다. 그만 떠났다. 무정한 우리 사회가 그들의 혼을 죽이고 말았다. 꽃피지 못하고 그만 가는 그들의 마음도 아프려니와 그들을 잃은 우리의 마음은 얼마나 아프고 쓰리더냐?

아, 야속한 우리 사회야! 너는 얼마나 많은 천재혼天才魂을 죽이고야 말려느냐? 얼마나 몰이해한 행동을 하고야 말려느냐?

아 피기도 전에 그만 서리를 맞고 무참히 가는 설운 두 혼아! 그러나 너는 안심하라! 네가 죽은 시체 위에 남아있는 우리들은 맘껏 향기 나는 꽃을 피우고야 말 터이니…… 후략後略.

이러한 추도회가 있었다. 그리고 노동 단체에서 개최한 추도회에서는

전략— 무참히 짓밟힌 두 혼이 어찌 서럽지 않으랴마는 너희들은 아름다운 희생자이다. 힘 있는 전패자戰敗者이다. 고요히 자거라! 그러나, 너희들을 죽인 이 모순의 사회는 언제나 깨쳐지려는지……. 언제나 꽃이 피려는지. 가장 힘있는 동무를 잃은 우리는 목을 놓고 우노라. 무서운 그 계급이 없어질 때까지…… 후략—.

이러한 추도사가 있었다.

신문에서 떠들고, 각 단체에서 추도회를 열고, 한참동안, 조선 천지에서는 의논이 분분하였다. 그리고 곳곳마다 청년들 사이에는 힘 있는 화제가 되었다. 한참동안 이야기를 하다가는,

"아 이 기 막히는 사회야!……"

하고 주먹으로 방바닥을 두드리는 청년이 많이 있었다. 그리고

"사람이면 언제든지 사람이지, 양반 백정이, 무엇하는 물건이냐?"

하고 비분강개하여 눈물을 흘리는 청년이 많이 있었다. 그때마다 이러한 계급을 부숴야 한다. 사람의 혼을 죽이는 이 무서운 계급을……. 사람이 사는 곳에 천연적으로 저능아가 있고 천재아가 있어서 자연히 생기는 계급은 할 수가 없거니와 사람이 우정 만들어 놓은 양반이니 백정이니 하는 인공의 계급은 부수자! 깨치자 하고, 주먹을 내흔드는 사람들이 많이 있었다. 그리고 추도 강연회를 열고 또는 각 잡지에서는 추도호追悼號를 내는 등 사상 상으로 보아 두 사람의 죽음은 확실히 조선 사회에 그 무엇을 주

고 말았다.

* * *

태순이 한번 간 후에 윤남작의 집에는 항상 비운悲雲이 휘돌고 있었다. 곧 죽은 듯한—쓸쓸하고 차디찬 공기가 떠돌고 있었다. 대문은 항상 닫혀 있었고 많이 오던 손님도 그만 자취를 끊었다. 그것은 윤남작이 문을 닫아 매고[43] 모든 손님의 면회를 거절하였음이라.

윤남작은 매일 방안에서 술을 바리로 들여 마시고 술이 취하여,

"태순아! 태순아!…… 아, 이 자식아 네가 죽다니……."

하고 소리를 지르고 있었다. 그리고 한참 태순의 이름을 부르다가는 그만 목을 놓고 흑흑 느껴 울었다. 그리고 제 멋에 쓰러져 잠을 자곤 하였다. 그리고 윤남작의 부인 조趙씨는 처음에는 매일 울며불며 넋두리를 하였으나, 얼마 후에는 눈물도 말랐던지 그만 울지도 못하였다. 그리고 얼굴이 새까매지고 팔다리가 촐촐 말라서 걸음까지 잘 걷지를 못하였다. 방안에 항상 누워서,

"애! 태순아! 네가 죽다니…… 정말 죽었느냐? 참이냐……."

하며 미친 사람같이 부르고 있었다. 그리고 밥은 하루에 두어 숟가락씩밖에 먹지 못하였다. 이리하여 윤남작의 집에는 검은 구름이 항상 뭉게뭉게 휘돌고 있었다.

태순이 죽은 지 보름 만이었다. 조반이 겨우 끝나자 윤남작은 얼굴에 타는 듯한 수심을 가지고, 부인 조씨 방에 들어왔다. 아주 힘없는 말소리로

"여보 부인!"

---

43) 원문은 '다거매고'.

하고 불렀다.

"왜 그러세요?"

조씨는 자리에서 일어나 앉으며 겨우 대답하였다. 그 말소리는, 시들은 나뭇잎같이 도시 맥이 없었다.

"나는 아무래도 여기 있을 수가 없소."

윤남작의 눈에는 시커먼 눈물이 휭하고 떠오른다.

"그러면 어찌 하신단 말이오?"

조부인의 눈에는 놀라는 빛이 휘끈 지나간다.

"어디—소풍이나 조금 가려 하오!"

"어디로요……."

"글쎄! 가는 대로……. 그러나 작정은 없소."

"그래도 방향이 있겠지요……."

"저 시베리아 등지로나, 갈까 하지만……."

"시베리아가 어디요. 너무도 먼 곳에야……."

"시베리아는 저 서양사람 사는 데요……. 그러나 그곳까지 갈는지는 문제요."

"아이고 그렇게 먼 곳을 가면 어쩐단 말이요?"

"내 딴엔 먼 곳에나 가면 맘이 좀 시원할까 해서……. 그러나 어디를 간들, 시원하겠소?"

"모르겠소. 영감 좋을 대로 하시지요. 내야 집에서 죽든지 살든지."

조부인의 눈에서는 오래간만에, 눈물이 주르르 흐른다.

"글쎄! 내가 집을 떠나면 모든 것이 안 되겠지만—. 그러나 너무도 속이 상하니까? 어디 훨훨, 조금 다녀 보려고요!……"

윤남작의 눈에서도 눈물이 떨어지는 것을 윤남작은 어느덧 수건으로 씻어 버린다.

"영감이 있으면 무엇하고 없으면 무엇하오. 좋을 대로 하시오……. 이판에, 무엇을 생각하겠소…….”

“나도 그래서 말이오…….”

윤남작은 고개를 숙인다. 그리고 무엇을 잊은 듯이 생각한다. 얼마 후에 다시 고개를 들며,

“저 철궤 속에 모든 문서와 또 은행 절수切手와 돈이 들어 있소. 좌우간 사는 날까지는 잘 보관하오!”

하고 윤남작은 주머니에서 열쇠를 꺼내어 부인에게 준다. 부인은 힘없이 그의 열쇠를 받으며,

“돈이 있으면 무엇하고 땅이 있으면 무엇하겠소…….”

하고 한숨을 후! 하고 쉰다. 윤남작은 부인을 바라보며,

“그런데 잊었소. 내가 집을 떠난 뒤에 태순과 무덤 앞에 동상을 하나 만들어 세우! 비석 모양으로……. 그리고 그 애들의 사진도, 저 철궤 속에 있으니…….”

“동상이라니요! 무엇하는 것입니까?”

“저 비석 모양으로 세우는 것인데. 죽은 사람의 얼굴을 모방하여 구루쇠로 부어 세우는 것이랍니다.”

“지금 새삼스럽게 그것을 해 세우면 무엇하오?”

“아니오. 내가 마음먹었던 것이니까 어쨌든지[44] 세워주오. 그것은 저 용산 철공장에 부탁하면 잘해주는 것이니…….”

“좌우간 영감이 그러시니…….”

부인은 그만 영감의 소원이라는 말에 그만 지고 말았다. 두 늙은이는 고개를 숙이고 무엇을 생각한다.

그 다음날이었다. 윤남작은 짐을 싸 가지고 정처 없이 경성역에서 북행

---

44) 원문은 ‘엇재헤’.

하는 열차를 탔다. 정거장에는 조부인이 수건으로 눈물을 씻고 있었다. 그리고 전송하는 여러 사람도 모두 검은 빛을 띠고 있었다.

윤남작이 떠난 후에 조부인은 부랴부랴 하인에게 명하여 태순의 무덤 앞에 동상을 세웠다. 그리고 그 동상 위에는 윤남작이 집을 떠날 때에 써 준 글씨대로

태순泰淳
원혼지상怨魂之像
혜정惠貞

이라고 새겼다. 그러나 조부인은 한 번 그 동상을 보고는 그 컴컴한 빛이 매우 흉할 뿐 아니라 그것을 볼 때에는 더욱이 구슬픈 생각이 난다 하여, 그만 그 동상에 금金칠을 하였다. 그리하여 동상은 그만 금상金像으로 변하였다. 이태원을 지나는 사람. 그 중에도 뜻있는 사람들은 태순과 혜정의 무덤을 반드시 찾았다. 그리고 그들의 설운 이야기를 되풀이하며 불쌍하다고 하고는 그 금상을 이름하여 애愛의 금상이라고 하였다. 그리하여 눈물 있고 피 있는 사람들에게는 그 금상이 적지 않은 느낌을 주었다. 그리고 시인과 화가들은 '애의 금상'을 보고 혹은 글을 쓰고 혹은 그림을 그리고 하였다.

* * *

윤남작이 집을 떠난 후에 조부인은 하루도 빼지 않고 겨우 기신起身하는 파리한 몸을 인력거에 담아가지고 태순의 무덤을 찾아 다녔다. 그리고 혜정의 어머니도 이틀 만에 한 번씩은 그 무덤을 찾았다. 그리하여 두 부인은 함께 만나서 목을 놓고 울었다. 서러운 이야기를 되풀이하며 넋두리를 하였다. 그리고 두 부인은 그 무덤에서 밤을 새운 적도 있었다.

윤남작이 집을 떠난 지 두 달이 되는 그 어느날 저녁이었다. 어슴푸레한 검은 야색夜色이 차츰차츰 무덤 앞에 몰려올 때 조부인과 혜정의 어머니! 두 부인은 양잿물을 함께 먹고 입으로 피를 토하며 가지런히 넘어져 죽었다. 저 편 소나무에 앉은 까치(작鵲) 한 마리가 두 시체를 보고 무서운 듯이 깍깍 짖고 있었다.

두 부인이 죽은 지 사흘 만에 윤남작은 북만北滿 송화강松花江에서 그만 물에 빠져 죽었다는 기사가 '장춘전보長春電報'로 동아일보에 게재되었다.

부인이 죽고 윤남작이 죽자 그의 많은 재산은 이놈 저놈 그의 일가친척들이 구름같이 모여들어서 떡 나누듯이 모두 나누어 먹었다. 그리고 윤남작의 굉장한 저택은 그만 어떤 종교 단체의 본부가 되고 말았다. 그러나 한양 공원 저 편에 있는 이태원 공동묘지에는 태순 혜정 두 사람의 금상金像이 비가 오거나 달이 뜨거나, 항상 설운 듯이, 서고 있었다. 그리고 그 금상 앞에는 풀떨기가 덩굴덩굴 엉키기 시작하였다.

비가悲歌(短篇)

1

북한산을 내려쏘는 바람 밑에 웅그리고 떨고 있는 오막살이 한 채. 이 적은 오막살이 속에는 무거운 비극이 숨어 있다. 한옆에는 송장이 있고 다시 그 송장 옆에는 새로운 비극이 또 일어나기 시작한다.

"아이고 배야! 음……."

"왜 갑자기 배가 아퍼……."

"아마 때가 왔나봐. 아침부터 아프더니."

"경칠놈의……. 하필 오늘 배가 아프담……."

"아이고 죽겠다. 아이고 배야 배야."

"수선을 좀 작작 떨어……."

"아픈 걸 어쩌란[45] 말이야. 말이나 좀 좋게 못하고."

"원 이놈의 팔자……."

두 남녀는 미운 듯이 서로 바라봤다. 두 시선이 마주치는 순간 번쩍하는 두 눈의 불. 그러나 남자는 다음 순간에 후–하고 무거운 한숨이 새어나왔

---

45) 원문은 '어찌란'. 이하 '어찌하다'로 되어 있는 단어는 모두 '어쩌하다'로 통일했다.

다. 잠깐 침묵이 지나간 후

"아이고 배야……."

여자는 몸을 비틀며 두 손으로 방바닥을 짚고 허리를 굽혔다 폈다 한다.

"여보 큰일 났소. 옆에 시체를 두고 어떻게 해산을 하우?"

"그럼 어쩌란 말이오……."

"대학병원 무료실로 갑시다. 방도 이렇게 춥고……."

"아이고 배가 아파서 어떻게 대학병원까지 가나. 아이고 죽겠다……."

"그럼 가야지 별 수 있소?"

"아이고 어쩌나 배야……."

"어서 대강 옷을 입어요. 난 먼저 가서 미리 말을 할 테니."

"옷이 무슨 옷이 있소?"

여자는 비틀거리며 해어진 앞치마 하나를 겨우 갈아입고 저고리는 땟국이 흐르는 그대로 머리만 잠깐 빗질을 한 후 겨우 방을 나가게 되었다. 부엌에서 고무신을 신느라고 주저하는 동안 심한 진통이 온몸을 쪼개는 듯이 발작되었다.

"아이고 배야 응……."

하고 외마디 소리를 친 후 그 여자는 정신없이 땅바닥에 주저앉았다. 다시 계속하는 무서운 진통—. 허약한 그 여자는 마침내 넘어져 버렸다. 미친 사람 같이 눈을 치켜뜨고 두 손으로 땅바닥을 휘잡고 있었다.

윙 윙 하는 사나운 바람—. 귀신의 목소리 같은 바람이 지나간다. 수은주는 내려갈 대로 내려가서 영하 이십도 이십오도 하고 갖은 폭위暴威[46]를 떨치고 있었다. 그러나 다음 순간—정신없이 넘어진 여자의 치마 속에서는

"앵, 앵, 악!"

---

46) 원문에는 '포위'로 음독되어 있다.

하는 어린애의 울음이 터져 나왔다. 세상에 처음 나오는 어린애의 울음 —. 어머니를 부르는 어린애의 간절한 목소리! 정신을 잃었던 그 여자는 눈을 스르르 뜨게 되었다.

"아 경희!"

하고 저편 방에서 여자가 뛰어나오며

"아이고 이런 원……."

말을 마치지 못하고 그 여자는 산모를 한 손으로 잡아 일으켰다.

"아이고……."

산모는 죽는 소리처럼 겨우 한 마디 부르짖고 그만 또 정신이 없이 땅에 쓰러졌다.

"이걸 어쩌나 아이고!"

그 여자는 황급한 바람에 어찌할 바를 모르고 밖으로 뛰어나갔다. 그리고 외마디 소리로

"오빠 경희가 해산했어요……."

하고 저쪽 길을 향하여 먼저 나간 사나이를 따라갔다. 오리걸음 같이 뛰기는 뛰나 원체 여자 중에도 키가 작은 여자이라 다리가 짧아서 타닥거리기만 하고 잘 뛰지를 못했다. 숨이 차서 겨우 언덕 위까지 왔으나 더 따라갈 용기는 없었다.

"오빠 오빠!"

그는 그의 갖은 온갖 음량을 다하여 목이 터져라 하고 외쳤다. 멀리 언덕 밑을 내려가던 남자는 겨우 고개를 돌려 이쪽을 바라봤다. 여자는 다시 손짓을 하며

"오빠! 해산했어요!"

하고 또 소리를 질렀다. 그때야 남자는 소리를 알아차렸는지 이쪽을 향하여 왔다.

2

두 사람은 총총걸음으로 집까지 뛰어들어 왔다. 산모는 네 다리를 뻗치고 땅바닥에 쓰러져 누웠다. 얼굴은 퍼렇게 질리고 치마는 전부 피투성이가 되었다. 피는 나오는 대로 곧 얼어서 버적버적 얼었다. 남자는 다짜고짜로 산모를 안아 일으켰다. 그러나 산모는 눈을 치켜뜨고 아무 정신이 없다. 여자는 한 손으로 양 미간을 부비며

"언니! 언니!"

하고 불렀다. 역시 아무 기척이 없었다. 남자는 산모를 안고 시체 있는 방으로 뛰어갔다. 산모의 입에는 거품이 나와서 그만 얼었다. 입은 꼭 닫혔다.

"악! 앙……."

하고 산모의 치마 속에서는 어린애의 울음이 들렸다. 남자는 다음 순간 산모의 코에 귀를 대었다.

"아이고!"

남자의 부르짖는 외마디 소리.

"숨이 끊겼어……."

남자는 와락 산모의 얼굴에 자기 얼굴을 부비며

"아이고 불쌍해라!"

어느덧 눈물이 주르르 떨어진다.

"언니 언니! 어찌 되었어……."

여자도 따라서 울기 시작하였다.

"아이고 불쌍해라. 모두 내 죄다. 내 잘못이다. 내가 너를 죽였구나!"

남자는 코를 실룩거리며 그만 방바닥에 쓰러진다.

"언니 언니! 정말 죽었소?"

그의 울음도 커졌다. 그러나 그들의 울음과 함께 산모의 치마 속에서는

"앙 악!"
하고 가느다란 어린애 울음이 울어 나왔다. 그때야 두 사람은 정신을 차렸는지
"아이고 저것 봐……."
하고 그때야 죽은 산모의 얼음피 투성이의 치마와 속옷을 벗기고 어린애를 꺼내게 되었다. 태를 가르고 누더기 위에 뉘었을 때에는 턱을 서너 번 흔들더니 그 애마저 숨이 끊기고 말았다. 오막살이 한 방에 베개를 나란히 한 세 사람의 시체. 그들은 벌써 세상과는 인연이 없다는 듯이 고요히 누웠다. 남자는
"아이고 이런 일이 어디 있어……. 불쌍도 하지. 경희여! 용서해. 내가 너를 죽였다……."
산모의 가슴을 부여안고 넋두리를 한다.
"이런 변이 어디 있어……. 아이고 하느님!"
여자도 같이 슬피 울었다.
"나오자마자 죽는 어린애도 불쌍하거니와 어린애 얼굴도 보지 못하고 죽는 줄도 모르게 죽은 경희야, 아 불쌍도 하지 불쌍도 해! 어이고 하느님 맙소사. 내 잘못이야. 내가 다 죽였지 내가 미친놈이야!"
남자는 이렇게 넋두리를 하면서 울음을 그칠 줄을 몰랐다.

3

오막살이의 주인공은 임택수林澤洙라는 마음 좋은 사나이였다. 그는 십년 전만 하여도 광주廣州 모처某處에서 그리 곤란치 않은 생활을 하였다. 땅도 백여 마지기 있고 돈도 몇 천원 있어서 그 곳에서는 부자라는 이름까지 듣고 있었다. 그러나 자기 부친이 돌아간 후에는 살림 할 줄을 모르는 그는 술과 계집질로 일을 삼았다. 그리고 마음이 좋은 그는 남의 보증서기를

잘하였고 또는 이 사람 저 사람에게 달라는 대로 돈을 꾸어 주었다. 그래서 그의 부친이 돌아간 지 오 년이 못 되어 그의 재산은 모두 없어지고 말았다. 그는 고향에서 처음으로 일 년 동안 눈물 나는 살림을 하고 그 다음 해에는 서울로 어머니와 어린애들과 여편네를 데리고 올라왔다. 처음에는 구멍가게도 하여 보았으나 몇 푼 안 되는 밑천까지 잘라 먹었다. 다음은 배추 장사, 생선 장사, 고구마 장사, 이렇게 생긴 지랄은 다하여 보았으나 원래 주변이 없는 그는 하나도 재미를 보지 못하였다. 그래서 사람의 쓰라린 비극을 샅샅이 맛보지 않으면 안 되게 되었다.

금년 봄에는 교외 중에도 두메인 성북동 위 골짜기에 오막살이 한 방을 매달 이 원씩 세를 주고 이사 오게 되었다. 그리고 자기는 어떤 이의 소개로 양말 공장에 들어가서 뼈가 녹도록 일을 하게 되었다. 그러나 한 달 벌어야 겨우 십육 원밖에 안 되는 돈으로 다섯 식구가 살아가기는 실로 괴로운 일이었다. 그나마 월급 타는 날이면 홧김에 술잔이나 먹게 되어 실상 집으로 가지고 가는 돈은 십이삼 원 밖에 되지 않았다. 이 돈으로 한 달을 살아가려면 보리죽이나 비짓덩이나 혹은 나깨죽[47]으로 그 날 그 날의 목숨을 보전치 않으면 아니 되게 되었다. 더구나 겨울부터는 나무 값이 부쩍 올라서 그야말로 살기가 죽음보다 더 어려웠다. 이십 년래에 처음이라는 혹독한 추위는 이 불쌍한 사람들을 더 한층 괴롭게 하였다. 한 끼에 오 전어치 나무를 가지고 밥을 짓다가 나무가 떨어지면 선 밥이나 선 죽을 먹었다. 그렇다고 산에서 낙엽이라도 긁어오면 산지기는 조금도 용서치를 않았다. 이렇고 보니 그들의 건강은 여지없이 파괴되어 얼굴이 퉁퉁 붓고 기름기가 하나도 없었다. 그리고 방은 빙판 한 가지로 추위에 견디지를 못하고 누더기를 쓰고 덜덜 떨고 있었다.

가난이 싸움이라고 택수의 아내 경희는 늘 바가지를 긁고 싸움을 하였

---

47) '나깨'는 메밀을 갈아 체에 쳐 내고 남은 찌꺼기. 그것으로 만든 죽.

다. 며칠 전에도 한바탕 싸움을 하였다.
"에 이 주변 없는 딱지야!"
"왜 또 독살이야!"
"글쎄 이걸 어떻게 살란 말이야"
"아 못살면 죽으려무나!"
"그래 집안 식구 다 죽으라고 있는 재산은 모두 술을 처 먹었어……."
"내 재산 내가 썼는데 웬 참견이야!"
"저런 뱃심 좋은 녀석!……"
"아 이년이 아직도 입이 살아서……."
택수의 주먹은 어느덧 아내의 뺨을 갈겨 부쉈다. 그러나 독살스러운 경희는 결코 남편의 주먹에 굴하지 않았다.
"죽여라 죽여!"
"아 이년이……."
"난 네 주먹에 오늘 꼭 죽고 말 테다……."
"아 이년 봐라 아직도 주먹맛이 적어서……."
"어서 죽여. 난 죽겠다. 네가 무얼 잘했다고 이런 칙칙한 녀석이……."
경희는 입을 다물고 이를 갈며 대들었다. 남편의 멱살을 쥐어뜯고 또는 깨물고 꼬집고 하였다. 마음이 착한 택수는 처음에는 발끈하고 주먹질을 하였으나 나중에는 그만 경희의 독살에 혼이 빠져서
"내가 잘못이오."
"잘못이면 왜 그래!"
"아 속이 상하니까 그렇지."
"아 제 잘못에 속상하는 것을 누가 안담!"
하고 경희는 꼬치꼬치 캐었다. 그러면 택수는 진저리가 나서
"에그 그만 죽을까봐!"
하고 옷을 주워 입고 어디로 휙 나가버리곤 하였다. 싸움만 하면 택수가

번번이 이렇게 패패를[48] 당하고 항복을 하였다. 몇 날 전에도 이렇게 싸움을 하고 화가 나서 문안으로 뛰어 나갔다. 그래서 이틀이나 집에 들어오지 않다가 어제 저녁에야 집에 들어왔다. 그러나 그 동안에 늘 해소로 콜록콜록하던 자기 어머니는 추위와 주림에 이기지 못하여 그만 이 세상을 떠나 버렸다.

*　*　*

아내는 어머니 시체 옆에 앉고 있었다. 바깥이나 조금도 다름없는 방안은 잠깐 앉고 있어도 엉덩이에 얼음이 어는 듯하였다. 아내 역시 살아있다 하여도 죽은 사람과 마찬가지였다. 아내는 택수를 보고

"여보 글쎄 집안을 좀 생각해 보아요."

그 누르퉁퉁한 얼굴에는 눈물이 젖어 있었다. 그러나 택수는 고개를 숙이고 대답 대신에 한숨을 후 하고 쉬었다. 그는

"어머니!"

하고 숨 끊긴 얼굴에 손을 얹어 보았다. 아 싸늘한 주검! 그는 가슴에 천근이나 되는 무거운 괴롬이 내려앉는 듯하였다. 그러나 철없는 애들은 두 손을 입에 대고 홀홀 불며 오들오들 떨면서

"아버지 배고파!"

하고 부르짖었다.

"밥 주어 배고파!"

하고 작은 녀석은 슬슬 주머니를 뒤지면서 죽는 소리를 하지 않는가. 그들은 아비가 왔다고 밥을 찾는 것이다. 택수는 하늘이 무너지는 듯이 앞이 캄캄하였다. 가만히 주머니를 만져보니 주머니에는 데구르 하고 사십 전

48) 원문에는 '패북을'.

이 조그마한 소리를 치고 있었다.

"벌써 이틀째나 굶었소. 어머님도 돌아가시는 날 죽 한 술 못 잡수시고 운명하셨소. 아 불쌍도 해요. 불효예요."

하고 아내가 우는 듯이 말을 하였다. 아내 역시 푸르퉁퉁한 얼굴빛이 죽은 사람 한가지였다. 그러나 만삭된 몸은 배가 남산 같이 불러서 말을 할 때마다 숨이 차는 모양이었다.

"아 모두 내 죄외다."

하고 택수는 다시 어머니의 시체에 손을 얹고

"어머니, 아 어머니, 용서하세요."

하고 그는 얼굴을 시체에 부비며 넋두리를 하였다. 그러나 이미 죽은 시체는 그의 부름을 알 수는 없었다.

괴로운 그날 밤이 지나고 다시 아침 해가 이 오막살이에 비치게 되었다. 그러나 슬픈 비극은 또 오고 말았다. 가난은 마침내 택수의 아내까지 잡아가게 된 것이다.

4

어머니 시체, 여편네 시체, 어린애 시체, 세 주검을 가지런히 앞에 놓은 택수는 어찌할 바를 몰랐다. 울고 부르짖고 원망하고 참회하고 이것만으로는 그의 앞에 온 비극을 청산할 수가 없었다. 주머니에는 엽전 한 푼도 없었다. 이리 생각하고 저리 생각하여도 세 주검을 감당할 도리는 도저히 없었다. 그는 허리띠를 끌러 몇 번이나 자기 목에 매어 보았다. 그리고 속으로

"불쌍한 당신들의 뒤를 나도 따라가리다."

하고 불러 보았다. 굶주리고 헐벗고 고생하던 그들이 생각할수록 불쌍했다.

택수는 방바닥에 쓰러져 세 시체를 번갈아 보았으나 모두 그들이 자기를 원망하는 것 같고 저주하는 것 같았다.

"불쌍한 그들을 감장[49]도 못해준담!"

하고 속으로 부르짖었다.

"아 이 못난 녀석아."

그는 자기가 자기의 못난 것이 한없이 미웠다.

"아 이 못난 놈아 네가 무슨 면목으로 살아. 너 혼자 산다는 것은 저들에게 너무나 미안하다……."

그는 입으로 자기 입술을 깨물었다. 선지피가 풍 쏟아져 내렸다. 그는 떨면서 세 시체를 끌어안았다.

* * *

택수는 자기 누이가 문안으로 다니러 간 틈에 목을 찌르고 세 주검 틈에서 다시 한 주검을 보태었다. 어린 두 애는 어제 누이 집으로 보내었고 다만 이 오막살이에는 아무도 없는 컴컴한 방에 누구를 기다리지도 않는 네 주검이 가지런히 누워 있었다. 찬바람은 땅 밑까지 얼릴 듯이 윙윙 울고 있었다.

---

49) 勘葬: 장례 치르는 일을 대강 마침.

인생특급人生特急

귀국(1)[50)]

경성역에는 빛난 전등이 아름다운 호박琥珀속같이 선명한 빛을 던지고 있었다. 서늘한 저녁바람이 사람들의 얼굴을 가벼웁게 문지르고 지나간다.

저녁 일곱 시—부산서 오는 특급열차가 미끄러지듯이 홈에 들어왔다. 이등실에서 오 박사의 스마트하고 명랑한 '포즈'가 나타나자 군중은 와—하고 제각기 오 박사의 팬이라는 듯이

"오영준 박사 만세!"

하고 불렀다. 사람들의 손에는 빨간 기, 파란 기가 '오 박사 귀국 환영'이라는 글자를 가득 안고 바람에 나부끼었다.

한 사람, 한 사람 앞을 다투어 오 박사의 손을 잡고

"축하합니다."

하고 모두 악수하였다. 그둘의 가슴에는 높은 어떤 감정이 넘쳐흘렀다.

'이 땅의 보배거니' 하고 최고의 예로써 그를 맞고 싶었다.

이렇게 끊일 줄 모르는 악수의 돌격—대모테 안경을 쓴 하이얀 박사의

---

50) 신문연재시 매회 붙어 있던 제목을 그대로 살렸다. 각 회별 제목 없이는 연결이 어색한 대목이 많다.

얼굴에는 흥분과 만족의 빛이 넘치며
"황송하옵니다."
하고 고개가 아프리 만치 머리를 숙였다. 그리고 그 뒤를 이어 손에 꽃들을 안은 경성음악학교 생도들이 오월의 은어같이 경쾌한 발자국으로 박사의 앞으로 나와
"웰컴!"
하고 꾀꼬리 같은 소리로 일제히 불렀다. 이 광경은 천재의 음악가를 맞아주는, 그럴 듯한 호화판이었다. 그리고 그밖에도 여자들이 개인으로 많이 나와서 오 박사의 발 밑에 장미를 한 송이씩 던지는 것도 한 이채거니와 민부호의 딸로 동경음악학교를 졸업하고 미인으로 장안의 화젯거리가 되는 민영순양이 오 박사의 손을 쥐고 제비 같은 포즈로써 인사하는 광경은 더욱 많은 사람의 시선을 끌었다.
"오늘밤은 음악가의 세상이군."
하는 어떤 사람의 소리가 환호성에 섞여 나오기도 하였거니와
"제기, 음악가라면 침을 질질 흘리는 계집애들이거든……."
하고 공연히 눈이 뾰족해서 배를 앓는 구경꾼도 있었다.
"나두 음악을 하여야겠군!"
"참, 세계적 무대를 향하여 죽음으로써 나두 노력을 해 보아야지!"
하고 벼락 결심을 하는 친구들도 있었다. 오늘 하룻밤에 한하여 오 박사의 인기와 영예는 그의 이십년간이나 고생하며 닦고 쌓은 고로苦勞를 갚기에 넉넉하였다.

신문사 사진반의 촬영이 끝나고 오 박사를 선두로 군중은 물결같이 홀에 넘치며 역을 나오게 되었다.

경성의 명사, 예술가, 신문기사—수백명이 정성껏 오 박사를 맞아준 것이다.

이태리서 음악을 전공하고 전 구라파에 이름을 날리며 우레 같은 인기

자로서 구미 음악행각을 마치고 오늘밤 금의환향을 하게 된 것이다.

'조선 음악가 협회'에서는 온갖 성의로써 박사를 환영하였고 경성여자음악학교에서도 전 생도가 모두 역으로 환영을 나왔다. 오 박사가 자동차에 오르자 군중은 또,

"만세!"

하고 불렀다. 환호와 만세소리에 싸여 오 박사의 자동차는 바퀴가 구르기 시작하였다.

개선 장군을 맞는 듯한 오늘밤의 즐거운 환호―오 박사의 자동차는 남대문통을 일직선으로 달아났다.

귀국(2)

오월의 아침은 서늘하였다. 빛난 해가 나뭇가지 위에 자금빛[51] 연막을 치고 하늘빛보다 짙은 신록이 연옥색 무지개를 온 누리에 펴치는 듯하였다.

사직동 경성음악학교 민교장 집에서 하룻밤을 지낸 오 박사는 침상을 차고 일어났다. 명랑한 오월은 그의 앞날을 예시하는 듯하여 매우 기분이 좋았다.

아침부터 손님들은 모여들었다. 오 박사는 스피―드로 양치와 세수를 하고 조반을 먹은 후 방문객을 맞기 시작하였다. 몇몇 손님이 다녀간 후 신문기자와 잡지기자들이 꼬리에 꼬리를 물고 와서 진력이 나리 만치 잔소리를 늘어놓았다. 언제 이태리를 갔느냐, 몇 해나 이태리에 있었느냐, 외국 여자들과 연애를 해 보았느냐? 이번 음악행각에 얼마나 돈을 벌었느냐? 결혼은 어떤 여자와 하려느냐? 하고 검사가 피고를 취조하듯이 시시콜콜히 물었다. 그러나 오 박사는 활발한 태도로 일일이 대답하였다. 불란서를 거쳐 이태리에 간 지는 십여 년이고 이태리 여자들의 편지쯤은 간혹

51) 자금紫金빛이라는 뜻.

받아 보았고 이번 음악행각에 돈 십만 원이나 벌었고 결혼은 조선 여자와 하겠다고 구수하게 잘 대답하였다. 이렇게 '저널리스트'들을 격퇴하기에 실로 땀이 흘렀다.

오 박사는 그들이 돌아간 후 포켓에서 수건을 꺼내어 이마의 땀을 씻으며 창밖을 내다보았다. 정원에는 작약꽃이 봉오리가 지고 단풍이 고운 정열을 못 쏟아 애쓰는 듯이 혼자 붉어 있었다. 낮닭 우는 소리가 한가히 들렸다.

하인이 다시 명함 두 장을 가지고 들어와서 손님이 온 것을 알렸다. 박사는 명함을 손에 들었다. 한 장은 경성음악학교 교사 '민영순'이라고 씌었고 한 장은 간단하게 '류경순'이라고 쓴 명함이었다. 그들의 이름으로 보아 여자들임을 직각할 수가 있었다. 오 박사는 하인에게 그들을 들어오라고 말하였다. 똑똑 하고 몇 번 노크가 있은 후 문이 방긋이 열리며 두 여자가 꾀꼬리같이 들어왔다. 그들은 생도가 선생에게 경례하듯이 고개를 숙이며,

"안녕하십니까?"

하였다. 그리고 탐스럽게 된 장미 한 묶음씩을 손에 들고,

"선생님의 귀국을 기뻐합니다."

하고, 박사의 테이블에 꽃을 놓았다.

"감사합니다."

하고, 오 박사도 정중히 인사하였다. 얼른 보아 아름다운 여자들이었다. 그 중에 종달새같이 경쾌하고도, 세련되고 고상한 품격을 가진 민영순—박사는 어젯밤 경성역에서 그와의 악수를 생각할 수가 있었다.

"어젯밤 역에서 뵈었지요."

하고, 박사는 말문을 열었다.

"호호, 네, 기억하십니까?"

"암, 기억하지요."

하고 박사는 빙긋이 웃었다.

"우리들은, 선생님 같은 천재가 조선에 난 것을 더없는 행복으로 생각해요."
하고 다시 말을 이어
"저번 동경서 하신 음악회에 선생님의 독창을 라디오로 들었는데 우리 팬들은 그만 취하고 말았어요."
영순은 살짝 얼굴을 붉히면서 고개를 숙였다. 갸름하고도 조화된 얼굴에는 일종의 프라우드한 빛이 떠돌고 희고 풍만한 살빛은 그의 순결을 말하는 듯하여 오 박사의 맘을 역시 사로잡고야 말았다. 박사는
"뭘 어디 그렇게 칭찬할 것이 있습니까?"
하고 겸손을 떨었다. 영순은
"원 천만에……. 이 분도 선생님의 팬이랍니다."
하고 옆에 앉은 경순을 소개하였다. 경순은 고요히 고개를 숙였다. 영순은 말을 이어
"이 분은 M일보사 사장 류만성 선생의 따님으로 여류 문사로 이름이 높은 분이랍니다."
하고 방울을 달았다.
"그렇습니까? 축하합니다."
오 박사도 머리를 숙였다.
경순은 애수를 띈 듯한 얼굴에는 잠깐 붉은 빛이 지나갔다.

귀국(3)

하인이 홍차를 가져왔다. 오 박사는 차를 마시며, 잠깐 두 여자의 옷맵시를 바라보았다. 두 여자는 의논이나 하였는지 똑같은 의복을 입었다. 영란鈴蘭을 곱게 무늬 놓은 '바레스'[52] 저고리에 구름과 꽃 모양을 수놓은 하

52) 바레스: 조끼처럼 짤막하게 걸쳐 입는 옷. 볼레로.

늘빛 치마는 그들을 더욱 아름답게 하였다. 이십년간이나 외국에서 지내며 딱딱한 양장에 그만 진력이 난 오 박사는 조선 여자들의 옷이 도리어 아름다운 듯하였다.

영순은 차를 한 모금 마시고

"선생님, 조선에 오래 계시렵니까?"

"글쎄요. 당분간 있겠습니다."

이때 경순이 입을 열며

"조선에 좀 오래 계셔요. 우리 악단[53]을 위하여 힘을 써 주시고요. 선생님이 오래 조선에 계신다면 우리 팬들은 얼마나 기쁠는지요."

하고 얼굴을 붉혔다.

"조선에 선생님 같은 분이 한 분이라도 있는 것이 얼마나 자랑일까요. 외국으로 가지 마시고 늘 조선에 계셔요."

영순이 뒤를 이어 이렇게 말을 더했다.

"천만에 너무들 칭찬을 하시니 도리어 황송해요. 좌우간 그렇게 환영해 주시니 오래 조선에 있겠습니다."

하고 오 박사는 영순을 바라보았다.

"네, 다소 발전이 됐지요."

하고 영순도 의미 있게 오 박사를 바라보며

"선생님, 구미 악단의 이야기나 좀 하여 주셔요."

좀 아양을 띤 듯한 어조이었다.

"차차 이야기하지요. 재미있는 이야기도 있지요만……."

하고 오 박사는 흥미를 갖게 슬쩍 받아쳤다.

"참, 조용히 재미있는 이야기도 해 주실 겸, 언제 우리 집에서 만찬회를 열 터이니 좀 와 주세요."

---

53) 樂壇. 즉 음악계를 말함.

하고, 영순은 애원이나 하듯이 말을 하였다.

"감사합니다. 암, 민선생이 청하신다면, 기뻐 가지요."

하고 오 박사도 쾌활히 대답하였다.

"선생님, 저희 집에도 좀 오셔요. 저도 언제 만찬회를 열고 청할게요. 저희 집은 낙타산 밑이라 녹음도 있어서 매우 서늘하답니다."

하고 경순도 지지 않고 말을 하였다. 여기서부터 두 미인의 경쟁은 일어났다.

"네—가지요. 언제나 청하면 가겠습니다."

오 박사는 여전히 시원스러이 대답하였다.

"모레쯤 저희 집에 좀 오세요. 저희 집에 꽤 좋은 그랜드 피아노도 있구요, 제가 선생님 노래를 반주해 드릴 만한 힘도 좀 있으니까요."

약간 얼굴에 홍조가 돌며, 영순은 말을 끊었다.

"글쎄요, 모레는 시골을 좀 갈 듯한데요. 작정은 못하겠습니다."

이것은 오 박사의 대답.

"아이, 경성서 음악회나 열고 시골을 가시지요. 제가 반주는 좀 해 드릴게요."

영순은 이렇게 대담히 말을 하였다. 그는 세계적으로 이름이 높은 이 오 박사의 반주를 해 본다면 자기로는 더없는 만족일 것 같고 또는 이 천재요 미남자인 오 박사와 함께 스테이지에 서 본다는 것도 한없는 행복일 것 같았다.

"고맙습니다. 시골을 꼭 가기로 결정한 것은, 아닙니다."

오 박사는 좀 비싸게 빼는 소리이었다.

"참, 저희들은, 선생님 노래를 하루 속히 듣고 싶은데요. 저희뿐이겠습니까? 수십만 팬들이 모두 고대한답니다."

이것은 경순의 아담한 목소리였다. 이 때 문에, 노크하는 소리가 들리며 하인이 명함 한 장을 가지고 들어왔다. M 일보사 사장 '류만성'이라고 씌었

다. 기민한 영순은, 눈치 빠르게 자리에서 일어서며
"처음 뵈옵고 실례 많이 했습니다. 저희 집에 꼭 한번 오셔요."
"네, 답례로라도 한번 가지요."
"저희 집에도 꼭 오세요."
"네, 기뻐 가 뵈옵지요."
그들은 머리를 숙여 인사를 하고 방을 나갔다. 뒤를 이어 가재수염에 부리부리한 얼굴을 가진 류사장이
"용서하십시오."
하고 방으로 들어왔다.

귀국(4)

류사장이 음악회 주최 건으로 다녀간 지 사흘이 지났다. 오 박사는 황해도 해주에 있는 친구 집을 잠깐 다녀왔다. 밤차로 사직동 음악학교 교장집에 들어오니 편지가 수백통 들어왔다. 그리고, 전보도 이백여통이나 들어왔다. 전보는 대개 '축, 귀국'이라는 의미의 것이 대부분이요, 편지 중에는 여러 가지 이상야릇한 말이 많았다.

편지는 거의 전부가 여자들의 편지였다. 네모진 꽃봉투에 글자마다 정성을 들여서 한 자 한 획도 소홀히 하지 않고, 예쁘게 꼭꼭 박아서 쓴 것들이었다.

오 박사는 이 많은 편지를 일일이 다 볼 수가 없었다. 이 돌연한 편지사태에 머리가 아팠다. 오 박사는 가장 화려한 봉투와 가장 잘 쓴 글씨만을 골라서 이십여통 앞에 놓고 먼저 읽기로 하였다.

"선생님의 귀국을 축하합니다. 저는 음악을 좋아하는 여자 중의 한 사람이고 선생님을 평생 모시고 싶습니다."
하고 대담한 소리를 쓰고 편지 속에 장미를 한 송이 넣어 보낸 여자도 있고 어떤 이는,

"선생님 같은 이가 조선에 났다는 것이 얼마나 행복이겠습니까? 저는 선생님 발 아래서라도 일생을 보낼 수 있다면 한없는 행복이겠어요. 우리 집은 이백만 원 가량 재산이 있고 저는 무남독녀 외딸이랍니다. 저를 사랑하신다면, 그 돈을 선생님 사업에 써도 좋습니다."

하고 은연히 돈자랑을 하고 그 속에 자기 사진까지 넣어 보낸 여자도 있었다. 오 박사도 이백만 원이라는 소리에 귀가 솔깃하여 그 편지의 사진을 들여다 보았다.

"에이 얼굴이 뚱뚱보로군!"

오 박사는 그만 혀를 차고 딴 편지를 뜯었다. 그 편지는 글씨가 유난히도 좋거니와

"선생님의 귀국을 축하합니다. 선생님의 천재를 못내 그려하는 저는 이 적은 시 한 절을 보냅니다."

하고 시 한 편을 써 보낸 여자도 있었다. 그리고 어떤 여자는 자기 집이 불란서식인데 선생님의 숙소로 제공하고 싶다는 둥 또 어떤 여자는 자기는 피아노를 잘 치는데 일생 동안 반주자가 되게 하여 달라는 둥 간곡한 말이 있고 또 한 가지 놀라운 것은

"선생님의 성공과 귀국을 축하합니다. 저는 재주도 없고 돈도 없으나 저의 열정만은 누구보다 못하지 않습니다. 이 적은 편지를 저의 붉은 피로 쓰나이다. 저는 선생님을 사랑할 자격은 없으니 저를 선생님의 비서로만 써 주세요. 그러면 더없는 행복이겠나이다."

하고 붉은 피로 쓴 혈서가 있었다. 그리고 그의 주소와 함께 임옥순이라는 성명까지 분명히 써 있었다.

"하—이런 일이…."

오 박사는 한숨을 내쉬고 잠깐 눈을 감았다. 어쩐지 자기에게 무서운 운명이 닥쳐오는 듯도 하고 또는 무엇인가 어깨가 무거워지는 듯도 하였다.

"참, 여자란, 기회주의자야. 내가 무엇이라고, 이렇게 야단들인고?"

오 박사는 또 한번 후 하고 한숨을 쉬었다. 밟기 어려운 꽃밭을 막 밟고 지나는 듯도 하고 또는 어지러운 거리를 지나는 듯도 하여 마음이 좀, 산란하였다. 오 박사는 담배를 한 대 피워 물고, 다시 다음 편지를 뜯었다.

"선생님, 저번 날은 실례했습니다. 오는 수요일날 저녁에 변변치 못하나 만찬을 준비하고 선생님을 맞고자 하오니 황송하오나 만사를 제하시옵고 기어이 내림하시면 더없는 영광이겠나이다. 민영순."

이렇게 써 있었다. 오 박사는 잠깐 영순의 그 시원하고 고운 얼굴을 생각해 보고 혼자 빙그레 웃었다. 어쩐지 그의 앞에 빛난 꽃길(花路)이 아름답게 열리는 듯하여 마음이 유쾌하였다. 또 다음 편지를 뜯었다. 그것은 류경순의 편지로서, 영순의 편지와 같은, 저녁을 대접하겠다는 편지였다.

날카롭고 매끈하게 꼭꼭 박아 쓴 글씨가 매우 아름다웠다.

"참 야단이로군. 시간이 꼭 같으니 어디로 가야 하나?"

다른 편지는 쓸어 미루고 오 박사는 눈을 스르르 감았다. 그의 눈앞에는 영순과 경순 두 여자가 나타났다.

만찬(1)

오 박사는 양복에 손질을 하여 단정하게 입고 문밖에 나섰다. 오후 다섯 시—영순과 경순의 오라는 만찬회 시간은 되었다.

"어디로 갈까?"

오 박사는 조금 주저하였다. 그러나 박사의 마음은 어느덧 영순에게 끌리고 말았다. 박사의 눈앞에는 영순의 환영이 나타났다. 그의 시원한 이마, 날씬한 코, 아담한 입, 애교가 흐르는 별 같은 눈—영순의 얼굴은 박사의 손을 잡아 끄는 듯하였다. 더욱이 오월의 은어같이 청초하고 후리후리한 스타일—이러한 주인공의 영순과 저녁을 같이 먹는다는 것은 박사의 맘을 그만 사로잡았다. 박사는

"에—그만 영순씨 집으로 가야지—."

하고 발걸음을 내놓을 때에 한 대의 자동차가 뿡 하고 나는 듯이 달려왔다. 자동차는 집앞 뜰 위에 스르르 멎어지며

"선생님 어디로 가세요?"

하고 제비같이 영순이 자동차에서 내렸다. 오 박사는 조금 당황하여

"좀 볼일이 있어서요. 그간 안녕하십니까?"

하고 슬쩍 넘겨받았다.

"볼일이 있다니요?"

"네, 누구와 좀 만날 약속이 있어서……."

영순은 박사의 말이 떨어지자 우정 성내는 듯이 조금 눈썹을 찌푸리며

"선생님두, 제 편지는 보지 못하셨나요."

"참, 감사합니다. 그래서 지금 어딜 갈까 하고 망설이던 중입니다."

오 박사는 수단좋게 꾸며대었다.

"아이 저희 집으로 가셔요. 누추하지만 저녁 준비도 되었고 또 제가 선생님 위하여 피아노 한번 쳐 드릴게. 네—."

영순은 노상 어린애같이 아양을 떨었다.

"참 미안합니다. 그러면 가지요."

박사는 못 이기는 체하고 승낙하였다. 박사와 영순은 나란히 자동차에 올랐다.

자동차는 움직이기 시작하였다. 그들은 신혼부부처럼 어깨를 대어 앉아 몇 마디 이야기를 시작하였다.

어느덧 자동차는 가회동 민부호 집 앞에 대어졌다. 영순이 먼저 내리며

"여기가 저의 집이랍니다. 양옥이라고 흉내는 내었지마는 선생님이 보시면 웃으시겠지요……."

"천만에……. 훌륭하고 깨끗하군요."

박사는 파랑벽에 빨간 기와를 이고 비둘기장처럼 예쁘게 지은 이층 양관을 바라보았다. 뜰 앞에는 작약, 목단, 월계, 단풍, 잣나무, 소나무 등 보

기 좋은 화초와 나무들이 가득히 심어져 있었다.

"참 좋군요."

"뭐 보잘것 없답니다."

박사는 이렇게 주고 받으며 영순을 따라 이층 영순의 방으로 들어갔다.

방에는 화려한 양복장과 경대가 놓여 있고 테이블 위에는 시집과 소설 등속이 놓여 있었다. 그리고 유리창에는 프랑스 자수의 문장이 걸려 있고 한옆에는 만개한 장미가 한 나무 분 위에 놓여 있다. 그리고 벽에는 제네바 풍경과 금강산 풍경이 걸려 있고 또는 모샷과 슈만의 초상화가 걸려 있었다.

영순은 저편 방에서 앞치마를 걸치고 나오면서

"편안히 앉으세요. 선생님을 위하여 오늘 저녁 제가 보이 노릇을 하지요."

방긋이 웃었다.

"이거 너무 미안하군요."

오 박사는 참말 미안하다는 듯이 고개를 숙였다. 영순은

"잠깐만 기다리세요."

하고, 바깥으로 나아갔다.

뒷창으로는 기름이 흐르는 신록이, 푸른 그림자를 길게 늘이고, 그 사이로는, 저녁해가 오렌지빛으로 실실이 수를 놓고 있었다. 영순은 아담한 화류소반에 은컵과 은주전자를 들고 들어왔다. 그리고 빨간 홍차를 두 잔을 따라 먼저 한 잔을 오 박사에게 권하면서

"이 차는 제가 친히 만든 차랍니다. 좀 잡수셔요."

"민선생이 만드신 것이면 참 맛있겠지요. 먹겠습니다."

만찬(2)

오 박사와 영순이 차를 마시는 동안에 저녁상이 들어왔다. 그리고 영순

의 어머니 되시는 분이 따라 들어와서,

"안녕하십니까?"

하고, 인사를 한 후에, 말을 이어,

"저 애가 오선생을 뫼시고 저녁을 한번 대접한다고 야단이어서, 오십소사는 하였지만 잡수실 것이 없습니다."

하고 겸사를 떨었다.

"이렇게 관대를 하시니, 도리어 황송합니다."

오 박사도 정중히 대답하였다.

영순의 어머니는,

"이야기나 하며 많이 잡수셔요."

하고 나가버렸다. 얼른 보아 갸름한 얼굴과 세련된 모습이 귀부인의 태도가 있었다. 영순도 어머니를 닮았구나 하고 오 박사는 생각하였다. 영순은 공기에 밥을 떠서 오 박사에게 권하면서

"식찬이 변변치는 않으나 많이 잡수셔요."

하고 반나마 애교를 피웠다.

"민선생이 권하시니 많이 먹지요. 너무 식찬이 많아서 무엇을 먼저 먹어야 할는지 큰일입니다."

오 박사도 농담 비슷이 웃었다.

사실 조선식, 양식, 화식을 겸한 성찬이었다. 빈한한 가정에서 자라고 그 후에는 전혀 외국에서 지낸 오 박사는 이름조차 모를 것이 많았다. 영순도 공기에 밥을 떠서 그 귀여운 입으로 소리도 없이 먹으면서

"이것은 은어조림인데 제가 제일 좋아하는 것이랍니다. 좀 잡수어 보셔요."

하고 젓갈로 집어 오 박사의 접시에 놓았다.

그리고 이것은 전복조림이고 이것은 송이프라이라고 하면서 그 옥을 깎아 만든 듯한 손으로 주섬주섬 집어놓았다.

오 박사는 음식보다도 애교 있는 영순의 미소와 그의 친절과 또는 인어 같은 흰 손을 보는 것이 더 유쾌하였다. 구주와 미주로 다니며 말괄량이 같은 서양 아씨들의 아양과 친절을 보지 못한 것은 아니지마는 이렇게 조선 여자와 가족적으로 마주앉아서 고운 손으로 정성껏 떠 주는 밥은 오 박사에게 있어서는 처음이었다. 역[54] 영순의 어머니도 자기 딸을 남자와 한 방에서 둘이 저녁밥을 먹게 하는 것은 여간해선 허락할 일이 아니지마는 세계적으로 이름이 높은 오 박사라는 말에 아직도 남자가 들어와 보지 못한 자기 딸의 방으로 인도한 것이다. 그리고 단 둘이서 저녁밥까지 먹게 한 것이다.

영순은 장안 갑부의 딸이요 얼굴 곱고 재주까지 있어서 그야말로 범이 날개를 돋친 셈이었다. 그래서

"이 세상에는 내 남편될 만한 이가 하나두 없다."

하고 건방진 소리를 함부로 하였고 여간한 남자는 사람으로 알지도 않았다. 혹이나 어떤 남자가 영순의 외모와 재산에 취하여 그야말로 '사랑에 번민하는 사람이 있으면' "사랑도 분수가 있지. 미친 놈이로군. 원 어이가 없어서……." 하고 큰 모욕이나 당한 듯이 야단을 하였다. 그리고 언제 한 번은 모 중학교 영어 선생 한 분이 영순에게 연서 한 장을 보내었다가 큰 망신을 하고 학교까지 사직하여 장안에 화제를 제공한 일까지 있었다. 그러나 오 박사의 인기를 신문에서 여러 번 보고 또는 경성역에서 그 스마트하고 훌륭한 풍채를 보고는 영순의 자존심은 어디로 갔는지 오 박사의 맘을 사기에 그는 온 정력을 다하였다.

영순은 다시 공기에 밥을 떠서 오 박사에게 권하면서

"많이 안 잡수시면 저는 싫어요. 식찬도 제가 모두 만들었답니다."

하고 얼굴을 살짝 붉혔다.

---

54) 亦. 또한.

"네 많이 먹지요. 민선생이 만든 까닭인지 별하게 맛이 있군요."

"참, 내 손으로 음식을 만들어서 이렇게 손님에게 권하기는 처음이랍니다."

영순의 얼굴에는 좀 상기된 듯하였으나 그러나 쾌활한 말씨였다.

"감사합니다. 민선생의 정성을 더욱 기뻐합니다."

오 박사도 조금 얼굴을 붉혔다. 영순이 좀더 아양을 피우면 그를 한번 안아주고 싶은 충동까지 떠올랐다.

만찬(3)

저녁상을 물린 후에 영순은 과실을 깎아 오 박사에게 권하면서 박사의 환심을 사기에 온갖 정성을 다하였다. 여자란 마음이 단순하기 때문에 한번 좋다고 생각하면 그만 온 정신이 취하고 마는 것이다.

영순은 사진첩을 내어 자기의 여러 가지 사진과 동무들의 사진을 보이며 일일이 설명을 하였다.

"이것은 금강산에서 박은 사진인데 옆에 있는 것은 제 동무구요."

"아, 참 잘 되었군요. 퍽이나 배경이 좋습니다."

시내 옆에는 반석이 깔리고 그 너머로는 단풍나무가 우거졌다. 두 여자가 해수욕복을 입고 앉아 발을 물에 담그고 고요히 박인 사진이었다. 오 박사는 말을 이어

"참 해수욕복을 입으시니 더욱 예뻐 뵈는군요. 저도 이런 누나라도 한 분 있으면……."

"아이, 놀리시어![55]"

"왜 놀리긴요."

"그럼 제가 선생님 누나가 된다면?"

55) 원문에는 '놀리시이여'. '놀리셔'의 연장형?

"정말이라면 행복이게요."

"그럼 참말이지요!"

"그러나 내가 오빠 될 자격이 있어야지—."

두 사람은 서로 얼굴을 바라보았다. 그 순간에 두 사람은 자기도 알지 못하게 얼굴을 붉혔다. 잠깐 침묵이 계속되었다. 뒷동산에게서는 바람에 흔들리는 나무숲 소리가 솨—하고 서늘하게 울려왔다. 이 때 영순은 자리에서 일어서며

"내 선생님 위하여 피아노나 한 곡조 쳐 드릴게요."

하고 토끼같이 가벼웁게 저쪽 벽으로 걸어갔다. 그리고 '피아노'에 씌웠던 보를 벗겨놓았다. 흑요석같이 까맣고 빛나는 훌륭한 그랜드 피아노였다. 그 피아노는 그의 아버지가 독일로 일금 일만이천원을 주고 친히 주문해 온 피아노였다. 조선에는 하나밖에 없다는 훌륭한 피아노였다. 영순은 이 피아노도 자랑할 겸 또는 자기의 피아니스트의 재주를 자랑해 보려는 배짱이었다.

영순은 동경음악학교 시대부터 피아노를 잘 쳤거니와 그 숙달하고 연단한 기능에는 누구나 칭찬하지 않는 사람이 없었다.

영순은 피아노 뚜껑을 열고 의자에 걸터앉아 '쇼팽'의 '세레나데'를 치기 시작하였다. 그 능란하고 세련된 기능! 슬프고 아름다운 멜로디— 낙엽이 비바람에 불리는 듯한 애절한 노래. 오 박사도 그만 머리를 숙이고 말았다. 이태리와 불란서, 영국 미국으로 다니며 많은 피아니스트들의 치는 피아노를 들었지마는 영순도 그리 손색이 없다고 생각하였다. 피아노가 그치기를 기다려

"잘 치시는구려. 놀랐습니다."

"아이……. 흉보지 마세요. 뭐, 지금 배우는 중인데요."

"아니 참말입니다. 정말 잘 치시는데. 구미에 가서도 그리 손색이 없겠습니다."

"아이고 그러지 마세요."

영순은 겉으로는 겸손을 떨었으나 맘으로는 퍽이나 만족하여

"암, 내가 피아니스트로 동경서도 울렸는데……."

속으로는 일층 자존심을 가지게 되었다.

영순은 아양을 띤 어조로,

"선생님!"

"네!"

오 박사도 머리를 들어 기쁜 듯이 영순을 바라보았다.

"선생님 노래 하나 해 주셔요."

"글쎄요. 아직 조선땅에선 부르지 않은 노래를 여기서요."

"그러기에 해 달라고 청하는 것이죠."

"글쎄요 좀 문제인데……."

오 박사는 좀 비싸게 빼었다.

"글쎄가 아니라 저를 위해서 좀 해 주셔요."

"모든 조선사람들에게 드리지 않은 노래를 민선생에게 먼저 드린다면……."

"그러니까 선생님께서 아무에게도 안 드린 노래를 저에게 먼저 들려주시면 저도……."

영순은 고개를 숙이며 말끝을 맺지 못하였다.

"저도라니요?"

오 박사는 벽창호인 체하고 물었다.

"아이, 그것까지는 묻지 마셔요."

영순의 얼굴에는 부끄러운 듯 발간 빛이 돌며 그는 고개를 숙였다.

만찬(4)

오 박사는 영순의 옆으로 갔다.

"참 이렇게 먼저 하기는 애인이 아니면 좀 어려운데……."

"아니, 그럼[56] 애인으로 알고 하시죠."

영순은 얼굴이 좀 발개지며 이렇게 받아쳤다.

"그럼 애인으로 알고 해볼까요?"

"그래도 좋아요."

이 말에 오 박사의 가슴은 어쩐지 이상하게도 울렁거렸다. 어떤 화살이 자기 가슴을 쏘는 듯이 찌르르 하는 쇼크가 온몸을 흔들었다. 오 박사는 좀 흥분이 되어 많은 세레나데를 생각하였다.

"슈베르트의 '세레나데'를 부를까요?"

"네, 아무것이나……."

영순도 어쩐지 마음이 울렁거렸다. 어떤 화려한 무대에 나가는 듯한 기쁨과 무서움이 온몸에 물결쳐 흘렀다. 오 박사와 이렇게 피아노를 치고 노래를 하는 것이 꿈이 아닌가 하고 생각하였다. 영순은 악보를 꺼내어 노래를 찾아놓고 살짝 웃으며 건반 위에 고운 손을 놀렸다. 아름답고 서늘한 멜로디—를 따라, 오 박사의 노래는 불러지었다. 높았다 낮았다—웅장하고 아름다운 목소리—보통 조선 사람보다 음량이 크고 우렁찬 것도 특색이거니와 거침없이 세련되고 또는 음색이 곱고 맑은 것은 실로 지금까지 듣지 못한 목소리였다. 그야말로 은실을 빼는 듯한 곱고 아름다운 노래였다.

오 박사를 세계적 성악가로 구미에서 야단하는 것도 무리가 아니었다. 영순은 그만 취하고 말았다. 그는 반생 동안 살아온 것이 오늘밤의 이 한 시간을 위하여 있은 듯하였다. 존경하는 이성에서 오는 아름다운 마취와 또는 예술의 높은 도취가 그를 황홀한 행복의 높은 세계로 끌어올렸다.

박사의 노래가 그친 후에 영순은 눈물이 흐를 듯한 얼굴로

56) 원문에는 '그런'.

"아이 참 뭐라고 말씀드릴 수가 없어요. 잘해요. 죽고 싶어요."

"왜요……."

영순의 탄복하는 말이 오 박사는 조금 어리둥절해졌다.

"너무도 아름다운 선생님의 노래에 취해서요."

"천만에……."

"정말이야요, 이런 노래는 처음이어요."

영순의 말은 극히 엄숙하고 애원 비슷한 목소리였다.

"그럼, 다시 하지 말지요."

"아이, 왜요!"

"두 번 하면 정말 큰일나게……."

박사의 말에는 좀 농담이 섞여 있었다.

"죽고 싶으리만치 아름다움과 즐거움을 느끼는 곳에 행복의 최고 가치가 있지요. 예술이라는 것은 그 최고 경지가 여기 있지 않습니까?"

"허허, 민선생은 갑자기 예술론을 꺼내시네."

"아이, 왜 그러셔요, 정말 그렇지 않아요?

"암, 사실 그렇지요."

오 박사도 그만 동의를 표하고 말았다.

오 박사는 다시 목소리를 가다듬어 '슈만'의 '사십이번' 곡 '사랑의 노래'를 불렀다. 좀더 침착된 어조로 부르는 그의 미화된 성량—. 아름다운 구슬이 맑은 물 위로 굴러가듯이 마디마디 그의 멜로디는 영롱한 구슬이 아니면 곱게 핀 꽃이었다.

영순은 피아노에서 손을 그치고,

"선생님 저는 취했어요."

그는 얼굴이 벌개서 무엇을 잃은 듯 무엇에 취한 듯 고개를 숙였다. 박사도 머리를 숙였다.

그들은 눈을 감고 신께 기도나 하는 듯이 고요히 섰다. 이 때 문에서 똑똑하고 '노크' 소리가 나며 문이 열렸다. 경순의 파랗게 질리고 뾰족해진 눈이 두 사람을 쏘아보면서 방으로 들어왔다.

"선생님 여기만 오시고……."

경순은 조금 떨리는 원망 비슷한 말로 이렇게 말하면서 오 박사에게 머리를 숙였다.

음악회(1)

M일보사 류사장은 자기 딸의 말도 있고 또는 오 박사 같은 세계적 인기자를 가까이 하여 두는 것도 신문사의 입장으로 보아 퍽 유리할 듯하여 만찬을 준비하고 오 박사를 기다렸다. 사의 일과 딴 데 볼일도 있었으나 만사를 제하고 오 박사를 기다렸다. 류사장은 오 박사를 맞아 그에게 친절을 보이는 동시에 그리 밉지 않은 자기 딸과 셋이서 오붓하게 저녁을 먹고자 하였다. 그는 이 기회에 전에 대강 말해두었던 '음악회'도 자기 신문사 주최로 하여 일약 M일보사의 성가를 높이고 또는 모든 것이 맘대로 되면 자기 딸과 결혼을 시켜도 좋다는 배짱을 가졌다. 그리하여 자기 서재에 진기한 명화와 글씨와 기타 진품을 정돈해 놓고 오 박사가 오기를 기다렸다.

그러나 오라는 다섯 시 정각이 되어도 오 박사는 오지 않았다. 다섯 시 반, 여섯 시, 일곱 시가 지나도 오 박사는 그림자도 보이지 않았다. 사직동으로 전화를 걸어 보았으나 오 박사는 집에 있지 않았다.

류사장은 칼같이 날이 선 자기의 자존심이 꺾인 듯하여 좀 불쾌하였다. 그러나 다시 한편으로 무슨 급한 일이 있는 게지 하고 너그러이 생각하였다. 그는 혼자 저녁을 먹고 밖으로 나갔다.

그러나 경순은 속이 죄었다. 다섯 시 반이 되어도 오 박사가 오지 않을 때에는 그만 무엇을 잃은 듯하여 속이 탁 풀렸다. 종일 음식을 만들고 방을 꾸미고 또는 백화원에 가서 장미니 '수선화'니 하고 가지각색 꽃을 사다가 자기 방에 꾸몄던 것이 모두 헛수고임을 알았을 때에 맘은 갑자기 어두워지는 듯하였다.

"그 능청스럽고 수단 좋은 영순이가 오 박사를 자기 집으로 모셔간 게지!"

하고 생각한즉 공연히 분한 생각이 났다. 자기는 영순에게 고만 진 듯하여 알 수 없는 괴로움이 가슴 속에서 움직이고 있었다.

"어디 좀 가서 꼴을 보아야지!"

일종의 질투심이 다시 머리를 들었다. 경순은 불이야 불이야 옷을 갈아입고 택시를 달려 가회동으로 달려갔다.

경순은 민부호집(이곳서는 영순의 집을 민부호집이라고 불렀다)에를 늘 다니던 터이라 서슴지 않고 문으로 들어갔다. 아래층 마루에서 식모를 만났다.

"아씨 방에 계신가?"

하고 살짝 물어보았다.

"네, 어떤 박사라나요, 그 손님이 오셔서 아마 재미있게 노시는 모양이야요."

하고 의미있는 듯이 웃으며 지나갔다.

"그저, 내 짐작이 맞았군. 경칠 놈들―."

그는 공연히 배가 아팠다.

"남의 장단에 제기 뒷구멍이나 밟으면 무엇하나―."

하고 그는 발길을 돌리려 하였다.

이때 저편 방에서 영순의 어머니가 나오며

"영순이도 있고 오 박사라는 분도 와 계시니 좀 올라와 놀다 가렴."

하고 친절히 말하였다.

(어디 노는 꼴이나 봐야지.)

하고 그는 발길을 다시 돌렸다. 그는 자기 아버지를 닮아 여자치고는 좀 배짱이 두꺼웠다.

경순은 영순 어머니에게
"고맙습니다."
하고 이층 영순의 방으로 올라갔다. 문에 가까이 가니 오 박사와 영순의 주고받는 소리가 들리고 뒤를 이어 오 박사의 독창이 들렸다. 영순의 피아노 소리, 박사의 서늘하고 아름다운 노래—.
경순은
"이것들이 잘 노누나?"
하고 생각하였다. 어쩐지, 맘이 불쾌하였다. 자기는 영순에게 비참한 패배를 당한 듯하여 그만 달아나고도 싶었다. 그러나 서늘하고 아름다운 오 박사의 노래는 그의 맘을 다소 완화시켰다. 세계적 음악가의 노래를 듣는다는 호기심이 나서 가만히 귀를 기울이고 있었다. 청공靑空에 은옥을 굴리는 듯한 그 높고 아름답고 서늘한 멜로디가 경순의 맘을 부드럽게 하고 서늘하게 하였다.
"참 잘하누나!"
하고 경순은 박수까지 치고 싶었다. 노래가 끊이기를 기다려 경순은 문을 노크한 것이다.

음악회(2)

경순은 집에 돌아와서 마음이 산란하였다. 아름다운 보물을 누구에게 빼앗긴 듯도 하고 또는 자기 앞에 빛난 무지개가 비치려다가 그만 스러진 듯도 하여 공연히 마음이 쓸쓸하였다. 그는 이 쓸쓸한 마음 구석을 채울 길이 없는가 하고 생각하였다.
"오 박사는 과연 영순의 것이 되려는가?"
그는 이렇게 생각한즉 마음이 졸이었다. 경순은 적에게 빼앗기려는 보물을 탈환할 묘책은 없을까 하고 생각하였다.
"벌써 영순은 오 박사의 사슬에 매이기 시작했던……."

하고 생각한즉 모든 것이 귀찮은 듯하였다. 더욱이 자기 신문사 주최로 열리게 된 '오 박사 환영 음악회'는 그로 하여금 더 한층 마음을 괴롭게 하였다.

그날 아침 조간에는 오 박사 환영 음악회라고 대서 특서하고 오 박사의 사진이 당당히 나타났다. 그리고 반주자로서 어여쁜 영순의 사진이 오 박사와 함께 나란히 나지 않았는가?

"제기, 노상 신혼사진같이 똑같이 나란히 내었군. 에—."

경순은 그 신문을 팽개쳤다. 그리고, 갑자기 울음이 나올 듯하여 수건을 두 눈에 대고 방바닥에 엎디어 쓰러졌다.

얼마 후에 경순은 눈물 젖은 수건으로 눈을 닦으면서 자세를 고치고 다시 일어앉았다. 그리고 창밖을 내다보았다.

이슬 젖은 나뭇잎들은 척척 늘어져 서늘한 호흡을 대지에 보내는 듯하였다. 이슬은 구슬같이 방울방울 빛나면서 바람을 따라 대글대글 땅에 떨어진다. 목련꽃이 한없이 서늘한 빛으로써 하얀 미소를 보내고 있다. 작약이 연지 찍은 소녀의 입같이 방긋방긋 눈 뜨고 웃고 있었다. 멀리 남산 위에는 양의 털 같은 구름덩이가 햇빛을 받아 자홍색으로 차츰차츰 변하고 있었다.

"사랑은 괴로워……."

"아니 내가 언제 오 박사를 사랑했던가?"

경순은 너무 자기 맘이 경박한 듯하여 그것을 부인하느라고 군세게 머리를 흔들었다.

"아니다. 그를 본 후부터 나의 마음은 그에게 쏠리고 있었다. 그를 잊지 못했다. 그이라면 무엇이든지 바치고 싶었다. 이것이 사랑이 아닐까?"

"그렇다, 그것이 사랑이다. 그러나 나의 쏟고자 하는 정열을 그는 아지 못하는 것이 아닌가? 아니 모르는 것이 아니라 용납지 않는 것이 아닌가?"

경순은 이렇게 생각하였다. 경순은

"사랑은 한갓 정열의 소비다."
하는 루날[57]의 말을 기억하였다. 그리고 다시,
"영순이 없었다면?"
하고 생각해 보았다. 영순이 전에는 그렇게 친한 친구였으나 지금은 어쩐지 원수같이 미운 듯하였다. 경순은, 자기 부친께 말하여 영순의 반주를 중지시켜 볼까 하였다.

그러나 얼마 후에
"아니다. 이미 박사의 마음은 그에게로 쏠린 것이 아니냐? 또는 박사의 노래를 반주할 만한 이는 영순밖에 없지 않으냐?"
하고 자기 마음에 경고나 하듯이 속으로 외쳤다. 그리고 자기의 옛날 추억을 생각하고 입을 다물었다. 그는 다시 팽개친 신문을 주워다가 보기 시작하였다. 오 박사의 소개문에는 전 구주를 울리던 천재, 조선의 인기자 오 박사의 독창회라고 특호 활자로 제목을 붙이고 내용에 들어가서 오 박사는 어려서 중국에 건너가서 중학을 마치고 어떤 불란서 사람의 후원으로 파리에 가서 대학을 마치고 다시 이태리 로마로 가서 십여년이나 성악을 전공하였다고 하였다. 그리고 '조선 아악과 동양예술에 관하여'라는 논문을 로마대학에 제출하여 철학박사 학위를 받았다고 하였다. 그리고 이태리를 위시하여 전 구주와 미국으로 음악 순회를 하였는데 간 곳마다 우레 같은 환호와 인기를 받았다고 하였다.

오늘 밤 열리는 음악회는 박사가 조선 동포에게 드리는 간절한 위로와 빛나는 부름이라고 끝을 마치고 지금까지 박사가 부른 노래 중에 가장 자신 있고 아름다운 곡목만을 추려서 이 음악회의 화려한 막을 연다고 하고 곡목까지 적혀 있었다. 그리고 반주자로 민영순양의 숙련하고 유창한 기능은 오 박사의 노래에 금상첨화라고 끝을 마쳤다.

---

57) 루날: 프랑스 작가 쥘 르나르 Jules Renard(1864~1910)를 가리키는 듯. 소설 《홍당무》와 독특한 필체로 여러 동물에 대한 인상을 약술한 《박물지》 등이 유명하다.

음악회(3)

음악회의 밤은 왔다. 수십만 팬들의 졸이는 가슴은 그 시간이 한시라도 속히 오기를 기다렸던 것이다.

음악회의 장소는 부민관에는 앞을 다투러 모여드는 팬들이 정각도 되기 전에 만원이 되고 말았다. 그야말로 입추의 없는 공전의 대성황이었다.

정각이 되자 M일보사 류사장의 의미심장한 환영사 겸 개회사가, 음악회에 개회사는 없으나 이번은 특별한 예외로 시작되었다. 조선 사람에게 무엇이 있느냐? 우리에겐 별로 자랑할 것이 없다. 그러나 우리에겐 예술이 있다. 이 오 박사야말로 우리 조선 사람이 가진 예술적 천재를 세계에 자랑한 우리의 대표자이다. 사천년이나 자라고 묻힌 전통의 조선은 누구보다도 못하지 않은 재주와 천품을 가졌다. 이 오 박사는 우리가 부르고 싶고 노래하고 싶은 조선의 마음과 조선의 아름다움과 조선의 자랑을 세계에 부르짖은 우리의 대언자가 아니냐? 오늘날, 우리들이 이 오 박사를 이 자리에 맞아 그의 천재적 노래를 듣는다는 것은 우리가 조선의 자랑을 한 번 다시 우리 눈앞에 보는 것이다. 또는 조선의 아름다움을 우리 귀로 다시 한번 들어보는 것이다. 어찌 오늘 밤의 이 음악회가 조선 문화사의 한 페이지를 꾸미는 커다란 호화판이 아니겠습니까?

류사장이 이렇게 웅변을 토하고 단에 내린 후에 뒤를 이어 오 박사가 그 씩씩하고 스마트한 포즈로써 무대에 나타나자 청중은 장내가 떠나갈 듯이 박수로써 그를 맞았다. 영순의 맑게 빼는 피아노소리가 먼저 청중의 정신을 집중시켰다. 뒤를 이어 오 박사는 '슈만', '꿈에 나는 우노라'를 부르기 시작하였다.

조선에 바치는 높음과 아름다움과 정열을 다한 그의 세련된 노래—기다리고 기다리던 만도[58]의 팬은 이 한 시간을 억만금으로도 바꿀 수 없다는

58) '滿到'라는 뜻.

듯이 귀를 기울이고 있었다. 숨소리 하나 들리지 않는 정적의 장내— 오 박사는 조선을 위하고 또는 조선 동포에게 바치는 처음의 봉공이요 정열이니 만치 그의 가슴은 감격과 숭고의 아름다움에 그만 떨리고 말았다. 조선의 땅에 예술의 아름다움을 던지고 오래 못 본 고국의 동포에게 정성과 따뜻함과 위로와 사랑을 주겠다는 그의 마음은 그에게 힘을 주고 영감을 주어 그의 노래를 한층 더 빛내게 되었다.

가늘어졌다 길어졌다 높았다 얕았다 물 속에 잠긴 구슬같이 영롱한 음조—세련되고 아름다운 예술의 극치, 하늘에 오른 듯한 시원한 높음, 물에 피는 창포와 같은 서늘함과 달빛에 비치는 장미와 같은 아름다움—말로 할 수 없는 예술의 리듬이 장내에 넘치고 있었다. 참말 오 박사의 멜로디는 사람의 가진 가장 웅장하고 서늘하고 아름다운 최고의 경지를 넘고 있었다. 예술의 환향幻饗과 도취의 클라이막스—.

오 박사의 제일곡이 끝났을 때에는 수천 군중은 그만 취하고 말았다. 조선이 가져오는 높고 아름다운 분위기에 그들은 정신을 잃게 되었다. 우레 같은 박수가 일어나고 또 일어났다.

"앵콜!"

하고 박수는 그치지를 않았다. 오 박사는 이 땅의 동무의 소원이면 밤이 새도록 하여도 좋다는 듯이 제일곡을 두 번 거듭 불렀다. 다시 장내가 무너질 듯한 박수 아래 제이곡이 시작되었다. '빰벨'작, '인도의 비가'이었다.

오 박사의 얼굴은 일층 숭고하고 정열에 넘치고 있었다. 마디마디 옥이요 구슬이요 꽃인 듯—수천 청중의 마음과 혼과 육체는 모두 불이 되고 열이 되어 예술의 도가니에 녹아버리는 듯—그 애틋한 멜로디에는 그만 눈물이 날 듯하였다. 맘이 약한 여자들은 까닭없이 눈에 눈물이 맺혔다.

"참 잘한다."

"과연 세계적이다. 이런 노래는 처음이다."

하고 청중은 속삭이었다. '멘델스존'의 '오월은 님과 함께 맞으리', '꾸노'[59]의 '향기로운 내 사람'이라는 노래가 있은 후에 오 박사의 자작 작곡인 '고국에 돌아와서'라는 노래는 한층 더 청중의 마음을 취하게 하였다. 청중은 자기들을 잊어버리고 시간과 공간을 잊어버리고 다만 이 노래에 온 존재를 빼앗기게 되었다.

내 고향 못 잊어 휘파람 불었소
이 땅에 빛난 날이 나를 맞을 때
아 즐거워 눈물조차 구슬같이 고와라

이 노래가 그칠 때 청중은 미친 듯이 또 한번 박수를 하였다. '쇼팽'의 '가난한 이의 눈물[60]'과 '멘델스존'의 '일요일의 노래'와 기타 몇몇 노래가 있은 후에 음악회는 끝이 났다.

박수는 다시 우레같이 울리고

"오 박사 만세!"

하고 부르는 사람까지 있었다. 감격과 도취에 어린 군중은, 회가 끝난 후에도 잘 헤어지지 않았다. 그렇게 많은 즐거움과 감격을 준 음악회는 조선이 있은 후에 처음이었다. 오 박사의 노래에는 '혼'이 있었고, 조선 사람의 감정과 기쁨이 있었다. 영순도 얼굴이 벌겋게 취하여, 눈물이 날 만한 감격을 받고, 오 박사에게 축하의 인사를 하였다.

청산淸算(1)

영순의 집 옆에는 실로 굉장한 삼층 양관이 있다. 이곳 사람들은 이 집

---

59) 프랑스 작곡가 C.F. Gounod(1818~1893). 오페라에서 프랑스적인 미학을 개척한 것으로 유명하며, 이른바 서정 오페라의 영역을 열었다. 대표작으로 《파우스트》 《로미오와 줄리엣》 등이 있다.

60) 원문은 '가난이의 눈물'.

을 '아방궁'이라고 부르고, 또는 처음 이 집을 지을 때 팔십만 원을 들여 짓느니 오십만 원을 들여 짓느니 하고 소문이 굉장하였다. 좌우간 서울에서 제일로 손을 꼽는 큰 양관임에는 틀림없다.

이 양관 주인은 영순의 삼촌 되는 민영식이다. 그는 원래도 백여만 원의 재산가이었지마는 그가 동경서 경응의숙 '이재과'[61]를 졸업하고 남경과 상해를 들러 조선에 돌아온 후에는 무엇보다도 사람에게는 돈이 필요하고 또는 조선 사람에게는 무엇보다도 밥을 주어야 하겠다는 것을 깨달았다. 그래서 그는 먼저 돈 벌기를 시작하였다.

그가 제일로 착수한 것이 삼척三陟 금광이요 다음으로 착수한 것이 장진長津 금광이었다. 이 두 금광은 그 광맥이 무진장으로 숨어 있을 뿐만 아니라 광석의 성분이 양호한 것도 조선의 제일이었다. 민씨는 채굴을 시작하여 여러 가지 고생을 하여 가며 삼 년 동안에 이백여만원의 이익을 얻고 금년 봄에 들어서는 이 두 금광을 모두 일본 내지 재벌에게 팔아버렸다. 삼척금광은 아직 조선에서 그 예를 보지 못한 일천팔백만원이라는 놀라운 금액을 받고 팔았고 장진금광도 일금 육백사십만원이라는 적지 아니한 돈을 받고 팔았다. 이리하여 그가 일금 오륙십만원을 들여 서울 제일의 큰 양관을 지은 것도 그리 괴이한 일이 아니었다.

그러나 민영식은 이렇게 거액의 돈을 손에 쥐는 동시에 그는 이 돈을 어떻게 값있게 써볼까 하고 생각하였다. 사실 그는 지전뭉치를 철궤 속에 집어넣고 밤마다 그 돈을 바라보며 신주같이 절을 하거나 그렇지 아니하면 은행에 예금하고 그 예금통장을 날마다 하느님같이 숭배하는 그런 수전노는 아니었다. 그리고 처음에 돈을 모으려고 결심할 때에도 자기 일신의 안락이나 호사를 위하여 금광을 시작한 것은 아니었다. 그는 돈을 좀 모아 만일 큰 돈이 손에 잡히면 조선을 위하고 또 조선 사람을 위하여 무슨 훌

61) 理財科. 현재 학제로서는 경제학과 혹은 경영학과에 해당한다.

륭한 사업을 하려고 결심하였던 것이다.

그러나 그는 아직도 나이 젊은 터리아 몇 해 전부터 첩을 셋이나 얻어서 방탕한 생활을 시작하였다. 제 일차의 첩은 춤 잘 추고 노래 잘하고 얼굴 예쁘기로 장안에 유명하여 모든 외입쟁이들이 침을 질질 흘리고 다니는 XX권번 기생 추월이었다. 민영식은 이 기생을 일금 만원을 주고 떼어들여 몇 달 동안 살림을 하는 동안에 이번엔 여학생 첩이 필요타 하여 모 전문학교를 졸업하고 피아노를 잘 치고 얼굴이 이쁜 박선주라는 여자를 근 이 만여원의 돈을 써가며 첩으로 떼어들었다. 그러나 민영식은 얼마 지나는 동안에 기생첩과 여학생첩도 맛이 없다고 하여 일본 여자를 또 첩으로 떼들여서 온갖 방탕한 생활을 시작하였다.

그러나 민씨가 이러한 생활을 하는 동안에 가정적으로는 결코 평화롭지 못하였다. 그의 부인은 남편의 방종을 비관하여 음독자살하고 따라서 집안에 들어가면 자녀들이 늘 우는 상을 하고 있어서 그는 마음에 가책을 받지 않을 수가 없었다. 더구나 첩 집에 다니는 것도 그렇게 간단히 즐거운 것만은 아니었다. 먼저 기생첩 집엘 들어가면 늘 입이 바늘같이 뾰족해 가지고 여학생 집에만 가고 자기 집엔 자주 오지 않는다고 온갖 바가지를 긁고 나중엔

"여학생년의 몸뚱이엔 금이 붙었소. 그년들은 더 더럽지……."
하고 악을 썼다. 그러나 이와 반대로 여학생 집엘 가면 여학생은 한층 더 야단이었다.

"여보 그래, 수백명 외입쟁이들이 이리 주무르고 저리 주무르는 그 더러운 기생년! 그래 그년이 뭐이 그리 좋아서 밤낮 그년한테만 붙어 있어요? 에이 더러워 퉤퉤!"
하고 침을 배앝고 나중에는

"여보 그래 당신은 동경 가서 대학까지 한 이가 돈도 그만치 모았으면 무슨 좋은 사업이나 또는 사회를 위하여 일해 볼 생각은 없고 그래 밤낮

여편네 꽁무니에만 붙어서 살 생각이오?"
하고 권고까지 하였다. 이 여학생의 권고에는 영식도 그만 얼굴이 벌개졌다. 그러나 일본 여자한테 가면 그 여자는 공순은 하나 독을 품은 얼굴로
"당신은 조선 여자들만 사랑하고 나는 늘 소홀히 여겨서 꿈에 떡 맛보듯이 잘 볼 수도 없으니……."
하고 눈물을 졸졸 흘리며 나중에는 봇짐을 싸 가지고 나가는 때가 한두 번이 아니었다. 이때마다 그는 양심의 가책을 받고 이 생활을 어떻게 해서든지 청산하여야 한다고 생각하였다. 더구나 자기의 친구로 고려백화점 주인인 최성춘이가
"여보게 밤낮 계집애 꽁무니만 따라다닐 작정인가? 좀 무슨 사업을 하나 해 보세."
하고 권고를 받은 후에는 더욱 그 생각이 심각하였다.

청산(2)[62]

물빛같이 서늘한 겨울날이다. 하늘은 파란 호수를 옮겨놓은 듯이 맑고 정하다. 새로 핀 하얀 작약꽃 같은 구름 한 점이 저편 남쪽에서 둥실거리고 있지 않은가?

영식은 베란다에서 담배를 한 대 피워 물고 유장한 기분으로 남편 하늘을 바라보고 있다.

이 때 작은딸 순옥이가 바르르 '베란다'로 좇아나와서
"아부지!"
하고 불렀다. 영식은,
"오, 우리 순옥인가?"
하고 그 하얀 토끼같이 옥실옥실하고 귀여운 순옥이를 얼른 안아 무릎에

62) 청산(2)는 보이지 않고 (3)으로 연결되나 내용상 결락은 없다. 단순 착오로 판단해 (2)로 바로잡는다.

앉혔다. 그리고 한 손으로 머리를 쓰다듬으면서

"우리 순옥이 밥 많이 먹었나?"

"에! 팥밥 먹고 장조림 먹고 송어국 먹고……. 이거 봐……."

순옥은 배를 내어밀면서

"이렇게 많이 먹었어……."

하고 응석을 떨었다.

"에이 많이도 먹었네. 배가, 동이만 하이."

영식은 손으로 배를 한번 튀기고 그를 다시 껴안았다.

"아부지!"

"왜?……"

"나, 도너츠 사줘?……"

"음, 사 주지……."

"그리고 각시도 사 주고……."

"암, 사 주지 다 사 주지……."

영식은 귀여워 못 참겠다는 듯이 순옥의 뺨에 입을 맞췄다. 영식은 원래 어린애를 좋아하지마는 더욱이 그 애 어머니가 비참한 최후를 마친 후에는 그애를 한층 더 사랑하였다. 지금은 영식의 어머니가 애들을 거두고 집안 살림을 맡아하게 되었다. 자기가 못할 일을 하고 또는 그 애들을 불쌍하게 만든 것 같아서 뉘우치는 때가 한두 번이 아니었다. 순옥은 머리를 들고

"아부지!"

하고 다시 불렀다.

"왜?"

순옥은 영식의 얼굴을 뚫어질 듯이 바라보았다. 그리고 입을 열 듯하다가 고개를 숙였다. 얼마 후 다시 고개를 들고,

"아부지!"

하고 다시 불렀다.

"왜 그래!"

"엄마 어디 갔어!"

어느덧 순옥의 눈에는 눈물이 맺혔다.

"먼 데 갔지……."

"언제 와……."

"오래 오래 있어야 오지……."

순옥은 눈에 눈물을 담은 채 고개를 숙였다. 영식도 가슴에 눈물이 도는 듯하여 그만 고개를 돌렸다. 사실 영식의 아내가 음독자살한 후에 어린애들에게는 멀리 어디 가서 오랫동안 있어야 온다고 속인 것이다. 얼마 후에 순옥은 자기 방으로 돌아갔다. 그러나 영식은 여전히 '베란다'에 앉아서 혼자 사념에 잠기고 있었다.

그의 머리에는 양심이 자질[63]을 하게 된 것이다.

지금의 생활을 청산하자. 지금의 방종한 생활은 결코 사람의 정당한 일이 아니다. 더구나 정숙한 내 아내를 죽인 이는 내가 아니냐? 나는 내 아내의 혼을 위로하는 의미에서도 지금의 생활을 청산하고 값있는 생활을 하여야 한다—영식은 혼자 주목을 쥐고 입을 다물었다. 그의 얼굴에는 어떤 굳은 결심의 빛이 지나갔다. 그가 언제든지 무슨 큰일을 시작할 때에는 의례히 입을 다물고 이를 가는 버릇이 있었다. 몇 해 전 금광을 시작할 때에도 입을 다물고 이를 간 것이다. 영식은 첩들을 모두 소제하고 새 생활을 시작하자고 자기 양심에 향하여 단단히 맹세하였다. 더구나 요새 기생첩 집에는 머리 긴 청년이 자주 출입한다는 말이 하인들의 입에서 자주 전하지 않는가? 그는 이 기생첩에서 어떤 구실을 잡아가지고 먼저 그 여자부터 철퇴를 내려야 한다고 생각하였다. 기생첩이란 산전 수전 다 겪은 구

---

63) 자(尺)질. 상황을 가늠하고 대처방안을 모색한다는 뜻.

렁이라 잘못 어물거리다가는 된물을 맞고야 만다고 생각하였다. 그리고 일본 여자는 한동안 가지 않으면 또 나간다고 봇짐을 쌀 터이니 그 때에 바짝 나가라고 떼밀고 돈 천 원이나 주면 그만이라고 생각하였다. 그러나 여학생은 그 고상한 품격이라든지 또는 늘 책을 좋아하고 또는 무엇을 연구하는 그런 순실한 점으로 보아서든지 형편을 보아 정식 아내로 떼어들여도 좋다고 생각하였다.

영식은 어떤 계획을 가지고 옷을 갈아입은 후 기생첩 집으로 발걸음을 옮겼다. 안국동 네거리를 걸어 총독부 앞을 지나 사직동으로 향하였다. 골목과, 골목을 돌아 커다란 일각문을 달은 한 기와집으로 들어갔다. 마침 추월은 있었다.

"내일은 해가 서에서 뜨겠네. 어제 오시고 또 오늘 오시어……."

노상 아양을 피우며 영식의 손을 잡아 방으로 끌어들였다. 영식은 속으로 요년 하고 생각하면서도 아주 천연스런 태도로,

"나 오늘 밤 대판을 가게 됐어……."

"아이고 왜 갑작스러이……. 그러면 언제 오시나요. 원 오래 걸리신다면 쓸쓸해서……."

아주 기름을 슬슬 바르는 셈이다.

"아마 열흘은 걸릴 걸. 아직 광산 사건이 끝이 안 나서……."

영식은 담배를 꺼내어 한 대 붙여 물었다.

청산 (3)

영식은 기생첩의 아양과 기름이 흐르는 전송을 받으며 그날 저녁 일곱 시에 경성역을 떠났다. 그러나 대판까지 간다는 그는 수원역까지 차표를 샀다. 그는 수원에 내려서 마침 달이 밝은 터이라 화홍루華虹樓와 기타 거리로 몇 시간 산보를 하였다. 그리고 기차 시간을 기다려 밤차로 다시 서울로 올라왔다. 영식은 조용히 자기 집으로 들어가 그날 밤을 새우고 그

다음날도 하루 종일 집안에 박혀서 여러 가지 앞날의 '플랜'을 생각하며 많은 공상을 하였다.

영식은 저녁밥을 먹은 후 오늘 밤의 작전과 결심을 여러 번 되풀이 하고 단단히 주먹을 쥔 후

"오늘부터 나는 나의 갈 길을 걸어야 한다."

하고 혼자 중얼거리면서 집을 나섰다. 그의 가는 길은 사직동 기생 집이었다. 거리의 시계는 밤 아홉시를 땡땡 치고 있었다. 영식은 역시 어두운 골목과 골목을 지나 첩 집 대문을 두드렸다. 어멈은 고무신을 끌고 차닥차닥 나오면서 문을 열고

"어서 들어오셔요."

하고 그 찌그러진 콧날을 실쭉하면서 예의 그 싱거운 웃음을 히죽 웃었다. 영식은 방에 들어가 앉으며

"아씨 어디 갔나?"

"저 어디 가셨어요?"

"어디?"

"극장에요."

"혼자서……."

"아니죠……."

어멈은 말끝을 우물우물 흐리고 말았다.

"내 다 아는데 바로 말해!"

영식은 우정 한번 소리를 꽥 지르고 넘겨짚었다. 못난 어멈은 좀 당황하여

"저 어떤 머리 긴 남자하고 같이 나갔어요……."

"어젯밤도 그 남자가 왔었지."

"네 자고 가기까지 하였어요."

영식은 속으로 죽일 년하고 불같은 증오의 생각이 치밀었으나 일은 재

미있게 된다고 생각하고

"내 다 알아. 바른 대로 말해, 그 남자가 밤낮 오지……."

하고 다시 한 번 소리를 질렀다. 어멈은 자기의 잘못이나 있는 듯이 버르르 떨며

"네 서방님이 없을 땐 밤낮 와서 놀구 자구 가기까지 해요. 그리고 순련이란 년을 시켜서 대문에서 망을 뵈이다가는[64] 서방님이 오신다면 얼른 그 남자를 뒷문으로 빼어놓고 해요……."

"음!……"

영식은 입이 쓴 듯이 음 소리를 몇 번 지르고 입을 다물며 이를 갈았다. 사실 자기가 올 때에는 순련이란 년이 늘 대문에 서고 있던 것을 그는 기억할 수가 있었다.

영식은 죽일 년, 오늘 밤엔 당장 요정을 내고 쫓아버려야지 하고 속으로 생각하며

"어멈!"

하고 불렀다.

"네……."

가뜩이나 쇳소리 나는 어멈의 말소리가 자기에게 무슨 벌이나 내릴까봐 무서워서 양철쇠 같이 째르릉 떨리었다. 영식은 입을 어멈의 귀에 대고 뭐라 뭐라고 귓속말을 지껄였다. 그리고 어멈의 손에 십 원 한 장을 쥐어 주었다. 어멈은 십 원이라는 공돈을 처음 쥐어 보는 터이라 갑자기 입이 벌어지며 자기 방으로 나아갔다. 어멈은 나가는 길로 영식의 구두를 집어다가 자기 방 구석에 감춰버리고 아씨 방에는 아무도 없는 듯이 꾸며 놓았다.

영식은 그 기다란 얼굴에 괴로운 표정을 가지고 눈썹을 말면서 방에 누

---

64) 원문은 '뵈우다는'.

워 이리 뒹굴 저리 뒹굴 하고 있었다. 그리고 시계가 열한시를 치자 그는 감쪽같이 벽장 속으로 기어들어갔다. 자기의 인격으로나 체면으로나 좀 안되었지만 목적을 위해서는 이런 수단도 취하지 않을 수가 없었다. 처음에는 방에 버젓이 버티고 있다가 정정당당히 그 남자를 달고 들어오면 때려 부수려고 했으나 그 여우같은 년이 뭐라고 또 꾸며 댈는지 모르는 터이라 불가불 이런 필요 적절한 수단을 쓰지 않을 수가 없었다.

영식은 벽장에 들어앉아서도 연놈이 들어오는 경우에 모든 작전을 생각하고 있었다. 십분 이십 삼십분, 열한시 삼십분이 지나서야 대문 밖에서 인기척이 났다. 영식은

"옳지, 이 연놈이 들어오누나!"

하고 숨을 죽였다. 방문이 열리며,

"아이 오늘 밤의 '미완성 교향악'은 참 재미있었어……."

이것은 말소리가 계집같이 상냥한 남자의 소리였다.

"아이, 오늘 밤은 좋은 영화를 보고 또 당신과 이렇게 오붓이 같이 자게 되고……. 호호……."

계집은 상당히 좋은 모양이었다. 영식은 이 년하고 벽장에서 눈을 부릅떴다.

청산(4)

영식은 눈에 쌍심지가 치켜 오르고 주먹이 부르르 떨렸다. 당장에 벽장문을 치고 나가서 두 연놈을 박살을 시키고 싶었다. 그러나 그는 한손으로 가슴을 누르고 분을 꿀꺽 참았다. 그는 좀더 적확한 장면을 기다리는 것이었다. 계집은 노상 흥이 나서 저고리와 치마는 벗어젖히고 속치마만 입은 채로 아양을 떨며 자리를 펴는 중이었다.

영식은 벽장 문 틈으로 두 남녀의 모양을 엿보고 있었다. 남자는 대체 어떤 놈인가 그것을 먼저 알고 싶었다. 얼굴은 해사하게 잘 생겼으나 머리

를 기르고 선병질로 생긴 것이 어디인가 창백해 뵈었다. 깡깡이를 켜는 소위 음악가거나 그렇지 않으면 소위 시니 쥐뿔이니 하는 문인이라고 생각하였다. 영식은 학생시대부터 야구선수요 또는 몸이 건장하고 기운이 센 터이라 저까짓 놈 하나 집어치우기는 식은 밥 먹기라고 도리어 어떤 쾌감을 느꼈다. 영식의 눈은 두 남녀의 모양을 감시하기에 그 초점을 잊지 않았다.

여자는 아주 흥에 떠서 윗목 양복장을 드르르 열더니 언제 사다두었는지 새 '네마끼'[65]를 꺼내어

"새로 결혼한 부부처럼 우리 오늘밤 재미있게 지내요?"

남자 앞에 던지며 노상 아양을 떨지 않는가? 그리고 여자는 고슴도치같이 몸을 오므리고 우물우물하더니 예의 빨간 네마끼를 갈아입고 자리 속으로 들어가고 남자도 뒤를 이어 아주 천연스럽게 '네마끼'를 갈아입고 자리 속으로 들어가는 것이었다?

영식은 악이 머리끝까지 치켜 올랐다. 때는 지금이라고 주먹을 쥐고 성난 황소 같이 벽장문을 박차고 나갔다.

"이 죽일 연놈아?……"

먹이를 본 암사자 같이 영식의 소리는 사납고 무서웠다. 그리고 영식은 번개 같이 한 손으로 이불을 제치고 그의 쇠뭉치 같은 발은 철썩하고 남자의 엉덩이를 들이찼다. 이 순간에 두 남녀의 얼굴은 전혀 사색이 되고 말았다. 남자는 개새끼같이 앵 하고 저쪽으로 굴러가고 여자는 두 손을 쥐고 바르르 떨 뿐 그들은 어찌할 바를 몰랐다.

"이 년!"

영식은 계속하여 계집의 엉덩이를 들이찼다. 여자는 앵 하더니 문 쪽으로 개떡같이 굴러가 떨어지고 말았다? 그들은 이 순간에

---

65) ねまき. 잠옷.

"아이고 살려주시오!"

이 말 한마디밖에 더 생각할 수가 없었다. 두 남녀는 이 벼락같은 화란을 어떻게 할 수가 없었던 것이다. 계집과 사내는 두 손을 모아 싹싹 빌면서

"살려 줍시오. 그저 목숨만 건져 줍시오."

하였다. 그들은 대판 갔다던 영식이 이렇게 벼락같이 나타날 줄은 알지 못하였다. 더구나 벽장에서 귀신 같이 뛰어나오는 데는 그만 반나마 혼이 나가고 말았다.

"이 자식아!"

영식은 사내의 귀싸대기를 죽어라 하고 서너 번 때려 부수고 몸을 잡아 한 번 내어동댕이친 후 발길로 '풋볼' 차듯이 엉덩이를 들이찼다.

"아이쿠!"

하더니 사내는 그만 죽는 소리를 하며 한옆에 쓰러진다.

"요 여우같은 년아!"

영식의 주먹은 다시 계집에게로 향하였다. 밤낮 분과 향수만 발라서 연감 같이 말랑말랑한 그 뺨을 쇠뭉치 같은 주먹으로 들이부수는 데는 그만 죽을 지경이다.

"아이쿠 아이쿠……."

계집은 개새끼같이 쓰러져 운명하는 소리를 한다. 이틈에 사내는 뼈도 추릴 수가 없다고 생각하였는지 죽을 힘을 다하여 나는 새 같이 문을 차고 밖으로 도망을 쳤다. 영식은 도망하는 그 놈을 쫓아갈 필요는 없지마는

"이 놈!"

하고 우정 마루까지 쫓아나갔다. 그 자는 반은 혼이 나갔는지 신도 못 신고 맨발로 마당으로 뛰어나가다가 한번 고꾸라지고 다시 쏜살 같이 일어나 대문을 차고 발목아 날 살려라 하는 듯이 도망하지 않는가? 영식은 가장 유쾌한 듯이 한번 픽 웃고 다시 방으로 들어와

"요 앙큼한 년아!"

호랑이 같이 소리를 치며 고양이가 쥐를 잡아 놀리듯이,

"오늘 저녁에 요년을 그만 죽여 버려야지."

역시 그의 무쇠주먹으로 계집의 귀싸대기를 내어갈겼다.

"아이쿠 그저 살려줍시오."

계집은 넘어졌다. 다시 일어나 무릎을 꿇고 합장 배례를 하는 것이었다. 영식은 좀더 주먹 떡을 먹이고 싶었으나 그럴 필요가 없다고 하여 다만 눈으로 계집의 얼굴을 잡아먹을 듯이 쏘아보고 있었다.

청산(5)

영식은 그날 밤으로 기생첩을 내어 쫓았다. 원래 앙큼하고 수다스럽고 그악스러운 여자이라 여간해선 만만히 쫓겨나갈 리가 없고 또는 쫓겨나간다고 하여도 단단히 한 살림을 뜯어가지고야 나갈 것이었지마는 그렇게 창피한 꼴을 보고는 입이 열이라도 뭐라고 변명을 할 수가 없었다. 처음에는

"그저 죽으려고 혼이 나갔어요. 부디 한번만 용서해줘요. 다시는 그러지 않을게요."

두 손을 싹싹 부비며 마치 부처님 앞에 불공이나 하듯이 간사를 피웠지마는

"어째 이 년이 아직도 정신을 못 차리고 썩 나가……."

소리를 장비 소리 같이 버럭 지르며 영식의 주먹이 계집의 귀싸대기를 한번 갈기자 여자의 수다도 다시 입을 더 벌리지 못한 것이다. 그래서 그날 밤으로 짐을 싸가지고 기생은 자기 친정으로 가고 세간 살림과 기타 제구는 역시 여자의 물건이니 다음날 실어가기로 하고 기생과의 관계는 일체 청산이 되었다.

영식은 그날 밤 새로 두 시에야 자기 집으로 돌아왔다. 흥분이 되어서 잠도 잘 오지 않고 여러 가지 공상이 꼬리에 꼬리를 물고 그의 머리를 뒤

덮었다.

첩을 많이 두는 남자들이 대개 딴 남자와 반타작하는 일이 종종 있는 일이지만은 그렇게 앙큼하게 자기를 속이고 딴 남자와 관계를 하는 데는 그만 입맛이 썼다. 그동안 돈은 자기가 대고 사실상 주인노릇은 그 자가 했다고 쓴 웃음을 웃었다. 그리고 자기는 바지 저고리였다고 입맛을 다셨다. 그러나 그런 연놈에게 통쾌한 일격을 주고 재주 좋게 하루 밤 사이에 쫓아낸 것은 무엇보다도 유쾌하였다.

"내 새 생활은 여기서부터 첫 페이지가 시작된다……."

영식은 주먹을 쥐었다. 어쩐지 일편으로 좀 섭섭한 듯하였으나 기생첩을 먼저 소제한 것은 자기 양심에 대하여 퍽이나 좋은 일을 한 듯했다.

"새 생활을 향하여 달음질치자……."

그는 자기 양심에 대하여 소리쳐 불렀다. 그의 제 이 소제는 '스미꼬'라는 일본 첩에게 자연히 향하게 되었다.

영식은 사직동 첩 집을 정리하고 다시 시골 농장을 다녀오느라고 십여 일 동안이나 '스미꼬' 집에는 가지 않았다.

그 속이 갈청[66] 같이 얇은 여자가 화가 나서 양양거리고 또는 울적한 나머지에 갇힌 새 같이 팔딱거릴 것도 영식이 모르는 바가 아니었다. 그 여자에게 비행이 없는 한 그 여자가 도리어 불쌍하다고 생각도 하였다. 이렇게 한 사람이 여자를 둘 셋씩 점령하여가지고 그들에게 고통을 주는 것은 미안한 일이라고 생각하였다. 사람은 자기가 가야 할 길을 각각 서슴없이 가야 할 것이고 그렇게 거리에서 서로 등을 지고 울며불며 헤맬 것은 아니라고 생각하였다.

영식은 십여 일 만에 스미꼬 집을 찾았다.

스미꼬는 마루까지 나오며 반가이 인사하였으나 갑자기 눈에 눈물이 핑

---

66) 갈대청. 갈대 안쪽에 붙어 있는 아주 얇고 흰 막.

글 회돌며 영식의 양복가락을 집고 고개를 숙였다.

"왜 그래……."

영식의 말은 부드럽다.

"……."

두 사람은 방으로 들어갔다. 스미꼬는 고개를 숙인 채 흑흑 느껴 울었다. 영식은 첨엔 불쌍한 듯했으나 자꾸 울고 보니 청승맞은 듯하고 나중에는 화가 났다.

"왜 울어……."

"당신은 내가 싫으시죠……."

스미꼬는 불똥 튀듯이 톡 애연한 목소리로 외쳤다.

"그 무슨 아닌 밤중에 홍두깨 격으로 누가 스미꼬를 싫댔나."

영식은 말을 축 늦췄으나

"이야요……."

스미꼬는 율모기 뱀 같이 목을 돌리며 얼음 같이 싸늘하게 쏘아대였다. 그리고 말을 계속하여

"난 가요……. 이 생활이 얼음 같아서 더 못살겠어요."

스미꼬는 영식을 정면으로 바라봤다. 영식은 때는 지금이라는 듯이

"그러면 할 수 없지…."

"좋아요."

"오늘 가도 좋아……."

"그렇게 해 줘요……."

영식은 머리를 들어 스미꼬를 한 번 바라봤다.

스미꼬의 소제는 생각보다도 간단하게 진행되었다. 그러나 막상 떠나려는 사람도 정작 떠난다고 생각하니 마음 어느 구석엔가 섭섭한 점이 없지 않았다. 이것이 인정인가 생각하였다. 영식은 스미꼬에게 일금 오천 원의 소절수를 떼어주며 완전히 관계를 끊고 그 집을 떠나게 되었다. 여자는 바

로 그 다음날로 그의 고향 '히로시마'로 가게 되고 그 집은 복덕방 영감의 손으로 정리하게 되었다.

약혼(1)

음악회가 있은 후에 오 박사의 인기는 한층 더 높았다. 매일 전보와 편지로 오는 축하와 격려는 말할 것도 없고 그 위에 그를 찾는 방문객도 헤아릴 수가 없으리만치 많았다. 방문객 중에는 각층 각계의 사람이 많거니와 그 중에는 대부분이 여자들이었다.

"아름다운 여자—"

보통 사람들은 혹은 이를 동경하고, 또는 그를 행복의 대상으로 생각한다. 그러나 오 박사는 너무도 자기를 찾아오는 여자의 사태에 그만 진력이 나고 염증이 났다. 매일 같이 여자들이 꼬리에 꼬리를 물고 찾아와서 축하를 구실 삼아 말썽을 부렸다.

사인을 해달라는 둥, 재미있는 이야기를 해달라는 둥, 심지어 어떤 여자들은 박사의 사진을 청하는 이까지 있었다. 그리고 자기 집으로 저녁을 먹으러 오라는 둥 또는 같이 산보를 가자고 조르는 여자도 있었다. 그리고 중간에 사람을 내세워 가지고 자기 집은 돈이 많다거나 또는 피아노를 칠 줄 안다거나 또는 재령 나무리벌에 땅 천 석을 줄 테니 하고 결혼 신청을 하는 이가 많았다. 그러나 오 박사는 이 사태 같이 밀려드는 행복더미를 퇴치하기에 머리가 아팠다. 박사는 그렇게 속히 결혼하고 싶지 않았다. 자꾸 대들고 덤비는 결혼 신청에는 도리어 화까지 나게 되었다. 좀 더 정관하고 자리가 잡힌 후에 결혼을 하고 싶었다. 그런 중에도 영순이 자주 박사의 숙소를 찾아와서 여자들이 많이 찾아오는 것을 보고는 자기는 아무 관계가 없건마는, 박사의 부인이나 된 듯이 질투 비슷하게,

"선생님! 너무 여자들을 만나지 마세요. 권위가 없어지고 점잖지 못해요."

하고 얼굴을 찌푸렸다.

"그럼, 우정 찾아오는 이를 어떻게 박절하게 면회 거절을 합니까?"

"그렇다고 찾아오는 이마다 모두 만나면 무얼 해요."

"글쎄요. 그럴 듯도 하지만."

"글쎄가 아니라, 여자들과는 면화를 그만 두세요."

하고 박사에게 다짐이나 받을 듯이 눈이 뾰족해졌다. 박사는 속으로 웃으면서

"그럼 영순씨와도 만나질 말아야. 영순씨도 여자이니까."

"왜요, 저야……."

"저라니요. 뭐 특권이 있습니까?"

박사는 좀 꼬는 소리였다. 영순을 얼굴이 벌개지며 머리를 숙였다. 그러나 조금 후에

"난 선생님을 아니 찾아오고는 견딜 수가 없어요."

그의 얼굴에는 어떤 결심적 표정이 떠돌았다.

"정말입니까?"

"뭐 누가……?"

"저도 영순씨의 찾아주는 것이 퍽 고맙습니다."

박사도 영순에게 거의 전부가 마음이 쏠렸다.

오늘도 영순이 다녀간 후에 모 교회의 전도 부인이라는 이가 또 박사를 찾아와서 자기 교회의 목사의 딸을 소개하며 얼굴이 예쁘다는 것과 XX 전문학교에서 일등을 하였다는 것과 영문으로 시를 잘 쓴다는 것을 조건으로 하여 결혼을 신립하였다.

또는 류사장이 어떤 사람을 새에 내어세워 가지고 자기 딸과 결혼하자고 꾀었다. 류사장의 조건은 자기 딸과 결혼만 하면 장차 신문사 사장을 줄 것과 또는 자기는 어린 아들 하나밖에 없으니 재산의 반분으로 백만 원 가량을 주어도 좋다는 것이다. 그러나 이미 마음이 영순에게 기울어졌고

또는 영순과 결혼하면 삼백만원 하나는 차지가 오리라고 말하는 사람도 있어서 그 신청도 생각해 본다는 말로 보기 좋게 거절해 버렸다.

약혼(2)

어느 날 오후였다. 학교에서 돌아온 음악학교장 민경식은 자기 방으로 오 박사를 불렀다. 민교장은 그 널찍하고 둥글한 얼굴에 웃음을 띠고 한손으로 담뱃재를 털면서

"여보 오 박사!"

하고 불렀다.

"네?"

하고 오 박사는 대답하였으나 무슨 중대 문제나 꺼내는 전제나 아닐까 하여 그의 신경은 좀 날카로워졌다.

"내 좀, 의논할 말이 있소. 내 말이라면 잘 들으시겠지."

"암 선생 말씀이면 듣고말고요. 무엇입니까?"

"오 박사에게 재미있는 일이지요. 저—."

민교장은 저—하고 조금 주저하더니,

"다른 것이 아니라, 영순씨 말입니다. 그와 결혼하면 어떻겠소?"

하고 민교장은 너무도 중대한 문제를 속히 꺼내어 놓는 듯이 말에 매우 힘을 들이며 얼굴빛이 긴장해졌다.

만약 오 박사가 "노—"라고 하면 큰 낭패요 모욕일 듯하여 전 신경을 눈에 모아가지고 오 박사의 입을 바라보았다.

"글쎄요. 좀 생각해 보아야지요."

오 박사는 이렇게 대답하였다.

오 박사는 영순의 결혼 신청에 만족을 느끼고 또는 십이분이나 영순에게 마음이 쏠린 터이라,

"네 고맙습니다. 제발 소원입니다."

하고 대답하고 싶었으나, 너무도 값싸게[67] 굽힐 수가 없어서 생각해 보아야 한다고 대답한 것이다. 민교장은 그의 미지근한 대답에 그만 갑갑증이 나서

"생각해 보다니요?"

"그럼 어떻게, 당장에 결정을 합니까?"

"당장이 아니라 오 박사의 생각은 어떻소?"

"글쎄요—."

"글쎄라니?"

민교장은 일층 마음이 달았다. 어제 저녁에 영순과 영순의 삼촌에게 약혼 의뢰를 받고 자기가 나서면 절대 자신이 있다고 장담하였을 뿐 아니라 매일매일 몇십 명씩 신청을 오는 사람이 있는 것을 잘 아는 민교장은 일거에 결정치 않으면 딴 곳에 빼앗길 염려가 있다고 생각하였다.

또는 영순과 친척 관계를 가진 민교장은 이런 천재의 인물을 자기 친척의 여자와 결혼시키는 것도 적지 아니한 즐거움이라고 생각한 까닭이었다. 소뿔도 단심에 빼어야 한다고 민교장은 오늘 이 자리에서 단박 결정을 하여야 한다고 생각하고

"오 박사 뭐 생각할 것이 있소? 그래 신부가 맘에 부족해서 그러시는 것인가요?"

"아니요 천만에……."

"그러면 왜 주저하시오……."

민교장은 한 걸음 오 박사에게 바싹 다가앉으며

"영순으로 말하면, 내 육촌형의 딸이오. 그 애가 인물이나 재주나 또는 마음자리로나 별로 탓할 것 없을 것입니다. 지금까지 수많은 사람들이 약혼을 신청하였으나 모두 거절을 하였지요. 그 애가 여간 건방지지를 않아

---

67) 원문은 '값싸고'

서 보통 사람들은 사람으로 알지도 않았답니다. 그러나 오 박사에게 그만 맘이 폭 쏠리고 말았나 봐요. 허허."

민교장은 허허 웃고 다시 말을 계속하여

"우리 육촌 형님은 재작년에 작고하시고 지금은 그 딸 하나밖에 없는데, 재산도 유여하지요. 게, 칠팔백만 원은 아마 될 것이요. 영순과 결혼하면 그 재산의 대부분은 오 박사에게 올 것입니다. 자, 주저할 것 없이 이 자리에서 결정합니다."

하고 민교장은 오 박사의 얼굴을 또 뚫어질 듯이 바라보았다. 그리고 돈으로 시위를 하였다.

"그러나 내가 영순씨 같은 이의 남편이 될 자격이 있을지는 그것이 문제지요."

오 박사는 좀 겸손을 떨며 꼬리를 빼었다.

민교장은 기회는 이때라는 듯이

"원 천만에 그런 말씀은 두 번도 마세요. 영순이를 오 박사에게 맡기는 것이 얼마나 영광일는지요."

"그렇지만……."

"그렇지만, 이라니 또 무슨 조건이 있습니까?"

"무엇보다도 당자가 환영해야 할 일인데."

오 박사는 시치미를 떼고, 이런 소리를 하였다.

약혼(3)

민교장은 만사는 '골'[68]에 들어가게 되었다고 생각하고

"그야 말할 것도 없지요. 당자가 여간 야단이 아니니까 우리도 권하는 것이지요."

---

68) Goal. 목표.

"그러나 원 너무도 스피드 약혼이 되니까."
"별 소리를 다 하시네. 그날 만나서 그날 결혼하면 어떻소?"
"좌우간 그처럼 말씀하시니 고맙습니다."
"그럼 승낙이십니까?"
"네— 승낙이라고 보셔도 좋습니다."
오 박사의 대답도 유쾌하였다. 민교장은 자기의 계획이 모두 맘대로 된 것이 유쾌하여
"아 오메데도—.[69]"
하고 박사의 손을 잡았다.
"감사합니다."
오 박사도 머리를 숙였다.
"자 그럼 이제 영순의 집으로 갑시다. 그 집에서 결정만 되면 저녁도 먹을 겸 오라고 했으니……."
민교장은 착실히 기쁜 모양으로 마음이 떠들썩하였다.
"네 가지요."
오 박사도 즐거운 대답을 하였다. 아름다운 영순, 오늘부터 그는 자기 아내가 되고 영구히 자기 차지가 되는가 생각한즉 한시바삐 영순을 보고 싶었다.
자동차가 오자 민교장과 박사는 차에 올라 영순의 집을 향하였다.
영순의 집에서는 오늘 일을 마음 졸이게 기다리고 있었다. 그러나 민교장과 오 박사가 문간에 이르렀을 때에는
(만사는 오케이로구나)
하고 영순과 어머니는 뛸 듯이 문간으로 마주 나오고 뒤이어 그의 삼촌 되는 이도 나와서 두 사람을 맞았다. 그러나 영순은 어디인지 좀 부끄러워하

---

69) おめでとお. 축하한다는 뜻.

는 빛이 있었다. 널따란 이층 응접실로 들어가서 다섯 사람은 자리에 앉았다. 하인이 가져온 차를 마시며 민교장은 가장 유쾌한 듯이

"영순과의 결혼을 오 박사도 승낙하였습니다. 참 우리 민씨 집안의 영광입니다."

하고 영순을 바라보았다. 영순은 고개를 숙이고 오 박사도 머리를 숙였다. 뒤를 이어 영순의 어머니가

"철없는 저희 애와의 약혼을 승낙하셨다니 감사합니다. 아무것도 모르는 애이니 일생을 귀히 여기어 주시오. 나로서는 단 하나밖에 없는 혈육입니다."

하고 기쁨에 넘쳐 나중에는 눈에서 눈물이 두세 방울 떨어졌다. 영순 어머니가 손수건으로 가만히 눈물을 씻자 그의 삼촌 되는 민영식은

"참 기쁩니다. 세계적으로 이름이 높으신 오 박사를 우리 집안 사위로 모신다는 것은 여간 즐거운 일이 아닙니다."

그는 오 박사를 바라보며 축하하듯이 말끝마다 힘을 주었다. 오 박사는

"저로서도 여간 기쁜 일이 아닙니다. 이제는 마음을 잡고 우리들의 행복을 위하여 힘쓰겠습니다."

하고 공손한 대답을 하였다. 그러나 쾌활하던 영순은 얼굴도 들지 못하고 고개를 숙이고 있었다. 오 박사는 자기 새끼 손에 끼웠던 금강석 박힌 금반지를 손에 빼어들고 영순을 바라보며

"약혼한 증거로 이 반지를 드리겠습니다."

하고 그 반지를 영순의 손에 주었다. 영순은 부끄러움과 기쁨이 교착한 붉게 물들인 표정으로 그 반지를 받아 손가락에 끼웠다.

"참 이상적 결혼입니다."

민교장이 한 마디 더 칭찬을 하였다.

"참 이런 경사를 못보고 돌아가신 형님이 불쌍하지요."

영순의 삼촌이 말을 끝내자 영순의 어머니는

"가슴이 맺힙니다. 그렇게 귀히 여기던 딸의 경사도 못 보시고……."

영순의 어머니의 눈엔 또 눈물이 한두 방울 맺혔다.

"기쁜 시간에 그런 말씀은 잊어버리고, 자, 저녁이나 한 상 줍시오."

민교장이 쾌활하게 먼저 자리에서 일어섰다. 다섯 사람은 일제히 자리에서 일어서서 안방으로 들어갔다.

안방에는 조선식으로 양복장 자개장 삼층장 의걸이 등이 으리하게 놓여 있고 한가운데 벽에는 영순의 아버지 사진이 걸려 있었다. 수국과 장미화가 몇 분 놓여 있고 교자상에는 갖은 진찬이 벌여 있었다.

약혼(4)

저녁을 필한 후에 민교장과 그의 삼촌은 자기 집으로 돌아가고 오 박사는 영순의 방에서 이야기나 하며 놀다 가라는 그의 어머니의 말대로 이층 영순의 방으로 들어갔다. 영순도 따라 들어갔다. 두 사람은 서로 얼굴을 쳐다보고 기쁜 듯이 빙그레 웃었다. 그러나 그들은 기쁨을 이야기할 말끝을 찾지 못했다. 잠깐 침묵이 계속되었다.

오 박사는 창문을 열고 바깥을 내다보았다.

묵화墨畵 폭 같이 척척 늘어진 나뭇가지에는 으스름 달빛이 흘러내려 그 은은한 표정이 신비한 촉수觸手를 하늘가에 뻗치는 듯하였다. 사르릉 사르릉 하는 미풍이 숲속에서 누구의 밀어密語를 가지고 먼 산림을 향하여 날아가듯 하였다. 뒷 정원에는 목단과 산달화가 달빛에 붉은 열정을 감추고 있는 듯하였다.

"이리로 오세요."

꾀꼬리 같은 영순의 아름다운 음성이었다.

박사는 창문을 닫고 영순의 옆으로 갔다. 두 사람은 테이블을 가운데 두고 맞대어 앉았다.

"나는 오늘이 꿈 같아요."

이것은 영순의 말

"왜 꿈 같아요. 똑똑한 현실이 아닙니까?"

오 박사의 대답이었다.

"그렇지만 오늘의 기쁨이 영원히 연장될까요?"

"그럼 그 기쁨이 연장되지 않고!"

"하긴 나는 오늘만이라도 나의 맛볼 행복을 다 보았다고 생각해요."

"건 왜요……."

"그렇지 않고……."

"아직 우리의 행복은 얼마든지 있는데!"

"그러나 나는 부족해서 당신의 아내가 될 자격이 없어요."

영순은 처음으로 당신이라고 불렀다.

"천만에 나야말로 당신의 남편 될 자격이 없지요."

"아녜요 제가 부족해요."

영순은 행복과 감격에 넘치는 듯 눈에 눈물이 맺혔다.

"사랑에는 모두가 완전하고 아름답지요. 우리의 사이에 부족과 잘못이 어디 있어요."

"감사합니다. 저를 변치 말고 영원히 사랑하고 귀해 주세요."

"영순씨야말로—."

오 박사도 감격에 넘치는 소리였다.

"아 지금의 아름답고 즐거운 순간이 그대로 영원히 계속할 수가 있다면……."

영순은 혼잣말 비슷이 또 이렇게 외웠다. 그리고 행복의 경련에 떠는 듯이 몸서리를 쳤다. 잠깐 침묵이 지나갔다. 영순은 가만히 일어나 피아노 앞으로 갔다.

"선생님 우리 약혼 기념으로 노래를 한번 해요."

"그럽시다. 오케이!"

오 박사도 영순을 따라 피아노 앞으로 갔다.

그리고 그는 서슴지 않고 한 손으로 영순의 어깨를 가만히 짚었다.

"딸몬티의 '즐거운 순간'을 칠게요."

"오라잇! 찬성입니다."

영순의 그 흰 손으로 상아의 건반을 누르기 시작하였다. 뒤를 따라 오 박사의 구슬 같은 영롱한 목소리가 굴러 나왔다. 영순도 취하고 오 박사도 취하여 그 노래 속에 자기들의 혼과 정신을 물들이고 녹이고 하였다. 젊음과 사랑을 상징한 행복의 멜로디! 그들도 그 음조 속에서 그들의 정열과 행복을 부어버렸다. 노래가 그치가 오 박사는 하이얀 토끼 같은 영순의 몸을 끌어안았다. 영순도 자기를 잃고 오 박사를 껴안았다. 행복과 열정 속에 녹아지는 두 사람의 아름다운 혼 —그들은 하나의 빛난 불이 되어 주인의 공간과 시간을 태울 듯하였다. 마음과 육체의 강도强度의 연소燃燒[70] — 그들은 붉은 입술로 키스의 돌격을 멈추지 않았다. 영순은 그 누가 한 번도 접촉치 않은 그의 정열의 입술로 오 박사를 그만 사로잡고 말았다. 달빛이 희미하게 열려진 창으로 은은히 비쳐 들어왔다. 서늘한 유월의 바람이 문을 넘어 귓속말 같이 사르르 사르르 불고 있었다.

농장農場(1)

영순은 황해도 신천 근방에 농장을 가지고 있었다. 삼천여석이나 추수하는 큰 농장으로 그의 팔촌 되는 민병철이가 농감을 보고 있었다.

이 신천 근방 농민들은 이 농장에서 소작을 해먹고 살아가는 농민들로서 그들은 병철을 하늘같이 알았다. 그들은 이 농감에게 잘못하여 소작을 떼이는 날에는 그만 밥을 굶어 천당을 가는 날이다. 그래서 온갖 아첨과 정성과 수단을 다하여 민농감에게 곱게 뵈려고 하였다. 마치 기생이 갖은

---

70) 원문은 '連燒'. 오식인 듯 보인다.

아양과 교태와 화장으로써 손님에게 곱게 뵈려는 이상으로……. 농민들은 닭을 잡아가고 달걀을 삶아가고 떡을 해가고 심지어 도야지까지 잡아가는 친구도 있었다.

민농감은 이 지방에 있어서는 제왕 이상의 권력을 가지고 있었다. 그가 한 번 길가로 지나가며

"에 퉤—."

하고 건방진 가래침을 올릴 때에는 농민들은 모두 일어서서 고개를 숙이고 인사를 하였다. 담배를 먹던 늙은이들까지 담뱃대를 감추고 모두 머리를 숙였다. 그래서 이 민농감은 자기 위에는 또다시 사람이 없는 줄로 생각하였다. 살이 하마 같이 뒤룩뒤룩 찌고 몸이 무거워서 걸음을 오리 같이 뒤룩뒤룩 걸었다.

'하마 농감'이라고 수군대는 젊은 애들도 있었다. 그는 몸이 무거워서 단오 리를 걸어 본 적이 없고 인력거를 타도 여간한 작자는 혀를 빼고야 말았다.

그러나 민농감은 마음이 그리 나쁘지는 않았다. 농민들에게도 그리 까다롭게 굴지 않을 뿐더러 추수 때에도 농민들은 그를 별로 악평하는 이가 없었고 도리어 어떤 이는 그를 좋다고 칭찬하는 이까지 많았다.

그러나 민농감은 한 가지 버릇이 있었다. 그것은 여자를 정도 이상으로 좋아한다는 것이다. 농민들의 아내로서 얼굴이 예쁜 여자는 모두 한 번씩 건드려 보지 않은 여자가 없었다. 누구의 아내 누구의 며느리 할 것 없이 얼굴이 반반한 여자들은 모두 이 농감에 독수에 걸리지 않을 수가 없었다. 농민들이 모두 일터로 나간 후에는 민농감은 암행어사 같이 농민들의 집을 밀행하고 있었다. 그래서 예쁜 여자가 있는 집에는 모두 한두 번씩 드나들게 되고 그 다음에는 자기의 세력을 방패로 다짜고짜로 자기의 수욕을 채우고 말았다. 어떤 농민은 그 눈치를 알면서도 목구멍이 포도청이라고 농감에게 반감을 사면 논을 빼앗기고 따라서 굶어 죽을 것이 무서워 슬

슬 피하여 주는 이까지 있었다. 그러나 어떤 남자는 그 눈치를 알고 기회를 엿보아 민농감의 추행을 현장에서 잡아가지고 주먹 벼락을 내렸다. 그 뚱뚱한 얼굴이 한층 부어오르고 발길로 채인 엉덩이가 소금에 절인 듯이 쏘았다. 그래서 그 잘 걷지 못하는 민농감은 벌벌 기다시피 하여 겨우 자기 집으로 도망하였다. 그러나 그 다음 일은 뻔하게 알 수가 있었다.

그의 집은 논을 빼앗기고 온 식구는 등을 밀다시피 하여 그 동리에서 쫓겨나고 말았다. 이 사실을 잘 아는 농민들은 자기 아내가 농감과 추행을 해도 농감에게 임시 첩으로 보낸 셈만 치고 아픈 마음을 꿀꺽 참을 수밖에 없었다. 더구나 농감이 한번 관계한 여자의 집에는 그 해 가을이면 벼나 서너 섬씩 후히 주는 일까지 있어서 어떤 바지저고리로 생긴 농민들은 자기 아내나 며느리가 농감과 관계하는 눈치를 알면 속으로 다행히 아는 사람까지 있었다.

민농감은 이렇게 여자 사냥에 재미를 붙였다. 언제 한번은 재령서 보통학교를 졸업한 쪽 빠진 새악시가 그 농장에 소작인으로 들어왔는데 그의 어여쁜 인물에 등이 단 민농감은 돈을 막 뿌려 가며 필경은 그 여자와 한번 관계를 하였다. 그러나 이 통에 그 여자는 한 살림 톡톡히 벌어 가지고 그만 딴 데로 살짝 이사를 가서 민농감은 닭 쫓던 개 지붕만 치어다 본 격이 되었다고 농민들 사이에는 이야깃거리가 되었다.

농장(2)

이야기는 십이 년 전으로 돌아간다. 오 박사는 형제로는 다만 누님 한 분이 있었다. 오 박사는 어려서 고향을 떠나고 그의 누님 명희는 그곳 최씨라는 집과 결혼하였다. 그 집은 처음은 어렵지 않았으나 몇십 년 살아오는 동안에 가산을 탕진하고 실로 그날 그날의 밥 한 그릇을 먹기가 어려웠다. 그래서 금년 봄에 해주에서 산천 지방으로 굴러 와서 민씨 농장에 오게 되었다.

최씨는 민농감에게 사정 사정을 하여 논 열 마지기를 얻어 가지고 농사를 시작하였다. 봄이 되자 밭두렁을 치고 모를 부었다.

논을 갈고 비료를 주었다. 그러나 몇 푼 안 가지고 들어온 그는 여름을 지내며 농사할 길이 막연하였다. 그래서 민농감에게 여러 번 다니며 죽는 소리를 하고 벼 몇 섬 장리를 얻기 위하여 온갖 주선을 다하였다. 그러나 민농감은 이 처음 온 소작인에게 논 주고 또 장리 벼까지 주기를 주저 하였다. 그래서

"글쎄요. 벼라고 몇 섬이 남지 않아서. 달라는 사람은 많고."

하고 구렁이 담 넘어가듯이 우물쭈물하였다. 그러나 민농감은 어느 날 최씨집 근처를 지나다가 시골 여자로는 보기 드물게 잘 생긴 최씨 아내를 보았다. 민농감은 눈이 실쭉하며

"하—참 고 얌전한데—."

하고 당장 입에 침이 넘어갔다. 그 시원하고 조화된 명희 얼굴에 그만 쫄딱 반하고 말았다. 민농감의 가슴은 또 흉계를 품고 자기 집으로 돌아갔다. 그리고 그날 저녁으로 사람을 보내어 최씨를 불러갔다.

민농감은 가장 남의 사정이나 보는 듯이 최씨를 바라보며

"내 당신 사정을 누구에게 알아보니 참 딱하더군요. 그리하였습니까?"

기침을 한번 크게 하고 다시 말을 이어

"그러니 저번 말하던 벼를 몇 섬 드리겠소. 그래, 몇 섬이나 필요하오?"

하고 얼굴이 가무잡잡한 최씨를 빙그레 바라보았다.

"네 참 고맙습니다. 그렇게 사정을 보아주시니……. 벼는 넉 섬만 주시면 그럭저럭 살아가겠습니다."

"넉 섬! 좀 많군요?"

민농감은 의례의 버릇으로 한번 이렇게 튕겼다.

"그러나 어쩝니까? 넉 섬은 있어야 농사를 짓겠는데요. 좀 사정을 보아주셔요."

최씨는 전에는 자존심도 착실히 많았으나 생활이 어렵고 보니 그만 자존심은 어디로 갔는지 코가 땅에 닿도록 머리를 숙이며 애걸 비슷이 간청하였다. 민농감은 픽 웃고

"못된 놈. 내 배짱이 있어서 그러는 줄 모르고. 네 아내도 이젠 나와 반타작이다."

이렇게 속으로 생각하면서

"그래 넉 섬이 꼭 필요하오?"

하고 또 한 번 다졌다.

"네 그렇습니다."

"몇 식구야?"

농감은 벌써 반말을 건네었다.

"여편네와 아들 딸 이렇게 네 식구입니다."

"음! 하긴 너덧 섬 있어야지!"

민농감은 이렇게 또 늦추면서

"그럼 내일 오오. 그러나 잘 갚아야 해!"

"아무렴이요, 잘 갚고 말고요. 감사합니다."

최씨는 또 허리를 땅에 닿도록 굽혀 인사하고 집으로 돌아왔다. 그 다음 날 최씨는 구루마 하나를 얻어가지고 농감 집으로 가서 벼 몇 섬을 얻었다. 민농감은 별하게도 친절히 굴면서

"장리 벼랄 게 없이 가을에 그저 넉 섬만 가져 오오. 당신네 사정이 딱한 것을 내가 안 이상에야!"

빙그레 웃으면서 다시

"그러나 남들 보고는 장리 벼라고 그러우."

하고 다졌다.

"참 그렇게 해주시니 그 은혜를 못 잊겠습니다."

하고 최씨는 눈에 눈물까지 흐를 듯하였다.

"어서 가오. 별 소리를 다 하네."
하고 또 의미나 있는 듯이 빙긋 웃었다.

농장(3)

그 후 몇 날이 안 되어 민농감은 최서방 집을 찾아왔다. 최씨와 그의 부인은 칙사나 대하듯이 정성과 엄숙을 다하여 맞았다. 그러나 농감은 뚫어질 듯이 최서방 부인을 바라보며 능글맞은 웃음을 웃었다. 그 후 또 한 번 민농감은 최서방을 찾았다.

그리고 세 번째 어느 날 오후였다. 민농감은 아무 기척도 없이 최씨 집 대문으로 죽 기어들어갔다. 최씨는 마침 산으로 나무를 가고 그의 부인 명희만이 방에서 혼자 바느질을 하고 있었다. 아들은 학교에 가고 딸은 동리 마실을 간 때이었다. 민농감은 묘하게도 기회를 잘 타게 된 것이다.

농감은 아무 주저도 없이 안방으로 들어갔다.

"아이고 어떻게 이렇게 오세요."
하고 명희가 좀 열이 적어서 인사하였다.

"와야 뵙지요. 당신 같은 미인을……."

농감은 처음부터 능글맞은 웃음을 웃으며 이렇게 칙칙한 소리를 하였다.

"아이고 망측해. 별소리를 다 하시네!"

명희는 농감의 이상한 태도에 얼굴이 빨개지며 이렇게 부르짖었다.

"망측은 무슨 망측이요. 당신을 미인이라는데……."

"……."

명희는 아무 대답할 말을 잇지 못했다.

"이리 오세요. 공연히 빼시네."

농감은 얼굴 두껍게 이런 소리를 하며 일어선 명희의 손을 끌어당겼다.

"왜 이러세요. 점잖지 못하게……. 아이 싫어요."

명희는 얼굴이 홍당무가 되었다.

"공연히 그러시네."

농감은 또 이런 칙칙한 소리를 하며 왈칵 달려들어 명희를 끌어안았다.

"아 놓아요. 이게 무슨 법이오."

명희는 앓는 고양이처럼 버럭 소리를 질렀다.

"법은 무슨……. 다 그러는 것이지."

"아 놓지 못해요."

"놓긴, 나하고 이러면 좋지 않우?"

이때 명희는 한번 늦추는 소리로

"제발 놓아주세요. 왜 점잖지 못하시게!"

애원 비슷이 부르짖었다. 농감은 능글맞게 웃으며

"허허 열두 번 죽어도 못 놓지! 공연히 그래"

하고 일층 다가앉았다.

명희의 얼굴에는 독사 같이 파랗게 독이 오르며 외마디 소리를 질렀다.

"천만에 공연히 소리를 질러……."

민농감은 일층 능글능글하게 웃으며 명희의 치마를 잡아당기며 폭력을 가하였다. 명희는 쓰러지며 그 폭력에서 벗어나려고 온갖 힘과 독을 다하여 버둥거렸다. 그러나 자기 힘으로는 어찌할 수가 없었다. 치마가 벗어지고 속옷이 찢어지기 시작하였다. 명희는 최후의 일격으로 맹수 같이 빨개진 농감의 눈퉁이를 주먹으로 때렸다. 그러나 그도 아무 효과가 없었다.

"이 개 같은 자식아!"

명희는 최후의 결심으로 농감의 가슴을 입으로 물어뜯었다.

"아이고 이 년아!"

명희의 이빨에 시뻘건 농감의 살점이 뚝 떨어지자 민농감은 그만 폭력의 손을 늦췄다. 그리고

"이 죽일 년 같으니?"

하고 주먹으로 명희의 얼굴을 때렸다. 명희는 코가 터져서 피가 쏟아져 나

왔다.

"이 개 같은 자식아!"

명희는 독이 극도에 올라서 농감의 가슴과 뱃가죽을 꽉 물고 놓지 않았다.

그리고 죽어라 하고 살을 질금질금 깨물었다. 흉악한 민농감도 이 명희의 반격에는 어쩔 수가 없었다.

"아이고 배야. 죽겠다 죽어."

"뭐야 이놈이. 이 개 같은 자식!"

"아이고 놓아주. 죽겠다 죽어. 잘못했소."

농감은 그만 항복하였다. 그러나 명희는 얼굴에 피투성이가 되었으나 속으로 쾌감을 느끼며 좀더 민가를 곯리려고 한 번 더 뱃가죽을 되게 물어뜯었다.

"아이고 죽겠다. 사람 살리우!"

농감은 우는 소리를 하며 명희를 떠밀었다. 바로 이 때였다. 산에 갔던 최서방이 집으로 돌아왔다. 그는 방에서 울고 부르짖는 외마디 소리를 듣고 방으로 뛰어 들어왔다.

농장(4)

최서방은 민농감이 자기 아내를 타 누르고 피투성이가 되어 발악하는 광경을 보고는 무엇을 생각할 여유가 없었다. 그는 당장에 눈에 쌍심지가 뻬치며 악이 머리끝까지 올랐다.

"이놈아 이 개만도 못한 놈아?"

최서방은 발로 하마 같은 민농감의 엉덩이를 죽어라 하고 들이찼다. 민농감은 활딱 일어서며

"이놈이 사람을 정말 죽이려네."

"이 개자식아, 너 같은 놈은 좀 죽어 봐야 해."

최서방은 흥분 김에 옆에 있는 방망이를 들어 민농감의 대갈통을 냅다 갈겼다.

"아이고……."

민농감은 소눈깔 같이 눈이 퍼래지며 방바닥에 쓰러졌다.

"이놈아 이 개 같은 자식 그래 백주에 남의 아내를 겁탈을 해—."

최서방의 발길은 농감의 엉덩이를 뿔 차듯이 걷어찼다.

"아이고 죽겠다……."

농감은 입으로 피를 토하며 죽는 소리를 하고 혀를 빼어 물었다. 그러나 최서방은 아직도 화가 풀리지를 아니하여

"이런 놈은 방에서 끌어내어 동리에 그 악행을 알려야지."

그는 게거품을 물고 발길로 서너 번 또 민농감을 걷어찼다. 그리고 농감을 개같이 끌어서 바깥으로 내어놓았다.

"아이고 죽겠다."

민농감은 눈을 치떠 부치고[71] 가슴에 피투성이가 되어 죽은 상이 되었다.

동리 사람이 한 사람 두 사람 모여 들었다. 어느덧 십여 명이 모여서

"큰일이로군……."

모두 입을 벌리고 어찌할 바를 몰랐다.

"아 그 개 같은 놈이 글쎄 내 아내에게 강간하려고 지랄을 했구먼……. 이놈 죽여서 바작바작 씹어 먹어도 시원치 않겠다."

하고 최서방은 이를 부드득부드득 갈았다.

"어쨌든 집으로 모셔 가야지!"

하고 그중 키꼴이나 하고 힘센 장정 한 분이 농감을 업었다.

"그놈 어서 뒈지라고 내버려두게……."

최서방은 또 한번 악을 썼다.

---

71) 원문은 '치거부치고'.

"아이고 후!"

민농감은 아무 정신이 없이 다 죽은 상으로 이렇게 외마디 소리를 쳤다.

"허 저 최서방이 사람을 죽였군……."

옆에 늙은이 한 분이 또 이렇게 외었다.

"아 그 놈 죽고 나 죽으면 그만이지? 글쎄 농감으로 체면도 있어야지 백주에 남의 유부녀 겁탈을 다니는 놈은 당장 벼락을 내려야 해……."

최서방은 또 이렇게 외치며 다 죽어 업혀가는 민농감을 상쾌한 듯이 바라보았다.

민농감은 그날 저녁으로 읍내 병원으로 떠메어 들어갔다. 의사에게 응급치료를 받았으나 최서방의 방망이에 그만 뇌진탕이 되어 그 다음 아침에 세상을 떠나고 말았다. 그러나 그와 반면에 최서방과 그의 아내 명희는 주재소로 잡혀가고 본서로 넘어갔다.

민농감의 시체를 해부하고 사실의 진상을 자세히 조사한 경찰서에서는 명희는 정당방위의 정도를 넘지 않았다 하여 무죄 석방하였다. 그러나 최서방은 상해치사라는 죄명으로 일건 서류와 함께 검사국으로 넘어갔다.

그러나 동리에서는 민농감의 죽음을 아까워하는 사람도 있고 또는 도리어 고소하다고 생각하는 사람도 있었다.

이 민농감의 죽음은 신문에 자세히 발표되고 또는 영순의 집까지 알려졌다. 그러나 동경서 공부하는 영순에게는 아무 자극도 받지 않았다.

회상곡回想曲(1)

째듯이 밝은 가을밤이다.

선주는(영식의 학생 첩) 창 밑에 기대어 밖을 내다보고 있다. 반나마 단풍이 든 은행나무는 미풍이 올 때마다 바스륵 바스륵 낙엽이 진다. 그나마 마지막 떨어지는 잎새를 조상이나 하는 듯이 맑은 달빛이 그 낙엽을 고요히 뒤덮고 있다. 그리고 온 누리는 백은의 화장을 하고 장차 하늘 위로 승천이나 하려는 듯이 극히 성스럽고 신비로웠다. 선주는 달빛이 하도 좋아서 한참이나 넋을 잃고 바라봤으나 어쩐지 자기 마음에 공허가 깊어가는 듯하여 자기도 모르는 한숨을 한번 내쉬었다.

뗑뗑 하고 시계가 밤 열시를 쳤다.

"아 누구나 한번 만나고 싶은 밤이다."

그는 속으로 이렇게 외이면서 자리에 앉았다. 그는 오늘밤에 영식이가 왔으면 하고 그리운 생각을 하면서 밤낮 하는 버릇으로 화투를 한번 떼어 보았다. 그가 올까 하고 여러 장을 제쳤으나 화투장조차 떨어지지 않았다.

"에 제기랄 놈의……."

그는 공연히 화를 내면서 방에서 왔다 갔다 하였다. 오늘 밤은 별하게도 심란하고 울적하였다. 가을이 되어서 괴로운가 하고

가을이여 그는 싸늘한 손으로 그 마음에 슬픔의 술잔을 붓나니…….

선주는 이러한 '나이두'[72]의 시 한 구절을 생각하였다. 선주는 이 심화를 참을 수 없다는 듯이 방에서 한참 거닐다가 언뜻 체경에 비치는 자기 얼굴을 바라보았다.

그는 즉각적으로 내 얼굴이 어떻게 생겨서 남의 첩 노릇을 하나 하고 정면으로 자기 얼굴을 똑똑히 바라보았다.

갸름하고 시원한 얼굴 콧날이 좀 서고 입이 도톰하고 눈이 맑고—살빛이 박속같이 희어 상당한 미인이다.

"아 요만한 얼굴을 가지고 왜 남의 첩 노릇을 하나?"

그는 새삼스러이 화가 났다. 그는 이야말로 참을 수 없다는 듯이 발길로 체경을 한번 내어차고 우두커니 섰다가 윗목 피아노 옆으로 가서 의자를 타고 앉았다.

"다 팔자다."

---

72) 나이두: 인도의 여성 정치가이자 시인인 나이두 Sarojono Naidu, 1879~1949.

그는 한 번 이렇게 외어보았다. 더구나 처녀 때에 어떤 관상자가 자기 얼굴을 보고

"눈썹 아래 검은 기미가 있어서 반드시 첩 노릇을 하겠소."

하던 말을 생각하였다. 과연 팔자인가? 사람에게는 과연 운명이라는 것이 있는가? 선주는 다시

"그 앞에 오는 모든 장애물을 부수고 넘어서라. 그리고 운명을 때려 부수라. 그 후에야 자기의 길을 자기가 갈 수 있다……."

하는 '세네카'의 말을 생각하였다. 그는 눈을 감고 상념에 잠기게 되었다. 그는 어쩐지 세상일이란 풀 수 없는 수수께끼 같아서 머리가 산란하였다.

선주는 얼마 후에 피아노를 열고 쇼팽의 회상곡을 가늘게 두드리고 있었다. 그는 그의 산란한 마음을 이 회상곡에 섞어 멀리 어디로 보내고 싶었다. 그러나 몇 곡조 치고 난 선주는 자기의 옛날 생각이 여기저기서 머리를 들고 와서 마치 어미를 떠난 송아지가 먼 산을 바라보며 음매 하고 어미를 찾듯이 그리움과 애련한 마음이 선주의 맑은 가슴을 몇 겹이나 둘러싸게 되었다.

선주는 눈을 감고 옛날의 실마리를 하나씩 하나씩 풀며 그리운 추억에 잠기게 되었다.

먼저 맑은 방울을 흔들 듯이 선주의 가슴을 울리며 눈에 나타나는 것은 일성一星이었다. 그 스마트한 포-즈, 다리가 길쭉하고 후리후리한 키에 어디인지 고상하여 보이는 잘 생긴 얼굴. 그는 자기의 첫 가슴을 쏜 아름다운 화살이었다.

오 년 전 어느 봄날 '전선[73] 남녀 음악대회'에서 선주는 피아노 독주를 하고 일성은 바이올린 독주를 하여 청중에게 적지 아니한 환영을 받고 집으로 돌아오는 길에 일성은

---

73) 全鮮. 전 조선이라는 뜻.

"선주씨!"

하고 불렀다.

"네!"

선주는 겁결에 이렇게 대답했으나 일성의 그 이상히 떨리고 긴장된 태도를 보고는 공연히 마음이 울렁거렸다. 마치 풍랑에 안정을 잃은 소주小舟와 같이…….

"이것 좀 보세요……"

일성은 못할 일이나 하는 듯이 선주에게 종이 뭉치를 하나 쥐어 주고는 딴 길로 도망이나 하듯이 내어빼었다. 선주도 겁결에 받기는 했으나 큰일 날 물건이나 받은 듯하여 일성을 바라도 보지 못하고 황급히 집으로 돌아왔다. 선주는 누가 볼까봐 그 편지를 품속에 넣고 자기 방으로 들어갔다. 볼까 말까 그만 불에 사를까 하고 여러 번 지체하다가 마침내 그 편지를 떼었다.

회상곡(2)

장차 날려는 비둘기 같이 푸른 송림 속에 날개를 벌리고 있는 XX여자 전문학교—선주는 피아노를 둥둥거리며 멀리 한강의 물줄기를 바라보다가도 자기 집안 형편을 생각할 때에는 그는 갑자기 몇천 길 절벽으로 떨어지는 듯이 머리가 아찔하였다. 자기는 행인지 불행인지 학교 교비생으로 이렇게 호화로운 생활을 하고 있으나 지금 굶고 있을 어머니와 아버지를 생각할 때에는 어쩐지 자기가 죄인인 것 같아서 마음이 편치 않았다. 선주는

"자기 부모를 사랑할 수 없는 이가 어찌 하느님을 사랑하겠느냐?"

하는 성경의 한 구절을 생각하였다. 그는 조선의 악단이니 세계적 피아니스트니 하고 큰 꿈을 꾸었지마는 자기 부모 하나를 구원하지 못하며 무슨 큰 꿈을 꿀 것인가 하고 생각하였다. 전에는 세상이란 맘대로 안 될 것이 없는 것 같고 또는 하늘의 별까지도 손만 내밀면 모두 딸 것 같이 생각하

였지마는 사실 자기 부모에게 어떻게 하면 하루 세 번씩 밥 한 그릇을 빼지 않고 드릴까 하는 현실 문제에 부딪힐 때에는 자기는 전혀 아무 능력이 없는 것을 잘 깨달을 수가 있었다.

벌써 찬바람이 누구의 살점을 베어갈 듯이 윙윙거리고 흰 눈이 이따금 쏟아지지 않는가? 지난 주일에도 그가 자기 집엘 갔을 때에는 아버지 어머니가 이불을 쓰고 푸줏간에 들어간 소들처럼 웅숭그리고 있었다. 더구나 이틀이나 밥을 못 자셨다고 하며 눈이 십 리나 들어가고 눈자위가 소라 밑같이 흐리멍텅하여 선주로 하여금 그만

"어머니……."

하고 눈물을 치마 위에 적시게 하였다.

원래 마음이 꼭 하고 주선성이 없고 세상을 모르는 박목사는 천당 이야기는 누구보다도 잘 알았지마는 한번 세상 밑바닥에 떨어지자 세상 사리에는 전혀 유치원 생도에 불과하였다. 세상을 이기고 세상을 헤엄치는 데는 전혀 제로였다.

그래서 한 푼 저금도 없는 그는 목사라는 층대에서 굴러 떨어지자 그만 뇌진탕이 되었는지 있는 물건을 전당하여 먹고 또는 몇몇 친구에게서 조금씩 보조를 받은 후에는 빤히 앉아서 죽음이 오기를 기다릴 수밖에 없었다. 이런 광경을 목도하는 선주의 가슴은 언제나 폭풍에 뒤볶이는 바다와 같았다.

"지옥이다……."

선주는 인간 지옥이 여기 있는 것을 처음 깨달았다. 뭐니 뭐니 해도 세상에 제일 섧고 슬픈 것은 먹지 못하는 고충이라고 하였다.

"부모를 구원하자……."

선주의 가슴에는 이런 용사에 가까운 불길이 뻘겋게 타기 시작하였다. 그는 조선의 제 이 '심청'이 되기를 주저하지 않았다. 부모 하나를 구하지 못하는 사람이 이상이니 동경이니 뭐니 할 것이 없다고 생각하였다. 선주

는 단연히 학교를 그만두고 고려 백화점의 점원이 되었다. 그러나 이삼십 원의 점원으로는 부모를 공양하기에 너무나 힘이 적었다. 그는 그가 학교를 그만두고 세상과 싸우려고 나온 이상에는 좀 더 커다란 희생을 하고 싶었다.

그러자 그는 백화점 모 중역의 소개로 일금 이만 원을 부모님의 생활비로 준다는 조건 밑에 영식의 첩이 되기를 결심하였다.

처음에는 남의 첩이 되다니 하고 큰 죄악의 구멍에나 빠지는 듯이 몸서리를 쳤었고 또는 자기의 고운 몸과 아름다운 이상을 진흙 속에 묻는 듯하여 아 하고 자기 모르는 고함을 쳤다. 선주는 자기 얼굴을 몇 번이나 거울에 비쳐보고

"이렇게 예쁜 얼굴을 이만 원에 팔아?……."

하고 자기 몸을 어떤 짐승에게나 내어 맡기는 듯하여 서러운 생각이 났다. 그러나 그는 몇 날이나 두고 고민하던 끝에 최후의 결정을 하게 되었다. 예수는 전 인류를 위하여 자기 몸을 십자가에 못 박았거든 나는 내 부모를 위하여 이 몸 하나를 십자가에 못 박기로 무엇이 그리 아까울 것인가 하였다.

"희생은 반드시 죽음이 아니요 그 영혼의 즐거움이다."

'헤뻬르'[74]의 이런 말을 생각하였다. 이렇게 마음을 결정한 선주는 어느 날 '보아그란'에서 영식을 한번 만나보고는 단번에 결정하였다. 그리고 영식이

"당신이 맘만 있으면 공부도 계속할 수 있고 또는 기회를 보아 이태리에도 보내드릴게……."

하는 말을 듣고는 더구나 귀가 솔깃하였다. 그래서 그 다음날 명월관에서 간단한 만찬회를 열고는 그날 밤으로 영식의 첩이 된 것이다. 그리고 그의 부모는 일금 이만 원을 받아 집을 사고 안락한 생활의 터를 닦게 되었다.

---

74) 독일 작가 헤벨(F.Hebbel: 1813~63)을 뜻하는 듯. 슈만이 작곡한 오페라 〈제노베바Genoveva〉의 원작이 된 희곡 《제노베바》를 썼다.

회상곡(3)

선주는 무엇에나 색채가 분명하고 또는 정열적이었다. 그는 보리죽에 물탄 듯이 흐리멍텅한 점이 하나도 없었다. 그래서 그는 학교에서도 가장 자기에게 충실하였고 또는 가장 봄날 저녁 같이 붉은 꿈을 많이 가진 학생이었다.

선주는 여름이면 언제나 학교 뒷산에 올라가서 송림 앞에서 하이네나 바이런의 시집을 읽기 좋아하였다. 더구나 밤이면 멀리 관악산 위에 흐르는 별들을 베란다에서 바라보며 밤이 늦기까지 잠을 자지 않고 공상을 한 때도 많았다. '프란시스 잠'의 '밤 노래'를 읽으며 자기가 한 마리 파랑새가 되어 날개를 치며 어디로 날아가고 싶었다. 그리고 언제 한 번은 친구 K와 함께 학교 뒤 높은 산에 올라가서 도라지꽃을 한 묶음씩 꺾어 품에 안고는 명주필[75)]을 늘인 듯이 희게 감돌아가는 한강 어구의 한두 척의 배들을 바라보며

하늘을 울리며 곱게 우는 종달새
내 마음은 날개 치는 한 마리 종달새
山 위를 수놓는 보기 좋은 나리 꽃
내 마음은 새로 피는 한 떨기 나리꽃

이러한 노래를 즐거이 불렀다. 그들은 한 마리 새가 되어 이 세상을 맘대로 날며 고운 노래를 보낼 것 같았고 또는 붉게 피는 한 떨기 꽃이 되어 이 세상을 향기롭게 수놓는 듯하였다. 그래서 선주는

"나는 피아니스트가 되어 세계를 울릴 작정이다. 그래서 나폴리니 베를린이니 파리니 하고 세계 일주도 할 테야! 어디 천재란 종자가 꼭 있나?"

---

75) 원문은 '명필'. 탈자라고 생각되어 보충했다.

"암 우리들은 세계적이 되지 말란 법이 어디 있나? 하면 되지. 분투가 있을 뿐이야……."

K도 맞방치를 쳤다.

"어쩐지 오늘은 아주 유쾌해……. 아주 '해피타임'이여……."

"오케이, 참 유쾌한데……."

"저 구름이라도 타고 멀리 멀리 행복의 세계로 흘러갈 듯한데—."

선주가 남쪽 하늘 위에 함박꽃 같이 몇 송이 피어오르는 구름을 가리켰다.

"그럼 저 구름을 좀 오라고 할까?"

"그래 좀 와서 우리를 태워 달래……."

이렇게 로맨틱한 소리를 하며 히히거렸다. 참말 십칠팔 세의 처녀가 아니면 가질 수 없는 연둣빛 꿈이었다. 그러나 이태를 겨우 지난 오늘에 선주가 세계적 피아니스트를 대신하여 남의 첩이 된 것은 한 가지 우스운 대조였다.

선주는 보통 순정의 처녀가 느끼는 것과 마찬가지로, 영식에게 여자로서의 정열을 적지 않게 쏟게 되었다. 처음에는 부모를 위하여 하나의 제물로서 영식에게 바쳐지는 자기라고 각오하였지마는 사람의 애욕이란 결코 그렇게 간단하지 않았다. 선주는 영식을 독점하고 싶었고 할 수 있으면 선주의 정열의 사실로써 영식을 이리 매고 저리 매고 몇천 매듭 매어서 선주의 가슴 속에 매어 두고 싶었다. 그러나

"나는 선주를 제일 사랑해! 언제나 내 마음엔 늘 선주가 붙어 다닌다니까……."

영식이가 이렇게 이야기를 하고도 며칠씩 발길도 들여놓지 않을 때에는 선주는 가슴에 모닥불이 활활 타올랐다. 또 기생첩에게 빠졌군 하고 생각하면 한시라도 견딜 수가 없이 몸이 바작바작 죄었다.

"이런 기생충의 생활을……."

선주는 그만 밤도망이라도 하고 싶었다. 그럴 때에는 애꿎은 피아노만 두드리거나 그렇지 않으면 묵상에 잠겨 몇 시간이라도 눈을 감고 있었다. 자기는 지옥 밑바닥에서 이리저리 헤매는 한 지렁이 같이 생각되었다. 그러다가 혹 영식이 찾아오면 선주는 닭의똥 같은 눈물이 치마에 푹 쏟아지며 영식의 양복자락을 부여잡고 울었다.

"공연히 왜 그래……."

영식은 선주의 잔등을 어루만지며 다시

"내 정말 선주만 사랑하는데……."

하고 여러 가지로 위로하였다. 그러나 선주는 만족하지 않고 그의 독특한 전술로써 영식의 마음을 흔들어 놓고는 다시 상긋이 웃으며 영식을 달래는 것이다—조선 사회를 위하라, 돈을 그만치 모았으니 교육 사업이나 농촌사업을 반드시 하라. 첩들을 소제하고 생활의 정당화에 힘쓰라—하고 늘 무슨 표어같이 설교 하였다. 이때면 영식도 고개를 숙이고 동의를 표하였다. 선주는 그야말로 옥쇄주의로 영식을 이기거나 그렇지 않으면 자기가 이 집을 떠난다고 결심하였다. 혹 불행한 경우면 돈 만 원이나 좋이 긁어가지고 이태리로 음악 행각이라도 가자고 단단히 결심하였다. 이렇게 옛날을 회상하던 선주는 머리를 들었다. 달빛이 반금반옥[76]의 무지개로서 창 위에 반쯤 허리를 걸쳤다. 낙엽 소리가 우수수 하고 또 들리기 시작하였다. 선주는 영식이 오면 최후의 결정을 내리기로 단단히 결심하고 주먹을 쥐었다. 이때 영식이 기침을 하며 밖으로 들어왔다.

행복(1)

오 박사는 어제 저녁 어떤 '환영회'에 출석하였다가 늦게 돌아왔다. 그래서 아침 여덟 시가 되어도 깨지 않고 침상에서 곤한 잠을 자고 있었다. 아

76) 半金半玉.

침 해가 반쯤 걷어진 '커튼'으로 살짝 기어들어온 방안은 강도强度의 '샹들리에'[77]를 켠 듯이 붉고 선명하였다.

영순은 아침 일찍이 오 박사의 숙소를 찾았다. 어제 하루 만나지 못한 것이 한 달이나 된 듯이 그리웠음이다. 영순은 박사의 방 앞에 이르러 똑똑하고 노크하였다. 그러나 아무 소리도 없었다.

"어디 산보를 가셨나?"

하고 영순은 가만히 문을 열었다. 그러나 박사는 영순의 들어옴도 모르고 평화로운 표정을 가지고 새근새근 자고 있었다. 영순은 그 얼굴이 귀여워서 가만히 바라보았다. 그리고 손으로 가만히 뺨을 쓸어 보았다. 그러나 박사는 매우 곤한 모양인지 아무 기색이 없었다.

영순은 박사의 뺨을 슬슬 만지다가 사랑스러운 충동을 이기기 어려워 가만히 박사의 입술에 키스를 하였다.

이때 박사는 기지개를 켜며 스르르 눈을 떴다. 곤한 듯한 그의 눈빛. 그러나 영순을 발견하고 그를 인식하였을 때에는 언뜻 빙그레한 웃음이 그의 눈자위에 빙 돌았다. 그리고 어느 새에 박사의 손은 영순의 목을 쓸어 안았다. 영순도 박사를 안고 떨어지지를 않았다.

얼마 후에 영순은 박사를 놓고 물러나서

"에그, 잠보! 왜 그렇게 늦게 일어나셔요."

붉어진 얼굴로 박사를 바라보았다.

"어제 좀 늦게 들어왔어요."

"어디를 갔었는데요?

"저 XX협회 환영회에 갔었지요."

"저한텐 알리지도 않으시고."

"시간이 좀 급해서……."

---

77) 원문에는 '샨데리'.

박사도 만족한 웃음을 웃으며 영순의 옆으로 가까이 가서 어린애 같이 그의 등을 두드리었다.

"싫어요. 이젠 어디 가든지 저한테 꼭 알리시고 다녀야 해요."

"참, 큰일이군요."

"암 그렇지 않고……."

영순은 아양을 떨었다.

"네 그저 하라는 대로 하오리다."하고 박사도 웃었다.

"어서 옷 갈아입으시고 진지 잡수세요."

"왜, 급한 일이 있어요?"

"네 선생님과 꼭 같이 갈 데가 있어요."

"어디요?"

"안 알려드려요."

"참 큰일이군."

박사는 할 수 없다는 듯이 눈을 찌푸리는 시늉을 하며 양복을 입고 바깥으로 나갔다. 그는 스피드로 양치와 세수를 하고 다시 방에 들어와 영순에게 잠깐 기다리라는 말을 한 후에 옆방으로 가서 조반상을 받았다.

얼마 후에 박사는 자기 방으로 들어와서

"그래 어디를 가요?"

"글쎄 가자는 대로만 가세요."

"아무데고요."

"그럼은요."

"참 좀 켕기는데……."

박사는 또 이마를 찌푸리는 시늉을 했다.

"선생님 큰일 났습니다."

하고 영순도 따라서 애교 있는 웃음을 호호하고 웃었다.

"그럼 자 갑시다."

"네!"

영순도 따라서 일어서면서

"그 넥타이가 좀 밉게 매졌어요."

하고 박사의 넥타이를 다시 맸다. 그리고 박사의 몸을 가만히 잡아 둘리며

"좀 돌아서요."

하여 손을 들고 잔등까지 모두 먼지를 털었다.

"이그 참 호사하는구려."

"그럼 언제든지 이렇게 늘 털어드릴 텐데……."

"그러나 난 좀 미안한데."

"미안은……."

두 사람은 또 웃었다.

행복(2)

박사와 영순은 자동차에 올랐다. 자동차는 사직동에서 서대문동으로 구부러져 나와 개명[78] 앞으로 닫기 시작하였다. 박사와 영순은 어깨를 부비며 대어 앉아 이야기를 주고받기에 매우 열심이었다.

"그래 어디로 가는 거예요?"

"호호 저 멀고 먼 시베리아로요!"

"시베리아는 웬 시베리아요?"

"왜, 싫어서요?"

"하필 쓸쓸한 시베리아입니까?"

"그럼 둘이서 이렇게 자꾸 끝없이 끝없이 가는 것이 좋잖아요?"

"너무 로맨틱한데?"

"그럼 시베리아는 싫으세요?"

---

78) 개명: 서대문 근처 건물명의 약칭인 듯 보이나 확실치 않다.

"영순씨와 같이 간다면 싫지는 않지만."

박사는 빙그레 웃으며 영순을 바라보았다.

"저—우리 집 별장에 가 봐요. 선생님 싫으세요?"

영순은 또 생긋 웃으며 애교를 피웠다.

"싫긴, 왜—. 그런데 별장이 어디에요?"

"저 세검정稅劍亭 근처랍니다. 북한산이 보이고 시내가 흐르고 매우 좋지요."

"영순씨 별장이면 물론 좋겠지요."

"천만에……."

이때 영순은 가만히 박사의 손을 꼭 쥐었다. 자동차는 독립문을 지나 서대문 형무소 앞을 지나고 있었다.

"웬 죄수들이 그렇게 많을까요."

박사는 조선 와서 처음으로 붉은 옷을 입은 죄수들을 보았다. 그는 갑자기 불쌍한 생각이 들었다.

"모르지요. 그걸 어떻게 압니까?"

영순은 그런 문제는 자기와는 관계가 없고 또는 그들과는 딴 세계에 사는 사람이라는 듯이 아무 흥미 없는 대답을 하였다.

박사는 머리를 숙이고 눈을 감았다. 조선엔 어쩐지 불쌍한 사람이 많은 듯하여 마음이 좋지 못하였다. 자동차는 무학재를 넘어 홍제원 별관으로 닫고 있었다. 그리고 다시 '화장장' 입구에서 구부러져 북한산 쪽을 향하고 질주하였다. 영순과 박사는 잠깐 침묵이 계속되었다.

오 박사는 창밖으로 눈을 던졌다. 차는 골짜기에 다다라 다시 '마와리, 미기'[79]를 하여가지고 서늘한 시내[80] 옆을 끼고 닫기 시작하였다. 좌우엔 절벽이 전개되고 빛깔 좋은 반석 위로 맑은 물이 흐르고 있었다.

---

79) 미와리 미기: みわりみち. 방향을 바꾸어 간다는 뜻.

80) 원문에는 '시' 한 글자만 보임.

"참 좋군요."

"경성은 어디든지 좋아요."

"이렇게 드라이브 하는 것을 난 제일 좋아해요. 로마에서도……."

박사는 말을 더하려다 그만 말끝을 흐렸다. 그는 로마에서 친히 지내던 '사루나' 양을 잠깐 생각하였음이다.

"저도, 드라이브 하는 것을 싫어하지는 않아요."

영순도 맞받이[81]를 대였다.

"그럼 이따금 늘 교외 드라이브나 합시다."

"호호 그래요. 참 좋아요."

영순은 정말 좋다는 듯이 반쯤 박사에게 몸을 기대며 어리광을 떨었다.

차는 세검정 앞에 이르러 그만 스스르 멈춘다. 박사와 영순은 차에서 내렸다. 영순은 앞장을 서서 세검정 다리를 건너가며

"저기 저 파랑 기와를 올린 집이 저희 별장이랍니다."

하고 한 손으로 저편 언덕에 있는 아담한 양관을 가리켰다. 앞에는 절벽이 벌여 있고 그 아래는 시냇물이 흐르고 있었다. 그 절벽 위에 작은 언덕이 벌여 있고 그 뒤에는 높은 산이 진을 치고 있었다. 그 언덕 위에 별장을 세운 것이다. 집 뒤에는 소나무, 참나무, 밤나무 등이 푸른 그늘을 가지고 그 양관을 에워싸고 있었다. 푸른 산과 푸른 하늘과 푸른 수림과 푸른 기와가 무엇보다도 시원하고 가벼운 느낌을 주고 있었다.

"참 좋군요. 자연과 인공의 걸작인데!"

"뭐 그렇지요. 작년에 새로 지었답니다. 우리들이 늘 놀 집이죠."

영순은 자랑과 기쁨이 한데 뭉친 유쾌한 말씨로 오 박사를 바라보며 특히 우리들이라는 명사를 힘 있게 불렀다.

---

81) 원문에는 '맛반치'.

행복(3)

언덕에는 소나무와 참나무가 벌여 있고 그 새로 곡선曲線의 길을 더듬어 들어가니 울창한 노송老松과 잣나무 새에 노란 벽을 한 이층 양관이 주인을 기다리는 듯이 고요히 숨어 있었다. 그리고 마당 앞에는 절벽이 벌여 있고 그 위에는 쇠난간이 쳐 있다. 청구장靑鳩莊이라고 써 붙인 대문을 들어서서 두 사람은 방으로 들어갔다. 아래층에는 남쪽을 향한 십오조 방 하나와 그 옆으로 온돌방 둘이 붙어있고 다시 부엌과 창고와 변소와 목욕실이 있었다. 그리고 이층에는 방이 넷이 있고 가운데는 열십자로 복도가 되어 있었다. 오 박사는 방을 일일이 구경하고 영순의 인도를 따라 남향한 제일 깨끗한 방으로 들어갔다.

"참 좋군요."

"좋으세요."

영순은 웃으면서 박사의 모자를 받아 벽에 걸었다.

"이게 우리들의 홈이야요."

영순은 또 이렇게 애교를 피우면서 박사의 옆으로 와서 껴안다시피 하고 의자에 앉았다.

방에는 갖은 조각과 명화가 붙어 있고 창 앞 '베란다'에는 장미, 수국, 산단화, 영산홍 등의 순 조선식 화초가 벌여 있었다. 창을 열고 내다보니, 북악산의 고성古城이 구렁이 같이 산위로 기어 올라가고 산정에는 까맣게 보이는 송림이 성녀聖女의 머리카락 같이 북악산[82]의 머리를 덮고 있었다. 백금 같은 태양이 산허리에 은빛 연기를 날리우고 하늘에서는 북악산의 영靈을 못 잊는 듯이 구름 몇 점으로 하여금 그 머리를 뒤싸고 있었다. 그리고 산밑을 스쳐가는 물결 소리가 은옥의[83] 밀어密語를 먼 수림에 보내는 듯이 종알종알 부르고 있었다.

---

82) 잉크가 번져 보이지 않는다. 맥락상 임의로 '북악산'이라는 단어를 추가했다.

83) 은옥의: 銀玉의.

영순은 오 박사를 이렇게 마음대로 점령할 수 있는 것이 또 없는 행복인 듯이

"선생님!"

하고 아양하듯이 불렀다.

"네?……"

박사도 만족한 웃음으로 영순을 바라보았다.

"선생님 저를 사랑하시지요."

"암, 사랑하고말고요. 누구보다도 사랑하지요."

"그럼 얼마나 사랑하세요?"

"이만큼 또 그 몇만 배나……."

하고 오 박사는 두 손을 벌려 이만치 하고 몇 아름을 그려 영순에게 보였다.

"정말!"

"누가 새삼스럽게 거짓말을 합디까?"

"그럼 이 다음 조금이라도 거짓말을 하면 나한테 종아리 맞아요."

"그러세요? 그래요 종아리 아니라 머리라도 때리구려……."

오 박사는 호호 웃으며 영순의 입을 끌어다 자기 입에 대었다. 온몸이 정열에 불타지는 키스의 맹화猛火!

두 사람은 그들의 혼을 꿈으로 실려 보내는 듯이 서로 몸을 부여안고 눈을 감았다. 앞산에서 뻐꾸기 우는 소리가 처량히 들렸다.

얼마 후에 영순은

"선생님 이제부터는 여기 계세요. 딴 곳으로 가시면 안돼요."

하고 명령이나 하듯이 박사를 바라보았다.

"허허 그러지요. 큰일이구려. 여기 꼭 갇히게 되었구려. 그러나 우리 아씨 하라는 대로 할 수밖에! 허허."

"이제부턴 여기서 식사와 주무시기까지 하시고 자동차로 문안을 다니

세요.”
“그러나 좀 갑갑치 않아요? 나 혼자야…….”
“왜 혼자야요.”
“그럼 누가 있소?”
“아 난 어디 가고요!”
영순은 박사를 때리는 시늉을 하며 다시 말을 계속하며
“나도 매일 나올게요. 아침에 나왔다가 밤에 들어가든지……. 혹은 같이 있어도 좋고.”
“그럼 좋게요.”
“암! 스위트홈이지요. 호호.”
두 사람은 또 한 번 바라보고 유쾌한 웃음을 웃었다.
영순은 옆에 있는 레코드를 틀어 놓았다. ‘스위트홈’이라는 ‘멘델스존’[84]의 무도곡이었다. 흥에 겨운 오 박사는 레코드에 맞춰 익숙한 댄스를 한바탕 추었다.

행복(4)

명월관에서 시켜온 점심을 먹고 두 사람은 산보를 나섰다. 먼저 별장 뒷산으로 기어 올라갔다. 군데군데 암석이 벌여 있고 또는 소나무들이 드문드문 있었다. 두 사람은 바위 위에 나란히 걸터앉아서 멀리 북한산을 바라봤다. 하늘을 찌를 듯한 날카로운 석봉石峰이 구름 속에 숨어서 구름이 가면 나타나고 구름이 오면 숨기고—장엄과 신비의 막을 늘이고 있었다. 그리고 그 아래 작은 봉우리는 꼭 연잎 같이 벌여 있어서 연화봉이라고 영순은 전부터 불렀다.
서울의 북쪽을 지키고 있는 이 북한산은 영순과 같은 사랑의 도취자를

---

84) 원문은 ‘멘델순’. 작곡가 멘델스존(Felix Mendelssohn). 〈스위트홈〉은 그의 4중주곡이다.

보거나 또는 울고 헤매는 자살자를 보거나 그 외에 나라가 망하고 시대가 변하거나 내 알 바 아니라는 듯이 다만 그 하얀 머리를 청공에 내어 놓고 먼 하늘만 바라보고 있다. 영순은

"서울이란 묘하죠. 북에는 북한산이 있어서 북쪽의 찬바람을 막고 있고 남에는 한강의 줄기가 뻗쳐서 돌연한 침입자를 막고 있죠. 참 경승이지요." 하고 그의 독특한 '경성 풍경론'을 꺼냈다.

"참 논리가 당당하군요."

"아이 또 놀리시어……."

"왜, 놀리긴요. 천만에……."

박사는 또 웃었다.

"공연히 그러지 마시고……. 그래 선생님이 다니신 중에 '구라파'에선 어디가 풍경이 제일 좋았어요?"

"참 좋은 데 많지요. 제네바도 좋습니다. 그 명경明鏡같이 맑고 푸른 제네바 호수는 보기만 해도 시원하죠. 그리고 '알프스' 산맥을 끼고 '스위스' 서울 '베른'으로 가는 고산 '터널' 지대가 더 좋더군요. 어디를 가든지 산이 있고 물이 있고 폭포가 있고— 그야말로 산수를 겸하여 그야말로 산자수명[85]입니다. 그 '알프스' 산맥 중에는 '융프라우'[86]라는 거봉이 있는데 처녀봉이라는 말이죠. '베른'에서 보면 여름에도 흰 눈이 성성하여 어떤 화장한 미인이 백포[87]를 쓰고 서 있는 것 같죠. 참 장관입니다."

"아이 저런. 나도 좀 가봤으면……."

"아, 갑시다 그려."

"그럼 언제요. 꼭 가야죠!"

"아무 때나……."

---

85) 산자수명: 山紫水明. 산은 아름답고 물은 맑다는 뜻.

86) 융프라우: 원문에는 영 푸라워.

87) 백포: 白布. 맥락상 흰 면사포 정도의 의미.

"그럼 우리 결혼하고 신혼여행 겸 세계 일주를 떠나요……."

영순은 기뻐 죽겠는 듯이 박사를 바라보며 그의 손을 꼭 잡았다.

"그럼 우리 가죠."

"정말……."

"그럼 정말이지……."

박사도 영순을 귀여운 듯이 바라봤다. 요 어여쁜 토끼를 어떻게 데리고 다니나 하고 마음이 유쾌하였다.

영순은 상기가 되어 박사를 바라보면서

"사람은 사랑해야 하나요?

"아 사랑 없는 삶은 향기 없는 삶이죠. 이성의 사랑이야말로 모든 우주 원리와 조직의 출발입니다."

사랑 예찬을 하였다.

"그러나, 사랑은 가시 있는 꽃 같고 취하기 쉬운 독주와 같다고 '나이두'[88] 여사가 말하였던데요."

"그야 윤리와 도덕을 떠난 허위의 사랑을 말한 것이겠죠."

"사랑에 무슨 허위가 있어요?"

"암, 있죠. 거기 이해타산과 쾌락과 유희가 섞인 사랑은 참 사랑이 아니죠."

"그러나 참 사랑은?……."

영순은 박사를 바라봤다.

"참사랑은 타산이 없고 거짓이 없고 진실과 정열과 생명을 다한 것이라야 참 사랑이겠죠."

박사는 굳세게 대답하였다.

"우리의 사랑은 참 사랑일까요."

---

88) 나이두: 앞의 주 (30) 참조.

영순은 이런 뚱딴지같은 소리를 하였다. 박사는 좀 어리둥절하였으나,

"암 참 사랑이죠. 우리에게 무슨 거짓이 있습니까?"

노상 큰 소리를 하였다.

"참말이죠?"

영순도 동의를 표하였다. 두 사람은 또 손을 잡고 맹세하듯이 힘 있게 흔들었다. 북한산에는 흰 구름이 백화[89]의 판으로써 그 머리를 곱게 씌우고 있었다.

출발(1)

최서방은 상해치사죄로 팔년 징역의 언도를 받고 복역을 하게 되었었다. 그러나 최서방의 아내 명희는 경찰서에서 나온 후에 시름시름 앓기를 시작하다가 마침내 중태에 빠지게 되었다. 그의 아들 성춘과 딸 인애는 갖은 정성과 힘을 다하여 간호 하였다.

한약도 써보고 양약도 써보고—용한 의사가 있다면 몇 집이라도 헤아리지 않고 밤을 도와 가서 물어보곤 하였다. 그러나 그의 어머니는 일어날 수 없는 몸이 되었다. 그의 어머니는 성춘의 손을 잡고,

"성춘아!"

하고 불렀다.

"네—."

하고 대답하였으나 대답보다 눈물이 앞을 섰다.

"너희들을 남겨 놓고 어떻게 눈이 감겨 죽겠느냐?"

"어머니 죽긴 왜 죽습니까?"

성춘은 손으로 눈물을 씻으면서 느끼는 소리를 하였다.

"어머니, 어머니! 어머니가 돌아가시면 나도 따라 죽고 말 테여요. 어떻

89) 백화: 百花.

게 우리들 혼자서 살아요…….”

인애는 눈물이 비 오듯 하며 머리를 방바닥에 대고 엉엉 울었다.

“아, 이, 원수의 병아! 네 부친도 그렇게 되고 나조차 죽게 되니 불쌍한 너희들을 누가 돌아보겠느냐?”

“어머니, 어머니! 어쩌면 좋아요?”

“오! 성춘아!”

그의 어머니는 손으로 성춘의 머리를 쓰다듬으면서, 그 쑥 들어가고 말라진 눈에 눈물이 흘렀다.

“인애야, 이리 온?”

“네!……”

명희는 다시 딸의 머리를 만지면서

“내가 오늘 밤, 꼭 죽을 것 같구나. 가난이 원수다. 가난이 원수야!”

“아이고…….”

“오 어머니!”

“성춘아! 너는 내가 죽은 후에도 무슨 일을 하든지 돈, 돈 좀 벌어서 남들처럼 제법 살림을 하며 살도록 해라!”

“네! 어머니! 그러죠. 안심하세요.”

세 식구는 머리를 한데 대고 흑흑 느끼며 그만 말이 끊어졌다. 그러나 그날 밤이 가고 그 다음날이 와서 해가 동편에 불긋이 떠오를 때에 명희는

“성…… 춘…….”

이렇게 불러보려고 입을 들썩거리다가 그만 말을 못하고 눈을 치켜떴다. 성춘은 나이 열다섯밖에 되지 않았으나 숙성한 아이라 이미 최후의 때가 온 줄을 각오하고

“어머니! 눈을 감으셔요.”

하고 두 손으로 눈을 감기려 했다. 그러나 그의 어머니는 의지 없는 애들을 혼자 두고는 세상을 떠날 수 없다는 듯이 손을 흔들며 눈을 감았다가는

다시 뜨고 감았다가는 다시 뜨고 하였다. 그래서 턱을 흔들며 필경은 눈을 뜬 채로 마지막 숨이 넘어가고 말았다.

"아 어머니!"

하고 두 아이는 몸에 불이 붙는 듯이 애닯은 목소리로 그 어머니를 흔들었으나 이미 한번 목숨이 진 그의 어머니는 아무 대답이 없었다. 두 아이는 어찌할 바를 모르고 점심 때까지 되도록 목을 놓아 울었다.

"어머니 이제 정녕 가셨습니까?"

"어머니 어머니 왜 우리만 두고 가세요?"

하고 울었으나 한번 '황천길'을 떠난 그의 어머니는 다시 올 길이 없었다.

동리 사람들이 모여들고 이웃에서 부조도 오고—장례는 그럭저럭 치러버렸으나 성춘과 인애—두 아이는 물에도 들에도 설 데 없는 가련한 고아가 되고 말았다. 최서방은 이런 비극이 자기 집에 일어난 줄도 모르고 철장에서 푸줏간에 든 소처럼 넋 빠진 세월을 그럭저럭 보내고 있었다. 그러나 성춘은 나이는 어리나 찬물을 쥐어 먹고라도 살아갈 길을 찾아야겠다고 결심하였다. 감옥에 있는 부친에게 어머니 사망한 편지를 간단히 보낸 후엔 오직 하나인 오막살이 한 채와 가장집물을 모두 팔아 가지고 읍내로 새로운 출발을 하게 되었다.

출발(2)

성춘은 읍내에 와서 이 원짜리 방 한 칸을 얻어 가지고 새로운 살림을 시작하였다. 그는 작년에 보통학교를 졸업하고 지금까지 노동이라고는 손하나 까딱해 본 적이 없으나 이미 죽기까지 결심을 한 터이라 그는 무엇이든지 돈을 벌 만한 일이면 아무 것이나 사양치 않기로 하였다. 주머니를 톡톡 털어서 총 자본 십오 원을 가지고 고기, 채소, 두부, 멸치, 미역, 달걀, 김 등—여러 가지 식료품을 사 가지고 조그마한 구루마에 실은 후 아침 일찍이 집집마다 다니며 행상을 하게 되었다. 신천읍에서는 이것이 처음이라 집집마다 매우 환영을 하게 되고 또는 성춘의 똑똑하고 깨끗한 인물에 모두 동정을 표하게 되며 어느 집이나 그의 물건을 잘 사 주었다. 처음은 하루에 십여 원 가량씩 팔았으나 차차 판매고가 늘어서 하루에 이삼십 원 어치를 팔 수가 있었고 따라서 이익도 하루에 칠팔 원이 넘었다. 이렇게 행상에 재미를 붙인 성춘은 더욱 부지런과 정성을 다하여 장사에 힘을 썼다. 한 달 두 달 지나는 동안에 그의 주머니에는 일이백 원의 돈이 모이게 되고 이 년이 지난 날에는 그의 손에는 근 삼천 원의 큰돈이 모이게 되었다.

사람이란 운수가 터지고 돈이 모이려면 잠깐 동안에 이런 큰돈이 모이는 것이다.

성춘은 이만치 돈이 모이게 되자 행상은 집어 치우고 그 곳에서 새로이 식료품 겸 잡화상을 내게 되었다. 원래 장사에 천재가 있고 정성과 힘을 다하는 그는 잡화상에서도 재미를 보게 되었다.

'도련님 상점'

이라고 별명을 듣게 되고 장래가 많은 소년이라고 칭찬을 받게 되었다. 얼마 후에 그는 그곳에서 적지 아니한 재산을 갖고 황씨 집 무남독녀와 결혼을 하게 되었다. 인애는 이미 딴 곳으로 시집을 보내고 그는 일약 삼사만 원 가진 당당한 재산가가 되었다. 그는 성공의 길을 스피드로 닫게 된 것이다.

"돈, 돈을 벌어서 남처럼 살아라!"

하고 자기 어머니가 마지막 날에 남기고 간 유언을 그는 삼 년이 되지 못하여 훌륭히 성취하고 만 리 큰 길의 희망을 가진 성춘은 이것만으로는 만족치 않았다.

"불가능이라는 말은 나의 사전에는 없다."

고 나폴레옹이 말하였지마는 성춘은 만사가 뜻대로 되매 세상은 필경 자기 수단과 능력으로 무엇이든지 다 될 수가 있다고 생각하였다. 누구 누구하는 영웅과 성공가도 필경은 그도 사람이요 나도 사람이니 이 시골에서도 몇 만 원 재산으로 만족할 필요는 없다고 생각하였다. 인생의 특급열차—그는 이 차의 주인공이 되고 싶었다.

결혼한 지 삼 년이 되는 해 봄에 그의 장모와 장인은 돌연한 '장질부사'로 그만 사망해 버리고 성춘은 아내와 단 둘이 살게 되었다. 성춘은 가슴에 크나큰 희망을 품고 자기의 재산을 모두 처분하게 되었다.

성춘은 그 해 여름에 일금 '사만 원'을 손에 쥐고 경성행 열차를 탔다. 경성은 이 호운의 행복아를 맞지 아니하면 아니 되게 된 것이다. 성춘은 경성에 와서 약 이 년 동안은 세상 형편도 배우고 또는 상식도 늘릴 겸 모야 학교에 입학하여 열심히 공부하였다. 이 년이라는 세월은 꿈 같이 흘러갔다.

성춘은 비로소 장지를 품고 종로 이정목에다 커다란 잡화점을 내었다. 그러나 운명은 사람에게 늘 행복만을 주는 것이 아니고 때로는 의외의 비극을 몰아다가 그에게 시험을 주고 단련을 주고 위기를 주는 것이다.

성춘은 잡화상을 시작하였으나 경쟁자도 많고 또는 대자본의 백화점들이 있어서 일 년이라는 세월이 가기 전에 그만 그 점포를 홀딱 들어먹게 되었다.

"아 큰일이로구나."

그는 비로소 한숨을 쉬며 잔품을 정리하게 되었다. 사만여 원의 재산이 불과 이천여 원 밖에 남지 않았다. 그러나 담이 크고 배짱이 큰 성춘은

"내가 단 돈 십오 원으로도 성공을 했거든!"

하고 다시 한 번 허리를 단단히 졸라매게 되었다. 그는 다시 비장한 결심을 가지고 종로 삼 정목에다 '양복점'을 내었다. 그를 아는 친구나 또는 일반 장사꾼들은

"저 자가 가게를 들어먹었지."

하고 손질도 하고 또는

"구멍가게 비슷하게 양복점을 냈다네."
하고 비웃는 사람도 있으며 혹은
"녀석이 한참 쭐럭거리더니 그저 그렇지."
하고 고소해 하는 사람도 있었다.

출발(3)

성춘이 양복점을 경영한 후부터는 그를 하루가 멀어라고 찾아오던 친구들도 모두 자취를 끊었다. 친구로는 어느 쥐새끼 하나 그를 찾는 놈이 없었다.

"돈이다. 세상은 돈이다."
하고 또 다시 성춘은 생각하였다. 그는 지폐를 한 장을 손에 놓고
"이 놈이 세상에서 이렇게 절대 권위를 가졌다." 하고 이상한 듯이 바라보았다. 세상은 모두 지전뭉치로 된 듯이 생각되었다. 성춘은 문화 사업이니 쥐뿔이니 할 것 없이 무슨 지랄을 해서라도 돈을 모는 것이 제일이라는 것을 다시금 생각하였다.

"금전 제일선……."

성춘은 이러한 신념을 가지고 새로운 출발을 하였다.

그는 자기가 가진 온갖 수단과 노력과, 재주를 다하여 양복점 경영에 대활동을 계속하였다. 거리마다 광고판을 세우고 관청과 은행과 회사로 다니며 "할아버지"하고 고개를 숙이며 주문을 맡고, 각 학교로 다니며 제복 주문을 맡는 등 그는 그가 할 수 있는 정도까지 온갖 노력을 다했다. 그리고 성실 봉사주의로 값은 싸고 물건은 잘 만들어 일반의 호평을 사도록 힘을 다하였다. 이렇게 눈물과 땀의 노력을 다 하는 동안에 어느덧 세월은 이 년이라는 시간이 지나가 버렸다. 그 동안에 노력의 값은 헛되지 않아 성춘은 재주 좋게 돈 만 원이나 손에 쥐게 되었다.

원래 일하기를 좋아하고 떠벌이기를 좋아하는 성춘은 몇몇 사람을 끌어

삼만 원 자본의 '고려인쇄회사'라는 한 가지 사업을 또 시작하였다. 양복점을 하고 인쇄회사를 하고— 그는 그야말로 눈뜰 새가 없이 대활동을 하였다.

그는 제일 착수로 각 잡지사와 회사 중역을 찾았다. 그 다음에는 각 신문사의 중요 간부를 찾았다.

성춘은 무슨 재주를 가졌는지 그가 한번 다녀간 잡지사 신문사에서는 모두 그와 거래를 하게 되었다. 성춘은 세상이 모두 돈이요 또는 성공이란 피와 땀의 결정인 것을 잘 알기 때문에 그가 몇 번 다녀간 신문사 회사 잡지사 간부들은 그의 성의와 근실과 수완에 탄복하고 또는 그의 예모 있고 씩씩한 사교에 모두 칭찬하지 않는 사람이 없었다. 이 성공 비방秘方— 성의와 근실은 언제나 이긴다는 그의 신비로운 낚시에 모든 사람들은 걸리지 않을 수가 없었고 또는 걸리는 것이 정리定理였다. 문화 사업이나 영리 사업은 물론이고 성춘의 이 성의가 활약의 낚시가 가는 때에는 호응하지 않는 사람이 없었다. 말하자면 그의 성의와 정열의 화살이 능히 모든 사람의 심금心琴을 쏠 수 있는 까닭이었다.

성춘의 이 성의와 수완을 다한 활약에 경성에서 커다란 신문사 회사는 모두 성춘과 거래를 하게 되었다.

그의 장사는 날마다 자라고 달마다 크고 해마다 확장되었다. 그리고 그의 종이를 한 번 쓴 사람은 찰떡처럼 여간해선 성춘에게서 떨어지지 않았다. 그것은 물건 좋고 신용 있고 또는 비싸지 않은 그의 종이를 그렇게 떼어버릴 그런 '히스테리'도 없는 까닭이었다.

성춘의 재주와 그의 수완은 모든 것을 말대로 운전할 수가 있었다. 성춘이 '인쇄회사'를 시작한지 오 년이 되는 해에는 수십만 원을 운용할 수가 있었고 양복점이 일약 오륙 만원의 이익을 보게 되었다. 그래서, 그는 양복점도 신축하고 인쇄회사도 굉장히 신축하였다. 그리고 그는 다시 안동네거리에다가 '고려포목점'이라는 장사를 또 시작하였다. 모든 것을 적극적으로 운전하고 거기 성의와 수단을 다하여 자기의 생명을 걸고 흥패를 결단하려는 성춘의 길 앞에는 모든 곤관[90]이 무너지고 아름다운 길이 열리지 않고는 마지않았다. 각 은행의 두취니 이사니 하는 사람들까지 성춘의 사업을 위하여서는 무슨 은행이니 할 것 없이 모두 성춘의 청이라면 돈을 얼마든지 갖다 쓰라고 간청하다시피 하였다. 그리고 성춘이 한번 돈을 가져가면 그 신용이 또한 절대적인 까닭이었다. 필경은 성춘의 성의와 활약의 화살이 세상을 이긴 셈이다.

출발(4)

성춘의 사업은 태양과 같이 빛난 길을 밟고 있었다. 그의 모든 점포는 날로 번창하고 달로 확장되어 북촌의 상권을 좌우하게 되었다. 신문사 잡지사에서는 당당한 명사로서 그의 이야기를 다루어 내고 사진을 내고 그의 성공기를 내곤 하였다. 그리고 박사니 명사니 지사니 하는 사람들까지 밤낮 성춘을 찾아와서 사원을 한 명 채용해 달라는 둥 돈을 좀 기부하라는 둥 모두 허리를 굽혔다.

"글쎄요!"

그때마다 성춘을 가슴을 빼고 큰 기침을 하였다. 그리고 연회나 무슨 회합이나 사회적으로 무슨 큰일이 있는 때에는 반드시 성춘을 윗자리에 청하곤 하였다. 심지어 어느 얼치기 잡지사에서는 성춘의 이야기를 회마다 싣고 그의 생활을 소개하며 나중에는

'최성춘씨는 술로는 비루[91]를 좋아하고 담배는 해태를 먹는답니다.'

이런 뚱딴지같은 소리도 쓰고 또는

'최사장은 콩 든 밥을 좋아하는데 이것은 어렸을 때부터 습관이라고 합니다. 그리고 매일 아침에 일어나서 기침을 세 번씩 하는 것이 그의 버릇

---

90) 곤관: 困關. 어려운 고비.

91) 비루: Beer. 맥주.

입니다.'
하고 쥐뿔같은 소리를 쓰며 성춘의 비위를 마치고자 애를 썼다. 그래서 그 잡지사에서는 성춘의 원조로 잡지를 경영한다는 말까지 있었다. 성춘은, 사직동 높은 언덕에다가 화려한 이층 양관을 지은 후 언제든지 자동차로 출입을 하였다.

이렇게 성춘의 기세와 인기는 하늘에 해처럼 빛나고 굉장하였다. 성춘은 더욱더욱 마련을 내어, 안국동 네거리에다가 땅 육천 평을 사가지고 조선에는 처음인 십 층이나 되는 큰 집을 지었다. 그는 온 위층 꼭대기에는 수도를 대어 '풀'을 만들어 여름에는 수영을 하게 하고 겨울에는 스케이트를 하게 하였다. 그리고, 그 아래는 운동실을 두어 오락기관을 만들고, 그 아래 팔층에는 큰 식당을 두었다. 그리고 칠층부터 지하실까지는 온갖 세계 각국의 직물과 잡화까지 진열하여 실로 조선에서는 이 점포를 당할 곳이 없었다. 그리고 그 옆의 별관에는 화려한 호텔까지 경영하여 경성에 모여드는 사람을 모두 이곳으로 끌어들일 수가 있었다. 성춘의 이 같은 성공과 적극적 사업에 사회 각 방면에서는 그를 칭찬치 않는 사람이 없었고 심지어 그를 실업계의 패왕이니 백화점 왕이니 하고 별명을 붙이는 사람까지 있었다.

성춘은 경성에 온지 십오 년 동안에 이렇게 빛난 성공에 자리를 잡게 되었다. 그가 걸어온 길은 실로 특급 열차에 지지 않는 스피드였다.

이 인기자를 놓치지 않는 조선영화사에서는 성춘의 반생기를 박았다. 그가 코춤 흘리며 가방을 끼고 보통학교에 다니는 광경도 좋았거니와 그가 오막살이에서 어린 누나와 함께 자기 어머니 시체를 안고 통곡하는 광경은 많은 사람에게 눈물을 주었다. 그리고 그가 신천 지방에서 구루마를 끌고 집집에 다니며 채소행상을 하는 장면에는 모든 사람에게 깊은 감명을 주었다.

'성공자[92]는 고생을 알고 눈물을 아는 사람이라야 이룰 수 있다.'
하고 모든 사람은 무슨 결심과 각오를 가지게 되었다. 이 영화가 얼마나 인기였던지 조선의 방방곡곡에서 우레 같은 환영을 받고 모든 사람의 가슴에 깊은 감격을 주었다. 영화사에서는 이 사진으로 적지 않은 이익을 보았을 뿐 아니라 당국에서도 교육 사진으로 장려까지 하게 되었다.

성춘의 반생기가 처음 경성에서 상연되었을 때에 성춘이 어떤 신문 기자에게

"성공은 별것이 없고 한 가지 목표를 향하여 끊임없는 노력을 함에 있다. 목표를 자세히 보지 못하거나 노력이 꾸준하지 못하면 성공은 바랄 수가 없다."
하고 이야기한 말은 일반에게 성공 미담으로 많은 감격을 주었다.

편지(1)

녹음 속에 잠든 사슴과 같이 오 박사가 세검정 별장에서 행복스러운 타임을 보내고 있는 동안에 그에게는 운명의 새 길이 열리기 시작하였다.

어느 날 오후이었다. 그에게 오는 편지 중에는 '로마'에서 오는 편지 두 장이 있었다.

오 박사는 먼저 편지 한 장을 뜯었다. 그의 눈은 흐리는 듯 빛나는 듯 번개 같이 표정이 변하며 매우 당황하였다. 편지는 이태리말로 꼭꼭 박아서 쓴 편지였다. 박사는 그 편지를 끝까지 보고는 무슨 무거운 돌멩이가 머리를 누르는지 얼굴을 찌푸리며 괴로운 표정을 하였다. 그리고 후— 하고 한숨까지 쉬었다. 그는 무엇을 생각하는지 눈을 감고 한참이나 묵묵히 있었다. 그러나 얼마 후에 그 편지를 다시 들었다.

그 편지는 먼저 인사 문안과 기타 몇 마디 말이 있은 후에

92) 원문에는 '정공자'. 오식인 듯.

"여보 당신을 '샌프란시스코' 부두에서 작별한 후 대륙을 횡단하고 대서양을 건너고 영국과 불란서를 거쳐 로마에 도착한 지도 벌써 두 달이 되었습니다. 그러나 잊으려 잊을 수 없는 것은 당신이요 생각 아니하려 해도 생각되는 것은 당신의 예술입니다. 나는 더 있을 수가 없습니다. 아니 가려 해도 아니 갈 수 없는 나의 마음을 생각해 주시오. 일 년 후에 당신은 다시 로마에 오신다 하였지만 나는 그때까지 기다릴 수가 없습니다. 당신을 생각하는 마음은 한시가 천년 같아요. 그러니 어찌 아니 갑니까? 당신이 계신 코리아 나라! 수륙 몇 만 리라고 하지만은 저는 멀다고 아니하고 가겠습니다. 일간 준비를 하여 가지고 길을 떠나렵니다. 그러면 뵈옵는 날까지 안녕하소서. 당신의 사랑하는 사루나."

이러한 지독한 연서였다. 오 박사는 편지를 밀어 놓고 그야말로 큰일이라는 듯이 벅벅 머리를 긁으며 또 한 번 이마를 찌푸렸다.

"이거 참 진퇴양난이로군!"

그는 혼자말로 이렇게 중얼거리며 입맛을 다셨다. 사루나양이 온다—. 이것은 실로 청천의 벼락이었다. 영순과 약혼을 하고 지금 그와의 사랑이 꿀떡같은 판이라 사루나가 온다면 이것은 두 사람의 사랑을 부수는 폭탄이 되고야 말 것이다.

"에— 속상해 항상 방해물이 있어. 글쎄 그년이 왜 그렇게 재랄이람!"
하고 박사는 사루나가 당장 눈앞에 있는 듯이 눈이 뾰족해서 달구진 소리를 혼자 외웠다.
"어쩐담! 제길 그 년이 당장 염병이나 나서 죽었으면."
하고 지독한 소리까지 하였다.

"아니 그는 안 될 말이지……."

박사는 먼저 말을 취소하는 듯이 머리를 흔들었다. 그리고 눈을 스르르 감았다. 그의 눈앞에는 사루나가 슬픈 얼굴로 피아노를 치는 광경이 뵈는 듯하였다. 그리고

"마이, 하-트?"

하고 두 손을 벌리며 달려드는 듯했다.

"아니오, 아니오……."

하고 박사는 사루나가 가까지 오지 말라는 듯이 한 손을 들어 뿌리치는 시늉[93]을 하였다. 이때 저편 방에서 잠깐 쉬는 영순이 찰싹찰싹 발자국 소리를 내며 이리로 걸어오는 소리가 났다. 박사는 얼른 그 편지를 주워 포켓에 집어넣고 딴 편지를 떼며 읽기 시작했다. 그 편지는 조선의 오직 하나인 천재 작가로서 미국을 거쳐 로마에 가 있는 임순철林順哲에게서 온 편지였다. 그 편지의 사연은 무사히 귀국하고 고국의 재미가 어떠냐는 말이 있은 후에

나는 조선 사람이오. 조선의 마음을 타고 났습니다. 나는 내 일생의 걸작으로 내가 가진 온갖 정열과 감격과 재능을 다하여 지금 조선을 제재로 한 장편을 쓰는 중입니다. 오형이 노래로써 조선을 세계에 빛냄과 같이 나는 이 작품 하나로 나의 조선을 세계에 빛낼 작정입니다. 지금 교외에 작은 집을 하나 얻어 가지고 열심히 쓰는 중이지요. 동양에는 '타고르'밖에 '노벨' 상을 받은 사람이 없으나 나는 그 제 이의 '노벨' 상을 목표하고 전 노력을 다하는 중입니다.

오형! 비웃지 마시고 축복하여 주소서 하는 문구가 적혀 있었다.

편지(2)

영순은 방에 들어와 오 박사의 옆에 앉았다. 그는 어린애처럼 어리광을 피우면서

"머리가 좀 아파요!"

하고 오 박사의 손을 잡았다.

93) 원문에는 '헨융'.

"왜요?"
오 박사는 놀라는 표정을 하며 눈을 크게 떴다.
"감기가 들었나 봐요!"
"그럼 어쩌나?"
"좀 안 아프게 해 주세요?"
"글쎄 내가 의사야지……."
"뭐 노래나 하나 해주시면 곧 나을 텐데—."
"이건 감기가 아니라 꾀병이군요!"
"호호."
"허허."
두 사람은 허리[94]가 자지러질 듯이 웃었다. 그러나 영순은 다음 순간에 중대한 물건이나 발견한 듯이
"이게 뭐유?"
하고 오 박사의 포켓에서 편지 한 장을 꺼냈다. 무지개를 그리고 그 아래 꽃을 든 어떤 여인이 머리를 숙인 그림이 그려 있는 꽃봉투였다. 오 박사는 주춤하고 몸서리를 치며
"뭐, 편지지……."
하고 천연스러운 듯이 대답하였다.
"어디서 왔어요?"
"로마서 왔지요."
"로마서……."
하고 영순은 그 봉투와 편지 속을 들여다보며 무슨 냄새나 맡으려는 듯이 뚫어질 듯이 보고 또 보았다.
"여자의 편지군요!"

94) 원문에는 '혁리'. 어색하지만 革履일 가능성도 있겠다.

영순의 말은 작았으나 퍽이나 날이 돋친 쌀쌀한 소리였다.

"천만에! 남자의 편지인데……."

오 박사는 가슴이 뜨끔하여 변명에 힘을 썼다.

"남자가 왜 요란스럽게 이런 꽃봉투를 써요?"

영순의 눈은 좀 독이 서서 박사를 바라봤다.

"원 별소리를 다하는 구려."

"그럼 여자가 아니고……."

"글쎄 서양서는 남자 사이에도 그런 봉투를 쓰고 더욱이 친한 예술가 사이에는 꽃봉투를 많이 쓴답니다. 그 편지 보낸 이는 나와 같이 공부하던 동창생인데요."

하고 오 박사는 속으로 단단히 켕기나 겉으로는 태연스럽게 구렁이 담 넘어가듯이 이렇게 우물우물 대답해 버렸다.

"정말……."

영순은 또 한 번 단단히 다졌다.

"그럼 정말이지 왜 속입니까?"

영순은 좀 안심이 되는 듯이 얼굴에 부드러운 빛이 돌며 그 편지 내용을 또 한 번 들여다보았다. 오 박사는 행여나 영순이 이태리 문자를 알면 큰 일이라는 듯이 가슴이 두근두근하였다.

영순이 만일 이태리 말을 알았더라면 당신을 못 잊느니 당신 계신 곳을 찾아가겠느니 하는 그 편지를 보고는 당장에 벼락이 떨어졌을 것이다. 그러나 영순은 이태리 말을 한 마디로 알지 못했다. 알지 못하는 것이 병신이요 눈먼 것이 한이라고 영순은 그 편지를 오 박사에게 도로 주며

"여자들의 편지가 오면 꼭 나한테 뵈어야 해요. 그렇지 않으면 야단을 칠 테여요."

하고 영순은 책망이나 하듯이 한 번 또 다짐을 받았다.

"네 그러지요. 허허."

오 박사는 웃으며 대답하였다. 그러나 영순의 추격은 멈추지 아니하고 자세를 고치며 엄숙히

"선생님!"

하고 불렀다.

"왜요!"

오 박사는 가슴이 또 뜨끔하며 영순을 바라봤다.

"선생님 구라파에 있을 때 사랑하는 여자가 있었지. 내 아는데!"

영순은 한 번 넘겨 잡는 소리였다.

"원 별소리를 또 하시네 글쎄. 없어요, 없어! 공부하느라고 뼈가 빠졌는데 언제 그런 생각할 틈이 있었나요!"

오 박사는 또 태연스럽게 꼬리를 빼었다.

"뭘 거짓말하시지 틈 없어 연애 못하나요. 그만치 유명하신데 따르는 여자도 많았겠지요. 아무래도 그 편지가 여자의 편진데!"

"아이고 참 왜 그러시우. 남자의 편지라니까. 머리에 이가 기어 나겼네!"

"그래도 못 미더우니까 그러지요."

"그저 크리스천이 천당 믿듯이 나만 믿구려."

"암 믿기야 믿지요."

"그런데 왜?……"

두 사람은 그만 빙그레 웃으며 손을 잡았다.

편지(3)

그 다음 날이었다. 오 박사는 아침 일찍이 시내를 갔다. 사루나 양이 온다는 바람에 그야 말로 혼이 떴다. 지난밤에 한잠도 자지 못하고 사루나를 어떻게 격퇴할까 하고 여러 가지로 묘책을 생각해 보았다.

"사루나가 온다면 영순과의 행복스러운 관계는 모두 아침 안개 같이 사라지고 만다—."

이렇게 생각한 즉 마음이 졸일 대로 졸였다. 한때 로마에서 그와 단꿈을 꾸었고 또는 그가 피아노를 잘 치는 까닭에 반주자로 그와 함께 구미를 순회하며 재미를 보았지마는 오늘날 영순과의 찰떡 같은 사랑에 정신을 일은 오 박사는 사루나를 생각할 여지가 없었다. 얼굴이 밉게 생기지는 않았으나 그리 미인은 아니며 더욱이 몸이 좀 뚱뚱하여 오 박사는 그리 좋아하지를 않았다. 더욱이 사루나는 자기와 같이 돈이 없는 가난한 집 딸이 아니냐? 그는 어떤 집 가정교사를 해 가며 오 박사와 함께 같은 학교에서 음악을 전공하였다.

객지에서 쓸쓸한 생활을 하는 터이라 어떤 기회에 그와 친하게 되고 사랑을 속삭이고 로마 교외에 있는 '뿌루엠피'라는 곳에서 두 사람은 키스까지 나누게 되었다. 그리고 연주 여행을 하는 동안에 그들은 몸과 마음까지 허락하고 만 것이다.

그러나 오 박사는 미국 '샌프란시스코'에서 사루나를 이태리로 떼어 보내며

"내 일 년 후에 꼭 로마로 갈게요."

하고 돈 이만 원을 주어 달래듯이 떼어 보냈다. 처음에 사루나는

"싫어요. 나도 코리아를 가 봐요. 죽어도 당신을 따라가요?"

하고 대들 때에는 오 박사도 난처하였으나 오 박사의 구변은 넉넉히 그를 로마로 보낸 것이다. 오 박사는 그를 데리고 조선에 왔댔자 그리 행복스러울 것 같지 않고 또는 외국 여자를 데리고 고국에 돌아온다면 자기의 인기도 떨어질 것 같아서 단연히 그와는 인연을 끊으려는 심사에서 그를 이태리로 보낸 것이다.

오늘날 조선서는 '넘버 원'인 영순! 돈으로나 미로나 영순은 오 박사에게서 있어서 '단테'에 지지 않는 '베아트리체—'였다. 영순이 있는 이상에 오늘날 오 박사는 사루나 같은 여자를 생각할 필요가 없었고 또는 그 여유도 없었다.

그러나 그가 조선에 온다는데는 그야말로 죽을 일이 아닌가? 그래서 오 박사는 밤이 새도록 생각에 생각을 다하여 묘책을 얻었다. 그 묘책이라는 것은 자기는 명일부터 조선과 일본 각지를 거쳐 중국으로 성악 순회를 가지는 터인 즉 당분간 오지 말라는 것이었다. 오 박사는 이 사정을 자세히 써서 편지로 부치는 동시에 하루라도 속히 사루나가 떠나올까 봐 같은 의미로 전보를 쳤다. 오 박사는 경성우편국에서 전보를 치고 진고개를 한 바퀴 돌려 책 한 권을 사가지고 다시 세검정으로 나왔다. 그러나 오 박사의 불안은 아직도 그의 가슴에서 떠나지 않았다. 만일 사루나가 그의 편지나 전보를 받지 않고 벌써 길을 떠났다고 하면 그야 말로 볼 장은 다 본 셈이다. 사루나가 조선에만 온다면 별 말썽거리와 괴상한 소문이 일어나서 자기의 인기가 떨어질 것은 물론이요, 영순과의 관계는 그만 한 줄 실오라기 같이 힘없이 끊어질 것이 아닌가? 더욱이 그 고집쟁이요 또는 물불을 가리지 않고 덤벼드는 열정의 사루나이라 여간 말로 돌아갈 것 같지도 않았다. 그리고 조선을 구경 온 친구처럼 세상에 가장을 쓰려도 그 거머리 같이 달라붙는 사루나이라 오 박사를 그렇게 손쉽게 놓아줄 것 같지도 않았다.

"제기랄 어쩌면 좋담? 그만 영순을 데리고 어디로 여행이나 떠나고 말까?"

오 박사는 혼자 이렇게 중얼거렸다.

"그렇지 그래 그게 상책이야! 나만 없으면 그만이지 제가 별 수가 있나?"

오 박사는 가장 침통한[95] 방법이나 발견한 듯이 빙그레 웃으며 자리에서 일어나 바깥을 내다보았다.

---

95) 맥락상으로는 '신통한'이 더 적절해 보인다. 오식?

임순철(1)

임순철이라고 하면 오 박사와 함께 조선이 낳은 천재 예술가의 한 사람이다. 그는 조선에서도 바이올린을 잘 켜고 소설을 잘 써서 임순철이라고 하면 모르는 사람이 없거니와 그가 칠년 전에 미국에 건너가서 '백두산'이라는 소설을 써서 미국 문단에 혜성과 같은 '센세이션'을 일으키고 일약 미국의 인기작가가 된 것은 너무나 유명한 이야기다. 그의 백두산은 이백여 만부가 팔리고 영어와 불어와 독일어로까지 번역이 되어 그는 돌연히 근 백만 원의 돈을 얻었을 뿐 아니라 임순철이라고 하면 오 박사와 함께 서양 각국에서도 그 이름[96]을 모르는 사람이 없게 되었다.

그래서 전에는 조선 사람이라면 조선이 어디 있는 나라이냐고 하면 또는 조선이란 이름조차 아는 사람이 별로 없었으나 오 박사와 임순철이 한번 구미에 진출한 후에는 조선이라면 오 박사와 임순철을 연상하게 되고 따라서 조선이라면 예술가의 나라로 생각하게 되었다. 그들은 모두 조선의 이름을 세계에 날리는 귀여운 조선의 아들이었다.

임순철은 일약 세계적 인기를 한 몸에 지고 작년에 '런던'과 '파리'를 거쳐 '로마'에 도착하였다. 그는 간 곳마다 환영을 받았고 각 대회에서는 '동양문명과 서양문명의 분기점'이라는 문제로 열변을 토하여 우레 같은 갈채를 받았다. 이미 세계적 무대에 돛을 달고 힘 있는 항해를 시작한 순철은 '로마' 교외에 한가한 집을 얻어 가지고 제 이의 작품 '동방의 태양'이라는 소설을 쓰기 시작하였다. 순철은 이 소설 가운데 자기의 가진 그 모든 재능과 열정을 다 부어 세계를 흔들 만한 걸작을 쓰기로 결심하였다. 그리고 동양에서는 '타고르'밖에 그 영광을 얻지 못한 '노벨'상을 목표로 온갖 정력을 다하게 되었다. 그래서 정치적으로는 죽은 조선 사람이지마는 예술적으로는 한번 세계를 정복해보자는 야심이 그의 가슴에 넘쳐흘렀다.

---

96) 원문은 '일'. 오식이 아닌가 생각된다.

그는 이 소설에 있어서 오 박사를 주인공으로 하고 그 배경으로는 조선의 산수와 인정풍속을 집어넣고 또는 조선 청년들이 맛보고 헤매는 고민과 방황을 그리고 그밖에 세계를 향하여 힘 있는 '스타트'를 하는 젊은 조선의 의기를 섞어서 지금까지 구미 문단에서 보지 못한 날카로운 표면과 묘사를 보이어 그야말로 세계 만대의 걸작을 쓰자는 것이었다.

순철은 처음 '파리'에서 오 박사를 만났으나 조선 사람이란 점과 다 같은 예술가란 의미에서 곧 마음이 합하고 뜻이 합하여 떠날 수 없는 친구가 되었다. 그래서 오 박사의 권유로 그와 함께 '로마'로 가게 되고 또는 오 박사의 연인인 '사루나' 양과도 알게 되어 '로마'에 자리를 잡고 제 이의 걸작을 쓰게 된 것이다.

그러나 오 박사가 조선으로 나가고 사루나양이 미국에서 돌아온 후에는 그는 조선이 그리웠다. 그리고 아침 안개와 같이 잠깐 스쳐진 사랑이지마는 그의 사랑의 주인공인 류경순을 잊을 수가 없었다. 순철과 경순이 서로 연애를 한다고 하여 일부 사회에서는 수군수군 문젯거리가 되고 또는 이것이 동기가 되어 그는 경성 음악학교에서 나오게 되고 그도 생각한 바가 있어서 칠 년 전에 미국으로 가게 된 것이다. 그러나 서로 청산은 하였다 할지라도 순철의 가슴에 아름답게 인박힌 경순의 사랑은 그렇게 손쉽게 지워지지를 않았다. 그는 그의 동경憧憬과 잊을 수 없는 '베아트리체'를 그의 소설에 집어넣어 그의 소설을 한껏 화려하게 꾸미려 하였다.

순철은 경순과 함께 잠깐 놀러 갔던 금강산과 조선 호텔과 인천 바다와 동래 온천과 원산 해수욕장이 이 소설에 그려지고 그 새에 얽혀진 양귀비꽃같이 붉고 아름다운 '로맨스'를 집어넣어 그 소설을 완성하기에 전력을 다했다. 그는 경순에게 쏟지 못한 정열을 이 소설 위에 뜨겁게 쏟고자 한 것이다.

임순철(2)

무대는 바뀌어 칠 년 전으로 돌아간다. 어느 이른 봄밤이다. 은갈구리 같은 새하얀 달이 인왕산 꼭대기에 희미하게 걸리고 거리마다 사람의 물결이 넘쳐흐르는 은은한 봄날 밤이다. 원동에서 한 채의 자동차가 제비 같은 날쌘 걸음으로 경성역을 향하여 닫고 있었다. 불과 오 분도 못되어 자동차는 역 앞 광장에 스르르 멈춰지고 그 안에서는 한 명의 신사가 사람의 눈을 피하는 듯이 고요히 내렸다.

그 신사는 차표를 급히 사가지고 개찰구로 빠져나갔다. 누가 볼까봐 또는 누구의 눈이 자기를 노리는 듯 좌우를 살펴보며 얼른 이등실로 기어 들어갔다.

어느덧 차가 떠나자 그는 소파에 앉은 채 눈을 감고 무엇을 생각하였다. 차가 용산역을 지나고 왕십리를 지나 청량리역에 도착하였다. 신사는 창을 열고 머리를 내어민 후 사면을 휘휘 돌아보았다.

어떤 날씬하고 쭉 빠진 여자의 그림자가 저편에서 번쩍하자, 그는 말 대신에 손짓을 하며 군호를 하였다. 두말없이 그 여자는 차에 오르고 이등실로 기어 들어왔다. 신사는 무슨 기적이나 보는 듯이 눈에 광채가 번쩍하며, 그 여자의 손을 잡았다. 그 여자 역시 얼굴이 좀 붉어지나 기쁜 듯한 표정으로 신사의 옆에 앉으며

"신용을 지키셨군요?"

"그럼 얼마나 마음을 졸였는데……."

신사는 이렇게 대답하며 고개를 돌려 또 한 번 실내를 휘—돌아다보았다. 역시 실내에는 교원 비슷한 일본 내지 남자 하나밖에 없었다. 신사는 안심이라는 듯이 여자의 손을 쥐며

"이렇게 같이 기차를 타니 모두 꿈 같구려!"

"왜 그런지 가슴이 자꾸 울렁거리는 구려."

"별소리를……. 어디가……."

신사는 이렇게 능청스러운 말을 하며 여자의 가슴을 가만히 쓸어 본다. 여자는 잠들려는 사람 같이 가만히 고개를 숙였다. 기차는 검푸른 밤빛을 헤치고 살 같이 닫기 시작하였다. 사면은 차차 어두워오고 먼 산에만 달빛이 좀 어리었다.

이 남자야말로 임순철이고 여자는 두말할 것 없이 류경순이었다. 순철은 자기 아내와 학교에 시골을 잠깐 다녀온다고 거짓말을 하고 재주 좋게 빠져나왔다. 경순도 원산 친구의 집을 다녀온다고 그 역 자기 어머니에게 꿀을 먹이고 살짝 빠져 나온 것이다.

이렇게 두 사람은 사랑의 밀행을 하게 되었다. 오늘 아침도 청량사에서 두 사람은 뜨거운 키스를 나누고 좀 더 자유롭게 사랑을 속삭이고 싶어서 금강산을 가보자고 철석같이 약속을 하고 나는 새도 모르게 감쪽같이 기차를 탄 것이다.

두 사람은 마음대로 노닥거리며 어깨를 서로 기대고 앉았다. 경순이 정거장에 좀 급히 나오느라고 마라톤을 한 까닭인지 그의 얼굴에는 땀이 흘렀다.

"우리 카나리아가 땀이 다 흘렀군!"

순철은 포켓에서 수건을 꺼내어 이마의 땀을 씻어주며

"곤한데 좀 누우세요."

순철은 이렇게 말하며 경순을 끌어 자기 무릎에 뉘었다. 순철은 경순의 머리를 만지며

"이렇게 끝없이 가고 싶군요."

하고 어린애 같은 말을 하였다.

"참, 몇 달이라도 가고 싶어요."

"경순씨가 가신다면?"

"암, 가지요. 얼마든지 가지요."

"그럼, 사랑의 도피를 해볼까요?"

"참, 여러 사람의 눈이 무섭고, 부자유해서 딴 나라로 가고 싶기도 해요."

"그렇지만 사랑만을 위해서 도망치자는 것은 좀 문제지요."

"아이, 선생님은 열정이 없어서……."

경순은 이마 주름 잡는 시늉을 하며 순철의 무릎을 꼬집었다.

"열정이 없는 것이 아니라 목표 없는 사랑은 가치가 없거든요?"

"목표고 무엇이고 선생님은 저를 위하여 모든 것을—다시 말하면 가정이나 사회나 명예나 다, 희생할 생각은 없습니까?"

경순의 눈은 푸른 빛을 가지고 순철을 쏘아 보았다.

임순철(3)

그 다음날 아침 두 사람은 안변安邊을 거쳐 온정리로 향하였다.

백금빛 햇빛이 엷은 안개를 새어 비단수를 그릴 때에 두 사람은 온정리 '호텔'에서 다리를 쉬게 되었다. 원앙새 같이 다행해 보이는 두 사람의 모양—얼른 보아 그들은 신혼부부 같았다. 숙박기에도 순철의 이름을 먼저 쓴 후에 처 류경순이라고 뱃속 유하게 적어 놓았다. 그들은 무슨 비밀회의나 있는 듯이 호텔 중에도 제일 조용한 방을 택하여 가지고 마음대로 노닥거리게 되었다.

순철은 자기가 경성음악학교 교무 주임이오 사회가 어떻고 민족이 어떻다고 매일 같이 학생들에게 큰 소리를 하고 또는 정직하고 참된 생활을 하여야 한다고 교단에서 항상 훈화를 하는 그였다.

그러나 자기는 이런 인간 사회와는 초월을 하였는지 아내와 자식까지 있는 몸으로 더욱이 남의 딸을 데리고 이렇게 노닥거리면서도 별로 양심의 가책을 받지 아니하였다.

"요것이 나에게 바짝 반했거든……. 노상 종달새 같아—게다가 그림 그리고 시까지 쓰니 요걸 어쩌나, 제기 그만 삼켜 버릴까?……"

이렇게 혼잣말을 외이면서 경순의 손에서 반지를 빼어 자기 손에 끼어

보았다.

"제기 그만 경순과 하얼빈이나 상해로 달아나고 말까?"

그는 또 이렇게 중얼거리면서 그 반지를 빼어 그 반지 위에 '사랑'이라고 만년필로 써 보았다. 그리고 호기심과 장난에 취하여 경순의 이마와 볼과 턱에 무수히 '사랑'이니 '내 사람'이니 하고 점잖지 못하게 글자를 가득히 써보았다.

그러나 경순은 착실히 곤한 모양으로 그것도 모르고 콜콜 잠만 자고 있었다.

순철도 그만 그 옆에 잠이 들었다. 그러나 그가 눈을 뜬 때에는 그의 얼굴에는 '미운 사람'이니 '못 잊는 사람'이니 하는 글자가 가득하였다. 순철은 수건으로 얼굴을 닦고,

"여보 우리 쓸데없는 장난은 그만 두고 시나 한 수씩 지읍시다."

"좋아요. 참 우리 여기 왔던 기념도 되고……."

경순은 찬성하였다. 얼마 후에 두 사람은 시 한 수씩을 지었다. 순철은

동해바다 해를 안고 금강산 비치거니
무궁화 그 햇빛에 붉게 타 아니 피리
아마도 이 강산에서 내가 살까 하노라

이런 시조이었으나 경순은

좋아도 내 땅 싫어도 내 사랑
하물며 아름다운 이 산하이랴.
천만년 해가 떠서 꽃이 피소서.

이런 신시를 지었다. 두 사람은 각각 자기 시를 읽고 만족한 듯이 웃었

다. 두 사람은 그날 밤을 온정리에서 지내고 그 다음 날 신계사新溪寺로 가서 비로소 금강산의 훌륭한 풍경을 접할 수가 있었다. 사랑의 순례와 자연의 웅대—자연은 사랑하는 사람들의 눈으로서야 일층 더 아름다움을 찾아 낼 수가 있었다. 산봉우리마다 자금빛 해가 무지개를 걸친 듯하고 새가 날고 말이 뛰고 미인이 웃는 듯한 기암괴석의 모양도 좋거니와 곡선으로 얽어나간 곳에는 군데군데 시내가 흘러서 하얀 비단을 걸친 듯하였다.

동해 바다에서 떠오르는 빛난 햇빛은 금강산의 영에 취한 듯이 희망과 찬란의 웃음을 더지고 따라서 금강산은 날개를 벌리고 장차 하늘로 올라갈 듯이 숭고한 자세를 가지고 있지 않은가?

"자연은 사랑보다 더 아름답군요?"

이것은 경순의 말이었다.

"참, 좋은 철학인데……. 사랑보다 아름다운 금강산은 조선 사람의 영입니다. 조선 사람은 반드시 아름다운 재주를 가졌겠지요."

"암 이 산이 우리 산이고 이 산을 넘어 매일 떠오르는 아침 해를 맞는 우리는 그 어느 나라 사람보다도 못하지 않겠지요."

"그러면 우리는 금강산 같이 아름다운 일을 합시다."

"그럼, 사랑보다도 더 아름다운 일은 무엇일까요."

"아마, 그것은 예술이겠지요."

"그럼 사랑은 짧고 예술은 길다고 할까요?"

"글쎄요."

두 사람은 어느덧 감격에 넘치는 포옹을 나누게 되었다.

임순철(4)

두 사람은 이틀 후에 돌아왔다. 그러나 낮말은 새가 듣고 밤말은 쥐가 듣는다고 그들의 비밀은 어느덧 세상에 알려지게 되었다. 경성 음악학교 재학생이 순철과 경순이 온정리에 내리던 날 아침에 경성으로 가면서 저편 차에서 그들을 보았다. 두말 할 것 없이 그는 학교에 가서 순철과 경순이 온정리에 내리더란 말을 하였다. 이 소리 한 마디에 불집은 일고야 말았다. 그렇지 않아도 순철이 휴양을 빙자하여 가지고 청량사에 몇 달 투숙을 하였을 때에 경순은 자주 그곳을 찾아다닌다고 수군수군하였다. 또는 두 사람이 산보를 하더라는 둥 또는 어느 날 밤에 두 사람이 자동차로 인천을 갔다 오더라는 둥 말썽이 많은 경성 음악학교에서는 임순철 반대 운동을 일으켰다. 그이 같은 양심 없는 사람 아래서는 일할 수가 없으니 그를 사임시켜 달라는 진정서를 교장 민경식에게 제출하였다. 이 사정을 모르는 바 아닌 민교장은 마침내 최후 단안을 내리게 되었다.

민교장은 전부터 류경순과 임순철과의 연애관계가 있다는 풍설을 여러 번 듣고 듣번[97] 순철을 경고하고 책망까지 하였으나 순철은 그런 말은 새빨간 거짓말이요 다만 그 여자가 문화를 좋아하기 때문에 자주 만났다고 변명하였다.

그러나 사실이 백일 아래 폭로하게 되매 민교장은, 단연히 결심을 하고 순철을 시내 요리점으로 불렀다.

민교장은 술이 반쯤 취해서

"여보, 순철씨."

하고 엄숙히 불렀다.

"네?"

하고 순철은 대답하였으나 그는 심상치 않은 큰일이 있는 것을 직감할 수가 있었다.

"내가 물어볼 말이 있소. 바른 대로 말하시오."

민교장은 겉으로 좀 눙치는 소리였으나 속으로는 단단히 벼르는 모양이었다.

---

97) 원문은 '듯번'. 듣는 대로?

"말씀하시죠!"

순철의 말은 어쩐지 좀 기어들어가는 목소리였다.

"그런데…… 노형이 류경순과 온정리까지 갔었더라지요……."

순철은 얼굴이 벌개지며 대답을 못하고 고개를 숙였다. 그러나 민교장은 좀 날카롭게

"왜 대답을 안 하시우?"

그의 눈은 독을 품은[98] 순철을 바라보았다.

"그저 용서하십시오."

순철은 어린애같이 우는 소리로 겨우 대답하였다.

"용서! 그래 당신도 철이 없지!"

민교장은 갑자기 소리를 버럭 지르고는 기가 막히다는 듯이 잠깐 입을 쩝쩝 다셨다.

"그저 제가 미쳤어요."

"미쳤어? 글쎄 이 양반아 ! 노형은 그래 사회니 이상이니 하고 남달리 떠들고 또는 세상에 이름도 있는 사람 아니오? 그런데 철면피도 분수가 있지 하필 내 처제를 유인해 가지고 온정리까지 갔단 말이오? 나이 삼십이 넘은 사람이고 처자까지 있는 몸으로……."

그는 이렇게 다시 점잖게 늦추었다가 또 한 번 소리를 높이며 참을 수 없는 듯이 입을 실쭉거렸다. 원래 화증만 나면 누구나 한 대 먹여야 그날 잠이 오는 팽팽한 민교장이라

"이런 낯짝이 뻔뻔한 자식이……."

하고 그는 주먹을 쥐었다. 필경 그의 분통은 터지고야 만 것이다. 그는 주먹으로 눈에 번개가 번쩍하리만치 순철의 귀쌈을 안겼다.

"아이고……."

---

98) 맥락상으로는 '독을 품고' 혹은 '독을 품은 채로' 정도.

"이놈 내 손에 죽어 봐!"

"그저 용서하세요."

"요런 암상스런 자식은 처음 보겠네!"

민교장은 참말 기막힌 듯이 자리에서 일어서서 왔다 갔다 하다가 한숨을 후 하고 한번 크게 내쉬었다. 그리고 담배 한 대를 피워 물고 자리에 앉으며

"글쎄 순철씨 생각해봐요. 노형의 체면으로나 지위로나 그런 일을 할 수가 있는가를……. 양심의 가책도 없고? 노형이 좀 생각이 있으면 하필 내 처제를 유인해 가지고 기생 데리고 다니듯이 한단 말이요?"

민교장은 물독에 빠진 생쥐처럼 짜부라져 구석에 앉은 순철을 바라봤다.

"용서해주세요. 제가 그저 미친놈이외다. 말할 면목도 없습니다. 이제부터 정신을 차리고 신생의 길을 걷겠습니다. 천만번 용서해 주세요."

순철은 두 손을 합하여 빌다시피 하면서 애걸을 하였다.

"용서고 무엇이고 좌우간 정신을 차리고 이제부턴 참된 길을 밟우—. 나도 노형과의 교분을 생각하면 퍽이나 섭섭하오."

"뭐라고 여쭐 말이 없습니다. 내일부터 학교를 그만두고 좀 근신하는 동시에 새로운 사람이 되어보겠습니다."

"그럼 부디 노형도 부활하여 참된 사람이 되어주시오."

"고맙습니다."

임순철(5)

제 일차 활극을 치르고 학교에서 쫓겨난 순철은 제 이차 가정 활극을 연출치 않으면 아니 되게 되었다.

순철이 경순과 지독한 연애를 한다는 소문은 입을 건너 온 장안에 퍼지게 되었고 또는 각계 명사들까지 알게 되었다. 오늘날까지 진실한 사람으로 또는 조선에 오직 하나인 문예가로 자랑과 신뢰를 받아온 그였다. 그를

믿던 그의 부인 영희는 이 소문을 듣고 실망과 분함을 참을 수 없었다. 순철이 학교에서 나온 지 몇 날 아니 되어 영희는 눈치를 채고,

"여보, 그래, 필경은 학교에서 쫓겨났구려."

하고 말썽을 걸기 시작하였다.

"면목이 없소. 내가 다 잘못이오."

하고 처음부터 영희의 비위를 맞추려고 애를 썼다. 언제든지 싸움만 나면 영희의 독살에 순철은 혼이 빠졌다. 그래서 영희의 꺼내는 말에 오늘도 또 큰 야단이 나누나 생각하였다.

"내가 정신이 나갔소. 용서하시오."

순철은 영희의 성미를 알기 때문에 처음부터 슬슬 달래기로 작정을 하였다.

"용서—그래 용서만 하라면 그만이오?"

영희는 소리를 버럭 지르며 눈이 시퍼렇게 질리고 입에 게거품을 물었다. 순철은

"이건! 큰일이 나누나!"

생각하고

"그럼 이미 그렇게 된 것을 어쩌우?"

또 빌붙었다.

"이미 그렇게 된 것을……. 이런 칙칙한 자식이……."

영희는 한걸음 바싹 다가앉으며

"그래, 내가 네게 무엇이 부족해서 딴 여자와 지랄을 하는 게야? 응, 말 좀 해!"

"부족이고 무엇이고 글쎄 그렇게 된 것을 어쩌란 말이야?"

순철의 언성도 좀 높고 날카로웠다.

"거지같은 녀석을 돈을 주고 공부를 시키고 했더니 그래 요 모양이야. 남의 계집애를 살살 꾀어 가지고 연애니 사랑이니 하고 돌아다니고 그래,

부끄러운 줄도 몰라. 오늘은 요정을 지어야지…….”

“요정이고 무엇이고 마음대로 하구려…….”

“마음대로 해?”

영희는 눈에 독이 새빨갛게 올라 암사자같이 달려들어 순철의 손목을 잡아 물고 늘어졌다.

“아이고, 이 년이!”

순철은 영희를 떼밀며 소리를 쳤다. 그러나 영희는 사생을 결단 지을 모양으로

“이놈 오늘 너 죽고 나 죽자!”

“원 이런 독사 같은 년 보아, 좀 못 놔!”

“놓아줘? 내, 네 살을 모두 알알이 씹어 먹고 말겠다.”

“아이고 이 년이 정말 사람 죽이네.”

순철은 선혈이 쏟아지는 주먹을 뿌리치며 영희의 얼굴을 한번 되게 부치고 다시 발길로 영희의 엉치를 내어찼다.

“이 년 이 죽일 년!”

“아이쿠, 이놈이 이제 나를 죽이려누나!”

“망할 년, 밤낮 참고 지기만 하니까 정말 힘이 없어서 지는 줄만 아는 모양이지…….”

순철은 몸을 탁탁 털며 일어서서 문 밖으로 뛰어 나갔다. 좀 더 있다가는 큰 벼락이 떨어지고 잘못하면 영희에게 물려서 어딘가 병신이 될 지경이라 그는 피하는 것이 상책임을 잘 알고 있었다.

“개 같은 자식—어디로 가?”

“아무데를 가면 어째! 이젠 경순이와 톡톡히 좀 재미있게 살아야지…….”

순철은 뜰아래 내려서며 이렇게 대답하였다. 영희는 뜰까지는 따라 나오지 않고 방문을 열어젖힌 채

“이놈 이젠 이 집엘 다시 왔단 봐. 보기도 싫다!”

"오래 봐! 오나."

이렇게 어린애 같이 주고받으며 순철은 사랑방에서 모자를 떼어 쓰고 밖으로 나섰다. 사실 순철은 다시 이 집에 발길도 들여놓지 않을 작정이었다.

임순철(6)

순철은 집을 떠나며 다시 한 번 자기 집을 바라봤다. 뉘우침과 비분이 한데 뭉쳐서 눈물이 고였는지 무엇이 잘 보이지 않았다.

"내가 잘못이여……. 그저 정열에 지고 만 셈이지……."

그는 무엇을 결심하는 듯이 주먹을 쥐었다.

"내가 열정으로만 살다가는 일생을 망칠 것이다. 새 길로 새 삶을—새 세상을……. 그렇다. 이기자. 좀 더 큰 것을 행하여 나가자!"

하고 혼자 중얼거렸다. 사실 순철은 중학을 겨우 마치고 동경에서 고학을 하며 공부를 하였다. 그러다가 우연히 영희와 알게 되어 영희의 알뜰한 도움을 받아 대학까지 공부를 계속 할 수가 있었다.

그래서 영희는 그의 은인이었다. 또는 사랑하는 사이가 되어 결혼까지 하였다. 영희는 그리 큰 부잣집 딸은 아니나 오륙백 석 하는 중산계급의 외딸이었다.

그리고 영희는 정성껏 그를 도왔다. 나중에 결혼한 후에도 영희의 돈으로 집을 사고 영희의 돈으로 살림을 차렸다. 그래서 그는 아내한테는 늘 머리가 숙여졌다. 그야말로 처시하에 사는 셈이다. 그래서 아내와는 차차 정이 없어지고 또는 그가 차차 출세함에 따라 그의 소설에 반한 여성들은 그의 주위에 늘 모이게 되었다. 그 중에 경순이 한 사람으로 등장하게 되고 또는 오늘 같은 비극을 이루게 한 것이다.

순철은 산에 들어가 중이 될까? 또는 여기저기로 방랑생활이나 할까? 그렇지 않으면 외국으로 달아나 버릴까 하였다. 그는 새로운 길을 찾기에 자못 방황하였다. 그런 중에도 그는 한 번 경순을 만나고 싶었다. 최후의 눈물이라도 나누고 떠나고 싶었다. 그러나 경순을 만날 기회는 그렇게 오지 않았다. 순철은 여관에서 몇 날을 유留하며 눈을 감고 그가 장차 나아갈 생활도生活圖를 그려 보았다. 신생의 길—그가 더러운 명예를 다시 씻어버리고 빛난 새 길을 찾을 길은 좀더 예술에 정진하는 것밖에 다른 길이 없다고 생각하였다.

한 번 세계 무대에 진출하여 그 이름을 빛내보자는 야심을 가졌다.

"사랑하는 경순은?"

이 생각은 천근같은 그의 머리를 누르고 있었다. 눈만 감아도 경순이 눈앞에 나타나서

"마이 하-트?"

하고 부르는 듯하였다. 어떤 때는 경순의 슬픈 모양이 뵈고 어떤 때는 경순의 웃는 얼굴이 뵈었다. 밤에도 경순의 꿈만 꾸다가 잠을 잘 자지 못하였다.

"한번만 경순을……."

하고 생각하였다. 그러나 그 다음에 순철은

"아니다. 아니다……."

하고 마귀나 쫓는 듯이 손을 흔들었다.

"나는 경순을 잊어야 한다. 이것이 내가 새 것을 찾으려는 제일의 노력이다."

하고 입을 꼭 다물고 고개를 흔들었다. 그러나 그의 감정만은 그의 의지를 누르고

"경순! 경순!"

하고 불렀다. 그는 만년필을 가지고 원고지에 경순 경순하고 몇 천 번이나 써보았다.

그리고 몇만 번이나 써보았다.

그러나 그렇게 경순은 그의 마음에서 떠나지 않았다.

"어서 이 땅을 떠나야 해……."

하고 굳게 외쳐보았다.

"그러나 경순은 어떻게 지낼까? 부모의 엄한 감시 아래 감옥 생활을 하겠지!"

하고 생각한즉 한시도 참을 수 없을 만치 그가 그리웠다. 그러나 순철은 이를 다져 물고

"생각지 말자—."

하고 머리를 흔들었다. 그는 한시라도 이 땅에 있기가 싫었다. 그는 불이야 불이야 자기 작품의 판권을 팔아 여비를 장만해 가지고 서울을 떠나기로 하였다. 여행권은 동경에 가서 내기로 하고 그는 미국행을 결심하였다.

순철은 늦은 봄날 어느 아침에 경순이 사는 서대문을 향하여 몇 번이나 머리를 숙이고 부산행 열차를 탔다. 그리고 부산에서야 경순에게

"경순씨, 나는 이 땅을 떠나면서도 못 뵙고 갑니다. 부디 나를 잊고 새 길을 찾으소서. 나는 생각한 바 있어 미국으로 갑니다. 나를 잊고 새로운 길을 찾으시는 것이 나를 사랑하는 것이 됩니다."

하는 간단한 편지를 보내었다. 순철은 동경을 거쳐 미국으로 가게 되고 경순도 한동안은 몹시 번민하였으나 세월의 지남을 따라 그도 순철을 잊고 중생한 사람이 되었다.

임순철(7)

어느 날 아침 오 박사는 영순을 바라보며

"여보?"

하고 불렀다.

"네!"

"나 당신께 부탁할 말이 있는데 좀 들어주겠소?"

"암! 들어드리지요. 무엇인데……."

"사실은 좀 어려운 부탁인데……."

어려운 부탁이라는 말에 영순은 무슨 중대사건이나 생겼나 하고 눈이 커다래지며

"어려울 것이 우리 사이에 뭐 있겠어요? 말씀하세요. 무엇이든지 하라는 대로 할게요."

"그럼 같이 지옥을 가자고 해도……."

"아 그도 좋아요."

"정말……."

오 박사는 빙그레 웃었다.

"그럼 거짓말 할까요?"

"만약 사형대에 같이 가자면."

"그도 좋아요. 같이 죽어도 좋아요."

영순은 힘 있게 대답하였다.

그러나 아닌 밤중에 홍두깨 같이 나오는 이 말에 그만 어리둥절했다.

"고맙소. 뭐 별 것이 아니라 요새 좀 심심하니까 둘이서 어디 여행을 하자는 것이지요."

"이 좋아요. 난 또 무슨 큰 문제가 있다고요?"

그제야, 영순은 긴장되었던 태도가 풀어지며

"호호, 선생님은 공연히 나를 놀라시게 하느라고. 여행은 대찬성이에요."
하고 이어 쾌활히 방울을 달았다.

"그럼 내일 아침 봉천 등지를 거쳐 북경 상해로 좀 여행을 갑시다."

"좋아요. 그러나 좀 멀지 않아요?"

"멀긴, 상해가 예서 지척인데?"

"어쨌든 좋아요, 그럼 신혼여행 같게……."

"신혼여행이래도 괜찮아요."

두 사람은 떠나기로 결정하였다. 사랑은 맹목이라고도 하고 또는 사랑은 강하다고도 하지마는 사실 영순은 오 박사의 말이라면 소금 섬을 물로 끌라고 하여도 당장 끌 판이라 오 박사의 배짱이 어찌되었든 또는 무슨 계책이었든 그런 것은 생각할 여지가 없었다. 그래서 그 날 부랴부랴 준비를 하여 가지고 그 다음 날 아침 봉천행 차를 타게 되었다.

오 박사는 유월의 종달새 같은 영순을 데리고 이렇게 여행을 떠나는 것도 좋거니와 사루나양과의 장차 오려는 무서운 충돌을 벗어나는 것도 퍽이나 유쾌하였다. 그는 하늘에나 오를 듯이 즐거운 기분을 가지고 차 안에서 영순과의 재미있는 이야기를 나누기에 시간이 가는 줄도 알지 못했다. 그는 별로 목표도 없고 목적지도 없는 여행이라 유유자적하며 발 가는 대로 물결치는 대로 어디든지 가고자 하였다. 오 박사와 영순은 제 일착으로 평양에 내려서 모란봉을 구경하고 대동강에서 선유船遊까지 하였다. 그러나 눈치 빠른 평양 사람들에게 필경은 발각이 되어 평양 백선행 기념관에서 음악회까지 열었다. 여기서도 평양이 생긴 후 처음 되는 성황을 이루고 우레 같은 환영을 받은 후 그 다음날 신의주로 가서 거기서도 음악회를 열어 그의 빛난 목소리로 압록강의 물결을 잔잔케 하고 북으로 북으로 떠나게 되었다. 봉천과 신경과 하얼빈을 두루 두루 구경하고 두 사람은 다시 남행열차를 탔다. '투르게네프'가 말하기를 세월이 어떤 때는 새 같이 빨리 날아가고 어떤 때는 소 같이 더디 간다. 그러나 사람은 세월이 가는지 오는지를 모르는 때에 가장 행복을 느끼나니라—하였지만은 사실은 오 박사와 영순은 세월이 가는지 오는지를 모르고 꿈 같이 취한 중에서 여행을 계속하였다. 그들이 북경을 거쳐 상해에 도착한 때에는 벌써 달 반이라는 세월이 지났다. 여기서도 오 박사에 대한 인기는 굉장하여서 거류 조선인들의 환영이 대단하고 영자 신문과 중국 신문에서들까지 인터뷰를 와서 매우 복잡을 이루었다. 그리고 서양 사람들 사이에까지 오 박사의 이름은 굉장히 알려져서 그의 '음악회'를 열고 동양이 처음으로 낸 세계적 천재의 목소리를 듣고자 야단이었다.

탈출(1)

'상해 조선인회'의 주최와 '상해 타임즈' 후원으로 오 박사의 음악회는 열리게 되었다. 상회타임즈의 소개로 전 상해의 인기는 비등하여 각 음악팬들은 그 날이 오기를 손꼽아 기다렸다.

당일의 정각이 되자 '삼마로'에 있는 '상해회관'에는 일찍이 상해에서 보지 못하던 대인기를 이루었다. 육천 명이나 수용할 수 있는 큰 '홀'이 터질 듯이 빽빽하게 되고 청중으로는 각 나라 각 계급 사람이 모두 모이게 되었다. 입장권 한 장에 일금 팔 원이라는 전무후무한 금액을 받았지만 이렇게 사람이 많이 모이기는 실로 세계 음악회에 있어서 드믄 일일 것이다. 구척 장승 같은 미국 수병, 꾀꼬리 같은 불란서 여자, 다람쥐 같이 어여쁜 러시아 여자, 봉황 같이 점잖은 영국 젠틀맨—이러한 청중들이 눈을 부비며 오 박사가 나타나기를 기다렸다.

그 중에 이태리 여자인 듯한 젊은 여자는 매우 조급한 듯이 연해 단상을 바라보고 또는 사면을 둘러보며 무엇을 찾는 듯하였다. 그리고 '콤팩트'를 꺼내어 자기 얼굴을 단장하고 또는 일어섰다 앉았다 하며 매우 가슴이 졸이는 모양이었다.

"씻 다운 플리즈!"

하고 어떤 중국 남자는 퉁명스럽게 소리를 쳤다.이 여자는 그때야 자기의 태도를 감각할 수 있었는지 좀 태도가 침착하여 자리에 붙어 앉았다. 이 여자는 많은 청중에서도 제일 먼저 이 회석에 왔던 것이다.

정각이 되자 오 박사와 영순은 단상에 나타났다. 와! 하고 우레와 같은 박수가 장내를 움직였다. 오 박사도 그 많은 청중을 바라보니 기운이 나고 갑자기 영감이 가슴에 떠오르는 듯하였다.

옥 같은 영순의 피아노가 몇 마디 울고 뒤를 이어 오 박사의 그 서늘하고 아름다운 목소리—여름 달이 청공을 넘는 듯 장미가 아침 이슬에 붉게 웃는 듯—그 세련된 음성은 인간의 목소리가 아니고 예술의 극치에서 오는 신의 소리인 듯하였다. 청중은 노래가 그칠 때 마다 와! 하고 손뼉을 치며 미친 듯이 환호하였다.

"앵콜 앵콜—."

재청 삼청을 하고 음악회가 그친 때에는

"천재다 천재여! 그런 노래는 처음인 걸!"

"참 세계적이다 조선의 천사다!"

하고 이렇게 청중들은 제각기 중얼거렸다. 그리고 음악회가 파한 후에도 청중들은 돌아가지 않고 장 보듯이 소동을 하며 악수를 청하는 사람 사인을 청하는 사람 면회 시간을 약속해 달라는 사람—아주 야단법석이었다. 오 박사도 이때에 한하여 선선히 악수를 하고 사인을 하고, 힘껏 '서비스'를 다 하였다.

이때 구름 같이 모여선 서양 부인들 중에서 어떤 젊은 여자가 뛰어 나오며

" 하우 아 유!"

하고 오 박사의 손을 잡았다. 눈과 눈이 서로 마주 치는 순간 오 박사는

"아!"

하고 자기도 놀랄 만치 소리를 치며 한 걸음 물러섰다. 그 여자도 눈이 둥그레지며 어이가 없는 듯이 멍멍하게 오 박사를 바라봤다. 청중들도 모두 낯빛이 달라지며 눈을 커다랗게 떴다. 오 박사는 잠깐 동안 부처처럼 서서 움직이지 않았다. 그 서양 여자는 한 걸음 가까이 가며 이번에는 이태리말로

"왜 그러세요? 놀랐어요?"

부드러운 말을 건네기 시작하였다.

"아니오. 돌연히 당신을 뵈니까……."

"나를 뵈옵기로 그렇게 놀라실 것이야?!"
"아니 너무 의외라 그렇지요."
오 박사의 말은 좀 쌀쌀하였다.
"의외건 무엇이건 좀 별하시군요……."
"뭘 별할 것이야……."
오 박사는 그만 대답이 막히고 말았다. 청중들은 이 광경을 보고 한 명 두 명 모두 돌아가 버리고 저 편에서 있던 영순은 이상한 듯이 서서 두 사람의 눈치를 살피기에 신경이 뾰족해졌다.
"어떤 여자요?"
"전에 이태리에서 알던 여잔데요……."
하고 오 박사는 어름어름하였다.
"그런데 무슨 말씽이에요. 좀 이상하구려!"
"이상은……. 그저 의외에 만나니까 그렇지"
또 오 박사의 말끝은 흐리고 말았다.
"이 분은 누구요?"
이번에는 그 서양 여자가 좀 눈이 뾰족해서 영순을 바라봤다.
"내 반주자요?"
"반주자?……"
그 서양여자는 이상하다는 듯이 오 박사의 얼굴을 쏘아보았다. 그는 두말 할 것도 없이 이태리에서 조선으로 오는 사루나 양이었다.

탈출(2)

사루나는 예전보다 늦게 로마를 떠났다. 몸이 좀 아파서 병상에 누워 있기도 하였지마는 사실은 여러 가지 준비에 시일이 걸렸다. 여차하면 오 박사와 조선서 홈을 이루고 재미있게 살려는 배짱이라 요것저것 속속들이 준비를 하는 것도 그리 무리는 아니었다. 그는 나폴리에서 배를 타고 지중

해를 지나고 홍해를 넘고 인도양을 지나 상해에 도착한 것이다. 그는 이태리 배를 타고 상해에서는 다시 일본 배를 타고 조선으로 갈 작정이었다. 그래서 상해에 하륙하여 호텔에서 하루를 지내는 동안에 그는 신문에서 오 박사의 소식을 알게 되고 그날 밤에 '상해회관'에서 음악회가 열리는 것까지 잘 알게 된 것이다.

꿈에도 못 잊는 오 박사를 상해에서 만날 수 있다는 것이 얼마나 반가운 일이었을까? 그는 한시라도 오 박사를 속히 만나고자 가슴을 졸이었다. 내가 여기 오리라고 생각지 않던 그가

"미스터 오!"

하고 그이 손을 잡으면 그가 얼마나 나를 반가워할 것인가? 그는 어린애 같이 팔팔 뛰면서

"미스터 오! 미스터 오!"

하고 불러보았다. 그는 그야말로 한시가 천추 같아서 정각도 되기 전에 벌써 회장으로 뛰어간 것이다. 오 박사의 얼굴이 나타나고 그의 노래가 불려나올 때에 그는 반가움과 즐거움에 그만 눈에 눈물이 흘렀다. 자기 마음대로 하면 자리에 일어서서

"미스터 오! 사루나가 왔어요."

하고 단상으로 뛰어가고 싶었으나 그만 꿀꺽 참고 회가 끝나기를 기다렸다. 그래서 회가 끝난 후에 몰려드는 군중에 섞여서

"미스터 오!"

하고 떨리는 목소리로 오 박사의 손을 잡아든 것이다.

"아, 사루나 여기 웬일이요?"

하고 오 박사는 반가움과 놀람에 그만 사루나를 쓸어안을 줄 알았으나 오 박사의 태도는 이와는 전혀 반대였다.

"아!"

하고 무슨 못 볼 짐승이나 본 듯이 놀라며 뒷걸음치지 않는가? 사루나는

실로 어이가 없었다.

“왜 그러세요. 놀라서요?”

하고 사루나는 또 말을 건네었으나

“네—갑자기 당신을 뵈니까…….”

하고 박사는 냉랭한 태도로 우물 주물 하지 않는가? 더욱이 아까 피아노를 반주하던 미모의 동양 여자가 오 박사의 옆으로 바싹 달려와 눈이 바늘 끝 같이 뾰족해져 가지고 오 박사를 감시하는 데에는 사루나도 몽롱하나마 무엇을 짐작할 수 있었다. 사루나도 퉁명스럽게

“그가 누구요?”

하고 질문을 하였던 것이다.

오 박사는 두 여자를 앞에 놓고 어찌할 바를 몰랐다. 원수는 외나무다리에서 만난다고 상해에서 사루나를 만나리라고는 꿈에도 생각지 않았다. 사루나를 피하며 조선까지 떠났는데 이제 당하고 보니 도리어 사루나를 마중온 셈이 되고 말았다.

오 박사는 영순이나 사루나나 두 사람 중에 하나를 떼어버리지 않으면 아니 되게 되었다. 그러나 그것은 손쉬운 일이 아니었다.

두 여자를 돌연히 앞에 세우고 보니 가슴이 멍멍하였다. 쥐구멍이라도 어디 있으면 그만 숨어버리고 싶은 생각이 앞섰다.

“왜 저 온 것이 그렇게 싫으세요. 저는 바다 건너 몇 만 리를 당신만을 믿고 찾아 왔는데…….”

“원 싫기는요?”

“그럼 왜 그렇게 이상하고 쌀쌀하세요.”

“좀 흥분되어서…….”

박사는 또 우물쭈물하는 수밖에는 아무 것이 없었다. 여기서 잘못하면 당장에 싸움이 일어날 것을 잘 아는 까닭이었다. 그러나 영순도 지지 않고

“여보세요. 웬 여자가 그리 말이 많소? 노상 책망까지 하는 눈치지 난 이

태리 말은 모르지만…….”

영순도 골이 좀 난 모양이었다.

“뭐 별 일은 없어요.”

“별일은 없다니 원 어쩐 영문인지.”

영순은 혼잣말 비슷이 입이 쓰다는 듯이 혀를 채었다.

여명黎明의 아침(1)

영식은 며칠을 두고 침상에서 뒹굴며 공상을 마지않았다. 자기가 모든 것을 청산하고 영웅적 출발을 하는 이상 어떤 사업을 시작할까 하는 것이 그의 머리를 몇 십번이나 아니 몇 천 번이나 오르고 내린 생각이었다. 학교, 농촌 사업, 빈민구제, 신문 사업—그럴 듯한 제목은 많았지마는 막상 깃발을 들고 나서려니 사실 주저되지 않는 바도 아니었다. 그러나 영식은 어느 것이 가장 조선 사회를 위하고 조선 사람을 위하여 가장 이익이 되고 행복이 될까 하는 초점을 잃지 않았다. 조선 사람의 생활 위에 따뜻한 피를 주고 시원한 샘(泉)을 주고 다시 그들의 걸음 위에 아름다운 꽃길을 열어 주려는 것이 영식의 심장을 뚫고 나오는 거짓 없는 정열과 성의였다.

영식은 여러 번이나 산판[99]을 쥐고 자기의 사업 자본을 주판질해 봤다. 이천오백만 원—실로 적지 아니한 돈이었다. 삼척금광을 판 돈이 일천팔백만 원, 장진금광을 판 돈이 육백만 원, 그간 사업 이익금이 이백만 원—이 중에서 한 동안 지랄을 피우며 쓴 돈이 겨우 백만 원. 이것을 제하고 나니 합계 지금 남은 돈이 이천오백만 원이다. 이 돈은 전혀 영식의 주먹과 영식의 활동으로 벌어진 돈이다. 자기 집 유산 백여만 원은 부모의 돈이니 한 푼 건드리지 말아도 이 돈 이천오백만 원은 일전 한 푼 남기지 말고 몽땅 사회 사업에 써버리자고 그는 그의 양심에 향하여 몇 번이나 단단한 맹

99) 算板. 주판.

세를 하였다.

이천오백만 원—꿈도 꿀 수 없는 큰돈이다. 이것은 하늘이 영식에게 그저 던져주다시피 한 돈이다. 이것을 모두 조선 사람에게 바친다—얼마나 아름답고 웅장한 행동이냐? 범은 죽어 가죽을 남기고 사람은 죽어 이름을 남긴다—돈을 철궤에 넣고 신주처럼 밤낮 절만 하는 사람은 도야지에게 진주를 준 것 같다. 그는 돈의 가치를 모르는 돈의 종이거니와 이와 반대로 돈을 벌어 돈을 쓸 줄 아는 사람만이 실로 사람이요 또는 돈을 아는 사람이다. 영식은 이러한 철학을 심중에 깊이 가지고 있었다.

이천오백만 원—이 돈을 조선사회에 뿌린다는 것은 실로 누구에게나 지지 않는 영웅적 행동이었다. 정치무대에서 세계를 흔드는 것만이 영웅이 아니요 또는 천병만마를 거느리고 야전野戰 공성攻城을 하는 것만이 영웅이 아니다. 무엇이나 그 사회에 큰일만 한다면 그것은 영웅이요 위대한 사람이다—영식의 가슴에는 이러한 신념이 횃불같이 불타고 있었다.

영식은 생각에 생각을 거듭하고 또는 여러 번이나 설계도를 그려본 결과 그는 조선의 도회를 위하여 또는 농촌을 위하여 그리고 조선의 문화를 위하여 이 돈을 쓰기로 결정하였다. 어떤 이는 세계 제일의 대 신문사를 건설하여 조선판 영문판의 신문을 발행하고 또는 출판까지 대대적으로 하자는 사람도 있었고 어떤 이는 대 영화 회사를 건설하여 영화와 '레뷰'를 해보자는 이도 있었고 어떤 이는 브라질로 가서 조선 이민으로 세계적 농장을 경영하자는 사람도 있었고 기타 어중이 떠중이들이 마치 고기 냄새를 맡은 고양이 같이 영식의 돈 냄새를 맡고 하루에도 장 보듯이 몇십 명씩 와서 떠들었지마는 영식은 자기의 주장과 초점을 일지 않고 결국은 자기 사업의 윤곽을 결정하게 되었다. 말하자면 돈을 조선 안에 뿌리고 또는 모든 불쌍한 사람들에게 뿌리고 싶었던 것이다.

더구나 영식은 자기 친구인 최성춘의 의견을 듣고 그가 신천 지방에서 고생하며 민농감의 농장에서 일하던 불쌍스러운 옛 이야기를 하고는 조선의 갱생更生은 농촌 구제에서 출발을 하여야 한다는 열렬한 의견을 듣고는 농촌 사업에 적지 아니한 열의를 가지게 되었다. 그러고 자기 조카사위 되는 오 박사의 이야기로 한 민족의 성쇠는 그 민족의 문화와 예술의 성쇠에 있다고 말하고 사람은 밥만 먹고 사는 것이 아닌 즉 반드시 조선에 조선 문화를 표방하는 대학이 필요하다는 말을 듣고는 그는 적지 않게 감동하였던 것이다. 그리고 선주가 늘 불쌍한 사람들을 위하여 사회 사업을 좀 하라고 늘 악을 쓰듯이 권고하던 말을 듣고는 그의 마음이 움직이지 않을 수가 없었던 것이다.

이리하여 영식은 대학을 하나 완전히 세우고 또는 농촌 사업을 하고 도회에 필요한 사업을 하고—이렇게 윤곽을 세웠다. 기타 자세한 것은 여러 친구와 전문가의 손으로 운전하기로 결정하였다. 영식은 이렇게 결정하고 그날 밤으로 선주를 찾아 갔다. 첩들을 이미 모두 청산하고 또는 자기가 새로운 출발의 종을 울리며 영웅적 사업을 시작한다면 선주가 얼마나 기뻐할까 생각하였다. 그리고 그를 정식 아내로 떼어 들인다고 하면 선주가 얼마나 좋아할까 하고 영식도 적지 않게 유쾌하였다.

여명의 아침(2)

선주는 영식과 함께 부청 앞에서 광화문동 네거리를 향하여 걷고 있었다. 오리알같이 맑은 하늘에는 구름 한 점 없고 가로수조차 햇빛에 고요히 마른 잎을 번득이고 있었다.

선주는 어깨에 날개나 달린 듯이 몸이 상쾌하고 즐거웠다. 그는 어떤 강렬한 술에나 취한 듯이 다시 한 번 영식의 손을 느긋이 쥐며

"이젠 난 정말 당신의 아내죠."

또 이렇게 외웠다. 그는 어젯밤에 이 말을 몇 번이나 외웠던가? 영식에게서, 그가 첩들을 모두 소제했단 말과 또는 자기를 정식 아내로 떼어 들인다는 말을 듣고는 처음에는 너무도 감격해서 뚫어질 듯이 영식을 바라

보고는

"아 정말이오."

하고 눈에 눈물이 핑 돌며 그만 영식의 무릎에 엎드리며 울었던 것이다. 선주는 울기를 그치고

"이젠 난 정말 당신의 아내죠."

하고 너무나 기쁜 마음에 다시 영식의 얼굴을 바라보며 몇 번이나 이 말을 되뇌었다. 그는 영식이 첩들을 모두 쫓아버리고 자기를 정식 아내로 삼는다는 이 말이 과연 꿈이 아닌가 하였던 것이다.

선주는 이 굼벵이 같은 첩의 생활을 버리자, 영식이 오면 그의 뼈다귀라도 물어뜯고 여차하면 이 '인형의 집'을 떠나자 하고 단단히 벼르던 차에 영식이가

"선주는 내 아내요. 난 첩들을 모두 쫓아 버렸소. 당신은 나와 함께 검은 머리가 파뿌리가 되도록 같이 지낼 내 정식 아내요……."

하고 선주를 바라볼 때 그는 잡자기 자기 몸에 자기 몸에 지진이나 생기는 것처럼 뜨거운 감격을 받았던 것이다. 그리고 영식이 이천오백만 원이란 돈을 던져 사회사업을 한다는 그의 결의에 두 손을 들어 찬동치 않을 수가 없었던 것이다.

"이제야 해가 뜨는구나……."

선주는 이렇게 중얼거렸다. 선주는 자기의 생활에도 해가 뜰 뿐 아니라 조선 사회에도 붉은 태양이 그 빛난 평화를 비치기 시작한다고 생각하였다. 더구나 오늘 아침 영식과 함께 부청으로 가서 정식 아내로 '결혼계'를 하고 태평동 거리를 원앙새 같이 걷는 오늘에 있어서는 사실 이것은 꿈이 아닌가 하리만치 행복을 느끼지 않을 수가 없었다. 땅도 그 땅이요 하늘도 그 하늘이건만 선주는 어제의 우울한 생활에 비하여 오늘은 갑자기 지옥에서 천당에 나 오른 것처럼 전신에 행복의 불길이 타지 않는 곳이 없었다.

"암 내 아내죠. 나와 함께 큰일을 하여 나갈 내 아내지요. 당신은 불쌍한 사람들을 구제해주는 어머니가 돼야 해……."

하고 선주를 바라볼 때 선주는 산토끼 같이 그만 깡충깡충 뛰고 싶었다.

"세상이란 이렇게 즐거운가."

하고 그는 한번 소리치고 싶었다. 빨리 닫는 자동차도 또는 멀리 뵈는 총독부 석전도 모두 행복의 화신같이 보이고 그 너머 북악산 위에 빙빙 감도는 구름까지 모두 행복의 뭉치로 생각되었다. 영식과 선주는 광화문통에서 구부러져서 종로 네거리로 향하며 영식은

"그래 우리 새 생활의 기념으로 당신은 무슨 사업을 하나 하면 좋겠소."

하고 선주의 검은 눈썹을 다시 한 번 유심히 바라봤다.

"할 일이야 많죠. 그러나 난 도회의 빈궁민, 무산 아동, 또는 의지 없는 노동자들을 위하여 그들의 구제 기관을 설립했으면 좋겠어요……."

하고 전에도 여러 번 말하던 그의 의견을 힘 있게 말했다.

"좋아요. 못할 것 없죠. 돈이 없이 그저 주먹만 가지고 하라는 것이 아니고 다 예산이 있으니깐 어렵잖죠. 무엇이나 좋은 일이면 모두 합시다 그려. 우리가 이 세상에 두 번 올 수 없는 일이니 이왕 한번 사람으로 이 세상에 온 이상 좋은 일이면 모두 해봅시다. 우리들은 이 사회에 큰 횃불을 켜는 사람이 됩시다."

영식은 무슨 연설이나 하듯이 중얼거렸다.

"아 좋아요. 난 머리털을 베어 신을 삼자고 해도 당신 일이면 발을 벗고 나서리다. 우리는 우렁찬 나팔을 불며 기운찬 행진을 합시다."

"좋소. 당신은 끝까지 나의 힘 있는 길동무가 되어주시오……."

"제가 부족하지만 이 몸이 있는 날까지는……."

선주는 기쁜 마음에 또 눈물이 흘러서 말끝을 마치지 못했다. 그들은 유쾌히 이런 이야기를 주고받으며 종로에서 다시 구부러져 안국동을 거쳐 가회정으로 들어갔다.

여명의 아침(3)

영식은 선주를 정식 아내로 떼어 들인 지 사흘 째 되는 날 밤에 비로소 새로운 생활의 종을 울리게 되었다.

그는 최성춘 민경식 류사장을 비롯하여 창안의 백여 명사와 각 신문기자를 XX관으로 초대하고 다음과 같은 인사를 하게 되었다. 그는 더듬더듬하고 말은 숙달치 못하나 힘 있는 목소리로

"여러분을 이렇게 오시라고 하여서 대단 죄송하외다……."

그의 상고머리가 펄렁하도록 고개를 숙여 인사를 하고 주먹을 쥔 후 잠깐 말이 없었다가

"나는 나의 생활의 전부를 오늘부터 다시 시작합니다. 내가 하고 많은 사람 중에 하필 조선 사람으로 태어나고 또는 하고 만은 땅 위에 하필 조선 땅에 태어나서 이만치 자란 것도 고맙거니와 나에게는 조선 사람으론 꿈도 꿀 수 없는 큰돈이 손에 들어오게 된 것은 무엇보다도 다행이라고 아니할 수 없습니다……."

이 때 모 신문 기자는 저 자식이 돈 자랑을 하나 하고 미친 부르주아 자식이라고 입속말을 지껄였다. 그러나 영식은 그 뒤를 이어

"그러나 나는 내가 내 손으로 번 돈 이천오백만 원만은 한 푼 남기지 않고 이 조선 땅에 뿌리려고 여러분을 이 자리에 오십소사 한 것입니다……."

이때 여러 사람의 눈에는 감동의 불빛이 번쩍하며 와 하고 박수를 쳤다. 더구나 최성춘(고려 포목상 집 주인)은 그 무거운 어깨를 들썩거리며 일층 박수를 마지않았다. 영식은 잠깐 고개를 숙였다가

"나는 내 돈 이천오백만 원 중에, 아니 내 돈이라면 좀 어페가 있소, 조선 땅이 내게 준 돈이죠. 나는 그 돈 중에서 팔백만 원으로 한강반漢江畔에다 조선대학朝鮮大學을 하나 세울 작정입니다. 사람은 먹고만 사는 것이 아니고 조선 사람의 문화와 예술은 우리의 생명과 함께 저 하늘의 별처럼 멀

고 길어야 할 것입니다. 이런 의미에서 나는 대학을 세우고 우리 반도 조선의 빛난 문화를 백화난만한 천당으로 꾸미기 위하여 완전한 대학을 세우려는 것입니다. 이 대학에는 내 조카 사위 되는 오 박사와 그의 처 영순이 이백만 원을 내놓기로 허락을 하고 또는 저 민선생(민경식을 가리키며)이 백만 원을 기부하기로 허락하고 또는 얼마 전 삭주금광을 파신 류사장이 백만 원을 기부하시기로 하였으니 도합 일천이백만 원이나 되니 비록 지금 같은 비상시라 할지라도 세계의 자랑할 만한 대학을 할 수 있으리라고 생각합니다."

이때 일반은 모두 희망과 환희에 넘치는 얼굴로 영식을 바라보고 있었다. 영식은 기침을 한번 하고

"그 다음으로 남은 돈 일천오백만 원 중 팔백만 원은 불쌍한 우리 농촌에 뿌리렵니다. 지금 예산으로는 저기 계신 (성춘을 가리키며) 최선생이 일백만 원 기부하시고 또는 이 자리에 오지는 않았으나 임순희라는 요새 금광으로 부자가 되신 분이 일금 일백오십만 원을 주신다고 하였은 즉 도합 일천오십만 원이나 됩니다. 이 돈으로 농촌 사업을 하겠습니다. 그 돈 일천오십만 원으로 논밭 만 평을 사고 또는 주택 학교 위생 설비를 하여 십삼 도에 이상 농촌 일백삼십 군데를 만든 후 불쌍한 조선 농민들을 구원하렵니다. 그리고 나중 남은 돈 칠백만 원으로는 경성, 원산, 함흥, 신의주, 목포, 대판 동경 등—일곱 도시에서 못 먹고 못 입고 고생하는 조선 노동자 무산 아동 또는 조선 빈민들의 구제 기관을 만들렵니다."

이 말이 끝나자 일반은 '민영식 만세'하고 감격에 넘치는 소리를 질렀다. 그리고 어떤 이는

"언필시행[100]……."

하고 고함을 치는 사람도 있었다. 영식은 장내가 진정되기를 기다려

100) 言必施行이라는 뜻인 듯. 말한 것은 반드시 실천에 옮겨야 한다는 말.

"오늘의 선언은 내 목숨을 걸고 꼭 실행하겠습니다. 그리고 이 사업은 사계[101]의 전문가에게 맡기어 운전하겠으나 대학은 대개 오 박사와 또는 지금 로마에 있는 임순철씨가 주역이 되어 실행하실 것이고 농촌 사업은 소생과 최성춘과 또는 여기 많은 연구가 계신 오영실(조선 농촌 연구의 권위)씨가 주역이 되실 것이고 도시 사업은 이번 내 정식 아내가 된 박선주와 류경순이 주역이 되실 것입니다. 그리고 이 사업은 조선 문화원이라는 재단법인을 만들어 가지고 통할하고 운전하렵니다……."

하고 영식은 연설을 마치고 자리에 앉았다. 장내는 우레가 우는 듯이 박수가 쏟아졌다. 영식은 오래간만에 연설을 하기 때문에 등에 땀이 흘렀다. 연설을 마치고 류사장, 최성춘씨 등의 격려적 찬사가 있은 후 일동은 연석으로 들어가서 술을 마시며 환담을 나누게 되었다. 그 중에는 영식이 삼척 금광을 할 때에 군방산에 들어가서 열흘 동안이나 소금밥을 먹으며 금광을 하였다는 말은 가장 일반에게 감명을 주었다.

여명의 아침(4)

영식이 XX관에서 각계 명사와 신문기자를 청하여 발표한 사업은 실로 조선이 있은 후 처음 되는 큰일이었다. 각 신문에서 오단 '누끼'로 대서 특서한 것은 말할 것도 없고 온 장안과 전 조선 방방곡곡에 크나큰 충동을 주었다.

"조선 사람은 살았다……."

이런 감정이 조선 사람의 가슴에 지진처럼 움직였다. 요새 조선에 만 원이니 십만 원이니 백만 원이니 하고 사회사업에 돈을 던지는 의인義人이 많지마는 영식이 또 생각조차 할 수 없는 이런 거금을 사회에 던진 것은 빛난 조선의 외침 아니면 아니다.[102]

---

101) 斯界. '이 계통의 사회'라는 뜻으로 어떤 일에 관한 권위 혹은 전문의 세계를 뜻함.

102) 원문 그대로

"영식은 조선의 구주다. 그런 사람이 열 명만 있어도 조선은 세계의 자랑할 만한 조선이 될 것이다……."
하고 이천삼백만 조선 사람은 누구나 칭송치 않는 사람이 없었다. 편지로 전보로 영식을 격려하는 찬사가 영식의 집에 산 같이 쌓였다.

"최후의 숨결이 다할 때까지 나는 조선을 위하여 살자……."
하고 영식은 즐거운 미소를 금하지 못하였다.

영식은 그 다음날로 종로 네거리 삼화三和 빌딩에다 사무소를 내고 조선 문화원이라는 큰 간판을 붙였다. 그리고 사무를 진행하기 시작하였다. 이 사무소에는 대학부, 농촌사업부, 도시사업부의 세 부를 두고 조선 문화원이라는 큰 통제 아래 사업을 운전하게 되었다. 그래서 그 문화원의 이사장으로는 말할 것도 없이 민영식이 선거되고 이사로는 오영순, 민경식, 최성춘, 류사장, 임순철(아직 로마에 있지만)이 선거되어 이 분들의 지도로써 이 큰 기관은 운전하게 되었다.

영식은 XX관에서 자기의 사업 계획을 발표한지 일 주일 되는 날에 완전히 사무를 개시하고 각 신문기자에게 다음과 같은 '코뮤니케'[103]를 발표하였다.

"조선 사람은 정치적으로는 패부[104]를 당한 민족이나 우리는 그 대신 문화와 예술로써 세계를 빛내지 아니하면 아니 된다. 조선 사람은 결코 못난 사람이 아니다. 넉넉히 세계를 울리고 세계를 리-드할 천재를 가졌다. 우리는 예술로써 과학으로써 또는 스포-츠로써 세계를 이기는 사람이 되어야 한다.

그러나 내가 이 문화원을 시작하는 소이는 첫째는 조선의[105] 천재를 길러내고 따라서 조선의 문화를 높이자는 것이요 둘째는 못 먹고 못 입는

---

103) 공식 성명서.

104) 敗負.

105) 원문은 '조의의'로 돼 있으나 오식인 듯.

불쌍한 사람들을 구제하여 이 반도의 산하가 낙토樂土가 되게 하려는 데 있다…….”

하고 그는 분명히 자기의 의도를 말하였다. 그리고 사업 내용에 들어가서 좀더 구체적으로

“대학은 내가 이미 사 두었던 한강 저편 흑석리에 있는 십오만 평이나 되는 곳에 내월부터 그리 손색이 없는 교사와 기타 부속 건물을 지을 터인데 명년 오월까지 완성할 터이다. 그리고 대학은 로마에 있는 임순철씨가 영국의 웰쓰 박사와 독일의 ‘슈푸랑카’ 등 세계적 학자를 데리고 명년 유월에 귀국할 터이므로 개교는 그때가 되겠다.

그리고 농촌사업은 내월부터 최성춘을 단장으로 조사대가 전선[106]에 나아가서 가장 빈궁민이 많은 지방을 택하여 한 도에 열 군데씩 전 조선 일백삼십 처에 이상 농촌을 건설하고 한 가족에 삼천 평으로부터 칠천 평까지 대여하고 이 할의 소작료를 내게 한 후 자유로 경작을 하게 할 터이다. 이 농촌은 적어도 내년 가을이면 전부 완성될 터인데 지금 이 방면 연구가의 손으로 착착 안을 꾸미는 중이다. 이외에 도시 사업은 조선 여자로 오로지 하나인 여박사 김금주씨가 책임자가 되고 그 아래[107] 박선주 류경순 등이 협동하여 지금 안을 세우는 중인데 이것은 시급한 문제이므로 가급적 속히 사업을 진행하겠다. 사업의 윤곽은 무료 숙박소 간이 점포 경영 지도(자금은 대부) 또는 공동주택 건축 등 여러 가지 안이 있으나 아직 결정치 못했다. 좌우간 이 사업은 실로 조선 사람의 복리福利를 위하여 어디까지나 그 초점을 잃지 않고 잘 진행하겠다.”

하고 그의 윤곽을 말하였는데 조선 사회는 어디인가 움직이고 새싹이 돋고 새 기운이 나는 듯하여 삼천리 방방곡곡에는 환호의 소리가 높았다.

---

106) 주 (31) 참조.

107) 원문은 ‘아제’.

투쟁(1)[108]

세 사람은 자동차를 타고 호텔로 향하게 되었다. 그러나 자동차 안에서부터 싸움은 벌어지기 시작하였다.

"웬 여잔데 호텔까지 데리고 가는 게요?"

영순은 처음으로 성미를 부리기 시작하였다.

"잘 알던 여잔데 호텔까지 가보겠다고 그러는 구려?"

이것은 오 박사의 흐리텁텁한 대답이었다.

"그럼 내일 만나시지 어째서 오늘밤 호텔까지 가야 할 필요가 있나요?

"그렇지만 자꾸 가자는 걸……."

"같이 가자면 가요. 왜 이렇게 마음이 좋소? 아무래도 전에 관계가 있는 여잔 게지?"

영순은 표독스러운 눈을 뜨고 암상을 피우기 시작하였다. '발자크'의 '양의 반역처럼 무서운 것은 없다.' 하는 말이 있지만은 상냥하고 다정하던 영순이니 만치 암상을 피우기 시작하니 말끝마다 바늘로 찌르는 듯하고 그 암사자 같은 표독이 당할 수가 없다.

"여보 영순씨 좀 기다리세요. 그저 아는 여자라니까."

"그래 아는 여자면 모두 호텔까지 끌고 가야 해요?"

영순의 목소리는 거칠기 시작하였다.

이때 옆에 앉은 사루나는

"미스터 오?"

하고 어깨를 치며 맞방망이를 치기 시작하였다.

"왜 저 여자가 성을 내는 게요?"

"모르지요."

오 박사는 이렇게 시치미를 떼지 않을 수가 없었다.

---

108) 연재 당시에는 '여명의 아침(6)'으로 돼 있으나 다음 회가 '투쟁(2)'으로 돼 있고 내용이 앞과 분명히 구별되는 등 '투쟁'이라는 장이 시작되는 대목으로 보아야 할 것으로 생각된다.

"모르다니, 저 여자가 내가 따라 온다고 강짜하는 게 아니어요?"
사루나의 노란 눈은 번개같이 오 박사를 쏘아봤다.
"강짜가 무슨 강짜요? 공연히 그러지!"
"그래 저 여자가 당신의 애인이구려"
박사는 대답 대신에 그만 한숨을 쉬고 말았다.
"왜 대답이 없어요……."
"……."
오 박사는 입을 다물고 말았다.
이때 자동차는 '호텔' 앞에 멈춰지면서 쿵하고 소리를 쳤다. 오 박사와 영순은 각각 자기 방으로 들어가고 사루나는 오 박사 뒤를 쫓아 그의 방으로 따라 들어갔다. 그러나 여기서부터 무서운 사랑의 싸움은 벌어지기 시작하였다. 사루나는 오 박사가 웃옷을 벗고 자리에 앉기를 기다려
"그래 당신은 애인이 있어서 나를 오지 말라고 전보까지 했구려……."
"……."
"그래 요렇게 감쪽같이 나를 속여 먹는 게야. 상항서 감언이설로 나를 꾀어 로마로 보내고는 그 새에 벌써 여자를 만들어 가지고 나를 본 체도 않은 게야?"
사루나는 입에 게거품을 물고 한바탕 단단히 해 보려는 눈치였다.
"내가 잘못이오. 그저 그렇게 된 것을 어쩌우?"
오 박사는 슬슬 달래는 수작이었다.
"그저 그렇게 되다니……. 아무리 색마기로 사랑하느니 어쩌느니 하고 반 년도 못되어 나를 헌신짝같이 보는 거야. 나는 당신만 바라고 수륙 몇 만 리를 멀다 않고 오지 않았어……?"
"용서하오. 만 번 잘못이오."
오 박사는 또 이렇게 빌붙었다.
"용서고 무엇이고 난 몰라요. 난 죽어도 당신을 따라갈 테니까 그 여자

는 돌려보내요?"

"그건 할 수 없어요."

오 박사의 대답은 좀 날카로웠다.

"할 수 없다. 그럼 어찌할 작정이오?"

먹이를 노리는 맹수의 눈 같이 사루나의 눈은 독이 올랐다.

"여보 사루나! 차차 이야기하겠지만 난 조선 사람이오. 사정도 있고. 그러니 당신은 여기서 며칠 머물고 그만 만사를 단념한 후 귀국하시오. 당신의 생활비는 내가 얼마간 보태드리리다."

박사의 소리는 우는 듯이 매우 간곡하였다.

"돌아가, 그래, 내가 생활비를 타고자 여기까지 왔단 말이요?"

사루나의 목소리는 날카로웠다.

"사정이 그러니 어쩌우? 그러 용서하시오. 전에 나를 사랑하던 그 마음으로 나를 단념해주시오."

"단념해 줘, 왜 이렇게 얼굴이 두껍소?"

두 사람은 미운 듯이 서로 바라봤다.

투쟁(2)

그 다음날 저녁이었다. 사루나는 오 박사를 또 찾아와서 싸움을 걸기 시작하였다. 그의 눈에는 독사 같은 독이 뭉쳐 있었다. 모든 것을 결단 지을 작정이었다. 오 박사는 먼저 겁이 나서

"좀 참아요!"

"참아, 그래, 가라면 가고 오라면 오고 나를 무엇으로 본 셈이야!"

"아 왜 이래요!"

오 박사는 달려드는 사루나를 한 손으로 떼밀며 이렇게 부르짖었다.

"왜라니, 이놈아 나 죽고 너 죽자. 난 네가 살아 있는 날까지는 네게서 떠나지 않겠다. 어째서 나를 이렇게 속여 먹는 게야?"

사루나는 이를 악물고 오 박사의 넓적다리를 덥석 물었다. 사루나는 독이 오를 대로 올랐다.

"아이고 사람 죽겠다."

"이놈 오늘 이 자리에서 난 죽고 말 테야……."

"아, 여보 좀 참아요. 내 다 잘못이오."

오 박사는 애원하듯이 불렀다.

"참아, 나 죽는 꼴을 좀 볼 테야……?"

사루나는 다시 일어서며 몸에서 '나이프'를 꺼내며 오 박사 앞에 내둘렀다. 시퍼런 칼날이 전등에 반사되어 흰 무지개같이 번쩍거렸다. 오 박사는 얼굴이 시퍼렇게 질려서 우는 상을 가지고

"아, 좀 참아요……."

"참아, 난 여기서 죽는 것이 행복이다."

사루나는 어느덧 그 칼로 자기 목을 푹 찔렀다. 그리고 땅에 엎드러지며

"아이고!"

하고 커다랗게 비명을 쳤다. 이때 독살이 파랗게 오른 영순이 문을 열고 오 박사의 방으로 들어오며

"잘들 노는구려. 왜 이렇게 연극이오."

"아이고……."

오 박사는 혼이 떠서 사루나를 잡아 일으키며 영순을 바라보았다. 영순은 구석으로 비켜서서 독사 같은 눈으로 두 사람의 활극을 쏘아보고 있었다.

"아이고…… 후!"

사루나의 입에서는 피가 쏟아져 나오고 그의 목에는 선지피가 뚝뚝 흐르고 있었다. 사루나는 눈이 전부 핏덩이가 되어

"이놈 나를 이렇게 속여 먹어……."

하고 다시 고함을 치며 이번에는 오 박사를 찌르려고 달려들었다. 오 박

사는 어느덧 의자를 들어 사루나를 막았다. 사루나가 이쪽으로 오면 저쪽으로 피하고 저쪽으로 달려들면 이쪽으로 피하고—한바탕 활극을 연출하였다.

"이놈 내 너를 죽이고 나도 죽을 테다."

"저런 독사 같은 년이……."

이렇게 한참 활극을 연출하였으나 오 박사는 사루나의 칼날을 피할 수가 있었다. 사루나는 너무도 흥분이 되었음인지 그만 졸도되어 방바닥에 엎드러졌다. 방바닥에는 피천지가 되고 사루나의 의복은 전혀 피로 물들게 되었다.

이 활극판에 영순은 그만 무섭고 어이가 없어서 자기 방으로 나가버렸다. 사루나가 방바닥에 쓰러지자 오 박사는 그의 칼을 빼앗아 주머니에 넣고 그를 안아 일으켰다. 오 박사는 어찌 혼이 떴든지 얼굴은 흙빛이 되고 눈은 전혀 충혈이 되었다.

오 박사는 떨리는 손으로 정신을 잃은 사루나를 안아서 침상에 뉘었다. 그리고 그의 목을 살펴보았다. 그러나 목줄기가 찔린 것은 아니고 천행으로 잘못 빗나가 가죽만 베어 버려졌다. 오 박사는

"그만하기가……."

불행 중 다행이라는 듯이 얼굴에 안심하는 빛이 떠오르며 보이를 불렀다. 마침 문 옆에 서서 눈치를 보던 보이는

"네!"

하고 곧 등대하였다. 오 박사는 불이야 불이야 자동차를 불러 사루나를 태우게 하였다. 그리고 자기도 함께 가장 가까운 미국인 병원으로 가서 응급처치를 하였다. 사루나는 곧 정신을 차리고 상처도 그리 대단치는 않았다. 약 두 주일이면 전쾌되리라 하였다. 그러나 이 층에 오 박사가 유하던 '호텔'은 떠들썩하게 되고 경관이 오고 신문기자가 오고 야단법석이었다. 그리고 그 밤으로 오 박사는 경찰서에 불리워 조사를 받았다. 그러나 사실이

명백하여 오 박사는 곧 '호텔'로 돌아왔으나 그 다음날 조간 신문에는 '천재 음악가의 삼각 연애'라는 제목 아래 오 박사의 로망스는 전 상해의 재미있는 이야깃거리를 제공하였다.

투쟁(3)

영순은 자기 방으로 들어가 그 밤을 뜬 눈으로 새웠다. 울어야 할까? 웃어야 할까? 그는 실로 앞이 캄캄하였다. 갑자기 절벽에 떨어진 듯 또는 기어 나올 수 없는 무저항에 빠진 듯 그의 앞에 나타났던 모든 행복과 기쁨과 즐거움이 그를 떠난 듯하였다.

"그 망할 년이……."

하고 사루나를 원망도 해보고

"그 이가 얼굴 두껍게 나를 감쪽같이 속였어……. 에—더러워……."

하고 오 박사를 원망도 해보았다. 아름다운 무지개와 빛난 태양이 그를 떠난 듯하였다.

갑자기 그의 앞에 나타나는 캄캄한 세계—. 영순은 한 손으로 머리를 짚고 여러 가지로 생각해보았다. 오 박사는 눈이 시퍼렇게 애인이 있으면서도 사랑하는 여자가 없노라고 변명하지 않았는가. 더욱이 저번 로마에서 온 편지는 사루나의 편지임이 틀림이 없지 않은가? 그럼에도 불구하고 남자의 편지라고 꼬치꼬치 변명하던 오 박사의 말이 더러웠다.

"에이—그도 똑같은 남자야! 뻔뻔스럽게 꾸며만 대고……."

영순은 여기까지 생각한 즉 자기가 지금 꿈속에서 따라 다니고 죽을 둥 살 둥한 것이 분하였다.

"천재 음악가고 쥐뿔이고 그 놈이 그놈이야—. 에 더러워—에 퉤!…"

하고 무슨 더러운 짐승이나 보는 듯이 혼자 침을 뱉었다. 그는 자기의 자랑과 존엄을 여지없이 짓밟힌 듯하여

"그까짓 남자 없이는 못 살아?"

하고 혼자 외었다.

"그 여자 밖에도 또 몇 여자가 있는지 누가 아나……? 그럼 나는 실컷 남이 빨아 먹은 뒷꼭지나 먹는 셈이게! 에—."

영순은 화가 나는 듯이 손으로 가슴을 치며 오 박사의 방으로 뛰어 들어갔다. 오 박사는 어제 밤새도록 활극을 연출한 터이라 눈에는 붉은 빛이 떠돌고 매우 초췌하였다. 그러나 영순도 오 박사에게 지지 않게 눈이 쏙 들어가고 입이 파랗게 질렸다.

"여보, 미스터 오!"

하고 그는 도드라진 목소리로 불렀다.

"네!……"

하고 오 박사는 대답하였으나 큰일이 나누나 하고 마음이 켕겼다.

"그래 나를 그렇게 속이우?"

"속이긴 뭘 속인단 말이요?"

오 박사는 천연스럽게 빼었다.

"아 서양 여자가 예까지 와서 밤새껏 연극을 하고도 또 딴청을 쳐요!"

영순은 눈에 표독을 가득히 실은 시선으로 오 박사를 쏴 봤다.

"아 글쎄, 그 여자가 전부터 내게 짝사랑을 하며 못살게 굴더니 예까지 와서 당신과 나의 관계를 알고는 지랄을 치는구려. 원 너무도 어이가 없어서. 여보, 영순씨 부디 오해치 마시오."

하고 구렁이 담 넘어가듯이 어름어름하였다.

"여보 듣기 싫어요. 짝사랑! 예까지 와서 죽는다 산다 할 때야 다 뻔하지 않아요. 왜 끝까지 저를 속이려고만 해요?"

"원참 그 죽일 년이……. 글쎄 로마에서도 밤낮 나를 따라다녀 못 살게 굴더니 여기에까지 왔구려. 정말입니다. 내가 그 여자를 사랑했으면 벼락을 맞겠습니다. 글쎄 이걸 어쩌나? 버선목이라 벗어 뵈지도 못하고, 에이 참 기가 막혀서! 글쎄 여보 왜 내 마음을 모르시우?"

하고 정말 기가 막힌다는 듯이 입을 쩍쩍 다시며 영순을 바라봤다.

"여보 거짓말도 분수가 있지. 입에 침이나 좀 바르고 거짓말을 해요? 또 당신을 믿으라고? 참 어이가 없어서…… 히히."

영순은 참말 어이가 없는 듯이 껄껄 웃고

"어떻게 당신을 믿어요. 당신에게 몇십 명이나 애인이 있는지를 알고……. 그래 나는 남들이 실컷 사랑하던 찌꺼기나 주워 먹을 사람은 아니예요. 에 더러워……."

하고 영순은 자기 수건에 침을 뱉었다.

"에—너무도 하시는군요?"

"그럼 그렇지 않고!"

두 사람은 서로 바라봤다. 두 시선이 마주치는 순간 그들의 눈에는 독사의 눈 같이 악이 올랐다.

(부기附記) 이 '인생특급'은 중편으로 쓰려던 것이 장편으로 되어 우선 이것으로 전편을 그치고 후편은 다음 기회에 실겠습니다.(작자)

제2부 서간문

사랑의 불꽃

꿈에 본 처녀에게 / 독약을 마신 후에

은사 같은 물결 위에 / 황혼의 때

첫사랑의 눈물 / 비오는 밤에

애자愛子에게 보내는 최후의 편지

월화씨에게 / 정자靜子의 영전에

달은 밝은데 / 황포탄 물소리를 들으면서

사랑하는 또리 씨에게 / 동경에 있는 애희 씨에게

애인 T양에게 / 최후의 하소연

일화 씨에게 / 옛벗 혜순 씨에게

세상을 뒤로 두고 / 나도 사람이외다

사랑의 불꽃

머리말(序)

사랑은 인생의 꽃이외다. 그리하고 인생의 '오아시스'외다. 누가 사랑을 저주하고, 누가 사랑을 싫다 할 리가 있겠습니까? 만약 사랑을 모르고, 사랑을 등진 사람이 있다 하면, 그 사람처럼 불쌍한 사람은, 세상에 다시없을 것이외다.

우리 사회에도 '사랑'이라는 말이 많이 유행합니다. 더욱이 사랑에 울고, 사람에 웃는 사람이, 적지 아니한 듯하외다. 이때를 당하여, 진정한 의미의 연애서간집을 발행하는 것도, 결코 무의미한 일이 아닐까 합니다. 이 적은 책자 중에는, 방금 우리 사회에 있는 연애의 여러 가지 모양을 수집하였으며, 따라서 그 대부분은, 사실 그대로의 편지외다. 이것을 보시면, 어떤 의미에 있어서, 우리 청년계의 사상을 짐작할 수도 있을 것이외다.

나중으로, 이 책자는, 현대 지명知名의 문사文士들이 각각 1 · 2편씩 붓을 든 것이며, 따라서 그 내용은, 단편소설이나 또는 소품문으로도 당당한 가치가 있다는 것을 말하여 둡니다.

1923. 1. 24일 밤

편자編者 지識

꿈에 본 처녀에게

—어리석은 박영철朴英哲—

영애英愛씨!

불그레한 아침 해가, 동편 창에 비치었습니다. 아침을 의미議美하는 참새들이, 재미있게 지저귀고 있소이다.

영애씨!

나는 편지를 쓰기 전에, 먼저 한 가지 아뢸 말이 있습니다. 그것은, 내가 이 편지를 쓰기까지, 편지를 썼다가는 찢고, 찢었다가는 다시 쓰기를 여러 번 하였다는 것이외다. 그리하고, 이 편지를 끝까지 보아 달라는 것이외다. 보신 후에는, 욕을 하시든지 책망을 하시든지, 그것은 마음대로 하소서. 그야말로 당신의 자유외다.

아! 영애씨!

지나간 봄이었습니다. 봄바람이 도화桃花 가지를 흔들고 지나가는, 그 어느 날 밤이었습니다. 이화학당 주최의 음악대회가 종로 청년회관에 열리었을 때, 영애씨는, 단壇에 나와 독창을 하셨지요!

꽃이 피는 봄바람에

내 사랑도 피어볼까!
꽃의 목숨 잡아가는
늦은 봄은 오지 말아!

이러한 당신의 노래는, 심히 아름답더이다. 청년의 마음을 취醉케 하고, 청년의 가슴을 잠재울 듯한, 그 부드럽고 맑은 목소리는, 마치 어여쁜 금金실이 제 마음대로 풀리는 듯하더이다. 더욱이 복스럽고 하얀 얼굴 위에, 붉은 웃음을 띄우고, 갸웃갸웃 표정을 지어가며 노래하는 당신의 모양은, 그야말로 천사 같더이다.

영애씨!

그때 당신의 노래를 들은 사람들은, 그 누구를 물론하고, 칭찬하지 아니하는 사람이 없더이다. 그 중에 나도 한 사람이었습니다. 나는 그 때 얼마나 당신의 노래에 취하였는지, 입에 침이 없이 당신을 칭찬하면서, 함께 구경하던 K라는 친구에게 당신의 이름을 물었습니다. 그의 말이, 당신은 동경음악학교를 졸업한 사람으로, 이름은 박영애인데, 방금 미정학교美貞學校 음악교사로 있다고 하더이다. 그리하고, 나이는 스물 둘인데, 아직 '미스'라고 하더이다.

영애씨!

나는 그때 K의 말을 듣고, 몹시도 당신을 사모하였습니다. 당신의 사랑을 받는 사람은, 땅 위에 천당을 만드는 사람이라고 하였습니다. 그러나 모든 것은 꿈이었습니다. 내가 누구인지도 알지 못하는 당신을, 나 혼자 암만 그리워하고 사모한들, 무슨 소용이 있겠습니까? 필경 나는 나의 어리석음을 알고, 쓰린 생각을 억지로 제지制止한 후 그만 모든 것을 단념하였습니다.

영애씨!

세월은 흐르더이다. 끝없이 흐르더이다. 가는 줄도 모르게 끝없이 흐르더이다. 당신의 독창을 듣던 꽃피던 그 시절은 벌써 자취 없이 사라지고, 지금은 산과 뜰에 서리가 내리고 북편 하늘에는 기러기가 우는 늦은 가을이 되었습니다. 풀이나 나무나 기타 만물은 입었던 옷을 고요히 벗고 침묵의 꿈에 깊이 잠겼소이다.

어제 밤이었습니다. 철 아닌 궂은비가 소소히 내리며, 뜰 앞에 있는 오동나무 잎은 우수수 떨어지더이다.

나는 책을 보다가 알지 못하게 잠이 들었습니다. 그리하고 기쁘고도 설운 꿈을 꾸었습니다. 이것이 나로 하여금 당신께 어리석은 편지를 올리게 된 동기외다. 이제 그 꿈을 말하오리다. 하얀 모래가 눈가루같이 펴져 있고 그 옆에는 두세 그루의 감람橄欖 나무가 푸른 그늘을 지웠더이다. 그리하고 감람나무 좌편으로는 맑은 시내가 흐르고, 그 시냇가에는 물새들이 목욕을 하고 있더이다.

나는 무심無心 중 그 곳으로 '피리'를 풀며 가는 줄 모르게 가게 되었나이다. 그리고 본즉 당신은 눈빛 '레-스'의 '베일'[1]을 쓰고 나무 그늘 아래 숨어 있다가, 나의 그림자를 보더니만 그만 벼락같이 뛰어나오더이다. 그리하고 나의 손에 매달리며

"영철씨! 나는 당신이 오기를 기다렸어요!"

하고 나의 온 몸을 녹일 듯한 부드러운 목소리가, 당신의 입에서 흘러나오더이다. 나는 가슴에서 꽃이 피는 듯이 향기롭고 서늘한 즐거움을 느꼈나이다. 홍수 같은 기쁜 물결이 나의 온 몸을 뒤싸는 듯합디다.

"아! 영애 씨!"

"아! 영애 씨!"

나는 취한 듯이 다른 말을 하지 못하고, 다만 당신의 이름만 불렀나이다. 그러자 깨어보니 그야말로 그림자도 없는 꿈이지요!

---

1) 원문에는 '베르'.

아! 영애씨!

꿈을 깨어보니 여전히 외로운 방안에 하얀 전등빛만 반짝이고 있더이다. 그리하고 가을비 소리만 구슬프게 들리더이다. 나는 즐겁고도 서러웠습니다. 청년회에서 보던 당신의 얼굴을 한번 다시 눈앞에 그려놓고, 청년회에서 듣던 당신의 소리를 찾아보려고 하였으나, 그러나, 그 기억은 벌써 멀리 사라지고 말았더이다.

영애씨!

나는 눈을 다시 감고 그 즐거운 꿈을, 한 번 더 찾아보려고 하였습니다. 그러나 야속합디다. 그 꿈은 다시 볼 수가 없었어요. 나는 울었나이다. 그리하고 당신을 다시 사모하지 않고는 견딜 수 없게 되었습니다. 이리하야 조금도 잠을 자지 못하고 어젯밤을 꼭 앉은 채로 새웠지요!

아! 영애씨!

나는 냉정할래야 더 냉정할 수 없는 지경에 이르렀습니다. 나의 온몸은 당신을 위하여 불덩어리가 된 듯하외다. 이제부터 나는 당신을 사랑치 않고는 견딜 수 없게 되었나이다. 그러나 당신이 나를 사랑하든지, 나를 배척하든지, 그것은 나의 상관할 바 아니외다. 나는 이미 당신을 위하여 피가 돌고 피가 끊어지는 사람이 되었습니다. 따라서 내가 죽기까지 당신을 사랑하는 것은 나의 즐거움이 되었고 나의 생명이 되었습니다.

아! 영애씨!

나를 안아주시렵니까? 나를 차버리시렵니까? '베일'을 쓰고 감람나무 아래 숨어서 나를 기다리신 것은, 당신이 나를 사랑하여 주시려는 그 무슨 예언이 아닐까요? 나는 그 꿈 하나만은 영원히 생각코자 합니다. 그리고 그 꿈속에 길이 살고자 합니다.

영애씨!

나를 사랑하여주시는 것은 자유외다. 이 편지를 보고, 과히 욕하지 마시고 열정에 우는 이 적은 시인의 가슴을 생각하여 주소서. 나도 염치도 있고 예절도 아는 사람이외다. 그러나 이 염치와 예절을 깨치고 당신께 편지를 보내기까지 된, 나의 이정裏情이 어떠하겠습니까? 나는 다만 나의 열정을 당신께 전하기 위하여, 이 편지를 썼습니다.

영애씨! 많은 복 받으소서. 그만 붓을 던지나이다.

10월 7일

독약을 마신 후에

─최후로 화복華福씨에게

죽음의 길을 찾아가는
─홍순애洪順愛는 올림─

나의 사랑하는 화복씨!

나는 이제 아무 말도 할 수가 없어요. 떨리고 불타는 안타까운 목소리로 "화복씨! 화복씨!" 하고 부를 뿐이에요! 나는 이제 하루가 지나지 못하여, 그만 죽을 사람이외다. 세상에 모든 것은 장차 나에게서 떠나가려 합니다. 당신을 알뜰히 생각하는 것은, 그—아름다운 마음까지, 나에게서 떠나가려 합니다. 이 편지가, 나의 최후의 목소리요, 나의 최후의 눈물이외다.

아! 화복씨!

나는 붓대를 들지 못합니다. 나는 정신이 없어요. 온 몸은 흐릿한 몽롱朦朧속에 빠졌다가는, 저에게 무슨 감각을 줍니다. 그 감각이 일어날 때에는 내 몸을 녹여내는 양잿물 기운이, 코에 푹푹 사무침을 겨우 깨닫습니다. 나는 그 양잿물 기운을 코에 느끼며 잠꼬대하듯이 몇 마디 지껄입니다. 이 말을 옆에 있는 친구 K에게 부탁하여 당신에게 써 보내는 것이외다.

아! 화복씨!

나를 영원히 잊어버려 주지 마세요! 그리고 나를 영원히 생각하여 주세요! 나를 영원히 잊어버리지 아니하시고, 나를 영원히 생각하여 주신다면, 나는 기쁜 마음으로 죽겠나이다. 죽어 저 나라에 가서도 평안한 마음을 가지겠어요! 이것이 내가 죽으며 당신께 바라는 최후의 유언이외다. 아! 화복씨!

나는 당신을 위하여 살았어요. 그리하고 당신을 위하여 죽어요! 애인을 위하여 살고 애인을 위하여 죽는다는 것은 얼마나 즐거운 일일까요! 나는 죽음의 길을 떠나면서도 이것을 생각하면 도리어 기쁩니다. 지난 봄, 도화가지가 창에 비친 그 어느날 밤에, 내가 당신의 손을 잡고 DS학교 사무실에

"나는 당신을 위하여 살고, 당신을 위하여 죽겠습니다. 나는 당신의 물건이외다. 당신을 떠나서는 살지 못할 사람이외다."

하고, 나는 맹세를 하지 아니하였습니까? 옳소이다. 나는 그 때 그 맹세 그대로, 오늘날 실행하게 되었구려!

그러나 화복씨!

나는 한 가지 한을 잊을 수가 없소이다. 그렇게도 사랑하고 사모하는 당신과, 원하던 가정을 이루지 못하고 그만 죽어버린다는 것은 참을 수 없는 고통이외다. 더욱이 다시 한번 뵈옵지도 못하고 그만 죽는 것은 영원히 잊을 수 없는 아픈 원한이외다.

아! 화복씨!

죽기 전, 당신의 얼굴을 한번 더 보고 싶어요! 그리고 당신의 목소리를 한번 더 듣고 싶어요! 그 얼굴! 그 목소리는, 어디를 갔나요! 속히 내 앞에 나타나고, 내 귀에 들려주세요! 아! 그러나, 소용없소이다. 당신은 오천 리 밖 동경東京에 있고, 나는 이 한양에 있으니, 어찌 내 앞에 나타나고, 어찌 내 귀에 들려줄 수가 있겠습니까! 당신이 아까 우리 오빠가 보낸 전보를 보시고 황망히 오신다 하여도, 그 때 이 사람은 벌써 이 세상 사람이 아니오, 구더기 쉬는 시체로 변하고 말 것이외다. 그리하고 당신이 이 편

지를 보실 때에도 나는 이미 흙덩어리로 돌아가는 고깃덩어리에 불과할 것이외다.

아! 화복씨!

생각하니, 싫소이다. 나는 왜 그리운 당신과 살지 못하고, 내 생명을 내 손으로 끊고 그만 죽을까요! 이것이 나의 죄일까요! 부모의 죄일까요! 그리고 사회의 죄일까요! 운명의 죄일까요! 아니외다. 나의 죄도 아니요, 운명의 죄도 아니외다. 부모의 죄요, 사회의 죄이지요! 나는 과도기에 있는 조선 사회에 있어서, 완고한 부모의 '놀이감'이 되어, 그만 죽어버리는 하나의 희생자외다. 이제 말하오리다.

화복씨!

그제 저녁에 우리 부모는 나를 보고, 돌연히 계동桂洞 있는 김모金某의 집으로 시집을 가라하더이다. 그러나 당신의 사람이 된 나로, 어찌 그 말을 들을 수가 있겠습니까? 나는 그 자리에서 나는 나의 사랑하는 사람이 있고, 또는 모든 일을 내 마음대로 한다고 하였지요. 이 말을 들은 우리 부모는 얼굴이 새빨개지더니

"무엇이 어쩌고 어째!"

하고, 벼락같이 호령을 하며, 나를 죽어라 하고 난타하더이다. 그리하고 나중에는

"네가 죽어도 김가의 집으로 시집을 아니 가고는 견디지 못할 걸……."

하고, 하늘이 내려앉는 듯한, 무서운 위협을 하더이다. 나는 부모에게 위협과 많은 매를 맞고, 그 날 밤에는 한잠도 자지 못하고 웃방에 홀로 앉아 울기만 하였어요.

아! 화복씨!

나는 울며, 나는 서러워하며, 천 가지 만 가지로 생각을 하였지요! 그러나 완고한 우리 부모는 나의 말을 종시 듣지 아니하고, 자기들의 뜻대로 할 것은 정한 일이외다. 내가 살아 있으면 김가의 집으로 시집을 가지 않

고는 견딜 수가 없겠어요. 그리하여 나는 그제 저녁 밤새도록, 또는 어제 아침부터 밤까지 여러 가지로 생각하였으나, 도시 시원한 길이 없더이다. 죽지 않고는 다시 더 할 길이 없었어요! 그리하여 오늘 아침에 양잿물을 먹었습니다.

아! 화복씨!

나는 갑니다. 당신을 두고, 나는 갑니다. 19세의 꽃다운 청춘을 일기一期로 하여 나는 그만 갑니다. "화복씨! 화복씨!" 나는 당신의 이름을 한번 더 부르고 싶어요. 그러면 세상에서 많은 복 누리시오! 죽어 저 세상에서나, 반가이 만나, 방해 없는 사랑 속에 살아보사이다.

12월 5일

서울 H병원 6호실에서

은사銀絲같은 물결 위에

—방울방울 떠도는 사랑의 눈물

—벽계碧溪씨에게—

날은 따뜻하고 바람은 부드럽게 불어옵니다. 먼 산과 가까운 들에는 봄 아지랑이가 처녀의 홑옷같이 휘날립니다. 저의 탄 적은 보트는 벽옥색 물결 위에 두둥둥실 떠있습니다.

그러나 벽계씨, 저의 타고 있는 배는 비인 듯하외다. 슬픔과 수심을 한 가슴 잔뜩 안은 저의 몸을 태운 까닭인지, 그 배는 아무 힘없이 다만 이리 뒤뚱 저리 뒤뚱거려 괴로운 가슴을 부여잡은 저의 몸을 이리 몰고 저리 몰아 푸르른 물결 속에 던지게 하려 하나이다.

아, 벽계씨! 배는 떠 있습니다. 차르럭거리는 물결 위에 휩싸 들어갈 듯이 떠 있을 뿐이외다. 사위四圍는 왜 이리 고요합니까. 몸이 근지러울 듯한 고요한 물 위의 침묵이 공연히 저의 마음을 괴로웁게 합니다.

생각하면 지금으로부터 일 년 전 옛날에 벽계씨와 노를 마주 저어 HK강에서 뱃놀이할 때에는 저의 온 마음과 몸을 모든 행복과 환희 속으로 인도하는 듯하더니, 일 년이 지내간 오늘날에는 모든 슬픔과 모든[2] 불행의 물

2) 본문에는 '온든'이라 되어 있다. 오식인 듯.

결 속으로 집어던지는 듯할 뿐이외다.

사랑하는 벽계씨!

이—저를 띄워있는 이 푸른 물은, 한없는 곳으로 통하였을 터이지요! 당신의 목욕하시는, 그 PM강으로도 통하였을 터이지요. 벽계씨, 저는 이 물에 머리를 감았습니다.

저의 검은 머리를 감은 말없는 푸른 물은 이 강을 한없이 흘러 당신의 계신 그 강을 지나갈 터이지요. 그러면 그 때 저의 머리 감은 이 물이 벽계씨의 허리를 감고 내려갈 터이지요.

벽계씨, 저에게는 따뜻한 봄날이나 부드러운 바람이 저를 유쾌하게 못하며, 기쁘게 하지 못합니다. 다만 벽계씨의 아름다운 음성과 부드러운 웃음이 저의 전신을 어루만지고 쓰다듬을 때, 저는 비로소 환희를 받을 것이며, 나릿하고 노곤한 행복을 맛볼 것이외다.

아! 벽계씨, 저는 외로이 뱃놀이합니다. 저는 혼자 웁니다. 저의 눈물은 은사銀絲같은 물결 위에서 방울방울 이리 뼁뼁 저리 뼁뼁 외로워지는 듯이 춤출 뿐이외다.

벽계씨! 이 저의 눈물은 물에 섞이지 않습니다. 그 눈물은 또다시 당신의 목욕하시는 그 강위로 그대로 떠나갈 터이지요. 그러고 그 눈물을 태운 그 물이 벽계씨의 따뜻한 몸을 씻어줄 터이지요.

벽계씨, 만일 벽계씨가 몸을 그 물로 씻으실 때에 혹시 진주 같은 것이 손에서 대글거리거든 그것은 이 강에서 눈물지는 저의 눈물방울인 것을 알아주세요.

벽계씨! 바람이 부나 저의 울음소리는 벽계씨에게 전하여 들리지 않을 터이오며, 물결은 흐르나 그것이 정말 벽계씨에게로 갈는지도…….

저는 흘러가는 물결이나 불어가는 바람을 믿지 않으려 하나이다. 다만 벽계씨의 마음 속에서 물결치는 사랑의 물결, 벽계씨의 가슴에서 일어나는 사랑의 불길이 저의 영원히 바라는 행복의 경지境地로 인도할 줄만 믿을 뿐이외다.

3월5일

이영숙李英淑은 올림

황혼의 때

—애모愛慕하는 우영又影씨에게

—혜자惠子—

우영씨!

황혼이 왔소이다. 분홍빛 황혼이 왔소이다. '요코하마橫濱' 넓은 시가를 등에 두고, 서남편으로 부사산富士山을 향하여 있는 이 ○○학교 지붕에도, 연지 바른 미인의 뺨 같은 황혼의 빛이 가득하였습니다.

나는 학교 2층 제 1호방에 하염없이 앉아 이 황혼의 빛을 바라보았습니다. 손을 맞잡고 걸어가는 서양인의 부부! 그리하고 하학하고 돌아가는 남녀 학생의 모양! 그들은 매우 분주히 보이고 매우 즐거워 보입니다. 그러나 나 혼자만은 슬픕니다. 나 혼자만은 외롭소이다.

아! 우영씨!

뉘가 나의 이 마을을 알아줄까요? 오직 당신 하나만은 나의 이 쓰리고 외로운 마음을 잘 알아주시겠지요! 바람이 불 때나, 비가 올 때나, 공부할 때나, 누워 잘 때나, 아! 그 어느 때를 물론하고 나는 당신을 사모하지 아니한 때가 없었으며, 당신을 그리워 아니한 때가 없었습니다. 나는 한 시간이라도 쉬지 아니하고 열정에 불타는 애달픈 소리로 "우영씨! 우영씨!" 하고 부르고 싶습니다. 그리하고 항상 붓대를 놓지 아니하고 순간마다 떠오르는, 내 가슴의 설움을 당신께 써 보내고 싶습니다.

우영씨!

한 주일동안 편지를 올리지 못하였더니, 죽겠다, 못 살겠다, 야단으로 편지를 하셨지요! 그러나 당신은 죽겠다, 못 살겠다 하시는 것이 나에게는 어찌 반가운지요! 나는 그 말씀을 볼 때, 참으로 기뻐하였습니다. 입에는 웃음의 꽃이 떠나지를 못하였습니다. 그러나 거기에는[3] 한 가지 어려운 문제가 있습니다. 나는 이 ○○학교를 마치고, 동경여대東京女大까지 치를 작정이온데, 그리하려면, 적어도 6, 7 년의 세월은 허비하여야 되겠지요! 그런데 그처럼 한 주일만 편지가 없어도 죽는다 사는다 하고 야단을 하시니, 어디 그 때까지 고독 생활을 하시겠습니까?생각하오면 아마 나의 경영이 헛경영인 듯합니다.

우영씨?

여름 방학에는 기어이 나오라 하셨지요! 내가 가면 무엇을 하시겠습니까? 또는 무엇을 주시려 하십니까? 나는 무엇 준다고나 하면 가지, 그렇지 아니하면 아니 가겠어요. 공연히 비지땀만 흘리며, 수천 리를 찾아간다 하여도, 아무 것도 주시지 아니하면 얼마나 내 마음이 섭섭할까요! 아니외다. 이것은 참말 농담이외다. 다만 나는 당신의 얼굴 하나만을 보러 가지요. 그리하고 당신의 목소리 하나만을 들으러 가지요! 당신의 얼굴을 뵈옵고 당신의 목소리를 들으면 나는 그만이외다. 더할 수 없는 만족이외다.

우영씨?

요사이는 일기日氣가 어찌 추운지요! 그리하고 바람이 어찌 부는지요! 태평양을 거쳐 '요코하마'를 뒤흔들고 가는 추운 바람은, 그야말로 살을 에이는 듯하더이다. 그러나 금년은 집에 계신 어머님이 두터운 솜(綿)으로 자리를 잘하여 보내였으므로 그리 추운 줄을 알지 못합니다. 그러나 밤이면

---

3) 원문은 '그게는'.

잘 자지를 못합니다. 이것은 추워서 밤에 잠이 잘 오지 아니하는 것이 아니요, 또는 어머님이 보고 싶어서 잠이 오지 아니하는 것도 아니외다. 꼭 당신 생각 까닭에 잠이 오지 아니하는 것이외다. 쓸쓸한 이 밤! 외로운 자리에 홀로 누워 계시리라. 이러한 생각을 하면 어쩐 일인지 오던 잠도 그만 몇 천리 밖으로 사라지고 말아요? 이것은 조금도 거짓말이 아니외다. 나는 한 획이라도 거짓말을 쓰지 아니합니다. 어느 날 밤을 물론하고 새벽 두 시부터 새벽 네 시 혹 다섯 시까지 이런 생각으로 자리 속에서 밤을 새웁니다.

아! 우영씨!

우영씨는 나의 생명이외다. 나의 온 몸이외다. 나는 우영씨를 떠나서는 피 한 점, 살 한 점도 존재하지 아니합니다. 그리하고 우주도 존재하지 아니합니다. 나는 당신을 떠나는 날에는 죽은 시체요, 말라진 나무외다. 나는 당신으로 인하여 힘을 얻고 기운을 얻고, 즐거움을 얻고, 쾌락을 얻겠습니다. 그리하고 '삶'에 꽃이 피고 열매가 맺히겠습니다. 아! 영원의 애인인 당신이여! 당신과 나 사이에는 사랑의 줄이 길이 빛나고, 사랑의 꽃이 길이 피기를 신명神明께 기도합니다.

아! 우영씨!

나는 가정 살림하기가 퍽 싫어요. 우리 결혼한 후에도 방랑放浪의 생활을 합시다. 손에 손을 잡고 이곳저곳으로 돌아다니도록 하여요. 그리하여 '시베리아'의 눈도 구경하고, '베니스'의 달도 구경하며, 양자강의 푸른 물도 마셔보고, '나이아가라'의 폭포수도 구경하사이다. 그리하다가 함께 눈감고 함께 죽도록 하여요!

아! 우영씨!

이제는 분홍빛 황혼도 사라지려고 합니다. 저 멀리 보이는 부사산 허리에는 푸른 물결 같은 저녁 안개가 자욱이 끼었습니다. 식사시간이 되었습니다. 마지막 붓을 던지겠습니다. 그러나 마지막 붓을 던지려니까 처음 붓을 들 때보다 매우 마음이 섭섭하외다. 길이 안녕하옵소서.

11월 4일 저녁

요코하마(橫濱)에 있는 김혜자로부터

한양에 계신 우영씨에게

첫사랑의 눈물
-춘선春善씨에게

-외로운 설화雪花로부터-

춘선씨!

오늘은 왜 그리 일기日氣가 따뜻한지 모르겠어요! 뵈는 듯 마는 듯한 금빛 아지랑이가 실실히[4] 뜰 앞에 흐르고 달 아래 물소리 같은 바람이 창 옆으로 흘러 지나가요! 저는 학교 기숙사 옆에 매달려 바깥을 바라보다가 그만 울고 싶은 마음이 나서 뜰 앞으로 뛰어나갔습니다.

춘선씨!

그러나 나의 끓는 마음은 터질 곳이 없었어요! 나의 온 몸을 뒤싸고 지나가는 붉은 피는, 나로 하여금, 끝없는 사막으로 몰아내는 듯하였습니다. 나는 조금이라도 마음을 진정할 수가 없었어요. 그리하고 나는 울지 아니하고는 견딜 수가 없었어요.

아, 춘선씨!

나는 뛰는 가슴을 두 손으로 부여안고 표연히 기숙사를 떠났습니다. 오늘은 다행히 토요일이라, 학교를 떠나 외출할 수가 있음이외다. 나는 나의

4) 실실히: 가는 실(絲)처럼.

평소 애독愛讀 하는 《하이네 시집》을 품에 품고, 서대문 근처에 있는 금화산金華山으로 갔었어요. 그리하고 어떤 조그마한 소나무를 등에 지고 외로이 앉았었나이다.

하늘에는 분홍빛이 가득하고, 땅 위에는 새파란 풀냄새가 풀풀 떠오르더이다. 그리하고 햇빛은 나의 온 몸을 녹여낼 듯이 따뜻한데, 사면四面에서는 즐거운 봄을 찬미하는 종달이 소리가 그윽이 들리더이다.

춘선씨!

나는 시집을 펴놓고 몇 페―지를 읽으려고 하였나이다. 그러나 내 마음은 떠오를 대로 떠올라서, 도무지 책을 볼 수가 없었어요! 나의 마음은, 마치 '회오리' 바람을 타고 미친 듯이 공중을 떠도는 것과 같았습니다. 공연히 나의 눈물은 방울방울 치맛자락에 떨어져, 구슬 같은 얼룩[5]만 만들고 있었어요! 그리하여 필경 책도 보지 못하고 나중[6]은 '카미니 로이'[7]가 지은

붙잡았다 놓으니까 그의 손에서
작은 새는 공중으로 날아갑니다
울고 울고 한껏 울되 끝이 없어요
어여쁘고 어여쁜 사랑의 새는

이라는 노래를 불러 보았습니다. 그러나 그것도 재미가 없었어요! 이때를 당하여는 나에게는, 모든 것이 귀치 않은 것뿐이더이다. 다만 나오는 것은 눈물뿐이어요! 아! 이 눈물이야말로 사랑의 눈물일까요! 더욱이 나는 이성異性이란, 처음으로 당신을 사랑하는 터이니까? 그야말로 첫사랑의 눈물일까요! 어쨌든 나는 당신과 함께 있고 당신과 함께 지내는 것이 나의 영원

---

5) 원문은 '아롱'

6) 원문은 '那終'. 이하 이 텍스트에서 '나중'으로 입력한 단어는 모두 동일하다.

7) 인도의 여성 시인, Kamini Roy(1864~1933).

한 행복이외다.

아! 춘선씨!

지나간 겨울이 아니었습니까? 내가 당신 집을 찾아갔을 때, 당신은 여러 가지로 문학과 미술에 대한 이야기를 하여 주시고, 그 다음에는 서로 웃으며 당신은 '만도린'을 치고 나는 노래를 하였지요. 아! 나는 그때같이 즐거운 때가 없었으며, 그때같이 흥분된 때가 없었습니다. 그러나 두 사람이 "나를 사랑하여 주시오! 나는 당신을 영원히 사랑합니다."하는 말을 나누고 서로 떠난 후에, 당신은 동경으로 가고 나는 이 서울에 있게 되지 아니하였습니까? 그리하여 당신이 동경으로 간 후로부터, 나는 어느 날 어느 때를 물론하고 당신을 사모하지 아니한 때가 없었으며. 따라서 당신을 생각하고 눈물을 흘리지 아니한 때가 없었습니다.

'사랑은 쓴(辛) 술잔이라' 이러한 말을 나는 어느 책에서 보았더니, 그야말로 내가 당해보니 사랑은 쓰더이다. 이렇게 쓴 사랑을, 나는 왜 하지 아니하면 아니 되게 되었는지요! 아! 생각하면 외로움과 우울뿐이외다.

아! 춘선씨!

당신은 나의 가슴에 진주眞珠의 불을 던졌어요. 그리하고 사람의 샘물을 부었어요! 이 진주의 불이 와글와글 내 가슴에 불타오르고, 이 사랑의 샘물이 내 마음에 출렁출렁 넘쳐 흐를 때는, 나는 울지 않고는 견딜 수가 없습니다. 밤에 나는 기숙사에서, 동무들과 머리를 '나란히' 하여 잠을 자다가도, 알지 못하게 잠이 돌연히 깨어지지요. 그리하여 나는 방 안에 외로이 일어앉아서, 서산에 내려가는 잔월殘月을 바라보며, 혼자 흑흑 흐느껴 운 때가, 한두 번이 아니었습니다.

아! 춘선씨!

나는 당신이 보고 싶어 견딜 수가 없어요. 오는 여름 방학에는 기어이 나오시리라고 생각하오나, 그때까지 참아낼 수가 없을 듯하여요!

아, 당신의 얼굴! 아, 나는 그 얼굴이 보고 싶어 견딜 수가 없어요.

아! 당신의 목소리, 풀 속에 잠긴 한 포기 백합이 바람에 사르르 흔들리는 듯한, 당신의 목소리! '만도린'의 E선線이, 가벼운 '쯔메'[8]에 부딪히는 듯한 그 목소리! 아, 나는 그 목소리가 듣고 싶어 견딜 수가 없어요!

아! 춘선씨!

당신이 그같이 어여쁜 얼굴 위에 웃음을 띄우고, 그와 같이 부드러운 목소리로 "설화씨!"하고 불러주실 때가 언제나 올까요! 나는 그 때를 손꼽아 기다립니다. 그러나 상전桑田이 벽해碧海가 된다 하여도, 여름방학이 아니면, 나오지 못하시겠구려! 그러면 그 때 저는 부산까지 맞이를 가오리다. '오미야게'[9]는 무엇을 주시렵니까? 아이고, 생각만 하여도 기쁩니다.

춘선씨!

나는 이제 금화산을 떠나 학교로 돌아가겠습니다. 돌아가는 길에 이러한 시를 한 절節 지어놓고 돌아갑니다. 웃고 보셔요!

아지랑이 금줄 위에
내 사랑을 걸어보자
부는 바람 뜻 있거든
동경까지 불어가라!

4월 5일
서울 금화산에서

---

8) つめ. 기타 등 손으로 뜯는 현악기를 연주할 때 쓰는 작은 플라스틱 조각. 피크pick.

9) おみやげ. 御土産. 여행지에서 기념품으로 사다 주는 선물.

비오는 밤에

—혜정씨惠貞氏에게

—젊은 우몽又夢으로부터—

오늘은 21일, 밤 여덟시.

눈포래[10]가 하늘에 날리고 바람이 사람의 살을 에이는 대한大寒 시절에, 때 아닌 궂은비가 내리나이다. 슬픔을 못 이겨 우는 듯한 궂은비가 내리나이다. 객창客窓에 매달린 젊은 사람에게, 못 견딜 우울憂鬱을 주는 궂은비가 내리나이다. 부슬부슬 우주를 얼싸안고 몸부림하는 듯한 그 비 소리! 하늘도 울고, 땅도 우는 듯하외다. 창을 열고 사면을 바라보면 다만 검은 애수의 기운이 천지에 가득하였을 뿐이외다.

혜정씨!

나는 창 밑에 매달려 그 빗방울 소리를 고요히 들었습니다. 그 빗방울소리는 마치 알지 못한 딴 나라에서, 검은 수레를 타고, 덧없는 '설움'을 호소하려 오는, 피 묻은 사자使者의 소리 같소이다. 나는 한참 동안이나 그 소리를 들었습니다. 그러나 내 마음은 어느덧 구슬픈 그 소리에 취하야, 참말 견디기 어려운 비감悲感이 회오리바람과 같이, 가슴 한복판에 일어났습

10) '눈보라'의 방언. 평안·함경 지방에서 쓰인다.

니다. 나는 그 비감을 참아보려고 '만도린'을 꺼내어

내리쏘는 구슬비에
구슬 눈물 뿌려보자
눈물 구슬 잠긴 곳에
'스미레'[11] 꽃 한번 피리

오늘 밤에 오는 비는
해를 타고 하늘 위에
지금 솟는 내 눈물은
언제 한번 님의 품에

하는 '유미론'의 노래를 불렀습니다. 그러나 내 마음은 진정할 수가 없었습니다. 눈물은 은연중 옷깃에 떨어지고, 생각은 부지중 당신 계신 곳을 찾아가더이다.

아! 혜정씨!

이러한 때에 당신이 내 옆에 있으면, 얼마나 즐겁고 얼마나 기쁘겠습니까? 서로 손을 잡고, 노래를 하며 웃고 떠들면 그야말로 슬픔 모르는 '에덴'에 사는 사람이겠지요! 그러나 당신은 없소이다. 당신은 나와 수륙水陸 오십여 리를 떠나 있는 사람이외다. 우리 두 사람 사이에는 험한 황해수黃海水가 가로 놓여있고, 산과 들[12]이 첩첩이 쌓여 있소이다. 아무리 문명의 이기利器를 이용한다 하여도 십여 일의 일자日字를 허비하지 아니하면, 도저히 서로 만나볼 수가 없는 우리들이외다.

아! 혜정씨!

11) すみれ. 제비꽃.
12) 원문에는 '뜰'로 되어 있으나 의미상 '들'로 옮겨둔다.

작년 8월이었지요! 그 어느 날 밤에 우리 두 사람은 서울 욱정旭町에 있는 부지화不知火 여관에서 재미 있는 꿈을 꾸지 아니하였습니까? 그 날 밤도 역시 구슬픈 비가 오늘 밤과 같이 주루룩 주루룩 내리더이다. 그러나 우리 두 사람은 조금도 적막을 느끼지 아니하고, 노래하고 웃고 떠들었지요! 그리하고 화투를 꺼내어 가지고 지는 사람은 팔뚝 맞기를 하지 아니하였습니까? 그리하여 나는 당신에게 여러 번 지고 십여 번이나 매를 맞아서 팔뚝이 빨갛게 되었지요! 그러나 나중은 그 빨개진 팔뚝을 바라보며 한참 동안이나 웃음의 꽃이 피지를 아니하였습니까? 그때 오는 비는 그리도 즐겁더니, 오늘밤에 오는 비는 이리도 설구려! 생각하면 당신이 있어서 즐거웠고 당신이 없어서 서럽소이다.

아! 혜정씨!

세상의 사람의 마음이라는 것은 심히 우스운 물건입니다. 달을 보면 처량하고 비를 보면 울고 싶어요. 그리하고 꽃을 보면 뛰고 싶고 녹음綠陰을 보면 자고 싶어요. 생각하면 아마 이것은 젊은이의 심장을 싸고 돌아가는 붉은 피가 우리의 신경을 잡아 흔드는 까닭이겠지요. 더욱이 다정다한多情多恨한 사람으로는 면치 못할 일일 것이외다. 나는 오늘 밤에 그 빗소리를 듣고 말할 수 없는 애수를 느끼었습니다. 오늘 밤 같아서는 하루도 당신을 떠나서는 살 수가 없을 것 같았습니다.

혜정씨!

비는 옵니다. 눈물은 내립니다. 비와 눈물, 아! 이 어이한 조화입니까? 나는 당신을 위하여 눈물을 흘리려니와, 하늘은 누구를 위하여 눈물을 흘릴까요? 아! 알지 못하겠습니다. 그러나 그것은 문제 밖으로 하고 나는 당신을 위하여 언제까지나 눈물을 흘려야 할까요!

혜정씨!

봄도 이제는 두어 달밖에 남지 아니하였습니다. 우이동에 '사꾸라' 피고, 남산에 아지랑이 돌 때가 멀지 아니하였습니다. 다행히 그 때나 한번 나오시면…….

그러나 우리 장래를 위하여 열심히 공부하여야 하겠지요! 나를 위하여 공부에 방해를 받지 않도록 하여주소서. 그것이 나의 당신께 바라는, 간절한 부탁이외다. 보내는 '구두'는 받으시고 즉시 신으시옵소서. 길이 안녕하옵소서.

1월 21일 밤에

당신을 생각하고 눈물을 흘리는 우몽은 두어 자 올리나이다.

애자愛子에게 보내는 최후의 편지

—저주받은 홍병순洪秉淳으로부터—

애자씨!

오늘 아침에 그 재미있는 편지를 받았소이다. 나는 그 편지를 읽고 한참 동안이나 정신을 잃었었소. 나중 정신을 차리고 방 안을 한번 휘둘러 본 후에는

"무정한 애자여!"

하고 다만 한숨을 쉬었을 뿐이외다. 그러나 가슴에는 무엇이 매달렸는지, 온 몸은 검은 땅 속으로 빠져 들어가는 듯하더이다.

밝은 햇빛은 어두워지고 가벼운 공기는 무거워지더이다.

여보 애자씨! 나는 그 편지를 한번 더 읽었습니다.

(전략) 나는 당신을 사랑할 수 없는 운명에 이르렀습니다. 눈물이 나는 말씀이오나, 나는 영원히 잊어주소서. 이제부터 나는 가야 하겠습니다. 알지 못할 딴 나라로 가야 하겠습니다. 그렇다고 내가 당신을 잊어버리는 것은 아니외다. 당신과의 사랑은 영원히 내 작은 가슴에 숨어있을 것이외다. 넓히 생각하시고 너무 책망치 마소서. (후략)

아! 이러한 편지를, 당신이 써서 나에게 주시리라고는 나는 꿈에도 생각지 아니하였소. 나는 어리석은 사람이었소이다.

이 어리석은 사람은 저번 동경東京서 온 친구가 당신의 말을 하며 당신이 H라는 청년과 함께 미국으로 공부를 간다는 소문이 동경 유학생간에 있더란 말을 할 때에

"그런 말 그만두게! 천지가 변한들, 그이의 마음이야 변하겠나!"

하고, 나는 가장 열심히 변명하였나이다. 그러나 이제 생각한즉 그것은 소문만이 아니었고 사실이었구려! 내가 이제 무슨 말을 하겠습니까? 나의 하는 모든 말은 약자의 소리요, 어리석은 자의 소리뿐이지요! 그리하고 당신으로는 다만 침(唾)을 뱉고 "네 소리 듣기 싫다"하고, 비웃을 뿐이겠지요! 아! 옳소이다.

나를 사랑하고 나를 배척하는 것은 전혀 당신의 자유외다. 나를 살리고 나를 죽이는 것도 전혀 당신의 자유외다.

여보 애자씨!

모든 것을 마음대로 하소서. 사람으로서는 돈 있는 사람을 사랑하고 돈 없는 사람을 배척하는 것은 당연한 일이외다. 그리하고, 얼굴이 어여쁜 자를 사랑하고 얼굴이 미운 자를 배척하는 것도 그러할 일이외다.

나는 돈이 없소이다. 나는 미남자가 아니외다. 나는 다못 순실純實한 마음과 불타는 열정밖에 없소이다. 당신이 나를 배척하고 나를 저버리는 것은 조금도 책망할 수 없는 당연한 일이외다.

애자씨!

마음껏 나를 저버리소서. 마음껏 나를 짓밟으소서. 피가 나오고 살이 찢어지도록 나를 짓밟으소서. 나는 조금도 반항치 않겠소이다.

여보 애자씨!

나는 이미 죽은 사람이외다. 껍데기만 남은 죽은 사람이외다. 사랑을 잃은 사람은 벌써 생명을 잃은 사람이요, 따라서 온 우주를 잃은 사람이외

다. 내가 당신에게 저버림을 받았으니, 나에게 어찌 생명이 있고, 나에게 어찌 우주가 있겠습니까? 아! 나에게 대하여는 모든 것이 공허외다. 그러나 나는 당신에게 대하여

"사람을 살려 줍시오!"

하고 애걸을 하고 싶지는 않소이다. 그리하고 당신의 치맛자락에 매달리며

"나를 불쌍히 여겨 주서요!"

하고 애원하려는 비열한 남자는 아니외다.

"마음대로 가소서. 그리고 복 받으소서."

하고, 활발히 축복하여 줄 남자외다.

그러나 애자씨!

당신도 사람이고 사람의 양심을 가졌다면 생각하여 보소서. 당신이 나에게 대하야 몇천 번 맹서를 하였습니까? 죽어도 나를 사랑한다고. 그러나 이것은 내가 당신을 책망코자 함이 아니외다. 당신은 이미 더러운 여자외다. 몇천 번 후회를 하고 머리에 재(灰)를 쓴 후, 나에게 와서 허물을 빌지라도, 나는 그 말에 넘어갈 남자가 아니외다. 그만 힘 있게 당신을 쫓아낼 남자외다.

이제 그 한 가지 맹서를 말하오리다.

지나간 여름이었지요! 당신과 나와 두 사람이 경원선京元線 열차를 타고 삼방三防 근처를 지날 때에 이름을 모를 꽃들은 뜰 위에 가득 피어, 불어오는 바람에 고개를 갸웃갸웃하고 있더이다.

이 때 당신은 창으로 머리를 내밀고 그 꽃들을 재미있게 구경하더니, 그만 머리를 돌리며 '자연미'에 취한 듯이,

"아이고, 참말 꽃들이 고와요!"

하고, 매우 흥분된 듯이, 나를 돌아보더이다. 그리하고, 자기가 '자연의 웃음'이라는 노래를 할 터이니, 나더러 '바이올린'을 뜯어달라고 하더이다. 나도 그 말에 매우 공감이 되어, 즉시 '바이올린'을 쳤나이다.

실바람 춤을 추는데
들꽃은 웃고 있네

이러한 노래를 한참 동안이나 불렀지요! 그러자 당신을 나를 보며,

"아! 기쁩니다. 나는 즐겁습니다. 나는 당신과 함께 영원히 이러한 기쁨을 같이 하겠습니다. 그리하고 기쁨만이 아니라, 어떠한 슬픔이든지 어떠한 괴로움이든지, 당신과 함께 서러워하겠습니다."

이러한 말을 하더이다. 나는 속으로 기쁨을 느끼고, 온 몸이 자릿자릿함을 견디기 어려워,

"애자씨! 참말이오!"

한즉, 당신은 얼굴이 빨개지며

"참말이면 어떤 것이 참말입니까? 나는 죽기 전에는 당신을 사랑치 않을 수가 없습니다. 저 일월日月이 변할지언정 내 마음은 변치 않습니다." 하고, 주먹을 쥐고 맹서를 하셨지요!

아! 애자씨!

그러나 불과 반 년이 되지 못하여, 그 맹서는 서편 하늘의 구름과 같이 그만 자취도 없이 사라지고 말았습니다.

일월은 여전한데 당신만이 H와 함께 미국으로 가게 되었구려! 아! 감사하오이다. 길이만 복받으소서.

그러나, 애자씨!

당신이 화영華榮의 장막에서, 기쁨의 술을 마시고, 즐거움의 춤을 추실 때에, 나는 울고, 나는 서러워하게 되었구려! 세상의 대조對照라는 것은 심히 묘한 것이외다. 그러나 사람이 즐거우면 얼마나 즐겁고, 서러우면 얼마나 서럽겠습니까?

나는 이처럼 모든 것을 저주하고, 사는 날까지 살아보겠습니다. 그러나 내일이라도 자살할는지 알 수 없소이다. 내가 자살하였다는 말이 있거든,

당신은 기어이 춤을 추어주소서. 이것이 내가 마지막 당신에게 바라는 요구외다.

12월 14일 아침

월화月花씨에게

—한양에서 몽소夢笑는—

월화씨!

지금은 밤 열두 시외다. 이불을 쓰고 자리에 누워 잠을 자려고 하나 잠이 도시 오지 아니합니다. 몸을 이리 뒤척 저리 뒤척 하며 무한히 애를 쓰고 있습니다.

이상하게도 창에는 달빛이 비치었습니다. 헐벗고 뼈만 남은 오동가지가 그 위에 그림자를 지우고, 가는 바람이 지나갈 때마다 흔들흔들합니다. 마치 하얀 종이 위에 묵화墨畵가 춤추는 듯이 보입니다.

아! 월화씨!

나는 그 창에 비친 오동가지를 한참 동안이나 바라보았습니다. 그러나 나는 거기[13] 무슨 미美를 느끼고 무슨 생각을 가짐이 아니외다. 그저 보는 줄 모르게, 다만 바라만 볼 뿐이외다.

월화씨!

나는 그 오동가지를 바라보다가 그만 울었습니다. 눈물은 쓰고 있는 이

13) 원문은 '그게'

불 위에 하염없이 떨어집니다. 얼마동안 울고 보니까? 마음이 조금 시원합니다. 가슴에 끓던 열정을 눈물로 녹여 바깥으로 쏟으면 그 마음이 시원하여지는 것도 무리는 아니외다. 나는 언제든지 당신을 생각하여 쓰리고 적적함을 느낄 때는 울었습니다. 우는 것이야말로 나의 위안이지요! 그러나 내가 운다고 하면 어떤 사람은 비웃을 터이외다. 사나이 자식이 울기는 왜 울어 하고. 그러나 우는 것은 자유외다. 그리하고 우는 그 때에 고조된 그 정서情緖야말로 피려는 꽃이오, 연단된 금金이외다.

아! 월화씨!

당신은 나의 생명이지요! 그리하고 나의 힘이시지요! 나는 언제든지 당신을 생각지 않는 때가 없으며, 또는 산으로 가든지 바다로 가든지 당신을 그리워 아니하는 때가 없습니다. 그리하고, 검은 애수에 싸이어 한숨을 쉬다가도, 당신만 생각하면 나의 가슴에는 향기로운 바람이 붑니다.

월화씨!

나는 세상의 모든 것을 저주하였습니다. 나는 세상의 모든 것을 단념하였습니다. 나에게는 기쁜 것이 없고 즐거운 것이 없습니다. 모든 것이 무덤의 해골같이 보입니다. 나의 마음을 끄는 물건은, 이미 세상에서 그 자취를 감추었습니다. 그러나 당신 하나만은 나에게 축복이외다. 나에게 즐거움이외다. 모든 것을 저주한 이 시커먼 세상 위에, 나는 당신과 함께 조그마한 '오아시스'를 만들고자 합니다. 그리하고 그 속에서 당신의 손을 잡고 영원히 노래하고자 합니다.

아! 월화씨!

나는 오늘밤도 견딜 수가 없구려. 어린애 같은 말이나, 참말 당신이 그리워 견딜 수가 없습니다. 책을 보려니 그것도 보기 싫고 무엇을 생각하려니 모든 것이 귀찮고 잠을 자려니 잠도 아니 오고, 참말 야단났습니다. 참말 큰 변 났습니다. 그러나 나는 이러한 때마다 눈을 감고 당신을 찾아갑니다. 푸른 생각의 줄을 타고 산을 넘고 들을 지나고 바다를 건너 당신을 찾아갑니다. 그리하여 나중은 당신이 계신 기숙사 제2호실의 창문을 가만히 열고 말없이 살짝 뛰어 들어 갑니다. 그 때 당신은 몸에 향수를 뿌리고 분홍 '네마끼'[14]를 입은 후, 하얀 '침대' 위에 고요히 앉아 있더이다.

월화씨!

오늘밤은 잠을 자지 못하겠습니다. 달도 밝고 당신 생각도 나고. 그만 밤을 새우겠습니다. 외로이 책상 옆에 앉아 '만도린'을 뜯으며 밤을 새우겠습니다.

흘러가는 저녁내(夕川)여!
내 마음을 싣고 가라
푸른 달이 뜰 때에는
나와 함께 웃어보자!

나의 심히 좋아하는 이 노래를 '만도린'에 맞춰 노래하며, 밤을 새우겠습니다. 그러나 나는 이 노래를 부를 때에 나의 끓는 정情의 불길은 그 노래의 선율을 타고, 끝없이 끝없이 하늘 저 편까지 날아가겠습니다. 그 때에 행여나 이 노래 소리가 당신의 가슴에 부딪힐 때, 나의 뜨거운 정의 불길인 것을 당신이 알아주실는지요!

아! 월화씨!

오는 삼월에는 내가 동경을 가겠습니다. 그러면 반가이 뵈올 줄로 압니다. 그 때에는 잠깐이나마 춘기春期 방학 때이니까? 월화씨도 얼마간 시간이 있겠지요! 그러면 우리 손에 손을 잡고 방주房州나 혹은 일광日光 등지로 여행을 가사이다. 그리하여 재미있는 꿈을 꾸어 보사이다.

길이 안녕하옵소서. 그만 붓을 던지나이다.

---

14) ねまき. 잠옷.

정자靜子의 영전靈前에

—당신의 남편 성순聖淳은—

이미 영원의 객客이 된 정자여!

나는 정자씨의 영靈앞에 무엇을 쓰리 만치 마음이 가라앉지 아니하였소이다. 나는 울면서 나는 눈물을 흘리면서 "정자씨! 정자씨!" 하고 애조哀調에 사무친 소리로, 당신을 부를 뿐이외다.

아! 당신은 왜 죽었나요! 그리하고 나는 왜 당신을 구원하지 못하였나요! 슬프외다. 서럽소이다.

당신은 얼마나 아픈 마음을 가지고 그만 죽었습니까? 마지막 숨이 넘어갈 때에는 얼마나 아프고 얼마나 괴로웠습니까?

그러나 정자씨!

당신은 나의 품에 안겨 죽었었지요! 당신이 평생 말씀하던 바와 같이 당신은 나의 품에서 마지막 눈을 감았었지요! 그러나, 나는 만약 어린 자식이 없었다 하면, 나는 당신과 함께 죽기를 조금도 주저하지 아니하였겠습니다.

정자씨!

나는 이제부터는 나의 마음을 의탁할 곳이 없소이다. 슬픔이나 괴로움이나 한숨이나 눈물이나 그 무엇을 물론하고 당신이 있을 때에는, 나는 그 모든 것을 잘 참았나이다. 그리하고 기쁨이나 즐거움이나 웃음이나 무엇을 물론하고 당신과 함께 있을 때에는 말끝마다 꽃이 피고 소리마다 꿀이 솟았나이다.

정자씨!

나는 당신이 죽었다고는 생각되지 아니합니다. 그리하고 죽었을 때에도 당신을 죽은 사람같이 여기지 아니하였습니다. 당신의 시체를 당신이 만든 '이불' 위에 눕힌 후, 나는 그 목을 쓸어안고 울었습니다. 아! 그러나 내 가슴이 울지라도 당신은 알지 못하더이다. 이전 같으면 크게 놀래어 나의 눈물을 씻어주며 "울지 말으셔요!"하고 위로하여 줄 당신으로…….

당신의 아름다운 죽음! 대리석 같은 당신 얼굴과 손이 얼음같이 싸늘하여 올지라도 나는 당신의 가슴에 숨 기운이 돌고 있음을 보고, 살리라고 기뻐하였습니다.

그러나 당신은 죽었습니다. 아! 눈물, 눈을 가리우는 눈물, 하염없이 떨어져 나의 옷을 적십니다. 아! 당신은 왜 죽었나이까?

어린 아이는 걱정하지 마시오! 잘 기르리다. 그리하고 당신이 쓰신 소설도 걱정하지 마시오! ○○ 도서회사와 교섭하여 즉시 출판케 하오리다. 그 작품이 세상에 나오면 당신의 몸은 비록 죽었으나, 당신의 생명은 살겠지요! 그리하고 당신의 예술은 길이 빛날 터이지요!

아, 정자씨!

어린 아이는 당신의 죽음을 아는지 몸에 불이 붙는 것처럼 심히 울고 있소이다. 아이의 울음소리를 들을 때에는 더욱 가슴을 칼로 도려내는 듯이 아프고 저리외다.

정자씨!

하늘나라에서 길이 평안을 누리시오. 나는 어린 아이를 데리고 꽃 피는 봄과 비 내리는 가을을 한결같이 보내며, 외로움과 설움으로 이 세상을 마치고자 합니다. 그리하고 나의 이상인 그림은 더욱 힘써 그리겠습니다. 자! 그러면 이 다음 죽어서 다시 만나보사이다.

10월 5일
무덤에서 돌아와

달은 밝은데

-외로운 내 마음

-구름밖에, 사무쳐 보이지 않는, 누형淚馨씨에게-

오늘은 말할 수 없이 추운 날이외다. 바람은 쌀근쌀근 사람의 뜨거운 심장까지 식히는 듯이 차게 불고, 창 밖에 쌓여 있는 희고 또 흰 눈 위에는 창백한 달빛이 우는 듯이 흐르나이다.

나뭇가지 가지마다 달빛이 걸리어 흩날리듯 하고, 마당의 눈가루마다 금강석이 반짝이는 듯하외다.

그러나 사면은 적적하고 밤은 말없이 자는데, 외로이 누워있는 저의 외로운 마음은 멀리멀리 떠나가신 누형씨의 그림자를 얼싸안고 힘껏 울어보고 싶을 만치 그리웁고 뵈옵고 싶으나 다만 눈물은 흐르지 않고, 아린 듯한 감상이 저의 가슴을 얼음으로 절이는 듯이 안타까웁고 쓰릴 뿐이외다.

누형씨!

가시려거든 저를 데리고 같이 가시거나, 그렇지 못하시겠거든 저의 가슴에 사랑을 주시지 마시고 가시지요. 정까지 주시고 가시기까지 하니, 홀로 떨어져 있는 저의 애타는 마음은 도리어 그리운 누형씨를 저주하고 싶을 만치 원망스러울 뿐이외다.

누형씨!

달 밝아 좋다는 말은, 몇만 년 두고 시인의 붓대를 거쳐 저에게까지 전하여 오더니, 오늘같이 밝아서는, 저는 모든 시인의 붓대를 잘라 버리고 꺾어버릴 만치 싫고 미울 뿐이외다. 그러나 우리 인생이란 눈물로 뭉치고 한숨으로만 얼리지 않았을 터인데, 어찌하여 애연하고 날씬한 이 밤 아래서, 그 슬픈 달빛을 보며 누형씨를 생각할 때, 무한한 장래의 꽃다운 행복보다도 지금 이 자리에서 마음 쓰린 감상을 맛보는 것이 도리어 눈물 나는 행복이 아닐는지. 장래의 불행이 오려거든, 도리어 이 날 이 자리가 영영 사라지지 않기를 바라기까지 하였습니다.

누형씨! 달이 밝으려거든 누형씨가 옆에 계시거나, 누형씨가 계시지 않으려거든 달이 밝지를 말지, 쓰리고 애타는 저의 마음은 도리어 저 달이 있기 때문에 더욱 애닯고 외로울 뿐이외다.

시계는 두 시를 칩니다. 동리 집 닭이 웁니다. 먼 곳 산을 울리고 길게 울려오는 닭의 청아한 울음소리는 달빛을 꿰뚫고 저의 귀에 기어드나이다. 그것이 만일 더욱 목 늘여 울었다면 나와 함께 누형씨도 그 울음소리를 들었을 것인데 약한 그 닭은 나의 마음을 알아주지 못하고 울고 싶은 대로 제멋대로 꼬꼬—할 뿐이외다.

누형씨! 저는 외롭습니다. 차디찬 달빛은 외로운 저의 얼굴을 차디차게 비추나이다. 저의 가슴까지 차디차게 합니다.

누형씨! 차디찬 저의 가슴을 저의 마음을 얼핏 돌아와 녹여주세요, 풀어주세요! 저의 쓰린 마음을 어루만져 주세요.

달은 가고 해는 갈 것이외다. 그리고 우리 청춘도 얼마 아니하여 다시 오지 못하게 갈 것이외다.

저는 피 많은 청춘이 아깝습니다. 더구나 그 외로이 지내는 청춘을 생각하면 할수록 애닯습니다.

누형씨! 소리쳐 누형씨를 불러보고 싶고, 힘껏 울어 누형씨에게 이 외로움을 애소哀訴하고 싶습니다마는 길은 멀고 구름은 가리웠는데 다만 오고 가는 바람이 그 부르짖음과 그 울음소리를 가로 막고 세로 막아 그 소리는 누형씨의 귀를 울리지 못할 터이지요? 세월이 갑니다. 청춘은 갑니다. 새파란 청춘이 우리를 죽음으로 끌어갑니다. 애타는 간장과 쓰린 가슴으로 이 청춘을 지내야 할까요, 눈물로 이 청춘을 보내야 할까요?

누형씨! 어서 오세요. 어서 오세요. 구름을 헤치고 바람을 타고 오세요. 돋는 해와 지는 달같이 정녕코 오세요. 저는 돌아오실 때까지 울 것입니다. 눈물 흘릴 것입니다. 아! 청춘은 가는데 누형씨는 오시렵니까 안 오시렵니까?

1월 15일 밤(夜)

차디찬 요 위에, 외로이 누워 우는 설향雪香은 올림

황포탄黃浦灘 물소리를 들으면서
—한양에 있는 영순英淳씨에게

—월영月影—

영순씨!

갔던 봄은 다시 왔습니다. 꽃은 웃고 새는 노래한다는 아름다운 봄이 왔습니다.

오늘은 5일이고 오후 두 시온데, 나는 기숙사 툇마루에 하염없이 앉아 역시 동편 하늘을 바라보며 생각하는 줄 모르게 당신을 생각하였습니다. 나의 온 몸을 잠재우려는 듯한 따뜻한 햇빛은 소리 없이 쏟아 내리고 그 위에는 금실이 흐르는 듯한 아지랑이가 춤을 추고 있습니다.

영순씨?

나는 눈을 감았습니다. 양자강을 흘러내려 상해上海의 '부두'를 때리는 황포탄 물결이 그윽히 들리고, 남경南京에서 상해로 오는 기적 소리가 '뚜!' 하고, 고요한 공기를 통하여 내 귀를 스치고 지나갑니다. 나의 마음속에는 외롭고 쓸쓸한 기운이 한데 뭉치어, 나의 온 몸을 사정없이 흔듭니다. 그리다가는 나의 온 몸을 무엇에 싸 가지고 '회오리' 바람과 같이 하늘 저 편으로 날아가는 듯합니다.

아! 영순씨!

나는 참으로 견딜 수가 없었습니다. 당신이 보고 싶어 참으로 견딜 수가 없었습니다. 나는 울고 싶었어요. 그만 툇마루에서 벌떡 일어나, 가는 줄 모르게 황포탄 공원으로 향하였습니다.

공원에는 푸른 잔디가 고개를 숙이고 붉은 꽃이 입을 벌렸으며, 검푸른 나무들이 머리를 흔들고 있습니다. 꽃과 잔디와 나무를 배경으로 하고 '불란서' 사람들은 자기의 애인과 함께 '테니스'만 하고 있지요! 그들의 재미야 말로 꿀같이 달고 꽃같이 아름다운 듯합니다. 그리하고 사랑하는 부모들이 어린 자녀를 데리고 유희하는 이도 있으며, 또는 자기의 애인을 꽃 속에 숨기고 사진을 박는 이도 있습니다. 모두가 그들은 재미있고 즐거운 듯합니다. 그러나 나 혼자만은 외롭고 서럽소이다. 처음에 기숙사를 떠나올 때는 이러한 생각을 모두 저버리리라 하였더니, 잊어버리기는 고사하고 일층 더 맹렬한 형세로 마음 한복판에서 폭발을 합니다.

아! 영순씨!

나는 사면으로 돌아다니며, 꽃과 풀 속을 다 더듬었습니다. 그리하고 나무와 잔디밭을 모두 헤매었습니다. 그러나 당신의 얼굴은 보이지 않아요. 그 웃음 많고, 부드러운, 갈씀하고 하얀 당신의 얼굴은 보이지 않아요! 그리하여 나는 무정한 풀 위에 앉아 유정한 당신을 생각하며, 며칠 전에 주신 당신의 편지를 읽었습니다. 그리고 본즉 그 편지 위에는 알지 못하게 눈물이 떨어지지요!

오는 6월 안으로 '파리'로 공부를 가신다지요! 그러면 어찌하렵니까? 나는 어떻게 하여야 좋아요! 나도 이 학교를 졸업한 후에는 '파리'에 있는 여자 '오페라' 학교로 공부를 하러 가고자 하오나, 그것은 이 다음 일이요! 한시라도 보고 싶은 당신을 보지 못하고 어찌 2,3 년 동안을 참겠습니까? 아! 생각하면 나는 눈물밖에 나는 것이 없습니다. 만약 그렇게 가신다면 나는 죽겠어요! 나는 살지 못해요!

여보 영순씨!

오는 7월 20일까지만 기다려주세요! 내가 방학을 하고는 즉시 나가겠습니다. 그리하여 나에게 위로를 주고, 나에게 사랑을 주신 후에 '파리'로 가소서. 그리하고 나와 함께 원산元山 명사십리明沙十里나 혹은 석왕사釋王寺 등지에 가서 피서避暑나 하고 가시옵소서. 그리하여야 나는 마음이 놓이겠습니다.

영순씨!

당신이 '파리'로 공부를 가신 후에, 나는 갑갑하여 어떻게 견디나요! 닷새에 한 번씩 보는 편지도 갑갑하니 안타까우니 하는데, '파리'로 가면, 적어도 30여일 만에야 한 번씩 편지를 보겠지요! 그러면 안타까워 어찌하나!……. 좌우간 당신이 가신 후에는 저는 더욱이 열심으로 공부하겠습니다. 죽어도 내 몸은 당신의 물건이니까요. 그리하고 당신을 위하여 사는 사람이니까요, 잘 공부하고 잘 수양하여 당신께 즐거움을 드리고 당신께 기쁨을 드리고자 합니다.

영순씨!

나는 어제 저녁에, 우스운 꿈을 꾸었습니다. 경성 어느 여관이었습니다. 당신은 모든 짐을 차려놓고, 장차 '파리'로 떠나시려 하면서, 나의 등을 어루만지더이다. 그리하고 얼굴에는 푸른 수심愁心이 떠오르며, 나를 보고 즉시 편지를 할 터이니, 너무 섭섭히 여기지 말라고 하더이다. 나는 눈에 눈물을 머금고, 정거장까지 가겠다고 한즉 당신의 말이, 정거장까지 가는 것도 좋으나, 정거장에서 울며불며 야단을 하면 매우 창피한 일인즉, 그만 여기서 작별하자고 하더이다. 나는 담대히 마음을 가지고, 울지 않을 터이니, 제발 데리고 가라고 하였지요! 당신도 아는 수 없는지, 그러면 가자고 하더이다.

정거장이었습니다. 나는 차에 올라가, 자리를 정하고 당신이 차에 오르기를 기다려 조그만한 물건을 드리면서, 이것은 나를 영원히 사랑하여 달라는 기념물이라고 하였습니다. 그리하고 당신의 무릎에 최후로 얼굴을

들이 대이면서
"아이고, 언제나 뵈어요!"
하고, 눈물지는 소리를 하였습니다. 그러자 돌연히 깨어보니, 그야말로 꿈이더이다.

영순씨!

오매불망하고 당신을 생각하니까 별 꿈을 다 꾸어보겠지요! 그러나, 이 꿈이야말로 우리 사이의 열렬한 사랑을 말하는 그 무엇이외다. 그리하고 우리 두 사람의 장래를 말하는 예언이외다.

영순씨!

이제는 그만 공원에서, 기숙사로 돌아가겠습니다. 공원에서 뛰놀던 사람도 차차 자기 집으로 돌아갑니다. 석양빛은 앵도櫻桃 빛 같이 땅위에 흐르고 있는데, 황포탄의 물소리가 이상하게도 요란히 들립니다. 그러면 평안히 계십시오. 다시 편지 올릴 때까지.

1922년 4월 5일
상해 황포탄 공원에서

사랑하는 '또리'씨에게

—오늘 밤 떠나기 전에

—사랑받는 '윌리엄'은 올림—

'또리'씨!

오늘 아침부터는 더욱 설운 마음에 나의 온 몸을 지배하야, 하루도 살 것 같지 않소이다. 나의 간절한 소원은 당신을 하루라도 떠나지 않고 싶소이다. 그리하고 세상 사람을 모두 떠나, 항상 당신 옆에 있고 싶소이다.

'또리'씨!

그러나 나는 당신을 떠나지 아니하면 아니 되게 되었소이다. 오늘밤에는 당신을 떠나야 할, 어쩔 수 없는 운명에 이르렀소이다. '화성돈'[15]을 떠나는 군함의 기적汽笛 일성一聲이 '뚜!'하고 고요한 공기를 흔들 때에 나는 갑니다.

당신을 떠나 불란서 전지戰地로 갑니다.

그러나 '또리'씨!

나는 당신을 생각하는 열정을 금禁치 못하여, 군함을 벗어나 당신에게로 도망하여 가지 아니할까 겁이 납니다. 지금 나는 단단히 마음을 붙잡

15) 미국의 수도 워싱턴.

고 군함에서 도망하지 말자고, 나 자신과 싸움을 하고 있소이다.

그러나 이 싸움이 나에게 얼마나 고통을 주고 얼마나 아픔을 주는 것은 당신도 잘 알 것이외다. 나는 당신을 위하여 또는 우리 장래를 위하여 이 고통을 잘 참겠소이다.

만약 내가 군함에서 도망하여 당신에게로 간다면, 세상에서는 나를 비겁하니, 어리석으니, 못났느니 하고, 야단을 할 것이외다. 그리하면 나는 사회상으로 죽은 사람이 되고, 명예상으로 망한 사람이 될 것이외다.

아! '또리'씨!

이번 전쟁이 우리 두 사람의 사이를 떠나게 하였으나, 그러나, 두 사람 사이의 사랑은 한 시간이라도, 떠나지 아니할 것이외다. 우리 두 사람은 한 사람이외다. 우리 두 사람 중에 한 사람만 없어도 완전히 못한 사람이외다.

며칠 전에 당신은 나의 입에 '키스'를 하여 주며, 나를 사랑한다 하셨지요! 옳소이다. 당신은, 나의 영원한 애인이외다. 당신을 떠나면 나는 생명도 없고 아무 것도 없는 사람이외다.

나는 당신을 영원히, 죽어서, 저 나라에 가서까지 사랑하고 존경하겠소이다.

'또리'씨!

보통 세상 사람의 연애라는 것은, 실로 우스운 연애이지요! 일시적으로 무엇에 혹하여 가지고, 이러니저러니 하는 연애외다. 그 까닭에 조금만 지나면, 봄바람에 눈 스러지듯이 그 연애는 그림자도 찾지 못하게 되더이다.

그러나 당신과 나와의 연애는 열정의 연애요, 정신의 연애요, 이해의 연애니까요, 하늘이 변하고 땅이 꺼질지라도, 조금도 변하지 아니할 것이외다.

아! '또리'씨!

그러면, 안녕히 계십시오! 나는 오늘 밤 떠납니다. 그리하여 불란서로 가서 독일 군대를 쳐물리고 웅장한 '개선가'를 부르며, 당신을 맞겠나이다. 그리하여, 꽃다운 혼례를 이루고 향기로운 일생을 보내사이다.

8월 5일 아침에

동경東京 있는 애희愛喜씨에게

—장하리長河里에서

눈오고 바람 찬 '크리스마스'날 저녁이외다. 밤은 깊어 세상은 꿈속에 들어, 무섭게도 고요한데, 오직 들리는 것은 고요한 중에 고요한 소리외다. 마치 청춘 남녀가 실연에 우는 울음소리 같기도 하고, 무인광야無人曠野에 홀몸이 구슬픈 소리로 애인을 외쳐 부르는 소리 같기도 하며, 달콤한 꿈속에서 잠꼬대하는 계집애의 그 무슨 소리 같기도 하외다. 그리하고 향기로운 동산[16]에서 애愛의 꽃가지를 들고 선, 소년 남녀의 웃음소리 같기도 하외다.

저는 한참이나 이 소리에 취하여, 얼빠진 모양으로 펜을 든 채로, 책상 머리에 앉았을 뿐이었나이다. 이 때, 나는 꿈을 깬 듯이 들었던 펜을 지면紙面에 대이고 한번 더—당신의 준 글월을 보았나이다.

보고 나니 옛 기억이 새로워질 뿐이며, 당신을 그리는 생각이 다시금 심하여집니다. 문틈으로 살살 기어 들어오는 찬바람은 객창의 고독을 더욱 느끼게 하며, 따라서 작년 이날 밤 기억을 새삼스럽게 더하게 하여 줍니다.

16) 원문은 '산동'. 오식으로 생각된다.

아! 사랑하는 애희씨!

바로 그날 저녁이외다. '크리스마스' 회장에서 애희씨가 준 선물을 받아들고, 내식乃植 군에게 '야지'[17] 받던 생각이며, 당신과 같이 하숙에 돌아와 그 '야지'받고 성화받던 이야기로 서로 웃고 서로 부끄러워하던 것이며, 당신이 불그레한 입으로

"저는 당신을……."

하고는 부끄러운 얼굴로 고개를 숙이며 말끝을 맺지 못하던, 그 아리따운 소리와 그 아리따운 자태가 지금 그대로 들리고 그대로 떠오르나이다. 그 때 나는 그 맺지 않으신 말끝을 너무도 알고 싶어서 못견디게 최촉催促하는 바람에 애희씨는 겨우 대답이

"저는 당신을 사랑합니다."

라고 하였었지요!

이 소리를 들은 저는 취한 듯한 눈으로…… 당신을 물끄러미 보다가…… "고맙습니다. 저 같은 놈을 사랑하신다니…… 저는 애희씨를 사랑하되 영영永永히 사랑하고 싶어요. 오래오래 애희씨 품에 안겨, 영원히 흐르고 싶어요!"

애희씨는 고개를 숙인 대로 한참이나 침묵 중에서…… 저를 의심하는 눈으로, 아니 대답이 너무 쉬웁다 하는 태도로, 슬며시 흘겨보시더니, 말하기 어려운 듯한 입을 열어

"저는 그리 쉬운 대답이나, 너무 가벼운 허락은 하고 싶지를 않아요. 그렇기에 오늘 저녁 '저는 당신을 사랑합니다'라는 그 짤막한 말이 적어도 2,3년 간 많이 시험하고 살피고 생각해본 중에서 나온 어려운 말을 오늘 저녁에 비로소 토吐한 것입니다. 확실한 대답과 허락은 타일他日로 미루고 저는 그만 가겠습니다."

---

17) 비웃고 조롱함. 또는 그런 행위.

하며 일어서셨지요? 그리하여 저는 실망낙담한 눈으로 당신을 바라보며

"아직 시간도 멀었습니다. 하니까 더 이야기하셔요. 늦으면…… 쉬어가시지요."

라고 말은 해놓고 아—너무 무리한 요구가 아니었을까, 할 때에 애희씨는 방긋이 웃으면서

"이 다음 오랜 뒷날."

하시고는 그만 일어서서 컴컴한 밤빛 가운데로 사라져 버리지 아니하였습니까?

그 이튿날, 석양의 놀이 아직 남아있을 때이외다. 전날에 마취되었던 몸은 오히려 피곤을 주는데, 저는 옷을 떨쳐입고 당신의 숙소를 찾아갔나이다. 가고 본 즉 애희씨는 그림자도 없고 오늘 아침에 이전移轉하였다는 시원치 못한 하녀下女의 대답이 있을 뿐이었나이다. 아! 몰인정한 애희씨여!

"너무도 조롱을 마소서. 너무 과한 시험! 감당키 어려운 시험을 마소서."

라고 저는 이렇게 얼마나 부르짖으며 원망하고 저주하였는지요!

그 때 얼마나 아프고 쓰리었던 것은 그 이듬해 졸업기卒業期를 10여일 앞에 두고 병으로 인하여 귀국한 것으로 알 것이외다.

이러구러 신음하는 새에도 세월은 간단없이 흐르더이다. 새는 노래하고 나비는 춤추던 꽃피는 봄철도 그만 흐르고 흘러서 여름이 지나고 또 가을이 지나서 이제는 눈 오고 얼음 얼고 찬바람 부는 겨울이 되었나이다.

아! 이처럼 세월은 흐르는 중에 자연의 변화야 말할 것도 없거니와 기타 인간의 인위적 변화인들 그—얼마나 많겠습니까? 건강이 병으로…… 병이 사死로…… 무無에서 생生으로…… 뒤바뀌고 순환循環이 무궁無窮한 중에서

저도 봉영逢迎이 석별惜別로…… 수繡놓은 화폭畵幅의 선물이 짤막한 글월로…… 아니 생명이 있는 '명문命文'으로…… 병은 쾌차로…… 이렇게 변하더이다.

아! 당신의 글월!
소생蘇生의 약이 아니며, 활명活命의 샘이 아니었으리까?
애희씨?
저를 살린 당신의 글월 또 한 번 펴들었나이다.

작년 '크리스마스'날 저녁에 사라져, 숨어서 당신의 성격을 엿보던 애자愛子는 감히 낯설어진 붓을 들었나이다.

오래 애태운 저를 당신을 잊지나 않으셨는지요?

묻고자 하나이다 (상략上略)

당신의 애도 애려니와 저의 피간彼間, 안타깝게 졸인 심리心理며 갈앙渴仰에 애타는 심회心懷며, 동경憧憬에 그리운 정서를 뉘라서 알았사오리까? 고의故意가 아닌 숙소를 옮기고, 짧으나 오랜 긴 세월을 숨어 있은 것은 오직, 일생에 고락苦樂을 같이할 낭군郎君 될 자격 시험을 함이었사오니, 넓히 생각하옵소서.(중략)

감히 천한 몸을 당신께 바치오니 행幸히 알아 주실는지요! 미안하나마 과거의 분노를 그만 푸시고 이의 허許함이 있삽기를 천만경대千萬敬待하노이다.

숨었던 김애희金愛喜 상上

보기를 다한 저는
"아! 천사시여!
아! 구원의 천사시여!
저는 살았나이다.
애인을 잃고 빙세계氷世界에 방황하던 표박자漂迫子는 애인을 찾았으며 사랑에 주리고 목말라 이우러가던 영靈은 부활하였으며, 실연에 상傷하여 병곤病困하고 수척하였던 '몸'은 새로운 감정과 새로운 기분으로 새로운 정력精力을 얻었나이다.

이제야 계획을 세워 활동하겠으며, 이제야 웃음다운 웃음을 웃어볼까 하나이다.

아! 농락이 많은 운명의 신神이여!

당신이 선녀仙女를 보내던 길로 그만 빼앗아 멀고 먼 보이지 않는 곳으로 정배를 보내여 쓰리고 아프게 하였음은 그—무슨 짓이며, 그—무슨 심술心術이리까?

아! 구원의 신이여!

이나마 나의 청춘이 시듦을 애처로이[18] 여겨 멀리멀리 숨었던 애인을 몰아다 주시니

아! 감사하여이다."

저는 이렇게 중얼거리었나이다.

아! 사랑하는 애희씨!

우주는 참 모순의 소굴이며 모름의 세계외다.

글쎄 작년에 화폭의 선물을 받던 손으로, 금년 그 날에 생명의 글월 받을 줄을 어이 알며, 강도에게 도적맞은 줄 알고 혹 죽을 줄까지 알았던 애희씨를 다시 찾을 줄이야 뉘라서 뜻하였사오리까?

아니 지금도 역시 모르겠나이다. 현재에 이 모든 것이 동경憧憬의 꿈인지, 오매불망寤寐不忘의 미상迷想인지도…….

너무도 궁금하고 너무도 갑갑하외다.

다시는 감당키 어려운 시험을 마시고, 더 조롱을 마소서.

속히 현실로, 제 앞에 나타나, 팔을 벌리고 달려드소서. 하면 나는 당신을 얼싸안고 영영永永히 단꿈에 들려 하노이다.

궁금에 겨운 저는 애희씨 졸업식에는 기어이 도동渡東하려 합니다.

---

18) 원문은 '아처러히'.

'크리스마스' 날이 이슥한 밤에

최춘아崔春芽는

애인 T양에게

-김건희金建熙-

T양!

오늘 오후 네 시, 함남咸南 S사寺에 무사 안착安着하였나이다.

S역驛 정거장에서 내려, 4,5리를 걸어 들어가니 좌우 옆에 울울창창한 송림松林은 무정한 가을바람에 흔들려 울고, 줄줄이 흐르는 샘물조차 목메어 우나이다. 시름없이 내리는 가을비! 답답한 하늘로 떠도는 애수!

가을은 슬픔의 때라 하옵지만, 어찌하여 이다지도 슬픈가요? 들뜬 나의 마음은 이러한 곳에서 이러한 경개景槪를 보오니, 더욱이 마음은 찢어질 듯이 아프고 눈물은 끝없이 흐르오! 무엇이 나의 마음을 이리도 잡아당기노?[19] 무엇이 나의 마음을 이다지 슬프게 하노? 아아 서편 하늘을 바라보니 검은 구름만 막막한데 고요한 천지天地에는 시름없는 두견杜鵑의 울음뿐이외다.

아 T양! T양! 애인을 둔 마음은 이리도 괴로운가요? Y역驛에서 초연悄然히 돌아서시는 당신의 뒷모양을 볼 때, 저는 얼마나 마음이 아팠는지 알지

---

19) 원문은 '잡아다리노'.

못합니다. 이슬진 백합꽃 같이 아름다운 당신의 눈물 고인 눈을 뵈올 때, 아아 내가 왜 이곳을 떠나는고? 최애最愛의 당신이 계신 곳을 아! 나는 왜 떠나지 아니치 못하게 되였나 하고 나는 미련하게도 이러한 생각을 얼마나 하였는지 알지 못합니다.

그러나 모든 것은 운명이외다. 이렇게 아픈 이별도 또한 최애最愛의 당신을 위하여 아니 우리 두 사람을 위하여, 장래의 원대한 이상을 실현키 위함이라고, 스스로 자위自慰하올 때는, 그래도 웃음이 눈물 흐르던 눈가에 띄워집니다.

T양! 나는 어릴 적부터 감정과 정열에 싸여 모든 것을 자기의 정화情火로 태우려하였었으며, 예술을 열애熱愛하는 동시에 예술을 저주하였나니, 예술은 사람을 거만하게 하며, 질투 깊게 하며, 사람을 부자유하게 하는 때문이었나이다. 오! 그리고 나는 순진하고 열렬한 사람의 일절一切을 바칠 참사랑을 요구하여, 미칠 만치 입과 마음으로 그 사랑을 항상 부르짖었나이다. 그러자 마침내 당신의 사랑을 받게 됨에, 나는 생사生死를 모르고 날뛰었나이다.

오! T양이여! 너무 마음을 상하지 마시옵소서.

쇠는 단련할수록 더욱 단단하여집니다. 우리의 순진한 사랑은 외계外界의 모든 핍박과 장해障害를 만나면 만날수록 더욱이 새로워지며 깊어질 것이 아니오리까?

오! 사랑하는 T양이여! 우리의 앞길엔 무한한 광명이 있습니다. 어느 때는 기어코 꽃같은 낙원도 있을 줄 압니다.

오! '엔젤' 같으신 당신의…… '엔젤' 같으신 당신의…….

S사寺의 밤은 참으로 적막합니다. 적막한들 이렇게 적막할 수가 있겠습니까. 세우細雨는 아직도 계속합니다. 처량한 물소리만 구슬프게 웁니다.

T양! 내가 '트렁크'를 열었더니, 당신의 아리따운 자태를 몇천 번 비추인 거울이 있습니다. 오! T양! 당신이 넣었는가요! 나는 이 거울을 들여다보

았더니 몸이 떨리고 눈이 똥그래집니다. 이 거울의 평편한 허공虛空엔 당신이 있으리라고, 핏발이 뛰는 눈으로 보며 열혈熱血이 흐르는 손으로 만졌더니 거울은 찰 뿐입니다. 아아 거울의 추억은, 이리도 나를 괴롭게 슬프게 무서웁게 하는가?

오! H 강반江畔에서 외로운 꿈을 꾸시며 계신 T양이여! 나의 가슴은 아프고 저리외다. 그러나 이것을 능히 지필紙筆로 기록할 수 없습니다. 손에는 맥이 풀리고 눈물은 앞을 가리워 도무지 말을 만들 수가 없습니다. 오! 그러면 T양이여! 이 짧은[20] 편지의 구구句句마다 흐르는 저의 피와 눈물을 생각하여 주시옵소서! 끝으로 T양의 내내 자중自重키를 비옵고, 또 "신은 어디까지든지 우리를 보호한다."는 우리의 슬픔의 위로하는 문구文句를 드리옵고 그만 그치나이다.

임술지추壬戌之秋 칠월기망七月己望

S사寺에서

---

20) 원문은 '짜른'.

최후의 하소연

—선옥善玉씨에게—

선옥씨!

옥안玉顔의 뚜렷한 환영幻影으로 더불어 꿈꾸는 동안에 천궁天宮의 달님은 벌서 여섯 번 둥글었더이다. 그리하여 섬수纖手의 짜릿한 혈류血流에 떨리는 입술은 상상의 모진 불길에 타오를 뿐이외다. 흐릿한 여름 저녁에 당신의 복복馥馥한[21] 남은 향기를 찾았으며, 싸늘한 서리 아침에 당신의 포근한 애愛의 가슴을 그리워한 적이, 흐르는 때를 따라, 쉰 틈이 없었나이다.

때는 바뀌더이다. 철은 옮기더이다. 그리하여 운명의 마수魔手는 덧없는 인생을 여지없이 놀리더이다. 포옹에 주리고 사랑에 목마른 척영隻影의 이 몸을, 너무도 놀리더이다. 사랑을 위하여 죽으려 하나 사랑을 위하여 죽지 못하는 어린 ○오梧[22]를 너무나 휘적시더이다.

선옥씨!

월봉산月峯山 지는 해의 아롱진 금사金絲발은, ○○사寺 객실客室의 좁은 창을 여전히 비치더이다. 옥녀봉玉女峰 솟는 달은 법당 너머로, 포플러 성

21) 馥馥한: 향기로운.

22) 원문 그대로임. '○梧'. 이 글은 小梧 설의식이 쓴 것으로 추측된다. 책 뒤의 해설 참조.

긴 가지에 다름없이 걸리더이다. 그러나 외로운 그림자를 둘러싼 공기는 차더이다. 거칠더이다. 열(膽)같이 쓰더이다.

"행여나!"하고 간간히 ○○사(寺)의 달콤한 옛 터전을 찾아가는 이 몸은 구슬픈 모종暮鐘에 굽이진 간장肝腸만 끊었을 뿐이었나이다.

또렷한 두 눈에서 넘치던 미소의 여린 파문波紋이 부드러운 입김에 납신거리던 그 때의 광경은, 눈감은 자아의 가슴에 한갓 흔적만 박히었을 뿐이요, 그 실체實體는 이미 손 놓고 돌아서던 그 때에, 가없이 구르는 때의 수레를 타고 멀리멀리 미지의 나라로 가버리고 말았더이다.

당신의 그 독특한 표정과 애끊는 정화情話에 끊고 다시 끊어, 좁은 혈관이 터지게 날뛰던 이 몸의 핏방울은, 이미 냉회冷灰와 같이 싸늘하게 식었나이다. 북극양北極洋의 차디찬 빙산이라도 녹여 버릴 듯하던 고도高度의 열혈熱血은 바야흐로 빙점氷点을 향하여 달리나이다.

선옥씨!

이제 나는 잊으려 하나이다. 나의 시들은 영육靈肉을 애처롭게도 무자비하게 조금씩 조금씩 마르게 하는 과거의 모든 꿈을 잊으려 하나이다. 혹독하게도 잔인하게도, 여린 이 몸을 뜯어먹는 추억의 독균毒菌을 잊어버리기 위하여 '생生'의 의식意識을 길이 운명의 왕국에 선사하려 하나이다. 믿을 곳도 없고 바랄 곳도 없는 이 몸은 이리하여 조화造化의 번롱飜弄을 피하려 하나이다. 진세塵世의 괴악怪惡한 시험을 더 받지 아니하려 하나이다.

선옥씨!

당신의 본의本意 여하는 내가 묻고자 아니합니다. 당신의 의사와 당신의 양심을 좌우하는 당신의 주위의 모–든 사정도 내가 묻고자 아니합니다. 알고자도 아니합니다마는…….

아! 당신이 이 몸을 버렸지요! 이 몸으로 하여금 오늘이 있게 한 사람은 오직 당신 한 사람뿐이지요! 하늘이 무너지고 땅이 꺼져도 이것만은 옮기지 못할 사실이지요!

오오! 사랑하는 선옥씨!

그러나 나는 당신을 원망치 아니합니다. 원망할 용기도 지금은 없소이다. 돈 없고 세력 없는 이 몸을 하루 한 때나마 진심으로 사랑하여 주던, 그것만 하여도 감사하외다. 헐벗은 이 몸에 꽃 같은 몸을 실리고, 거친 입술에 따끔한 '키스'까지 주던 것만도 감사하외다.

오직 당신이 이 몸을 버렸다 하더라도 내가 살아 있고는 당신의 선연鮮姸한 모양을 잊을 수가 없으니, '생生'을 버리려 합니다. 당신이 이 몸을 미워한다 하더라도 당신이 없고는 이 몸이 살아갈 수 없으니, '사死'에 나아가려 함이외다. 사랑하는 선옥씨!

우거진 녹음에 수운愁雲이 얽히던 때로부터 흰 눈이 날리는 이 때에 이르기까지, 6, 7차의 글월에 한번도 회신回信의 글월이 없음을 보아 신풍信風의 멍에가 부러지고 청조靑鳥의 나래가 상한 줄을 알았나이다.

그리하여 삼경三更 밤 고요한 방에서, 홀로 당신의 무정도 책責하였나이다. 고단한 베개에 서러운 눈물도 흘렸나이다. 병상에 누워 친고親故들의 수고도 끼쳤고, 남교南郊에 표랑漂浪하여 자연의 위로도 받으려 하였나이다.

선옥씨!

이제 이르러 이 글월을 드림이 쓸데없는 일인 줄은 모르는 바가 아니외다. 허나…… 나는! 나는, 이 글월을 드리지 않고 그냥 가기는 너무도 서러워 못 견디겠나이다.

밤이나 낮이나 그리던 애인의 옥자玉姿를 길이 망각의 그늘에 던지려 함에 구곡간장에 맺힌 설움을 억제하기 바이 없나이다.

석양 그늘에 뽕따는 처녀나 잔촉침두殘燭枕頭에 웃음 파는 무수한 여성은 족히 이 몸의 서리에 시들은 사랑의 싹(芽)을 기르지 못할 것이외다. 낙원의 폭신한 잔디밭에서 쫓겨난 이 나의 가련한 영靈을 품어줄 만한 연戀의 보금자리가 또 다시 없을 것은 이미 각오하였나이다.

오오! 나는 죽으려 가나이다. 웃는 꽃, 우는 새, 맑은 물, 고운 수풀, 모두 다 버리고 나는 돌아가려 하나이다. 그리하여 이 나의 쓰다 남은 정열의 불꽃을 널리 뿌려, 이 세상 모–든 여성의 쉽게 식어가는 가슴을 데이려 하나이다.

사랑하는 나의 애인아!

까마귀 장차 죽음에 그 소리 슬프고, 사람이 장차 죽음에, 그 말이 어질다 하더이다.

죽음을 뉘 슬퍼 아니하리까마는, '생'의 보람을 맛보지 못하는 자에게는 무상無上한 행복이겠더이다. 누가 살기를 애쓰지 아니하리까마는, 사는 맛을 모르는 자에게는 '죽음'이 도리어 영생永生의 관문이겠더이다. 초로草露 같은 한낱 인생이 없어짐을 아까워 아니하는 세상을 구태여 미워하지 아니하나이다. 오직 당신의 아름다운 살림에 무궁無窮한 만복萬福이 내리시기를 빌 뿐이외다. 이성異性의 꿀 같은 사랑에 무진無盡한 쾌락이 떠나지 않기를 바랄 뿐이외다. 끝으로 최후의 길에 오르는 불쌍한 영靈을 위하여, 한 조각 옥찰玉札을 아끼지 말으소서. 그리하여 길이 명계冥界에 방황할 벌거벗은 ㅇㅇ를 위하여 궂은 비 찬 눈이나마 가리게 하소서. 빈손으로 왔다가 빈손으로 돌아가는 ㅇ오梧의 소청所請은 이것뿐이로소이다.

그달 그날

눈오는 저녁에

일화一花씨에게

—설야雪野

일화씨?

저는 오늘 아침도 의사의 진찰을 받은 그대로, 언제든지 슬픈 그 맘으로 다시 침대 위에 고요히 누웠었습니다.

그 때에 일화씨의 편지가 왔습니다. 마치 그믐밤에 정다운 등불을 발견한 듯이 저는 신음 가운데서도 15매나 되는 그 긴 글을 한숨에 끝까지 다—보았습니다.

일화씨! 감사합니다. 일화씨의 말씀은 다—분명히 알았습니다. 저는 일화씨의 편지를 읽을 때에 곧 지금으로부터 삼 년 전이었던 여름 밤 일이 연상되었습니다.

은빛 같은 월광月光은 저의 집 방 안에까지 좔좔 흐르고 뜰에는 백양수白楊樹의 푸른 잎새가 그림자를 툇마루에 고요히 던지고 있는데, 일화씨는 앞 담을 향하여 마루 끝 한 절반에 저를 동東으로 비껴 앉으시고, 저는 툇마루 가 기둥을 등지고 역시 앞을 향하여 앉았었지요! 그 때, 일화씨는 한 마리 날아오는 반디벌레(螢)를 보시고 뜰 아래로 뛰어내려서 손으로 그를 잡아다가 아무 말씀 없이 저를 주시지 아니하였습니까?

일화씨! 저는 지금 일화씨의 뜻을 처음부터 끝까지 모두 분명히 알았습니다. 저는 과연 저의 정도에 넘치는 일화씨의 감격한 말씀에 스스로 눈물을 짓습니다. 그리고 일화씨의 그 말씀이 오래 냉정한 세상에서 거치른 생활을 짓던 애처로운 저를 구하러 온 하늘 사자使者의 해맑은[23] 노랫소리같이 들립니다, 마는 일화씨! 저는 이 자리에서 일화씨에게 용서를 빌게 되었습니다. 물론 저는 일화씨를 사랑합니다. 어떤 의미로는 일화씨를 위하여는 생명도 드립니다. 그러나 일화씨! 일화씨의 그 말씀에는 복종치 못하겠습니다. 이 복종치 못하는 것이 저의 자신의 죄가 아닙니다. 풍진 세상에 너무나 몸이 시달리어 기진맥진—아직 잔명殘命을 보존하기에 힘쓰고 있는 이 설야雪野를 측은히 가련히 생각하시와, 용서하여 주십시오. 이 용서를 비는 저는 지금 하늘을 우러러, 아픈 가슴을 두 손으로 두드립니다.

일화씨! 청춘에 서리를 맞고 모든 것을 저주한 저는 이제 이 세상의 누구의 말이든지 믿지 못하겠습니다. 또 그리고 소위 '연애'라는 그 자체를 믿지 못하겠습니다.

기후其後 (아시는 바와 같은) 저는, 타고 남은 잿가루와 같은 상처받은 고혼孤魂을 가진 사람이 되게 되었습니다. 동시에 이 세상의 모든 일은 악마의 함정같이 어지러운 일뿐이라고 생각하였습니다.

일화씨! 용서하여 주십시오. 다시 더 길게 말씀드리고자 아니합니다.

그러나 이금 이 자리에 용서를 비는 저는, 최후로 일화씨에게 한마디 더 쓰고자 합니다. 소위 '연애'라는 것은, 지금에 일화씨가 그 심중에 그려 놓음과 같은 그 같은 청정淸淨 미려美麗한 것이 아니라 함이외다. 또 그러고 일화씨의 마음을, 일화씨 자신으로도 임의任意로 하지 못한다 함이외다. 좇아서 일화씨라는 여자인, 그 일화씨도 신용하지 못하겠습니다. 열정熱情이 백도百度에 달하였던 나의 애인인 그이도 (지금 말씀드린 일화씨가 아시

23) 원문은 '새맑은'.

는) 그 당시에 저에게 대하여 하루에도 몇 번씩이나 하늘을 가리키고 땅을 가리키며, 맹서盟誓를 굳게 하였지요! 그러나 그같이 굳던 맹서가 드디어 석양놀에 비친 붉은 구름결같이 그만 스러지고[24] 말더이다.

일화씨! 이런 슬픈 경험에 귀貴여운 분별력을 얻은 이 설야는 다시 옥 같은 아름다운 운명을 가지신 일화씨를 감히 상처 입히고자 아니합니다. 지금 이 자리에 일화씨의 일대[25] 원인怨人 아니 일대 죄인이 되는 저는, 오직 정욕情慾에서 뛰어나서 이성理性의 쇠(鍵)를 굳게 잡고자 합니다. 나의 내체內體가 홍로紅爐에 녹아지지 아니하기까지, 누구에게든지 이를 허許치 않고자 합니다. 일화씨는 어디까지든지 저를 '사랑'하시겠다고 하셨지요. 그리고 또 그 소위 장미촌薔薇村을 위하여는, 가시산山을 넘기에도 겁내지 않으신다고 하셨지요. 이같이 생각하시는 것은 과연 마음이 순결한, 겸손한, 아직 그 무엇에 물들지 않은 수정水晶 같은 어린 일화씨에게 이르러는, 절대의 자유라 합니다. 또한 당연한 일이라고도 생각합니다. 그러나 오직 자덕自德이 부족한, 아니 박명薄命한 저에게 이르러는, 감히 긍정치 못할 큰 사실입니다.

일화씨! 저는 지금 분명히 일화씨의 말씀에 거역하였습니다. 이제 우리 두 사람 사이에는 무변제無邊際의, 천공天空으로부터 떨어지는 암담한 회색 장막이 드리움을 감각합니다. 펜을 더 두르지 못하고 여기에 놓습니다.

마지막으로, 일화씨의, 내내 건강하시기만 빌면서.

비내리고 바람부는 8.29 밤

평총平塚 해안 어떤 병원에서

---

24) 원문은 '쓰러지고'.

25) 원문은 一代. '一大'의 오식?

옛 벗 혜순惠順씨에게
-회답을 받아들고 두 번째

나는 눈물에 젖은 눈을 비비면서 '테이블'에 놓인 펜을 또 들었나이다.

전번 혜순씨에게 글월을 부친 뒤로, 나는 끔찍이도 기다리고 애닯게도 궁금하였나이다.

아 혜순씨!

나는, 나 혼자 생각으로…… 이번 부친 서신이, 퇴각退却이나 아니 당할까? 아니 혹 이러한 편지나 아니 올까?

> "버림을 당한 이 계집은, 일찍부터 당신을 그리고 사랑을 주려고 애쓰며 애걸복걸하였으되, 당신은 도시 나의 사랑을 받지 않고, 도리어 구박하였었지요! 아니, 밟으셨지요?
>
> 아! 때가 늦고 지났나이다. 지나간 초춘初春의 그 어느 날 밤! 한양공원에서, 목이 메게 울며 당신에게 사랑을 애걸하던 그 때에는 나를 박차버리시고 이제 무슨 말씀을 하시나이까?"

하는 과거의 원념寃念에서 나오는 냉대冷待의 회답이나 아니 올까? 아니, 그도 저도, 너 같은 놈에게는 회답도 할 필요가 없다 하여 그만 내가 준 편지를 찢어버리고 말지나 않았나 하며, 참 궁금히 지내었나이다.

그래도 설마, 그렇게야 하려구!

그렇게 나를 사랑하고 그렇게 단편丹片의 마음을 가지고 전 생명을 바치던 그로서…… 어찌.

내 생각이 너무 지나쳤지……하며, 궁금히 기다리던 그 이튿날 이른 아침이외다. 공상에 피곤한 잠이 깨기도 전에, 어멈이 문을 열며, 편지 왔어요 하는 소리에 놀라 깨어보니, 수수한 봉투에 낯익은 글씨로, '김영운金英雲씨'라 하고, 그 뒤편에는 '당신에게 버림받은 박朴'이라 하는 편지가 왔더이다. 받기는 받아 들고도 한참이나 졸인 생각으로 퍽 많이, 주저하다가 마침내, 굳센 용기에 기其 내용의 기록은, 제 눈에 띄었나이다. 가는 글씨에 글줄만 까뭇까뭇 보이던 눈은, 그만 둥그레지며 놀래었나이다.

졸업하던 해 봄으로, 표박자漂迫子의 몸이 되어, 남천북천南天北天 뜬 기러기와 짝을 하고 지동지서之東之西로 표랑漂浪하며, 천애지각天涯地角 생소한 곳에서는 구슬픈 소리로 적막을 노래하기도 하고, 무인無人 광야曠野 빈들에서는 고독의 시를 읊기도 하고, 북한대北寒帶 빙지氷地에서는 따스한 '사랑'을 찾기도 하여 보았나이다. (중략)

아아 떨었나이다. 그런 줄은 꿈에도 생각지 아니한 일이외다.

아! 혜순씨?

그 모든 것이 저의 죄이며, 저의 과실過失이외다. 용서하소서…….

그러나 나는 다시 놀래었나이다.

3,4 개년의 성상星霜을 표류하던 몸이 바로 금년 봄에야 일구월심日久月深에 동경하던 고국의 땅을 밟고, 사모하던 부모형제를 뵙게 되었습니다.

그러자, 그 무슨 결심으로 나는 방금 조그마한 '홈'을 이루었습니다. 그 '홈'이야말로, 너무 의심치 말고 너무 놀라지 마소서.

동리同里 김상돈金相敦씨와 여년餘年에 고락苦樂을 같이 하자는 가약佳約을 맺고, 낮에는 뜰에 나가 '호미'를 쥐고 밤에는 돌아와 동리 처녀들을 모아 야학夜學을 시키기와, 무식無識 유정有情한 남편에게 국문 가르치기로, 유일의 쾌락을 삼는다는 것이외다…….

아! 놀라지 않을 수 없으며, 의심치 않을 수 없나이다. 아니 거짓말이나 아닐까? 글쎄 삼십여 세의 총각으로, 재산도 인물도 없는 무의무가無依無家한 김상돈과 결혼하였다는 것은 참 모를 일이다. 아니 이전부터 혹 성욕의 충동으로, 정신생활을 벗어나 순간의 육욕肉慾을 맺은 관계나 없지 아니한가? 아니다. 결코 그럴 사람은 아니다. 더구나 호미를 쥐고 조선에 불쌍한 농촌 부녀들로 손을 쥐고 선 신성하고도 포부가 있고, 자각다운 자각이 있는 혜순씨이다. 결코 별別한 맵시를 내고 보기 숭한 탈을 쓰고, 얌전하고 돈 많은 얄미운 신사를 따라다니는 허영의 여자는 아니다. 조선의 정신이 있고, 따라 일반 여자에게서 흔히 볼 수 있는 그 모든 단처短處를 던져버린 여자이다. 따라서 현재에 깃들인 그 곳을 낙원같이 여길 것이다. 나는 이 구절을 보고는 이같이 실컷 입에 침이 마르도록 칭찬을 하였습니다.

아! 혜순씨!

생각을 할수록 아픔이 많아지고 따라 후회가 많아지나이다.

'당신에게 저주를 받은 박朴'이란 문구!

아! 나는 왜! 그 순실純實한 혜순씨의 손으로 '당신에게 저주를 받은 박朴'이란 어색한 글을 쓰게 하였을까?

이런 문구를 쓸 때마다, 그 얼마나 가슴이 아팠으며 따라서 나를 얼마나 저주하였을까? 나는 왜 그처럼 아프고 쓰리도록 그의 요구를 만족히…… 아니, 주기는 고사하고 도리어 욕하고[26] 조소하였노!

---

26) 원문에 '慾하고'라 돼 있으나 '辱하고'의 오식인 듯.

내가 그의 모든 성격, 기능, 학예學藝를 몰랐었나! 나는 이렇게 중얼거렸나이다.

아! 혜순씨!

저는 아프고 쓰리외다. 어려서부터 한 마을에서 자라나며 혜순씨의 무엇이나 다 알았고, 심지어 어렸을 때 당신의 부모의 유언까지 틀림없이 기억하였나이다.

아! 그러나 나는 당신을 모르는 체하고 당신을 미워하는 체하지 않으면 아니 될 사정이 있었습니다.

아니, 모르는 체 미워하는 체가 아니라, 곧 미워하고 곧 모른다는 시치미를 떼었나이다. 그 때야말로 당신의 진중眞重한 것이 미웠고 당신의 복스런 얼굴이 미워 보였으며, 당신의 연연戀戀한 사랑이 욕되어 보였소이다. 그리고 당신의 말 잘하고 음악 잘하며 공부 잘 한다는 소문이 오히려 듣기 싫고 심술이 났나이다.

어떤 날, 내가 사랑한다는 영애影愛씨와 마주 앉아

"금번今番 하기夏期에 지방 순회강연에 연사演士가 혜순씨라나요!"

하며 부러워하는 듯 비웃는 듯하며 말하는 영애씨를 향하여 나는

"흥! 순회강연! 그것 좋지!

언제 혜순이가 그런 강연의 연습이 있었던고? 참 굉장한 걸…….

그런데 영애씨는 어떻게 안 가보시오?!

만일 영애씨가 참여하신다면, 신문에 굉장하게…… 어여쁜 사진을 내고, 웅변가의 영애씨라고 좀 떠들어 주겠지만……."

"아니 여보, 듣기 싫소. 당신은 혜순씨를 더 표창하여 주어야지요?! 나 같은 것이야."

내가 영애씨와 이러한 관계가 있는 줄을, 혜순씨도 알으셨나이까?

혜순씨의 우는 배후에는 웃는 이가 있고, 당신의 고통과 번민의 배후에는 시원하다는 영애가 있은 줄을…… 물론 알으셨겠지요.

아! 사랑하는 혜순씨!

용서하소서, 웃고 마소서.

그— 달콤한 꿈도, 그— 무슨 아우성 소리에 깨어 보니, 영애씨는 사라져 없어졌더이다. 아니, 알고 보니 없어진 게 아니라 현해탄 건너편 동경 무대로 짝지어 옮기었더이다.

아! 쓰리고 아픔!

붓대 들 용기가 더— 없나이다.

이 글이 마지막 글이나 안될는지요?! 아! 이 붓을 놓고는 밖에서 기다리는 실연失戀의 수레를 타고 영…….

아! 사랑하는 혜순씨!

이 부름이 이 생에 있어서는 마지막 부름이겠나이다.

부디! 평안히 계시며 향기로운 가정에 달콤한 움(芽)이 많이 돋아나기를 바라나이다.

으슥한 캄캄의 세계를 향하는

김영운은

세상을 뒤로 두고
—신애信愛씨에게

신애씨!

나는 뒤끓는 세상을 박차버리고, 금강산 하下 적은 숲 아래, 나의 왕국을 세웠나이다. 나의 영원히 잠잘 곳이 여기며, 사람의 찾고 구하는 '에덴'이 여기인가 합니다.

아! 신애씨!

과거 나의 25년 간 생애는 참말 꿈이었나이다. 조선의 새 문화를 세운다고 떠든 것도 꿈이며, 과학상 학리學理를 배운다고 동경東京으로 백림伯林[27]으로 떠돌아다닌 것도 참말 꿈이었나이다.

그리고 진眞이 없이 진眞을 찾으며, 낙원이 아닌 곳에서 '에덴'을 찾은 것이 참말 어리석었나이다.

아! 신애씨!

진리를 찾고, 낙원을 찾으시려나이까?

그러면 세상을 저주하소서, 그리고 이곳으로 오소서.

당신에 찾는 길은 잘못 든 길이며, 허공虛空의 길이외다.

아! 사랑하는 신애씨여!

---

27) 독일의 수도 베를린.

당신이 무엇을 쌓으려 하며, 무엇을 세우려 하나이까?

당신이 선 곳이 모래(砂土) 위이며, 당신의 생각이 공중누각空中樓閣이외다.

만세萬歲 반석盤石 굳은 바위가 예—있소이다.

당신은 천사의 노래를 들으려 하며 애인의 따스한 사랑을 받으려 하시나이까? 하시거든 지금 몸 담아 있는 그곳을 떠나시오! 그리하고 사람의 본연성本然性을 흑黑칠해 버리는 그 공부를 버리소서.

진세塵世를 등에 두고, 따스한 자연에 품기는 그 곳에, 사람에 노래가 있고 사람의 즐거움이 있으며, 따라서 사람의 나아갈 생명의 길이 있습니다.

아, 자연의 미!!

아침 햇빛이 떠오르기 전에, 선잠을 깨어 선하품에 기지개를 늘이게 하고 나면, 피로와 적막이 오막살이 조그만 방에 가득하여지지요!

그러나

산골짜기에서 흐르는 물소리가 고흔 조자調子로 '돌돌돌'의 노래를 부를 때, 그 노래는 꽃다운 처녀의 노래보다도 피아노의 울림보다도 더—유쾌하고 즐겁소이다.

그리하여 상쾌한 기분으로 침상을 떠나면

새들은 아침 인사를 함인지, 즐겁게 지저귀지요! 그 새소리는 속인俗人의 평범한 인사보다는 참 정다워 보입니다. 그리하고 영원한 생명의 참 소리를 듣는 듯하외다.

아! 사랑하는 신애씨!

자연의 웃음소리며, 소근대는 그—소리를 들으셨나이까? 사람이 사람을 살육殺肉[28]하려고 어르는 웃음소리는 들으시고 사회가 사회를 잡아먹으려는 음흉한 소리는 들으셨어도, 참 이같이 아름답고 평화스러운 소리는 못 들었으리다.

---

28) 원문 그대로임. '殺戮'과 같은 뜻으로 쓴 듯. 혹은 오기?

"어쩌면 살꼬?" "아이구 죽겠다"는 생生을 저주하는 소리는 들었었으되, 자연의 태평을 찬송하는 그 노래는 못 들었으리다.

아! 신애씨!

공명功名에 취하여 날뛰는 자들의 꼴을 어이 보며, 그리하고 거짓의 탈을 쓴 자, 가슴에 칼을 품고 헛웃음 웃는 자, 마음에 이리(狼)가 있으되 양의 옷을 입고 다니는 자, 이러한 자들이 뛰고 야단하는, 이 세상의 공기를 맑다 하시며, 정淨하다 하시나이까?

취생몽사醉生夢死의 그곳을 떠나, 맑은 사람의 숨이 솟아오르는 생명의 나라를 찾으시려거든 당신의 그 꿈을 깨치소서. 나의 이 말은 적어도 4,5년 동안 내가 생각하고 느끼고 울어본 열혈熱血[29]의 말이외다.

내가 동경에 있을 때에는 당신과 마찬가지로, 그러한 꿈을 철모르게 꾸었나이다. 그리하여 허영에 취한 발길을 백림伯林 시가에까지 들여놓았지요! 그러나 그 후 2년이 되지 못하여, 그 꿈은 깨졌소이다. 깨고 보니 그야말로 우습기 짝이 없는 푸른 꿈이더이다. 부끄럽기도 하려니와 원통도 하고 분하기도 하였나이다. 그리하여 과학이니 철학이니 하는 것도 모두 내어 던지고, 그만 귀국하였지요?

집에 돌아와 며칠 곤한 다리를 쉬인 후에, 나는 즉시 지금 있는 '오막살이'를 지었습니다. 그때는 몹시도 사회가 밉고 동포가 미우며, 사랑이 싫고 정情이 싫었나이다. 그리하여 당신에게 '나를 생각지 말라'는 편지까지 보낸 것이외다. 그리하고 부모가 말리고 사회가 끄는 것도 모두 떨쳐 버리고, 당신이 아시는 바와 같이 작년 10월에 이곳으로 왔나이다.

신애씨!

나는 세상의 모든 것을 내어 버렸습니다. 나에게는 세상이 모두 검은 안개같이 보이나이다. 그리하여 나에게 즐거움을 주고 나에게 쾌락을 주는

29) 본문은 '血熱' 오식인 듯.

것은 모두 자취도 찾아 볼 수가 없게 되었나이다. 나는 자연의 생명과 악수하고 '키스'하고 노래하면서, 시와 그림 속에 내 마음을 담고, 영원히 이곳에서 살고자 합니다. 그리하고 자연의 한 원자原子로 돌아가고자 합니다.

신애씨!

당신은 여전히 '파리'가 화려하고 '뉴욕'이 번화하다 하여 그 곳으로 가기를 원하시겠구려! '파리'와 '뉴욕'이 화려하고 번화하니만치, 그만치 죄악이 많고 거짓이 많더이다. 나는 그러한 곳에서 이제는 하루라도 살 수 없는 사람이 되었습니다.

신애씨!

그러한 마음을 아직도 가졌었다면, 당신은 나와는 별別다른 사람이오, 또는 호흡이 서로 맞지 아니하는 사람이외다. 서로 사랑할 수가 없고 따라서 손목 잡고 일생을 같이 할 수도 없는 것은 정한 사실이외다. 나를 잊어주시고, 나를 멀리 떠나시는 편이[30], 당신을 위하여서든지 나를 위하여서든지 어디로 보든지 모두 행복일 것이외다. 그러나 그 어느 날 밤에 당신이 내 손목을 쥐시며 '나는 죽어도 당신 가는 곳까지 가겠어요!' 하던 그 마음을 변치 아니하셨다면, 속히 나 있는 곳을 찾아와 주소서. 그리하여 나와 함께 세상을 떠난 적은 왕국을 세우사이다. 여러 말 아니합니다. 다시 회시回示가 있기까지.

4월 2일 저녁

금강산 하下에 있는 몽외夢外로부터

30) 원문은 'ㅅ더나시는'. 맥락상 '편'을 첨가했다.

나도 사람이외다

—옛 남편 영규永奎씨에게

—삶에 눈뜬 이은순李恩順으로부터—

영규씨!

나도 사람이어요.

남과 같이 살아야 할 사람이어요. 남편의 '놀이감'이 아니요 부모의 부속물이 아닌, 당당한 사람이어요. 나에게도 위대한 개성이 있고, 나에게도 위대한 세계가 있습니다.

영규씨!

우리의 결혼은 사람과 사람으로의 결혼이 아니었습니다.

부모와 부모 사이에 하는 물물교환의 결혼이었습니다. 따라서 우리의 부부생활은 참 부부로의 생활이 아니요 육肉과 육의 의식儀式과 의식의 생활이었습니다. 그리하고 우리 사이에 출생한 어린아이도 그것이 참말 사랑으로 난, 아름다운 아이가 아니요, 맹목적 육肉으로 나온 어쩔 수 없는 아이외다.

영규씨!

재작년 가을이 아니었습니까? 삼각산의 단풍이 어린 아가씨의 붉은 치맛자락같이 바람에 휘날리고, 삼방야三防野 뜰 위에 내린 하얀 이슬이 미인의 눈망울[31] 같이 아침 해에 빛나고 있을 때이었지요! 이 때 우리 두 사람은 서울 정동 예배당에서 결혼식을 거행하지 아니하였습니까? 그러나 그때 나는 겨우 고등보통학교를 졸업한 단순한 처녀로, 세상 물정을 도시 알지 못하였습니다. 남편이 무엇인지, 가정이 무엇인지, 시집을 가면 무엇을 하는지 아무 것도 알지를 못하였어요. 다만 부모가 가라니까? 부모의 명령을 어기지 못하여 당신에게로 시집을 갔었을 뿐이외다.

영규씨!

당신은 처음부터 나의 사랑하는 남자가 아니었습니다.

그리하고 이해 있는 남자가 아니었습니다. 따라서 당신은 나의 사랑하는 남편이 아니요 또는 이해 있는 남편이 아니었습니다. 당신은 나에게 형식으로의 남편이었고, 나도 당신에게 형식으로의 아내이었지요! 이리하여 두 사람은 불같은 사랑이 흐르고 실발(絲)같이 면면綿綿한 이해가 있는 부부가 아니었습니다. 다시 말할 필요도 없거니와 당신과 나 사이에는 다만 '모래'를 깨무는 듯하고 서리(霜)를 밟는 듯한, 차고 쓰리고 깔깔한 재미없는 부부가 아니었습니까?

아! 영규씨!

세월은 흐릅니다. 물 흐르듯이 좔좔 흐릅니다. 당신과 결혼을 한지도 벌써 삼 년이 넘었구려! 그러나 결혼한 지 삼 년 동안에, 두 사람 사이에 남은 것은 무엇입니까? 충돌과 싸움과 눈물과 한숨뿐이었지요! 그리하고 알 수 없는 어린애 하나뿐이지요! 아, 나는 당신의 아내라는 이름 아래, 삼 년 동안이나 나의 어여쁘고 향기 나는 고운 청춘을 눈물과 근심으로 지내었나이다.

영규씨!

너무도 책망치 마소서. 나는 이미 이지理智에 눈뜬 사람이 되었습니다.

---

31) 원문은 '눈방울'.

썩어지고 냄새나는 구舊 도덕에 얽히어 그 속에서 굼벵이같이 우물우물 살고 있을 사람이 아니외다. '부정不貞한 여자라' '화냥년이라'라고 정신없는 도학자道學者들이 야단을 할지라도, 그 말에 무서워서 나의 뜻 아닌 남자와 살아갈 여자가 아니외다. 나도 사람이어요! 사람으로의 권리를 가진, 당당한 사람이어요. 내 마음대로 살고 내 뜻대로 살 수 있는 당당한 사람이어요.

영규씨!

이제부터 나는 내 뜻대로 살아야 하겠습니다. 나를 잊어 주소서. 나를 영원히 잊어주소서. 오늘부터 나는 당신의 아내가 아니외다. 그리하고 남자의 부속품인 여자가 아니외다. 나는 먼저 완전한 사람이 되어야겠습니다. 그 후에야 여자도 되고 아내도 되겠어요!

영규씨!

당신도 시대사상時代思想을 조금이라도 이해하신다면, 나의 이 편지에 많은 동정을 하시리다. 부부 사이에 제일 중요한 것은 사랑이 아닙니까? 그러나 당신과 나 사이에는 그 중한 사랑이 없었습니다. 이 사랑이 없는 부부가 어찌 부부며 또는 남편이 되고 아내가 될 수 있습니까?

'사랑!' 사랑은 인생의 꽃이외다. 사랑은 모르는 자처럼 불쌍한 자는 세상에 다시없습니다. 그리하고 사랑이 없는 가정처럼 쓸쓸한 가정은 세상에 다시없습니다. 사랑을 알고 사랑을 담는 가정은, 그 사람이 복된 사람이요 그 가정이 꽃피는 가정이며, 사랑을 모르고 사랑을 담지 못한 가정은, 그 사람이 불행한 사람이요 그 가정이 사막의 가정이외다.

영규씨!

우리의 가정에는 사랑이 없었습니다. 따라서 우리는 불행한 사람이었고, 우리 가정은 사막의 가정이었습니다. 그러나 사람은 잘 살아야 합니다. 할 수 있는 대로, 자기 일생을 즐겁게 지내고 유쾌히 보내야 합니다. '죽어 천당을 간다.' 이러한 말은 무식한 사람들의 잠꼬대뿐이요, 사람으로

난 이상에는 자기의 청춘이 스러지기 전에 마음껏 힘껏 재미있게 지내고, 즐겁게 지내야 합니다. 그러면 우리도 우리의 재미없는 가정을 깨치고, 당신이나 내나 각각 새로운 길을 구하여야 하지 않겠습니까?

영규씨!

나는 갑니다. 나는 나의 사랑하는 애인으로 더불어, 재미있는 나라를 찾아 갑니다. 과히 노하지 마시오! 사랑하는 사람이 사랑하는 사람을 사랑한다는 것은 영원한 진리외다. 이곳에 참 생명의 피가 뛰는, 진정한 종교가 있고 도덕도 있을 것이외다. 이 진리대로 사는 데 대하여, 뉘가 감히 말을 하며, 뉘가 감히 헛소리를 하겠습니까?

영규씨!

우리의 부부라는 것은, 우리의 사회와 부모가 만들어 놓은, 한 장난거리였습니다. 당신은 이것만을 생각하여 주소서. 그리하고 이 장난거리의 부부가 장차 떠날 날이 있다는 것을 생각하여 주소서. 그러면 당신과 내가 서로 떠나는 것이 그리 이상한 일이 아니겠지요!

도리어 정당한 일이라[32] 하겠지요! 따라서 당신도 나를 그리 책망치 아니하겠지요!

영규씨!

나는 나의 사랑하는 애인과 함께, 명일明日 동경東京으로 떠납니다. 우리의 전도前途에 많이 축복하여 주소서. 그리하고 지나가는 세월 중에 사회와 부모의 장난으로, 당신과 내가 한번 부부가 되어 보았다는 것만 기억하여 주옵소서.

길이 안녕하옵소서. 그만 그치나이다.

3월 7일

---

32) 원문에는 없으나 맥락상 '일'을 첨가했다.

제3부 시

초기시

죽음의 사자 | 월하의 몽夢

처녀의 화환

처녀의 화환 | 약산의 도라지꽃

늙은 하나님 | 어디로 갈까? | 그 줄을 타고

내 혼이 불탈 때

북해도의 정조 | 낙동강 예찬 | 망향

여름날 | 일본 소녀 | 저주 | 표박 | 꿈

풀자리 | 여수 | 애인을 위하여 | 반달 두 눈!

난망難忘 | '에덴' 동산 | 창덕궁의 진달래 | 두만강의 밤

정지두 공원 | 어머니 무덤 | 보름달

백공작

풍경 | 설야雪夜 | 어느 여름 낮

봄비 | 야연夜宴 | 무명의 구근 | 행진

조선의 노래 | 고배苦盃 | 운명 | 가을 삼제

죽음의 사자[1)]

1
무화과 열매같이 보드라운 생명이
힘없이 포르르 떨어질 때에
검은 옷 입은 죽음의 사자가
결박을 하리라 가련한 나를

2
모춘에 날리는 낙화 같은 생명이
마지막 숨결을 덜거덕 넘길 때
무서운 입 벌린 죽음의 사자가
최촉을 하리라 때 늦어간다고

3
삭풍에 뒤떠는 소조[2)] 같은 생명이

---

1) 《기독신보》 1919년 6월 25일자에 게재. 후일 노자영이 여러 차례 회고하고 있는 등단작이 바로 이 시인 듯 보인다.

2) 小鳥? 시 전체가 순한글로 인쇄되어 있는데 이 단어의 의미는 명확치 않다.

눈 녹듯 잔잔히 스러질 때에
시커먼 팔 내민 죽음의 사자가
손 잡아 끌리라 빨리 가자고

4
분류에 떠도는 거품[3] 같은 생명이
폭하고 야속히 떠나갈 때에
사납게 날개 편 죽음의 사자가
획 둘러싸리라 솔개같이

5
아, 온다 온다 죽음의 사자가
우리를 잡으러 한번씩 온다
저 저승인[4] 먼 나라에서
죽음의 나라인 딴 나라에서

6
아, 온다 온다 죽음의 사자가
늙은 자에게도 젊은 자에게도
결박을 하려고 잡아 가려고
기별 없이 가만가만히

7
아, 온다 온다 죽음의 사자가

---

3) 원문은 '더품'으로 되어 있다.
4) 원문은 '저성인'.

어여쁜 생명을 빼앗으려고
'생'이란 단 맛을 없이하려고
기승스럽게 용맹스럽게

8
아, 온다 온다 죽음의 사자가
몽롱한 봄밤에 부는 바람보다도
지평선 위에 번쩍하는 번개보다도
빠르게 빠르게 참말 빠르게

9
아, 온다 온다 죽음의 사자가
오 년 후에 십 년 후에
혹 삼십 년 혹 칠십 년 후에
생각지 아니할 때 도적같이

10
아, 약하다 우리 인생은
폭풍에 날리는 가는 풀대보다도
햇빛에 부서지는 아침 이슬보다도
바위에 부딪히는 계란보다도

11
아, 약하다 우리 인생은
공중에 떠도는 하루살이보다도

홍로에 스러지는 황납보다도[5]
약하다 약하다 참말 약하다

12
아, 약하다 우리 인생아
세계를 움직이던 나폴레옹도
역발산 기개세하던 잘난 항우도
이 사자의 모양을 보고는
꼼짝을 못하고 부토가 되어서

13
아, 약하다 우리 인생아
뉘라서 새파란 보검을 들어
뉘라서 기운찬 소리를 질러
사납고 강한 이 죽음의 사자를
항복을 받을 자 어디 있는가

14
아, 약하다 우리 인생은
영웅도 호걸도 왕후장상도
재자도 지자도 아무개라도
이 완강한 죽음의 사자에게는
고개를 숙이고 끌려가리만치

---

5) '홍노'는 紅爐. 벌겋게 달아오른 난로. '황납'은 명확치 않으나 노란 색 밀랍이라는 뜻의 黃蠟일 수 있을 듯.

월하月下의 몽夢[6]

1

반금반옥半金半玉 고운 달

수정빛 맑은 하늘에서

소리 없이 웃는다 오늘 밤도

2

고독의 쓸쓸한 회포를 가슴에 품고

고요하게 사뿐사뿐 걸어가는 네 그림자

순은색 속이려는 백사장 위에

슬픔을 호소하며 가늘게 섰다

3

옥류玉流 위로 걸어서 날 찾아오는 미풍微風

홧홧 다는[7] 내 뺨을 씻겨주려고

무거운 내 가슴을 가비업게 하려고

---

6) 매일신보 1919. 8. 25에 실린 작품. 첫 시집 《처녀의 화환》에는 대폭 수정되어 게재되었다.

7) 원문에는 '닷는'.

사르르 웃는다 애인의 웃음 같이

4
청회색 장막 속에 잠자는 자연
근심 없이 걱정 없이 슬픔 없이
신비의 깊은 꿈 안정安靜히 꾸니
유원幽遠의 숨소리가 가늘어졌다

5
옥玉물 밖을 흘리우는 맑은 월색이
가지 가지 물들인 임금林檎[8] 나무 아래
두 다리 턱 뻗치고 한가히 앉으니
과거의 푸른 꿈 번쩍 지나며
현재의 붉은 한숨 휘휘 나온다

6
나는 눈에[9] 뼈아픈 눈물을 담고
힘 없는 고개를 가만히 들어
치어다본다 치어다본다
예쁜[10] 정이 가득한 별들의 눈을
'피 끓는 내 사정 알아줍시사' 하고

---

8) 임금林檎: 사과.
9) 원문에는 '눈의'.
10) 원문에는 '입분'.

7
강물은 출렁출렁 노래를 하고
풀빛은 반짝반짝 미소를 하건만
왜 설운고 왜 설운고 나 혼자 이렇게
왜 외로운고 왜 외로운고 내 몸만 이렇게

8
에라 모르겠다 울어나 보자
무겁게 고여 있던 설움의 눈물로
'내 사랑 어디 갔소, 아아—'
'보고 싶어, 웃음 많은 님의 얼굴을'

9
모르겠다 이 세상 정情이 없도다
아침에 곱게 피던 사랑의 꽃도
아침에 날개 치던 예쁜 나비도
어느덧 스러지고 이제는 없도다

10
아, 반금반옥 고운 달아
주렁주렁 열매 맺은 이 나무야
기념해 다고, 속 태우던 나를
슬프다 나는 오늘 밤과 같이
죽는 날까지 이러할는지

《처녀의 화환》(1924)

처녀의 화환

연푸른 전등의, 연기 아래서
말 없는 웃음을 웃고 있는
영화榮華에 넘치는 한 대臺의 화환!
그는 4월의 미풍의 노래 속에서
곱게 자라난 장미의 혼이러라!!

눈빛 '커-튼'을 가만히 열고
동산東山 머리에 오르는 흰 달을
두 팔로 껴안는 나어린 처녀!
그의 가슴에 품는 화환은
사랑의 실비에 처음으로 핀
천사의 혼의, 흰 꽃이러라!

약산藥山의 도라지꽃

곱다 하나니
약산에 피는 도라지꽃!
그러나 내가 너를 곱다 함은
그 어느 날 멀고 먼 어느 옛날
우리 님이 너를 꺾어서
그의 구름빛 머리에 꽂으실 때
그때야 나는, 처음으로서
'아, 어여쁜 약산의 도라지!'
이처럼 너를 찬미했었노라!

약산에 피는 도라지꽃아!
너는 우리 님 손에 꺾이었으니
아니 곱다고 어찌하리!
아, 그러나 약산에 피는 도라지꽃!
너를 꺾던 우리 님만은

봄이 오건만, 아니 오고
어디로 영원히 가 버렸었다

곱다 하나니
약산에 피는 도라지꽃!
늦은 봄이 오게 되면
또 다시 너를 찾아가서

너의 새파란, 어여쁜 송이를
한 아름 가득히, 꺾어 가지고
우리 님 가신 길 그 어디든지
하늘 끝까지, 찾아가 보리라

늙은 하나님

하나님!
오, 거룩하다는 하나님!
당신은 너무도 늙으셨더이다.

세상에 모든 사람들은
'오! 하나님! 전능한 하나님!
공평되시고 지존막대至尊莫大한
만물의 아비[11]인, 거룩한 하나님!
당신의 하시는 모든 일은
극히 선하고 극히 공정하외다' 하고
고개 숙이고 경배합디다.

그러나 하나님!

---

11) 원문에는 '어븨'.

나는 당신께
'당신은 너무도 늙으셨으니
만물의 섭리를 맡아 계신
하나님이라는 옥좌를 떠나십시오!' 하고
당신의 섭리에 불복不服합니다.

오! 너무도 늙은
하나님 하나님!
살려는 사람을 죽이시고
고운 청춘을 늙히시니
당신의 섭리는, 모순입디다
따라서 당신은, 늙으셨더이다

오! 너무도 늙은
하나님 하나님!
당신은 사람에게 참기 어려운
눈물과 설움을, 부어주시고
질병과 기근을 뿌려주신 후
선한 사람이나 악한 사람이나
모두 일률로 취급해 버리니
당신의 섭리는 불복不服이외다
따라서 당신은 늙으셨더이다

오! 늙은 하나님!
모순의 하나님!
당신은 그 옥좌를 떠나주소서

사람에게 죽음을 주지 않으시고
꽃 피는 청춘을, 길이 살게 하며
눈물과 설움과 질병과 기한을
인간의 땅에서 씻어버리는
합리合理의 하나님! 새로운 하나님!
그이를 우리는 맞으려 하오니
당신은 그 옥좌를 떠나주소서

어디로 갈까?

어디로 갈까?
'삶'의 불꽃이, 모두 스러져
푸른 재(灰)만, 온 몸에 팔삭팔삭 나는
껍데기 혼魂을 쓴, 이 몸을 끌고
오! 어디로 갈까?
오! 어디로 갈까?

오! 나는 이미 죽은 시체다
'삶'을 연홍색 화판花瓣으로 엮어놓고
가는 비단실로 수繡 놓으며
온 몸에 피가 따끈따끈하여
'인생은 피어오는 구름과 같이
아름답고 어여쁘니라.
무한한 앞길에 오는 앞날에
모든 행복을 신기루蜃氣樓 같이 꾸며 보자

오! 생각만 해도 즐거운 축복의 청춘!'
이렇게 생각하던 철없는 꿈이
그 어느 날 아침에 깨어진 때로부터……

오! 이제는 모든 것을 보았다
꽃과 비단으로 수 놓은
그같이 어여쁜 '삶'이라는 것은
사死의 제단에 불사르기 위하여
쇠사슬에 얽히어 가는 산양山羊으로써
이따금 정신없이 배앝아내는[12]

한두 마디의 잠꼬대인 것을……

오! 나는 죽은 시체다
애愛의 감주甘酒를 병으로 마시고
붉은 무지개에 가만히 누워
하늘의 별들을 두 손으로 따면서
'불타는 이 눈물을 받아 주셔요!
나는 당신의 품에서 영원히 영원히
삶과 죽음을 같이 하오리라'
이러한 그의 말을, 참이라 믿던, 나의 가슴이
그 어느 날 아침에 깨어진 때로부터……

오! 이제는 모든 것을 알았다

12) 원문은 '비아다내는'.

불타는 눈물을 치마에 담고
'참이라 참이라'
하늘을 가리키고, 땅을 치면서
피를 배앝아 맹서하던 사랑이
한 개의 '거짓'을 가만히 숨겨 둔
회칠한 무덤의, 장식이었던 것을

오! 그러면 어디로 갈까?
삶의 힘줄이 모두 풀어지고
사랑의 믿음이, 조박조박 깨어진 이 때에
머리에 검은 보褓를 쓰고 누운
살고도 죽은 이 시체를 끌고
오! 어디로 갈까?
어디로 갈까?

그 줄을 타고

그 줄을 타고 나는 가리라
즐겁던 옛날 그 곳으로
아, 잊을 수 없는 그 날 그 곳!
달빛이 떨어져, 꿈을 꾸는
HH 강 모래 위에서
둘이서 함께 발을 뻗치고
'만도린' 울려 노래하던……
아! 그 때는 가버렸소이다
가는 줄도 모르게 그만 갔소이다

그 때 부르던 '사랑의 노래'를
'만도린'에 맞춰, 노래해 보나
찾을 수 없구려, 그 때 기쁨은

아, 나는 '만도린' 소리의

그 줄이나 타고
가겠나이다, 옛날 그 곳으로……

《내 혼이 불탈 때》(1928)

북해도北海道의 정조情調

흰 눈 내려 오천 리, 북해도 뜰 위에
달 비치는 밤이면, 구슬꽃 피건만[13)]

영란초鈴蘭草 곱게 피어, 북해도 시내에
흘러가는 물결도, 향기 나거든

눈자욱, 그 자욱에, 한숨 던지고[14)]

영란초 그 송이에 눈물 지우는
쫓겨나는 아이누의 여윈 그림자!

겨울이라, 영란초 피지 않은 시냇가—
그들이 울고 있는, 눈꽃 언덕에

13) 원문은 '피겟만'.
14) 원문에는 '더지고'.

남달리 슬퍼하는 괴론 맘이여!

(기記 : 북해도에는 겨울에는 흰 눈, 여름에는 영란초 이것이 그곳 명물입니다.)

낙동강洛東江 예찬

별 내려 낙동강, 진주眞珠가 잠기고
꽃 피어 낙동강, 웃음이 되나니

밤이면 낙동강 진주를 뉘가 캐려노?
봄이면 그 물결 웃음을 뉘가 보려노?

별 따라 오만 리, 하나님 오시고
봄 따라 삼천 리 제비가 와서
그 진주 캐시고 그 웃음 보리니

그러면, 밤마다 별 진주 내려주소서
봄마다 꽃 웃음 던져주소서

망향望鄕

슬피 울던, 가을의 노래!
낙엽落葉 속에나, 누워 있는지?

서리 찬 뜰 위에는, 갈대가 울고
얼어오는 달밤 위에는
누구를 부르는, 저 기러기 소리!

저 달이 만일 거울(鏡)이라면
내가 울고 온 우리 고향의
그리운 그 땅도 비춰 주련만……

여름날(동요시)

여름날의 초록색 벌판 위에는
흰 개나리 몇 나무 곱게 피어서
송이송이 구름같이 나부낍디다.

여름밤의 캄캄한 시내 위에는
별 하나 별 둘, 흘러내려서
새로운 개똥벌레 그 별 따려고
푸른 등불 켜 가지고 내려옵디다.

그러나 여름날 시냇가에 내려가
영란초 비친 물결 보고 있으면
멀리 우는 뻐꾹새[15] 그 소리가 슬퍼서
나도 함께 그 새와 울었답니다.

---

15) 원문은 '법국새'.

일본 소녀

사꾸라 핀 우에노 공원에
나 한 쌍 너 한 쌍 나부끼는 소녀들!

달 밝은 밤 그날 밤—
구름같이 핀 사꾸라 아래서
꽃가지라고 한 손으로 따려 했더니

아니었어라 그것은 지나가는 일본 소녀의
사꾸라 무늬[16] 놓은 옷자락이었어라!

'나무에 핀 사꾸라는 맘대로 따지만
남의 옷에 핀 사꾸라는 못 딴다나요'
살짝 웃고 돌아서는 그 소녀의 얼굴!

---

16) 원문은 '紋의'.

저주咀呪

물은 흘러 바다로 가지요
구름은 산 넘어 하늘로 가지요

기는 여우도 굴窟이 있고
나는 새도 깃(巢)이 있어요.

오, 그러나 이 몸 하나는
사막에 쓰러진 버린 몸인지
이 넓은 땅 위에 갈 곳 없으니……

오, 하나님 저는 오랫동안 울었습니다
그러나 갈 곳 없는 이 몸을 어찌합니까?

하나님 하나님 원망치 않음이라
바랄 것 없는 이 몸이 살면 뭘해요

오늘 밤 이 몸에 칼을 넣어서
애닯은 목숨을 불러가소서

표박漂迫

가도 만리萬里 와도 만리
가자 가자 끝없이……
이슬 내리고 꽃 피는 푸른 산야山野
어딘들 어딘들 없다고 하랴

별을 따라 하늘 저편에……
'가나안'의 무화과無花果을 따러 가자
오척五尺 뼈를 고향 분묘墳墓에 묻고
어찌 썩어져 구더기 되랴!

꿈

꿈을 펴 놓은 강 언덕에는
갈대나무가 슬피 울며
새어 내리는 하얀 달빛은
물속에 떨어져 구슬이 됩니다

잠 못 자는 외로운 그림자는
갈대밭 속에서 강 위를 건너며
밤이 가고 달이 지기까지
님의 자취를 찾아 갑니다

풀자리

풀자리를 봅니다
풀자리를 봅니다
어린 양이 누웠던 풀자리를 봅니다

옛날도 옛날 그 어느 옛날!
어린 양의 금金털을 손으로 만지며
풀 이슬에 내리는 달빛의 구슬을
좋다고 따려던 옛날의 자리를

어린 양이 누웠던 옛날의 풀자리!
비 내리고 바람 불며 날이 지나서
그 자리의 자취도 있을 리 없건만

그 자리에 자취가 있다 하여도
이 손에서 놓쳐 버린 어린 양이라

다시 한번 그 자리에 올 리 없건만

놓쳐 버린 어린 양이 한없이 그리워
풀자리를 봅니다
풀자리를 봅니다
어린 양이 누웠던 풀자리를 봅니다

여수旅愁
– 동경의 비오는 날에

낮닭(午鷄)의 노래도 처마 끝에 숨기고
비 오는 소리 구슬프게 함석 지붕에 울며
눈물 안은 습기濕氣가 장지문 속으로 기어들 때

육첩六疊 방 다다미에 쓰러져 누워
이리 굴고 저리 굴며 하품만 하다가
그래도 무엇이 그리워서 문을 열면은

울타리 밑에 처음 핀 철쭉 꽃송이가
비 갈기는 찬바람에 고개를 돌리고
'살려주 살려주 너무도 차요……'

애인을 위하여

하늘이 생기고 땅이 생기고
그리고 내게는 네가 있다……

사랑하는 그대여 목이 마르냐?
그러면 네 품의 칼을 잠깐 빌리라
나의 심장을 맘껏 찔러서
그래서 물넘는 시뻘건 피로
너의 목을 적셔 주리니……

별이 잠기고 꽃이 피고
그리고 내게는 네가 있다

사랑하는 그대여 갑갑하더냐[17]

17) 원문은 '각급하드냐'.

그러면 그 밤이 오기를 기다려 다우?
먼 산에 달 흐르고 밤새가 울면
이 맘의 노래에 수繡를 놓아서
흘러오는 달줄기에 보내주리니……

하늘이 무너지고 땅이 꺼져도
그러나 내게는 네가 있으니……

아. 이 몸에 못을 박은 사랑하는 그대여?
네가 하늘에 올라도 땅에 내려도
너 있는 곳에 내가 가리니
그러면 너는 이 몸에 심어져
영원의 봄에 꽃피어 주렴

반달 두 눈!

—금정산金井山 옛 자리를 생각하고

반달에 비껴진 은銀실 눈에
진주가 뜨고 꽃이 필 때
그리고 한限없는 비밀이 가로 덮일[18] 때!

'선생님!…… 선생님……' 부르는 목소리
금金실에 얽히고 불꽃에 덥힐 때
그리고 끝없는 기쁨에 심장이 탈 때!

마음과 마음과 영혼과 영혼이
두 팔을 껴안고 하늘에 오를 때

아, 반달 두 눈 그 은실 웃음에

---

18) 원문은 '가루 덥힐'.

이 몸은 잠기고 빠지고 사라져
그 모든 것을 잊고 말았어라

난망難忘
—Y. S. 떠나간 후

괴로운 이 마음……
괴로운 이 마음
잊을까 그만둘까 어디로 갈까?

달만 뜨면 자취 없이 스러져 버리는
월견초月見草의 꽃인 줄을 알았더라면……

말없이 피고 가는 월견초에도
말없이 피고 가는 월견초에도
이렇게 마음 썩어 이슬이 될 줄을……

아, 잊을까 그만둘까 못 잊는 마음!
꽃은 지고 마음만은 홀로 남으니……
눈물 나는 이 마음을 어디다 버릴까……

'에덴' 동산

어두운 밤에 비가 내려도
시커먼 광야曠野에 영혼靈魂이 울어도……

칼로 찌르고 총으로 쏘고
짓밟고 때리고 빼앗고 죽여도
지옥의 홍수가 뛰고 넘쳐도……

그러나 사람에게는 인정人情과 눈물!
이것 하나로 살고 싶다는
잃어진 '에덴'을 세울 수 있다

하늘에는 별이 흐르고
땅에는 꽃들이 웃고
그러나 사람에게는 '사랑'이 있다.

창덕궁의 진달래

봄날의 여왕인 꽃들의 노래
더욱이 진주의 이슬에 머리 숙이고
잃은 봄 빛내는 진달래의 노래!

그러나 나는 그 어느 아침에
창덕궁 뒷산을 헤매이다가
빨간 빛 진달래를 손으로 꺾어서
구렁 밑 진흙 속에 던졌었노라[19]

'우리의 모든 것이 떠나가 버리고
흩어진 옛 자리에 눈물만 있거든
너 기른 동산의 주인도 잃거든
너 혼자 어찌 써 맘 없이 피느냐?'

---

19) 원문은 '더젓섯노라'.

이렇게 구렁 속에 던졌었노라

두만강豆滿江의 밤

강물을 껴안은 절벽의 허리에
안개가 잦아져 피어오르고
물결의 바람에 갈잎(蘆葉)이 울며
회색의 밤은 꼬리를 치느니

밤 오고 별 우는 두만강에는
강물을 헤치는 뗏목소리가
초부樵夫의 부르는 설운 노래와 함께
강안江岸에 잠든 수음樹陰을 울리고 있느니

검은 빛 좌우 치는 하늘 위에는
형화螢火의 떼가 금金실을 치나
강안江岸을지키는 순사의 총 끝은
그 빛에 비치어 노기怒氣를 토한다

그러나 별들의 노래가 물위에 나릴 때
은빛의 새하얀 이어鯉魚의 손은
그 별의 노래에 춤을 추려다
밤을 놀래는 도문선圖們線 기적汽笛에
그도 철버덩 물속에 잠기면

밤 깊은 두만豆滿의 물결 위에는
우는 강물과 뛰는 형화螢火만
별 뜨는 하늘로 흘러가느니

정지두공원井之頭公園
–동경 길상사吉祥寺의 풍경

푸른 삼杉 그늘 하늘에 오르며
연蓮못은 고요히 땅에 흐를 때

천만겹 나무는 기도를 하고
감도는 연못은 졸음을 졸고
뛰노는 흰 고기 구름을 엿보며
정지두 공원은 황혼에 잠긴다

바람도 자고 새도 자며
나무의 지껄이는 파란 밀어密語가
연못의 오리를 꾀어내려도
눈 감은 오리는 고개만 꾸벅……

꿈이 흐르고 수음樹陰이 잠기며

물결의 배앝는 하얀 연기가
갈 곳이 없어서 겹겹이 우느니

어머니 무덤

어머니 무덤도 떠난 지 여섯 해
먼 후일 옛날에 울고 온 지도……

여름내 여름내 풀이 엉켜도
베어줄 사람 하나도 없고

겨우내 겨우내 눈이 쌓여도
쓸어줄 이 하나도 없는……

아, 나의 어머니 무덤!
아, 나의 어머니 무덤!

눈 쌓인 겨울에는 달이나 비치고
풀 엉킨 여름에는 뻐꾸기나 와서
어머니 무덤을 지켜줄는지……

보름달

정월 대보름달
꽃관冠 쓴 달이 아, 그 달이
동녘 하늘에 떠오를 때

어머니 누나 그리고 나
동창東窓에서 동창에서 그 달을 보며
'저 달은 커다란 임금林檎만하구나'
어머니 말씀이 흐르자마자
'아녀요 그 달은 쟁반만한데'
'아니다 그 달은 그 달은
꽃송이 묻어놓은[20] 멍석만하다'
이처럼 기뻐서 그 달을 봤으나
이것은 벌써 아홉 해 옛날……

---

20) 원문은 '묻어논'.

그러나 해마다 해마다 그때는 와서
보름달 둥글게 동산東山에 오르나
어머니 누나는 어디로 갔는지……

어머니 가신 지 여덟 해 만이요
누나가 죽은 지 여섯 해 만에
저 달을 저 달을 또다시 보니
어머니 생각 누나의 생각

눈물은 눈물은 어디서 흘러서
새하얀 그 달을 흐리는구나!

《백공작白孔雀》(1938)

풍경

성城 아래 비탈 언덕—그 옆에 옹기장수 지게를 버티고 천식환자喘息患者 같이 헐떡거리는데
옆길을 돌아 중망 뒤 애녀석이 풀밭에서 염소에게 풀을 뜯기고 있다

건너편 산허리 뙤약볕에는 수건을 푹 내려 쓴 젊은 아씨가 두 손을 호미 삼아 감자를 캐고
그 위엔 장죽長竹 든 영감이 익어오는 감나무를 목을 꼬아 바라보며 '금년두, 감은 제법 많이 달렸거든'
이때 지초빛[21] 저녁해를 꼬리로 헤치며 비둘기가 꾸꾸 하고 운다.

광당포廣唐布 치맛자락에 바람이 풍겨 수분水粉이는 한 손으로 치마를 감으며 통통걸음으로
물동이를 이고 가다가 비탈길로 내려오는 복돌福乭의 송아지와 마주쳐

---

21) 지칫풀 뿌리로 물들인 자주빛을 뜻하는 듯.

길을 피하다

산 넘어가는 초동樵童들의 지게 장단에 휘파람 소리까지 처량하구나

설야雪夜

어느 그리운 이를 찾아오는 고운 발자욱이기에
이다지도 사뿐사뿐 조심성스러운고?

창장窓帳을 새어 새어 툇돌 위에 불빛이 희미한데
메밀꽃 피는 듯 흰 눈이 말없이 나려

호젓한 가슴 먼 옛날이 그립구나
뜰 앞에 두 활개 늘이고 섰노라면
애무愛撫하는 듯 내 머리에 송이송이 쌓이는 눈!

아, 이 마음 흰 눈 위에, 가락가락
옛날의 조각을 다시 맞추며
슬픈 추억을 고이 부르다

어느 여름 낮

비가 함박으로 쏟아지는 어느 여름 낮
어머니는 밀전병을 부치기에 골몰하고
누나는 삼을 삼으며 '미나리' 타령을 불러

밀짚 방석에 가로누워 코를 골던 나는
미나리 타령에 잠이 깨어 주먹으로 눈을 부비며
'선희두 시집이 가구 싶은가 보군. 노래를 부르고!'

누나는 얼굴이 벌개지고 외양간의
송아지도 '엄매' 하며 그 소리 부드럽던 날!
이날은 벌써 스무 해 전 옛날이었다

봄비

봄비 밤새도록 소리 없이 나리는 비!
첫사랑을 바치는 그 여인의 넋 같은 보드라운 촉수觸手!
따뜻한 네 지정至情에 말랐던 개나리 다시 눈 뜨리!

방울방울 눈물자욱 나뭇가지에 어려
청록靑綠의 적은 움은 어머니 유방에 묻힌 어린애 눈 같고나!
아 봄비 어머니 맘씨 같은 보드라운 네의 애무愛撫!

오늘 밤도 나리고 내일 밤도 나리라
겨울도 추위도 얼음도 네 발자욱 밑에 모두 녹았나니

야연夜宴

앞뒤 산이 이마를 맞댄 산협山峽 내가 자란 범석리帆石里는―
밤이면 수무나무와 느티나무 그늘 밑에 누리는 칠흑漆黑이 되어 한 치 앞을 볼 수 없다

관솔불을 피워놓고 그 옆에 멍석을 깐 후 동리사람들이 모여 관우關羽 장비長飛와 제갈량諸葛亮의 이야기에 꽃이 피다

참외를 깎고 옥수수를 씹으며
'아저씨 지금은 왜 제갈량이 없소?'
이야기는 팥밥보다 구수하고 밤은 호수보다 고요해

반딧불이 호랑이 누깔같이 번적번적 숲속에 작은 진주眞珠를 펴고 있는데 뒷간 허청 지붕엔 하얀 박꽃이 고운 소복素服을 입고 오봉산五峯山 별을 부르고 있다

무명無名의 구근球根

이 마음은 땅 밑에 잠자는 무명의 구근球根
동면冬眠을 계속한 지 오래여 머리로 지각地殼을 부비며
촉촉이 젖어지는 봄비의 촉수觸手를 기다리나니
아 피고 싶어 붉은 잎 그 정열의 송이로
타고 타고 봄 아지랑이 밑에 타고 싶어

이 마음은 날고 싶어하는 하나의 작은 새
밀크빛 가는 발로 초록의 나뭇잎을 긁으며
미풍에 바삭이는 먼 신비의 음향을 기다리나니
아 날고 싶어 푸두둥 저 수묵색水墨色 강가에
저 은銀모래 알알이 빛나는 백사장 위에

이 마음은 울고 싶어하는 하나의 작은 종鐘!
청동의 녹슨 몸으로 새벽 안개를 헤엄치며
효운曉雲을 피로 물들이는 빛난 해를 기다리나니

아 울고 싶어 땡땡 온 하늘을 주름잡으며
우렁찬 목소리로 가슴을 헤치고 울고 싶어

행진

천 번 울고 만 번 울어 아니 될 일이
한 번의 결심으로 이뤄지나니

천 번의 탄식과 만 번의 눈물이
하나의 행진만 같지 못하다

어여쁜 산비둘기 어디서 우노
오늘은 빛나는 행복의 아침!
녹색의 지평선 저 멀리 뵈네

나가자 태양을 향하여 한 걸음 한 걸음
괭이와 호미에 땀을 적시는 사람만이
승리의 술잔을 마실 수 있으리!

조선朝鮮의 노래

백두산白頭山 흘러내려 삼천리三千里 넓어지고
장강長江이 구비 흘러 달과 별이 잠겼는데
곳곳마다 붉어지는 꽃은 무궁화無窮花 송일레라

백곡百穀이 무르익어 뜰마다 금빛이라
꽃 피고 새 울어 이 강산 빛나거라
백두산 넘노는 해도 줄기마다 광명일레

고배苦盃

이 세상 괴롬 많어 고해苦海라 이름ㅎ거니
눈물 한숨 쓰린 잔을 나인들 피하오리!
뜻 같잖은 이 한 세상을 울고 갈까 합니다

어깨에 메어진 짐 이다지도 아픈 것이
웃어본 적 있거니와 울어본 적 더 많아라
한恨은 길고 낙樂은 짧아서 눈물지고 가올 것을

한 번 오고 또 못 오는 이 짧은 한 세상에
어이타 이다지도 불운不運만이 오는 것을
울고 불면 무엇하오리 운명일까 합니다

운명運命

당사주唐四柱쟁이 영감 다리 부러진 돋보기 안경에 원숭이 눈을 희번덕거리며
'신수 보시오 금년 신수身數는 대통운大通運이오'
코 묻은 유지油紙 위에 산가지와 토정비결土亭秘訣을 놓고 하루 저물도록 외이다

'남의 신수보다 당신 신수는 어떻소?'
'허허 나야 그저 사주쟁이로 태여났다니까'

음산한 저녁달이 지자, 영감은 사주 보따리에 그 날 번 돈 사십팔 전錢을 꾸리며
'이 노릇두 못하겠다 에, 빌어먹을. 내 사주가 그래 이 노릇을 해 먹으란 말인가?'
영감의 눈에는 눈물이 엉키다

가을 삼제三題

귀뚜라미

무삼 설움 그리 많아 기나긴 그 한밤을
잠 안 자고 울며불며 흙속에서 새이는고
내 설움 네게다 주고 나는 잘까 하노라

야국野菊

백화白花가 이울거늘 너 혼자 피단말가
눈 같은 그 꽃떨기는 찬 서리에 너울 노네
아마도 가을 산山 여왕은 너뿐인가 하노라

기러기

기러기 무삼 한恨고 밝은 낮 그만두고

어스름 그 달밤에 만리창공萬里蒼空 울고 가니
아서라 뉘가 알리오 그 새 맡겨 두어라

제4부 평론과 수필

문예에서 무엇을 구하는가

문학과 무산 문학의 실상

동경시대憧憬時代

병상病床 삼년기

나의 문단 참회록懺悔錄

한등소조寒燈小照

문예에서 무엇을 구하는가

문예를 사랑하는 자여. 문예에서 무엇을 구하는가? 재미스러운 이야기인가? 듣기 좋은 말소리인가? 바람에 동動하는 갈대인가? 아니다. 우리가 문예를 찾고 구함은 우리 전적全的 생명에 마지 아니치 못할 심원한 '무엇'이 있다. 그러나 그 무엇은 항구불변의 것은 아니다. 우리의 사상과 지식과 감정이 변화 발전함을 따라, 다시 말하면 우리 내부 생명이 향상하고 변화함을 좇아, 복잡에서 복잡으로, 심각深刻에서 심각으로 진進하는 것이다. 여러 가지로 말할 필요도 없거니와 우리 정신이 고정적이 아닌 이상에야 어찌 천년일일千年一日의 동형자同型者가 되랴? 다만 문예의 요구라 할지라도 그 시대 그 밀리외[1]를 말함에 불외不外한다. 그래 작자作者로는 별別한 오리지날의 요구가 있을는지 부지不知하나 문예에 대한 독자의 요구로는 사상도 구하고 기교도 구한다. 다만 사상만 구한다 하면 언론도 가可하며 만일 기교만 구한다면 내용은 어떠하든지 우수한 기교면 그만일 것이다. 그러나 그것이 참 문예라 하면 사상 없는 문예도 환영을 받을 것이요, 기교 없는 문예도 찬미를 받을 것이다. 그러나 예술에는 이 양자의 혼일체渾一體가 아니면 아니다.

---

1) 원문은 '밀유'. 환경을 뜻하는 'milieu'로 당시 유행했던 프랑스 학자 떼느(H. Taine)의 개념.

그 계합契合하는 일점一點은 생명이다. 인人의 생명이 가장 진실하게 가장 상여詳如하게 또는 가장 기운 있게 표현된 자라야 우리가 찾고 구하는 문예일 것이다. 다만 진실만 구한다 하면 의론議論만으로도 만족하나 이른바 진실은 심히 정치精緻하여 어디를 베든지 생가가 펄펄 나오는 오가니크[2)]가 아니면 아니다. 예술은 창조인 고로 소잡疎雜하여서는 불가不可하다. 소잡한 예술은 생기가 없다. 우리는 인생의 전폭全幅이 적나라하게 표현된 예술을 사랑한다. 예例하여 말한다면 우리가 친구와 담화를 할 때에든지 혹은 변론을 하든지 할 때에는 그 일상의 모든 상세詳細 행동에 이르기까지 그것이 그 개개인의 생명의 표현일다. 그러나 그것은 혹은 체모體貌에 혹은 의식에 혹은 자기 변호 등에 구속되어 그의 소유한 개적個的 생명의 진실이 결정結晶되어 표현되지 아니한다. 많은 경우에 그 생명을 가리우며 그 생명에 분칠을 하며 그 생명에 위세威勢를 가하며 그 생명에 겸비謙卑를 부付하여 있다. 인人의 생활이 가늘게 자세하게 유출되어 여러 사람의 생활과 융화되며 감수感受되면 그 생활은 즐거워지고 유쾌해진다. 그러나 그것은 훌륭한 종교가라든지 고상한 성격의 소유자라든지의 생활이 아니면 자기 생명을 자유로 표현하여 타他의 생명과 교류를 기期치 못할 것이다. 그러나 표현을 요구하는 생명은 이상 비범한 사람의 생명에만 불한不限한다. 평범한 자의 생명이라도 전專히 표현을 구하고 있음은 현재의 사실이다. 작가로는 그 생명의 표현을 그 자유의 예술에 탁托하여 구하고 있는 것이다. 예술이 생명의 표현인 이상에는 인생 생활의 어떠한 죄악 방면이든지 어떠한 오예汚穢 방면이든지 그것을 그대로 표현하였으면 그 임무는 다한 것이다. 악마적일수록 그만치 인간 생명에 강적强的 방면이 나타나 있다.

이렇게 생각한 즉 예술에 대한 우리의 요구는 라이프를 심플라이즈하

2) 오가닉organic. 유기적 존재.

여 주시오 함에 불외不外한다. 그러한 까닭에 기교는 심히 교묘할지라도 그 내용이 충실치 못하다는 것은 표면 현상의 규범 방면은 잘 정리되어 있을지라도 그 속의 유출流出하는 생명을 놓아버렸다 함이다. 어디를 베든지 콸콸 피와 생기가 쏟아져 나오는 생명을 착래捉來한 표현이라야 가치가 있다. 그래 상면上面은 암만 기교 있게 써서 재미가 많다 할지라도 그것은 자못 모의적模擬的의 재미일다. 그리하고 참 생명을 착래한 표현이라 할지라도 물이 술술 나온다는 오가니크면[3] 우리들은 그 작품에 의하여 자유자재인 생명의 유도교감流道交感을 느끼지 못할 것이다.

생명의 구체적 표현으로는 예술이 가장 자유요, 가장 직접이요, 가장 집중적이다. 좇아서 생명 그것이 무한의 존재자요 무한의 변화자임과 같이 예술도 역시 무한히 그 가치를 변하여 간다. 생명 위에 고정적 만족이 없음과 같이 예술에서 얻는 흥미도 고정적 만족은 없다. 말하자면 투르게네프의 작품들은, 확연히 예술적인바 가늘게[4] 진실하게 인생의 어떤 방면이 잘 그려져 있다. 그래 유연柔軟한 여성의 살(膚)에 접하는 듯한 델리키트적的이 인人을 면勉하는 힘을 가졌다. 그러나 오래 읽어보면 거기서 불만족을 감感하는 것은 여성적의 아름다운 정서가 나중에는 역증逆症이 나리만치 풍부하였음이다. 인생은 그것만으로는 만족하지 못한다. 흑운黑雲이 시꺼매오는 듯한 생명도 있으매 이 투르게네프의 작품은 아름다우나 힘이 약하고 해맑으나 저력이 부족하다. 이것은 필경 소위 예술가다운 사람인 성격을 가진 투르게네프이므로 그가 비상히 고요하고 은화隱和한 염세가이었음이다. 투르게네프는 극히 은화한 마치 가을날이 약하고 싸늘하게 반짝반짝함과 같은 슬픔이다.

오스카 와일드는 일종의 교모驕貌스러운 곳이 있어서 귀족적 유미적唯美的의 높은 조자調子가 인人을 면勉하는 힘을 가지고 있다. 총總히 생활은 기

---

3) 맥락상은 '오가니크가 아니면'이라야 할 것으로 보인다.

4) 원문은 '가늘하게'. 이 글의 문맥에서 '가늘다'는 '섬세하다'의 뜻.

교적 예술적이 아니면 아니라는 그의 주장은 (그의 대표적 대품代品 옥중기獄中記) 실제로 보면 심히 공상적인지도 부지不知하나 와일드 자신의 기분으로는 그러한 기교적 생활이 가장 힘 있는 가장 만족한 자이나, 와일드의 생각한 그 인생이 유일 최고의 인생이라고는 갑자기 단정할 수가 없다. 그러한 까닭에 투르게네프든지 와일드든지 각각 그 인생 한 방면의 흥미는 주나 다만 투르게네프만 읽을지라도 만족을 얻을 수 없고 와일드만 읽을지라도 만족을 얻을 수가 없다. 가령 만족을 얻는다 할지라도 그것은 일시적이요 잠정적일다. 그래 어떠한 한 가지 작품으로 만족을 얻을 수 있는 규범적 예술은 절대로 없는 것이다.

훌륭한 예술은 그의 출현한 시대 그것을 그리는 자도 있고 또는 선구자가 되어 그 시대에 앞선 이상을 게揭하는 자도 있어서 그 점은 다르나 인간 생명의 현재 유파라든지 그 유파의 장차 나갈 방면을 표현한 자라든지 가장 훌륭한 예술가일다.

우리는 실제상 생활을 할지라도 예술에 표현된 그것과 같이 진실하고 엄정한 생활을 하지 못한다. 그런 고로 우리들이 한각閑却히 지나버린 생활을 예술가는 넉넉히 자기 소유를 삼아 우리에게 보여준다 함은 필경 우리들이 무의식하게 지나버린 생활의 중심 생명과 또 가치의 포커스를 보여주는 것이다. 보여준다는 것보다도 우리에게 넣어준다는 것이 타당한 것이다. 예술가의 찬미할 만한 감정은 그의 진실한 생명의 초점으로 인하여 우리가 얻게 되는 감사의 감정이다. 혼돈混沌한 우리 생명, 고정되기 쉬운 우리 생명에게 자유의 활동과 기운찬 초점을 줌에 대한 감정일다. 이와 동시에 우리가 예술에 대한 요구일다. 그래 독자가 만일 생활에 대한 비평력과 파지력把持力이 발달하여 있으면 그 예술을 비평할 권리도 있다.

생명이 무한히 있고 무한히 변화함과 같이 예술도 무한히 있고 무한히 변화한다. 예술상의 주장과 양식은 예술가 그이의 입각지로는 활짝 핀 꽃과 같다. 하물며 피기도 전에 고정되는 꽃이랴. 피기도 전에 떨어지는 꽃은 생명의 물이 마른 까닭이다. 작가가 내부 생명을 잊어버리는 것은 자기 생명의 천泉을 파기를 잊어버리는 자이다. 고석古昔부터 위대한 작가는 다 자기 개성에 의하여 그 생명의 꽃을 잘 배양한 자이다. 그리하고 개성의 천泉을 깊이 파고 또 그것을 넓히기에 노력한 자이다. 우리들이 먼저 작품에서 구하는 것은 작가의 개성이 십분 표현된 그것이다. 그리고 우리 자신의 개성과 작가 그의 개성과 다시 말하면 자기 생명과 작가의 생명과의 접촉 교착交錯에 의하여 우리 자아의 생명을 조명하고 집중하고 풍부히 하고 힘세게 하여 자유의 유동流動을 얻게 하는 것이다. 일언이명지一言而明之면 우리 자신의 생명을 가장 완전하게 길러가는 일이 이 역시 우리가 예술에서 구하는 궁극이로다.

문학과 무산無産 문학의 실상[5)]

요새 우리 문단에는 엄청나게 무산 문학이란 말이 많이 선전된다. 제각기 계급 문학이니 투쟁 문학이니 하고 떠들며 또는 이러한 말을 하는 것으로써 무상無上의 명예를 삼는다.

신문의 문예면에는 이런 말로써 채웠으며 또는 어느 잡지를 물론하고 그런 말이 씌어 있지 않는 잡지가 없다. 생각하면 이것이 좋은 경향이 아닌 것 아니거니와, 다시 한편으로는 '숭어'가 뛰니까 '망둥이'[6)]도 뛴다는 격으로 알지도 못하고 날뛰는 경박한 경향도 없지 아니하다.

* * *

무산 문학이란 무엇이냐? 또는 문학의 근본적 이론으로 보아 무산 문학이란 어떤 것이냐? 우리는 이것을 생각해 볼 필요가 있다. 공연히 반항이니 파괴니 투쟁이니 불합리니 하며 한갓 기분과 감정에만 치우치느니보다 그것을 인류의 영원한 문학의 근본적 입장으로 보아 연구하고 토구討究하지 아니하면 아니될 것이다. 그리고 이것을 학리적學理的으로 연구하고 탐

---

5) 《황야에 우는 小鳥》(창문당서점, 1929)에 수록된 글. 1927년 1월 일본 도쿄에서 쓴 것이라는 부기가 있 다.
6) 원문은 '모룽어'.

구하여 그게 한 가지 체계를 이루지 아니하면 아니될 것이다. 나는 이 점에 대하여 식견 많은 여러 문인에게 바라는 바가 많거니와 이제 나의 적은 식견을 헤쳐 몇 마디 진술코자 한다.

* * *

무산 문학이란 무엇인가? 그것은 문학론으로 보아 본질적으로 다른 문학이냐? 문학이라고 하고 혹은 예술이라고 하여 귀족 사회의 작가, 전원생활의 작가, 레닌그라드의 작가, 삼림森林의 작가, 광야曠野의 시인, 해양海洋의 소설가가 있는 것과 같이 노동자의 생활과 감정과 사상을 그린 작품을 무산 문학이라 하고 또는 그러한 작가를 '프롤레타리아' 작가라고 하지 아니할까? 무산 문학이란 곧 문학의 일부분이 아닐까?

* * *

무산 문학이란 극히 통속화한 '맑스'주의라고 그들은 말한다. 그리고 무산 문학의 성질에 대하여 적노赤勞 문단의 비판가인 '보그다노프'는 그의 〈단순과 우미優美〉라는 평론 중에 다음과 같은 말을 하였다.

"'프롤레타리아'의 예술이란 노동자의 세계관, 인생관—그 실제 생활의 태도와 희구希求와 이상 등을 표현한 예술이다. 따라서 무산 작가란 그 계급적 집단을 유의식적有意識的으로 표현하지 아니하면 아니된다."

하였다. 그리고 '폴랸스키'[7]의 〈두 가지 예술〉이라는 평론 중에는 "무산문학이란 사회혁명의 불꽃 속에서 출생한 것이다. 그리고 사회 건설에 대한

7) 소비에트 시대의 비평가 폴랸스키(Poljansky, 1881~1948). 레닌의 문학관을 최초로 연구한 비평가로 평가받고 있으며, 1920년대에는 사회학주의 비평과 형식주의 비평을 비판하는 논문을 많이 발표하였다. 저서로 《레닌과 문학》(1924)이 있다.

노동계급의 열정과 욕구와 전투와 박해와 분격과 애정 등에 대하여 그것을 여실히 표현한 것이다."

이런 말을 하였다. 그리고 '베, 키릴로프'[8]는

"'프롤레타리아' 문학이란 집단주의(Collectivism) 기계주의(Mechanism)에서 생겨난 문학이라."

이런 말을 하였다.

* * *

우리는 이들의 말을 듣고 무산문학이란 어떤 것인지 그 몽롱한 윤곽이라도 알 수가 있을 것이다. 집단주의와 계급투쟁—이것을 고취하고 구가謳歌하며 따라서 다시 한편으로 '빵'을 구하고 땀을 흘리는 노동자의 세계— 이것을 그리고 표현한 문학이라면 그리 대차大差는 없을 것이다. 어디까지든지 실리와 실제에 입각하여 생활의 실감과 노동의 감정을 그린 곳에 무산문학의 생명이 있고 성질이 있는 것이다.

* * *

그러나 요새 '사도피에프' [9]의 〈노농勞農 문단의 추세〉라는 평론을 보면 적로赤露[10]의 문단은 점점 그 무산적 색채가 희박하여 간다는 말을 하였다. 그리고 '모스크바' 전보는 "무산문학의 불인기不人氣로 문부대신 '루나찰스키'는 무산 작가의 곤궁을 구제키 위하여 그 대책을 강구 중이라"하는 말

---

8) 블라디미르 키릴로프Vladimir Kirillov(1890~1943)를 뜻하는 듯.

9) 러시아의 시인이자 비평가인 일리야 사도피에프 Il'ja Sadofiev(1889~1965). 생 우주론을 주창했으며 시집 《동력시》를 출간했다.

10) 적색 러시아, 즉 사회주의화된 러시아라는 뜻. 본문에는 '赤勞'로 되어 있으나 오식이라고 생각해 수정했다.

을 보도하였다.

우리가 '토마스 모-어'의 《이상향》(Utopia)이나 '윌리엄 모리스'의 《무하유향無何有鄕의 일기》(News from Nowhere) 같은 것을 읽고 이것을 한갓 꿈이라고 하지마는 실사實事로 전 세계가 적로赤露의 말하는 바와 같이 계급과 독점이 없어지고 또는 사람마다 '빵'에 대한 관심이 없어진 후 인류에게는 다만 평등과 행복과 자유만 있게 있다면 소위 지금의 말하는 그네들의 '프롤레타리아' 문학은 자취도 없어지고 그림자도 없어질 것이다. 만약 그렇다 하면 지금의 그 문학은 영구한 존재가 없는 안개 문학, 신기루蜃氣樓 문학, 전투 문학으로밖에 인정할 수가 없는 것이다.

* * *

미국의 '데이비드슨'[11] 씨는 "무산문학이란 계급 혁명에 있어서 한갓 도구로 사용되는 임시적 문학이다. 혁명이 끝나고 계급이 끝나고 모든 것이 평화에 돌아가면 그네들의 문학은 다시 인류 전반에 대한 애愛와 동정과 인도人道에 기基한 새 문학에 돌아가지 아니하면 아니될 것이다." 하였다. 그리고 그는 다시 말을 돌려

"문학이란 인류 구원久遠의 감정과 의지를 불어넣은 것이 아니면 문학으로의 존재가 없다. 삼천년 '호-머'의 쓴 《일리아드》[12]는 오히려 지금 우리 마음에도 부딪히고 공명되는 점이 많다. 그것은 인류의 심저心底를 영원히 흘러가는 그 마음을 잡아넣는 까닭이다. 그 까닭에 그의 작품이 문학의 가치가 있고 또는 위대한 예술품이라는 것이다."
하였다.

---

11) 원문은 '다븨손'. 미국 비평가 Donald Davidson을 가리키는 듯.
12) 원문은 '이리앳트'.

* * *

현재의 말하는 무산문학이란 그 민족과 환경과 조류에 있어서 제창할 만한 문학이고 또는 유행될 만한 문학이다. 그러나 그것은 임시문학이요 또는 수단문학이다. 영구성이 없고 진실성이 없는 과도過渡 문학이다. 따라서 참 문학이 아니요 인류의 영원한 행복을 쌓기 위하여 '부르주아'에게서 해방된—인류 공동의 문학을 건설하려는 그 문학의 다리 놓는 문학이다. 계급성이 없어지고 혁명 기분이 없어지고 '프롤레타리아' 이상에 기基한—신문화의 사회가 창조되려는 적로赤露에서 무산문학이 차차 색채가 희박하여지고 또는 일반에게서 환영을 받지 못하는 것은 당연한 일이다.

* * *

문학이란 그 성질에 있어서 두 가지 요소가 있다. 영국 '윈체스터'[13]씨의 〈문학비평의 원리〉(Some Principles of Literary Criticism)에 의하면 제 1의 영구적 감정(Permanence feelings) 제 2의 영구적 흥미(Permanence Interest)라는 두 가지 요소를 들었다. 이 두 가지 요소가 없으면 그 작품은 문학으로의 가치가 없다는 것이다. 그리고 '보상케'[14]씨는 미학 삼강三講(Three Lectures of Aesthetics)에 문학에는 미적 정서가 얼마나 중요한 것을 말하여 영속永續(Permanence) 상관相關(Relevance) 공수共受(Community)의 세 효과를 들었다. 곧 문학에는 미적 정서가 없으면 그 작품이 영속하지 못하고 또는 일반 독자와 관련이 없어지며 그와 동시에 독자에게 수납受納되지 못함을 말하였다. 무산문학이란 그게 영구성이 없는 것은 이상에 기록한 바와 같거니와

13) Caleb Thomas Winchester (1847-1920). 미국의 영문학자.

14) 원문은 '포상케'. 영국 철학자 Bernard Bosanquet(1848~1923). 헤겔의 문제의식을 사회·정치적으로 응용하는 데 관심을 두었다.

그와 동시에 그에게는 미적 정서도 없는 듯하다. 이제 노농勞農 로서아露西亞의 '프롤레타리아' 시인 '게라시모프'[15]의 〈10월〉이라는 시 일절을 보자.

— 여기 돌멩이가 열리었다
강철 같은 '사인死人'이 다시 살아났다
생명의 창조하는 불꽃은
모든 심장에 부딪쳐 붙는다

그는 이런 시를 썼다. 다시 '포몰스키'[16]의 〈모반謀叛의 꽃〉이라는 시집에는

나는 원소요 나는 꽃이요 나는 구풍颶風[17]이다
나는 건설하고 나는 파괴한다

이런 시가 쓰여 있다. 또는 '사도피에푸'는

나는 집단적 노동의
끊이지 않는 노력으로
'아폴론'을 위하여
신전神殿을 세우리라

---

15) 원문은 '게시모라프'. 시 그룹 '대장간'의 일원이었던 러시아 시인 미하일 게라시모프Mihail Gerasimov(1889~1939).

16) 소비에트 러시아의 대표적인 노동자 시인 포몰스키Pomorsky(1891~?). 사회주의적 이념이 강하게 표현된 그의 시는 특히 음악성이 뛰어나 실제 노래로도 많이 만들어졌다. 대표적인 시집으로 《투쟁의 노래》, 《봉기의 꽃들》이 있는데 이 글에서 인용된 《모반의 꽃》이란 《봉기의 꽃들》로 짐작된다.

17) 颶風 : 돌개바람

이런 시를 썼다. 우리는 이들의 시를 볼 때 그게 미적 정서라는 요소가 없음도 알 수 있거니와 그 표현의 대개가 파괴, 반항, 혁명 등으로 채워 있음을 볼 수가 있다. 우리는 그것을 문학으로는 그리 찬미할 수 없다. 사상 선전이나 일종 감정 표현으로밖에 생각되지 않는다.

* * *

문학은 그 사회와 환경의 분위기를 받지 않을 수가 없다. 불문학자 '테느'씨는 문학 구성의 동인動因 요소로 종족(Race) 시대(Epoch) 환경(Surrounding)의 세 가지를 들었다. 과연 그렇다. 그 사회와 환경을 떠나서는 그 문학의 구성을 볼 수가 없다. 혁명과 반항으로 뭉친 적로赤露에서 무산 문학을 보게 되고 화락華樂과 유미唯美로 덮인 이태리에서 향락 문예를 보게 되는 것은 어쩔 수 없는 것이다. 그러나 적로의 무산 문학이란 미래의 사회를 위하여 반항과 전투를 계속하는 중에서 임시 기형적으로 나타난 문학이다. 따라서 그 문학은 미구未久에 사라지고 말 문학이다. 그러나 어느 나라 어느 민족을 물론하고 로서아와 같은 환경을 가지는 때에는 그 문학이 필요하게 되고 따라서 그 문학이 발흥勃興될 것이다. 지금 조선에서 이 문학이 제창되는 것은 조선의 사정을 웅변으로 말하는 것이다. 이런 의미로 보아 그 문학은 영구적 존재가 없는 문학이라 할지라도 아니 발흥할 수 없고 아니 제창할 수 없는 의미 있는 문학이라 할 것이다.

* * *

불란서의 미학자 '페벨 몰타케'씨는 현재의 제창되는 무산 문학을 논평하여,

"그 문학에는 제일 큰 실패가 있다. 그들 작가에서는 인생이라는 문제를

머리에서 떨어 버렸다. 사람이란 밥만 먹고 배만 더우면 행복이요 만족인 줄로 생각한다. 이 얼마나한 오류이랴. 사람에게는 빵 이외에 영혼의 문제가 있고 사死의 문제가 있고 영원의 추구가 있고 따라서 눈물이 있고 번민이 있다 하였다."

과연 그렇다. 다만 '빵'과 계급과 투쟁만을 취급하는 그 문학은 인생이라는 근본 문제를 잊어버렸다. 이 의미로 보아서도 그 문학은 영구적 존재가 없는—과도적 일시一時 문학인 것이다. 그러나 이 문학은 미구에 그 과도 시대를 넘어서 영원한 인류의 행복을 말하는 '휴머니즘'(Humanism)의 문학이 될 것이다.

나중[18]으로 한 마디 더 부연할 것은 현재 우리 문단에 있는 무산 작가들의 행동이다. 그들은 자기 '파－티' [19]의 작가가 아니면 남을 원수같이 보고 또는 자기 '파－티'의 잡지가 아니면 글도 아니 쓴다는 것이다. 그리하여 그들은 스스로 계급을 만들고 있다. 계급을 타파한다는 그들로서 일종의 계급을 만드는 것은 그 무슨 잘못이라 하랴. 영국의 현대 평론가 '윌리엄 · 하몬스'씨는 "계급을 깨치려는 사람이 계급을 만든다. 그들은 딴 세계의 사람이 되려 한다."하고 무산 작가를 조소한 일이 있다. 진실로 계급을 깨치고 인류의 행복을 도모하는 무산 작가라면 적대 행동보다도 남을 많이 포옹抱擁하는 아량이 있어야 아니할까? 아니 모든 것을 파괴하는 사람이니까 어느 의미로 보아 '부르주아' 작가를 미워하는 것은 이해할 점이 있지마는 자기의 사상과 예술을 선전하는 사람으로서 남의 잡지에 글까지 아니 쓴다는 것은 그 무슨 견해일까? 나는 무산 작가에게 기분과 감정보다도 철저한 사색과 체험과 노력으로 건전한 그네의 예술을 창조하라고 말하고 싶다. 좌우간 조선의 사정이 무산 문학을 제창케 되었으니 따라서 모처럼 제창된 문학이 성실한 발달을 수遂하기를 바란다.

---

18) 원문은 那終.

19) party, 당파.

동경시대憧憬時代

1919년(작자의 20세 시時)

5월 7일(금요) 청晴

오늘은 학생들을 데리고 불타산佛陀山으로 원족遠足을 갔었다. 굽이굽이 골을 지나고 시내를 건너, 오전 열두 시 경에 유암사幽岩寺라는 절에 이르렀다. 잠깐 다리를 쉬어 점심을 먹고, 작은 학생들은 절에 머물게 한 후 나와 기타 몇몇 큰 학생들은 불타산의 상봉上峰을 찾기로 하였다. 작은 산, 큰 산을 모두 넘어 철쭉을 꺾고 싱아(초명草名)를 캐며, 또는 숲새에서 두견새 소리를 들으면서, 산정山頂으로 향하여 간다.

오후 세 시쯤 하여, 백운白雲 간에 솟아 있는 불타 상봉에 올랐다. 모든 산야가 발밑에서 절을 한다. 하늘에나 오른 듯싶다.

대자연의 맑은 기운! 나는 그의 품에서 죽고 싶다. 그리고 모든 것을 잊어버리고 싶다. 눈을 감고 묵연默然히 앉았다가, 다시 서편 하늘을 바라본다.

서편 하늘에는 흰 구름이 둥실둥실. 그러나 그 아래는 황해의 넓은 물이 출렁출렁. 하늘이 바다인가? 바다가 하늘인가? 하늘과 바다, 그 사이에는 뽀얀 수연水烟이 아물아물 감돌고, 그 속에는 몇몇 척의 배들이 가만가만히 움직이는구나.

아, 그립다. 언제나 쓰린 전원의 생활을 면할까? 저 배에 올라 멀리멀리 어디든지 가고 싶다. 백림伯林으로도, 파리로도, 나이아가라 폭포로도. 그리하여 한껏 표박하고 싶다. 이 뼈 쑤시는 농촌의 생활을 벗어날 날이 그 언제던가? 나는 고개를 숙이며 남모르게 흑흑 느껴 울었다. 불타의 큰 바람이 내 눈물을 멀리멀리 휘뿌린다.

오후 여섯 시 경에, 집에 돌아왔다.

5월 10일(월요) 청晴

오늘도 여전히 한 송장의 몸으로 교실에 파묻혀 있었다. 교편敎鞭을 들고 아이들을 가르치면서도 덧없는 시름을 느끼었다.

하학한 그 길로 투르게네프의 〈첫사랑〉(일역日譯)을 가지고 동리 앞에 있는 '유마'산으로 갔다. 다북다북 뭉치어 있는 동송童松 속에서 읽기를 시작하였다. 매우 재미있었다.

〈첫사랑〉을 보며 문학 문학 하고, 또 문학에 대한 동경을 하였다. 문학은 인생의 최고 이상이다. 나의 혼이 길이 쉴 만한 아름다운 궁전이다. 죽기까지 문학에 헌신하자! 생명이 있기까지 문학의 길을 찾아가자! 그리하여 가장 고귀한 예술의 동산을 찾아, 참 사람의 꽃을 넓히 피워 보자 하였다.

책을 보다가, 저녁 일곱 시에야 돌아왔다. 문학에 대한 동경을 잊지 못하여 〈첫여름의 날〉이라는 소품을 하나 써 보았다.

5월 15일(토요) 청晴

오늘은 토요일이라 열두 시에 하학하고, 점심을 먹은 후 금화천金華川을 찾아갔다. 언덕가의 풀밭에는 송아지들이 왔다갔다 뛰놀고, 시냇가의 버들가지는 물속에 고개를 파묻고 죽은 듯이 꿈을 꾼다. 이따금 종다리 소리도 들린다.

나는 하이네 시집을 들고, 시냇가 찔레나무 아래 누워 십여 페이지 읽었다. 시! 사랑의 시는 나의 가슴을 몹시도 괴롭게 하였다. 그리고 나에게 꿈 같은 설움을 부어주었다.

나는 보던 시집을 던지고, 한참 동안이나 찔레나무 아래서 말없이 있었다. 처녀의 살 같은 하얀 찔레꽃은, 정열을 북돋우는 강렬한 향기를 배앝고 있다. 찔레 그늘은 어스름 달빛 같이 내 얼굴에 그늘을 지우고, 꽃을 찾는 벌레의 노래는, 사랑을 못 잊어하는 그 무슨 속삭임 같이 내 귀에 섧게[20] 들린다.

나는 저녁 해가 산을 넘을 때까지 찔레밭 아래 누워 여러 가지 공상을 마지아니하였다. 어찌하면 시인이 되나! 그리고 많은 사람을 울리고, 많은 사람을 기쁘게 할, 위대한 작품을 쓸 수가 있을까? 시의 나라에……. 나는 이러한 생각을 하다가, 다시

시는 시려니와, 오늘은 왜 이렇게 적적한가? 울고 싶구나. 울어나 볼까. 그 어느 이성異性의 그림자나 있으면……. 아, 무엇이든지 껴안고 싶다. 그리고 아양을 치고 싶다. 처녀의 품! 아, 설고도 쓰리다…….

저녁 여섯 시에야 숙소로 돌아왔다. 밤에는 단시短詩 하나 쓰고, 문장 강의록 몇 페이지 읽었다.

5월 20일(목요) 담曇, 우雨

오늘은 일기가 매우 좋지 못하다. 아침에는 하늘에 젓빛 구름이 뭉게뭉

---

20) 원문은 '설게'.

게 뭉쳐 있더니, 정오가 지나자 비가 오기 시작한다. 적지 않은 큰비였다. 여전히 학교에 가서 맛없는 교수敎授를 하고 돌아왔다.

숙소에 돌아와서 창 밑에 매달려 빗소리를 들었다. 참기 어려운 우울을 주는 날이었다. 한참 빗방울 소리를 듣다가 제 멋에 쓰러졌다. 끝없는 권태를 느꼈다.

살기가 싫다. 죽었으면 좋겠다. 나는 무슨 재미로 사는가 하였다. 그러나 다시 생각을 돌려, 너는 예술을 위하여 사는 사람이 아니냐? 달 아래 호적胡笛 소리 같이 곱고 어여쁜 시의 나라는, 네가 길이 살 곳이 아니냐 하였다. 그리고 본즉, 다시 가슴에 무슨 새로운 기운이, 새로운 희망을 가지고 떠오름을 깨달았다.

저녁에는 톨스토이의 전기를 읽고 그의 생애에 감격하였다. K씨에게 보내는 길고 긴 편지를 썼다.

5월 26일(수요) 청晴

생명 없는 생활을 오늘도 계속하였다. 내가 교육가의 포부가 없는 이상에, 이러한 생활을 계속하는 것은, 죄악이 아닌가? 빵을 위하여 이 생활을 계속한다면, 나는 여러 어린 천사들에게 고개를 들 수 없는 우스운[21] 사람이 아닌가? 그렇다. 과연 그렇다. 나는 교육가의 소질을 가지지 못하였으며 거기 아무 이상과 아무 취미도 가지지 못하였다. 빵을 위하는 이 생활, 자기의 이상을 흙칠하는 이 생활! 나는 하루 속히 이 생활을 떠나야 하겠다. 그리고 예술의 나라로 달아가야 하겠다.

오후에 《기독신보基督申報》가 왔다. 일전日前 나의 투고한 〈무화과無花果 잎같이 떨어지는 생명〉이라는 장시가 게재되었다. 말할 수 없이 기뻤다.

21) 원문은 '아수운'. 아쉬운? 뜻이 명확치 않다. 일단 '우스운'으로 옮겨놓는다.

문학에 뜻을 두고, 문학을 최고 이상으로 아는 나는, 자기의 습작이 게재되었을 때에 더할 수 없는 행복을 깨달았다. 나는 문학자가 된다. 시인이 된다. 이러한 생각을 꿈꾸었을 때, 나는 하늘에나 오른 듯하였다. 힘써 읽고, 힘써 보자 하였다.

밤에는 루—진[22] 을 읽고, 단시 한 편을 썼다.

경성京城 R군에게서 편지가 왔다.

1922년(작자의 23세 시時)

2월 26일(월요) 청晴

새벽 다섯 시에, 또 잠이 깨어졌다. 원수의 잠이었다. 잔설殘雪을 스치는 바람소리가 깔깔한 웃음을 웃고 간다. 창문에는 시퍼런 기운이 죽은 듯이 붙어 있다.

나의 머리를 괴롭게 하는 R씨의 그림자가 또 눈 위에 나타난다. 고운 빛으로, 웃는 빛으로. 그리고, 냉소하는 빛으로. 아, 나는 그 그림자를 아니 보려고 얼마나 얼마나 애를 썼으랴! 그러나, 그—그림자는 푸른 무지개와 같이 눈 위에 나타나며, 나의 혼에게 강한 마취제를 먹이고, 그리고 이리저리 못 살게 잡아 흔든다.

나는 이불 속에서 이리 누웠다 저리 누웠다 뒹굴며 무한히 애를 썼다. 그리고 그 생각을 잊어보려고 가슴을 잡아뜯으며 발광發狂을 하였다. 그러나 잊을 수는 없었다. 몸부림하고 싶도록 그이가 그리웠다.

아, R씨! 나의 이같이 괴로워하는 것을 알아 주십니까? 그리고 언제나

22) 투르게네프의 소설. 이상주의적 열정에 가득 차 있으나 실천력은 박약한 청년을 풍자한 소설로, 러시아 혁명 전야의 '잉여인간'을 묘사한 작품으로 알려져 있다.

나를 한번 안아 주시겠습니까?

오전[23] 열 시 경에 조반을 먹고, 외근外勤을 돌아, 역시 신문사에 갔다. 아무 윤색潤色과 향기가 없는 하루의 삶을 계속하고, 다섯 시에 퇴사退社하였다.

밤에는 단성사에서 〈사랑의 싸움〉이라는 활동사진을 구경하였다. 그때에도, R씨의 생각을 잊을 수가 없었다. 요사이 생활의 전부는 모두 R씨를 생각하는 것으로 채웠다.

3월 14일(수요) 청晴

모래를 깨무는 듯한 생활이었다. 그리고, 사막에 흩어져 누운 듯한 하루였다.

오후 네 시경에 회사에서 나와 숙소에 돌아오니, 방 안에는 얼음같이 차디찬 물결이 흐르고 있다. 가슴에 눈물을 부어넣는 듯한 외로움을 느끼었다.

은순恩順(여관 주인의 어린 딸)에게 부탁하여, R씨에게 편지를 보내었다. 그 편지에는, 나는 당신을 사랑합니다. 그리고 잊을 수가 없소이다. 몇 번이나 몇 번이나 나는 가슴을 뜯고 살을 꼬집으면서 당신을 잊으려고 하였으리오. 그러나 불행인지 다행인지, 도시 당신을 잊을 수가 없구려. 아, 그러면 어찌하오리까? 하는 의미의 말을 썼다.

편지를 보낸 후에, 나는 심히 괴로웠다. 편지를 보고, R씨가 나를 좋지 못한 사람으로 생각지 않을까 함이다.

그러나, 모른다. 그런 것을 생각할 여지가 없다. 나는 다만 그를, 누구보다도, 더욱 사랑할 뿐이다. 생명보다도, 더 사랑할 뿐이다. 책責을 하거나

---

23) 원문에는 '오후'라 돼 있으나 오식인 듯 보인다.

비평을 하거나, 나는 다만 사랑할 뿐이다.

아, 나의 천사여! 너는 왜 그다지 나를 괴롭게 하더냐? 너로 인하여 나는 죽겠다. 그러면 어찌하랴! 네가 만약 나를 사랑한다 하면, 나는 얼마나 행복스러운 사람이 될까?

아, 하느님! 나의 사랑 만세!

밤에는 〈표랑漂浪〉을 몇 페이지 쓰고 거리로 산보를 나갔다. 서늘한 밤이었다.

3월 18일(토요) 담曇

오늘은 일기가 좋지 못하다. 하늘에는 회색 구름이 담뿍 덮이어 사라지지를 아니한다.

몸이 아파서 신문사에 가지 못하고 종일 방안에 누워 있었다. 나그네의 쓰린 맛은, 아픈 때에 비로소 알 수가 있었다. 그리고, 어머니나 아내의 정이 그리운 줄도 알았다. 울고 싶은 마음이 가슴에 뭉치어, 스러지지를 아니한다. 사랑하는 R씨나 있었으면 하였다.

오후 두 시에, 병원에 갔다 오니까? 방 안에 어떤 밀감 상자가 있었다. 자세히 보니 그것은 R씨에게서 온 것이었다. 나는 기쁜 중에 그 밀감 상자를 뒤지다가, 다시 그 밀감 상자 중에서 어떤 편지를 발견하였다. 아, 기적이다. 그것은 씨氏에게서 온 편지. 나는 취한 중에, 그 편지를 읽었다.

주인 마님의 말을 들으면, 내가 병원에 나간 동안에 어떤 아이가 그 밀감을 가져왔다 한다. 그것은, R씨가 나의 병들어 누운 것을 알고, 위로 겸 보낸 것이, 의심 없는 일이다.

편지에는, 병으로 누운 나의 신상에 대하여 많이 위로하는 말과, 장래에 서로 친하게 지내자는 말이 있었다. 나는 기뻐서 죽을 듯하였다. 그것만으로도 나의 사랑은 거의 성취된 듯싶었음이다. 아프던 병이 당장에 나을 듯하였다.

밤에는 베를렌느 시집을 보다가 잠이 들었다.

6월 4일(월요) 청晴

이층 베란다로 새어드는 햇빛이, 방안에 어리어 반짝반짝한다.

며칠 전부터 걸린 감기가 채 낫지 못하여, 자리에 누워 있었다. 모든 것이 귀치않은 것뿐이었다. 온 몸의 맥이 모두 풀리고, 그리고 따라서, 온 몸의 무게(重)가 모두 땅 속으로 기어 들어가는 듯하였다. 심히 외로운 날이었다. 오후 두 시쯤 하여 C가 찾아왔다. C는 보기 드문 미인이었다. 그리고 극히 다정해 보이는 여성이었다. 대글대글하는 파란 눈! 고슬고슬한 머리털! 그리고 후리후리한 키! 희고도 가늘어 보이는 작은 얼굴! 그의 스타일은 나의 마음을 적지 않게 끌었다. 그는 우유와 포도를 사 가지고 왔다.

C를 보니 나의 감기는 쾌차해지는 듯하였다. 이런 이야기, 저런 이야기, 재미있게 놀다가, 오후 네 시경에는 장충단 뒤로 산보를 갔었다.

고성古城을 끼고 이리 돌고 저리 돌고, 다시 송림松林 새를 지나서, 어떤 고요한 곳에 갔다. 두 사람은 서로 마주앉아 웃음도 웃고 장난도 쳤다. 푸른 솔그늘! 어린 잔디풀. 그리고 지저귀는 산조山鳥의 울음! 자연의 은혜가 풍부한 곳이었다.

나는 풀밭으로 왔다갔다 뛰놀다가, 어떤 아름다운 꽃송이를 발견하였다. 그 꽃은 빨갛고도 하얀 맛이 있는 고운 꽃이었다. 나는 그 꽃을 뜯어 C의 머리에 꽂았다. 검은 머리에 빨간 꽃! 그는 천사같이 보인다.

아, 천사여! 더욱이 그가 그 꽃을 머리에 꽂은 채로 숲속에 앉았을 때에는…… 아, 죽어라 하고 한번 껴안고도 싶었지마는……. 나의 가슴에 불멸의 기억을 주는 날이었다.

저녁 여섯 시에 집으로 왔다. C도 갔다.

밤에는, 〈미소〉를 몇 페이지 읽었다.

6월 9일(금요) 청晴

오늘은 회사에서 나와 R형과 함께 한강으로 산보를 갔다. 보트를 타고 한강을 올랐다 내렸다 하며 재미있게 놀았다. 타오르는 듯한 붉은 해가 마지막 빛을 강 위에 던지고 서산으로 잠기는 광경은, 참말 볼 만하였다. 그야말로 웅장한 산 시였다.

은파정銀波亭에서 저녁을 먹고 오후 여덟 시경에야 집에 돌아왔다.

집에 돌아오니, 책상 위에는, 의외에 꽃 한 송이가 있었다. 그 꽃 속에는 편지도 있었다. 아, 얼마나 아름다운 기적이냐? 그 꽃은, C가 가져온 것이었다.

그 편지에는, 오랫동안 못 뵈었다는 인사와, 보기가 어렵다는 말을 한 후에, 그 꽃은 자기가 친히 물을 주고 햇빛을 쬐어 고이고이 기른 것이니, 자기를 보는 셈으로 보아달라는 말을 썼다.

나는 울고 싶도록 행복을 느끼었다. 그리고, 꿈이 아닌가 하고 생각하였다. C는 나의 사람이 되려는가 하고, 꿈같은 장래를 생각하여 보았다. 달디 단 공상을 많이 하다가,

사랑하는 그이가
가져온 이 꽃
부디부디 시들지 말고
길이길이 곱게 피소서

하는 즉흥시 일절을 써서 꽃 위에 걸고, 그만 잠이 들었다.

병상삼년기病床三年記[24]

1. 뻐꾹새

내가 일본서 돌아온 후 시름시름 앓기를 시작하다가 의사의 '위험하다'는 선고를 받고 경성京城 시외에 있는 C사寺로 향하여 가기는 바로 1928년 6월 7일이었다. C사 어귀는 녹적綠適이 흐를 듯한 포플러 떡갈나무 소나무 등 탐스러운 그늘이 하늘을 덮을 듯이 너울너울 바람에 푸른 스커-트를 펼쳐 있고, 그 밑으로는 잔잔한 시내가 그 누구에게 무슨 밀어나 보내는 듯이 청옥靑玉의 멜로디를 배앝으며 흐르고 있었다. 그리고 여름 밀감빛 같은 황혼의 물결이 산곡山谷의 좌우를 연홍軟紅의 베일로 씌워놓았다. 그러나 C사로 최후의 심판을 받으러 가는 나로서는 이러한 자연을 바라보기에는 너무도 마음이 어지러웠었다. D병원 의사가 나의 생명을 자질(尺)하여 보다가 "危險ですな"하고 옆에 있는 간호부에게 귓속말로 "미코미나시" [25]라고 속삭이며 다만 구미약口味藥 한 첩을 갖다 주던 것을 잘 기억한다.

---

24) 《신인문학》 제1호(1934. 7)에 발표될 당시에는 '병상오년기'라는 제목이었으나 단행본 《靑空洗心記》(1935)에 묶일 때는 '병상삼년기'로 바뀌었다. 단행본의 제목을 존중하되, 입력은 《신인문학》 발표본에 따라 했다.

25) 見辺みなし. 가망이 없다는 뜻의 일본어.

"살기 어렵다."

이러한 말은 나로서는 그리 좋은 말이 아니었다. 세네카의 〈행복론〉에는 친구의 죽음을 보고 무서워하는 자는 어리석은 자라고 하였고, 다시 죽음을 무서워하는 자는 개발의 진흙덩이 같은 사람이라고 하였다. 그러나 나는 무슨 미련이 남았던가? 그렇게도 못난 바보였는지? "살기 어렵다"는 이 말이 가끔가끔 나의 가슴에 부질없이 검은 못을 박아 놓고 내 눈앞에 슬픈 구름을 덮어놓는다.

물론 세상에는 하늘의 별 같고 땅위의 모래같이 많은 사람이 있다. 또는 하루에도 몇십만 명이 죽고 몇십만 명이 출생한다. 사람 하나 죽는다는 것은 파리새끼 하나 죽는다는 것보다 그리 더하지 않을 것이다. 더욱이 나 같은 값없는 사람 하나 죽는다는 것이 무엇이 그리 아까울 것이냐? 그야말로 나는 세네카의 말과 같이 개발의 진흙덩이 같은 사람이 아닐까? 그러나 사람이란 죽음 앞에서는 매우 약한가보다. 못난 나는

"C사로 들어가는 오늘의 이 길이 다시 올 수 없는 영원의 길이 아닐까?"

하며 황혼에 싸인 하늘 저편을 슬픈 듯이 바라보았다.

무변창공無邊蒼空의 높고 또 높고 멀고 또 먼 그 하늘 위에는 황감黃紺빛이 변하여 자금색紫金色으로—차츰차츰 짙어가는 저녁 노을이 멀고 먼 저편으로 흩어지고 또 흩어지고—이리하여 어여쁜 별들이 하나씩 둘씩 그 웅장한 황혼 위에 춤추기를 시작하였다. 이때 어디서인지 별안간 뻐꾹새 한 마리가 그야말로 피를 토하는 듯이 뻐꾹뻐꾹 울기를 시작하였다. 이때 나는 두 손을 벌려 하늘을 안을 듯이 내저으며 뻐꾹새 우는 편을 향하여

"아! 뻐꾹아! 또 한 번 울어주렴!"

하고 두 눈을 고요히 감았었다.

2. 흰 구름

절대안정! 이것은 의사가 나에게 내린 엄명이었다. 백년을 가든지 천년을 가든지 신열이 내리지 않는 한에는 절대로 움직이지 말라는 것이었다. 그러나 하루에 서너 번 검온檢溫해보아도 신열이 언제든지 38도 4,5 분을 내리지 않는 것을 어찌하랴! 아, 무서운 고열이다. 송장처럼 베드 위에 누워서 그날그날을 보낼밖에 별 수가 없는 것이다. 천정에 붙은 파리나 세고 처마 끝에 울리는 풍경 소리나 들으며 길고 긴 여름날을 보내려니 그야말로 일일一日이 여삼추如三秋이다.

바깥이 그리운 나는 가끔가끔 열어놓은 창이나 내다보고 있었다. 내가 열어놓은 창 아래는 작은 뜰이 있고 그 뜰에 연連하여는 작은 산이 있다. 그 산에는 어린애의 다박머리 같은 동송童松이 다복다복 벌여 있고, 그 새로는 푸른 풀들이 여름날 아래 활개를 벌리고 고개를 갸웃거리고 있다. 방에 누워 그 산을 바라보노라면 은방울소리 같은 서늘하고 맑은 바람이 솔새로 풀 새로 살살 기어온다. 또는 송화색松花色 저고리를 입은 소녀 같은 노랑 새들이 가끔가끔 와서 무슨 노래를 부르고 간다.

어찌 그 뿐이랴. 그 산 너머 저편에는 높고 높은 하늘이 푸르고 푸르러 바다가 되고, 그 바다 위에는 백련白蓮 같이 피어오르는 고운 구름덩이가 한 덩이 두 덩이 모이고 모여 새하얀 꽃산을 이루어 놓는다. 아, 고운 노랑새, 어여쁜 흰 구름! 이러한 것은 나의 마음을 괴롭게 하는 한없는 유혹물이었다. 나는 당장 죽는다 하여도 주먹을 쥐고 산위에 뛰어올라가 그 구름덩이를 맘대로 보며 이리저리 뛰고 싶었다. 그리고 바위 위로, 소나무 새로 훨훨 다니는 사람들을 보면 그네들이 한없이 부러웠다.

흰 구름 위 몇만 리 또 몇만 리!
그 높은 하늘 푸른 별들이 뜨네

흰 구름 밑 몇만 리 또 몇만 리
그 넓은 땅 위엔 붉은 꽃들이 피네

나는 이러한 생각을 하면 세상이 한없이 아름다운 것 같았다. 그리고 그 고운 자연 아래 마음껏 살고 싶었다. 내가 몸이 성할 때에는 그 푸른 하늘이 그리 좋은 줄을 몰랐고, 또 세상이 그리 아름다운 줄을 알지 못하였다. 조금만 맘이 상하면 죽고 싶다고 하였고 또는 죽기를 결심까지 하여보았다. 그러나 내가 정말 죽게 된 오늘에는 왜 그런지 한없이 살고 싶었다. 내 몸이 성하여 훨훨 다닐 수만 있다면 나는 더할 수 없는 행복자일 것 같고 또는 그 위에 더 희망이 없을 것 같았다.

물론 내가 산다 하여도 나 같은 인물이 사회나 민족에 대하여 그리 신통하게 할 일이 없지마는 "사람이 모두 나를 버리고 하느님까지 나를 버릴지라도 나는 나를 믿고 힘 있게 살리라." 한 멜본의 말이 다시 생각되었다. 아, 살고 싶은 이 마음! 그러면 단 술잔 쓴 술잔도 다 마시마. 그리고 그 무엇이든지 모두 참고 견디마! 괴로운 것 아픈 것 사양할 내가 아니다. 검은 사선死線을 두 발 딛고 넘어서 신생新生의 화로花路를 찾아가자.

아, 내가 누운 창 위에 늘 떠오르는 흰 구름덩이! 그 구름 너머 구만리 하늘바다에 밤마다 떠오르는 고운 별들! 아, 저 하늘 같이 푸른 몸으로 영원의 별 아래 힘껏 살자!

3. my star

내가 C사寺에 온 지도 벌써 두 달이 넘었다. 어느 때에는 사람이 옆에 있는 것이 귀찮지만 너무도 찾아주는 사람이 없으니 마른 눈에서도 눈물 날 때가 많다. 어머니 가신 지도 오래였고 아버지 누나 잃은 지도 오래다. 적막한 방에 어린 나의 그림자! 나는 그 그림자라도 부여안고 "여보시오!"하고 말하고 싶으리만큼 외로웠었다. 언제 죽을지 모르는 이 몸으로서 살뜰한 사람 하나 없으니 아니 슬프고 무엇하랴. 더욱이 먹을 수 없고 잘 수 없고 움직일 수 없고—심야深夜 삼경三更에 이리 뒤척 저리 뒤척 하다가 베개를 보면 베개에는 눈물이 축축이 젖어 있다. 어찌 그뿐이랴.

종일 아픈 몸으로 애를 쓰다가 밤이 되면 자는지 깨는지 온 한 밤을 몽롱한 꿈속에서 지내는 것이다. 그러다가 어느 때에는 밤중에 눈을 뜨면 나의 창 옆에는 고운 눈동자가 나를 반기며 서 있다. 나는 미친 듯이 일어나서 그 눈동자를 껴안을 듯이, 그 눈동자에 매달릴 듯이 그 창으로 달려가는 것이다. 그러나 자세히 눈을 뜨고 보면 그것은 누구의 고운 눈동자가 아니었다. 구만리 장공長空—멀고 머—ㄴ 하늘에서 열어놓은 소창小窓으로 나를 내려다보고 있는 고운 별들이었다. 그때 나는 두 손을 벌려 그 별을 껴안을 듯이 내저으며 "오 my star!"라고 부르고는 그만 다시 베드로 돌아간다.

오, 나의 별아! 너는 나와 무슨 인연이 있어서 밤이면 나를 그처럼 지켜주는가? 그처럼 나에게 고운 웃음을 보내고 있는가? 동으로 구만리, 서으로 구만리 높고 먼 구만리 장공! 네가 그 하늘에서 나를 그처럼 보고 있는 것은 내 영혼의 시든 꽃을 하늘의 감주甘酒로 적셔 주렴인가? 아, 밤은 잔다. 향유香油 바른 성녀의 머리털 같은 눈 감은 고운 야색夜色이 땅위에 검푸른 비단을 깔아놓았다. 꿈의 숲, 백양白楊의 잎사귀, 그리고 어스름밤 앞에 흔들리는 나무 그림자, 그 위에 떠도는 구름결 같은 어둠의 윤곽! 오, 자라, 숲도 시내도 그리고 땅도 모두 소리 없이 자라! 그러나 오직 깨어 있는 것은 별과 나와 오직 둘뿐이다.

무자소로武者小路[26]씨는 "사람이 만일 좀 완전하다면 고뇌라는 것은 없을

---

26) 일본의 소설가 무샤노코지 사네아쓰武者小路實篤(1885~1976). 일본 근대 문단의 미학주의적 전환을 알려준 동인지 《시라카바白樺》를 창간했으며, 이상주의적인 '새마을' 건설 운동을 주도하기도 했다.

것이다" 하였다. 독일의 방랑시인 클라이스트[27]는 "사람은 자기 손으로 고뇌라는 짐을 만들어가지고, 그리고 그 짐을 어깨에 지고 자기 발자국에 눈물을 떨어뜨리며 걸어가는 것이다." 하였다. 아, 그러면 이 모든 괴로움이 내가 만든 짐이었던가—나의 잘못으로 오는 보응報應이었던가? 그러면 나는 저 고운 별 아래 조금 더 완전하게 거룩하게 힘 있게 중생重生의 발자욱을 떼어놓아야 할 것이다.

4. 추우만종秋雨晩鐘

지루하던 여름도 다 지나가고 빨개졌던 단풍도 다 떨어지고 이제는 찬바람이 불 적마다 나뭇잎이 우수수 떨어지기 시작한다.

C사 생활도 벌써 반 년 동안! 덧없는 세월이야 어찌 나를 기다릴 것이냐? 오늘은 별別하게도 멜랑콜리한 날이다. 창을 열고 바깥을 내다보니 그렇지 않아도 떨어질 나뭇잎이 찬바람에 휘날려 맥없이 우수수 떨어지고 그 위에 궂은 비조차 부슬부슬 휘날린다. 낙목한천落木寒天에 찬비 내리는 저녁! 나는 별하게도 심사가 괴로워서 움직움직 법당 밑을 찾아갔더니 이 절 주지인 P양孃이 정성스럽게 저녁 예불을 올리고 있다. 나는 그가 부처님 앞에 선 것을 오늘에야 처음 보았다. 그는 항상 낮이면 고양이나 안고 낮잠을 자든지, 그렇지 않으면 작은 강아지하고 장난을 하거나, 어린 상제들하고 싸움을 하거나, 그의 매일 거듭하는 일과가 이것이었다. 그러나 오늘은 무슨 변덕이 나서 저렇게 부처님 앞에서 정성스럽게 넋두리를 하고 있는가?

낙엽을 모는 바람소리! 그 소리에 화和하여 뗑뗑 울리는 만종晩鐘 소리도 구슬프거니와 마디마디 간을 끊는 듯한 P양의 예불소리는 '멜로디' 그것

---

27) 독일 문학가 하인리히 폰 클라이스트 H.von Kleist(1777~1811)를 가리키는 듯. 강렬하고 파토스 넘치는 소설 〈버려진 아이〉〈칠레의 지진〉과 희곡 〈깨어진 항아리〉〈헤르만 전투〉 등을 남겼다.

이 전혀 눈물이요, 목소리 그것이 전혀 한숨이었다. 나 역 눈물이 없이는 그 소리를 들을 수가 없었던 것이다. 나는 P양의 꼬락서니를 좀 더 상세히 보려고 법당 문 앞까지 가까이 가서 법당 안을 들여다보았다. 나무아미타불을 부르고 종을 두드리고 다시 조금 있다가 요령을 흔들고 그리고 부처님을 바라보는 P양의 얼굴에는 더운 눈물이 주르르 떨어진다. 아, 그 무슨 눈물인가.

P의 말을 들으면 그는 16세 처녀로서 그의 삼단 같은 머리를 베어 부처님께 바치고 춘풍추우春風秋雨 40년 동안을 부처님 앞에서 늙었다고 한다. 그리고 팔도강산을 다 돌아다니고 일본까지 가서 어느 본산本山에서 연설까지 해보았으나, 이제는 모든 것이 흥미가 없어서 낮에는 고양이하고 낮잠이나 자고 강아지하고 장난이나 한다고 한다.

그러나 P여, 궂은비 내리는 오늘 저녁에는 무슨 심사가 괴로워서 부처님 앞에서 그처럼 넋두리를 하는가? P여, 말 좀 하라, 그대는 잃어버린 옛날의 청춘이 아까워서 그처럼 울고 있는가? 하늘의 구름같이 떴다 사라졌다 하는 인생의 무상을 느끼고 그처럼 부르짖는가? 그렇지 않으면 부처의 무량애無量愛에 느끼고 잠겨 그처럼 넋두리하는가? 그렇다. 그대인들 어찌 눈물 없는 사람이랴. 하늘이 울고 바람이 울고 비가 울고 그대도 울고 나도 울자. 행복은 짧고 슬픔을 길다. 누가 인생으로 태어나서 그리 많은 행복을 느끼는 사람이 있을 것이냐? 사람의 일생이 천 마디[節]라면 그 대개는 슬픔뿐이고 그 중에 행복이란 것은 불과 몇 마디에 지나지 못한다. 또는 그 몇 마디에 불과하는 행복도 끊어지기를 잘하고 깨어지기를 잘하는 것이다. 구슬픈 빗발 아래, 이지러진 조각달 아래 한줌 눈물을 아니 뿌려본 사람이 어디 있을 것이냐? 고해苦海니 화택火宅이니 하는 진부한 소리는 그만 두고라도 데카르트 같은 철인哲人도 “해 안 비치는 땅이 어디 있으며 눈물 없는 인생이 어디 있으랴!” 하였다. 나는 다시 말한다. 인생은 짧고 슬픔은 길다는 것을…….

5. 제야除夜

함박 함박 내리는 흰눈이
내 창에 어린 굽어진 노송老松에
꽃관冠을 씌워 눈을 감기네

저녁 예불 울리던 종소리
내 맘의 거문고 그 소리에 울 때
이 한해의 밤도 마지막 저무네

그럭저럭 금년도 저무는 것이다. 컴컴한 이 강산에 흰 눈이 내려 마지막 밤을 꽃으로 묻어준다. 그러나 나는 이 한해 동안에 대학병원 동東 8호실에 있는 정신병자처럼 얼마나 이 괴로운 자리를 탈출하려고 애를 썼던가? 그리고 산토끼처럼 넓은 세상으로 뛰어나가기를 얼마나 그리워하였던가? 그러나 피와 살이 모두 말라버린 나의 몸은 그러한 나의 희망을 들어주지 않았던 것이다. 오늘이 제석除夕이라 이전 같으면 수공색水空色 엽서에 그림을 그리고 시를 쓰고 Happy New Year를 비는 글발을 여러 벗들에게 보내었을 것이다마는—희망과 열정과 용기와 행복과 쾌락을 모두 잃은 나는

이 몸이 만일 산이라도 되었던들
하늘의 별이나 바라보며
천 년 만 년—아무 근심 없이 살았을 것을……

* * *

이 몸이 만일 구름이라도 되었던들
달빛 안고 기러기 좇으며
구만리 장공—맘 놓고 떠다녔을 것을……

하고 이런 시나 생각하고 있는 것이다. 사람이란 '영원' 앞에는 너무도 약하지 않은가 한다. 그러나 나는 너무도 바쁘지 않으냐? 차디찬 눈 위에 오히려 창창蒼蒼한 몸으로서 저 창공을 바라보고 있는 노송들—그렇다. 운명의 잔이 아무리 쓰고 매워도 저 유유한 하늘 밑에 맑은 희망의 줄을 매고 금년의 마지막을 보내어주자.

6. 승방난곡僧房亂曲

해가 바뀌이더니 이 절에는 불공 손님이 꼬리에 꼬리를 물고 쏟아져 들어온다. 하루에 20명, 30명씩 새벽부터 밤 열두 시까지 요령 흔들고 넋두리하고 종치는 소리에 귀가 아파 견딜 수가 없다. 어떤 때에는 두 귀에 솜을 틀어막고 그 위에 수건을 동이고 자보려 하나 오히려 잘 수가 없었다.

이런 때에는 귀가 없으면 하고 누말이나 아다린 같은 최면제催眠劑를 먹고 조금 잠이 들었다가도 곧 깨고 마는 것이다. 그래서 틀어막았던 두 귀의 솜을 다시 빼어놓으면 우는지 웃는지 알 수 없는 그네들의 넋두리. 아들을 낳게 해주, 돈을 모으게 해주, 남편이 첩을 버리게 해주, 만주로 아편장사 간 남편이 천금을 쥐고 오게 해주, 하고 마룻장을 긁으며 부처님께 애걸하는 그네들의 모양! 그러나 부처님은 아무 말이 없는 것이다.

그리고 이 고양이하고 낮잠 자는 주인 승僧에게 이 원 혹은 삼 원씩 돈을 내고는 기쁜 듯이 돌아간다. 한 명에 이 원씩이라도 삼십 명이면 하루에 육십 원 수입—장사치고는 큰 장사이다. 밤이 되어 불공이 끝나면 주인 승녀僧女는 코웃음을 하고 그 돈을 세며, 이 돈으로는 땅을 사고 이 돈으로는 금강석金剛石 반지를—그런 공상으로 밤을 새우고는 낮에는 낮잠을 자는 것이다. 어찌 그뿐이랴. 여름에는 5월부터 9월까지는 매일 손님이 이십 명씩 삼십 명씩 아무리 적어도 열 명씩은 반드시 와서 술을 사먹고 밥을 사먹고 야단을 치고 간다.

그래서 여름에는 청주 소주 맥주 또는 위스키 브랜디 모두 벌여놓고, 또는 갈비찜 닭탕 전골 국수 과자—이렇게 벌여놓고는 오시오 오시오 야단이다. 그래서 여름이면 잘난 놈 못난 놈 하이칼라 멍텅구리 키다리 난장이 깜둥이 노랑둥이, 모든걸[28] 못난걸— 모두 모여들어서 혹은 방안에서 혹은 마루에서 춤을 추고 소리를 하고 깡깡이를 켜고 북을 치고…… 소위 거룩하여야 할 절이 요릿집으로 변하고 남녀의 음매장淫賣場으로 변한다. 그래서 여름 한철에 혹은 이천 원 혹은 삼천 원하고 순이익이 있다고 한다. 이 절 주지도 양주楊洲 모처某處에 백여석 추수가 있다고 하니 그럴 일이다. 부세浮世를 떠나 불타의 가슴에서 극락을 꿈꾸던 그네들도 이제는 황금 속에서 극락을 발견했는지? 이 S촌에 있는 중들은 첩을 얻고 술을 먹고 고기를 먹고 갖은 호화를 다하고 있다. 그러나 불쌍한 사람에게는 엽전 한 푼을 아니 주면서도 불공을 하느니 시식時食을 하느니 재를 올리느니 하고 십 원 삼십 원씩 중의 뱃속에 기름을 붓는 어리석은 사람들이여, 그대들은 "또 걸렸구나."하고 돈을 쥐며 코웃음 치는 중들의 눈동자를 보았는가? 아, 맙소사, 나무아미타불!

7. 송하고옥松下孤屋

새해가 오고 봄이 오고 꽃이 피고— 그 꽃이 떨어질 때에 나는 이 C사를 떠났다. 그리고 C서 어귀에 있는 S촌에 조그마한 집을 사고 비로소 홈을

---

28) 원문은 '모든껄'. 당시 유행하던 '모던 걸modern girl'은 '모든껄'로 표기된 용례가 거의 없다. 만들어 낸 풍자적 단어인 듯 보인다.

이루었다. 뒤에는 산 있고 소나무가 있고, 앞에는 시내가 있고—이만하면 나는 무슨 풍경을 탐하는 사람같이 보이지마는, 그 실은 병을 위하여, 살기를 위하여 이런 집을 택한 것이다. 홈이라 하면 '스위트홈'을 연상하지마는 나의 홈은 병원이요 요양소요 고민실이었다. 칼슘 펙톨 구보친 등 주사를 놓고 약을 달이고 일광욕을 하고 물찜질을 하고 수하정와樹下靜臥를 하고 갖은 지랄을 다 피우는 것이다. 더욱이 여름 한철은 나무 아래 침상을 놓고 가만히 누워 하늘이나 치어다보며 공기욕空氣浴을 하고 지내는 것이다.

이리하면 철모르는 이 동리 사람들은 나를 보고 저 사람은 천주학天主學을 하느니 정신병이 들었느니 하고 웃고 지나간다. 더욱이 어린아이들은 "저 사람은 바보야, 밤낮 누워서 하늘만 보고." 하고, 나중에는 "하늘에서 떡 떨어지우?"하며 소리를 치고 지나간다. 생각하면 우습기도 하려니와 나는 천주학장도 아니요 정신병자도 아니다. 혹은 바보일는지 모르거니와 나는 눈에 보이지 않는 결핵이란 작은 벌레와 부단不斷의 전쟁을 하는 것이다. 벌레는 나의 생명줄을 끊으려고 밤낮 공격의 손을 늦추지 아니한다. 그러면 나도 "너에게 패배할 내가 아니다."하고 역습과 반격의 싸움을 멈추지 않는 것이다. 그러나 밤낮 이 모양으로 오고 오는 긴 세월을 보내려니 어떤 때에는 너무도 심사가 어지러워질 때가 많다. 이름 없는 징역—언제나 풀려 나갈지 그때조차 알 수 없는 이 무기無期의 감옥—운명의 사슬이 나를 이렇게도 단단히 얽어매어 저주의 무저항 속에 던져둘 줄을 누가 뜻하였으랴! 어떤 때는 수하樹下에 팔자 좋게 누워서,

천 가지 행복이 지나간 뒤에
한 가지 탄식이 오히려 무겁다
아, 어여쁜 옛날의 나의 장미여!
아, 흰 눈 같은 옛날의 나의 산비둘기여!

너는 지금 어디서 피나?
너는 지금 어디서 우나!

이러한 누구의 시나 생각하고 소년 같은 감격으로써 한 방울 눈물을 흘려본다. 그리고 내 마음의 비둘기는 날개를 치며 성한 몸으로 즐겁게 돌아다니던 옛날의 때를 생각해보는 것이다. 그러나 소용이 무엇이냐? 옛날에만 가지 행복이 있었다 한들 한 가지 오늘날의 고민이 더 무거운 것을 어찌하랴. 눈을 감고 입을 다물면 오늘이 가고 내일이 가고, 이지러졌던 달이 다시 둥글고 한 달 두 달 세월은 망아지같이 달아난다. 그러나 누구 하나 별로 찾아주는 사람 없고 다만 북악의 봉우리에 구름이 왔다 갔다 하는 것만이 보일 뿐이다. 사람이라고는 "두부 사려"하고 아침저녁으로 오는 털보영감 하나뿐이다.

오늘의 해도 진다
희망을 잃은 저녁놀이
무거운 발자국으로 나의 가슴을 밟고
밤의 기다란 한탄의 보자기를
내 머리에 덮어놓고 가는 것이다

뮈세－의 이러한 시를 나는 가끔 생각해보는 것이다. 그리고 밤이 되면 희미한 등불 아래서 영英이의 얼굴이나 바라보며 깊은 밤을 기다린다. 콜콜 자는 시늉을 하고는 배를 내라고 억지 쓰는 세 살잡이 어린애—어떤 때에는 춤을 추고는 춤을 추었으니 과자를 내라고 하고 또는 공연히 우는 시늉을 하고, 병든 나에게 심심치 않은 장난장이인 것이다. 그러나 이따금 슬픈 눈으로 나를 지키고 있는 아내의 검은 눈을 보면 그네들이 심히 불쌍한 것 같다. 무슨 인연으로 병든 나와 아들이니 아내니 하는 이름을 맺어

가지고 이 산촌에서 외로운 그날 그날을 보내고 있는가? 운명의 할아버지는 심술이 궂다. 하지만 너무도 궂은 것이 아닐는지! 아, 이름 없는 무기의 징역!

8. 흰닭

내가 이 집에 온 후에, 앵두를 따먹고 흰 눈이 날리는 것을 보고— 그리하여 해가 다시 바뀌고 봄이 왔다. 그 동안에 나는 몸이 조금 회복이 되어 우리 집 동산을 움직움직 거닐게 되었다. 살구꽃이 피고 새들이 울고 아름다운 봄이었었다. 그러나 병든 나는 문밖에 일 리里를 나가보지 못하고 항상 집에 있어서 애꿎은 공상을 하거나 그렇지 않으면 어린애처럼 장난이나 하고 그날그날을 보내는 것이다.

그 언제인가 하루는 우리 집 고양이가 뒷산에 갔다가 토끼 한 마리를 잡아가지고 왔다. 잿빛과 흰빛이 도는 알록알록한 어여쁜 토끼였다. 그러나 고양이에게 물려 가슴이 찢어졌었다. 나는 불쌍한 생각이 나서 그 상처에 반창고를 붙이고 솜으로 싸매어 잘 간호해주었다. 며칠이 지난 후에 어여쁜 토끼는 그 상처가 나았다. 그리하여 밥 두부 비지 아카시아 잎사귀 등 사료를 잘 받아먹고 포동포동하였다. 나는 재미가 나서 아침저녁으로 먹이를 주고 콩을 주고 아주 정을 붙이었었다.

심심해도 토끼를 보고 오로지 토끼가 나의 다정한 벗이었었다. 그러나 어느 날 아침에 어멈이 먹이를 주고 문을 열어놓은 까닭에 어여쁜 토끼는 그만 산으로 달아나버렸다. 나를 버리고 그만 간 것이다. 나는 마음이 섭섭하였었다. 그러나 나를 버리고 달아나는 그를 생각한들 무엇하랴—.

나는 토끼가 달아난 후에 다시 동리 애들에게 꾀꼬리 새끼 한 마리를 사서 기르기를 시작하였다. 그야말로 금빛이 나는 어여쁜 꾀꼬리였었다. 나는 무슨 지식이나 있는 것처럼 노상 새를 기르는 책을 사다가 읽어가면서 정성껏 그 꾀꼬리를 길렀었다. 얼마 후에 그 새는 금빛 처녀가 되어서 꾀꼴꾀꼴! 내 방에서 울기를 시작하였다. 나는 그 새에게 퍽이나 반하여 만돌린 줄을 뜯어가면서 그 소리에 '애컴퍼니'[29]를 하여주었다. 그러나 그 새도 무정하였던 것이다. 아내가 물을 주려고 농문籠門을 여는 사이에 그만 푸두둥 공중으로 날아가 버렸다. 나는 토끼를 잃을 때보다도 더욱이 섭섭하여서 그날은 점심 먹기도 싫었다.

토끼가 달아나고 꾀꼬리가 날아가고—그러나 내가 기르는 눈빛같이 고운 흰 닭 '레그혼' 열 마리는 달아날 생각을 아니한다. 나의 목소리만 들어도 달려오고, 혹은 내가 밖에 나갔다 들어오면 반가운 듯이 날개를 치며 달려들고, 또는 나를 못 잊는 듯이 항상 좇아다니고—나는 어떤 때에는 눈에 눈물이 날 만치 그들에게 인정과 사랑을 느끼었다. 세상에 나를 반가워하는 사람이 별로 없고, 어찌 그 뿐이랴, 나를 찾아주는 사람도 없고 나를 위로해주는 사람도 없고 모두 나를 버리고 나를 싫어하거늘, 그 열 마리 흰 닭만은 어찌 그리 나를 못 잊어 반가워하고 좇아다니는가?

아, 어여쁜 나의 흰 닭! 나의사랑의 새여! 나는 그 닭들만 보면 공연히 마음이 즐거워지고 마음이 유쾌해진다. 아, 모든 사람아—우리는 눈물과 인정에 살자. 에덴의 무화과는 다시 그곳에서 피는 것이다.

---

29) accompany. 반주라는 뜻.

나의 문단참회록文壇懺悔錄
— 문단 20년 회고기

지금으로부터 약 이십 년 전이다. 내가 고향 풍천豊川에 있을 때 이미 고인이 된 증영曾泳군에게서 신문관新文館 판版 《해당화海棠花》를 얻어 읽기를 시작하였으니 이것이 내가 신문예에 대한 첫 대면일 것이다. 나는 그때 그 책을 받아가지고 얼마나 재미가 있었던지 집으로 나오는 도중 수수밭 옆에 앉아서 약 한 시간 만에 모두 읽었다는 것이다.

나는 그때부터 문예에 재미를 붙이게 되었다. 조도전早稻田[30] 중학 강의를 보며 소품문小品文, 서경문敍景文 같은 것을 보고 매우 주의하게 되었고 일기, 소품 같은 것을 써 보기도 하였다. 그러나 내가 문학에 대한 열언熱焉한 동경憧憬을 가지기는 춘원의 무정無情을 읽은 후이었다. 그 작품은 여명기에 있어서 겨우 눈을 뜨는 나에게 열화熱火 같은 불덩이를 집어넣었다. 그때부터 나는 문학에 대한 타는 듯한 정열을 가지게 되었다. 신조사新潮社에서 발행하던 《문장 강의록》을 보고 다시 조대早大 문학 강의록을 보며 문학에 대한 기초 지식을 얻기에 노력하였다. 그때는 나의 재주라든가 생활이라든가 이러한 고려는 조금도 해본 적이 없고 다만 나의 취미상, 문학에 대한 무상無上의 열의를 가지게 되었다. 그때 일기를 뒤져보면

---

30) 일본의 와세다 대학. '중학 강의'란 와세다 대학에서 나온 중학교 과정 강의록.

"나는 아침부터 문학 강의를 보았다. 저녁에는 하이네 시집을 보았다. 〈회오悔悟〉라는 시 일 편을 썼다. 문학, 그는 나의 생명이다. 나는 문학과 함께 죽자. 나의 갈 길은 그것밖에 없다. 일생을 그것에 바쳐도 아깝지 않다."

이러한 단편도 있고 또한 어느 날 일기에는

"나는 남천南川 하반河畔에서 시집을 읽으며 공상을 하다. 찔레나무 그늘에서 이리저리 누워 뒹굴며 시를 쓰다. 과연 나에게 시재詩才가 있는가? 시, 문학! 사람의 가장 아름다운 것이 이것밖에 더 있을까? 인생의 최고의 전당殿堂! 나의 손이 닿을 수 있는 인생의 전당은 이것밖에 다시없다……."

하고 '수수께끼' 같은 말을 한없이 늘어놓았다. 그때 일기로 보아 나의 문학에 대한 정열이 최고조에 달하였음을 짐작하기에 넉넉하다. 그리하여 그때 시도 되지 않은 시를 당시 《기독신보基督申報》에 투고하였으니 〈무화과보다도 더 속히 지는 생명〉이라는 시가 처음 활자화한 나의 글일 것이다. 이리하여 동지同紙 주간이던 김필수金弼秀로부터 연하장도 받고 원고지도 받게 되어 나는 무상의 영광으로 생각하고 또는 일가一家나 된 듯이 어리석은 자만까지 가지게 되었다.

그러자 그때 《매일신보每日申報》(그 당시는 신문이라고는 〈매일신보〉밖에 없었다) '매신문단每申文壇'이라는 것이 있어서 현상시를 모집하였는데 그 때 나는 〈비 오는 날〉이라는 시를 써서 훌륭히 일등 당선이 되고 상금으로 이 원을 받았다.

시골서 이 원의 소절수小切手를 받을 때 나는 뛸 듯이 기뻐하였다. 일등 상금이라고 이 원을 내어건 신문사도 우습지마는 이 원을 받고 대만족을 느낀 나로서도 우스운 일이다. 이리하여 나는 그 돈 이 원으로 기념 겸 두루마기를 해 입고 교회에 가서(그때는 크리스찬) 큰 자랑을 하였으니 나의 치기稚氣를 짐작하기에 넉넉하다. 그리하여 그 후에 나는 《기독신보》 《여자시론女子時論》 또는 《학지광學之光》 등에 충실한 투고를 하였고 대정大正 8

년에 ○○ 운동[31]이 일어나자 그 이듬해에는 장지壯志를 품고 경성京城에 나의 얼굴을 내어놓게 되었다.

그때 한도회사漢圖會社[32]의 영업국장으로 있는 김진헌金鎭憲씨의 소개로 한도회사에 입사하게 되고 〈서울〉〈학생〉의 기자로서 감상문 같은 것을 발표하였다. 그러나 그때 나는 서울에 취하고 사람에 취하였음인지 문예에는 별반 비약을 못하였다. 그때는 황석우黃錫禹씨 등 여러 사람과 시 잡지 《장미촌薔薇村》을 하다가 실패하였고 《세계명부전世界名婦傳》[33] 《잔 다르크》 등을 번역하여 한도회사에서 출판하였다. 그러자 한도회사의 긴축 방침에 의하여 편집부가 폐지되자 한도회사를 떠나 〈동아일보〉 기자로 입사하게 되었다.

신문기자 4년 동안 나는 거기서 비로소 사회라는 것을 보게 되고 또는 무엇이니 무엇이니 하는 모든 이름 좋은 단체가 모두 자기배[34]를 위한다는 그러한 흑막을 잘 알게 되었다. 그리고 돈 세상은 돈이 있어야 하는구나 하고 생각하였다. 이러한 불충분한 인식을 가지게 되고 따라서 신문기자라는 간판 아래 돈 쓰는 맛을 알게 되었다. 그러나 월 오륙십 원의 신문기자 월급으로는 나의 허영을 채울 길이 없었다.

돈과 사랑과 청춘—나는 많은 고민을 하게 되었다. 그러자 전기前記 한도회사의 김진헌씨가 '연애서간집' 한 권을 만들면 유리하다고 재삼 권고하였다. 돈에 주린 나는 그때 나빈羅彬, 소오小梧 등 여러 친구에게서 연애서간 일 편씩 모아가지고 또는 나도 서너 편 써서 비로소 '연애서간집'을 발행하였던 것이다. 행幸인지 우연인지 마침내 이 책이 잘 팔려서 불과 일년에 삼사백 원의 수입이 생기게 되었다. 나는 이에 용기를 얻어가지고 기

31) 3·1 운동.

32) 한성도서주식회사의 약칭.

33) 원문에는 '世界名掃傳'이라 돼 있으나 오식.

34) 자기 輩, 즉 자기 무리라는 뜻인 듯. 혹은 자기 배?

행 급及 감상문《영원의 몽상》을 써서 출판하였더니 불과 삼 개월에 이천 부가 팔리고 따라서 육백여 원의 이익을 얻게 되었다.

이리하여 다소 주머니가 튼튼해진 나는 징그러운[35] 신문기자 생활을 그만두고 출판 사업에 정진하기로 하였다. 그 당시 서적계를 보면 별의별 이상야릇한 출판물을 내이고 또는 영리營利라면 무엇이든지 출판하는 형편이었다. 나 역亦 출판업자가 된 이상에는 가급적 잘 팔릴 만한 출판물을 간행하기로 하여 소설《무한애無限愛의 금상金像》《황야에 우는 소조小鳥》, 수필집《청춘의 광야》, 시집《처녀의 화환》, 기념집《영원의 무정無情》, 동화집《천사의 선물》등이 그때 내가 쓴 대표 간행물이었다. 지금 보면 유치하기 짝이 없고 시집도 시 되기에는 너무나 거리가 멀다고 할 수 있다. 이러한 작품을 써내인 나로는 깊이 참회하는 동시에 그 작품이 한갓 감정 유희에 불과하다고 생각한다. 그러나 지금도《청춘의 광야》《영원의 무정》《황야에 우는 소조》를 읽어 보면 다소 정답고 취할 점도 없지 않은 바는 아니다. 생각하면 나뿐만 아니고 그 당시 쓴 여러 작가들의 작품도 지금 보면 우스운 것이 많은 것도 사실이지마는 더구나 나의 작품은 순문예적 입장으로 보아 결점이 많은 것도 사실이다. 그리하여 그때 나는 출판업자로서는 황금 세계를 만난 사람으로서 어느 책이든지 이삼천 부는 모두 팔리어 나는 돈에 대한 주림을 다소 면하게 되었다. 그러나 큰 돈은 그리 벌지 못하고 돈 천 원도 별로 손에 쥐어본 적이 없다.

그러나 원래 말썽 많은 문단이라 약장사나 다른 고리대금을 해서 몇만 원 돈을 벌었다고 하면 아무 말이 없지마는 글을 써서 돈 천 원이나 벌었다고 하면 큰 화제가 되는 터이라. 모모某某 인격이 저비低卑한 인간들은 일종의 시기와 질투심을 가지고 나의 작품에 대한 평이라느니보다 주정꾼 모양으로 욕설을 퍼붓기 시작하였으니 "네가 문인이냐? 문인蚊人이냐?"하

35) 원문은 '싱커러운'. 뜻이 명백치 않다.

며 욕을 하고 심지어 어떤 이는 "그는 분을 바르는 남자이오 여학생과 연애를 많이 하는 사람이다."하고 말도 안 되는 중상中傷을 하기 시작하였으니 그때 문단의 유치幼稚를 알기에 넉넉하다. 그러나 나로서는 나의 작품이 잘되었다고 칭찬을 하여도 황송한 일인데 나의 작품이 나쁘다고 욕설을 하는 데는 참말 황송하기에 짝이 없었다. 천 번 만 번 자중自重하고 그네들의 충고를 깊이 생각하였다. 그러나 심한 주정꾼 모양의 욕설 바가지에는 참기 어려워 맹렬히 반격을 한 일도 있다. 생각하면 모두 유치한 일이고 나의 작품이 순실純實한 예술이 되지 못함도 사실이요 또는 나의 재주도 없는 것이 사실이요 문예에 대한 진지한 태도가 결여함도 사실이다. 누가 자기 문단 생활에 있어서 뉘우침을 아니 가질 사람이 있으랴마는 나는 더욱 깊은 회오를 가지는 사람 중의 하나이다.

그때 나는 여러 독자에게서 열렬한 찬사도 받고 선물 등도 받았다. 성천成川 모씨에게서는 '담배와 손수건'이 왔었고 개성 어떤 미지의 여학생에게서는 주머니를 받았다. 그리고 함흥 어떤 문학 청년에게서는 도미 두 마리를 받았고 밀양 모씨에게서는 '사과 두 상자'를 받았으며 청주 모씨에게서는 일금 '십오 원의 소절수'를 받은 일도 있다. 그 외에 편지로는 몇백 통 받았는데 지금까지 인상에 깊은 것은 성천 김○범金○範씨의 편지이며 또는 함흥 모 학생으로부터 온 편지도 인상이 깊다. 멀리 '하와이'에 있는 청년으로부터 《무한애의 금상》을 읽은 열렬한 찬사를 받은 기억도 있다.

그러나 나는 이러한 편지를 받을 때마다 감사보다도 황송하기 짝이 없다. 내가 이러한 편지를 받을, 자격이 있는가? 이리하여 다소 돈의 여유를 가지게 된 나는 유학이라는 이름을 가지고 도동渡東하여 삼 년간 책도 읽고 영어도 배우고 하여 다소 수양에 힘을 쓰게 되었다. 그러나 소화昭和 이년 춘春에 귀향한 나는 무서운 폐라는 병을 얻어가지고 병상에 눕게 되었다. 살 수 없는 병, 낫지 않는 병—이 병을 가지고 내가 얼마나 생지옥에 방황하였음은 여기 쓰고자 아니한다. 병상病床 오 년—이 동안은 내가 사람으로서 그 참맛을 배우는 시험의 마당이요 인생고를 배우고 그 뜻을 해득하는 고민의 시간이었다. 요양에 노력하고 애쓴 결과 비로소 쾌복快服된 건강의 인人이 되었으나 내가 경영하던 출판업은 근저로부터 파괴되고 전기前記 출판물의 판권을 모두 방매放賣하여 겨우 생활을 유지하는 사람이 되었다. 그러자 여름부터는 《신인문학新人文學》이라는 잡지를 경영하게 되었는데 그것이 문학에 대한 나의 재출발일 것이다. 그러나 이것이 나의 본의는 아니고 또는 그 잡지에 쓰는 글도 나의 본의의 글은 아니다. 그 글은 전순혀 저널리즘에 대한 나의 우견愚見에 불외不外한다. 나는 좀더 조선 사람을 위하는 글을 써 보고 싶다. 내가 과연 '자신 있는 작품'이라고 말할 작품을 쓸 때가 오게 될는지. 그러나 반드시 그 때가 오기를 바라고 또는 이삼 년 후에는 그런 작품을 반드시 써 보고자 하는 바이다.

한등소조寒燈小照[36)]

영하 14도.

꽤 추운 밤이다. 덧문도 닫고 병풍까지 친 후 화롯가에 물러앉아 한등寒燈을 물끄러미 바라본다.

밖에는 혹한의 포효하는 아우성—. 그러나 한등 아래는 강아지같이 숭글숭글한 영이, 철이는 따스한 웃음소리가 꼬리에 꼬리를 물고 일어나지 않는가? 화로에는 밤 굽는 소리가 톡톡 튀고 애들은 종이에 그림을 그리느라고 히히거린다.

영이는 강아지를 그리고 철이는 '산타클로스' 할아버지를 그린다. 영이는 '산타클로스'를 그린 후 그 뒤에 개가 쫓아가는 점을 그려놓았다. 영이는 무슨 생각을 하였는지

"아버지, '산타클로스' 할아버지가 예물을 가져온다더니 어디 거짓말만 하고 한번도 가져오지 않던데…….."

하고 묻는 것이다.

"그까짓 영감이 돈이 있어야지."

"그럼, 돈도 없는 영감이 무슨 예물을 가져온다고 싱거운 소리를 해?"

---

36) 《동아일보》 1936. 1. 12.

나와 영이는 이렇게 문답을 하고 그만 웃어버렸다. 돈, 돈은 애들에게도 지극히 큰 문제인가 보다. 그들은 다시 그림 그리기에 열이 났다. 밥 먹고 매일 하는 것이 그림 그리는 것—그들은 하루에 50장, 60장, 그림을 그리고 기뻐하고 장난치고 한다. 나의 경험으로 보아 5, 6세에 불근不近하는 애들이 이렇게 그림 그리기를 좋아하는 애들은 매우 드물 것이다.

"우리 집에 천재 화가가 나는가 보군."

"그림 따위나 그려가지고 밥을 먹을 수가 있어야지?"

"어찌되었든 그림이라도 세계적으로만 그려라. 천재 화가의 이름만 듣는다면……."

나는 이렇게 생각하고 그 애들을 귀여운 듯이 바라본다. 천재 화가! 나는 이렇듯 엉터리 없는 공상을 가지고 그들의 미래에 보기 좋은 '미라쥬'[37]를 세우려고 한다.

그러나 어리석은 자여, 네 이름은 어버이가 아닌가? 자녀의 장래를 꽃과, 별과, 무지개로 그려놓고 그 위에 신기루를 세우려다가 신기루는 고사하고 그의 바라던 희망을 몇십 길 진흙 속으로 묻어버리는 이가 천 명이라면 구백구십 명은 될 것이다.

내 자신을 돌아보아 더욱 그렇지 않은가? 우리 어머니는 나를 하늘의 별같이 귀히 여겼고 많은 촉망囑望을 가졌던 것이다. 내 직성이 닭이라고 하여 명문천하名聞天下하리라고 기뻐하셨고 또는 내가 어려서 다소 재주가 있다고 하여 나의 장래를 크게 바랐던 것이다. 그러나 오늘날, 나는, 무엇 하나, 성공한 것이 없지 않은가? 명망도 없고, 돈도 없고, 지위도 없는, 거리의 낭인浪人이 아닌가?

찬바람은 창문을 후려갈기며 모든 생물을 얼어 붙이려 한다. 한등이 까물까물 떨고 있다. 애들은 벌써 이불 속에 들어가 새근새근 단꿈에 잠기고

---

37) 원문은 '미레지'. mirage. 신기루.

화로의 불도 꺼뭇꺼뭇 스러져 간다.

나는, 눈을 감고 고요히 앉았다. 그리고 다시 눈을 떠서 손으로 염주를 한 알, 두 알, 세이고 있다. 아, 무심無心의 이 시각이여!

사람은 과연 살아야 하는가? 동경憧憬으로 살고, 희망으로 살고, 미련으로 살고—. 삼십육 세라는 적지 않은 궤도를 걸어와 지나온 옛 자욱을 바라볼 때, 눈에는 까닭 없이 몇 방울 이슬이 맺혀지는 것이다. 이왕이면 좀 더 값있게, 좀더 아름답고 높게 왜, 살아오지 못하였던가? 밤낮으로 애쓰고 헤매는 것이, 이 한 입에 몇 숟갈 밥을 위하여 이렇게도 무거운 짐이 어깨에 메어지는가 생각하면 이 '생生'이라는 것이 그리 고맙지 않은 때가 한두 번이 아니다.

추위. 고적孤寂. 밤은 깊어가고 한등도 졸리는 듯이 가는 눈을 까물까물 한다.

춘성春城, 그 화려하고 쓸쓸한 생애

— 혹은 노자영과 그의 시대

1. 추문醜聞 속에서

춘성 노자영이란 문학사에서 잊힌 이름에 가깝다. 《백조》 동인이자 잡지 《조광》 《여성》 등의 편집자로 기억되고 있기는 하지만, 특별히 노자영의 이름을 기리는 자리는 전무하다고 해도 좋다. 간간이 노자영의 시를 '센티멘탈리즘의 승화'로 고평하거나 '겨레시'라는 이름 아래 재조명하려는 시도가 있었으나—노자영에 대한 유일한 박사논문은 이 맥락에서 나왔다— 파급 효과는 미미했다. '낭만적 감상주의로 일관'한 시인이라는 것이 문학사에서의 공식적인 서술이었을 따름이다. 세 권의 시집 (《처녀의 화환》 《내 혼이 불탈때》 《백공작》)과 여섯 권의 소설집(《반항》 《청춘의 광야》 《영원의 몽상》 《무한애의 금상》 《영원의 무정》 《표박의 비탄》 — 중 절반은 감상문과 소설 · 시극 등을 함께 묶었다), 그리고 여섯 권의 기타 문집(《사랑의 불꽃》 《황야에 우는 소조》 《낙화유수집》 《청공세심기》 《인생안내》 《나의 화환》)과 이론 · 교양서(《문예창작론》 외) 등, 지금 확인할 수 있는 한도 내에서도 노자영이 남긴 저작은 적지 않으나, 그 하나하나를 훑다 보면 오히려 문학사에서의 '망각'을 긍정하게도 된다. 예외적인 동시 선구적이며, 반시대성을 통해 새로운 시대성을 개척하는 것이 정전正典의 요건이라면, 노자영의 문장은 이

요건과 멀리 떨어진 자리에 있기 때문이다. 앞질러 말하자면 노자영은 부정의 정신을 갖추지 못한 작가였으며, 대중과 대결하는 대신 대중에 전적으로 의지한 문학가였다.

그러나 1920년대의 문화사에서 노자영이 차지하는 문제성은 결코 적지 않다. 일찍이 1910년대 후반부터 《기독신보》《매일신보》 등에 문장을 발표하기 시작, 《창조》와 《백조》《장미촌》 등에 시를 게재했다는 것이 노자영의 이름과 관련해 공식화되어 있는 기술의 거의 전부이지만, 1920년대에 노자영이라는 이름은 최고의 상품 가치를 누리고 있었다. 1923년 발간되어 "1일 평균(…) 30부 내지 40부씩이나 팔리는" 인기를 누렸다는 서간집 《사랑의 불꽃》, '고급 문예'로 선전되면서 도처에 입간판까지 세웠던 소설 《반항》, 출간 3개월 만에 판매부수 1천부, 인세 수입 6백원을 기록한 문집 《영원애의 몽상》 등, 노자영의 이름을 내건 책은 1920년대 초 · 중반에 놀라운 기세로 팔렸다. 판매부수만 올렸던 것이 아니다. 시인 모윤숙의 회고에 따르면 노자영의 문학작품은 이광수의 소설, 김억과 김동환의 시와 더불어 문학에 대한 열정을 키워낸 최초의 텍스트 중 하나였다고 한다. 1930년대 초반 월간 《삼천리》의 '여기자'— 아마도 최정희가 고백하였듯 "어릴적에 씨의 작품을 몹시 애독하였으며 따라서 씨를 숭배한" 문학소년 · 소녀가 한둘이 아니었으며, 그 영향의 범위는 후일 정식 작가로 등단한 사람들에게까지 미쳤다. 몇 년 후 노자영을 가혹하게 비판한 조중곤 역시 출간 당시에는 《반항》을 세 번이나 독파했다고 한다. 문학 지망생들에게 있어 노자영은 입문 시기에 거치는 작가들 중 하나였다. 대중적으로는 1920년대 초반 '문학'을 상징하는 아이콘이자 '연애'에의 열망을 상징하는 부호이기도 했다.

《추월색》이나 《무정》 등 근대 출판시장에서의 베스트셀러가 이미 존재했음에도 불구하고 노자영이라는 이름이 특별한 취급을 받게 된 것은 이 상황과 관계가 깊다. 사상과 감성의 새로운 지형, 글쓰기의 새로운 지도

가 형성되고 있던 근대 초기에 있어 '전문가'와 '대중'의 거리는 멀지 않았다. '전문가'와 '대중' 사이의 미분화 상태야말로 신생新生의 표지였다고 말할 수도 있겠다. 제도가 기성화되고 권위가 전문화되기 전에는, 대중의 자발적 열정과 응원만이 새로운 창조의 기반이자 방법이다. 그러나 혁명이 종료되고 새로운 권위가 나타나고 제도가 안정되면서, 위계화의 질서가 고착되면서, 대중의 운동 자체가 곧 새로운 권위였던 시절은 작별을 고한다. 《추월색》과 《무정》의 시절에는 새로운 대중과 새로운 전문가–지도자가 서로 구별되지 않았다면, 1920년을 전후해 여러 문학동인지가 창간될 무렵, 문학은 자신을 옹호할 특별한 권위자, 그 매력을 증거하는 데 평생을 바칠 순교자들을 요구하게 된다. 문학은 이때부터 같은 이름 아래 동서同棲하는 경쟁자들, 같은 신神을 다른 예식으로 섬기는 이교도들을 갖기에 이른다. '문학'은 그 이름이 명백해지는 순간 이미 내부에 갈등을 내장하게 된다. 오늘날 통속적 연애 소설을 골라드는 독자들이 대신 문학상 수상 작품집을 선택할 수도 있었던 잠재적 독자들이기도 하다면, 1920년대 초 노자영은 바로 그런, 중첩과 분화의 양상을 처음으로 보여준 이름이었다. 장場 자체를 공유하면서도 서로 다른 취향으로 구별되는 '문학' 대중은 이 때 처음 출현했던 것이다.

《사랑의 불꽃》과 《반향》, 기타 수종의 저작이 성공을 거두면서 노자영을 둘러싼 문단의 분위기는 냉담하고 적대적인 것이 된다. "영락 불우의 문단에서 홀로 시세를 만난" 노자영의 예외적 성공이란 그 자체로 문인들의 반감을 사기 십상이었다. 더욱이 성공을 의심하고 비아냥거릴 만한 조건은 넘치도록 충분했다. 《사랑의 불꽃》은 그 영예를 노자영이 독식했지만 기실 다른 몇몇 문인도 글을 낸 서간집이었고, 《반향》에 대해서는 표절 소문이 시끄러웠다. 구리야가와 하쿠손(廚川白村)이 쓴 일본의 베스트셀러 《근대의 연애관》을 구절구절 그대로 따 왔다는 소문이었다. 소문을 뒷받침하듯 1924년 벽두에는 《동아일보》에 발표한 시 〈잠!〉을 두고 베를렌느 시의 파렴치한 표절이라는 공방전이 일어났다. 염상섭이 《폐허 이후》에서 〈필주筆誅〉라는 과격한 제목의 글을 통해 예의 시가 김억의 번역시집 《오뇌의 무도》에 실린 〈밤과 꿈〉을 거의 그대로 베낀 것이라고 힐난하면서 두 시의 원문을 공개했던 것이다. 과연 두 시는 약간의 문장 부호만 제외하고는 완전히 동일하다.

당시 동아일보사 기자로 있던 노자영은 염상섭의 비난에 대해 《동아일보》에 즉각 해명문을 실었다. 문제의 〈밤과 꿈〉은 일찍이 자신이 《동아일보》 지상에 발표한 기행문에서도 베를렌느 시임을 밝히고 인용한 적이 있는 시라는 것, 이번의 〈잠!〉은 자신이 쓴 게 아니고 김 아무개라는 이름으로 투고된 것이라는 것, 자신이 담당 편집자에게 그 시가 표절임을 알려주었지만 도리어 착오로 자기 이름으로 게재되어 버렸다는 것이 해명의 내용이었다. 이로써 두 번째 표절 시비는 헛소동으로 막을 내리게 되지만, 염상섭이 별 확인 절차 없이 표절이라는 비난을 퍼부을 수 있었다는 사실 자체가 당시 노자영을 둘러싼 문단의 경계와 불신을 웅변하고 있다고 할 것이다. 재능도 없고 양심도 없이 대중적 인기만 좇는다는 것이 이 무렵 노자영을 둘러싸고 형성된 문단의 지배적인 인상이었던 것 같다. 인기 높은 명사名士였지만 한편으로 문인지식인 사이에서 생산 · 유통된 노자영의 이미지란 부정 일변도였다. 노자영은 "그—니그로족 같은 얼굴에 날마다 화장을 하여서 돌아다"닌다며 인신공격성 비난을 받았고, "'사랑의 불꽃'이라든가 '사랑의 불거웃'이라든가"라는 모욕적인 언사를 뒤집어써야 했다. 전국 곳곳의 서점 앞에 《사랑의 불꽃》과 《반항》의 선전 간판이 세워져 있던 1923년, 술에 취해 간판에 시비를 거는 문인이나 비에 젖어 쓰러진 간판을 고소해 하는 신진 시인의 목소리 또한 자주 지면에 오르내렸다. 아예 노자영 개인에 대한 분노를 터뜨리는 것을 요체로 한 소설이 발표되었을 정도이다.

1923년 7월 《개벽》에 발표된 나도향의 〈춘성春星〉은 제목에서부터 노자영의 호 '춘성春城'을 단박에 연상시키는 소설이다. 이 소설에 대해 김동인이 남긴 평, "작품을 사감私感 발로發露 기관으로" 삼은 사례라는 일갈一喝또한 〈춘성〉이 노자영에 대한 소설적 악평이었음을 확인시켜 주는데, 이 소설에서 주인공 '춘성'은 어이없을 만큼 허영심이 강한 속물이다. "시커먼 얼굴에는 취한 술기운이 올라와서 익히다 남은 간덩이같이 검붉은데다" "맵시내느라고 날마다 하는 면도 독이 시푸르뎅뎅하게" 퍼진 모습부터가 심상치 않다. 두말할 것 없는 추면醜面인 주인공은 게다가 애꿎은 계집종에게 시비를 걸고 취해 자면서 눈물바람을 하는 등 철부지에 가까운 면모를 거푸 드러낸다. 연애편지에 거절의 회답을 받았다고 화를 내는가 하면, 그러다가도 여자의 호출에 달려가 제멋대로의 오해를 품고, 결국에는 퇴물 기생의 타협적인 구애나 받는 것이 이 소설의 주인공 '춘성'이다. 미를 찬양하는 추남, 사랑을 갈구하는 속물, 이상을 읊조리는 실패자가 '춘성'이라 할 수 있겠는데, 이런 주인공의 모습은 당시 들끓는 악평 속에 있던 노자영의 모습과 정확히 겹친다. 문제적인 것은 이토록 악감에 가득 찬 소설을 쓴 것이 나도향이라는 사실인데, 노자영과 함께 《백조》 동인이었고 역시 낭만적이고 감상적인 문체로 유명했던 나도향이, 그 유사성 때문에 도리어 노자영을 공격하는 모습을 여기서 확인할 수 있기 때문이다. 노자영은 저속한 문학을 창작했기 때문이 아니라 그 작품이 충분히 저속하지 않았기 때문에, 즉 진지한 '문학'으로 오인될 만한 요소를 다분히 포함하고 있었기 때문에 비판받고 공박당하고 매도되어야만 했다.

'문단'과 '문학'의 권위가 형성되어 가는 데 있어 경쟁과 배제의 과정은 필수적이다. 당시 떠들썩했던 이 과정은, 그러나 문학사의 기록에는 거의 남아 있지 않다. 1923년에 절정을 기록했던 노자영의 인기는 1 · 2년 후 사그라들기 시작하고 이윽고 사회주의 문학이 대두하지만, 1925 · 6년까지만 해도 노자영을 둘러싼 논전은 끊이지 않았다. 《반항》의 표절 파문으로 《백조》 동인에서 제명당함으로써 문단에서도 파문 선고를 당한 셈이지만, 신문과 출판계에서 노자영의 활동은 아직 활발했으며 그런 만큼 반감 또한 두드러졌다. 1925년에는 최서해와 방인근이 비판문을 썼고, 1926년에는 김을한과 조중곤이 《조선일보》 지상에 차례로 비판 기사를 연재하면서 노자영을 조롱의 대상으로 격하시켰다. 특히 조중곤이 "모기 문 자 '문사蚊士'일지는 몰라도 '문사文士'는 아니"라고 한 말은 오래도록 문단이 즐긴 짓궂은 농담이 되었으며, 이 과정을 거쳐, 1927년경이면 노자영은 완연히 희화화의 대상이 된다. 문학 내·외부의 투쟁 역시 '연애'의 문제를 둘러싼 데서 '이념'의 축으로 변화했다. 노자영 자신도 궁핍과 기아의 현실을 소설적 소재로 채택하는가 하면 '민족문학'을 옹호하는 이론가로서의 면모를 보이는 등 변신을 시도하지만, 이미 시대는 그의 편이 아니었다. 1928년 초에는 폐병 제 3기라는 사정까지 겹쳐, 노자영은 마침내 완전한 은둔 생활에 들어간다. 젊은 문학청년에게 찾아든 행운과 그 반면으로서의 추문은 채 5년을 가지 못했던 것이다.

2. 노자영의 생애와 문장

노자영은 1900년 황해도 송화군 상지면 양지리에서 태어났다. 노자영의 회고에서 송화군과 장연군은 왕왕 겹치거나 혼동되고 있는데, 아마 송화군에서 태어난 후 장연군 신화리 범석동으로 이사한 것이 아닌가 생각된다. 두 지역 사이에는 적잖은 거리가 있음에도 노자영은 스물 전후의 투고작에서 때로는 송화, 때로는 장연을 거주지로 밝힘으로써 두 지역에 모두 연고가 있음을 드러낸 바 있다. 어린 시절에 대해 상세한 기록은 전해지지 않으나, 몇몇 시와 수필을 참조하면 아버지가 일찍 돌아가신 후 홀어머니 아래 누이와 함께 단 둘이 자라나면서, 그러나 유복하고 순탄한 유년 시절을 보낸 듯싶다. 낭만적 회상 속에서 유년 시절은 "어머니는 밀전병 부치"고 "누나는 삼을 삼으며 '미나리' 타령을 부"르는 풍경으로 채색되어 있으며, 고향은 "참외를 깎고 옥수수를 씹으며" "관우 장비와 제갈량의" 옛 이야기를 나누던 순박하고 따뜻한 고장으로 묘사되고 있다. 보통학교를 졸업한 후에는 고향을 떠나 평양 숭실학교에 다녔으며, 1919년 초에는 이미 학교를 졸업한 후 고향 부근에서 교사로 근무하고 있었다고 한다. 학창 시절에 대해 노자영은 별다른 기록을 남기지 않는다. 와세다 대학 강의록을 통해 문학에 입문하기 시작했다고 하고, 후일 '문장학원 득업사得業士'로 자신을 소개하고 있는 것으로 보아 중학교를 졸업한 후 통신 강의를 꾸준히 들은 모양이지만, 그 과정에 대해서도 구체적인 술회는 없다. 1920년대 중반 뜻밖에 거액을 거머쥔 후 일본에 건너가 학교에 다녔다고 하지만, '일본 니혼 대학에서 수학'하면서 교양을 넓혔다는 짤막한 구절 외에 구체적인 내용은 확인할 길이 없다.

학창 시절에 대한 이 같은 침묵은 기억할 만하다. 학력에 대한 컴플렉스의 가능성을 시사해 줄 뿐 아니라, 노자영의 세계에 있어 '우정'이 끝끝내 개척되지 못한 주제였으리라는 추측을 뒷받침해 주기 때문이다. 김억이나 방인근 등이 노자영과 비교적 가까운 사이였다고 알려져 있지만, 그들과의 교우交友도 사교적인 수준 이상은 아니었던 것으로 보인다. 유명해지면서 경험한 조롱과 냉소 탓이 컸겠으나, 본래의 개성도 작용했으리라. 신문사에 근무할 때도 노자영은 동료들과 어울려 외출하는 대신 흔히 도시락과 계란탕을 시켜 혼자 점심을 먹었으며, 가끔 간식 삼아 군밤이나 배·사과 등속을 사 와서도 권하는 법 없이 혼자서 들었다고 한다. 큰 키에 비쩍 마른데다 말상에 가까운 긴 얼굴을 한 그는 인상대로 신경질적이었고, 사무를 보는 데 있어서도 충돌이 적지 않았다. 관계를 매끄럽게 조정하고 널리 사람과 어울리는 것은 노자영의 개성에 어울리지 않았다. 대신 그는 어려서는 어머니의 사랑 속에서 살고, 젊은 시절에는 여인의 사랑을 갈구하면서 살고, 결혼한 후에는 가장으로서의 책무에 쫓기면서 산 듯 보인다. 퇴근길에 과일과 케이크를 사 들고 오고 주말이면 샌드위치 싸서 온 가족이 교외에 놀러나가는 것이 유일한 오락이었다. 1930년대에 노자영은 몇 번이나 "이 한 입에 몇 숟갈 밥을 위하여 이렇게도 무거운 짐이 어깨에 메어지는가."라고 탄식하고 "처자가 있으니 필경은 여생을 거기 바칠 수밖에 없다."고 되뇌면서 가족과 생활이 감당하기 어려운 '짐'이라는 사실을 토로했지만, 가족 외에 다른 관계는 그의 생활에 없었다.

따뜻한 모성으로 이상화된 어머니의 기억 때문이었는지도 모른다. 어머니는 노자영이 열일곱 살 때, 숭실학교에 재학하고 있을 무렵 세상을 떠났는데, 이 사건이 그에게 미친 영향은 클 수밖에 없었다. 노자영의 어머니는 하나뿐인 아들을 "하늘의 별같이 귀히 여겼고 많은 촉망을 가졌"으며, 장차 세상에 이름을 날릴 것을 기대했고, 죽을 때도 베개 속에 은화 1백 30원을 챙겨놓을 정도로 각별히 애정과 관심을 기울였다. 시 〈어머니의 무덤!〉에서 여성-화자가 통곡하는 구절, "오! 사랑하는 어머니!/ 어머니같이 다정한 이가/ 또 다시 세상에 있겠습니까?/ 어머니 뼈라도 남아 있는/ 이 무덤 속에 뛰어들어가/ 어머니 해골을 꼭 끼어안고/ 저도 함께 죽겠습니다."라는 구절은 아마 노자영의 심회를 토로한 구절로 겹쳐 읽어도 무리가 없을 것이다. 문학에 본격적으로 심취한 것 역시 열일곱 살 때부터라는 기록이 있는데, 어머니의 죽음이 노자영의 문학 취미에 모종의 영향을 미쳤을 가능성도 크다. 1910년대의 잡지 《청춘》, 톨스토이 작 《부활》을 최남선이 번역한 《해당화》, 이광수의 장편 《무정》 등이 막 청년기로 접어들기 시작한 노자영을 자극한 최초의 문학서류였다. 《청춘》의 주재자이자 중요 필자였으며 1910년대에 지식과 감성의 변혁을 선도한 젊은 영웅, 최남선과 이광수는 다른 이들에게 그랬듯 노자영에게도 우러러 보아 마땅한 사표師表였다. 외국 작품으로는 톨스토이 외에 하이네와 보들레르를 즐겨 읽었고 괴테의 《젊은 베르테르의 슬픔》에도 심취했다고 한다. 그밖에 센케비치와 다눈치오 등 당시의 인기 작가들을 즐겨 읽었고, 아마 일본 문학도 적잖이 접했던 것 같다. 러시아 문학의 드넓은 세계에 관심을 돌려 톨스토이의 《안나 카레니나》, 투르게네프의 《아버지와 아들》, 알치바셰프의 《사닌》 등을 탐독한 것은 후일인 30대 초반, 수상록 계통에 관심을 두고 파스칼 · 몽테뉴 등을 애독하기 시작한 것은 후반이라고 술회하고 있지만, 투르게네프의 여러 작품에 대한 언급은 이미 스무 살 전후부터 보인다.

문학은 노자영에게 있어 '표박' 혹은 '표랑', 눈앞의 현실을 떠난 자유로운 세계를 의미했다. 어머니가 세상을 뜬 후 학교를 졸업하고 교사로 취직한 노자영은, 처음부터 그 생활에 만족하지 못했다. "오늘도 여전히 한 송장의 몸으로 교실에 파묻혀 있었다.", "학교에 가서 맛없는 교수敎授를 하고 돌아왔다.", "생명 없는 생활을 오늘도 계속하였다." 등이 교사 생활에 대해 당시의 노자영이 남기고 있는 감상인데, 교사란 오직 생계를 위한 직업일 따름이며 그 생활을 오래 계속한다면 곧 죄악에 다름 아니라는 것이 그의 한결 같은 생각이었던 듯 보인다. 교사 중에서도 '시골' 교사라는 사실 또한 노자영을 괴롭혔다.

노자영은 자연을 예찬했지만 그때 자연이란 '농촌'은 아니었다. "자연을 보고 느끼는 그 아름다운 마음. 성화聖化되고 정화되는 그 순실한 감정. 그것이 예술이지요!"(《반향》) 같은 구절에서 말하는 '자연'은 어디까지나 미적 대상으로서의 자연, 풍경으로서의 자연이다. 생활의 터전으로서의 '자연'이란 퇴영과 정체停滯를 의미할 따름이다. "자연의 웃음소리(……) 참 이같이 아름답고 평화스러운 소리"가 "사람이 사람을 살육하려고 어르"고 "사회가 사회를 잡아먹으려는"(〈세상을 뒤로 두고〉, 《사랑의 불꽃》) 문명의 소리와 대조를 이루는 경우가 없지 않으나 기본적으로 그 관계는 대립적이라기보다 보완적이었다고 보아야 한다. 도시 문명을 물리도록 포식한 끝에 잠시 맛보는 평화, 노자영의 '자연'에 할당되어 있는 것은 그런 역할이다.

때문에 황해도 장연에서 교사 생활을 하는 내내 노자영은 "언제나 쓰린 전원의 생활을 면할까?"를 되뇌었으며 "이 뼈 쑤시는 농촌의 생활을 벗어날 날이 그 언제던가?"라고 한탄하면서 '표박' · '표랑'의 생애를 꿈꾸었다.

파리 · 베를린처럼 번화한 도시나 시베리아 · 나이아가라 같은 압도적 풍경이 노자영이 갈망한 '표박' · '표랑'에서의 항구였다. 노자영은 태어나고 자란 농촌을, 나아가 조선이라는 국지적 좌표를 벗어나기를 열망했고, 유럽의 문명과 자연에 대한 동경을 '편력遍歷'의 형태로 경험하고 싶어했다. 이 편력은 영혼의 성장을 목표로 하지 않는 편력, 자기 동일적이되 몽상과 방랑으로 특징지을 수 있는 편력이었다.

유럽에 대한 열애이자 몽상과 방랑에 대한 동경이었던 노자영의 문학 취미는 1918년, 어머니가 세상을 뜨고 2년이 지난 즈음부터 점차 전업적인 형태를 띠게 된다. 최초의 무대는 《기독신보》와 《매일신보》였다. 1918년 7월 《기독신보》에 〈세느 하반河畔에서〉라는 글을 번역해 실은 이래 노자영은 동지同誌에 수필과 감상, 시와 단편을 잇달아 발표하기 시작했고, 1919년에는 《매일신보》에 신설된 현상문예란에 단골 필자로 등장했다. 현상문예란에 실렸던 총 31편의 자유시 가운데 9편이 노자영의 투고작이었을 정도이다. 신문에 이름이 실리고 주필로부터 연하장을 받는 이런 경험은 청년 노자영을 고무시켰고, 현상문예 당선 상금을 거푸 받으면서 문학으로 자립할 가능성 또한 기대하게 된다.

마침내 1920년, 노자영은 교사직을 사임하고 고향 탈출을 감행, 서울에 자리를 잡는다. 별다른 반연絆緣은 없었던 것 같으나, 3 · 1 운동 직후였던 당시 '문화'를 매개로 창출된 일자리는 풍성했다. 아마 《기독신보》 《매일신보》 등에 글을 발표해 온 이력이 도움이 되었으리라 짐작되는데, 노자영은 곧 한성도서주식회사에 입사, 《서울》과 《학생》 등 잡지의 편집을 맡아보게 된다. 한성도서주식회사는 본래 일간지 창간을 목표로 하여 설립된 총자본 규모 30만원의 거대 회사였으니 만큼 지식 · 문화계의 여러 인사와 두루 접촉할 수 있는 터전이었다.

노자영이 김억 등 문화계 인사와 처음 만난 것은 한성도서주식회사에서였으며, 《창조》나 《장미촌》 《백조》에 참여할 기회를 갖게 된 것도 역시 그

곳에서였던 것 같다. 노자영은 한성도서주식회사를 통해 선·후배 문학청년들과의 교분을 쌓았고, 한편 잡식雜食에 가까운 교양을 번역해 냈다. 타고르와 크로포트킨, 엘렌 케이 등 다양한 경향의 사상가를 번역하는가 하면 《잔다르크》와 《세계명부전世界名婦傳》을 내고 호머를 번역하여 《일리어드 이야기》를 발행하기도 했다. 외국어 실력이 어느 정도였는지, 저본이 무엇이었는지 불분명하기는 하나, 노자영이 비교적 발 빠르게 외부의 동향을 수용했고 그 결과를 번역·출판 사업으로 표현했다고는 할 수 있을 것이다. 한성도서주식회사를 떠난 후에도 세계 명작 동화나 최신의 외국 소설을 선집으로 발행하는가 하면 역사상 유명한 연설을 묶어 내는 등의 작업은 노자영의 이력에서 계속 눈에 띄는데, 이런 민첩성과 수용성은 그의 장점과 한계를 동시에 표시해 주고 있다.

노자영이 근무했던 한성도서주식회사는 그의 개인적 특성과 적절히 조응했을 뿐 아니라 그의 생애를 결정한 한 권의 책 또한 선사했다. 《대한매일신보》 기자 출신인 장도빈이 주간으로 있었던 한성도서주식회사는, 선진적이라기보다 실용적이고 대중적인 방향을 취한 출판사였다. 동인지 《창조》 인수를 시도한 데서 보이듯 시대의 추세에 둔감하진 않았으나, 편집권을 둘러싼 갈등에서 드러나듯 그 추세를 선도할 의사는 없었고, 주간 장도빈의 존재가 웅변하는 것처럼 이념적으로는 구태의연한 면모가 강했다. 1900년대식 낡은 계몽주의와 새롭게 둥지 튼 상업주의가 묘하게 결합해 있는 것이 한성도서주식회사의 분위기였는데, 때문에 다양한 상업주의적 실험이 그만큼 분출할 수 있었다. 결과적으로 한성도서주식회사는 1920~30년대에 걸쳐 각종 베스트셀러를 양산했다. 노자영을 일약 유명 인사로 만든 《사랑의 불꽃》은 그중 특히 성공한 책이다.

'연애 서간집'을 표방한 《사랑의 불꽃》이 간행된 것은 노자영이 한성도서주식회사를 퇴사한 다음이다. 1922년 편집부가 폐지됨에 따라 노자영 역시 동아일보사로 전직轉職했다. 사회부 기자로서 분주하게 살면서 그는

“모든 이름 좋은 단체가 누구나 자기배를 위”하는 이면을 목격하는 한편 본격적으로 화려한 도시의 골목에 취해갔다. 20원 안팎의 월급으로 온 식구를 부양해야 하는 가장이 숱하던 시절, 60원 월급으로 혼자 생활하면서도 부족을 한탄했을 정도이다. 바로 이 때 한성도서주식회사의 영업국장 김진헌이 ‘연애 서간집’ 출판을 제안해 왔다. “‘연애서간집’ 한 권을 만들면 유리하다고 재삼 권고”하는 말에, 이미 《동아일보》 지상에 가공의 연애편지를 게재한 바 있던 노자영은 적극 호응했다. 자신이 몇 편 쓰고, 주변의 문인 친구들에게도 원고를 받겠다는 계획이었다. 나도향과 설의식 등에게서 원고를 받았다고 노자영이 술회한 것이나, 원고 청탁을 받았으나 심각하게 상대하지 않았다고 김동인이 쓴 것을 보면 이 ‘연애 서간집’에는 실제로도 공동 집필의 형식이 있었던 것 같다. 실제로 묶인 편편을 보아도 뒤쪽의 몇 편을 통해서는 책 전반의 감성이나 수사학과 다른 면모를 목격할 수 있다. 기획 · 편집 · 집필을 노자영이 주도하고 부분적으로 다른 이들이 참여한 형태라고 볼 수 있을 것이다.

막상 책은 ‘미국 선교사 오은서’의 이름으로 간행되었다. 소설 《반항》 또한 같은 저자명을 내세운 것으로 보아 조심스러운 타진이었던 모양인데, 《사랑의 불꽃》은 뜻밖에 폭발적인 반향을 불러일으켰다. 가히 근대 출판시장 최초의 베스트셀러였다. 《추월색》이나 《무정》 등 인기리에 팔린 출판물은 이전에도 있었지만 하루에만 3 · 40권이 팔릴 정도의 기세는 처음이었다. 이 기세는 ‘대중’이라는 새로운 존재의 탄생을 알리는 것이기도 했다. 문학 대중 혹은 독서 대중이라고 한정할 수 있겠지만, 선도를 거부하고 고립도 거부하고 그 자체로 문제가 되는 다중多衆의 사회 집단이 처음으로 태어난 것이다.

《사랑의 불꽃》의 예기치 못한 인기는 자연히 작가에 대한 호기심을 촉발시켰다. ‘연애’에 탐닉하고 ‘편지’라는 문자 행위를 실천하기 시작한 젊은 대중은 자신들의 아이콘을 발굴해야 할 필요 또한 짙게 느끼고 있었기 때문이다. 어떤 과정을 거쳐서인지 알 수 없으나 결국 노자영은《사랑의 불꽃》의 단독 저자로 행세하게 되기에 이르는데, 이로써 그 영광과 추문 역시 홀로 감당해야 할 몫이 되었다. 결과적으로, 역시《사랑의 불꽃》에 원고를 냈던 나도향이 문학사에서 기억되는 작가로 남은 반면, 한때《장미촌》과《백조》의 동인이었던 노자영은 당대의 인기에 만족해야 했다. 동아일보사를 나와 출판사 청조사를 차리고《영원의 몽상》《무한애의 금상》등을 출간하면서 "어느 책이든지 2·3천부는 모두 팔"릴 정도의 "호황을 누렸"으며 권당 수백 원의 인세 수입을 거두었지만, 막상 문단은 그에게 등을 돌렸다. 몇백 통의 편지가 답지했으며 손수건과 주머니, 사과며 도미, 담배와 소절수까지 선물도 줄을 이었으나 작가로서의 노자영은 매장당하기 시작했다. 통속화된 '연애'에 대한 비판이 자라나고 문학에 사상으로서의 역할이 요청되기 시작할 무렵이었다. 노자영의 승승장구는 오래가지 못했다. 1925년 무렵부터 그가 펴낸 책은 판매가 급감하기 시작했고, 개인적으로는 오래잖아 병의 습격을 받았다.

병석에 누워 있던 1928년부터의 만 3년 동안 노자영의 생애는 고적했다. 결혼을 하고 아이를 낳았지만 찾아오는 이 하나 없는 쓸쓸한 생활이었다. 성북동 외딴 집에서 닭을 치고 소일하면서, "비단결같이 곱고 봄바람같이 향기"롭다는 평을 들었던 미문美文도 사라져 버렸다. 와병 전에도 점차 이념과 사상의 색채를 글에 불어넣으려 노력하고 있던 차였다. 당시 노자영이 주재한 청조사에서 발행된 이무영 작《폐허의 울음》에는 "나날이 경제핍박으로 몰려가는 동포를 보고도 자네는 선웃음만 치고 자유연애와 연애의 신성을 부르짖은 것밖에 무엇이 있나?"라는 공박이 등장하고 있으며, 한편으로는 신흥 계급문학에 반발하여 "겉치레만 번드르하게 차리고는 그 목적의식 계급문학이나 무어니 해 가지고 떠드는 것보다 정정당당하게 '조선문학'을 건설"해야 한다는 요청도 선명히 표현되어 있는데, 이런 소설을 발행했던 노자영의 감각이란 1920년대 초·중반과 같을 수는 없었다. '연애'만으로는 더 이상 사회적 발언의 기회를 가질 수 없다는 인식, 그러므로 '민족'과 '계급'으로 대표되는 정치적 논제에 대한 의견이 필요하다는 인식은 1920년대 후반에 오면 노자영 자신에게도 뚜렷하다.

춘원 이광수를 옹호하며 예의 〈민족개조론〉에 이해의 시선을 요청하는 등, 자신을 민족주의 이데올로그로서 재무장하려는 노력은 이미 시작되어 있었다. 더욱이 병석에서 보낸 3년 동안 사회의 기류는 더 크게 바뀌었고 노자영 자신 역시 달라졌다. 1934년 새로이 출판 사업을 시작, 월간지 《신인문학》을 창간한 후에 선보인 문장들에서 《사랑의 불꽃》류의 흔적을 보기는 어렵다. 사랑과 행복의 세계를 바라고 그 세계로 접어드는 데 순로順路를 기대하던 시기는 끝났다. 이미 때는 사회주의 문학의 전성全盛을 지나 일본 제국주의의 압박이 노골화되던 시절이었고, 문단 또한 한 무리 치기 넘치는 청년들의 동호회 수준을 넘어 세분화 · 전문화되고 상업화되고 있었다.

시 세계에서는 시조 형식의 실험 외에 그리 큰 변화가 목도되지 않으나, 소설에 있어 이 시기에 노자영은 좌충우돌의 실험을 펼쳤다. 가족 중심의 일상을 스케치하는가 하면 근대적 연애 풍속도를 풍자하기도 하고 초기 사회주의 문학의 현실 폭로를 흉내 낸 아귀도를 그려내기도 했다. 그러나 '노자영의 시대'는 진작 끝나 있었다. 장편 《인생특급》을 연재할 때 제법 인기를 누리기도 했지만, 그것은 외곽에서의 삽화에 불과했다. 1940년에 세상을 떠나기까지, 노자영은 끝내 다시 시대와 조우할 수 없었다.

3. 사랑과 죽음, 그 사상의 가능성

노자영의 문학적 이력은 '죽음'에 대한 기록으로 시작한다. 어려서 아버지를 잃고 스물이 되기 전에 어머니를, 잇따라 누이를 여의었으니 '죽음'에 대한 집착은 차라리 당연했을 것이다. 지금 확인할 수 있는 노자영의 첫 글은 《기독신보》 1918년 7월 10일자에 실린 〈세느 하반에서〉라는 짤막한 번역문으로서, 차디찬 겨울날 '유연한 우울'을 느끼면서 '자연과 융합하고 싶은 사상'을 벅차게 깨닫는다는 것이 대강의 내용이다.

이후 노자영은 《기독신보》의 필자로 빈번히 등장, 수상隨想과 서간문, 시와 단편을 발표하면서 즐겨 기독교적 세계관을 피력한다. 예배당 종소리를 "사랑의 어머님이 웃음의 눈을 주어 나를 부르는 음성"으로 들었던 당시(〈종소리〉) 노자영은 "어서 이 밉고 더러운 껍데기를 벗고" "영원 춘광에 무한한 정락을 누릴 새 세계"(〈새 영혼의 출현〉)로 갈 것을 고대하기도 한다. 일본어에 이어 성경에 두 번째로 시간을 할애한 것이 숭실학교의 시간표였으니 만큼, 한창 민감한 청년이 기독교에 심취한 것은 있을 법한 일이다. 1910년대 후반 당시 학교에서의 종교 교육은 총독부의 사립학교령에 맞선다는 의미까지 갖고 있었으므로 기독교에의 심취는 그만큼 용이했다. 그렇지만 신神의 자애나 천국에 대한 기대에도 불구하고 '죽음'에 대한 두려움을 완전히 추방할 수는 없었다. 죽음은 신과 마찬가지로 편재遍在해 있다.

노자영이 고집스럽게 '처녀작'이라고 주장한 〈죽음의 사자〉 역시 죽음을 주제로 한 시편이다. 처녀작, 즉 쇼죠사쿠しょじょさく에 대한 기억은 특별할 수밖에 없겠지만, 노자영의 경우 발표연대와 순서를 온통 혼동하고 있다는 점이 기묘하다. 1919년 6월 25일에 발표된 시의 제목을 계속 '무화과 같은 생명' 혹은 '무화과보다 속히 지는 생명'으로 기억하고 있는 것쯤이야 그럴 법한 일이지만—〈죽음의 사자〉 첫 부분이 '무화과같이 보드라운 생명이/ 힘없이 포르르 떨어질 때에'이다—, 발표연도가 1917년이었다고 적고 있다든가, 때문인지 1918년부터 시작한 다른 투고에 앞선 첫 작품으로 기억하고 있다든가 하는 점은 아무래도 석연찮다.

주의 깊은 왜곡이 개입하지 않았는가 추측되기 때문인데, 실상 〈죽음의 사자〉는 그 이전의 투고작에 비해 월등한 수준을 보여주고 있다. 이전의 시나 수필이 소품인 데 비해 〈죽음의 사자〉는 총 14연에 달하는 긴 길이인 데다 주제의식 또한 또렷하다. 〈죽음의 사자〉의 핵심어, 그것은 물론 표제에서부터 두드러지게 내세우고 있는 '죽음'이다.

무화과 열매같이 보드라운 생명이
힘없이 포르르 떨어질 때에
검은 옷 입은 죽음의 사자가
결박을 하리라 가련한 나를

제 1~4연에서 '보드라운 생명'이 지는 순간을 형상함으로써 시작한 이 시는 제 5~9연에서는 "아, 온다 온다 죽음의 사자가"라는 구절을, 제 10~14연에서는 "아, 약하다 우리 인생은"라는 구절을 매연의 머리에 배치하고 있다. 생명이란 무화과 같고, 지는 꽃 같고, 작은 새 같고, 물 위에 떠도는 거품 같다. 그처럼 덧없이 사라질 수 있는 것이 생명이다. 누구나 죽음은 피할 수 없으니, "영웅도 호걸도 왕후장상도/ 재자도 지자도 아무개라도/ 이 완강한 죽음의 사자에게는/ 고개를 숙이고 끌려"갈 수밖에 없다. 이 시는 죽음에의 공포, 그리고 죽음을 피할 수 없는 삶의 허망함을 노래한다. "죽음의 사자가/ 결박"할 그 순간에 비하자면 지상의 모든 것은 헛되기 그지없다. 죽음은 "생각도 아니할 때 도적같이", 노소를 가리지 않고, 영준英俊과 범용凡庸을 가리지 않고 찾아든다. 이, 죽음이라는 허무 앞에 어떻게 대처할 수 있을 것인가?

노자영이 평생토록 이 시를 '처녀작'으로 기억한 데는, 앞서 발표한 시와 산문에 비해 〈죽음의 사자〉가 뚜렷한 문제의식과 호소력을 갖추고 있다는 까닭이 클 것이다. 〈죽음의 사자〉는 '처녀작'이라는 신화에 어울리는 시이며, 또한 당시 시대정신과의 접점을 보여주는 작품이다. 죽음을 문제 삼고 그럼으로써 삶을 조명하는 것은 1920년 전후 신진 청년층을 풍미했던 태도였다.

노자영이 '죽음'에 천착한 시기는 짧지만, 아마 "검이여 나에게 죽음을 주소서"라는 풍의 그 노래는 '귀여운 시'로서 당시 문단에 호의적으로 받아들여졌던 모양이고, 《사랑의 불꽃》 이후의 모욕적 경험과 비교해 추억할 만한 원점으로 각인될 수 있었던 듯싶다. 허나 실제로는 노자영의 세계에서 '죽음'은 초기의 단편적 주제에 지나지 않았다. 가족 모두를 일찍 여읜 경험에도 불구하고 '죽음'이 청년 노자영을 몰두케 한 시기는 짧았다. 낭만적 '사랑'이라는 주제가 빠른 속도로 그를 사로잡았기 때문이다.

'죽음'과 '사랑'이란 때로 잘 어울리는 쌍이다. 개체의 소멸과 초월이라는 주제가 함께 선명하기 때문이다. 1920년대 초 당시의 유행으로도 사랑과 죽음은 함께 경배의 대상이 되었으며, 다눈치오 작 《죽음의 승리》처럼 사랑의 마지막을 죽음으로써 장식하는 소설이 유행하기도 했다. 노자영에게 있어서도 '죽음'과 '사랑'을 연결짓는 면모는 특징적이다. 출세작 《사랑의 불꽃》에 실린 총 열아홉 편의 연애편지 중에서 네 편이 직·간접적으로 자살 모티프를 앞세우고 있고, 각 한 편씩은 출정出征과 애인 사후라는 상황을 설정하고 있다. 강제 결혼의 압박을 받자 "나는 당신을 위하여 살았어요. 그리하고 당신을 위하여 죽어요! 애인을 위하여 살고 애인을 위하여 죽는다는 것은 얼마나 즐거운 일일까요!"라며 독약을 들이키는 처녀(〈독약을 마신 후에〉), 변심한 애인에게 "내가 자살하였다는 말이 있거든, 당신은 기어이 춤을 추어주소서. 이것이 내가 마지막 당신에게 바라는 요구외다." 라고 뱉거나(〈애자에게 보내는 최후의 편지〉) "내가 살아 있고는 당신의 선연鮮姸한 모양을 잊을 수가 없으니, '생生'을 버리려 합니다. 당신이 이 몸을 미워한다 하더라도 당신이 없고는 이 몸이 살아갈 수 없으니, '사死'에 나아가려 함이외다."라며 호소하는 청년(〈최후의 하소연〉)의 모습은 《사랑의 불꽃》을 관통하고 있는 인상적인 장면이다.

그 후에도 노자영은 〈무한애의 금상〉에서 신분 차이라는 장애에 부딪혀

스스로 목숨을 끊는 남녀에 그 부모까지 따라 죽는 서사를 선보였으며, 단편 〈자살자의 수기〉와 희곡 〈죽음의 승리〉 등에서 사랑-자살의 모티프를 즐겨 사용했다. 그야말로 자살이 낭비되었다고 볼 수 있겠는데, 그 주인공인 "피 많고 눈물 많은" 젊은이들은 하룻밤 좌절에 자살을 결행하는 일도 자주 있었다.

죽음이 그토록 인기 있었던 것은 벽이 까마득히 높아 보인 탓이기도 할 것이다. 〈무한애의 금상〉에 나오는 것 같은 설정, 한쪽은 지체 높은 양반이요 한쪽은 백정의 딸이라는 것은 거의 넘어설 수 없는 장애였다. 그런 장애가 없다 해도 당사자들이 혼인을 결정하겠다는 생각 자체가 한바탕 소란거리였을 무렵이다. 연애, 그것도 '그 사람'만을 보는 연애라는 신화에 진심으로 취해 있다면 고난을 자초하기 마련이었다. '연애'는 사사로운 감정을 넘어서 세계를 보는 새로운 시각을 의미했으며, 죽음을 불사할 만큼 절박한 저항에의 의지를 함축했다. 《사랑의 불꽃》이 그토록 큰 인기를 누린 것, 〈무한애의 금상〉 등에서 주인공 남녀의 자살이 전 사회적인 파문을 불러일으킨다고 설정할 수 있었던 것은 '연애'에 독특한 현실성이 잠재해 있었음을 웅변해 준다.

> 무참히 짓밟힌 두 혼이 어찌 서럽지 않으랴마는 너희들은 아름다운 희생자이다. 힘있는 전패자戰敗者이다. 고요히 자거라! 그러나, 너희들을 죽인 이 모순의 사회는 언제나 깨쳐지려는지……. 언제나 꽃이 피려는지. 가장 힘 있는 동무를 잃은 우리는 목을 놓고 우노라. 무서운 그 계급이 없어질 때까지…….

〈무한애의 금상〉에서 잇따라 자살의 길을 택한 남녀 주인공은 '아름다운 희생자', '힘 있는 전패자'로 미화된다. 예술 단체는 물론 노동 단체에서도 추도회를 개최하고, 자살의 배후에 '모순의 사회'와 '무서운 그 계급'이 존재했음이 대대적으로 공인된다. 이런 플롯에서 죽음은 사랑과 더불어 초월과 극복의 핵심 전략이다. 삶 속에서의, 삶과의 투쟁에 있어서의 방책인 셈이다. 시 중에서도 〈애인을 위하여〉 같은 작품에서는 "사랑하는 그대여 목이 마르냐?/ 그러면 네 품의 칼을 잠깐 빌리라/ 나의 심장을 맘껏 찔러서/ 그래서 물넘는 시뻘건 피로/ 너의 목을 적셔 주리니……" 같은, 사랑의 충일을 통해 역설적으로 죽음을 넘어서는 면모를 확인할 수 있다. 그러나 노자영의 세계에 있어 '죽음'과 '사랑' 사이의 이런 연결은 일반적이지 않았다. 초기 작품에서 '죽음'을 무게 있게 다루었던 이 시인은 곧 '사랑'에 대한 낭만적 찬양으로 이동하고, 《사랑의 불꽃》 이후 소설에 주력하면서 낭만적–감상적인 개성을 내보인다.

《사랑의 불꽃》이나 〈무한애의 금상〉에서 보듯 '사랑'을 주제화하기 시작한 후에도 '죽음'은 노자영의 작품에 줄곧 따라다닌다. 《반항》의 결말은 '참자기를 각성'한 혜자가 새로운 출발을 가로막고 폭력까지 휘두른 남편을 총을 쏘아 응징한다는 것이다. 그러나 이미 '사랑'을 선택한 이후 노자영에게 있어 죽음은 초월의 방편이라기보다 자기중심적인 전략으로서 애용되었다고 할 것이다. 《사랑의 불꽃》과 더불어 노자영의 출세작이었던 《반항》에서의 마지막 대목, 혜자가 "아, 여성의 대적아!"라는 일성一聲과 더불어 남편을 죽이고 이어 애인과 프랑스로 도피, "조그마한 이층집을 짓고, 파란 지중해의 물결과 어여쁜 감람나무 그늘을 벗으로 하여" "재미있는 생활"을 하게 된다는 결말은 일종의 현실망각이자 자아도취에 다름 아니다. 〈무한애의 금상〉에 있어서도 주인공 태순이 자살을 선택하기까지는, 목숨 건 사투 대신 자기중심적이며 거의 소아적인 공상이 두드러진다. 태순은 계급주의자요 친일 인사인 아버지의 삶을 부정하면서도 그 "일천만원"의 재산에 의지해 빈민원과 음악학교를 구상하고, "아버지가, 영원히 제 말을 들어주지 않으면 저는 그만 죽을 테여요!"라며 읍소한다. "자기의 이상을 실현하지 못하면, 살아도 그는 죽은 사람이나 마찬가지니까요."라고 주장하지만, 그 '이상'의 토대는 아버지의 뜻에 달려 있을 따름이다. 이토록 허무맹랑한 이상에 동할 기성旣成은 없을 터, 아버지는 분연히 아들의 요청을 거부하고, 태순은 당장 "오! 죽어야 한다. 곧 죽으리라……."고 읊조리기 시작한다. 애인의 설득으로 자살 직전 돌아와 야학 교사가 되는 등 회생回生의 시도를 보이기도 하지만, 이토록 쉽게 '죽음'을 떠올릴 수 있는 영혼에게 자살이란 피하기 어려운 결론이다. 결혼 반대에 부딪힌 애인 혜정이 음독자살한 후 태순 역시 뒤를 따르고, 그 뒤에는 양가 어머니, 잇따라 아버지마저 스스로 목숨을 끊는다.

노자영의 주인공들은 죽음이 해결책이 될 수 있는 세계 속에서 산다. 투정하고 응석 부리고, 자신이 온전히 받아들여지길 기대하는 주인공들은 죽음으로써 그 기대가 성취될 수 있으리라 생각한다. 살인이란 방법으로 장애를 제거하고 "재미있는 생활"로 접어들 수도 있고, 자살의 길을 택한 후 "어여쁘게 피려던(…) 천재", "아름다운 희생자"로 추앙될 수도 있다. 죽음 이후에도 문제가 고스란히 남을 가능성, 심지어 더 어지럽게 얽힐 가능성이란 고려 밖이다. 말하자면 이들은 '죽음'이 궁극적인 '미'와 '행복'의 첩경이 될 수 있는 왕국의 주민이다. 동시대의 작가들이 '미'와 '행복'이 갈망의 대상일 뿐 결코 성취될 수 없다는 비극적 인식에 붙들려 가고 있었던 데 반해, 노자영의 세계에서 '미'와 '행복'은 현세에서, 혹은 사후死後에 현실이 된다. 그런 의미에서 노자영의 세계에 참된 비극은 존재하지 않는다. 죽음은 행복과 영광의 예감 속에서 긍정되며, 살인과 자살은 그런 미래를 기약한 위에서만 결행된다.

어렸을 때부터 죽음이 만연한 환경 속에서 살아 왔으면서도 노자영은 결국 죽음을 통해 삶을 성찰하지는 않았다. 어머니와 누이만 있는 '여성적'이면서도 고적한 환경 속에서 자라고, 채 스물이 되기 전에 그나마 가족을 모두 잃은 그가 찾은 것은 "달고도 서러운" 세계, 행복에 겨워 "너무 좋아요! 죽고 싶어요!"(〈반항〉)라고 외칠 수 있는 세계였던 듯 보인다. "죽고 싶으리만치 아름다움과 즐거움을 느끼는 곳에 행복의 최고 가치가 있다."

(〈인생특급〉)는 것은 노자영의 변치않는 믿음이었다. 그는 세계의 미와 추를 동시에 증언하기보다 미의 측면만을 믿으려 했고, 행운이 따른다면 미에 기반한 생활을 성취할 수 있으리라고 생각했다. '시퍼러둥둥한 면도독'이 오른다는 비아냥을 들을 정도로 얼굴을 면도질하기에 정신을 쏟고, '남자가 화장을 한다'는 손가락질을 받을 정도로 검고 거친 얼굴을 희고 매끄럽게 하기에 신경을 쓴 것도 그 때문이었다.

노자영은 그 자신을 '미'의 구현체로 만들고 싶어했으며, 아름다운 연인-아내를 찾음으로써 "미와 사랑이 깃든" 가정을 꾸리려 했다. 첫 시집의 표제작 〈처녀의 화환〉에 나오는 것 같은 이미지, "눈빛 '커-튼'을 가만히 열고/ 동산 머리에 오르는 흰 달을/ 두 팔로 껴안는 나어린 처녀!"의 이미지는 노자영이 평생 갈구한 이미지였다. 흰 옷에 흰 색 베일, 하얀 꽃에 새하얀 커튼—노자영은 이국풍의 사랑스런 순결성을 '미'의 상징으로서 동경했다. 종종 도회적인 여성 이미지가 등장하는 일이 있지만, "손목에는 십팔금 손시계를 걸고, 다시 한 손에는 비단 '숄'을 들고, 한 손에는 '하우프트만'의" 희곡으로 마무리한 도회풍 예술가의 형상은 시에는 등장하지 않는 이미지, 근본적인 환상이라기보다 스쳐 지나가는 욕망으로서 존재했을 뿐이다. 노자영은 사랑의 환희에 골몰하고 거기 정지에의 충동을 엮어놓는 방식으로 죽음이라는 테마를 소비한다. 《사랑의 불꽃》에서의 몇몇 서간들과는 달리 노자영 소설에서는 사랑에 빠진 연인들과 세계와의 충돌이 문제될 뿐 연인들 사이에서의 오해나 변심은 목격되지 않으며, 자기 자신이 반성이나 회의의 대상이 되는 일은 더더욱이나 없다. "죽고 싶으리마치 아름다움과 즐거움을 느끼는 곳에 행복의 최고 가치가 있다" (〈인생특급〉)다는 것은 노자영의 변치 않는 믿음이 있다. 그는 노자영의 주인공들은 가차 없는 해부의 시선을 자기 자신에게 들이대기엔 너무도 연약한 인물들, 사랑은 곧 도취라고 생각하고 죽음은 매력적인 해결책이라고 생각하는 군상이다.

4. 사랑의 타락과 퇴색, 시대의 분기分岐

노자영은 '사랑'에 종교적인, 신성한 가치를 부여하고자 했다. 세계관으로까지 비약하는 그의 연애론은, 사랑이야말로 전 우주의 원리이며 종교 · 예술 · 철학으로 나아가기 위한 토대라는 것으로 요약된다. 그 근거가 되는 논리는 사랑은 정서의 발로이며 자아의 표현이며 참 인생에의 첩경이라는 것이다. " '자아'가 제일 귀하고 제일 중하지 아니하냐?(…) '자아'가 있은 후에야, 세계도 있고 도덕도 있고 부모도 있는 것이 아니냐! 사회를 위하여, 도덕을 위하여, 부모를 위하여, 자아를 희생한다는 것은 얼마나 어리석은 일이냐?"라고 되뇌는 노자영의 주인공들은 연애 감정의 충동을 통해 가장 강렬하게 자아를 확인한다.

일이나 사상을 통해 자아를 느낄 수 있는 방법도 있으련만 이들은 연애와 예술을 자아의 성소聖所로 삼는다. "나도 사람. 나도 위대한 사람"이라는 자아의 감각은 "잘 살고 재미있게 살 권리" 또한 보장되어 있다는 주장으로 이어지면서, 인내나 타협의 감각을 개재시켜야만 지탱할 수 있는 관습과 제도를 거부하게 만든다. 기혼의 처지든 딸린 아이가 있든 개의할 바 못 된다. 과거는 언제든 "아무 지각이 없을 때" 맺은 "허위의 생활"이라는 명분으로 말소해 버릴 수 있다. 다른 이의 형편도 돌아볼 것이 못 된다. 누군가 '나'의 사랑을 구하다 죽음에까지 이르렀다고 한들 "사랑은 동정이 아니요 자선이 아니니까? 어찌할 수 없는 일이다." "나의 인격과 존재를 그렇듯 값싸게 팔 수는 없"다는 것, '나'가 느낀 감정은 어느 한순간이라도 포기할 수 없다는 것이 이들의 전제이다. 다른 한편 노자영의 주인공들은 '사랑'을 일체의 열정 및 헌신과 동일시함으로써 '사랑'에 문명사적인 가치를 부여한다. 이들의 주장에 따르면 목숨을 건 갈망은 모두 '사랑'이라고 불릴 수 있으며, 따라서 종교와 예술과 철학은 물론 일체의 문명이 사랑 없이는 성립할 수 없다.

"우리 사회에는 무엇보다도 정적情的 혁명이 있어야 하겠어요! 너무도 정적 생활을 무시해요! 너무도 사람의 감정을 죽이라고 해요!"
하고 경순이 흥분된 태도로 말을 할 때에
"참말이지요! 감정생활을 떠난 곳에는 참사람으로의 빛과 향기가 없어요. 다만 있는 것은, 뼈만 남고 해골만 남은 시커먼 내음새가 있을 뿐이어요!"
하고 혜자도 역시 그의 말에 찬성을 하였다.
"옳소이다. 우리 사회는 정적 생활을 죽이라고 합니다. 따라서 우리 사회는, 해골만 대글대글하는 유령의 사회이지요! 그리하고 풀 한 대, 꽃 한 포기 없는, 사막의 사회이지요! 그리하여, 우리 사회는, 쓸쓸하외다. 차외다. 깔깔하외다."
하고 경순은 일층 기운 있게 주먹을 쥐고 말을 하였다. 혜자도 '마지메-'한 얼굴을 가지며
"그러면, 첫째 우리 사회에서, 그 감정생활을 죽이는 것이 무엇일까요."
"썩어진 도덕이지요! 옛날 몇몇 사람이 자기 마음대로, 또는 자기 이로울 대로, 이럭저럭 꾸며낸 도덕이지요! 그러나 이 도덕은 무한한 세력을 가졌습니다. 오늘날까지 수억만 사람을 지배하여 왔지요! 그러나, 그 도덕이라는 것은 나의 동의를 얻지 아니한 도덕이요, 또는 귀족적, 사기적, 행매적行賣的의 도덕이외다. 이러한 썩어진 도덕은 우리의 정적情的 생활을 죽이려고 합니다. 우리는 이 도덕을 깨쳐야 하겠습니다. 그리하고, 정적 혁명을 일으켜야 하겠습니다." (《반항》)

"사랑으로써 종교와 예술과 기타 철학까지 그 힘을 얻었다고 할 수가 있을까요!"
"그렇고말고요! 사람의 생활이란 모두 애愛의 생활입니다. 그리고 우주는 모두 애의 결합체입니다. 생활을 떠나고 우주를 떠난 종교가 어디 있으며 또는 예술과 도덕과 철학이 어디 있겠습니까?"
"그러할까요? 자세히 알 수가 없는데요!"

"사랑이라는 것은 자기의 모든 것을 바친다는 것이지요. 그리고 거기서 무엇을 찾는다는 것이지요! 그러면 종교라는 것도 자기의 모든 것을 다 바치고 다 희생하고 그리고 그 무엇을 얻는다는 것이니, 그것이 사랑하는 사람이 아니고 무엇입니까? 그리고 예술이나 철학도 모두 그렇지요. 그렇기 때문에 사랑으로 써야 완전한 종교와 예술에 나갈 수가 있지요……."(……)

"그러면 그 애라는 것은 남녀의 애뿐을 말한 것입니까?"

"아니오. 그런 것은 아니외다. 애라는 것은 하나이나 그 표현 여하에 의하여 여러 가지가 됩니다. 그 중에 이성의 애가 가장 구체적이요 가장 힘 있는 애이지요!" (〈꽃 피는 처녀〉)

그러나 노자영의 '사랑'은 실제 서사에서 한번도 그런 사회 혁명이나 문명사적 감각과 연결되지 않는다. 그 '사랑'의 실제는 왕왕 "두 사람의 그림자는 호텔 동편 2호실 한 방으로 사라져 버렸다" 같은 장면으로 완결되며, 《반항》이나 〈무한애의 금상〉처럼 사회적 저항의 기운을 짜 넣으려 시도한 경우조차 그 실제는 완연히 자족적이면서도 감상적이었다.

그렇다고 노자영에게 이념적 탐구자로서의 면모가 없었던 것은 아니다. '사랑'에 입각한 세계의 변화를 주장함으로써 당시 유행한 개조론의 흐름을 변이 · 확산시킨 외에 노자영은 다양한 사상적 조류에 관심을 기울였다. 1920년대 초 기자 시절 노자영은 크로포트킨이며 엘렌 케이 등 잘 알려져 있지 않았던 사상가를 소개하는 데 기여했으며, 1934년부터 주재한 《신인문학》에는 거의 매호 세계정세에 대한 기사를 싣는 등 정치와 사상에 대한 주의를 게을리하지 않았다. 아마 기자 및 편집자로서의 감각이 크게 작용했을 터이다. 문학이념상으로는 이광수가 〈민족개조론〉으로 고초를 겪고 있을 때도 그를 철저하게 옹호한 반면, 사회주의 문학의 주류화에 대해서는 "인생이라는 근본 문제를 잊어버렸다"라는 이유로 그 존재 근거를 '일시적인 데' 한정하였다. '겨레시'라는 평가가 있었을 정도로 시 창작에 있어 민족적 소재와 향토적 정서를 담아내는 모습을 보이기도 했다.

그러나 1920년대 초반 일약 인기 작가가 된 노자영이 그 인기를 이념적 영향력을 확산시키는 데 쓴 흔적은 찾아보기 어렵다. 노자영은 상업적 성공에 골몰했을 뿐이고, 그 궁극적 지향에 대한 관심을 보여주지는 않았다. 후일 그가 《인생특급》이라는 소설에서 보여준 것 같은, 방랑의 세월 끝에 전 재산을 사회사업에 쾌척하는 인생이 작가 자신으로도 욕심났을는지는 모르지만, 그 증명은 끝끝내 유예되고 말았다. 노자영의 성공은 어떤 성공적 변신담도 수반하지 않은 채 단명한다. '달콤한 연애서간류'의 판매부수가 줄기 시작한 후에도 꾸준히 인기를 끌고 있었던 그는, 1928년 중증 폐병을 선고받음으로써 몇 년 간의 투병 생활에 들어가게 된다. 1920년대의 베스트셀러 작가 노자영은 이로써 서서히 관심에서 멀어졌다.

1928년부터 1931년까지, 짧게는 3년, 길게는 5년이라고 헤아리고 있는 투병의 시기는 노자영에게 적지 않은 흔적을 남긴 듯 보인다. 무엇보다 노자영은 "아무도 찾지 않는" 급격한 전락 속에서 충격을 맛본 것으로 보인다. 1924년에 결혼했다는 기록도 남아 있기는 하나, 부인의 회고에 따르면 결혼식을 올린 것은 노자영이 폐병 선고를 받은 이후, 죽음을 각오하고 있을 무렵이었다고 하는데, 그 증언이 옳다면 미혼이었던 까닭에 더욱, 서울 근교 절에서 요양 생활을 하고 있을 무렵 노자영은 거의 절대적인 고독을 경험하였다. 완쾌된 후 《신인문학》으로 문학적 야심의 재생을 알릴 때 노자영이 실질적인 첫 글로 〈병상 3년기〉—잡지 게재 당시 제목은 '병상 5년기'였으나 단행본으로 출간하면서 '병상 5년기'로 개칭하였다—를 발표한 것은 우연이 아니다.

병과 고독을, 전락을 경험한 이후 노자영의 문학적 행로는 판이하게 달라진다. 이미 '연애'가 진지한 관심사에서 밀려난 무렵이기도 했다. 대신 그는 '민족문학'의 이념을 내세우는가 하면 시조 형식을 실험하고 소설에서는 속악俗惡과 궁핍의 풍속도를 묘사하는 등, 다각적인 시도를 보이기 시작한다. 마지막 인기작이라 할 수 있는 연재소설 〈인생특급〉에서도 노자영이 그려내는 것은 다종다양하면서 때로 표리부동한 인간상이다.

〈인생특급〉은 한창 서사가 흥미로워질 무렵 중단되었지만, 그때까지 등장한 인물만도, 세계적 명성을 획득한 음악가와 문학가, 광산으로 성공한 청년과 근면한 성공을 일군 소작농의 아들, '제2부인'의 처지에 빠진 여학생 출신과 마름의 횡포에 맞서다 살인죄로 징역살이를 하게 되는 농민 등으로, 1920년대의 소설과는 비교가 되지 않을 정도로 다채롭다. 연애 풍속이 핵심에 위치하는 것은 전 시기 소설과 마찬가지이지만, 연애의 양상은 한결 복잡하고 모순적이다. 두 줄기의 연애 서사를 이끄는 중심 인물인 오영준과 임순철은 각각 세계적으로 이름난 천재 음악가요 문학가이지만, 이들의 연애담에는 돈 후앙적 색채가 물씬하다. 오영준은 이탈리아에서 유학할 당시 외국 여인과 사실상 부부 생활을 했던 이력을 갖고 있고, 임순철은 연애 결혼한 아내를 두고 제자와 불의의 관계를 맺은 경험을 갖고 있다. 두 경우 모두 행동의 동기는 순애純愛라기보다 육체적이고 물질적인 욕망이었다. 오영준은 귀국 후 "칠팔백 만원 재산"을 가진 은행가의 외동딸 영순과 약혼을 맺고, 임순철은 여학생 경순과의 연애 당시 "요것이 나에게 바짝 반했거든(…) 제기 그만 삼켜 버릴까?"라는 혼잣말로 비속성을 드러낸다. 예술적 천재로 대표되는 미와 생활의 불일치 가능성—〈인생특급〉에 와서 이는 비로소 전면적인 문제가 된다. 노자영은 이로써 사랑과 예술로서 대표된 초기 세계가 일종의 환상에 지나지 않았음을 스스로 긍정하고 있다.

그렇더라도 노자영이 '사랑'의 환상을 완전히 끊어내지는 않은 듯 보인다. 〈인생특급〉에는 최성춘과 민영식이라는 두 인물을 통해 '변신' 혹은 '회개'의 모티프를 주도하게 그려내고 있는데, 이것이 오영준과 임순철이라는 두 인물의 미래에도 적용될 것이라고 예측할 수 있기 때문이다. "정치적으로는 죽은 조선 사람이지마는 예술적으로는 한번 세계를 정복해 보자는 야심"— 일관되게 노자영을 지배한 야심 중 하나는 이것이었던 듯 보이는데, 예술이 부정성의 반면을 드러내고 사랑이 그 표리부동한 모습 때문에 의혹을 사게 된 후에도 완전한 부정은 있을 수 없었던 것이다.

노자영의 제 3 시집 《백공작》은 회고와 서경의 시선으로 현저하게 후퇴하고 있지만, 그렇더라도 시조 형식을 중심으로 정돈되어 간 이 시절의 시에서도 일찍이 품었던 환상에 대한 전면적 부정을 읽어내기는 어렵다. 오히려 제 1 · 2 시집에서 간헐적으로 보였던 강렬한 반항의 정신, 〈늙은 하나님〉에서 보이는 "오! 늙은 하나님!/ 모순의 하나님!/ 당신은 그 옥좌를 떠나주소서(…) 합리의 하나님! 새로운 하나님!/ 우리는 그이를 맞으려 하오니/ 당신은 그 옥좌를 떠나주소서" 같은 패기나 〈어디로 갈까?〉 같은 시에서 보이는 "오! 나는 이미 죽은 시체다!"라는 통렬한 고백, 〈애인을 위하여〉에서 보이는 "사랑하는 그대여 목이 마르냐?/ 그러면 네 품의 칼을 잠깐 빌리라/ 나의 심장을 맘껏 찔러서/ 그래서 물넘는 시뻘건 피로/ 너의 목을 적셔 주리니…" 같은 과감성 등의 다양한 스펙트럼은 제 3 시집에 와서 현저히 위축되어 버린다. 감상적 낭만성으로 가득 찼던 노자영의 정신에, 허무, 그러나 온건하고 무기력한 허무가 들어서기 때문이다.

5. 노자영의 후일後日, 그리고 '문학'

"사람은 과연 살아야 하는가? 동경으로 살고, 희망으로 살고, 미련으로 살고—. 삼십육 세라는 적지 않은 궤도를 걸어와 지나온 옛 자욱을 바라볼 때, 눈에는 까닭없이 몇 방울 이슬이 맺혀지는 것이다. 이왕이면 좀더 값있게, 좀더 아름답고 높게, 왜 살아오지 못하였던가? 밤낮으로 애쓰고 헤매는 것이, 이 한 입에 몇 숟갈 밥을 위하여 이렇게도 무거운 짐이 어깨에 메어지는가 생각하면 이 '생'이라는 것이 그리 고맙지 않은 때가 한두 번이 아니다."

1936년 발표한 〈한등소조〉라는 짤막한 수필에서 토로하고 있는 것처럼, 노자영은 점차 "동경으로 살고, 희망으로 살고, 미련으로 살"아온 일생에 대한 허무를 느낀다. "당시는 열심한 기독교도"라고 쓰는가 하면 "손으로 염주를 한 알 두 알 세이는" 모습도 보이는 것으로 보아, 일찍이 기독교 이념을 선전하는 문장을 여러 편 《기독신보》에 투고했던 노자영은 청년 시절 이후 불교에 귀의한 것으로 보이는데, 이 또한 '허망'의 자각과 무관하지 않을 것이다. 자녀 중 한 명이 두 살을 갓 넘겨 병으로 죽고, 애통해 하던 부모로서 망각을 경험하고 다시 삶에 적응하는 과정을 거치면서 이 '허망'의 자각은 일층 명료해진 것 같다. 《조광》의 유능한 편집자였지만 1930년대 말에 이르면 노자영은 문학적 시도 자체를 거의 보이지 않으며, 자찬自撰 묘지명으로 "바보 놈, 잘 죽었다."라는 자조를 남기기도 한다. 노자영은 아마, 병과 고독과 허무의 시절을 거쳐서도 이 무력한 자조 이상으로 비약하지는 못한 듯싶다. 1940년, 《조광》 폐간으로 일자리를 잃은 지 얼마 되지 않아 갑작스레 앓아누운 그는, 병명조차 제대로 진단받지 못한 채 황황히 세상을 떴다. 향년 41세, 아내와 세 아들을 남기고 별세한 한창 나이의 가장이었던 그를 위해서는 몇몇 잡지의 간단한 특집이 바쳐졌을 뿐이다. 1920년대 초 · 중반의 영광은 진작 스러져 버리고 없었다.

"그의 미문과 시는 사랑에 겨우 눈뜬 성년 남녀를 뇌쇄시켜 한때는 춘성이 문단의 독무대"라고 일컬어졌던 노자영은 이렇게 갔다. 《기독신보》와 《매일신보》 문단의 단골 투고자였고 《장미촌》 《백조》의 동인이었던 그는 평생을 통해 세 권의 시집과 여섯 권의 소설집, 여섯 권의 수필 및 서간집 등을 남겼고 그밖에 다수의 교양서 및 번역서를 출간했지만, 문학사에서 그 이름은 '낭만적 감상주의'의 시인으로 몇 줄이 기록되어 있을 뿐이다. 서간집 《사랑의 불꽃》이나 장편소설—실제 분량은 중편, 그것도 길지 않은 중편에 가깝다—《반항》 등, 1920년대 초 · 중반에 노자영을 유명하게 했던 저작들은 용의주도하게 지워졌고, 1930년 이후의 소작所作 역시 잊혀 버렸다. 언제, 누구에 의해 그 자취가 사라진 것일까? 동인지에 발표한 시 몇 편은 기록할 필요가 있으되 거의 절대적인 대중의 호응을 얻었던 텍스트들을 무시해도 좋다는 판단은 어떻게 형성되었던 것일까? 이 질문은 '문학'과 '문학사'라고 불리는 제도에 대해 던지는 질문이다. 근대의 위력에 근거해 형성되었고 근대 민족국가를 조형하는 데 중요한 기여를 한 '문학'이 그 권위와 제도의 확립을 보게 되면서 점차 독자적인 논리를 다져 나갔다는 사실은 잘 알려져 있다.

'문학'은 자본주의의 논리와도 민주주의의 형식과도 불화한다. '문학'은 시장 속에서 살아가지만 시장에서의 성공이 결정적인 기준이라는 견해를 멸시하며, 대중적 기원을 갖고 있지만 다수의 의사가 사회적 결정의 원리가 되어야 한다는 발상과는 대척적인 자리에 선다. 사상 · 이념의 동향과 사회적 쟁점에 깊은 관심을 갖지만, '문학'은 그런 요소로부터도 독립적인 기준을 구축한다. 따라서 텍스트를 취사선택하는 '문학' 전문가들의 권위에 의지해 '문학사'를 구성하다 보면, 흥분 속에서 신세계에의 희망이 전파되던 1920년대 초반을 3 · 1 운동 이후의 '비애'로, 대중적 분자 운동이 맹렬하게 일어났던 1950년대를 한국전쟁 이후의 '절망'으로 독해해 내려는 결론을 피하기 어렵게 되기도 한다. 그것은 물론 일각에서 엄존한 정신이었고 이후 시대를 구성해 가는 데 핵심적인 역할을 한 기조였으나, 그 흐름만을 포착하려 한다면 거대한 저류를 무시하는 일방향성을 드러내게 될 수도 있다.

노자영은 이러한 '문학'과 '문학사'의 문제를 성찰하는 데 흥미로운 시금석이 될 수 있는 작가이다. 여러 해째 '문학'과 그 주변 지형의 지각 변동을 목격하고 있는 요즈음, 노자영은 '문학'의 미래를 생각하는 데 있어서도 견주어 볼 만한 사례일 것이다.

작가 연보

1900년(1세) 황해도 송화군 상리면 양지리에서 출생. 노자영의 출생연도에 대해서는 1898~1901년까지 다양한 설이 있다. 1919년 당시 20세, 1936년의 수필에서는 '36년의 생애'라 했고 1937년 1월의 설문 응답에서 38세라 한 것으로 보아 1900년 생으로 잠정暫定해 둘 수 있을 듯하다. 1940년에 39세라 답한 기록이 있는 것은 만 나이를 뜻한 것으로 추정해 둔다. 이후 '10세 전후의 소년 시대'에는 황해도 장연군 신화리에서 소학교를 다녔다고 한다. 신화리 범석동에서의 유년 시절을 추억한 글이 남아 있다.

1916년(17세) 평양 숭실중학교에 재학 중 어머니가 세상을 떠난다. 노자영은 어려서 아버지를 여의고 홀어머니 아래서 누이와 단 둘이 자라났는데, 어머니 별세한 지 2년 만에 누이 또한 세상을 떠난다. 1924년 1월자로 서명되어 있는 시 〈보름달〉에서 "어머니 가신 지 여덟 해 만이요/ 누나가 죽은 지 여섯 해 만에"라는 구절이 나오는데, 노자영의 경우 이 진술을 작가의 개인사를 지칭한 것으로 받아들여도 될 듯하다. 노자영이 어머니가 위독하다는 소식을 듣고 달려가 보니 이미 어머니는 숨진 후였고, 베개 속에는 아들에게 전하는 은화 1백 30원이 간직되어 있었다고 한다. 이후 어머니에 대한 기억은 〈어머니 무덤〉 등 여러 편의 시와 수필을 통해 표현된다. 문학에 뜻을 두기 시작한 것 역시 이즈음을 전후해서이다. "17세 때 《청춘》 잡지를 보고 또는 《해당화》를 읽으며 문학이 좋다는 것을 생각하였고 또는 춘원의 《무정》을 읽고 문인이 되고 싶다고 생각했"다고 한다.

1918년(19세) '20세 전후의 청년 시대', 숭실중학교를 졸업한 후 장연군 죽계리에서 교사 생활을 한다. 그러나 문학에의 열망과 방랑에의 동경 때문에 교사로 근무하는 내내 내적 갈등에 시달린다. 1918년부터 《기독신보》, 1919년부터는 《매일신보》를 통해 시와 수필, 짤막한 단편을 발표하기 시작한다. 지금 찾을 수 있는 최초의 글은 《기독신보》 1918년 7월 10일자에 실린 〈세느 하반河畔에서〉라는 번역문이다. 프랑스 소설가 졸라의 글을 번역한 것이었다. 노자영이 수차례에 걸쳐 '처녀작'으로 회고하고 있는 〈무화과같이 떨어지는 생명〉 혹은 〈무화과같이 속히 지는 생명〉이란 《기독신보》 1919년 6월 25일자에 실린 〈죽음의 사자〉라는 시로 보인다. 《매일신보》에 실린 글은 대개 현상문예에 투고, 당선된 결과였는데, 첫 상금으로 2원을 받아서는 모시 두루마기를 해 입었다고 한다.

1920년(21세) 교사 생활을 그만두고 이 해 8월 서울행을 단행한다. 서울로 거주를 옮긴 후에는 한성도서주식회사에 입사, 잡지 《서울》과 《학생》의 편집에 관여하면서 외국 사상을 소개하는 글 등을 발표하기도 한다. 5월에는 동인지 《창조》에 〈문예에서 무엇을 구하는가〉라는 짤막한 평문을 발표한다. 최대 자본을 자랑한 출판사 한성도서주식회사에 근무한 까닭인지 문인들과의 교유도 이때부터 본격화된다.

1921년(22세) 5월에 창간된 시 동인지 《장미촌》에 동인으로 참가한다. 한성도서주식회사의 긴축 방침에 의해 편집부가 폐지되면서 퇴사, 동아일보사에 입사해 4년간 기자 생활을 했다고 하는데, 이 전직轉職도 1921~22년에 이루어진 것으로 보인다. 동아일보사에서는 주로 경찰서에 출입하는 사회부 기자로서 분주한 생활을 했다.

1922년(23세) 홍사용 · 박종화 · 나도향 · 박영희 · 이상화 등과 함께 《백조》를 창간하면서 동인으로 활동한다.

1923년(24세) 일찍이 한성도서주식회사 입사를 주선했던 영업국장 김진헌의 권유로 "여러 친구에게서 연애 서간 1편씩 모아가지고 또는 나도 서너 편 써서" 연애서간집 《사랑의 불꽃》을 발행한다. 중편소설 《반항》도 단행본으로 출간한다. 이 두 책은 모두 처음에 '미국 선교사 오은서' 명의로 출간되었으나, 뜻밖의 폭발적인 인기를 누리면서 노자영을 일약 대중적 스타로 만든다. 그러나 《반항》의 일부 내용이 구리야가와 하쿠손의 글을 표절한 것이라고 시빗거리가 되면서 《백조》 동인에서 제명당하는 등, 노자영으로서는 영광과 불명예가 교차한 한 해였다.

1924년(25세) 연초에 《동아일보》에 발표한 시 〈잠!〉이 베를렌느 시의 표절이라는 이유로 염상섭의 혹독한 비판을 받는다. 노자영은 오해였음을 해명하지만, 염상섭이 별다른 확인 없이 표절이라며 공격을 할 수 있었다는 사실 자체가 노자영에 대해 경색되어 있던 문단의 분위기를 알려주고 있다 할 것이다. 논란 당시까지 동아일보사에 재직하고 있던 노자영은 이 해 중에 퇴사한 후 출판사 청조사靑鳥社를 설립한다. 청조사에서는 노자영의 여러 글을 순서 없이 엮은 각종 문집과 《천사의 선물》《소공자》 등 번역 동화류를 주로 발간했는데, 판매는 대체로 성공적이었던 듯 보인다.

1925년(26세) 상업적 성공을 기반으로 하여 일본으로 건너간다. 여름방학 당시 귀국을 알리는 기사가 《조선문단》에 목격된다. 후일 이력에는 일본 니혼(日本) 대학에서 수학했다고 쓰는데, 아마 이 당시의 일이 아닐까 싶다. 일본 문단에서 미문가라는 찬사를 받았다고 자화자찬한 것을 방인근 · 최서해가 함께 글을 써 논박한 일이 있었다고 하는

데, 그 또한 이 무렵이었던 것으로 짐작된다.

1926년(27세) 김을한 및 조중곤과의 논전에 휘말린다. 김을한은 난잡한 사랑 이야기만 써 대는 작가로 노자영을 공격하면서 극단적인 악평을 남겼고, 조중곤은 노자영은 '문사文士'가 아니라 '문사蚊士'라는 조롱을 유명하게 했다. 이 해 떠들썩했던 논전 중 하나였으나 개인적 감정만 노출시켰다고 하여 문학사에 기록되지는 못했다. 노자영 자신은 시에 서명된 날짜를 볼 때 4~5월에 일본에 머물다가 잠시 귀국, 10월에 다시 도일渡日한다.

1927년(28세) 봄에 폐병이 악화되어 귀국, 본격적인 투병 생활에 들어간다. 이 당시에 대한 진술은 '소화 2년과(1927)'과 '1928년'으로 다소 혼동되어 있다. 사회적으로는 현실 의식이 고조되면서 노자영의 인기가 떨어졌을 무렵이고 병까지 깊어, 투병 중에 있던 3년간은 고독하고 의기소침한 나날을 보낸 것으로 알려져 있다. 그러나 한편으로는 이 해 이화여전 음악과를 졸업한 이준숙과 결혼식을 올린다. 1940년의 설문조사 응답에 '13년 전' 결혼했으며 주례는 김영섭 목사가 맡았다는 진술이 있다. 충청남도 공주 출신이었던 이준숙은 당시 목사였던 이용주의 딸이었으며, 노자영보다 7세 연하로, 독창곡 작사를 노자영이 맡아준 것이 인연이 되어 1924년부터 만나온 사이였다. 결혼 당시 노자영은 폐병 제 3기의 중환자였으며, 이준숙은 "부모에게도 쫓겨"나는 곤란을 딛고 노자영과 결혼했다고 한다.

1928년(29세) 청조사를 처분한 후 서울 교외의 절로 요양을 떠난다. 6월 7일의 일이었다고 한다. 다소 건강이 회복된 후에는 성북동으로 이사, 신혼 살림을 시작한다. '영이'라고 부른 첫 아이를 출산한다.

1929년(30세) 투병 중이었으나 그의 이름을 걸고 음악 선곡집 〈장미 속에 숨은 별〉이 발매되었다고 한다. 노자영은 본래 음악, 특히 19세기 낭만주의 음악에 취미가 깊었다.

1931년(32세) 오랜 투병 생활을 마치고 문단 및 출판계에 복귀한다.

1934년(35세) 7월에 《신인문학》이라는 잡지를 창간, 매호 소설과 수필 외 시사 원고까지 집필하는 한편 주간 역할도 담당한다. 《신인문학》은 노자영은 《신인문학》을 가리켜 "문학에 대한 나의 재출발"이라면서도 "그러나 이것이 나의 본의는 아니고 또는 그 잡지에 쓰는 글도 나의 본의의 글은 아니"라고 토로하고 있다.

1935년(36세) 《신인문학》에서 신인 작가의 투고작을 계용묵이 쓴 것으로 잘못 게재, 항의에도 불구하고 도리어 계용묵을 공격한 일이 생겨 구설수에 오른다. 개인적으로는 갓 말을 배우기 시작한 아이를 병으로 잃는다. 〈애아愛兒 영주를 잃고〉라는 글이 《신인문학》에 보인다.

1936년(37세) 《신인문학》이 종간된다.

1937년(38세) 1월 비교적 늦은 나이로 조선일보사 출판부에 입사한다. 입사 후에는 《조광》과 《여성》 편집을 담당했으며, 주로 매달 1~2회씩 열린 좌담회 기사를 정리하는 일을 맡았다고 한다. 함대훈과 함께 실무를 담당했지만 다른 교우 관계는 미미했으며, 점심도 혼자 시켜 먹었고 간혹 군밤이나 사과 · 배 같은 간식을 사 와서도 혼자 드는 등 고립된 생활을 했다. 이 시기에는 여전히 방랑 생활에의 동경을 토로하면서도 "처자가 있으니 일생을 거기 바칠 수밖에 없다"고 다짐하는 문장이 자주 눈에 띈다. 이 무렵 아내 이준숙은 안국동에 미모사서점이라는 이름의 책방을 내고 있었다고 한다. 《조선일보》에 장편소설 〈인생특급〉을 연재, 자주 독자로부터의 편지를 받는 등 큰 인기를 누린다.

1940년(41세) 8월 《조선일보》가 폐간되면서 조선일보사에서 퇴사한다. 다시 출판사 창립을 준비하고 지인들에게 원고 청탁까지 해 놓은 상태에서, 10월, 시내에 나갔다 돌아와 갑자기 앓아누운 후 사흘 만에 세상을 떠난다. 뇌막염이라는 진단이 있었으나 병명조차 확실치 않은 상태였다. 유족으로는 아내 이준숙과 세 아들이 남았다.

1918년 번역문 〈세느 하반河畔에서〉(《기독신보》 7. 10), 감상 〈인생에 현실적 파라다이스〉(《기독신보》9. 11), 〈황혼의 일순간〉(《기독신보》 11. 13)

1919년 단편소설 〈새 영혼의 출현〉(《기독신보》 3. 26), 시 〈운작雲雀〉(《기독신보》 5. 14), 〈죽음의 사자〉(《기독신보》 6. 25), 〈월하의 몽夢〉(《매일신보》 8. 25), 〈애우愛友를 잃고〉(《매일신보》 10. 6), 〈영원의 동경〉(《매일신보》 10. 13), 〈우천雨天〉(《매일신보》 10. 20), 〈파몽破夢〉(《매일신보》 11. 10), 〈황금의 도稻〉(《매일신보》 11. 10), 〈낙목落木〉(《매일신보》 11. 17), 〈청춘의 패배자〉(《매일신보》 12. 1), 감상과 수필 〈종소리〉(《기독신보》 4. 9), 〈고해로 가는 주의 제자〉(《기독신보》 4. 30), 〈이십 전후에 최난관最難關〉(《기독신보》 5. 7), 〈만근輓近 사상의 추세〉(《기독신보》 6. 4~11), 〈정신적 산물〉(《기독신보》 9. 17), 〈정신생활의 삼 계급〉(《기독신보》 11. 19~26), 〈참사랑〉(《기독신보》 12. 3), 〈인생과 종교〉(《기독신보》 12. 24~31),

1920년 소설 〈수誰의 과過〉(《기독신보》), 시 〈신춘〉(《매일신보》 1. 3), 〈꿈의 동산〉(《학생계》 7월), 〈가을〉(《개벽》 9월), 〈어두운 밤〉(《개벽》 11월), 번역시 〈마리아〉(《서울》 6월), 평론 〈문예에서 무엇을 구하는가?〉(《창조》 5월), 〈타고르의 자연학원〉(《서광》 9월), 수필 〈인생과 종교〉(《기독신보》), 〈천리의 夏路〉(《동아일보》 8. 27~9.6), 기타 〈만주의 천산물天産物〉〈크로포트킨 약

전〉(《서울》 6월), 〈부인문제〉(《여자계》 6월), 〈문호文豪의 옥조玉條〉〈한문학의 이야기〉(《개벽》 8월), 〈노동문제〉(《서울》 8~9월), 〈영기英氣의 함양〉(《개벽》 9월), 〈과격파 수령 레닌〉(《서울》 10월), 〈근대사상연구〉〈구미 각국의 근세〉(《서울》 12월).

1921년 시 〈애인의 그림자〉(《개벽》 2월), 〈피어오는 장미〉〈밤하늘〉(이상 《장미촌》 5월), 평론 〈미래의 예술〉(《신민공론》 12월), 수필 〈방랑의 하로夏路: 표박과 몽상의 여로, 북조선 명소의 경색〉(《동아일보》 7. 29~8. 8), 기타 〈여성운동의 제일인자 엘렌 케이〉(《개벽》 2~3월), 〈사회 개량운동가 윌라드 여사〉(《신민공론》 6월).

1922년 번역소설 〈정조〉(《신민공론》 1월), 시 〈꽃피려는 처녀〉〈달밤〉(《백조》 1월), 〈애인〉(《신민공론》 1월), 〈청춘의 시체〉(《신생활》 6월), 〈진주의 별〉〈황금의 임금林檎〉〈향기의 달〉(《신생활》 9월), 소설 〈표박〉(《백조》 1 · 5월), 평론 〈미래파의 예술〉(《신민공론》 1월), 수필 〈철옹성에서〉(《백조》 1월), 〈우연애형에게〉(《백조》 5월), 〈동경의 이상향〉(《신천지》 12월), 기타 〈깨어진 청춘의 편지: 영자에게 보내는 최후의 편지〉(《동아일보》 12. 24). 단행본 《세계명부전》을 한성도서주식회사에서 간행했다고 하나 지금 남아 있는 책은 1928년에 출간된 것이 가장 이르다. 저자 또한 명기되어 있지 않다.

1923년 시 〈미지의 나라에〉(《개벽》 1월), 〈당신은 저 구름 속에 안기라〉(《동아일보》 1923. 8. 12), 〈외로운 밤〉〈불사르자〉(《백조》 9월), 〈전원의 밤〉(《동아일보》 1923. 8. 30), 〈어디로 갈까?〉(《동아일보》 11. 25). 단행본으로는 연애 서간집 《사랑의 불꽃》, 번역서 《일리어드 이야기》(한성도서주식회사)와 장편소설 《반항》(청조사) 발간.

1924년 평론 〈오해한 상섭형에게: 폐허 이후의 비평에 대하여〉(《동아일보》 1. 7), 시집 《처녀의 화환》, 소설집 《청춘의 광야》, 소설 및 감상집 《영원의 몽상》(이상 청조사) 출간.

1925년 시 〈벗이 오면〉〈꽃 지기보다도〉〈부운否運〉(《조선문단》 3월), 〈우전하隅田

河의 달〉〈시들은 살구꽃〉(《조선문단》 7월), 〈두만강의 노래〉(《조선일보》 8. 31), 〈물결〉〈조각 반달〉(《조선문단》 10월), 수필 〈철없는 기쁨〉〈두만강의 새벽달〉(《조선문단》 3월). 소설집 《무한애의 금상》, 소설 및 감상집 《영원의 무정》《표박의 비탄》, 번역 동화집 《천사의 선물》(이상 청조사) 발간.

1926년 시 〈금빛 오월〉〈여수旅愁〉〈에노시마 풍경〉(《조선문단》 6월), 〈두만강의 밤〉(《여명》 6월), 〈어머니 무덤〉(《동아일보》 6. 8), 〈난망難忘〉(《동아일보》 6. 11), 〈가야산의 만종: 합천 해인사에서〉(《동아일보》 7. 30), 평론 〈문예비평과 태도: 김을한군에게 여與함〉(《조선일보》 8. 18~ 8. 20), 수필 〈영혼의 문을 두드리는 자〉(《여명》 6월), 〈영혼의 향기〉(7. 27~ 8. 3). 번역 동화 《소공자》(청조사) 발간.

1927년 수필 〈무장야無藏野의 가을소리: 동경의 가을〉(《동아일보》 1. 29), 〈북해도의 정조: 일본 북해도 욱천旭川에서〉(《동아일보》 2. 19). 수필집 《황야에 우는 소조》, 교양서 《세계 개조 10대 사상가》(조선도서) 발행.

1928년 시집 《내 혼이 불탈 때》(청조사) 발간.

1929년 《문예창작론》(청조사) 발간.

1930년 시 〈새싹〉(《조선일보》 3. 23), 〈소꿉놀이〉(《조선일보》 3. 24). 《'웰스'의 세계국가설》《세계 대웅변가 연설집》(이상 영창서관)

1931년 수필 〈병상잡감〉(《동아일보》 3. 14~ 28), 〈무제록無題錄〉(《삼천리》 10월).

1932년 시 〈춘春의 소곡〉(《삼천리》 4월), 평론 〈중국 신문예의 백화진百花陣〉(《삼천리》 6월), 수필 〈내 혼의 소낙원〉(《삼천리》 5월), 〈나의 은반보銀盤譜〉(《신동아》 7월), 〈병상일기초〉(《삼천리》 9월), 〈나의 유라강반柳羅江畔〉(《신동아》 9월), 〈토끼의 죽음〉(《신동아》 12월).

1933년 시 〈탄식〉(《호외》 12월), 수필 〈금정산의 반달〉(《신가정》 3월), 〈정야소조靜夜小調〉〈화병과 호도〉(《신동아》 4월), 〈해당화의 삼중주〉(《동아일보》 4. 28), 〈들장미꽃이 필 때〉(《신동아》 5월), 〈낙엽단상〉(《신동아》 11월).

1934년 소설 〈청묘靑猫〉(《신인문학》 7월), 〈아버지〉(《신인문학》 10월), 〈가면행진곡〉(《신인문학》 12월~ 1935년 1월), 시 〈가을 삼제〉(《중앙》 2월), 〈반생기〉 〈설운 마음〉(《학등》 3월), 〈소춘보〉(《중앙》 3월), 〈하늘과 같이 푸른 물결〉 〈은월銀月 하의 화금보花琴譜〉(《신인문학》 7월), 〈초추初秋 풍경〉〈추화秋花 이제二題〉(《신인문학》 10월), 〈고배〉(《신인문학》 12월), 〈무제〉(《학등》 12월), 평론 〈문학과 국민성〉(《신동아》 6월), 〈세계 담시의 신운미神韻味〉(《신인문학》 10월), 수필 〈상아탑을 버린 꿈〉(《신동아》 2월), 〈회오의 '춘성春城'〉(《동아일보》 3. 27), 〈문단의 영예〉(《조선일보》 6. 6), 〈석왕사의 은야월銀夜月〉 〈반월성반半月城畔의 묵례〉(《신인문학》 7월), 〈세 처녀와 물싸움: 그리운 그날의 바다여〉(《동아일보》 7. 7), 〈나의 하루: 서점 순례〉(《동아일보》 8. 4), 기타 〈장차 올 세계: 구주의 멸망과 '신세계 연방'〉(《신인문학》 7월), 〈세계 문호 기화집奇話集〉(《신인문학》 10월), 〈손문과 중국의 대이상〉〈구주歐洲의 문예 황금국〉(《신인문학》 12월).

1935년 소설 〈봄날의 꿈〉(《신인문학》 4월), 〈산촌〉(《신인문학》 6월), 〈폐인〉(《신인문학》 8월), 〈누님〉(《신인문학》 10월), 〈홍장미〉(《신인문학》 12월), 시 〈황혼〉(《조선문단》 4월), 〈여춘송麗春頌〉(《신인문학》 4월), 〈바다〉(《신인문학》 8월), 〈포도〉 〈풍경〉(《신인문학》 9월), 〈추경秋景 삼제〉(《신인문학》 12월), 평론 〈소원: 신춘시단〉(《신인문학》 1월), 〈시가에 나타난 '소년 중국'〉(《신인문학》 2월), 〈문학산보〉(《신인문학》 4월), 〈행진: 초하初夏 시단〉 〈흑인문학에 나타난 망향과 몽환의 정조〉(《신인문학》 6월), 〈시와 인생〉(《신인문학》 8월), 〈문예와 인생〉(《신인문학》 10월), 〈이십 세기 소설가의 태도 연구〉 〈비평을 쓰려는 사람에게〉(《신인문학》 11월), 〈계용묵씨에게 일언을 여함〉(《신인문학》 5월), 수필 〈나의 문단참회록〉〈창공무한록〉(《신인문학》 1월), 〈눈 오는 그날 아침〉(《신동아》 2월). 〈푸른 천사의 발자국〉(《신인문학》 4월), 〈병상 5년기〉 (《신인문학》 8월), 〈애아愛兒 영주의 영전에〉(《신인문학》 10월), 〈문단십자로〉(《신인문학》 12월), 기타 〈소련의 극동 병비兵備〉〈문예 소화小話: 사막의 독행자〉(《신인문학》 2월), 〈일본 해군의 태평양 전략론〉 (《신인문학》

8월), 〈팥죽 이야기〉(《조광》 12월). 수필집 《낙화유수집落花流水集》《청공세심기靑空洗心記》(청조사) 발행.

1936년 소설 〈산향기山鄕記〉(《신인문학》 1월), 〈산사山寺〉(《신인문학》 3월), 〈비가悲歌〉(《신인문학》 8월), 〈탄식의 문〉(《신인문학》 10월), 시 〈삼월 밤〉〈산사山寺〉(《신인문학》 3월), 〈봄비〉(《신인문학》 8월), 〈봄밤〉(《신인문학》 10월), 평론 〈20세기 소설가의 태도〉(《신인문학》 1월), 〈을해 문예 평단 총관〉(《신조선》 1월), 〈쉬르 레알리즘 시론〉(《신인문학》 2월), 〈대문호들의 창작비결〉(《신인문학》 8월), 〈발자크의 문학론과 창작의 세계〉(《신인문학》 10월), 수필 〈한등소조寒燈小照〉(《동아일보》 1. 12), 〈추억의 여인 군상〉(《사해공론》 8월), 기타 〈이광수씨와의 일문일답기〉(《신인문학》 1월), 〈안창호씨와의 일문일답기〉〈안재홍씨와의 일문일답기〉(《신인문학》 2월), 〈김성수씨와의 일문일답기〉(《신인문학》 8월).

1937년 소설 〈오천원의 꿈〉(《조선일보》 4. 1), 〈인생특급〉(《조선일보》 10. 5~12. 9), 시 〈무명의 구근球根〉(《조광》 5월), 〈관동 승경勝景의 일一 풍물시〉(《조광》 8월), 수필 〈불멸의 진리〉(《사해공론》 4월), 〈우리 집 정원〉(《백광》 5월), 〈동해안 초곡진 등대〉(《조광》 8월), 〈습유 이제二題〉(《조선일보》 10. 27~28), 기타 〈세계 각국의 청년운동〉(《조광》 7월), 〈세계 여성들의 신생활〉(《여성》 8월), 〈서적 진화珍話〉(《조선일보》 5. 19~21), 〈정열에 불타는 눈〉(《조선일보》 10. 13).

1938년 소설 〈애사哀史〉(《여성》 12월), 시 〈설야雪夜〉(《삼천리문학》 4월), 수필 〈한야寒夜와 고독〉(《삼천리문학》 4월), 〈삼방三防과 물〉(《조광》 9월), 〈가을밤 엘레지〉(《여성》 11월), 기타 〈삼청공원〉(《조광》 6~7월), 〈한말 천주교 순교 비화〉(《조광》 7월). 시집 《백공작》(미모사서점), 수필집 《인생안내》 (세창서관) 간행.

1939년 소설 〈호도 속에 든 염서艶書〉(《실화》 6월), 〈아름다운 몽상자〉(《신세기》 11월), 시 〈바다〉〈어족魚族〉(《조광》 5월), 평론 〈시인의 세계〉(《삼천리》

6월), 수필 〈설림雪林〉(《여성》 2월), 〈'안나 카레니나'의 여주인공〉(《여성》 3월), 〈우리 어머니〉(《가정지우》 6월), 〈수집〉(《박문》 7월), 〈청등소기靑燈小記〉(《문장》 7월), 〈춘원과 반딧불〉(《학우구락부》 7월), 〈가야산 범종루의 잔월殘月〉(《신세기》 9월), 〈병원 풍경〉(《청색지》 12월), 기타 〈이전梨專 가사과 학생들의 음식 솜씨를 보니〉(《여성》 7월), 〈가정 쟁의도 지구전이 필요〉(《조광》 7월), 〈동해안의 신비경〉(《조광》 8월). 수필집 《나의 화환》(미모사서점) 간행.

1940년 소설 〈흑견보黑犬譜〉(《신세기》 3월), 시 〈봄의 서곡〉(《여성》 3월), 〈수조水鳥〉(《조광》 9월), 수필 〈유화연柳花烟〉(《가정지우》 6월). 10월에 사망한 후 유고시로 〈풍경〉(《조광》 11월), 〈사공의 노래〉 〈가로수〉(《문장》 12월) 발표. 문학전집의 첫 권으로 기획된 번역소설집 《금색의 태양》(명성출판사) 간행.

1948년 르블랑의 추리소설 《이억만원의 사랑》(문언사)이 번역자 노춘성 이름하에 간행.

1949년 '문예 미문 서간집'이라는 제목으로 《나의 화환》 외에 《홍장미 필 때》(삼중당) 출간.

김민수, 〈춘성 노자영 연구〉, 상명대학교 석사논문, 2002.

김영철, 〈'매신문단每申文壇'의 문학사적 의의〉, 《국어국문학》 94호, 1985. 12.

려증동, 〈노자영 지음 '겨레시' 연구〉, 《배달말》 19호, 1994. 12.

심선옥, 〈춘성 노자영 초기시 연구〉, 《반교어문연구》 13집, 2002. 8.

이성교, 〈노춘성 연구〉, 《현대시학》 1979. 12~ 1973. 1.

조동식, 《내 혼이 불탈 때: 내 영혼이 동경하는 사랑의 노래를》, 안암문화사, 1983.

최양옥, 《노자영 시 연구》, 국학자료원, 1999.

책임편집 권보드래
동국대학교 교양교육원 조교수

입력 · 교정
윤영실 서울대학교 강사
문경연 경희대학교 강사
손정수 동국대학교 국문과 대학원 재학중

범우비평판 한국문학 · 48-❶
사랑의 불꽃 · 반항(외)

초판 1쇄 발행 2009년 6월 25일

지은이 노자영
책임편집 권보드래
펴낸이 윤형두
펴낸데 종합출판 범우(주)

기 획 임헌영 · 오창은
편 집 김영석
디자인 김지선
등 록 2004. 1. 6. 제406-2004-000012호
주 소 413-756 경기도 파주시 교하읍 문발리 525-2 출판문화정보산업단지
전 화 (031)955-6900~4
팩 스 (031)955-6905
홈페이지 http://www.bumwoosa.co.kr
이메일 bumwoosa@chol.com
ISBN 978-89-91167-38-4 04810
978-89-954861-0-8 (세트)

* 책값은 뒤표지에 있습니다.
* 잘못된 책은 바꾸어 드립니다.

*** 범우문고가 받은 상**

제1회 독서대상(1978), 한국출판문화상(1981), 국립중앙도서관 추천도서(1982), 출판협회 청소년도서(1985), 새마을문고용 선정도서(1985), 중고교생 독서권장도서(1985), 사랑의 책보내기 선정도서(1986), 문화공보부 추천도서(1989), 서울시립 남산도서관 권장도서(1990), 교보문고 선정 독서권장도서(1994), 한우리독서운동본부 권장도서(1996), 문화관광부 추천도서(1998), 문화관광부 책읽기운동 추천도서(2002)

1 수필 피천득
2 무소유 법정
3 바다의 침묵(외) 베르코르/조규철·이정림
4 살며 생각하며 미우라 아야코/진웅기
5 오, 고독이여 F.니체/최혁순
6 어린 왕자 A.생 텍쥐페리/이정림
7 톨스토이 인생론 L.톨스토이/박형규
8 이 조용한 시간에 김우종
9 시지프의 신화 A.카뮈/이정림
10 목마른 계절 전혜린
11 젊은이여 인생을… A.모르아/방곤
12 채근담 홍자성/최현
13 무진기행 김승옥
14 공자의 생애 최현 엮음
15 고독한 당신을 위하여 L.린저/곽복록
16 김소월 시집 김소월
17 장자 장자/허세욱
18 예언자 K.지브란/유제하
19 윤동주 시집 윤동주
20 명정 40년 변영로
21 산사에 심은 뜻은 이청담
22 날개 이상
23 메밀꽃 필 무렵 이효석
24 애정은 기도처럼 이영도
25 이브의 천형 김남조
26 탈무드 M.토케이어/정진태
27 노자도덕경 노자/황병국
28 갈매기의 꿈 R.바크/김진욱
29 우정론 A.보나르/이정림
30 명상록 M.아우렐리우스/최현
31 젊은 여성을 위한 인생론 펄벅/김진욱
32 B사감과 러브레터 현진건
33 조병화 시집 조병화
34 느티의 일월 모윤숙
35 로렌스의 성과 사랑 D.H.로렌스/이성호
36 박인환 시집 박인환
37 모래톱 이야기 김정한
38 창문 김태길
39 방랑 H.헤세/홍경호
40 손자병법 손무/황병국
41 소설 · 알렉산드리아 이병주
42 전락 A.카뮈/이정림
43 사노라면 잊을 날이 윤형두
44 김삿갓 시집 김병연/황병국
45 소크라테스의 변명(외) 플라톤/최현
46 서정주 시집 서정주
47 사람은 무엇으로 사는가 L.톨스토이/김진욱
48 불가능은 없다 R.슐러/박호순
49 바다의 선물 A.린드버그/신상웅
50 잠 못 이루는 밤을 위하여 C.힐티/홍경호
51 딸깍발이 이희승
52 몽테뉴 수상록 M.몽테뉴/손석린
53 박재삼 시집 박재삼
54 노인과 바다 E.헤밍웨이/김회진
55 향연 · 뤼시스 플라톤/최현
56 젊은 시인에게 보내는 편지 R.릴케/홍경호
57 피천득 시집 피천득
58 아버지의 뒷모습(외) 주자청(외)/허세욱(외)
59 현대의 신 N.쿠치키(편)/진철승
60 별 · 마지막 수업 A.도데/정봉구
61 인생의 선용 J.러보크/한영환
62 브람스를 좋아하세요… F.사강/이정림
63 이동주 시집 이동주
64 고독한 산보자의 꿈 J.루소/염기용
65 파이돈 플라톤/최현
66 백장미의 수기 I.숄/홍경호
67 소년 시절 H.헤세/홍경호
68 어떤 사람이기에 김동길
69 가난한 밤의 산책 C.힐티/송영택
70 근원수필 김용준
71 이방인 A.카뮈/이정림
72 롱펠로 시집 H.롱펠로/윤삼하
73 명사십리 한용운
74 왼손잡이 여인 P.한트케/홍경호
75 시민의 반항 H.소로/황문수
76 민중조선사 전석담
77 동문서답 조지훈
78 프로타고라스 플라톤/최현
79 표본실의 청개구리 염상섭
80 문주반생기 양주동
81 신조선혁명론 박열/서석연
82 조선과 예술 야나기 무네요시/박재삼
83 중국혁명론 모택동(외)/박광종 엮음
84 탈출기 최서해
85 바보네 가게 박연구
86 도왜실기 김구/엄항섭 엮음
87 슬픔이여 안녕 F.사강/이정림·방곤
88 공산당 선언 K.마르크스·F.엥겔스/서석연
89 조선문학사 이명선
90 권태 이상
91 내 마음속의 그들 한승헌
92 노동자강령 F.라살레/서석연
93 장씨 일가 유주현
94 백설부 김진섭
95 에코스파즘 A.토플러/김진욱
96 가난한 농민에게 바란다 N.레닌/이정일
97 고리키 단편선 M.고리키/김영국
98 러시아의 조선침략사 송정환
99 기재기이 신광한/박헌순

100 홍경래전 이명선
101 인간만사 새옹지마 리영희
102 청춘을 불사르고 김일엽
103 모범경작생(외) 박영준
104 방망이 깎던 노인 윤오영
105 찰스 램 수필선 C.램/양병석
106 구도자 고은
107 표해록 장한철/정병욱
108 월광곡 홍난파
109 무서록 이태준
110 나생문(외) 아쿠타가와 류노스케/진웅기
111 해변의 시 김동석
112 발자크와 스탕달의 예술논쟁 김진욱
113 파한집 이인로/이상보
114 역사소품 곽말약/김승일
115 체스 · 아내의 불안 S.츠바이크/오영옥
116 복덕방 이태준
117 실천론(외) 모택동/김승일
118 순오지 홍만종/전규태
119 직업으로서의 학문 · 정치 M.베버/김진욱(외)
120 요재지이 포송령/진기환
121 한설야 단편선 한설야
122 쇼펜하우어 수상록 쇼펜하우어/최혁순
123 유태인의 성공법 M.토케이어/진웅기
124 레디메이드 인생 채만식
125 인물 삼국지 모리야 히로시/김승일
126 한글 명심보감 장기근 옮김
127 조선문화사서설 모리스 쿠랑/김수경
128 역옹패설 이제현/이상보
129 문장강화 이태준
130 중용 · 대학 차주환
131 조선미술사연구 윤희순
132 옥중기 오스카 와일드/임헌영
133 유태인식 돈벌이 후지다 덴/지방훈
134 가난한 날의 행복 김소운
135 세계의 기적 박광순
136 이퇴계의 활인심방 정숙
137 카네기 처세술 데일 카네기/전민식
138 요로원야화기 김승일
139 푸슈킨 산문 소설집 푸슈킨/김영국
140 삼국지의 지혜 황의백
141 슬견설 이규보/장덕순
142 보리 한흑구
143 에머슨 수상록 에머슨/윤삼하
144 이사도라 덩컨의 무용에세이 I.덩컨/최혁순
145 북학의 박제가/김승일
146 두뇌혁명 T.R.블랙슬리/최현
147 베이컨 수상록 베이컨/최혁순
148 동백꽃 김유정
149 하루 24시간 어떻게 살 것인가 A.베넷/이은순
150 평민한문학사 허경진
151 정선아리랑 김병하 · 김연갑 공편
152 독서요법 황의백 엮음
153 나는 왜 기독교인이 아닌가 B.러셀/이재황
154 조선사 연구(草) 신채호
155 중국의 신화 장기근
156 무병장생 건강법 배기성 엮음
157 조선위인전 신채호
158 정감록비결 편집부 엮음
159 유태인 상술 후지다 덴/진웅기
160 동물농장 조지 오웰/김회진
161 신록 예찬 이양하
162 진도 아리랑 박병훈 · 김연갑
163 책이 좋아 책하고 사네 윤형두
164 속담에세이 박연구
165 중국의 신화(후편) 장기근
166 중국인의 에로스 장기근
167 귀여운 여인(외) A.체호프/박형규
168 아리스토파네스 희곡선 아리스토파네스/최현
169 세네카 희곡선 세네카/최 현
170 테렌티우스 희곡선 테렌티우스/최 현
171 외투 · 코 고골리/김영국
172 카르멘 메리메/김진욱
173 방법서설 데카르트/김진욱
174 페이터의 산문 페이터/이성호
175 이해사회학의 카테고리 막스 베버/김진욱
176 러셀의 수상록 러셀/이성규
177 속악유희 최영년/황순구
178 권리를 위한 투쟁 R. 예링/심윤종
179 돌과의 문답 이규보/장덕순
180 성황당(외) 정비석
181 양쯔강(외) 펄 벅/김병걸
182 봄의 수상(외) 조지 기싱/이창배
183 아미엘 일기 아미엘/민희식
184 예언자의 집에서 토마스 만/박환덕
185 모자철학 가드너/이창배
186 짝 잃은 거위를 곡하노라 오상순
187 무하선생 방랑기 김상용
188 어느 시인의 고백 릴케/송영택
189 한국의 멋 윤태림
190 자연과 인생 도쿠토미 로카/진웅기
191 태양의 계절 이시하라 신타로/고평국
192 애서광 이야기 구스타브 플로베르/이민정
193 명심보감의 명구 191 이응백
194 아큐정전 루쉰/허세욱
195 촛불 신석정
196 인간제대 추식
197 고향산수 마해송
198 아랑의 정조 박종화
199 지사총 조선작
200 홍동백서 이어령
201 유령의 집 최인호
202 목련초 오정희
203 친구 송영
204 쫓겨난 아담 유치환
205 카마수트라 바스야야니/송미영
206 한 가닥 공상 밀른/공덕룡
207 사랑의 샘가에서 우치무라 간조/최현
208 황무지 공원에서 유달영
209 산정무한 정비석
210 조선해학 어수록 장한종/박훤
211 조선해학 파수록 부묵자/박훤
212 용재총화 성현/정종진
213 한국의 가을 박대인
214 남원의 향기 최승범
215 다듬이 소리 채만식
216 부모 은중경 안춘근
217 거룩한 본능 김규련
218 연주회 다음 날 우치다 핫겐/문희정
219 갑사로 가는 길 이상보
220 공상에서 과학으로 엥겔스/박광순
221 인도기행 H. 헤세/박환덕
222 신화 이주홍
223 게르마니아 타키투스/박광순
224 김강사와 T교수 유진오
225 금강산 애화기 곽말약/김승일
226 십자가의 증언 강원룡
227 아네모네의 마담 주요섭
228 병풍에 그린 닭이 계용묵
229 조선책략 황준헌/김승일
230 시간의 빈터에서 김열규
231 밖에서 본 자화상 한완상
232 잃어버린 동화 박문하
233 붉은 고양이 루이제 린저/홍경호
234 봄은 어느 곳에 심훈(외)
235 청춘예찬 민태원
236 낙엽을 태우면서 이효석
237 알랭어록 알랭/정봉구
238 기다리는 마음 송규호
239 난중일기 이순신/이민수
240 동양의 달 차주환
241 경세종(외) 김필수(외)
242 독서와 인생 미키 기요시/최현
243 콜롱바 메리메/송태효
244 목축기 안수길
245 허허선생 남정현
246 비늘 윤흥길
247 미켈란젤로의 생애 로맹 롤랑/이정림
248 산딸기 노천명
249 상식론 토머스 페인/박광순
250 베토벤의 생애 로맹 롤랑/이정림
251 얼굴 조경희
252 장사의 꿈 황석영
253 임금 노동과 자본 카를 마르크스/박광순
254 붉은 산 김동인
255 낙동강 조명희
256 호반 · 대학시절 T.슈토름/홍경호
257 맥 김남천
258 지하촌 강경애
259 설국 가와바타 야스나리/김진욱
260 생명의 계단 김교신
261 법창으로 보는 세계명작 한승헌
262 톨스토이의 생애 로맹 롤랑/이정림

www.bumwoosa.co.kr TEL 031)955-6900 **범우사**